W0023651

CEUX QU'ON AIME

Diplômée de littérature anglaise de l'université d'Oxford, Victoria Hislop vit entre l'Angleterre et la Grèce, et parle français couramment. Best-seller international, vendu à plus de cinq millions d'exemplaires à travers le monde, son premier roman, *L'Île des oubliés*, a conquis six millions de lecteurs dans le monde, et a été couronné par le Prix des lecteurs du Livre de Poche en 2013. La success story se poursuit avec ses nouveaux ouvrages publiés en France, *Le Fil des souvenirs*, *Une dernière danse*, *La Ville orpheline*, *Une nuit en Crète*, *Cartes postales de Grèce* et *Ceux qu'on aime*.

Paru au Livre de Poche :

CARTES POSTALES DE GRÈCE

LE FIL DES SOUVENIRS

L'ÎLE DES OUBLIÉS

UNE DERNIÈRE DANSE

UNE NUIT EN CRÈTE

LA VILLE ORPHELINE

VICTORIA HISLOP

Ceux qu'on aime

TRADUIT DE L'ANGLAIS PAR ALICE DELARBRE

LES ESCALES

Titre original :

THOSE WHO ARE LOVED

ISBN : 978-2-253-10172-7 – 1re publication LGF

Pour mon oncle adoré
Neville Eldridge
15 juin 1927 – 19 mars 2018

Prologue

2016

Dans un petit appartement d'Athènes, quatre générations s'étaient réunies pour fêter un anniversaire. Une minuscule femme aux cheveux argentés souriait en voyant ses arrière-petits-enfants courir avec insouciance autour du groupe d'adultes qui chantaient :

Pandou na skorpizis,
Tis gnosis to fos,
Kai oloi na lene,
Na mia sofos.

Puisses-tu répandre les lumières
L'ensemble de tes connaissances
Pour que tous s'émerveillent
De l'étendue de ta sagesse.

Même si elle avait déjà entendu ces paroles un millier de fois, Themis Stavridis leur prêtait une oreille attentive, songeant qu'elle avait souvent transmis son savoir, en effet. Ses astuces n'avaient aucun secret pour sa famille, de son art du feu de cheminée se consumant lentement à sa capacité à distinguer les baies comestibles des toxiques. Elle avait partagé l'ensemble de ses connaissances pratiques.

Dix-huit personnes se serraient autour d'une vieille table en acajou – plusieurs enfants avaient dû s'asseoir sur les genoux de leurs parents pour manger. Le repas était terminé, le gâteau englouti, et à présent, l'après-midi étant déjà bien avancé, les jeunes tenaient de moins en moins en place. Ils jetaient des coups d'œil furtifs à leurs téléphones, regardaient leurs messages ou l'heure. Le trois-pièces ne pourrait plus contenir longtemps l'énergie des enfants, petits ou grands, et, sous l'impulsion de leurs mères, ils se mirent en file indienne afin d'embrasser la nonagénaire.

Assis dans son fauteuil élimé préféré, le mari de Themis était à la fois présent et absent. Avant leur départ, les enfants firent aussi la queue pour déposer un baiser sur le sommet de son crâne ou sur l'une de ses joues – selon ce qu'ils réussissaient à atteindre. Il ne semblait pas se rendre compte qu'ils étaient là. Son visage était une maison plongée dans le noir. Ces cinq dernières années, les lumières s'étaient éteintes les unes après les autres et, aujourd'hui, le contraste entre son épouse, si vive, et lui était saisissant. Giorgos Stavridis avait oublié qu'il avait un lien de parenté avec la plupart de ces gens, que ceux-ci lui devaient leur existence. Certains jours, leur présence le déroutait et l'inquiétait, maintenant qu'ils étaient presque des inconnus pour lui.

Les embrassades, les au revoir et les promesses sincères de revenir prochainement prirent du temps, mais l'appartement finit par retrouver son calme. Les restes de *pastitsio, spanakopita* et *dolmadakia* s'étalaient sur la table. Il y avait encore de quoi offrir un second repas à l'ensemble des convives. Un seul plat était vide, il n'y demeurait que quelques miettes et des traces de glaçage, vestiges d'un gâteau au chocolat à la crème. Lequel avait été adroitement divisé, puis servi sur des assiettes en carton. La dernière d'entre elles était posée en équilibre sur le bras du fauteuil occupé par le vieil homme.

Deux petits-enfants s'étaient attardés : Popi, qui vivait à côté, et Nikos, venu d'Amérique pour l'anniversaire de sa grand-mère. Il travaillait sur son ordinateur portable dans un coin de la pièce pendant que Popi rassemblait les verres sales sur un plateau.

— Je vais t'aider avec tout ça, *yaya*.

Elle commença à empiler les assiettes du dîner et à placer la nourriture restante dans des récipients en plastique.

— Non, non, Popi *mou*. C'est inutile. Je sais que vous êtes très occupés, vous, les jeunes.

— Je ne suis pas occupée, *yaya*, protesta-t-elle, ajoutant tout bas : malheureusement, d'ailleurs.

Popi était traductrice, mais elle ne travaillait qu'à temps partiel et touchait un faible salaire. Elle cherchait un poste de serveuse pour augmenter ses revenus.

La fête avait créé tant de désordre que Themis se réjouissait en secret de recevoir de l'aide.

La benjamine de ses petites-filles, tout en jambes, mesurait presque trente centimètres de plus que sa grand-mère ; en revanche, elle avait hérité ses pommettes et ses doigts fins. Sa nouvelle coupe de cheveux avait beaucoup contrarié sa *yaya* lorsqu'elle l'avait découverte. C'était en effet la première fois qu'elle revoyait Popi depuis que celle-ci s'était fait raser un côté du crâne. L'autre moitié de sa chevelure, qui lui arrivait toujours à l'épaule, était à présent parsemée de mèches violettes. La jeune femme portait aussi un petit clou dans le nez depuis plusieurs années.

— Tu as vu tout ce qu'il reste à manger ? s'exclama-t-elle d'un ton désapprobateur. On ne devrait pas faire autant de gâchis, c'est la crise.

— La crise ? répéta sa grand-mère.

— Oui, *yaya*, la crise !

La vieille femme la taquinait, mais il fallut quelques instants à Popi pour le comprendre.

— Je suis au courant, ma chérie, je suis au courant. Tout le monde ne parle que de cette « crise ». Aujourd'hui, je voulais célébrer dans l'abondance tout ce qu'on a au lieu de penser à tout ce dont on est privé.

— Je culpabilise, c'est plus fort que moi.

— Oh, fais un petit effort pour ta grand-mère, *agapi mou*. Essaie de ne pas te sentir coupable. Malgré le gaspillage évident…

Il y avait tout juste assez de place, dans la minuscule cuisine, pour qu'une personne lave et essuie les assiettes, pendant qu'une autre les rangeait. Avec ses grandes jambes, Popi n'avait pas besoin de monter sur une chaise pour atteindre les étagères les plus hautes.

Une fois qu'elles eurent fini de tout remettre en ordre, laissant une cuisine étincelante, elles sortirent sur le balcon. Elles durent passer par-dessus les jambes de Giorgos pour s'y rendre. Nikos les rejoignit.

Les deux cousins approchaient tous deux de la trentaine, mais la similitude s'arrêtait là. Le contraste entre eux frappait d'autant plus que Nikos était habillé d'un costume lorsque Popi portait un tee-shirt sur un legging. Au cours des dix dernières années, ils ne s'étaient rencontrés qu'à une poignée d'occasions, lors de fêtes de famille, pourtant, quand ils étaient réunis, ils étaient aimantés l'un par l'autre. Popi était toujours tentée de cuisiner son cousin sur la politique américaine ; quant à lui, au cours de ses dernières visites au pays, il l'avait assaillie de questions sur la société grecque. Ils avaient connu des enfances très différentes en termes de privilèges et de chances, néanmoins ils avaient tous deux pu suivre des études supérieures dans de bonnes universités et ils s'adressaient l'un à l'autre comme des égaux.

Ayant grandi dans une maison entourée de pelouses, Nikos jugeait la culture grecque étrange, par bien des aspects. Il était d'ailleurs confronté à plusieurs d'entre eux à cet instant précis. Les fenêtres ouvertes en permanence et les persiennes mal ajustées faisaient que tout le monde était au courant de la vie de ses voisins dans ses détails les plus confidentiels : éclats de voix, pleurs de bébés, hurlements de télévisions, radio oubliée dans une pièce, bruit de fond constant de musique adolescente enflammée. Ici, le silence était aussi rare que l'intimité.

Le « cousin américain », comme Popi le surnommait intérieurement, ne s'était pas non plus habitué aux cordes à linge omniprésentes et aux informations personnelles qu'elles trahissaient : le nombre de membres composant une famille, ainsi que leur âge et leur taille, souvent ; elles donnaient même parfois des indications sur le type d'activité professionnelle, et pourquoi pas les opinions politiques.

Themis Stavridis se rendit compte que sa petite-fille scrutait le balcon d'en face. L'enfilade ininterrompue de tee-shirts noirs était pour elle aussi un sujet d'inquiétude.

— Tu crois qu'ils sont membres de *Chrysi Avgi* ? demanda Popi, un soupçon d'angoisse dans la voix.

— J'en ai bien peur, lui répondit Themis avec tristesse. Le père et ses trois fils.

— *Chrysi Avgi* ? répéta Nikos.

— « Aube dorée », un mouvement fasciste. Ils sont anti-immigrants, et violents.

Themis avait appris par la télévision que le parti d'extrême droite avait manifesté la veille, ce qui l'avait beaucoup ébranlée.

Durant quelques minutes, tous trois laissèrent leur regard errer. Il y avait toujours quelque chose à observer dehors. Des petits garçons qui jouaient au ballon pendant que leurs mères, assises sur un banc voisin, discutaient en fumant. Trois adolescents montèrent sur le trottoir pour garer leurs mobylettes, avant d'entrer nonchalamment dans le café du coin. Un homme en arrêta un second, afin de lui demander du feu pour sa cigarette, mais Popi et Nikos remarquèrent qu'il lui remettait aussi un petit paquet que l'autre glissa dans sa poche.

Themis ne pouvait pas rester longtemps assise. Elle avait des dizaines de plantes à arroser, le balai à passer et, enfin, le carrelage du balcon à nettoyer au jet d'eau. Voyant que sa grand-mère allait à nouveau s'affairer, Popi eut envie de préparer du café.

— Est-ce que j'en prévois pour *pappou* aussi ? lui souffla-t-elle tout bas.

— Il n'en boit plus, lui répondit Themis. Il le laisse refroidir dans sa tasse. Tu sais que ça fait près de vingt ans qu'il n'a pas mis les pieds au *kafenion* ? C'était juste après mon anniversaire... je ne m'en souviendrais pas aussi précisément sinon. Il était vraiment d'une drôle d'humeur à son retour, ce jour-là. J'ai compris qu'il n'y retournerait jamais. Je crois qu'il n'a plus bu une seule goutte de café depuis.

Nikos considéra son grand-père avec tristesse. Même lui connaissait l'importance du *kafenion* dans l'existence d'un Grec.

— Il vit dans son monde, maintenant, commenta Themis.

— C'est peut-être aussi bien. On ne peut pas dire que le nôtre tourne très rond, si ?

La remarque de Popi peina Themis.

— Désolée d'être aussi sombre, *yaya*. C'est plus fort que moi, parfois.

Themis prit la main de sa petite-fille et la serra.

— Ça s'arrangera, la rassura-t-elle. J'en suis certaine.

— Comment peux-tu l'être ?

— Parce que la vie s'arrange toujours avec le temps. Parfois ça empire un peu avant. Mais sur le long terme, les choses s'améliorent.

— Tu parles sérieusement ? Tu as conscience qu'en ce moment des gens font la queue à la soupe populaire et dorment dans la rue ?

— Je t'accorde que les choses ne vont pas au mieux. Enfin, tout le monde ne pense plus qu'au présent. Il serait bon de se tourner un peu vers le passé, de se souvenir que la situation a été bien pire.

Popi lui lança un regard interrogateur.

— Je sais que je te parais déraisonnable, ma chérie... Je peux t'assurer que je ne jetais pas de nourriture quand j'avais ton âge. J'ai bien conscience que je ne devrais pas la gaspiller non plus aujourd'hui, mais le simple fait d'en avoir la possibilité...

— Ce n'était pas un reproche.

— Je sais, ma chérie, je sais.

— Tu as eu une si longue vie, *yaya*. Je me demande parfois comment tu fais pour te rappeler tant de choses !

— C'est vrai qu'elle est bien remplie, ma tête, dit la vieille femme en se tapotant le front. Lorsque j'observe la rue, je ne la vois pas seulement aujourd'hui, je me la remémore aussi telle qu'elle était autrefois.

— Comment ça ? la pressa Nikos. Avec nostalgie ?

— Pas toujours. J'ai vécu beaucoup d'événements heureux ici... et d'autres terribles. Dès que je regarde cette place, une foule de souvenirs remonte...

— Lesquels par exemple ?

— Vous voyez cette photo ? Celle de droite.

De là où elle se tenait, Popi apercevait le salon à travers les portes-fenêtres. Une série de cadres trônait sur le buffet.

— Tu veux dire celle où tu es avec ta sœur ?

— Ce n'est pas ma sœur, c'est Fotini, ma meilleure amie d'enfance. Mais tu as raison en un sens, puisque nous étions aussi proches que des sœurs. Plus proches même, peut-être.

Par-dessus la balustrade, la vieille dame montra du doigt un coin de la place.

— Elle est morte juste là.

Popi considéra sa grand-mère avec incrédulité, avant de tourner son regard dans la direction indiquée. Elle découvrait cette histoire pour la première fois et était sidérée d'entendre sa grand-mère en parler de façon aussi franche.

— C'était pendant l'occupation. Il y a eu une famine, *agapi mou.* Des centaines de milliers de personnes ont trouvé la mort.

— Quelle horreur ! dit Nikos. J'ignorais que la situation avait été aussi tragique à Athènes.

Son père s'était contenté de lui brosser l'histoire de la Grèce dans ses grandes lignes, quand il était petit. Nikos connaissait la prise de Constantinople de 1453 et la guerre d'indépendance de 1821, mais il était incapable de citer un seul Premier ministre – alors qu'il avait pu, très jeune, nommer dans l'ordre chronologique tous les présidents américains, ce qui avait toujours fait son effet aux soirées de ses parents, d'autant plus qu'il était petit pour son âge. Il avait néanmoins développé un intérêt pour l'histoire grecque à l'adolescence, et avait même suivi des cours intensifs de grec, tant il aspirait à renouer avec ses racines.

— Oui, Nikos, tragique, absolument tragique. Elle était si jeune…

Themis prit le temps de se remettre de ses émotions avant de poursuivre :

— À cette époque, la faim nous tiraillait en permanence. C'est pourquoi j'aime cuisiner en grandes quantités, maintenant qu'on n'est plus obligés de se priver… Parce que j'en ai la possibilité, tout simplement. J'imagine que pour vous, c'est de la folie.

— Un peu, *yaya*, reconnut Popi en lui caressant le bras avec un sourire. Mais est-ce que je peux emporter une partie des restes ?

— Tu peux tout prendre, lui répondit la vieille femme d'un ton ferme.

Popi avait l'habitude de quitter l'appartement de ses grands-parents chargée de nourriture, cela tenait du rituel. Elle aurait de quoi se nourrir une semaine entière, tout en en faisant profiter ses colocataires.

Giorgos s'était endormi et son doux ronflement était parfois interrompu par des grommellements.

— De quoi rêve-t-il, à ton avis, *yaya* ? demanda Nikos.

— Je ne crois pas qu'il ait beaucoup de souvenirs ou de pensées… J'ai du mal à imaginer de quoi sont faits ses songes…

— Son subconscient doit bien continuer à s'alimenter, suggéra Nikos.

— Par moments, je l'envie d'avoir autant de place dans sa tête, dit Themis. Ça doit être apaisant.

— Comment ça ? s'étonna Popi.

— J'ai la mémoire trop pleine en un sens, ça me donne parfois des migraines. Certains souvenirs débordent de vie, tu sais.

Quelques minutes s'écoulèrent. Le soleil s'était couché à présent, les lampadaires commençaient à s'allumer. Themis se pencha vers Popi pour lui toucher la main.

— Pourquoi est-ce qu'on ne descendrait pas prendre un café ? lui glissa-t-elle. On passerait ensuite dans cette petite église... J'y vais toujours le jour de mon anniversaire.

— Pour prier ? s'étonna Popi, qui savait que sa grand-mère n'était pas particulièrement pieuse.

— Non, *agapi mou.* Pour allumer des cierges.

— Tu n'avais pas assez de bougies sur ton gâteau ? la taquina sa petite-fille.

Themis lui sourit.

— Des cierges pour qui ? ajouta Nikos, intrigué.

— Accompagne-nous, et je te le dirai, lui répondit-elle, comme toujours un peu décontenancée par la ressemblance frappante qu'il affichait avec l'homme qui avait inspiré le choix de son prénom.

Au cours de cette journée, où sa famille s'était entassée dans le petit appartement, Themis s'était fait la réflexion, non sans un léger regret, qu'elle n'avait rien à léguer à ses enfants et petits-enfants. Ses biens n'avaient que peu de valeur, à l'exception de la table fatiguée autour de laquelle sa famille s'était réunie, génération après génération.

À moins qu'il n'existe, peut-être, une autre forme d'héritage ? Themis y songea soudain : puisque Giorgos n'était plus lui-même, elle avait envie de raconter certaines choses. L'histoire de sa vie n'était pas un patrimoine, mais c'était tout ce qu'elle possédait et elle allait l'offrir à Popi et Nikos. Elle portait à tous ses petits-enfants un amour égal, cependant elle avait pour Popi une affection particulière, l'ayant vue presque chaque jour depuis sa naissance. Et elle devait bien avouer qu'elle avait un petit faible pour Nikos, même s'il ne lui rendait visite qu'une fois par an.

Ils se préparèrent rapidement à sortir ; Nikos aida sa grand-mère à enfiler son cardigan pendant que Popi mettait son manteau d'un rouge décoloré, déniché dans une friperie.

Nikos reprenait un vol pour les États-Unis le lendemain matin, et Themis tenait à ce qu'il déguste des baklavas et un vrai café grec avant son départ. Malgré le déjeuner copieux, il ne put décliner la proposition de sa grand-mère, et ils se rendirent tous les trois au *zacharoplasteio* du quartier.

Lorsqu'ils furent attablés, Themis se mit à raconter.

1

1930

Le bruissement d'un ourlet sur sa joue, la vibration du parquet sous les pas de ses frères et sœurs qui courent, le cliquetis de la vaisselle en provenance d'un lieu invisible et les souliers marron à boucles de sa mère, moulés sur ses pieds difformes. Tels étaient les premiers souvenirs de Themis.

Avec un mari qui prenait la mer plusieurs mois d'affilée et quatre enfants, Eleftheria Koralis était constamment accaparée par des travaux domestiques. Elle n'avait pas le temps de jouer. La petite dernière de la famille passa ainsi les premières années de sa vie dans un état d'abandon joyeux et grandit en étant persuadée qu'elle avait le pouvoir de se rendre invisible.

Eleftheria était déjà propriétaire de la demeure à deux étages de style néoclassique dans la rue Antigonis quand elle épousa Pavlos. Sa défunte mère la lui avait laissée en guise de dot. L'extérieur de la bâtisse avait été conçu pour impressionner, sans aucun souci de retenue. La façade s'ornait d'un balcon majestueux, de colonnes sculptées et d'une rangée de fioritures baroques juste sous le toit. Les plafonds étaient agrémentés de corniches, certains sols étaient carrelés, d'autres en parquet ciré. La maison avait connu sa plus grande heure de gloire et de majesté le jour où les artisans avaient remballé leurs outils, alors que le plâtre des caryatides qui décoraient les fenêtres du premier était à peine sec. À compter de ce moment, le bâtiment avait commencé son long voyage vers la décrépitude.

Les Koralis n'ayant pas les moyens de faire effectuer des réparations, les fissures dans la maçonnerie et les lames pourries du plancher représentaient, pour tous, un danger permanent. La famille autrefois prospère rencontrait désormais des difficultés financières. Soixante-dix ans plus tôt, les ancêtres maternels de Themis appartenaient à la classe des marchands, en pleine expansion, mais des investissements imprudents avaient réduit leur fortune à cette seule demeure. Une grande partie du mobilier, notamment des tableaux et de l'argenterie, avait dû être vendue au fil du temps. Il ne restait que quelques meubles anciens, français, et des bijoux.

Themis ne connaissait pas d'autre existence et s'imaginait que toutes les familles vivaient dans cet état de guerre permanent contre le délabrement. Fenêtres fissurées qui laissaient entrer la poussière, écailles de plâtre qui tombaient parfois du plafond, tuiles que les bourrasques arrachaient du toit et qui s'écrasaient sur le trottoir. En hiver et au printemps, la petite peinait à trouver le sommeil à cause du *ploc ploc ploc* régulier de la pluie qui tombait dans une dizaine de seaux. Ces fuites formaient un petit ensemble musical presque harmonieux et le nombre croissant de récipients placés pour recueillir les gouttes permettait de mesurer les progrès constants du bâtiment vers sa ruine inéluctable.

Dans la même rue, une maison avait déjà été barricadée. Et pourtant, il s'agissait en réalité d'un habitat plus adapté aux humains que la demeure lépreuse de la famille Koralis, qui devait cohabiter avec une population grandissante de bactéries et même de germes. Au rez-de-chaussée, une odeur de pourriture montait du parquet et s'infiltrait dans les murs.

Les enfants, inconscients des dangers environnants, avaient la liberté d'aller où bon leur semblait sous leur toit et ils emplissaient la bâtisse décatie de leurs cris et jeux turbulents. Themis était trop jeune pour y prendre part, mais elle s'asseyait au pied des marches afin de regarder ses frères et sa sœur dévaler l'immense escalier central et glisser sur la rampe en bois lisse. La balustrade avait trois barreaux cassés, du même côté, ce qui créait un trou vertigineux sur le vide.

Themis observait avec bonheur Thanasis, Panos et Margarita. Leur mère les surveillait rarement et ne surgissait que lorsque l'un des enfants perdait le contrôle pendant une glissade et atterrissait sur les dalles de pierre intraitables. Un hurlement de douleur la faisait immanquablement réagir et elle venait vite s'assurer qu'il n'y avait rien de plus grave qu'une bosse sur la tête. Elle cajolait l'enfant blessé un instant, retournant à ses corvées dès que les pleurs s'étaient taris. Au pied de l'escalier se trouvait un tapis qui conservait des éclaboussures de sang, souvenirs du dernier accident en date de Thanasis. Eleftheria avait fait de son mieux pour le nettoyer ; elle savait que, de toute façon, les traces se fondraient bientôt dans les tons fanés, rouges et marron, des fibres.

Themis adorait se réfugier sous la table à manger. Elle bravait alors l'interdit en allant se cacher sous le plateau en acajou massif et les plis de l'épaisse nappe brodée qui étouffaient tous les sons de ce qui se passait au-dessus de sa tête. Là, elle était à la fois en sécurité et en danger. En effet, cette maison recelait des périls insoupçonnés dans le moindre de ses recoins. Une partie du parquet, sous la table, avait pourri, laissant un trou suffisamment grand pour qu'un petit pied puisse s'y glisser. Quand Themis aurait pris quelques centimètres de plus, sa jambe serait visible de la pièce du dessous. « Et alors tu passeras à travers le plafond, lui disait sa mère. Et tu mourras. » La petite fille associait la voix de sa mère aux ordres et aux mises en garde.

Pavlos Koralis faisait des apparitions ponctuelles, lorsque le navire marchand qu'il commandait était à quai au Pirée. Cet homme était un géant, capable de soulever facilement ses deux filles. Themis ne comprenait pas pourquoi Margarita redoublait de méchanceté avec elle dès que leur père rentrait, ignorant que sa sœur s'était sentie supplantée à l'instant où la benjamine avait vu le jour. Elle détestait partager quoi que ce soit, et encore moins l'affection de leur père. Quand il revenait d'un voyage dans une contrée lointaine, Pavlos ramenait un sac plein de cadeaux exotiques et inhabituels. De Chine, de minuscules pantoufles brodées pour ses filles, deux couteaux pour les garçons et une pierre précieuse brute pour son épouse (qui ne sut jamais si celle-ci était authentique ou non). D'Inde, des éléphants sculptés, des bâtonnets d'encens et des coupons de soie. Ces « pièces de collection » apportaient des taches de couleur dans la maison, en lieu et place des meubles et objets de famille plus précieux qui avaient dû être vendus pour acheter des chaussures.

Quand Pavlos avait quartier libre, l'anarchie se démultipliait. Eleftheria Koralis s'efforçait de garder son intérieur en ordre, mais la présence de son mari lui ajoutait du travail dans leur chambre, ainsi que dans la cuisine et la buanderie. Dans l'esprit de Themis, les visites de son père étaient associées à un épuisement encore plus grand de sa mère et à des sols plus crasseux que d'habitude.

Dans ces moments-là, Themis passait autant de temps que possible dans sa cachette préférée. Quand il était en ville, Pavlos recevait des visiteurs. Lorsqu'ils mangeaient, les coups pleuvaient sur le toit en bois au-dessus de la tête de Themis, tant ils abattaient souvent leurs mains sur la table. Dès sa plus tendre enfance, elle apprit certains mots et noms, à force de les entendre, toujours prononcés d'une voix tonitruante et souvent accompagnés de cris d'indignation : « Venizélos ! », « Georges ! », « le Roi ! », « les Turcs ! », « les Juifs ! »

À trois ans, elle connaissait déjà le mot « catastrophe », que les Grecs utilisaient pour parler de ce qui était arrivé à Smyrne. Jusqu'à la fin des années 1920 et encore longtemps après, des disputes éclatèrent autour des tables du pays pour savoir à qui il fallait imputer la responsabilité des événements ayant conduit à la destruction de Smyrne, la plus belle ville d'Asie Mineure, en 1922. On n'oublierait jamais la mort d'un si grand nombre de Grecs, pas plus que l'arrivée en Grèce de dizaines de milliers de réfugiés, ainsi que la transformation profonde de la société qui en avait résulté.

Themis grandit en pensant que les gens, même en bons termes, étaient souvent en désaccord, comme Pavlos Koralis et ses amis. Toute dispute connaissait néanmoins systématiquement la même issue : on trinquait. Les hommes enchaînaient cul sec les verres d'eau-de-vie, qu'ils reposaient ensuite d'un geste si brusque qu'il pouvait laisser une entaille sur le plateau en bois. Le breuvage transparent alimentait leurs passions et colères jusqu'à ce qu'ils se mettent à brailler des chansons.

Eleftheria finissait par tirer Themis de sa cachette, même si celle-ci s'était assoupie sur les bottes de son père.

En s'installant sous la table, Themis surprenait parfois des conversations à voix basse entre ses parents ou, lorsque son père était absent, entre sa mère et sa grand-mère paternelle, qui leur rendait régulièrement visite, même si elle n'était pas toujours bien accueillie. La plupart de ces discussions portaient sur la détérioration de la demeure : combien de temps encore les Koralis pourraient-ils y vivre ? Un jour, Themis entendit sa grand-mère dire une chose qui la marqua particulièrement :

— Les enfants ne peuvent pas habiter dans cette épave plus longtemps !

Si l'indignation de la vieille femme transparaissait dans son ton, la petite fille fut surtout séduite d'entendre sa maison comparée à un bateau. Les jours d'orage, quand le vent sifflant s'engouffrait dans les fissures des vitres, la demeure grinçait et tanguait tel un navire en pleine mer.

La réaction de sa mère ne fut pas celle que Themis avait attendue.

— Vous n'avez vraiment pas honte, lui répliqua-t-elle. Nous sommes ici chez nous. Je vous demande de partir. Partez, s'il vous plaît. Immédiatement.

La voix d'Eleftheria s'érailla lorsqu'elle se contraignit à parler tout bas malgré sa colère.

— Je m'inquiète tellement pour eux, insista Kyria Koralis. Je suis simplement d'avis qu'ils devraient vivre dans un endroit moins…

Sa belle-fille ne la laissa pas poursuivre.

— Je vous défends de dire des choses pareilles devant les enfants !

La campagne de la vieille femme pour « sauver » ses petits-enfants empruntait souvent des biais plus subtils. À force d'être témoin d'échanges qui n'étaient pas de son âge, Themis ne tarda pas à reconnaître les ruses des adultes.

— Je me fais du souci pour ton épouse, disait Kyria Koralis à Pavlos lorsqu'il regagnait la terre ferme. Elle travaille si dur… Pourquoi n'emménagez-vous pas dans une maison plus modeste qui lui donnerait moins de tracas ?

Il était certain que l'entretien d'une telle demeure aurait nécessité l'emploi de deux bonnes à temps plein, or Pavlos et sa femme n'avaient pas les moyens de s'en offrir ne serait-ce qu'une seule.

Les commentaires de cette belle-mère intrusive lui étant rarement adressés directement, Eleftheria prit l'habitude, de son côté, d'y répondre par l'entremise de son époux.

— Nous sommes ici chez nous. Quoi qu'en pense ta mère, je me débrouille très bien.

Il était évident, même pour Pavlos, que sa mère était jalouse de cette épouse dont la dot se composait d'une demeure aussi impressionnante, et il n'était pas surpris par leur aversion mutuelle. Quand ils en discutaient ensemble, ses amis et lui, tous convenaient qu'il était normal pour une femme de jalouser sa belle-fille, et pour une épouse de ne pas apprécier sa *pethera*. Eleftheria jugeait que la possessivité de sa belle-mère envers son fils unique, et sa façon de s'approprier ses petits-enfants, sapait sa propre autorité. Kyria Koralis, elle, y voyait simplement des manifestations naturelles de son amour – elle s'estimait dans son bon droit de mère et de grand-mère.

Themis, elle, guettait les visites de sa grand-mère, qui apportait toujours une douceur, généralement une tarte à la crème ou un gâteau. Eleftheria ne leur en préparait jamais, et les cris de plaisir des enfants alimentaient son sentiment d'infériorité, la poussant à détester d'autant plus sa *pethera* enjouée, aux hanches généreuses. Bien qu'ayant près de soixante ans, Kyria Koralis n'avait pas un seul cheveu gris.

Les visites de Pavlos Koralis étaient, comme celles de sa mère, toujours une surprise. Si son arrivée provoquait l'enthousiasme des enfants, son départ, qui n'était pas davantage annoncé, les laissait démunis. Themis se réveillait dans le lit qu'elle partageait avec sa sœur et savait, sans qu'on ait besoin de le lui dire, qu'il était parti. Sa voix retentissante ne résonnait plus dans la maison, et les immenses pièces croulantes semblaient vides. La vie retrouvait aussitôt son ancien cours : querelles constantes entre les enfants, faux duels entre Thanasis et Panos, qui se terminaient toujours par une blessure ou de la casse, cruauté de Margarita, visite de la grand-mère, qui passait une heure, non pour donner un coup de main mais pour regarder sa belle-fille repasser, cuisiner, nettoyer et étendre le linge, sans manquer de lui faire remarquer combien elle avait les mains abîmées à force de frotter les taches sur les vêtements et les traces au sol.

Eleftheria était si occupée que Themis devait souvent se divertir toute seule. La petite fille n'avait jamais vu sa mère profiter d'une heure de liberté, étant toujours accaparée par une corvée pressante qui se représenterait le jour suivant.

Un matin d'hiver, alors que sa mère était partie avec précipitation pour sa sortie quotidienne au marché et que Themis s'était réfugiée sous la table – sa cachette était aussi devenue le lieu où elle cherchait du réconfort, ayant depuis peu découvert le sentiment de solitude –, la petite fille de quatre ans entendit un grand fracas, semblable au bruit que faisait la lourde porte d'entrée en claquant. Sa mère avait dû rentrer de ses courses plus tôt que d'habitude.

Il faut savoir qu'au milieu de la multitude de lézardes dans le plâtre, dissimulées par les nombreuses fissures quadrillant la peinture écaillée, se trouvaient des crevasses qui traversaient les murs sur toute leur épaisseur, de haut en bas. Une série de légères secousses sismiques survenues au cours des dernières décennies (jusqu'à l'ultime, imperceptible, le jour même) avaient réussi non seulement à fendre les murs de la maison mais aussi à ébranler ses fondations.

Lorsque Themis sortit de son repaire, où il faisait toujours très sombre, elle fut accueillie par une lumière plus vive qu'elle n'en avait l'habitude. Les persiennes maintenaient en effet la pièce dans un crépuscule permanent, or il n'y en avait plus aucune. Pas plus que de fenêtres ni de murs. En somme, il n'y avait plus rien pour empêcher la lumière d'entrer. Themis traversa la pièce et regarda dehors. Elle pouvait voir la rue tout entière, sur la gauche et sur la droite, les arbres, un tramway distant, des gens qui marchaient au loin. Elle baissa les yeux vers ce qui lui évoquait un gouffre.

Des badauds avaient commencé à se masser sur le trottoir et levaient la tête, montrant du doigt la petite fille en robe rose pâle, qui se tenait au milieu de ce qui ressemblait à un cadre. Themis leur fit signe de la main avec enthousiasme, se rapprochant du bord du précipice pour tenter d'entendre ce qu'ils lui criaient.

Eleftheria Koralis, qui descendait la rue aussi vite que ses paquets le lui permettaient, remarqua soudain la foule agglutinée devant chez elle. Puis elle découvrit la silhouette inhabituelle de la bâtisse, ouverte comme un placard, avec la petite forme de sa fille assise, les jambes ballant dans le vide.

Le sol n'était plus soutenu par rien à l'étage d'en dessous. Il flottait.

Eleftheria lâcha ses courses et courut. Les gens s'écartèrent pour la laisser passer.

— Themis ! *Agapi mou !* Ma chérie !

C'étaient des mots surprenants dans la bouche de sa mère.

— *Mana !* répondit-elle. *Koita !* Regarde !

Dans la rue, la foule ne cessait de grossir. Les gens sortaient de chez eux avec un empressement extraordinaire. Même pour un homme adulte, sauter du premier étage aurait représenté un défi de taille, mais pour une petite fille, la chute – et l'atterrissage au milieu d'une pile de métal tordu, de fragments de maçonnerie et de morceaux de plâtre irréguliers – risquait d'être fatale.

— Ne bouge pas..., lui dit Eleftheria en tendant sa paume vers Themis et en s'efforçant d'adopter un ton calme. Reste tranquille... on va te faire descendre.

Prudemment, elle se fraya un chemin à travers les décombres avant de se tourner vers les personnes qui l'entouraient et de leur lancer, d'un regard, un appel à l'aide. Un homme avait apporté une couverture, et trois autres se proposaient déjà pour la tenir, afin que Themis puisse sauter. Ils s'approchèrent des débris de la façade pour se mettre en position. Il y eut un autre craquement sonore au moment où l'un des murs, sur le côté, s'affaissait vers l'intérieur. Avec un petit cri perçant, imitant ses frères qui, par défi, se jetaient parfois dans le vide d'une marche, Themis sauta. Elle se posa légèrement sur ses pieds au milieu de la couverture en laine rêche. Sans qu'elle ait le temps de reprendre ses esprits, elle fut aussitôt emmaillotée et confiée à la foule tandis que les hommes se dépêchaient de fuir et de se mettre à l'abri, loin de la demeure croulante.

Une fois en sécurité, Themis fut rapidement libérée de la couverture et remise à sa mère. Eleftheria la serra quelques secondes dans ses bras, puis tout sembla se figer : la maison entière s'effondrait. Les murs se soutenaient mutuellement et, maintenant que la structure avait été affaiblie, la bâtisse s'écroulait non pas pan par pan, mais d'un seul tenant, d'un mouvement rapide, presque grâcieux, qui enveloppa les spectateurs d'un nuage de poussière. Ils reculèrent en protégeant leurs yeux des projections.

À cet instant précis, Thanasis, Panos et Margarita tournèrent au coin de la rue Antigonis. Ils furent surpris par la foule sans être en mesure de voir, à cause de la multitude de têtes, ce qui retenait l'attention des curieux.

Panos tira un homme par la manche. Il dut insister.

— Hé ! hurla-t-il pour couvrir le brouhaha. Que se passe-t-il ?

L'homme fit volte-face.

— Une maison s'est écroulée. Sous nos yeux. Elle s'est effondrée d'un coup.

Les enfants avaient tous entendu, à plus d'une occasion, leur grand-mère dire à leur père que la maison allait finir par « leur tomber sur la tête », et ils avaient d'ailleurs passé leurs existences à se faufiler entre les gouttes de pluie qui coulaient du plafond, à être réveillés par des bouts de plafond qui atterrissaient sur leurs lits. Leur *yaya* avait vu juste.

— Notre mère, demanda Margarita en sanglotant, où est-elle ?

— Et le bébé ? ajouta Panos.

Malgré ses quatre ans, Themis conservait ce statut aux yeux de ses frères et de sa sœur.

— *I mikri ?* La petite ? insista-t-il.

— Nous allons les trouver, affirma avec assurance Thanasis, qui se sentait investi de son rôle de grand frère.

Il ne pouvait plus rien se produire à présent. Le rassemblement commençait à se disperser, et les enfants avaient une vue plus dégagée sur la scène. Tous trois, yeux écarquillés, observaient le tas irrégulier de meubles et d'affaires en miettes. Le contenu des trois niveaux de la maison était éparpillé. Ils repérèrent chacun quelques objets parmi les décombres – des cadeaux de leur père, taches de couleur facilement identifiables même dans ce chaos, la poupée préférée de Margarita, des livres déchirés, un placard de cuisine couché sur le flanc et d'où se déversaient des casseroles et des poêles.

L'une des voisines, ayant remarqué le désarroi des enfants agrippés les uns aux autres, s'approcha. Tous trois essayaient de contenir des larmes silencieuses.

— Votre mère va bien, leur dit-elle. Et la petite Themis aussi. Elles sont toutes deux en sécurité. Regardez, elles sont là-bas.

À quelques mètres de là, ils aperçurent la silhouette presque méconnaissable de leur mère, ses cheveux auburn clair entièrement recouverts de poussière blanche. Les vêtements d'Eleftheria Koralis étaient pleins de plâtre, et la pluie fine qui tombait à présent les rendait luisants. Elle réconfortait toujours Themis lorsque ses trois autres enfants coururent à sa rencontre, en l'appelant.

Une voisine leur apporta une cruche d'eau, mais personne ne semblait avoir l'intention de leur fournir davantage. Leur prévenance se résumait à une expression d'inquiétude. Blottis les uns contre les autres, les enfants observaient les ruines, tandis que leur mère se détournait, trop ébranlée pour affronter cette vision.

Ils demeurèrent ainsi un certain temps, aussi immobiles que des statues, et la pluie se transforma en grêle. Quand leurs manteaux furent entièrement trempés, ils comprirent qu'ils ne pouvaient pas rester là plus longtemps. Themis, elle, ne portait qu'une robe légère.

— J'ai froid, dit-elle en frissonnant. J'ai vraiment froid.

— Nous allons trouver un endroit où aller, la rassura sa mère.

La grand-mère des enfants arriva justement sur ces entrefaites. Eleftheria Koralis n'avait jamais autant haï sa *pethera* qu'à cet instant, car elle allait avoir besoin de son aumône.

Moins d'une heure plus tard, ils s'installaient dans l'appartement de la vieille femme, dans un immeuble récent de Patissia. La belle-mère d'Eleftheria était d'autant plus irritante qu'elle ne verbalisait pas son sentiment de supériorité – elle était, bien sûr, persuadée d'avoir toujours raison. Néanmoins son attitude était éloquente. Dans l'immédiat, Eleftheria ne possédait plus rien et était à cours de ressources, or les enfants avaient besoin d'un toit au-dessus de leurs têtes.

Le lendemain, elle retourna rue Antigonis pour sonder les décombres une nouvelle fois. Les meubles qui avaient fait la fierté de ses parents avaient subi trop de dégâts pour être réparés. Des éclats de bois marqueté et de coins chanfreinés étaient éparpillés telles les pièces d'un puzzle. Dans un coin, cependant, intacte et fière, se dressait la table à manger en acajou. C'était la seule pièce de leur mobilier encore entière.

Avec une grande imprudence, Eleftheria foula tessons de verre, morceaux de plâtre tranchants et esquilles pour explorer les débris. Elle finit par mettre la main sur ce qu'elle cherchait. Un petit coffre contenant ses bijoux. Elle l'extirpa, non sans mal, de la poutre sous laquelle il se trouvait. Elle ne laisserait pas un tel butin à la portée des pilleurs. En plus de ses biens les plus précieux, elle espérait récupérer quelques vêtements. Elle repéra une vieille armoire et en sortit plusieurs habits qu'elle secoua pour en chasser la poussière. C'étaient ses préférés.

Plusieurs jours de discussions animées s'ensuivirent. Eleftheria tenait à emporter la table sous leur nouveau toit, en dépit de sa taille démesurée pour l'appartement. Elle s'entêta : c'était soit ça, soit elle emmenait les enfants chez une grand-tante ou un autre parent à Larissa. Avec une réticence infinie, Kyria Koralis capitula et, le jour suivant, la table fut récupérée, installée et recouverte, avec ressentiment, de plusieurs couches de dentelles, qui permirent de masquer jusqu'à ses pieds finement ouvragés.

— C'est le seul aménagement que je vous laisserai m'imposer, marmonna la vieille femme tandis que sa propre table, plus petite, quittait son domicile.

Sa belle-fille fit mine de ne pas l'entendre.

Le quartier de Patissia paraissait très éloigné du centre-ville aux enfants, et leur grand-mère leur faisait souvent remarquer :

— Vous avez vu tous ces arbres ! Et tous ces jolis parcs ! On peut y jouer ou s'asseoir sur un banc.

Ce n'était pas seulement une façon, pour la vieille femme, de souligner les avantages de cet environnement, mais c'était aussi un moyen de critiquer, avec une subtilité plus ou moins grande, celui où ils avaient vécu.

Les enfants prirent rapidement leurs marques. Ils adoraient descendre sur la place au pied de l'immeuble et se trouver des copains, ils s'amusaient aussi beaucoup sur le toit où leur grand-mère étendait le linge, se faufilaient entre les draps pour jouer à cache-cache, gambadaient dans l'escalier en pierre, toujours à l'affût de la dame du rez-de-chaussée qui sortait parfois avec son chien si fascinant.

Ce qu'ils préféraient par-dessus tout était peut-être l'interrupteur qui leur permettait d'éclairer la pièce en continu. Ça et le fait de ne pas respirer de la poussière mais de l'air pendant leur sommeil. Au bout de quelques mois, lorsque les bourgeons commencèrent à s'ouvrir sur les arbres, ils ne toussaient plus en chœur à l'aube.

Entre-temps, la vieille demeure avait été, par mesure de sécurité, entourée d'une palissade. La mairie était prête pour la démolition totale de la bâtisse.

Eleftheria Koralis et ses enfants ne possédaient dorénavant pas plus que les réfugiés ayant fui l'Asie Mineure près de dix ans plus tôt. Des milliers étaient arrivés sans rien d'autre que les vêtements sur leur dos et la majeure partie d'entre eux vivaient encore dans des enclaves pauvres à la lisière de la ville. Cette vague de nouveaux venus avait posé un problème de place qui n'était toujours pas résolu, et à moins d'accepter l'hospitalité de Kyria Koralis, la famille devrait attendre son tour pour obtenir un logement. En réalité, ils n'étaient qu'à un cheveu de la misère.

— Je suis sûre que nous pourrons la reconstruire, dit-elle à son mari lorsqu'il accosta. Il suffit de déblayer le terrain et de la rebâtir de zéro.

Pour toute réponse, son mari se contenta d'un hochement de tête indifférent. Il ne l'exprimait pas ouvertement, mais l'effondrement de la vieille demeure ne le troublait pas, et il s'arrangeait très bien de l'installation de sa famille chez sa mère. Les fuites et les courants d'air de la rue Antigonis l'avaient toujours privé d'une bonne nuit de sommeil à chacun de ses retours sur terre.

Ils ne cohabitaient avec la vieille Kyria Koralis que depuis peu, pourtant le malheur coulait déjà dans les veines d'Eleftheria.

L'appartement de la rue Kerou était compact et bien organisé, chaque chose avait sa place, il n'y avait jamais un grain de poussière ou une tache, l'ordre régnait en rangées bien nettes. Le salon, la pièce principale, était complété par deux chambres de taille raisonnable, ainsi que par une troisième pièce, plus petite, qui avait servi de bureau au défunt père de Pavlos. Sa mère s'empressa d'en faire sa chambre. Eleftheria partagea un lit double avec les filles, et les garçons, eux, s'installèrent dans la dernière chambre, avec des lits jumeaux.

Themis appréciait d'avoir toute sa famille réunie à un seul étage. Cela la rassurait d'entendre les ronflements de sa grand-mère, qui traversaient les portes closes, et les grommellements de sa mère dans son sommeil. La configuration la protégeait également de la malveillance occasionnelle de Margarita. Celle-ci ne pouvait plus lui tirer les cheveux et la pincer, maintenant qu'il y avait toujours quelqu'un à proximité.

La poussière et le danger avaient cédé la place au bruit de fond joyeux de la radio, aux odeurs puissantes de cuisine, à la douce lueur de la lampe à huile sur l'iconostase et à un sentiment général de calme. L'appartement n'était peut-être pas assez vaste pour que l'on puisse y courir, mais les plus grands étaient, en conséquence, autorisés à sortir jouer sur la place arborée, voire à explorer les rues avoisinantes. La ville devint leur domaine, et ils prirent rapidement la mesure des possibilités infinies qu'elle leur offrait.

Kyria Koralis relevait avec joie le défi de nourrir un grand nombre de bouches en période d'austérité. C'était désormais elle qui veillait à ce que les garçons fassent leurs devoirs à leur retour à la maison, les forçant à s'asseoir à table, dans la cuisine, tant qu'ils ne les avaient pas terminés. Et elle recourait volontiers à la corruption (un bonbon, un peu plus de temps pour jouer sur la place, ou pourquoi pas la promesse d'une virée à la mer).

Seule Eleftheria pleurait sur ce qu'ils avaient perdu et rêvait de sa vie d'autrefois. Les exigences permanentes de cette demeure délabrée lui avaient fourni une *raison d'être*[1], et à présent, elle peinait à trouver la motivation pour sortir du lit le matin. Kyria Koralis commença à s'inquiéter de voir sa belle-fille encore alanguie sur ses oreillers à midi.

Il était difficile de dire si le désir de vivre d'Eleftheria s'était érodé parce que sa belle-mère avait pris les rênes de la famille ou si l'aïeule s'était sentie obligée d'assumer ce rôle parce que la jeune femme avait perdu toute volonté. Themis ignorait dans quel ordre les choses s'étaient produites. Elle savait seulement que leur situation actuelle avait été causée par l'effondrement de leur maison et que, à en croire ses frères et sa sœur, leur nouvelle vie constituait une source d'amélioration dans tous les domaines.

Durant de nombreux mois, aucun d'entre eux ne voulut admettre qu'il y avait un problème avec leur mère – et ce d'autant que Kyria Koralis faisait comme si l'attitude de sa belle-fille était normale. Elle lui apportait parfois un repas sur un plateau,

---

1. Tous les mots ou expressions en italique suivis d'un astérisque sont en français dans le texte. (*Toutes les notes sont de la traductrice.*)

après le départ des enfants pour l'école ; Eleftheria la remerciait aussi rarement qu'elle y touchait.

Ainsi, elle s'affamait lentement, mais sûrement. Un jour, de retour de courses, Kyria Koralis constata que le grand lit double était vide. Peut-être Eleftheria s'était-elle enfin décidée à « se ressaisir », pensa-t-elle.

Traversant le couloir sur la pointe des pieds, elle jeta un coup d'œil par l'embrasure de la porte, dans la petite chambre, et devina les contours de sa belle-fille sous l'édredon. Elle entra sans bruit, sortit ses vêtements du placard et les échangea avec ceux d'Eleftheria, rangés dans la grande chambre. L'échange ne prit que peu de temps. Ce soir-là, Kyria Koralis se coucha dans le grand lit. Margarita et Themis se blottirent contre elle. Le corps généreux de leur grand-mère offrait un oreiller moelleux pour le méli-mélo de leurs bras et jambes.

À sa visite suivante – visites qui s'espaçaient de plus en plus dorénavant –, Pavlos Koralis discuta avec sa mère du sort de la maison en ruines de la rue Antigonis. Un jour que Themis dessinait dans un coin du salon, un avocat se présenta à l'appartement. Elle avait cinq ans maintenant, pourtant les adultes semblaient la croire simple d'esprit ou sourde. Même si une grande partie du vocabulaire lui faisait défaut, elle comprit l'essentiel de l'échange. Son père et sa *yaya* décideraient de tout désormais. Un adjectif dont elle ignorait le sens fut utilisé pour qualifier sa mère. Plus tard, elle tenta de le rapporter à Panos : ça ressemblait à « reine », mais en plus long. Il s'agissait, en réalité, du mot « schizophrène ».

Eleftheria ne quittait plus que rarement sa chambre, au fond de l'appartement. Pavlos Koralis et sa mère convinrent qu'il serait plus charitable de lui trouver un établissement privé adapté à son état. Il n'y avait pas d'autre solution pour une personne qui s'enfonçait un peu plus chaque jour dans la dépression. Un juge avait accordé une procuration à Pavlos Koralis, et il avait réussi à vendre le terrain qu'occupait l'ancienne demeure de son épouse. Le fruit de la transaction servirait à payer les soins.

Les enfants s'entendirent expliquer que leur mère devait séjourner un temps à l'hôpital. Ils se doutaient tous qu'elle était malade, sinon pourquoi aurait-elle passé toutes ses journées alitée ? Ainsi, ils crurent à la promesse qu'on leur fit qu'elle serait soignée et reviendrait une fois guérie. Seules Themis et sa grand-mère étaient présentes lorsqu'une infirmière vint chercher Eleftheria. Le petit sac qu'elle emportait confirmait la thèse d'une absence de courte durée.

Elle serra brièvement Themis contre elle. La fillette fut surprise que sa mère parte sans enfiler un manteau malgré le froid. Du balcon, elles regardèrent, sa grand-mère et elle, l'infirmière installer la frêle silhouette à l'arrière d'une voiture, qui les emporta.

À leur retour de l'école, les autres enfants furent bouleversés par le départ de leur mère. Ils l'avaient à peine vue au cours des derniers mois, pourtant le fait de savoir que la petite chambre était désormais vide les emplit de désarroi. Margarita pleura tant, cette nuit-là, qu'elle empêcha Themis de trouver le sommeil. Les sanglots de ses frères traversaient aussi les murs.

L'institut psychiatrique près de Drama était un bâtiment mal entretenu avec de hauts plafonds et des murs fissurés. Il était à plus de six cents kilomètres d'Athènes, et Pavlos Koralis ne rendit visite à Elefthария qu'une seule fois, au début de son séjour.

— Il pense que l'établissement lui rappelle un autre endroit…, raconta un jour Kyria Koralis à l'une de ses amies. Il dit qu'il ne l'a pas vue aussi heureuse depuis leur mariage et leur emménagement dans cette horrible maison.

Deux fois par an, une lettre leur apportait des nouvelles de son état. Celui-ci restait « stable », bien qu'aucun diagnostic n'eût été posé. Ce qui ne semblait déranger personne. Les enfants acceptaient la nécessité d'une convalescence pour leur mère. De toute façon, ils n'auraient pas été autorisés à la voir même si elle avait été plus proche.

Une photographie du mariage de Pavlos et Eleftheria trônait sur le buffet de Kyria Koralis, ultime souvenir du couple qui n'existait pour ainsi dire plus.

2

Les années suivantes, Kyria Koralis prit soin de ses petits-enfants de façon exemplaire. Elle avait désormais la famille dont elle avait toujours rêvé. Son mari, membre de la marine de guerre hellène, avait trouvé la mort en mer alors que leur fils unique était encore petit. Elle avait d'ailleurs été très attristée lorsque Pavlos avait été recruté par une flotte marchande : il avait laissé un grand vide dans l'existence de sa mère. À présent, ses journées étaient bien remplies grâce à son troupeau de petits-enfants. Bien qu'ayant déjà une soixantaine d'années, elle possédait encore une énergie infinie, ainsi qu'une autorité naturelle sur la jeunesse.

Le soir, elle aimait présider en bout de table et observer sa descendance. Elle ne se l'avouait pas, mais le fait que Margarita ait les grands yeux en amandes de son père (ainsi que le visage rond et la silhouette replète de sa grand-mère) faisait d'elle sa préférée. Thanasis lui rappelait Pavlos, avec ses pommettes bien dessinées et ses larges épaules. Panos avait une carrure moins imposante, comme leur mère. Themis avait aussi hérité la stature frêle d'Eleftheria Koralis et ses cheveux châtain clair possédaient d'indéniables reflets roux. La vieille femme déplorait en secret que ses petits-fils ne soient pas plus costauds et imputait cela à la mauvaise alimentation dont ils étaient tous obligés de se contenter.

Elle calculait le budget alloué à la nourriture au plus près et maniait l'aiguille avec adresse, ce qui leur permettait de « s'en sortir » avec ce qu'ils avaient. Toutefois, il ne lui était pas toujours possible de les protéger de la dépression économique galopante. À leur entrée dans l'adolescence, Thanasis et Panos se plaignirent souvent d'avoir encore faim à la fin du repas. Kyria Koralis restait patiente, veillant à ce qu'il y ait toujours une nouvelle miche de pain chaque matin.

Ce fut Margarita, et son manque de reconnaissance, qui lui fit perdre son calme un jour. Pour le douzième anniversaire de sa petite-fille, elle avait méticuleusement repris une vieille robe d'été d'Eleftheria.

Les yeux de Margarita brillaient d'excitation lorsque Kyria Koralis posa le paquet sur la table devant elle. Son expression changea dès qu'elle l'eut ouvert.

— Mais ce n'est pas une nouvelle robe, *yaya* ! Tu m'en avais promis une neuve ! s'énerva-t-elle.

Malgré les boutons éclatants et l'ourlet gansé, Margarita n'était pas satisfaite. Elle posa la robe sur ses genoux, sans l'avoir entièrement sortie du papier cadeau et du ruban.

— Beaucoup de filles rêveraient d'une robe pareille, Margarita ! répliqua Kyria Koralis avec fermeté.

— Oui, intervint Panos. Tu es grossière avec *yaya*.

— Tais-toi ! lui intima sa sœur. Ça ne te regarde pas !

Elle se mit à bouder.

— Tu ne dois pas oublier, jeune fille, lui dit Kyria Koralis, que les robes neuves ne courent pas les rues ces temps-ci, même pour les anniversaires. Et beaucoup de gens sont privés de nourriture, également. Pas seulement en Grèce, mais partout. Alors tu pourrais te montrer un peu moins ingrate.

Elle reprit son ouvrage sur les genoux de Margarita et quitta la pièce. La politique conservait une grande part de mystère pour elle, néanmoins Kyria Koralis savait que la dépression économique qui les affectait était considérable et qu'il était grand temps que sa petite-fille capricieuse en prenne conscience.

Enfermée dans sa chambre, elle entendit des éclats de voix, puis Margarita poussa un cri strident et une porte claqua.

Themis n'avait rien dit. Elle n'avait jamais, de toute sa vie, porté une robe neuve. Elle récupérait les vieux vêtements de sa sœur.

Deux jours après l'anniversaire de Margarita, la une des journaux montrait une femme pleurant sur le corps de son fils. À Thessalonique, les ouvriers des manufactures de tabac avaient été poussés à la grève par le désespoir. En voulant maîtriser la foule, la police avait ouvert le feu et tué douze hommes.

Depuis quelque temps, les tensions sociales augmentaient, créant un climat conflictuel. La menace d'une grève générale consécutive à ces violences policières fournit un prétexte au Premier ministre, le général Metaxás, pour imposer un nouveau régime. Le 4 août 1936, avec l'aval du roi, il abolit la Constitution, décréta la loi martiale et instaura une dictature qui lui donnait les pleins pouvoirs.

Auparavant, sous le toit de Kyria Koralis, les débats politiques n'avaient lieu que lorsque Pavlos Koralis était présent et invitait des amis. Dorénavant, ils faisaient rage entre Thanasis et Panos. Dès le début de l'adolescence, ils avaient eu des vues divergentes sur la façon de régler les problèmes du pays. Thanasis était en faveur du général, il admirait d'ailleurs les modèles de Metaxás, dont Mussolini. Panos, quant à lui, n'appréciait pas l'inflexibilité incarnée par ce régime. Il faut dire qu'il n'était pas adepte de la discipline, sous aucune de ses formes. Kyria Koralis devait parfois leur rappeler qu'elle serait tenue, à la prochaine visite de leur père, de l'informer d'éventuels mauvais comportements. Les garçons étaient devenus trop grands pour être encore punis par leur grand-mère, mais la menace de la colère paternelle suffisait à les faire rentrer dans le rang.

L'une des rares permissions de Pavlos coïncida justement avec une période où Panos était en pleine rébellion.

C'était le soir de sa convocation hebdomadaire à sa section de l'EON – *Ethniki Organosis Neoleas*, l'Organisation nationale de la jeunesse. Les trois aînés de Pavlos s'étaient enrôlés dans cette nouvelle organisation, créée par Metaxás peu de temps après l'instauration de sa dictature. Bientôt le recrutement ne se ferait plus sur la base du volontariat.

Panos détestait ces réunions et ne s'y était donc pas rendu.

— Quelle raison ai-je d'y aller ? s'emporta-t-il. Quelle raison ?

Il avait quinze ans et dépassait sa grand-mère de presque cinquante centimètres.

— Ça te ferait du bien d'y assister, lui répondit-elle. Tu y apprendras un peu la discipline.

— La discipline ? répéta-t-il avec mépris.

Elle ignorait que Panos avait raté plusieurs séances déjà. Tout dans l'EON lui faisait horreur, de la propagande d'extrême droite à l'écusson fasciste sur l'uniforme, qui représentait une hache à double lame.

De son côté, Thanasis était impatient d'exécuter les manœuvres militaires qu'on leur faisait faire et se voyait déjà gravir les échelons. Margarita avait elle aussi intégré l'organisation avec enthousiasme. Elle adorait la tenue et répétait avec joie le slogan affirmant que la place des femmes était à la maison.

Panos n'avait pas choisi le bon jour pour tenir tête à sa grand-mère. Leur père était rentré plus tôt cet après-midi-là et se reposait dans la petite chambre de sa mère. Il avait été réveillé par le claquement d'une porte.

En sortant du lit, Pavlos Koralis entendit son fils hausser légèrement la voix et remettre en cause l'autorité de sa mère. Tout le monde connaissait les conséquences possibles d'une rébellion contre le régime de Metaxás. Un refus de participer aux réunions de l'EON pouvait aboutir à un renvoi du lycée, à une réduction du champ des offres d'emploi, et qui savait à quelle autre disgrâce encore ? La rage monta en lui.

Themis était assise à la table de la cuisine. Dès le retour de son frère, elle avait voulu bondir pour le prévenir, mais il était trop tard. La porte de la chambre venait de s'ouvrir à la volée.

Pavlos Koralis n'avait pas vu ses enfants depuis des mois, pourtant il n'approcha pas pour étreindre par surprise son fils, qui lui tournait le dos. Non, il le repoussa violemment des deux mains.

Panos fut projeté vers sa grand-mère qui, sans la moindre hésitation, s'écarta sur le côté afin d'éviter ce missile humain. Panos tomba lourdement et, dans sa chute, se cogna le front sur un coin de la table.

Themis poussa un cri.

Panos n'avait pas eu le temps d'anticiper le coup et son corps heurta durement le sol. Sa tête parut rebondir sur le carrelage. Une seconde plus tard, Themis était agenouillée près de son frère.

— Panos… Panos… Tu m'entends ?

Elle leva les yeux vers sa grand-mère, qui se signait avec vigueur.

— Il est mort, *yaya*, murmura-t-elle en pleurant. Je crois qu'il est mort.

Kyria Koralis alla calmement mouiller un linge pour tamponner la plaie sur le visage de son petit-fils. Une bosse violacée se formait déjà. Après quelques secondes d'inconscience, l'adolescent se mit à bouger.

— Il n'a rien de grave, *agapi mou*, dit-elle, tiraillée entre son amour pour son petit-fils et sa loyauté envers son fils. Ne t'en fais pas.

Themis perdit une part d'innocence ce jour-là. Elle foudroya son père du regard. Comment avait-il pu faire une chose pareille ?

Panos reprit ses esprits, n'ayant pas la moindre idée de ce qui s'était produit. Il n'avait pas senti qu'une main l'avait poussé, et il savait encore moins à qui elle appartenait : son père avait déjà quitté la pièce.

Kyria Koralis s'agenouilla à son tour pour soigner l'entaille sur son front.

— Que s'est-il passé ? demanda-t-il faiblement. J'ai mal à la tête. Très mal.

— Tu es tombé, se contenta de lui répondre sa grand-mère.

Il ferma les yeux et Kyria Koralis en profita pour faire un signe à Themis : elle posa son index sur ses lèvres, façon de lui intimer de garder le secret. Le geste violent de leur père ne devait être connu de personne. Themis devait se taire.

Constatant que son fils avait survécu à la chute, Pavlos Koralis avait quitté l'appartement sans dire au revoir. Il retourna au Pirée où son navire lèverait l'ancre le lendemain.

Lorsque Margarita et Thanasis rentrèrent de leur réunion de l'EON dans leurs beaux uniformes bleus, ils trouvèrent Panos au lit, la tête bandée. Ayant appris l'histoire de la « chute » et ayant été rassurés sur sa guérison prochaine, ils s'attablèrent dans la cuisine pour dîner. On apporta une assiette à Panos, qui n'y toucha pas.

Margarita était intarissable sur le défilé auquel elle avait pris part.

— On m'a placée au tout premier rang ! s'enorgueillissait-elle en tendant au maximum son bras droit pour démontrer sa maîtrise parfaite du salut. J'étais une des chefs !

— C'est formidable, ma chérie. Tu as su t'illustrer, la félicita sa grand-mère.

— Moi aussi, j'ai fait quelque chose d'inédit aujourd'hui, intervint Thanasis, qui ne voulait pas que sa sœur tire la couverture à elle. J'ai appris à tenir une arme.

Il y avait dans sa voix la même note de triomphe que s'il avait remporté une bataille. Themis mastiquait sa nourriture en silence mais ne parvenait pas à l'avaler. Personne n'attendait d'elle qu'elle prenne la parole à table, si bien qu'elle n'avait aucun mal à garder ses pensées pour elle. Elle devrait bientôt intégrer l'EON à son tour, et la seule chose qui la réjouissait dans cette perspective était d'apprendre à utiliser une arme. Oui, c'était la seule activité qui lui paraissait intéressante, et utile. Le reste ne revêtait aucun attrait à ses yeux.

Son regard passa de Margarita à Thanasis puis à leur *yaya*. Elle fut submergée par le sentiment que Panos avait été trahi.

Colère, peur et honte se mêlaient en elle. Il avait suffi d'un bref instant pour qu'une fissure aussi invisible que celle sur le crâne de Panos apparaisse et la sépare du reste de la famille.

3

Pendant la période qui suivit, Themis éprouva un profond sentiment d'isolement. Ce qui aurait dû être impossible pour elle qui vivait à grande proximité de quatre autres personnes.

Il y avait plus de cinq ans que les enfants avaient emménagé dans l'appartement de Patissia. En grandissant, ils avaient occupé de plus en plus d'espace, au point que le risque d'explosion n'était plus loin, entre les corps adolescents dégingandés des deux garçons et les formes généreuses de Margarita, qui prenait chaque jour un peu plus confiance en elle. Autour de la table de taille confortable, ils échangeaient désormais des coups de coude pour se resservir en premier, même si leur grand-mère avait triplé les quantités de nourriture depuis leur installation sous son toit.

Les relations entre les enfants étaient aussi fluctuantes que celles de politiciens. Panos et Thanasis se disputaient et se battaient constamment, se livrant une interminable lutte fratricide pour le pouvoir. Sur le front de Panos, plusieurs autres cicatrices étaient venues s'ajouter à celle que lui avait laissée son père, tant son frère le dominait physiquement. Mais les frères n'avaient pas le monopole de la rivalité. Margarita et Panos se chamaillaient en permanence pour tout et pour rien. Et s'il n'y avait aucune querelle ouverte entre les deux sœurs, l'aînée ne manquait jamais une occasion de manifester sa malveillance à l'encontre de Themis. Ce qui faisait de la vie de celle-ci un enfer dès que la porte de leur chambre était close. Margarita s'était approprié la totalité de l'espace, tirait les oreilles de sa petite sœur, veillant à lui faire mal sans lui laisser de marques, et lui donnait des coups de pied si violents que Themis finissait souvent par dormir par terre ou par s'éclipser dans le salon. Loin d'y trouver le calme auquel elle aspirait, la benjamine de la famille était dérangée par les sinistres grincements de dents de sa grand-mère. Elle était cependant trop fière pour pleurer ou se plaindre, bien consciente qu'elle ne réussirait qu'à s'attirer d'autres mauvais traitements de sa sœur aînée si retorse.

L'appartement, douillet et rassurant à leur arrivée, était devenu un lieu de conflit et d'inconfort. Aucune pièce n'offrait de refuge à Themis. Et ainsi, l'école devint son sanctuaire, l'endroit où elle se sentait libre et en sécurité. Si les hauts murs blancs de la cour évoquaient pour certains ceux d'une prison, Themis les avait jugés accueillants et apaisants dès le premier jour. À l'approche de l'automne, elle guettait avec impatience la rentrée.

La salle de classe était austère avec ses rangées de pupitres en bois, ses chaises inconfortables et ses murs nus à l'exception d'un crucifix et d'une image de la Vierge Marie. Le point de mire de la pièce était la maîtresse, Kyria Anteriotis, sur son estrade, et le tableau noir derrière elle. Personne ne choisissait sa place. Le destin avait imposé à Themis un patronyme qui la forçait à s'asseoir entre deux garçons, Glentakis et Koveos, et ils l'embêtaient dès que la maîtresse avait le dos tourné. En dépit de leurs efforts acharnés, ils ne réussirent jamais à distraire Themis et contribuèrent, au contraire, au développement de sa capacité de concentration remarquable. Lors de ses premières années d'école, Themis ne rencontra que peu de compétition au sein de la classe, exception faite d'un garçon plutôt timide qui levait, de temps en temps, la main en premier. Qu'il s'agisse d'une leçon d'algèbre ou de grammaire, elle donnait rarement une réponse fausse. Elle se concentrait sur les enseignements et n'entendait rien d'autre que le *tac tac tac* de la craie sur le tableau noir.

Un jour, quelques semaines après la rentrée, lorsque la maîtresse, qui inscrivait une équation au tableau, demanda la réponse par-dessus son épaule, ce ne fut ni Themis ni le timide Giorgos qui l'apportèrent. Quelqu'un d'autre énonça la solution. Une fille qui avait résolu ce problème avant eux. Une nouvelle sans doute.

Themis se retourna.

Au milieu des visages familiers de ses quarante camarades de classe, elle aperçut un front pâle sous une chevelure noire. Themis se dévissa le cou pour l'observer un peu mieux.

Non seulement la voix de la fille lui était inconnue, mais elle avait un accent. Themis reporta son attention sur son pupitre et nota la réponse donnée par l'élève.

Dès que la cloche sonna la récréation, tous les enfants se précipitèrent hors de la salle. Le temps que Themis sorte, la nouvelle était déjà à l'autre bout de la cour. Elle remarqua que la fille était très absorbée par une tâche, qui consistait à retirer les épines entourant une pomme de pin tombée de l'arbre près du mur.

Themis la rejoignit, évitant les autres élèves, déjà accaparés par leurs cordes à sauter ou leurs parties de chat. La fille était seule, pourtant son attitude n'exprimait aucun sentiment de solitude. Tout en épluchant la pomme de pin, elle observait ses camarades, appréciant son isolement, ne semblant pas s'attendre à ce qu'on lui adresse la parole. Le cœur de Themis battait plus vite que d'ordinaire, car il pressentait, quand bien même elles n'avaient pas encore échangé un mot, qu'elles deviendraient amies.

C'était l'automne et la fille portait un manteau en laine. D'un rouge terne, il était élimé à l'ourlet. Elle avait fait plusieurs revers aux manches pour dégager ses mains. Themis, elle, avait une vieille veste marron de Margarita, légèrement trop grande pour elle, mais ce n'était rien en comparaison du manteau de la fille, que celle-ci ne remplirait sans doute jamais. Comme Themis, elle avait des chaussettes sales et des chaussures encore plus éraflées.

De temps à autre, la nouvelle rivait ses yeux sur quelqu'un, ne s'inquiétant pas de la façon dont on pouvait interpréter son regard insistant. Pour ses onze ans, elle affichait une confiance étonnante.

Themis s'arrêta à quelques mètres d'elle, s'adossant avec nonchalance contre le mur, baissant le nez vers ses bottines poussiéreuses et usées. Elle avait besoin de rassembler son courage avant de l'aborder.

Elle prit tellement son temps que la sonnerie retentit. L'heure était venue de rentrer en classe. Themis saisit cette occasion et emboîta le pas à sa camarade. Au moment d'entrer dans le bâtiment, cette dernière hésita. À gauche ou à droite ? Il y avait des salles des deux côtés.

— Par ici, lui dit Themis en la prenant par la manche pour l'orienter dans la bonne direction.

Les deux filles suspendirent leurs manteaux à la même patère, au fond de la pièce. Themis eut juste le temps, avant de rejoindre sa place, de lui demander son prénom.

— Fotini, répondit fièrement la nouvelle.

La maîtresse fit alors son entrée et le cours reprit. Cinquante minutes plus tard, Themis avait acquis la certitude qu'une élève encore plus appliquée qu'elle était assise quelques rangées plus loin.

Lorsque la cloche sonna à la fin de la journée, Themis rassembla ses livres plus vite que jamais. Bientôt, elle bousculait ses camarades pour s'approcher du pupitre de Fotini. Celle-ci prit le temps d'aligner ses crayons dans un plumier en bois, puis rangea avec soin ses cahiers d'exercice dans un vieux cartable.

Fotini leva la tête vers Themis. Elle avait des yeux bleus, la peau très pâle et des cheveux presque noirs coiffés en deux épaisses tresses qui évoquaient des cordes d'amarrage de part et d'autre de son visage. Elle adressa un large sourire à Themis.

Les filles avaient déjà l'impression de se connaître ; elles avaient passé l'après-midi à se disputer l'attention de la maîtresse. Et Kyria Anteriotis avait su donner à chacune une chance égale de répondre à ses questions.

Elles décrochèrent leurs manteaux, quittèrent la salle ensemble et traversèrent la cour en direction de la grille. Il se trouve qu'elles allaient dans la même direction. Themis noya Fotini sous les questions, et celle-ci y répondit avec application.

— Tu viens d'où ? Quel est ton nom de famille ? Tu as des frères et sœurs ? Où allais-tu à l'école avant ?

Quand Themis eut terminé son interrogatoire, ce fut au tour de Fotini de s'intéresser à sa nouvelle amie.

— Tu habites où ? lui demanda-t-elle.

Elles remontaient la rue principale depuis dix minutes et venaient d'atteindre un carrefour.

— Juste là, répondit Themis, sur la place au bout de cette rue.

Fotini lui sourit.

— On ne vit pas très loin, alors, murmura-t-elle.

Elles se séparèrent et se dirent « à demain » exactement au même moment, ce qui les fit éclater de rire. Ce soir-là, Themis débordait de joie : elle avait une nouvelle amie.

— Elle est tellement intelligente, s'émerveilla-t-elle.

— Quoi, plus intelligente que ma petite Themis ? la taquina sa grand-mère.

— Ça, c'est impossible, ironisa sa grande sœur.

— Elle s'appelle Fotini, elle est fille unique, elle a deux mois de plus que moi et sa famille est originaire de Smyrne.

— Ce sont des réfugiés, alors ? s'enquit Thanasis, méfiant.

— Pourquoi tu poses cette question ? le provoqua Panos.

— Elle vient d'emménager à Athènes. Avant, elle vivait à Kavala. Et c'est mon amie, ajouta Themis avec fierté.

— Tant mieux pour toi, souligna Margarita avec cruauté. Tu avais bien besoin d'une amie.

Les taquineries se prolongèrent pendant le dîner, certaines étaient tendres, d'autres moins.

Themis était impatiente que le lendemain matin arrive. L'école de ses frères et de sa sœur se trouvait dans la direction opposée et elle faisait donc le chemin seule. Ce jour-là, elle marcha d'un bon pas pour précéder Fotini dans la cour. Au moment de s'engager dans une petite rue, elle aperçut un manteau rouge passé. Fotini était à quelques mètres devant, et Themis se mit à courir.

— Fotini ! Fotini ! Attends-moi !

La jeune fille se retourna.

— Bonjour, Themis.

Elles se serrèrent les mains comme des amies qui se connaissaient depuis toujours, avant de franchir ensemble la grille.

Il était hors de question que Fotini change de pupitre – même pour se rapprocher de Themis. Elle était arrivée en cours d'année et resterait donc au dernier rang. Les deux amies guettaient avec impatience les récréations. Elles jouaient parfois avec d'autres camarades à la corde à sauter. Et quand le soleil brillait, leur procurant une chaleur inattendue en hiver, elles s'asseyaient sur un banc et se racontaient leur histoire. Elles brossaient, de leur passé, un tableau nourri du mélange des récits des adultes et de leurs propres souvenirs sensoriels. Toutes deux avaient connu la poussière, la faim, les larmes, la fatigue et la perte, mais elles n'évoqueraient ces événements en détail que bien plus tard.

— Pourquoi tes parents ont-ils quitté Smyrne pour Kavala, puis Athènes ? lui demanda Themis avec curiosité, elle qui ne s'était jamais éloignée de la capitale grecque.

— Mes parents ne voulaient pas partir d'Asie Mineure, malheureusement ils n'ont pas eu le choix. Ils ont vécu à Kavala quelques années, parce que mon père avait toujours été employé dans l'industrie du tabac et qu'il y avait beaucoup de travail là-bas.

Themis avait entendu parler de la campagne d'Asie Mineure. Toute son enfance, elle avait écouté les amis de son père en débattre, et se plaindre de la horde de réfugiés ayant débarqué sans rien d'autre que ce qu'ils portaient sur eux. La plupart étaient pauvres, et Themis se rappelait le ressentiment de son père face à cette vague qui avait transformé sa ville.

— Ce n'est pas pour rien qu'on a appelé ça la « catastrophe », ajouta Fotini. Ça en a vraiment été une. Les gens étaient heureux et, du jour au lendemain, ils ont tout perdu. Tout ce qu'ils avaient.

— C'est pour ça que tu n'as pas de frère ni de sœur ? lui demanda Themis.

Une expression de surprise passa sur les traits de Fotini. Elle ne s'était jamais posé la question.

— Ils ont beaucoup souffert de la faim, et j'imagine que la situation aurait été pire s'il y avait eu plus de bouches à nourrir…

— Et après Smyrne ?

— On nous a conduits à Kavala, en bateau. L'une de mes tantes y vivait déjà, on s'est installés tous ensemble. Certains aspects de cette vie me plaisaient.

— Lesquels ?

— On habitait au bord de la mer, dans une belle ville traversée par un immense aqueduc, comme un grand pont. Et il y avait un vieux château. Beaucoup de bâtiments anciens et de petites rues, décrivit-elle, le regard brillant. Ça ne ressemblait pas du tout à Athènes.

— Tu aimes Athènes ?

— Pas encore… Mais j'espère que ça viendra, avec le temps.

À l'endroit où leurs routes se séparaient, elles s'assirent sur un petit muret. Elles avaient tant de choses à se dire qu'elles prenaient à peine le temps de respirer.

Themis se mit à raconter les « catastrophes » que sa propre famille avait connues : l'effondrement de la vieille demeure, suivi du départ de leur mère. Elle fit un aveu à Fotini : depuis que la photo de mariage de ses parents avait disparu, l'image de sa mère s'estompait.

— Je n'arrive plus à me souvenir de son visage, confessa-t-elle à son amie. Mais *yaya* m'a dit un jour que je lui ressemblais un peu.

— Tu as encore ton père, non ?

— En un sens, répondit-elle, préférant garder cette partie de l'histoire pour un autre jour.

La semaine suivante, sur le chemin du retour de l'école, Themis lui détailla davantage l'épisode de l'effondrement de la demeure.

— Je t'emmènerai voir les décombres un jour. J'imagine qu'ils sont toujours là.

— Il y avait des demeures aussi, à Kavala, lui dit Fotini. Mais elles appartenaient aux méchants qui possédaient les manufactures de tabac.

— Pourquoi étaient-ils méchants ?

— Eh bien, celui qui employait mes parents…

— Tes parents ? Ta mère travaillait aussi ?

Themis ne connaissait pas beaucoup d'enfants dont les mères avaient un emploi. Même dans les familles les plus modestes, qui auraient pu avoir l'usage d'un revenu supplémentaire, les mères restaient souvent à la maison, comme la sienne.

— Oui, ils s'occupaient du tri, côte à côte. Ma mère dit que tout le monde œuvrait main dans la main. Les femmes et les hommes, les chrétiens et les musulmans. Ils séparaient les bonnes feuilles des mauvaises, puis ils les calibraient.

— Mais…

La surprise arrondit la bouche de Themis alors que Fotini poursuivait :

— Je crois que leur travail n'était pas toujours pénible, même si leurs heures s'allongeaient de plus en plus.

Fotini s'interrompit un instant avant de demander à Themis :

— Ta mère n'avait pas besoin de travailler, elle ?

Themis hésita.

— Dans notre ancienne maison, elle s'affairait toute la journée.

Themis laissa alors échapper que, son père passant le plus clair de son temps en mer, c'était désormais sa grand-mère qui veillait sur la fratrie Koralis. Cette mention encouragea Fotini à parler de son père.

— Il est mort, confessa-t-elle. Et c'est pour ça qu'on a emménagé à Athènes.

Themis ne sut quoi dire. Sa propre mère était encore en vie, quelque part. Et son père leur rendait visite de temps à autre.

— Je ne l'ai pas vu souvent de son vivant, ajouta Fotini. Il rentrait toujours tard de ses réunions. Et même à la maison, il continuait à discuter avec ma mère, à écrire ses discours.

— Ses discours ?

— Oui, pour les ouvriers de la manufacture. Il avait de gros cernes noirs sous les yeux, il lisait sans arrêt des journaux et des livres. Il veillait toujours jusqu'à une heure avancée, assis à la table de la cuisine. Et puis une nuit – j'étais seule avec ma tante parce que ma mère n'était toujours pas rentrée alors qu'il était tard –, comme je n'arrivais pas à trouver le sommeil, ma tante m'a préparé un lait chaud. Elle avait l'air nerveuse, elle aussi. Quelques instants après, j'ai entendu le bruit d'une clé dans la serrure. Ma mère.

Themis se pencha en avant, suspendue aux lèvres de Fotini.

— Son visage était sale. Malgré la faible lumière, j'ai remarqué une égratignure sur sa joue. J'ai d'abord pensé à une chute. Elle essayait de parler, mais aucun mot ne sortait de sa bouche. Quand elle a réussi à se calmer, elle nous a tout raconté. Il y avait eu une manifestation. Des ouvriers qui réclamaient une augmentation et de meilleures conditions de travail. La police avait riposté et fait des blessés.

— Ton père ?

— Il avait été tué.

Un silence rare s'étira entre les deux amies. Gênée, Themis ne savait quels mots prononcer. Ce fut Fotini qui reprit la parole.

— Tout ça, ça remonte à un petit moment. On a refait nos valises et on a fini par arriver à Athènes. Ma mère disait que ça lui était bien égal qu'on soit pauvres. Elle se refusait à vivre dans un endroit où les patrons tuaient leurs employés. Elle ne voulait pas être une esclave. La mort de mon père était une injustice. C'est le mot qu'elle a employé.

Injustice. Themis avait souvent entendu ce terme, la plupart du temps pour qualifier des disputes entre les enfants Koralis : des parts de gâteau inégales, un jeu dont l'un d'eux était exclu et, dans son cas, le fait d'être prise par Margarita pour un bouc émissaire.

Fotini pleurait maintenant, et pour la première fois, Themis comprit que l'on pouvait éprouver de la peine pour une personne que l'on n'avait jamais connue. Elle versa elle aussi des larmes sur ce que Fotini avait perdu.

À la table du dîner, ce soir-là, Themis raconta les malheurs de Fotini à sa famille.

— Tu veux dire que ta nouvelle amie est communiste ? lui demanda Thanasis.

— Non, répondit Themis, bien plus capable d'affronter son grand frère que sa grande sœur.

— J'ai plutôt l'impression que son père cherchait à défendre ses droits, moi, intervint Panos, prenant le parti de Themis. J'ai entendu parler d'un syndicat à Kavala. Ils manifestaient contre…

— Mais pourquoi ? l'interrompit Margarita. À quoi ça leur servait ?

Panos n'avait aucune patience avec sa sœur.

— À quoi ça sert de manifester ? lui lança-t-il. À mettre un terme aux mauvais traitements dont les gens sont victimes. À rendre les faibles plus forts…

— Il n'est pas vraiment plus fort aujourd'hui, si ? lui rétorqua-t-elle avec cruauté.

— Il ne pensait pas uniquement à lui, vois-tu, s'entêta Panos. Enfin ça, ça te dépasse, j'imagine. Que quelqu'un puisse vouloir se sacrifier pour les autres…

— Comme Jésus, tu veux dire ? intervint Themis, qui avait été obligée d'apprendre par cœur des passages entiers de la Bible en cours de religion.

— Ne compare pas un communiste au Seigneur, enfin ! s'emporta Thanasis en abattant son poing, ce qui fit trembler la table.

— Ils ne sont pas si différents l'un de l'autre, insista Panos, qui se rangeait toujours fermement dans le camp de Themis.

— *Theé mou*, marmonna Kyria Koralis, comptant sur Dieu pour mettre un terme à cette dispute.

Les deux garçons continuèrent néanmoins à s'opposer avec virulence, et Themis se demanda si Dieu prêtait la moindre oreille aux prières incessantes de sa *yaya*. Elle n'en avait pas l'impression.

— Comment oses-tu dire une chose pareille ? Comment oses-tu insinuer que l'Église est du côté de ces gens ! hurla Thanasis.

— Ces gens… tu veux dire les ouvriers syndiqués ?

— De la racaille. Ils vont détruire ce pays.

— Quoi ? Parce qu'ils veulent que leurs familles aient assez à manger ? C'est ça, qui en fait de la racaille ?

— Nourrir leurs familles ? Tu crois vraiment que c'est leur principal objectif ? À d'autres ! La plupart de ces immigrants sont des fauteurs de troubles.

— Ces réfugiés ne sont pas venus volontairement ici. Tu es un imbécile, Thanasis. Ils n'avaient pas le choix.

— Tu veux dire que ce sont les hommes politiques qui les ont forcés à s'installer ici ? À nous envahir ? À nous piquer notre travail ?

— Tu sais très bien que ce n'est pas ce qui s'est passé, tenta de le raisonner Panos. C'est le gouvernement qui a pris les décisions ayant mené à cette guerre. Oui, les gouvernants sont responsables si tous ces gens ont dû quitter leurs maisons et abandonner l'ensemble de leurs possessions.

— Et d'après toi, ils les ont accueillis en Grèce pour qu'ils puissent causer des ennuis ?

Les yeux de Themis allaient et venaient entre ses deux frères. Panos et Thanasis étaient rarement du même avis, mais cette dispute était marquée par une intensité émotionnelle beaucoup plus forte que d'habitude, et elle se savait responsable : c'était elle qui avait provoqué l'étincelle. De l'autre côté de la table, Margarita semblait apprécier le spectacle.

— Dis-moi, hurla Thanasis en agitant son index vers Panos avec agressivité, ces communistes avaient-ils le droit de s'opposer à la loi ?

Leur grand-mère s'était levée pour couper des fruits, pourtant, lorsque Thanasis lâcha sa fourchette dans son assiette puis se retira avec fracas, elle retourna à table.

— *Panagia mou*, mère de Dieu ! lança-t-elle à Panos. Tu vois ce que tu as fait ? Pourquoi faut-il que vous vous querelliez en permanence ?

— Parce que nous avons des désaccords, lui répondit Margarita, qui se sentait autorisée à être grossière avec tout le monde, y compris sa grand-mère. Même si, évidemment, c'est toujours Panos qui a tort.

Il lui pinça l'oreille d'un geste tendre.

— Allez, Margarita, un peu de compassion ! La nouvelle amie de Themis a perdu son père.

— Je ne plaisante pas, Panos. Tu te trompes. N'importe qui serait en droit de penser que tu n'aimes pas ta patrie.

Se retenant de lui répondre, il se leva de table et quitta l'appartement en silence.

Themis avait écouté son grand frère traiter les parents de Fotini de criminels sans protester. Elle décida de ne jamais répéter à sa nouvelle amie ce que Thanasis avait dit. La fissure qui était apparue au sein de sa famille était en train de s'agrandir.

Dix minutes après la fin de la dispute, Thanasis sortit de sa chambre en uniforme de l'EON. Il avait, par coquetterie, posé son calot légèrement de travers. Margarita ne tarda pas à le rejoindre, très élégante elle aussi dans sa tenue bleue.

— On a notre dernière répétition pour le défilé de vendredi, annonça-t-elle fièrement à sa grand-mère. Tu seras là, n'est-ce pas ?

— Oui, *agapi mou.* Nous viendrons vous admirer, avec Themis.

La benjamine de la famille était toujours à table, ses manuels ouverts devant elle, perdue dans ses pensées. Pourquoi, se demandait-elle, Jésus ne prendrait-il pas le parti des communistes ? N'avait-il pas dit que les pauvres devaient venir à lui ? Ne voulait-il pas que tous les hommes soient égaux ? Elle avait suffisamment été à l'église pour être certaine d'avoir entendu ces choses dans la bouche du pope. Peut-être le monde avait-il toujours été plein de contradictions ; elle ne les avait simplement pas remarquées avant.

4

L'amitié entre Themis et Fotini s'approfondit au cours des mois suivants. Tous les matins, elles se retrouvaient sur le chemin de l'école et passaient ensuite la journée entière ensemble. Un après-midi, sur le trajet du retour, alors qu'elles étaient absorbées, à leur habitude, par leur conversation, Themis proposa soudain à Fotini un détour.

— Je voudrais te montrer l'endroit où j'habitais avant, dit-elle d'un ton joyeux.

Après s'être égarées et avoir demandé leur chemin à quelques passants, elles finirent par atteindre la rue Antigonis. Themis gardait un vague souvenir des lieux, mais il ne correspondait en rien à ce qu'elle vit cet après-midi-là. Une rangée d'immeubles modernes en occupait chaque côté, de bout en bout. Il ne restait rien des anciennes maisons, et tous les arbres avaient été coupés.

Themis ne parvint pas à cacher son désarroi. Elle pensait rarement à sa mère, pourtant, à cet instant, celle-ci lui vint à l'esprit, et elle se réjouit qu'Eleftheria Koralis ne soit pas présente pour constater l'effacement total de l'endroit qu'elle avait tant aimé.

— Ça ne ressemblait pas à ça avant, murmura-t-elle à son amie lorsqu'elles tournèrent les talons.

Elle ne souffla pas un mot de sa découverte à sa famille.

À la rentrée suivante, Fotini se vit attribuer le pupitre correspondant à la place qu'elle occupait dans l'ordre alphabétique, à côté de Themis. Karanidis et Koralis. Les deux filles étaient inséparables et partageaient tout, coups de cœur et lectures. Un seul autre élève de la classe représentait un concurrent sur le plan scolaire, le garçon du nom de Giorgos. Il était particulièrement doué pour les mathématiques, même si son bégaiement l'empêchait parfois de donner la réponse. Moqué par nombre de ses camarades, Giorgos était heureux d'être accepté par les filles. Quand il levait la main, elles lui laissaient toujours une chance de répondre en premier.

Les disputes sous le toit des Koralis s'étaient intensifiées. Ce qui pouvait s'apparenter autrefois à une simple compétition fraternelle entre Thanasis et Panos s'était transformé en une guerre d'idéaux, menée avec amertume, sans qu'aucun camp n'ait l'espoir de remporter une victoire, grande ou petite. Peut-être que s'il avait été là, leur père aurait été capable d'éteindre le feu entre ses deux fils, mais Pavlos Koralis n'était pas rentré depuis près d'un an. Quelque temps auparavant, il avait envoyé une lettre d'Amérique les informant qu'il comptait s'y installer à moyen terme et enverrait de l'argent régulièrement. Il avait été contraint, pour des raisons économiques, de changer de carrière, et les États-Unis étaient le royaume des possibles infinis.

Kyria Koralis fit le tri dans les informations qu'elle transmit aux enfants, et tous accueillirent cette nouvelle avec un grand *sang-froid**, à l'exception de Margarita, qui adorait son père et avait toujours guetté ses cadeaux colorés et exotiques. Elle pleura pendant plusieurs jours et plaça, sur sa table de chevet, la photo en noir et blanc de son père en uniforme de marin.

La vie suivit son cours habituel, de temps à autre des dollars américains arrivaient. Kyria Koralis en redistribuait équitablement une petite partie aux enfants. Thanasis ouvrit son propre compte en banque, Panos dépensa l'argent en livres, Margarita rêvait toujours de nouveaux vêtements et Themis demandait, chaque semaine, quelques piécettes pour les faire tinter dans sa poche. Elle était en dernière année à l'école élémentaire, et les trois autres enfants se rendaient au *gymnasio* voisin. Thanasis s'interrogeait déjà sur son avenir. Il rêvait d'intégrer l'école de police.

Pendant les repas, Kyria Koralis ne parvenait plus à se faire entendre tant ses petits-fils haussaient le ton, et elle avait donc baissé les bras. Ils ne se livraient pas seulement une guerre des mots. Leur agressivité verbale débouchait souvent sur un conflit physique, et elle avait honte de ne plus être capable de les maîtriser.

Themis évoquait souvent devant Fotini la violence des disputes de ses frères et le volume sonore dans l'appartement, la méchanceté de sa grande sœur et les claquements de portes incessants. Ce n'était pas un environnement propice à l'étude, surtout maintenant qu'elles allaient toutes deux entrer au collège. Fotini invita Themis à venir faire ses devoirs chez elle.

— Ça ne dérangera pas ma mère, lui dit-elle. Elle rentre beaucoup plus tard du travail, de toute façon.

Elles prirent leur temps pour se rendre dans la rue où Fotini habitait, se régalant de *koulouria*, des brioches encore chaudes que Themis avait achetées avec ses drachmes. Le chemin montait fortement à partir de la grand-rue animée. Elles dépassèrent plusieurs églises puis s'engagèrent dans un dédale de ruelles de plus en plus étroites, où le linge était suspendu entre les maisons.

Même le sol était différent. Il avait plu ce jour-là, et Themis glissa dans la boue alors qu'elles gravissaient la côte. Dans les embrasures des portes, des petits enfants pieds nus les regardaient en silence, l'air renfrogné.

Themis s'était imaginé que Fotini habitait un immeuble, dans un quartier comparable au sien. En s'engageant dans une ruelle encore plus étroite, où elles tenaient tout juste de front à deux, elle découvrit des habitations à un seul étage, très différentes de celles qu'on trouvait à Patissia. Difficile de savoir si ces constructions étaient anciennes ou récentes, temporaires ou permanentes, tant elles semblaient peu solides.

Au bout de quelques pas, Fotini s'arrêta et poussa une porte grise sur sa gauche. Themis vit son amie disparaître dans le noir. Celle-ci alluma une lampe à gaz. Son faible éclat jaunâtre permit tout juste à Themis de prendre conscience de l'échelle de la pièce unique dans laquelle son amie vivait avec sa mère.

Fotini ouvrit la porte à l'autre extrémité pour laisser entrer davantage de lumière. Elle la bloqua avec un seau.

Cette porte donnait sur une cour, que Fotini et sa mère partageaient avec de nombreux autres résidents de la rue ; une femme était en train d'y suspendre des draps, avec l'aide d'un enfant qui lui tendait des pinces à linge en bois.

Un réservoir d'eau était posé sur une structure métallique et juste à côté, il y avait un léger rideau. C'est là que Fotini devait se laver, songea Themis avec embarras. Les deux filles commençaient à se sentir complexées par leur corps en métamorphose constante, et elle ne put s'empêcher de grimacer en imaginant combien elle serait gênée d'avoir à se laver dans un lieu aussi exposé.

Un pichet en émail était posé sur une petite commode. Fotini souleva délicatement le linge bordé de perles qui en protégeait le contenu des mouches, puis prit des tasses sur une étagère et les remplit. Elle en offrit une à Themis avec un sourire.

— *Kalos orises*. Bienvenue chez nous !

Les yeux de Themis s'étaient accoutumés à la pénombre, et elle examina la pièce – elle était incapable de dissimuler sa curiosité.

— Ce tapis, lui dit Fotini, c'est la seule chose de valeur qu'on a emportée de Smyrne.

Themis baissa les yeux vers ses chaussures et remarqua la boue qui y était restée accrochée. Le tapis usé sur lequel elle se tenait était composé d'un vague motif dans les tons bruns, qui n'allait pas sans lui rappeler celui de la rue Antigonis. Elle s'inquiéta soudain de laisser des traces partout. Chez les Koralis, on retirait toujours ses chaussures dans l'entrée de l'appartement.

— Ma mère aime me répéter qu'il a parcouru des milliers de kilomètres depuis Smyrne et qu'il était hors de question de le laisser à Kavala.

Elle indiqua un petit tableau cloué au mur.

— Et ça, c'est une peinture de notre village. C'est la seule autre chose que nous ayons emportée. Elle a fait tout le voyage dans la poche de la jupe de ma mère. Avec une photo.

Au moment de quitter l'Asie Mineure, les parents de Fotini avaient presque tout abandonné. Et à ce qu'en voyait Themis, les deux exilées pouvaient toujours compter leurs biens sur les doigts d'une seule main. Ce fut pour elle une prise de conscience saisissante. Voilà ce dont parlait Panos quand il évoquait les difficultés des réfugiés. La plupart d'entre eux menaient toujours une vie difficile, près de vingt ans après avoir dû quitter leur terre natale.

La mère de Fotini avait tiré le meilleur parti possible de la pièce exiguë dans laquelle elles vivaient. Il y avait un lit étroit dans un coin, soigneusement fait et recouvert d'une courtepointe brodée. Il ne pouvait accueillir qu'une seule personne et Themis se demanda où la seconde dormait. Trois chaises entouraient la table de cuisine en bois, et sur une autre petite table se trouvait une bassine métallique contenant un méli-mélo de poêles et de casseroles. Une petite étagère fixée au mur contenait quelques assiettes et tasses et, contre le mur, il y avait un banc en bois sur lequel étaient posés des coussins brodés et sous lesquels se succédaient plusieurs piles de livres.

Fotini tira une chaise pour son amie, puis s'assit en face. Au-dessus d'elles, au mur, veillait un couple d'âge indéterminé aux bras bien raides le long des flancs.

Themis songea qu'il devait s'agir de la photographie dont Fotini lui avait parlé.

— Mes parents, lui précisa-t-elle d'un air détaché. Le jour de leur mariage.

Themis ne sut que répondre et se contenta de :

— Ah…

— Au travail, enchaîna Fotini en sortant tous ses manuels de son cartable avant d'en ouvrir un.

Durant une bonne heure, elles lurent en silence, puis passèrent à un devoir de mathématiques. Elles le terminèrent presque au même moment, remarquant qu'elles avaient trouvé une solution identique en empruntant des chemins différents. Comme toujours, Fotini avait soigneusement noté les étapes intermédiaires dans les marges. Le travail de Themis était plus brouillon, son écriture était beaucoup plus grosse et certains de ses 5 et de ses 6 se ressemblaient de façon confondante. Elle utilisait parfois une page entière pour résoudre une seule équation là où Fotini pouvait en faire tenir trois.

— Tu es tellement soignée et appliquée, la taquina Themis. Tu as vu mon cahier ?

— Mon père m'a appris à ne pas gâcher le papier. Il disait qu'il ne pousse pas sur les arbres !

Les filles rirent de bon cœur, pourtant Themis comprenait que cette plaisanterie recouvrait une réalité très sérieuse : les gens qui n'avaient presque rien ne pouvaient pas se permettre de gâcher quoi que ce soit.

Elles riaient encore lorsque la porte du côté de la rue s'ouvrit en grand. Une femme très mince avec les cheveux tirés en arrière entra. Elle avait la peau si pâle qu'elle paraissait translucide et d'immenses yeux en amandes. Fotini se leva pour aller embrasser sa mère.

— Je te présente mon amie Themis, annonça-t-elle fièrement.

— Enchantée de faire ta connaissance, lui dit la femme avec un sourire. Fotini n'a pas cessé de me parler de toi depuis le jour où elle a mis les pieds dans sa nouvelle école !

Elle posa un petit panier sur la commode, en sortit deux paquets et les déballa. Elle avait une longue tresse noire qui lui descendait bien en dessous de la taille et qui émerveilla Themis. La mère de Fotini semblait pressée de préparer à manger avec les ingrédients qu'elle avait rapportés.

Themis était habituée à l'immense marmite de sa grand-mère et ne manqua pas de remarquer la minuscule casserole que la femme posait sur le brûleur à gaz.

— Il commence à se faire tard, les filles, observa-t-elle.

Les deux amies n'avaient aucun moyen de surveiller l'heure.

— Tu dois être attendue chez toi, Themis.

— Vous avez raison, je dois rentrer, répondit-elle, se rendant soudain compte qu'elle avait abusé de l'hospitalité de son amie.

Elle rangea ses livres alors que les arômes de la *fasolada*, cette fameuse soupe de haricots blancs, venaient lui chatouiller les narines.

Fotini raccompagna Themis jusqu'à la rue principale. Celle-ci aurait été incapable de se repérer dans le quartier sans guide.

— À demain, dit Fotini. Je suis heureuse que tu sois venue.

En arrivant chez elle, Themis trouva sa famille déjà attablée. Sa grand-mère s'apprêtait à servir le dîner, qui consistait en deux énormes poêlons remplis presque à ras bord, de ragoût pour l'un, et de salade cuite pour l'autre – *horta*. Une miche de pain intacte était posée au centre de la table. Themis songea soudain que la mère de Fotini ne pouvait sans doute pas s'offrir davantage que ce qu'elle avait préparé. Ce qui expliquait pourquoi elle ne lui avait pas proposé de rester pour le repas.

— Où étais-tu fourrée ? lui demanda Thanasis.

— Pourquoi rentres-tu si tard ? ajouta Margarita.

Les assiettes commençaient déjà à passer de main en main, et les réponses que Themis aurait pu apporter à toutes ces questions auraient été noyées dans le cliquetis de la vaisselle et des couverts, dans le gargouillis de l'eau qui remplissait les verres. Elle n'avait, de toute façon, aucune envie de leur raconter ce qu'elle avait fait. Les quelques heures chez Fotini l'avaient rendue heureuse, et elle ne laisserait pas ses frères et sa sœur entacher ce souvenir.

Margarita insista néanmoins, et malgré la fermeté de sa résolution, Themis finit par confesser où elle s'était rendue après l'école. Ainsi qu'elle le craignait, son aveu provoqua aussitôt la rage de Thanasis.

— Elle n'est pas vraiment grecque, housséna-t-il d'un ton catégorique. Enfin pas comme nous.

— Mais elle parle notre langue, elle pratique la religion orthodoxe, elle a été baptisée…

— Ses parents…

— Son père est mort ! protesta Themis. Il a été tué, je te l'ai déjà dit !

— Sa mère, dans ce cas. Elle est toujours communiste ?

Margarita fit front commun avec son grand frère contre sa petite sœur.

— Qu'est-ce qu'elle pense, ton amie, du slogan de l'EON ? Une nation, un roi, un chef, une jeunesse ?

Themis et Fotini avaient déjà eu une conversation sur ce sujet, et elle connaissait l'opinion de son amie presque aussi bien que la sienne. Thanasis reprit la parole d'un ton radouci. Il voyait bien que les yeux de sa petite sœur étaient brillants de larmes.

— Quel « leader » sa mère suit-elle, Themis ? Est-ce qu'elle approuve Metaxás ? Ou soutient-elle ceux qui veulent renverser le régime ?

Themis n'eut pas le temps de répondre, Panos venait de se jeter dans la mêlée, aussi bien pour défendre Themis que ceux qui critiquaient la dictature sous laquelle ils vivaient.

— Vous ne voulez vraiment rien voir, tous les deux ! s'emporta-t-il en agitant son index vers Thanasis et Margarita. Ça ne vous dérange pas que Metaxás admire un régime comme celui qui s'est installé en Italie. Et envoie ses petites brutes écraser l'opposition.

Lorsque ses quatre petits-enfants se faisaient la guerre, Kyria Koralis préférait, la plupart du temps, se chercher une occupation, préparer la suite du repas, faire la vaisselle ou ranger des ustensiles qui étaient déjà à leur place. Elle leur demandait régulièrement de ne pas crier et, parfois, elle intervenait dans le débat. Ce qu'elle fit à cet instant précis, révélant indirectement quel camp politique avait ses faveurs.

— Il est vrai que Metaxás célèbre Mussolini, Panos, mais je crois que ce sentiment est mutuel.

— Hitler admire les Grecs, lui aussi. Et nous devrions tous en être fiers ! ajouta Margarita.

— Elle a raison, Panos, souligna Thanasis, triomphal. Tout le monde sait que les Allemands admirent les Grecs de l'Antiquité.

Il était vrai que les anciens Grecs étaient décrits, dans les manuels nazis, comme leurs « frères de race les plus proches ». Panos répondit à cette déclaration par le mépris.

— Ces Grecs-là n'existent plus ! Nous ne sommes plus le même peuple. Plus tôt nous cesserons de prétendre le contraire, mieux nous nous porterons.

— Calme-toi, Panos, l'exhorta son frère. C'est une grande opportunité pour notre pays que Hitler respecte les idéaux hellénistiques.

— Je ne peux pas écouter ces âneries plus longtemps. Et ne me dis pas de me calmer !

Thanasis échouait rarement à faire sortir son petit frère de ses gonds. Margarita plaqua ses mains sur ses oreilles lorsque ses frères se mirent à hurler. L'aîné refusait de battre en retraite. Maintenant qu'il avait provoqué la colère de son cadet, il avait l'impression de tenir les rênes du débat, il avait trouvé son rythme, maîtrisant ses arguments sur le bout des doigts.

— Regarde les grandes choses que Hitler accomplit pour son pays ! C'est une question d'autorité et de discipline, Panos.

— Il a d'ailleurs une organisation dédiée à la jeunesse, lui aussi, intervint Margarita. Beaucoup de pays suivent sa voie.

— C'est le seul point sur lequel nous sommes d'accord, s'emporta Panos. Tous les fascistes suivent en effet la même voie !

Puis une note de désespoir s'immisça dans son ton :

— Mais où cette voie nous conduira-t-elle ?

Il y eut quelques instants de silence. Personne ne semblait avoir de réponse à cette question. Themis s'essuya le nez avec sa manche. Elle voulait plus que tout voir cette dispute cesser. Margarita, elle, buvait du petit-lait puisque Thanasis avait, à son sens, pris le dessus. Sous la table, elle balançait une jambe et donnait, de temps à autre, un coup dans le tibia de sa sœur.

Thanasis se leva de table en soupirant.

— Tu es vraiment trop bête, Panos. Tu n'y comprends rien, en fait.

Son cadet ne répondit pas. La dispute s'était terminée d'elle-même. Themis était habituée à ce que les repas prennent ce tour, et bien que l'altercation eût été déclenchée par la mention de Fotini et de sa mère, elle avait à peine prononcé un seul mot, pour sa part. Ce qui ne l'avait pas empêchée de percevoir la violence de cet incendie, qui avait comme toujours été instantanément éteint par le départ de l'un de ses frères.

La principale leçon que Themis avait tirée de son après-midi était la suivante : tout le monde ne vivait pas de la même façon qu'eux. Allongée dans son lit, ce soir-là, elle s'endormit en repensant à la mère de Fotini qui dosait avec une extrême précision les haricots secs.

Le lendemain matin, sa meilleure amie était intarissable.

— Ma mère était tellement heureuse que tu sois venue à la maison. Tu étais notre première invitée.

— Je pourrais revenir ?

— Bien évidemment. Aussi souvent que tu en auras le droit, lui répondit Fotini sans hésiter.

À compter de ce jour, une nouvelle routine s'instaura durablement. Tous les jours, après l'école, Themis allait chez Fotini dans l'étroite ruelle et les deux amies faisaient leurs devoirs avec application. Même s'il y avait du bruit dans la cour – commérages des femmes et cris des bébés –, rien ne parvenait à troubler leur concentration.

Themis restait toujours jusqu'au retour de la mère de Fotini. Elles échangeaient quelques paroles amicales, puis la jeune fille prenait congé dès que l'odeur du dîner commençait à se diffuser dans la pièce.

Les deux amies rendaient des devoirs exemplaires, toujours à l'heure, et obtenaient les meilleures notes possible. Un soir par semaine, elles devaient néanmoins changer leurs habitudes, étant maintenant contraintes d'assister à leur réunion de l'EON. Celles-ci étaient devenues obligatoires pour les filles de leur âge.

— Si on se contente d'articuler les paroles des chansons en silence, on ne les chante pas vraiment, décréta Fotini.

— Et donc on n'y adhère pas vraiment…

— Exactement, affirma-t-elle avec force. On chantera des paroles différentes dans nos têtes, des paroles qui disent l'inverse. Ma mère était embêtée que je t'aie raconté ce qui était arrivé à mon père, mais je n'arrive pas à l'oublier.

— C'est bien normal, Fotini. Et je ne l'oublierai pas non plus, lui assura Themis, encore éprouvée par l'antagonisme des positions au sein de sa famille. Peut-être qu'elle a peur que tu te mettes en danger en racontant de quelle façon il est mort…

Fotini haussa les épaules.

— Je n'ai pas honte et je refuse de faire comme si ce n'était pas arrivé.

Fotini balayait systématiquement les recommandations de sa mère, qui l'enjoignait à la prudence dans ses prises de position publiques. Il était impossible de réprimer la fibre rebelle en elle.

— Je déteste me déguiser en soldat, se plaignit-elle un jour en mettant son calot de l'EON. Est-ce qu'on est censées imaginer qu'on est en guerre ? Et qui dois-je combattre dans ce cas ? Réponds-moi !

Sa mère resta silencieuse. La guerre était bien plus proche qu'on ne le supposait, et la nécessité de choisir un camp fut bientôt au cœur des conversations dans le pays. En septembre 1939, Hitler envahit la Pologne. La Grande-Bretagne et la France déclarèrent la guerre à l'Allemagne. Les mois suivants, le conflit s'intensifia et, bientôt, tous les pays semblèrent devoir décider à qui apporter leur soutien.

Même pour Margarita, qui avait toujours adoré les activités de l'EON, la perspective de la guerre était impensable. Elle se bouchait les oreilles dès que quelqu'un l'évoquait. Elle rêvait d'une autre vie. Alors que la meilleure amie de Themis habitait dans le quartier le plus pauvre d'Athènes, sa meilleure amie à elle, Marina, résidait dans le plus cossu. La mère de Marina portait de beaux habits et allait chez le coiffeur deux fois par semaine. Margarita voulait lui ressembler et aspirait à un avenir loin de Patissia. Tandis que les membres de sa famille, émus par les événements européens, se déchiraient entre la gauche et la droite, Margarita se mit à rêver qu'elle appartenait à une autre famille et que sa destinée l'attendait ailleurs. Elle commença à chercher des preuves qu'elle n'était pas une Koralis.

Un matin, au début du mois de décembre, se retrouvant seule dans l'appartement, elle ne put résister à la tentation de fouiller dans des endroits qui lui étaient interdits, elle le savait. Ces meubles d'« adultes », ainsi qu'elle les nommait en son for intérieur, se composaient notamment d'un bureau qui avait appartenu à son père. Ayant parcouru ses tiroirs, elle en parvint rapidement à la conclusion que les papiers étaient on ne peut plus ennuyeux et rangea tout. Elle n'avait pas pris le soin de les reclasser, mais elle n'imagina pas un seul instant que quiconque pourrait remarquer leur désordre. La curiosité la conduisit ensuite à un petit placard dans la chambre de sa grand-mère. Quand, en tournant la poignée, elle constata qu'il était fermé à clé, son intérêt fut immédiatement décuplé. Il devait contenir des choses passionnantes et secrètes.

Elle mit facilement la main sur la clé, rangée dans le tiroir de la table de nuit, et la serrure, bien qu'un peu grippée, finit par s'ouvrir. Le placard était rempli de vêtements soigneusement pliés. Margarita sortit avec délicatesse celui du dessus de la pile et le plaça devant elle. La robe était bien trop étroite pour l'adolescente potelée de quinze ans. Remarquant que les boutons dans le dos étaient déjà défaits, elle la passa néanmoins sur son tricot d'un vert terne et sa jupe en laine marron. Une odeur d'humidité et de poussière se dégageait du vêtement. En croisant son reflet dans le miroir, Margarita sentit monter un sentiment de dégoût. Une image de sa mère ressurgit des tréfonds de sa mémoire : recroquevillée sur son lit dans cette robe, inerte et triste. S'empressant de la retirer, Margarita la roula en boule et la fourra au fond du placard.

Elle bouscula la pile de vêtements au passage et celle-ci bascula en avant, débordant du placard pour former un tas informe par terre. Margarita aperçut alors ce que les habits cachaient. Une boîte. Elle avait les dimensions d'un grand livre, mais était très profonde. Margarita se baissa pour la soulever. Elle s'assit sur le lit de sa grand-mère et l'ouvrit.

Elle n'avait jamais vu une chose pareille, hormis dans les histoires pour enfants avec des pirates turcs : un coffre rempli d'or et d'argent, de perles et de pierres précieuses. Elle voulut sortir un bijou et constata qu'il était emmêlé avec un autre, les chaînes et les fermoirs s'étaient enchevêtrés, il était difficile de dissocier les bracelets des rangs de perles et des broches.

Elle consacra l'heure suivante à libérer patiemment chaque bijou et à le poser sur le lit. Elle fredonnait en travaillant, heureuse et excitée, les yeux pétillant de joie devant une telle découverte. C'était un véritable trésor.

Une fois qu'elle eut terminé, elle se leva pour admirer la collection. Il y avait de nombreux colliers (certains en perles, deux en diamants), des pendentifs (l'un en forme de serpent avec des yeux en émeraude, l'autre avec un gros rubis) et un bracelet en or avec une rangée de saphirs au milieu. Il y avait plusieurs bagues aussi.

Margarita ignorait que ces merveilles faisaient partie de la dot de sa mère, avec la maison de la rue Antigonis, et qu'elles avaient pu, à une époque, valoir plus que la bâtisse elle-même. Quand elle était partie pour l'hôpital psychiatrique, Eleftheria n'avait emporté qu'un petit sac d'affaires, et Kyria Koralis lui avait promis de lui faire parvenir tout le reste. Lors de sa première visite, Pavlos avait constaté que son épouse n'aurait pas besoin de davantage de vêtements, passant l'essentiel de son temps alitée. On ne lui avait donc rien envoyé d'autre.

Margarita essaya les bijoux les uns après les autres et s'observa dans le miroir, reposant ensuite chacun d'eux avec beaucoup de précaution. Puis elle tenta diverses combinaisons : ambre et émeraude, rubis et perles, argent et or, améthyste et diamants. Le nombre d'associations semblait infini, et elle ne vit pas le temps passer.

Après avoir mis chacun des bijoux au moins une fois, elle expérimenta des assemblages plus audacieux, avant de les entasser jusqu'à les avoir quasiment tous sur elle : trois colliers, tant de broches qu'on aurait dit des médailles militaires, de l'épaule à la poitrine, et des bracelets du poignet au coude. Elle fit la moue et se dandina devant le miroir, comme si elle posait pour les pages d'un magazine, se pavana ainsi que les actrices et les mannequins devaient, selon elle, le faire, se tint dos au miroir et jeta des regards par-dessus son épaule. Et tout ce temps-là, son sourire ne la quitta pas. En dépit de leurs années d'enfermement, ces joyaux n'avaient pas été ternis par l'obscurité.

Margarita jetait constamment des coups d'œil dans le miroir. N'ayant jamais possédé, ni même essayé, de bijou, elle venait de découvrir le pouvoir magique qu'exerçaient l'or, l'argent et les pierres précieuses. Ils soulignaient sa beauté. C'était sans doute pour cette raison qu'on les convoitait à ce point.

Margarita voulait ressembler à ces femmes élégantes qui fréquentaient Zonars, le nouveau café dans le centre d'Athènes. Elle les avait aperçues à travers les vitrines étincelantes, en train de déguster un café sans retirer leurs gants. En hiver, elles portaient du vison ; en été, de la soie pastel. Elles avaient toujours des mises en pli impeccables et arboraient, sans exception, de lourds colliers. Comme la mère de Marina, Margarita aurait un jour rendez-vous dans cet établissement, l'un des serveurs en livrée lui tiendrait la porte. Fière, elle passerait entre les tables, sur ses talons hauts, avec ses bas qui donneraient l'impression qu'elle avait les jambes nues.

Ayant gardé l'essentiel des bijoux, elle s'occupa d'arranger la pile de vêtements. Si seulement sa mère avait pu posséder une fourrure aussi…

Soudain, la porte de l'appartement claqua. Margarita se pétrifia en entendant le pas lourd de son frère aîné s'arrêter devant la pièce.

Thanasis avait été attiré par la lumière dans la chambre de sa grand-mère et poussa la porte. Le reste de l'appartement était à présent plongé dans l'obscurité. Margarita n'avait aucun endroit où se cacher, elle se redressa donc. Elle venait d'être prise la main dans le sac. La réaction de Thanasis la désarma.

— Tu es si jolie ! s'exclama-t-il en souriant. Regarde-toi avec tous les atours de maman !

Il recula pour l'admirer. Ayant quelques années de plus que Margarita, il gardait le souvenir de leur mère avant sa maladie et avait encore des images d'elle vêtue de certains de ces vêtements et parée de bijoux.

— Je me suis toujours demandé où ses diamants étaient passés, dit-il en la considérant avec mélancolie.

— Tu savais qu'elle avait tout ça ?

— Pas tout, non. Mais je me rappelle l'avoir vue porter certains de ces bijoux. Tu devrais les retirer maintenant, *yaya* ne va plus tarder.

Il était impossible de tout remettre dans l'état initial, toutefois ils firent de leur mieux, convaincus que leur grand-mère ne se rendrait compte de rien, de toute façon. À en juger par l'odeur de renfermé, elle ne devait pas ouvrir souvent ce placard.

— Quel gâchis de laisser tout ça moisir ici, soupira Margarita en glissant la boîte sous les vêtements.

— Tu veux parler des habits ?

— Non, des bijoux.

— Je suis sûre que tu en auras un le moment venu.

— Et je vais devoir attendre combien de temps encore ? Jusqu'à la mort de l'autre ?

— Margarita !

— Tu ne vas pas me dire que c'était une bonne mère, si ? riposta-t-elle, sur la défensive.

Thanasis continuait à souffrir de l'absence d'Eleftheria. Des quatre enfants, il avait été le plus proche d'elle et conservait les souvenirs les plus précis de son affection. En tant qu'aîné, il avait été le seul à jouir de l'exclusivité de son attention. Il pensait souvent à elle, même si l'Institut leur envoyait de moins en moins de nouvelles de son état.

Il remarqua un mouchoir en tissu par terre et, profitant que Margarita regardait ailleurs, l'empocha. Dans un des coins, un *E* était brodé avec minutie. Plus tard, il le presserait contre son visage. Le petit carré de soie ne conservait plus aucune trace de l'odeur maternelle, ce qui n'empêcherait pas Thanasis de le garder précieusement.

— Mais on ne la voit jamais. On n'a aucune nouvelle. Et c'est un tel gâchis de laisser tout ça caché dans un placard, reprit Margarita.

— Tu es un peu trop jeune, encore, la raisonna-t-il.

Le bruit de leurs voix avait couvert celui de la porte de l'appartement, qui s'était ouverte et refermée, si bien qu'ils n'avaient pas entendu Themis entrer dans la pièce. Quand Margarita s'aperçut de sa présence, elle la mit dehors.

— Pourquoi faut-il toujours que tu nous espionnes ? Dehors !

Themis ne demanda pas son reste, elle en avait assez entendu : sa sœur aînée se fichait que leur mère soit vivante ou morte. Son insensibilité n'avait pas de limites.

Margarita était furieuse que Themis l'ait surprise en train de fouiller dans les affaires de leur mère. Dans leur lit, ce soir-là, elle s'assit sur la poitrine de sa petite sœur et lui jura qu'elle n'hésiterait pas à la tuer si celle-ci s'avisait de la trahir.

Themis n'eut aucun mal à la croire.

Margarita prit l'habitude d'ouvrir le placard, chaque fois que sa grand-mère s'absentait. Elle se familiarisa avec tous les bijoux, apprenant à les connaître, et à les aimer, un par un, à les classer par ordre de valeur – selon sa propre estimation, évidemment subjective. Ce trésor était une source infinie de rêves et d'aspirations, il lui inspirait le fantasme d'une vie où elle serait vénérée pour sa beauté et traitée comme une princesse. Peut-être rencontrerait-elle un membre de la famille royale, un jour ? Et dans ce cas, quel bijou porterait-elle ?

Pendant que Margarita était investie par son imaginaire, ses frères suivaient de près les événements imprévisibles qui secouaient le monde réel.

Si le général Metaxás avait été heureux de s'inspirer de certains aspects des régimes allemands et italiens, il ne leur avait pas apporté son soutien lorsque la guerre avait éclaté en septembre 1939, se tournant vers la Grande-Bretagne.

De bon matin, un jour d'octobre 1940, un peu plus d'un an plus tard, l'ambassadeur italien se présenta au domicile de Metaxás avec une requête de Mussolini : l'autorisation pour ses troupes de franchir la frontière entre l'Albanie et la Grèce en vue d'occuper certaines zones. Metaxás refusa purement et simplement.

Les forces italiennes entrèrent presque aussitôt sur le territoire.

— Ils nous envahissent, déplora Kyria Koralis en se tordant les mains. Qu'allons-nous faire ?

La panique dans sa voix était évidente. Bien qu'âgée de quatorze ans désormais, Themis n'avait pas de notion précise de la géographie de son pays ; elle ne s'était jamais éloignée à plus de vingt kilomètres du centre d'Athènes – pour aller sur la côte voisine. Elle s'imagina donc que si les Italiens prenaient la direction du sud, ils arriveraient à Patissia le lendemain matin. Elle en avait la certitude. Elle ne ferma pas l'œil de la nuit.

À la lumière du jour, l'avenir lui parut moins sombre. Ils apprirent aux informations que l'armée grecque avait réagi avec une force et une intensité inattendues. Les mois suivants, en dépit d'un hiver rude, les Grecs repoussèrent les Italiens un peu plus loin en Albanie et occupèrent, brièvement, une partie du sud du pays.

À ce stade du conflit, plus personne ne se souciait que les Italiens aient ou non de l'admiration pour les Grecs.

— Je suis tellement heureuse que vous ne soyez pas là-bas, mes deux garçons, sanglota Kyria Koralis alors qu'ils étaient tous réunis autour du poste de radio.

Les soldats grecs se battaient dans des conditions extrêmes.

— Pas moi, *yaya*, lui répondit Thanasis. Je serais fier de défendre mon pays. Ces hommes ont l'occasion de prouver leur amour pour leur patrie. Que Dieu les bénisse, tous.

— Tu pourras le faire en temps voulu, lui répondit sa grand-mère, j'en suis certaine. Ton entraînement au sein de l'EON te servira.

Les succès de l'armée grecque étaient un motif de réjouissance pour l'ensemble des Koralis. Il avait suffi du simple *ochi* de Metaxás à l'ambassadeur italien pour que sa cote de popularité s'envole aussitôt auprès de ses admirateurs ; quant à ceux qui s'opposaient à sa dictature, ils durent bien reconnaître, à contrecœur, qu'il avait su éviter une humiliation à son pays.

— À nos courageuses troupes ! dit Thanasis en levant un verre d'eau-de-vie.

Les quatre enfants Koralis portaient leurs uniformes de l'EON ce soir-là. Ils avaient assisté à un défilé de la victoire dans l'après-midi, sous les yeux de leur grand-mère, très fière. Si Panos trinqua sans enthousiasme, Themis, elle, se laissa, emporter par la ferveur générale.

— À notre général ! s'écrièrent-elles en chœur, avec Margarita, dans une démonstration d'unité surprenante.

Metaxás avait certes remporté une grande victoire en repoussant les Italiens à la frontière albanaise, il continuait cependant à tout faire pour ne pas se retrouver impliqué dans la guerre.

— Il a refusé l'offre des Anglais, qui voulaient lui envoyer des soldats ! déplora Panos un soir. Pourquoi ? Ils nous auraient protégés !

La riposte de Thanasis ne se fit pas attendre.

— Si les troupes de Churchill entraient dans notre pays, nous serions finis ! Hitler nous verrait irrémédiablement comme un ennemi.

Tout le monde se tut autour de la table : leur pays était dans un état de vulnérabilité extrême.

Durant cette période, les mesures répressives de la dictature instaurée par Metaxás se poursuivirent. Un jour de janvier, peu après la rentrée des classes, Themis fut témoin de la brutalité de cette politique. Elle était chez Fotini lorsque la police fit une descente dans la rue, à la recherche de communistes. La jeune fille vit des agents traîner hors de son logement misérable un jeune homme de l'âge de Thanasis. Fotini et elle suivirent la scène à travers une fissure dans la porte, en tremblant de peur. Themis remarqua que le jeune homme saignait déjà au visage quand il fut poussé dans la fourgonnette de la police.

Une semaine plus tard, elles entendirent que l'on criait dans la rue et que l'on frappait à une porte voisine. Kyria Karanidis dit aux filles de se cacher sous le lit au cas où la police se présenterait chez elle. Elles ne se firent pas prier et se bouchèrent les oreilles.

À la fin du mois de janvier survint un événement que personne n'aurait pu prédire : la mort subite du général Metaxás.

— Septicémie, expliqua Panos qui lisait le journal.

Son ton n'exprimait aucune tristesse.

Cette nouvelle suscita des réactions diverses, surtout sous le toit des Koralis. Themis fut emportée par un élan d'optimisme : la mort du dictateur permettrait peut-être le retour des autres partis politiques et la fin des violences policières contre les communistes.

Thanasis et Margarita portèrent le deuil de Metaxás avec ostentation. L'EON comptait maintenant plus d'un million de membres, et beaucoup d'entre eux se sentaient privés de la pierre angulaire de leurs croyances. En comparaison, Themis n'éprouvait rien. Et Panos encore moins.

— Tu verras, lui dit Margarita, tu finiras par regretter le général. Tu ne l'appréciais peut-être pas, mais tu vas bientôt t'en mordre les doigts.

Panos aimait ces affrontements avec son frère et sa sœur. Themis, elle, faisait tout son possible pour éviter la confrontation, surtout avec sa sœur si méchante. Panos savait, néanmoins, qu'elle partageait son sentiment.

— Écoute-moi bien, Themis, l'entreprenait-il lorsqu'ils étaient seuls. Ce n'est pas parce que nous ne sommes pas autorisés à les exprimer tout haut que nos positions sont mauvaises. Au contraire, même, peut-être.

Voilà pourquoi, tout en gardant leurs idées pour eux, Panos et Themis ne versèrent pas une seule larme sur la mort du dictateur grec. Ils espéraient qu'elle marquerait le début de temps meilleurs et la restauration des libertés individuelles.

Cet espoir était vain. En quelques mois, les Grecs allaient perdre l'ensemble de leurs libertés, indépendamment de leurs affiliations politiques – qu'ils soient de gauche, de droite, centristes, royalistes ou républicains.

À terme, ni les Grecs ni les forces britanniques venues sur l'invitation du successeur de Metaxás, Alexandros Koryzís, ne purent empêcher l'invasion allemande. Au début du mois d'avril, les nazis marchèrent sur le pays.

5

Au cours des dernières années, la radio avait permis la diffusion, dans l'appartement des Koralis, d'histoires pour enfants et de musique, mais aussi de nouvelles, bonnes comme mauvaises. Le 9 avril 1941, elle leur apprit ce que tant de Grecs redoutaient. Les troupes allemandes étaient arrivées à Thessalonique.

Ce jour-là encore, autour de la table familiale, le volume de la radio poussé au maximum, Thanasis continua à soutenir que les Allemands étaient des alliés plus naturels des Grecs que les Anglais.

— Je suis sûr que nous finirons tous par porter un regard différent sur les nazis, lança-t-il du ton de chef de famille qu'il adoptait désormais.

Cette affirmation était étayée par de nombreux éléments. Goebbels avait participé à une émission radiophonique à Berlin juste avant l'invasion : « Les combats sur le sol grec ne sont pas dirigés contre son peuple, mais contre notre ennemi. Et notre ennemi est l'Angleterre.

— Ça n'a aucun sens de se ranger du côté des Alliés, poursuivit Thanasis.

— Chut ! souffla Kyria Koralis, qui voulait entendre les détails de la prise de Thessalonique.

Panos, lui, préférait provoquer son frère.

— C'est ton point de vue ! Je te signale quand même que nous avons été envahis et que des troupes étrangères se trouvent dorénavant sur notre sol !

Thanasis et Margarita se sentaient des affinités avec les Allemands et continuaient à croire que les deux peuples partageaient une même identité culturelle.

— Nous avons moins en commun avec les Anglais qu'avec les Allemands ! s'exclama Margarita, d'un air de défi. Tu t'en rendras bientôt compte.

— Margarita, *agapi mou*, ne hurle pas, s'il te plaît ! Ça me met les nerfs à vif, implora sa grand-mère.

— Mais, *yaya*, tu sais bien qu'ils admirent les Grecs, s'entêta-t-elle en frappant la table avec sa fourchette.

Kyria Koralis secoua la tête de désespoir. La Grèce avait été envahie et, aux intonations du présentateur, on comprenait aisément qu'il s'agissait d'une mauvaise nouvelle. Themis n'avait pas dit un seul mot. Il lui semblait évident que tout soldat entré sur le territoire sans y avoir été invité était un ennemi.

Les jours suivants, Thanasis exploita les faits à sa disposition, à savoir toutes les déclarations de Hitler relatées dans la presse d'extrême droite, pour asseoir sa démonstration. Aujourd'hui plus que jamais, il s'accrochait à cette vision : l'Allemagne était l'amie de la Grèce, pas son adversaire.

Panos finit presque par renoncer à débattre. Il était convaincu qu'un jour Thanasis ouvrirait les yeux. Themis jugeait elle aussi leur frère aîné ridicule, surtout quand il égrenait des arguments aussi grotesques pour étayer son raisonnement :

— D'après certains, Rudolf Hess aurait une mère grecque ! Comment pourrait-il être contre nous ?

Si Margarita soutenait son frère avec des mouvements de tête enthousiastes, le reste de la famille conservait le silence.

— Et le chef du renseignement militaire allemand est un descendant de Konstantínos Kanáris !

Il avait participé à la guerre d'indépendance et avait été le premier chef du gouvernement de la Grèce moderne.

— On peut difficilement le considérer comme un ennemi, hein, Themis ?

Il cherchait sans arrêt à rallier sa petite sœur à sa cause et lui adressait désormais la plupart de ses remarques. Elle remuait sa soupe dans son bol, se refusant à croiser son regard. Ce qui ne suffit pas à décourager Thanasis.

— Tu es assez intelligente pour connaître la valeur des faits, poursuivit-il. Ça n'a aucun sens de combattre ces gens alors que notre sang coule dans les veines de certains de leurs chefs.

— Mais justement, nous ne les combattons pas, si ? intervint Panos, en gardant les yeux rivés sur son assiette et en serrant si fort sa fourchette que ses articulations se mirent à briller : il imagina qu'il la plantait dans le cou de son aîné. Ils sont ici maintenant, Thanasis, nous ne pouvons plus rien y faire. C'est terminé.

— Ne sois pas aussi sombre, Panos.

— Sombre ? Tu me demandes de ne pas être sombre alors que la Luftwaffe vient de détruire tous les navires du Pirée ?

— Des navires anglais.

— Non, pas du tout. Et tu le sais. Certains de ces bateaux étaient grecs. Tu te mens à toi-même, Thanasis !

Ils avaient tous aperçu les éclairs lointains dans le ciel lorsque les bombes étaient tombées sur le port du Pirée. En dépit des preuves matérielles, Thanasis s'en tenait à sa position, avec le soutien indéfectible de Margarita.

Les événements se succédèrent à toute allure. Chaque jour survenaient de nouveaux développements inquiétants qui, le temps que les journaux sortent de presse, rendaient leur une obsolète. Dans l'appartement des Koralis, la radio était allumée en permanence. Un soir, les deux filles et leur grand-mère étaient assises dans le salon, livides, quand Panos rentra. La veille, ils avaient tous appris avec émotion que le Premier ministre, Koryzís, s'était tiré une balle dans la tête. La grand-mère et ses deux petites-filles écoutaient les dernières informations : le roi, le gouvernement et la majorité des forces anglaises avaient quitté le continent pour la Crète.

— On ne peut plus respirer tant l'ambiance est tendue ! s'écria Panos.

Les nazis progressaient régulièrement vers le sud et la menace terrifiante d'une présence allemande à

Athènes planait au-dessus de leurs têtes. La peur était palpable.

Des dizaines de milliers de soldats grecs avaient été faits prisonniers, et Themis se voyait déjà menottée avec les siens. Margarita en était certaine, elle aussi : la ville entière serait transformée en prison gigantesque. Themis se tourna vers sa grand-mère

— Que va-t-il arriver, à ton avis, *yaya* ? J'ai l'impression qu'ils nous ont abandonnés.

— *Agapi mou*, je n'en sais rien, lui répondit la vieille femme en se tordant les mains.

Pour la première fois de sa vie, elle se sentait incapable de rassurer ses petits-enfants. Elle ne pouvait pas garantir leur sécurité. Ses craintes face aux incertitudes de l'avenir étaient aussi grandes que les leurs.

— Tout ira bien, petite Themis, lui dit Thanasis, qui venait de rentrer.

Il empoigna sa sœur et la souleva pour que leurs yeux se retrouvent à la même hauteur.

— Repose-moi !

À quinze ans, elle se jugeait trop grande pour être traitée comme une fillette de cinq ans.

— Repose-moi !

— Qu'est-ce qui t'arrive ? se moqua Thanasis.

— Ce qui m'arrive ? J'ai peur de ce qui va se passer.

— Tout ira bien. Tu sais ce qu'a dit l'un des généraux allemands ? Il veut encore renforcer les liens d'amitié entre l'Allemagne et la Grèce ! Ce n'est pas une perspective très inquiétante, si ?

Le commandement allemand continuait en effet à soutenir qu'il venait apporter la paix en Grèce.

Quelques heures après l'arrivée des troupes, le maire remit calmement les clés de la ville. Ce geste symbolique ne s'était accompagné d'aucun coup de feu, ainsi que Thanasis s'empressa de le souligner ce soir-là au dîner.

Ils mangèrent en silence pour une fois, trop bouleversés pour se disputer.

— Je vous interdis de quitter l'appartement, leur dit leur grand-mère. Et ça vaut pour vous quatre. Je veux vous savoir tous en sécurité.

Aucun de ses petits-enfants ne voulait la contrarier, pourtant lorsqu'elle se rendit brièvement sur le balcon où elle avait mis des biscuits à refroidir, les deux garçons en profitèrent pour s'esquiver, l'un après l'autre. Les deux filles restèrent à table.

— Ils sont dans leur chambre, s'empressa de dire Margarita avant que sa grand-mère n'ait eu le temps de poser la question.

Elle prit ses deux petites-filles par les épaules.

— Je crois qu'on devrait essayer de découvrir ce qui se passe exactement.

Elle alluma la radio. Au milieu des grésillements, la voix du présentateur exhorta les auditeurs au courage tout en leur annonçant la mauvaise nouvelle.

La valeur de notre armée souvent victorieuse a déjà été célébrée. Nous avons accompli notre devoir, nous n'avons pas à rougir. Mes amis ! Gardez la Grèce dans vos cœurs, vivez en vous inspirant du dernier triomphe de notre armée glorieuse. La Grèce renaîtra et retrouvera sa grandeur. Mes frères ! Conservez courage et patience. Soyez vaillants. Nous surmonterons ces épreuves.

Thanasis rentra alors que l'émission se terminait.

— Vous savez où est Panos ? demanda Kyria Koralis, comprenant que ses petites-filles s'étaient jouées d'elle.

— Non, répondirent-elles en échangeant un regard un peu confus.

Un peu plus tard, à la radio, un autre présentateur délivra des instructions pour le lendemain. L'heure était au pragmatisme. Les moyens de transport resteraient immobilisés, les civils devaient demeurer chez eux, et les soldats, dans leur caserne. Les magasins et les écoles n'ouvriraient pas leurs portes.

Panos rentra peu après. Il était abattu. Pour une fois, il partageait l'avis de son grand frère.

— Nous devons suivre les instructions. Et attendre de voir ce qui adviendra.

Le matin du 27 avril, les premières troupes allemandes défilèrent dans les rues désertes.

Toute la journée, Themis se sentit prise au piège. Elle aurait aimé sortir trouver son amie Fotini, ou au moins descendre sur la place. Comme elle ne le pouvait pas, elle gravit la volée de marches, plongée dans le noir, qui menait du palier de l'appartement au toit de l'immeuble. Elle poussa la lourde porte au sommet de l'escalier. Tout autour d'elle, les draps qui séchaient s'enroulaient et se déployaient tels des drapeaux blancs. Elle les écarta pour s'approcher de la balustrade métallique branlante qui faisait le tour de la terrasse. Elle suivit du regard la ligne droite de l'avenue Patission, pareille à une flèche indiquant la direction de l'Acropole. À moins de trois kilomètres de là, l'ancien temple d'Athéna se découpait sur le ciel. Cette vue, particulièrement dégagée en ce jour printanier, rassura Themis. Tout allait bien.

De l'endroit où elle se tenait, elle ne pouvait pas voir le drapeau nazi qui battait au vent. Il venait d'être planté à côté du Parthénon. Quand elle redescendit, sa grand-mère était en train de supplier les garçons de rester à la maison. Ils étaient déterminés à assister aux événements.

— C'est trop dangereux, protesta-t-elle. Ils ont bien dit que personne ne devait sortir ! Si votre père était ici…

La vieille dame ne pouvait rien faire pour les retenir. Comme tous les garçons de leur âge, ils étaient poussés par la curiosité et bien décidés à être témoins du drame en cours, chacun pour des raisons différentes.

Thanasis partit en premier.

Panos se rendit sur le balcon. Il avait pris l'habitude récente de fumer de temps à autre, et Kyria Koralis, qui avait cette manie en horreur, le surprit en train de tirer sur sa cigarette.

— *Agapi mou*, ne mets pas la cendre sur les plantes, s'il te plaît.

Panos ne lui répondit pas. Il était trop occupé à suivre du regard son grand frère qui traversait la place puis disparaissait au coin d'une rue. Il n'avait aucun doute sur la destination de son frère : il allait au siège de la cellule locale de l'EON.

— Panos ! s'emporta Kyria Koralis en voyant son petit-fils écraser son mégot dans l'un de ses pots de fleurs.

— Désolé, *yaya*, dit-il en effleurant la joue de sa grand-mère avec ses lèvres. Désolé. Je reviens.

Il se précipita vers la porte de l'appartement et dévala l'escalier. Une fois dehors, il hésita à traverser la place. Il ne prendrait pas le chemin habituel pour se rendre en centre-ville, il favoriserait les petites rues et ruelles aux grands axes pour être sûr que personne ne le verrait. Il ne croisa pas âme qui vive en chemin. On aurait pu croire que la ville avait été évacuée. De temps à autre, le son d'une voix lui parvenait à travers une fenêtre ouverte. Des chats paressaient toujours sur le seuil des immeubles. Bientôt ils se rendraient compte, eux aussi, que les restaurants étaient fermés.

Il marchait vite, les mains au fond des poches, tête baissée. Un peu avant d'atteindre Syntagma, il entendit un martèlement régulier, on aurait dit que quelqu'un frappait une pièce métallique sur une enclume. Le bruit lui écorchait les oreilles. Il identifia soudain la source de ce fracas. À travers l'étroit débouché de la rue, il vit des rangées de soldats en uniforme gris qui descendaient la rue Akadimias en direction du centre. Leurs bottes heurtaient le pavé à l'unisson. Les militaires gardaient les yeux tournés droit devant eux, ce qui n'empêcha pas Panos de se faire tout petit dans une embrasure de porte, terrifié à l'idée qu'on puisse le voir.

Il se fraya un chemin jusqu'à une rue parallèle, le cœur battant au même rythme que le pas des soldats. Il vit passer les dernières rangées de militaires et se rendit au bout de la rue pour les regarder s'éloigner. Il y en avait peut-être d'autres derrière, mais sa curiosité était la plus forte. Il ne fut choqué ni par le nombre de soldats ni par les croix gammées qui flottaient déjà sur les toits de nombreux bâtiments. Non, ce fut surtout la vision de citoyens grecs agitant la main avec enthousiasme sur les trottoirs qui l'ébranla. Il aperçut alors son frère, en compagnie d'une poignée d'amis. Un soldat allemand s'arrêta pour demander une cigarette à la bande. À proximité, un petit groupe de femmes souriaient aux militaires qui défilaient. Plusieurs autres se penchaient par-dessus la balustrade de leurs balcons pour leur faire signe et leur souhaiter la bienvenue.

Panos en eut la nausée. Les jambes flageolantes, il rentra à l'appartement, ne se souciant presque plus d'éviter les axes les plus dangereux.

Si ces manifestations de bienveillance envers l'occupant avaient écœuré Panos, elles avaient renforcé les convictions de Thanasis.

— Tu as entendu des coups de feu ? lui demanda-t-il à son retour. Un seul Athénien a-t-il été blessé ?

Il avait raison, Panos ne pouvait le nier. Ce qui ne l'empêchait pas d'être profondément offensé par la nouvelle qui avait désormais fait le tour de la ville : un drapeau nazi avait été planté près du Parthénon.

— Les conflits ne se règlent pas seulement sur le champ de bataille, dans le sang, rétorqua Panos avec lassitude. Nous ne tirions pas tous les jours sur les Turcs, et pourtant nous étions en guerre, non ? Une guerre de quatre cents ans, quotidienne.

— Eh bien moi, je n'ai pas l'impression que nous soyons en guerre, voilà.

Thanasis refusait d'en démordre. Il avait de nombreuses « preuves » que Panos était dans le faux et raillait constamment son frère. Ils étaient aussi têtus l'un que l'autre.

Durant les premiers jours de l'occupation, Themis s'échappa régulièrement de l'appartement pour monter s'assurer, sur le toit, que le Parthénon était toujours là. Elle se réjouissait que le drapeau étranger ne soit pas visible depuis la terrasse. Les écoles restaient fermées jusqu'à nouvel ordre, et Fotini lui manquait terriblement. Elle n'avait aucun moyen de communiquer avec elle, et elle ne se sentait pas capable de braver l'interdit de sa grand-mère en sortant seule.

Kyria Koralis passait encore plus de temps qu'auparavant devant son iconostase, et ses petits-enfants la voyaient se signer énergiquement à chaque nouvelle annonce à la radio. Themis se demandait pourquoi elle se donnait cette peine. La situation empirait de jour en jour et il était évident que Dieu n'entendait rien ni personne.

Quand ils apprirent qu'un nouveau gouvernement grec avait été formé, Themis s'offusqua qu'il puisse coopérer avec l'occupant.

— Nous devons juste être patients, la rassura sa grand-mère. Tout ira bien si nous faisons ce qu'on nous dit.

— Je n'ai aucune envie de faire ce que me disent les Allemands, protesta Themis.

— Il ne s'agit plus des Allemands maintenant, imbécile, lui rétorqua sa grande sœur. Mais de notre propre peuple. Notre gouvernement est grec.

Pourquoi tu n'écoutes pas *yaya* ? Tu n'écoutes jamais personne, hein ?

— Tais-toi, Margarita, riposta Themis.

— Au fond, tu es bête, ce n'est pas plus compliqué. Tu l'as toujours été.

Margarita soutenait que la benjamine de la famille avait subi des dommages cérébraux lors de l'effondrement de la vieille demeure rue Antigonis. Ce qui lui permettait, sous couvert de taquinerie, de balayer d'un revers de main les opinions divergentes de Themis.

Cette dernière refusa d'assister au défilé allemand quelques jours après l'arrivée de soldats. Ce qui lui valut de nouvelles insultes.

— Tu es une imbécile, lui dit Margarita en lui donnant des bourrades dans les côtes avant de quitter l'appartement, les cheveux bien brossés, un soupçon de rouge aux lèvres. Tu ne sais pas ce que tu rates.

Des milliers de citoyens s'étaient rassemblés dans les rues ou suivaient le cortège depuis leurs balcons. Des membres de l'extrême droite et de l'EON s'étaient réunis pour acclamer les soldats sur leur passage, et quelques familles avaient accroché des croix gammées aux balustrades.

Themis entendit sa sœur et sa grand-mère rentrer à l'issue de la parade militaire. Comme souvent dernièrement, les deux garçons étaient sortis sans que Kyria Koralis puisse exiger de savoir où ils se rendaient. Ils avaient dix-neuf et vingt et un ans, et elle ne pouvait plus contrôler leurs allées et venues. Elle avait d'ailleurs fini par apprécier les moments où ils n'étaient pas ensemble dans l'appartement. Les chamailleries entre les sœurs la fatiguaient suffisamment pour ne pas y ajouter le vacarme du sempiternel conflit entre les frères.

Le lendemain du défilé de son armée à Athènes, Hitler fit un discours au Reichstag. Thanasis en lut un compte rendu et tint à partager les vues du dictateur nazi avec ses sœurs, qui se rasseyaient autour de la table après le dîner.

— Il accuse le Premier ministre anglais de ce qui est arrivé ici, vous voyez ?

— Churchill ?

Même Kyria Koralis peinait à voir la logique de ce raisonnement.

— Comment peut-il être responsable ? lui demanda Themis. C'est ridicule.

— Parce que nous avons invité les soldats alliés sur notre territoire ! Hitler n'a pas eu le choix. Écoutez, voici la preuve de son amour pour la Grèce !

Sans reprendre son souffle, il sortit une coupure de presse de sa poche et lut plusieurs phrases du Führer qui exprimait ses regrets d'avoir attaqué leur pays.

— Il dit qu'il est né pour respecter la culture de la Grèce, que les premiers rayons de la beauté mortelle et de la dignité sont apparus ici, que ça a été pour lui une expérience amère d'être le témoin d'une telle chose…

Thanasis n'avait pas remarqué que son cadet était rentré, et il poursuivit avec la même intensité.

— Il est convaincu que les soldats grecs ont combattu avec le plus grand des courages au mépris de la mort. Et on dit qu'il va relâcher des prisonniers grecs…

— Tu crois vraiment ce que tu as envie de croire, Thanasis !

Celui-ci fit volte-face.

— Et toi, Panos, tu refuses d'accepter la vérité !

— Tu ne la connais même pas, la vérité ! Les Allemands ont enfermé des tas de personnes avant leur défilé. Les seuls à les avoir acclamés dans la rue, ce sont les traîtres dans ton genre. Hitler ne respecte pas plus ce pays que Mussolini.

Kyria Koralis ne dit pas un mot. Elle essuyait les assiettes du dîner avec tant d'insistance qu'elle risquait d'effacer leur motif décoratif. Elle aimait ses deux petits-fils sans distinction, et leurs prises de bec la chagrinaient parfois autant que les informations inquiétantes à la radio. Dans les deux cas, elle tentait de masquer ses réactions.

Elle était bien consciente que l'ingérence de l'occupant dans le quotidien des Athéniens avait des conséquences sur leurs existences à tous, et elle savait que cela ne faisait que renforcer la fibre rebelle de Panos. Les ordres pleuvaient : l'emblème nazi allait devoir traverser le ciel au-dessus de la ville entière, aucune aide ne pouvait être fournie aux prisonniers alliés, il était interdit d'écouter la BBC ou de sortir dans la rue après vingt-trois heures.

De nombreux Grecs, surtout parmi la jeunesse, prirent part à des opérations de sabotage. Dès que Panos disparaissait plusieurs heures, Kyria Koralis se préparait à ce qu'un inconnu vienne se présenter à la porte de l'appartement pour lui annoncer l'arrestation de son petit-fils. Son angoisse s'amplifia lorsqu'elle apprit que la croix gammée sur l'Acropole avait été arrachée. Elle en vint même à craindre que ce crime soit l'œuvre de Panos et fut donc soulagée de découvrir que les coupables avaient été arrêtés.

— Je regrette que ce ne soit pas moi, *yaya* ! lui dit Panos en serrant sa grand-mère contre lui. J'aurais été si fier !

— Promets-moi de ne jamais faire une bêtise pareille, *agapi mou*, l'implora-t-elle.

Il ne lui répondit pas. Thanasis les avait entendus.

— C'était vraiment idiot de faire ça ! Les Allemands vont tous nous punir. Tu penses qu'ils passeront l'éponge comme ça ?

— C'était héroïque ! insista Panos.

— Héroïque ?

Thanasis cracha le mot avec mépris.

— Les imbéciles qui ont fait ça... Ils ne réussiront qu'à aggraver la situation pour nous tous.

L'atmosphère entre les deux frères était de plus en plus hostile. Elle n'était pas beaucoup plus apaisée entre les sœurs. Le nouveau gouvernement avait démantelé l'EON, si cher au cœur de Margarita, ce qui n'avait fait que renforcer son tempérament cruel. Themis se réfugiait le plus souvent possible chez Fotini. Dans le modeste logement des Karanidis, elle pouvait fuir les colères de sa sœur, étudier et penser à autre chose qu'à la présence de soldats étrangers dans les rues. Leur établissement scolaire, un *gymnasio* pour filles, était encore parfois fermé, et Themis prit l'habitude d'emprunter des livres à ses frères et de dépenser une partie de ses économies à la librairie du quartier. Ainsi, ni Fotini ni elle n'étaient à court de lectures.

Le lycée rouvrit ses portes à la mi-juin, pour un mois environ. À la même période, les troupes italiennes vinrent grossir les rangs des forces d'occupation allemande : les bataillons de Mussolini arrivèrent fin juin.

Pendant les mois les plus chauds, que les deux amies passèrent essentiellement chez Fotini, elles décidèrent d'étudier les sciences et les mathématiques, ce qui alimenta leur passion pour ces matières. Personne ne pouvait réfuter les vérités absolues énoncées par Pythagore ou contester la classification périodique des éléments. Que l'on soit riche ou pauvre, royaliste ou communiste, les réponses aux problèmes de mathématiques ou de chimie étaient les mêmes. Les formules scientifiques ne prêtaient pas à discussion et elles permettaient aux deux jeunes filles d'oublier combien le monde extérieur avait été chamboulé.

Elles testaient leur mémoire, s'interrogeaient mutuellement sur les composés chimiques. Elles résolurent l'ensemble des problèmes de plusieurs manuels, vérifiant toujours leurs réponses à la fin, et s'imposèrent d'apprendre au moins un poème par semaine. Un après-midi, Fotini lui montra une petite brochure, glissée entre les pages de l'un des livres que sa mère conservait précieusement.

Les filles lurent à voix haute une strophe chacune. Il s'agissait d'*Epitafios*, de Ritsos, une longue complainte inspirée par la photographie, publiée en une des journaux quelques années plus tôt, d'une mère pleurant son fils. Celui-ci avait été tué par la police lors d'une manifestation. Les filles étaient trop jeunes pour apprécier l'authenticité des émotions exprimées et trouvèrent que certaines d'entre elles versaient dans le sentimentalisme.

Elles étaient d'ailleurs en train de glousser lorsque Kyria Karanidis franchit soudain la porte. Elle vit aussitôt le poème dans les mains de Fotini.

— Que fais-tu avec ça ? lui demanda-t-elle en le lui arrachant.

Sa fille s'excusa, honteuse.

— Ce poème a été interdit, lui expliqua sa mère avec sévérité. Je l'avais caché pour une raison.

Sous les yeux des deux amies, elle glissa la brochure entre les pages du livre dont Fotini l'avait extraite. Les amies ne comprenaient pas très bien ce qu'elles avaient fait de mal, toutefois elles savaient que le sujet était clos.

— Il serait temps que vous retourniez au lycée toutes les deux, reprit Kyria Karanidis en se radoucissant. Enfin, pour ça, il faudrait qu'il rouvre ses portes.

— Ça me manque, confessa Fotini.

— C'est surtout Dimitris qui te manque, la taquina Themis.

Elles éclatèrent de rire toutes les trois.

Si elles étaient désormais scolarisées dans un établissement réservé aux filles, plusieurs garçons du *gymnasio* voisin flirtaient avec elles à la grille. La beauté de Fotini lui valait de nombreux prétendants, mais il n'y en avait qu'un seul qui l'intéressait vraiment, et elle avait rougi en entendant son prénom.

Le soleil ne pénétrait jamais dans la pièce obscure des Karanidis, ce qui avait pour avantage de la garder fraîche. Les températures estivales écrasantes, la crainte des dangers dans les rues et l'atmosphère amère de Patissia semblaient si loin lorsque Themis s'asseyait avec son amie pour réviser le grec ancien, et sa grammaire, avant la rentrée de septembre.

Elles virent leur vœu se réaliser et purent retourner en cours. Toutefois, au fil de l'automne, si elles continuaient à pouvoir résoudre des équations en salle de classe, dans le monde réel les nombres avaient de moins en moins de sens : la population avait grossi avec l'installation des forces occupantes, et il fallait nourrir tout le monde. C'était à la Grèce qu'incombait cette tâche. Or une partie des aliments était également expédiée, par bateau, en Allemagne.

La décision des Alliés d'instaurer un blocus sur la Grèce ne fit qu'aggraver la situation. En empêchant le ravitaillement des Allemands et des Italiens, ils privèrent aussi la population grecque de vivres. Pour Fotini et sa mère, les conséquences se firent presque immédiatement ressentir.

— Alors voilà, il y a moins à manger, et plus de bouches à nourrir, expliqua Kyria Karanidis à son retour du travail un jour, avec un panier qui contenait encore moins de provisions que d'habitude.

Themis nota les quantités dérisoires de nourriture qu'elle déballait sur la table. Elle sentit que Fotini la regardait et, relevant les yeux, découvrit une expression honteuse sur le visage de son amie. Elle fut aussitôt gênée d'avoir été témoin de son embarras.

À Patissia, la famille Koralis continuait à manger à sa faim, même si elle commençait à ressentir certains changements. Kyria Koralis s'était, pendant de nombreuses années, enorgueillie de la façon dont elle nourrissait ses petits-enfants : les repas roboratifs et sains, les miches de pain frais, la consommation presque quotidienne de viande, les légumes du marché, les baklavas maison. C'était une excellente gestionnaire. Le changement survint en peu de temps.

Au début, elle tenta de cacher le problème, mais les menus évoluèrent petit à petit. D'abord, la viande devint plus filandreuse, puis les quantités diminuèrent. Elle pouvait servir un poulet plusieurs jours de suite – et le dernier, il s'agissait de minuscules morceaux noyés dans une soupe. Kyria Koralis avait toujours eu un bon stock de légumineuses dans de gros bocaux en verre sur une étagère de la cuisine, pourtant même les réserves de pois chiches et de lentilles se réduisirent progressivement.

Le souvenir de la poignée dérisoire de haricots de Kyria Karanidis était encore frais dans la mémoire de Themis lorsque, par une froide soirée d'automne, elle s'attabla avec ses frères, sa sœur et sa grand-mère. Margarita pleurnichait sans raison et dirigeait naturellement ses plaintes contre sa sœur.

— C'est injuste, *yaya*, dit-elle, la bouche pleine de pain.

— Qu'est-ce qui est injuste ? lui demanda sa grand-mère avec patience.

— Tu donnes autant à Themis qu'aux garçons.

Kyria Koralis était en train de servir des portions de soupe parfaitement équitables. À une époque, elle aurait parlé de fricassée de poulet, mais dorénavant, on apercevait le motif de l'assiette creuse à travers le liquide brunâtre peu appétissant. Sans les quelques lamelles de chou flottant à la surface, il se serait agi d'eau chaude à peine améliorée.

— Tout le monde a droit à la même quantité, Margarita.

— N'empêche, c'est injuste, insista-t-elle en tirant une assiette vers elle.

Les garçons ne dirent rien lorsque leur grand-mère leur tendit leur soupe.

— Je peux vous donner un peu de pain, si vous voulez, proposa Themis.

Elle partagea son morceau en deux, puis divisa une moitié en deux portions pour ses frères. Tous deux acceptèrent.

— Heureuse ? s'exclama Themis en défiant sa sœur du regard.

Kyria Koralis ne s'était pas servi de pain. Personne ne mangeait plus à sa faim, ce qui les rendait tous irritables. Les enfants qui, à l'exception de Margarita, étaient déjà minces avant, avaient perdu plusieurs kilos au cours des premiers mois d'occupation. Les garçons devaient boucler leur ceinture au tout dernier cran pour ne pas perdre leurs pantalons. Quant à Kyria Koralis, aux formes autrefois généreuses, elle semblait avoir réduit de moitié.

Margarita s'était également amincie, même si elle prenait soin de remplir son soutien-gorge avec des vieilles chaussettes pour le cacher. Son visage conservait ses rondeurs, et elle apprit à se donner bonne mine en se pinçant régulièrement les joues et en se mordillant les lèvres pour les rougir. Elle n'avait que mépris pour les jambes de Themis, de vraies allumettes.

— Tes genoux ressemblent à des navets ! glapit-elle un jour en leur donnant des coups de fourchette. Ils sont tout noueux.

La pénurie s'aggrava lorsque les récoltes annuelles d'huile d'olive, de figues et de raisins secs furent saisies. L'occupant fit aussi main basse sur une partie du bétail.

La première fois que Kyria Koralis fut contrainte de servir une soupe sans même une petite pièce d'abat pour lui donner du goût, elle présenta ses excuses à ses petits-enfants.

— Ce n'est pas ta faute, *yaya*, la rassura Panos. Nous survivrons. Ces salauds nous ont pris nos bêtes pour engraisser leurs Fräuleins.

Kyria Koralis, qui avait en horreur les gros mots, jeta un regard désespéré à son petit-fils.

— Surveille un peu ton langage, le tança Thanasis.

— Mais c'est la vérité, insista Panos. L'oncle d'un de mes amis est éleveur dans le Nord. Des vaches. Pour le lait et la viande. Elles sont toutes parties à bord de camions. Ils nous embarqueraient aussi sur des navires si nous étions comestibles.

— Tu exagères, Panos, gloussa Margarita.

— Pas du tout, rétorqua-t-il d'un ton cinglant. Pourquoi le rideau de Hatzopoulos est-il baissé à ton avis ?

Jusqu'au mois précédent, le boucher du quartier avait toujours trouvé quelque chose à leur proposer : de la queue de bœuf, du rognon d'agneau ou même une portion de tripes. Kyria Koralis aurait méprisé ces morceaux peu nobles autrefois, pourtant elle les avait acceptés avec reconnaissance, pour parfumer ses soupes. L'un des deux garçons revenait souvent avec des abats spongieux dans un papier paraffiné. À présent, c'était terminé. Le boucher n'avait plus rien, même pour ses clients préférés.

Tout le monde mangeait en silence, n'ayant pas la réponse à la question de Panos. Des millions d'animaux avaient effectivement été exportés en Allemagne.

Les nazis ne se contentaient pas de piller la nourriture. Petit à petit, la Grèce fut privée de beaucoup d'autres choses : tabac, soie, coton, cuir, comme toutes les matières premières industrielles. Des forêts furent détruites pour fournir du combustible aux forces de l'Axe, et la production d'énergie fut presque entièrement suspendue. En quelques mois, les infrastructures du pays, mais aussi son industrie et son moral furent en lambeaux. La peur céda la place au désespoir.

Les conséquences furent immédiates et catastrophiques : le chômage monta en flèche et l'hyperinflation s'installa. Un matin, Kyria Koralis rentra à l'appartement en larmes : le prix d'une miche de pain avait atteint plusieurs millions de drachmes et continuait à croître. Quand le rationnement fut instauré, la quantité de pain par personne tomba à un peu moins de cent grammes par jour. Thanasis était plus charpenté que son cadet, toutefois ils souffraient autant l'un que l'autre de la faim, qui les empêchait de trouver le sommeil la nuit, tant ils avaient l'impression d'avoir des pierres dans le ventre.

Kyria Koralis avait de plus en plus de mal à s'acquitter de son devoir nourricier. À l'approche de l'hiver, l'abattement commença à les gagner.

— Il fait froid ici, gémit Margarita, qui tenait ses mains au-dessus de son bol de soupe pour tenter de les réchauffer.

Elle donna un coup dans les côtes de sa petite sœur, qui occupait toujours la chaise la plus proche de la cuisinière. Themis portait justement à ses lèvres une cuillère pleine, et le geste de Margarita la fit bouger.

— Ce que tu es maladroite ! s'écria Themis alors que la soupe éclaboussait la nappe.

— Mais bouge de là ! Pourquoi est-ce que c'est toi qui as toujours cette place ? Pourquoi ?

— Parce qu'en été personne ne veut s'asseoir sur cette chaise, répliqua Panos, volant au secours de sa sœur. Pour ne pas avoir trop chaud !

— Eh bien là, il fait trop froid partout. J'ai vraiment trop froid !

Elle lâcha sa cuillère et sortit de la cuisine avec fracas.

— J'ai une idée, annonça Panos quelques minutes plus tard, lorsque les Koralis restants se remirent à manger. Certains de mes amis sont allés à la campagne le week-end dernier. Ils ont ramassé du bois. Pourquoi ne ferions-nous pas la même chose ? Ça nous changerait les idées, à tous. Et nous pourrions chauffer un peu mieux l'appartement.

Le samedi suivant, mettant leurs divergences de côté, les quatre frères et sœurs attendirent patiemment, au bout de leur rue, l'un des rares bus qui n'avaient pas été réquisitionnés par les nazis. Ils durent en laisser passer plusieurs, déjà pleins, mais même Margarita ne se plaignit pas. Il en allait ainsi maintenant. Il n'y avait plus rien en quantité suffisante, et l'occupant était le seul responsable. Ni Thanasis ni Margarita n'exprimaient plus de sympathie pour les Allemands désormais.

Lorsqu'ils finirent par pouvoir s'entasser à bord d'un bus, il ne leur fallut qu'une demi-heure pour atteindre les faubourgs de la ville. Ils descendirent et n'eurent qu'à longer la route sur une centaine de mètres avant que Panos ne repère un sentier menant à un bois.

— Ça ressemble à l'endroit que Giannis m'a décrit.

Les feuilles avaient pris des teintes auburn et dorées, et certains arbres étaient déjà pleins de baies orange. Pendant un temps, ils suivirent tous quatre le chemin en silence. Il y avait bien longtemps qu'ils n'avaient pas été aussi proches de la nature.

Ils n'avaient, bien sûr, pas l'habitude de marcher dans la terre, et Margarita fut la première à se plaindre que ses chaussures étaient boueuses et que des ronces accrochaient son cardigan.

— Nous sommes ici pour une bonne raison, s'énerva Thanasis, alors arrête de geindre.

Il était rare qu'il reprenne sa sœur.

— Nous allons ramasser du bois et nous rentrerons.

— C'est autant pour toi que pour nous ! ajouta Themis. Tu te plains sans arrêt d'avoir froid.

— Cherchez aussi les noyers. Giannis m'a raconté qu'il était reparti avec un seau rempli de noix la dernière fois.

— Et les glands ? demanda Themis en en ramassant quelques-uns.

— On ne peut pas manger ça, idiote, lui répliqua Margarita.

— La mère de Fotini les cuisine.

— Tu veux dire que tes petites amies communistes se nourrissent de glands ? se moqua Thanasis.

— Kyria Karanidis en fait de la farine. Je l'ai vue. Elle prépare des biscuits avec.

— Rapportons-en quelques-uns, alors, suggéra Panos. Qu'est-ce que ça coûte ?

— Tu ne me feras jamais manger des glands, riposta Margarita. C'est pour les cochons.

Panos lui chatouilla les côtes.

— Toi qui adores manger ! la taquina-t-il. Toi qui as toujours adoré ça !

Margarita voulut le frapper, mais Panos esquiva le coup. Pendant un moment, ils cherchèrent à s'attraper, courant dans les bois en riant et criant. Thanasis et Themis prirent part au jeu. Ils finirent par acculer Panos contre un arbre et le plaquèrent au sol.

Ainsi, par cette froide journée automnale, ils redevinrent un temps des enfants insouciants aux joues rouges.

Leurs besoins étaient bien réels, cependant. Il ne s'agissait pas d'un jeu. À la fin de la journée, les filles avaient chacune un seau rempli de noix et de glands, et les garçons des brassées de brindilles pour faire du feu, ainsi que quelques branches plus grosses coincées sous les bras. Ils n'avaient pas eu besoin de s'enfoncer beaucoup dans la forêt pour trouver leur bonheur. Ils rentrèrent à la tombée de la nuit pour montrer leurs trophées à Kyria Koralis.

Cet après-midi les avait brièvement éloignés de l'austérité sinistre qui régnait en ville et de l'atmosphère oppressante dans les rues. Pendant quelques heures, ils avaient vu des couleurs vives, respiré l'odeur fraîche de la terre et entendu l'appel des oiseaux sauvages en liberté. Ce soir-là, pendant le dîner, Themis manifesta son enthousiasme.

— On pourrait y retourner, non ?

Thanasis, Panos et Margarita hochèrent tous la tête. Il faisait plus chaud dans l'appartement ce soir-là, et il y flottait l'odeur réconfortante de biscuits aux noix qui cuisaient dans le four, leur rappelant des temps meilleurs.

À cette époque, le lycée fermait de plus en plus fréquemment ses portes plusieurs jours de suite. Le froid était parfois si vif qu'il ne servait à rien de vouloir enseigner à des élèves grelottants dans une grande salle de classe sans chauffage. C'était parfois le manque de lumière qui rendait les cours impossibles. Themis continuait à accompagner Fotini chez elle. Un jour, elle remarqua que son amie était d'une maigreur inquiétante. Sa peau était devenue transparente, expliqua-t-elle à sa grand-mère plus tard.

— On peut presque voir à travers ses os, dit Themis.

— La pauvre petite, compatit Kyria Koralis. Si seulement nous avions assez pour partager avec…

— Je ne pourrai jamais l'inviter ici de toute façon. Pas après ce que Thanasis a dit, *yaya*.

— Ça remonte à si longtemps, *agapi mou*.

— Je sais. Mais son opinion n'a pas changé depuis.

Le lendemain, Kyria Koralis emballa un des biscuits qu'elle avait mis de côté et le confia à Themis.

— Pour ton amie. Ne le mange pas en chemin.

Plus tard, Themis regarda Fotini mastiquer lentement chaque bouchée du biscuit, puis lécher le papier pour récupérer les toutes dernières miettes. Le plus douloureux pour Themis fut peut-être lorsque celle-ci, après avoir terminé, tendit les bras pour la serrer contre elle.

— Merci.

Themis fut bouleversée de sentir que, sous son manteau rouge, son amie dépérissait.

Un mois plus tard, les enfants Koralis organisèrent une nouvelle sortie en forêt, et Themis proposa à Fotini de les accompagner : elle savait que sa mère et elle rencontraient plus que jamais des difficultés pour trouver de la nourriture.

Quelques jours plus tôt, Fotini s'était évanouie en classe. Elle avait prétexté que c'était la période du mois où elle était « indisposée », cependant son malaise avait une autre cause. De nombreuses usines fermaient leurs portes par manque de matières premières, et Kyria Karanidis avait perdu son emploi. Elle n'avait pas d'argent de côté pour la nourriture, et Fotini n'avait donc pas mangé depuis deux jours. Elle rentra chez elle avant la fin des cours et ne vint pas au lycée le lendemain.

Ce soir-là, Themis se rendit chez son amie. Quelques instants après avoir cogné à la porte, celle-ci s'ouvrit de quelques centimètres. Un visage pâle apparut dans l'entrebâillement. Même en reconnaissant son amie, Fotini ne voulut pas la laisser entrer.

— Je suis juste venue voir…, commença Themis.

— Je vais bien, l'interrompit-elle rapidement. C'est à cause de mes règles. Ne t'inquiète pas pour moi. Je serai sur pied dans quelques jours.

Themis n'eut pas le temps de lui souhaiter un prompt rétablissement : la porte s'était déjà refermée. Elle était contrariée de ne pas avoir pu discuter plus longtemps avec elle. Elle lui avait même apporté un manuel, pour lui permettre de rattraper les cours qu'elle avait manqués, et un peu de riz cuisiné que sa grand-mère lui avait remis. Abattue, Themis rentra à l'appartement chargée de ses présents.

Fotini ne revint pas au lycée de la semaine, et Themis se jura de retourner chez son amie après le week-end.

6

Quand le samedi arriva, et avec lui la sortie programmée des quatre enfants Koralis, leur humeur était très différente de la fois précédente. Ils durent s'abriter dans l'embrasure de la porte d'une boutique vide pour attendre le bus, dont la fréquence de passage était irrégulière. Plusieurs, déjà pleins, ne s'arrêtèrent pas. La pluie glaciale se transforma en neige fondue, et lorsqu'ils purent enfin monter dans un bus, les filles grelottaient. Ils se blottirent les uns contre les autres alors que le véhicule brinquebalant quittait la ville au pas. Themis n'osa pas avouer qu'elle avait perdu un de ses gants. Les rues étaient quasiment désertes, plusieurs magasins étaient barricadés. De temps en temps, ils apercevaient un militaire en uniforme – allemand ou italien, difficile de faire la différence à travers les vitres embuées du bus.

Quand ils atteignirent leur arrêt, ils se rendirent rapidement compte que le bois avait changé. De nombreux arbres avaient été coupés, et les autres avaient été entièrement dépouillés de leurs branches. Ils rentrèrent chez eux, trempés et abattus, avec pour seul butin quelques poignées de brindilles qui pourraient faire office de petit bois une fois sèches.

En gravissant l'escalier de l'immeuble, ils remarquèrent aussitôt tous les quatre une odeur de ragoût d'agneau mais imaginèrent qu'elle provenait de chez un voisin.

Lorsqu'ils poussèrent la porte de l'appartement, le fumet enivrant s'intensifia et ils virent que la table était déjà dressée pour le dîner. Ils obéirent sans protester à leur grand-mère, qui leur demanda de se laver les mains et de s'asseoir. Ouvrant des yeux comme des soucoupes, ils la virent déposer devant chacun d'entre eux un bol rempli, à ras bord, de viande d'agneau, de pommes de terre et de carottes. Au milieu de la table se trouvait aussi une marmite de riz aux épinards. Ils n'avaient pas vu autant de nourriture depuis des mois. Ils mangèrent goulûment, avachis sur leurs assiettes, emplissant leurs narines des arômes, sentant la vapeur qui se dégageait de la fricassée dilater les pores de leur peau. Il y en avait même assez pour que les garçons puissent se resservir.

Ils ne commencèrent à poser des questions qu'une fois rassasiés.

— Comment ?

— Où ?

— Quand ?

La vieille femme leur donna une réponse qui, tout en satisfaisant leur curiosité, mettait un terme à leurs interrogations.

— Votre père a envoyé de l'argent.

— C'est tout ce qu'il a envoyé ? demanda Margarita, dans l'espoir qu'il aurait peut-être aussi joint des cadeaux.

— Oui, juste de l'argent. Mais je crois que nous pouvons tous lui être reconnaissants.

Elle se signa plusieurs fois avant de débarrasser la table.

— Je n'ai presque pas besoin de faire la vaisselle, dit-elle en souriant.

Ils avaient tous soigneusement saucé leur assiette avec du pain chaud.

En réalité, aucun argent n'était arrivé d'Amérique.

Les rumeurs allaient bon train à Athènes : les pénuries de nourriture s'aggraveraient encore. Kyria Koralis avait donc décidé de puiser dans la seule réserve qu'il lui restait. En vendant les bijoux qui constituaient la dot de sa belle-fille, Kyria Koralis avait pu se procurer des denrées au marché noir. À quoi pouvaient bien servir ces parures maintenant, sinon à nourrir les enfants ? La vieille femme savait qu'elle n'était pas vraiment autorisée à céder ces biens… D'un autre côté, elle n'était pas certaine qu'Eleftheria soit encore en vie. Les rapports médicaux de l'asile ne lui parvenaient plus que de loin en loin, et elle n'osait imaginer les conditions de vie des patients depuis le début de la guerre. L'institut psychiatrique de sa belle-fille se trouvait dans une zone occupée par les Bulgares, et ils avaient la réputation d'être encore plus barbares que les Allemands et les Italiens. Avant le conflit, Kyria Koralis avait ressenti, ponctuellement, la morsure de la culpabilité, parce qu'elle ne rendait jamais visite à sa belle-fille. C'était désormais devenu impossible.

Deux jours avant la seconde excursion des enfants à la campagne, elle avait sorti la boîte cachée sous les vieux vêtements d'Eleftheria. Elle se félicitait de ne pas les avoir donnés : les boutiques étaient vides et on avait bien du mal à se procurer du tissu, du moins officiellement. Elle pourrait transformer ces habits pour les filles.

Kyria Koralis ne remarqua pas que la pile était légèrement en désordre. Elle ouvrit le petit coffre et se plaça devant son miroir avec un rang de perles brillantes, qu'elle approcha de la peau pâle et parcheminée de son cou. C'était le collier qu'Eleftheria portait le jour de son mariage. La vieille femme sentit le poids du fermoir en saphirs dans sa paume et en éprouva un petit frisson de plaisir.

Rien que ce bijou devrait nous nourrir tous pendant quelques semaines, songea-t-elle.

Elle n'attachait aucune valeur sentimentale à ces joyaux. Ayant appris que quelqu'un achetait des pierres précieuses dans le quartier, elle fourra le collier dans sa poche sans la moindre hésitation et quitta l'appartement. Selon toute vraisemblance, ce collier finirait entre les mains d'une Allemande, mais cela lui était égal. Le prix qu'on lui en offrit n'était pas si dérisoire au vu des circonstances, et les millions de drachmes lui permettraient de tenir un bon moment, même si la monnaie subissait une dévaluation entre-temps. Tant qu'elle rentrait chez elle avec son vieux sac de courses rempli de nourriture, elle était heureuse.

Pendant le repas, Themis avait pensé à sa meilleure amie. Fotini n'était pas revenue au lycée depuis son malaise. Lequel remontait à près d'une semaine déjà. Sa mère avait-elle décidé de retourner à Kavala ?

Dans sa grande naïveté, Themis se demanda alors si Fotini n'avait tout simplement pas eu le temps de la prévenir avant son départ.

Le lundi, la jeune fille désobéit à sa grand-mère qui lui avait donné pour ferme instruction de rentrer directement à la fin des cours. Maintenant que les actes de résistance étaient de plus en plus fréquents, les Allemands n'hésitaient pas à procéder à des arrestations. Filles comme garçons, femmes comme hommes, tous couraient le risque d'être jetés en prison s'ils se trouvaient dehors après le couvre-feu. Ainsi, Themis savait que ce n'était pas seulement téméraire d'errer dans les rues seule à la tombée du jour, c'était aussi dangereux. Avec les patrouilles de soldats allemands ou italiens – dont la réputation était encore pire –, une adolescente de seize ans représentait une proie vulnérable. Malgré tout, Themis dépassa avec détermination la rue qui menait à son immeuble pour se rendre chez Fotini.

Elle marcha le plus vite possible et arriva un peu avant le crépuscule, à cette heure du jour où la lumière semble avoir des réticences à partir. C'était la mi-janvier, et tout était d'un gris métallisé.

Elle frappa bruyamment à la porte de Fotini sans obtenir de réponse. Elle insista, une deuxième puis une troisième fois, plus fort encore. Themis observa les environs. Peut-être que l'un des voisins pourrait la renseigner. Elle ne voyait personne à interroger, pourtant.

Deux soldats allemands étaient postés à l'extrémité de la rue. L'un d'eux paraissait absorbé dans ses pensées : il avait la tête tournée dans la direction opposée et faisait des ronds de fumée dans l'air humide. L'autre la dévisagea. Elle se sentit soudain nue et resserra les pans du vieux manteau de sa mère. Elle frappa une dernière fois à la porte des Karanidis, en vain. Le logement devait être vide. Il ne comportait qu'une seule pièce après tout.

Relevant la tête, elle constata que le soldat qui lui avait adressé un regard menaçant venait vers elle. Sans réfléchir à l'impression que cela donnerait, Themis partit en courant. Elle emprunta un chemin détourné pour rejoindre la rue principale. Une fois seulement qu'elle l'eut atteinte, elle s'autorisa à reprendre son souffle, cachée dans l'embrasure d'une boutique à l'abandon, au cas où le soldat l'aurait suivie. La rue n'était pas éclairée, et l'endroit où elle s'était accroupie était dans le noir.

En tendant la main, elle sentit un sac de sable devant la porte. Elle pourrait s'asseoir là quelques instants… En prenant appui dessus pour retrouver l'équilibre, elle entendit un bruit. Un couinement qui ressemblait à celui d'un rat. Themis avait une peur bleue de ces bêtes. Elles avaient envahi la ville depuis peu, étant aussi affamées que les Athéniens. Et elles étaient si rusées qu'elles représentaient une vraie concurrence pour les humains qui se nourrissaient dans les poubelles.

Elle s'écarta et un cri lui échappa. Ce ne fut qu'à ce moment-là, ses yeux s'étant accoutumés à l'obscurité, qu'elle constata que ce n'était pas du tout un sac de sable, mais une silhouette humaine. Une partie, couleur de coquille d'œuf, se détachait du reste de la masse informe. La plainte reprit. C'était une voix d'homme.

— À l'aide…

Le cœur battant, Themis se pencha pour l'étudier. L'homme l'implora à nouveau.

— À l'aide, murmura-t-il de ses lèvres desséchées.

Themis ne s'était jamais retrouvée confrontée au dénuement d'aussi près. Elle savait que la plupart des Athéniens manquaient de nourriture et se sentait un peu coupable – sa famille avait une chance incroyable de recevoir de l'argent d'Amérique.

— Je n'ai rien sur moi, souffla-t-elle. Je suis désolée. Je vous apporterai quelque chose plus tard.

Sa grand-mère n'allait pas tarder à être morte d'inquiétude, Themis devait rentrer. Elle reviendrait plus tard avec de la nourriture.

Elle pressa le pas dans les rues sombres. Plusieurs groupes de soldats la dévisagèrent. Alors qu'elle gravissait les marches de l'immeuble en courant, des effluves de la cuisine de sa grand-mère lui parvinrent. Elle poussa la porte de l'appartement, et tout le monde était déjà assis autour de la table. Panos l'accueillit avec tendresse :

— *Yassou, adelfi mou*. Bonsoir, petite sœur.

— Elle est en retard, grogna Margarita.

— Grand-mère se faisait un sang d'encre, lui reprocha Thanasis. Où étais-tu fourrée ?

Épuisée par sa course, Themis ne put répondre immédiatement. Elle se servit un verre d'eau, puis prit une grande inspiration.

— J'ai rencontré un homme…

— *Theé mou !* s'exclama Kyria Koralis en suspendant son couteau à pain à quelques centimètres de la miche. Oh, mon Dieu !

— Il était sur le pas d'une porte. Je dois lui apporter quelque chose, du pain, n'importe quoi.

— Et qui est-ce ? lui demanda Margarita.

— Pourquoi lui as-tu parlé ? ajouta Thanasis. Qu'est-ce que tu faisais dehors ? Tu es censée rentrer directement après les cours. Tu ne te rends pas compte du danger que tu cours. Tu ne vois pas que tu enfreins toutes les règles. Tu es vraiment idiote, Themis.

Elle avait avalé plusieurs gorgées d'eau, mais sa bouche restait sèche.

— Je suis tombée sur lui par hasard, expliqua-t-elle si bas qu'elle fut presque inaudible.

— Je ne te laisserai pas ressortir à cette heure, lui dit sa grand-mère.

— Et tu n'emporteras pas de la nourriture dans la rue, ni ce soir ni jamais, ajouta Thanasis avec insistance.

— Il y a la soupe populaire pour ces gens-là, conclut Margarita.

Le dîner était servi et les enfants avaient tous une assiette pleine devant eux. Leur grand-mère avait préparé la recette la plus nourrissante de son répertoire, celle qui avait la faveur de tous : du chou farci. La farce au porc était si généreuse qu'elle débordait des feuilles roulées avec soin et se mêlait à la sauce au citron qui les nappait.

Themis ne pouvait pas manger. Elle planta sa fourchette dans la viande puis resta ainsi un long moment à fixer son repas. Les autres ne se faisaient pas prier. Elle pensa à l'homme qui l'attendait. Elle pensa ensuite à Fotini. Le mystère restait entier.

Le nom de sa meilleure amie suscitait toujours une réaction négative au sein du cercle familial, même après tout ce temps. Themis n'osa donc pas partager ses inquiétudes.

Elle joua avec le morceau de pain à côté de son assiette et, profitant que personne ne la regardait, le fit tomber sur ses genoux. Plus tard, elle le glissa dans la poche de sa jupe.

Elle ne pourrait jamais ressortir de l'appartement sans causer d'histoires. Elle décida donc que le lendemain elle partirait plus tôt pour le lycée et retournerait à la boutique abandonnée. Elle pourrait en profiter pour tenter à nouveau sa chance chez Fotini. À cette heure de la journée, elle réussirait peut-être à croiser, dans la rue, un voisin qui aurait des nouvelles.

Themis ferma à peine l'œil de la nuit. Elle était très inquiète pour Fotini – et Margarita parlait dans son sommeil, ce qui ne l'aidait pas à s'endormir. Elle se leva en premier et quitta l'appartement alors que tout le monde était encore au lit, après avoir vérifié que le morceau de pain était toujours dans sa poche et en avoir ajouté un second, prélevé sur le talon de la miche du dîner. Celle-ci se trouvait toujours sur la table, enveloppée dans un torchon pour rester fraîche.

Il y avait bien plus de monde dans les rues que la veille au soir. Les Grecs étaient plus nombreux que les soldats à sept heures du matin et Themis n'attira l'attention de personne. Le froid était mordant et de la neige était tombée. Son souffle formait un nuage devant elle. Elle se souvenait de l'emplacement de la fameuse boutique, même si rien ne ressemblait autant à un magasin à l'abandon qu'un autre. Son enseigne d'un rouge délavé disait : *Sidiropoleion*, quincaillier. Sur les vitrines, le nom du propriétaire, Vogiatzis, était tracé à la peinture. Themis sut qu'elle était arrivée à destination. Le seuil de la boutique était vide, néanmoins. Peut-être que quelqu'un d'autre avait apporté à manger à l'homme…

Sans plus trop s'inquiéter de lui, elle poussa jusque chez Fotini en grignotant un des deux morceaux de pain. Elle s'attira les regards envieux de quelques enfants au passage. Se rappelant que le pain était rationné, elle s'empressa de le cacher dans son manteau. Puis elle fourra ses mains nues au fond de ses poches pour les maintenir au chaud.

Arrivée chez son amie, elle frappa, timidement d'abord, plus fort ensuite. Ses coups furent accueillis par le même silence que la veille.

Themis se rendit au lycée en larmes. Il n'y faisait pas meilleur que dehors. La salle n'était pas chauffée et elle avait du mal à tenir son stylo avec ses doigts glacés. À la fin du cours, elle alla trouver son enseignante pour la questionner. Plusieurs autres élèves étaient absents depuis plusieurs jours, mais que pouvait-on y faire ? Il y avait beaucoup de maladies en hiver, du petit rhume à la tuberculose – on parlait même d'une épidémie dans le cas de cette dernière.

À la fin de sa journée de lycée, Themis tomba par hasard sur Giorgos Stavridis dans la rue. Il était avec Dimitris, le « béguin » de Fotini, qui demanda à Themis où était son amie. Les deux jeunes filles étaient si inséparables qu'ils étaient surpris de ne pas les voir ensemble. Themis secoua la tête.

— Je ne sais pas, dit-elle, une boule dans la gorge.

La voix de son amie lui manquait, ainsi que ses réponses intelligentes et leurs échanges en général. Tout en Fotini lui manquait.

Les deux adolescents filèrent, chacun dans une direction différente. Tout le monde voulait rentrer à la nuit tombée.

Ce fut la tristesse qui ralentit le pas de Themis sur le chemin du retour, bien plus que l'épaisse neige. Pour la première fois de sa vie, elle découvrait que le simple fait de poser un pied devant l'autre pouvait demander un effort.

Arrivée à Patissia, elle leva les yeux vers le balcon familial et vit sa grand-mère balayer. Les feuilles mortes de ses citronniers dévalèrent vers la rue. Themis monta à l'appartement. Kyria Koralis lui donna un baiser sur la joue, du bout des lèvres, puis ensemble elles observèrent la place. Tous les arbres étaient nus à présent, et le sol tapissé de blanc. Le ciel était incolore.

Dans le jour déclinant, un objet attira soudain l'attention de Themis. Un objet familier, qu'elle connaissait si bien qu'il faisait presque partie intégrante d'elle. Un objet d'une nuance particulière de rouge qui se détachait sur la neige.

— *Yaya !* Regarde ! Là. Tu vois ? On dirait le manteau de Fotini !

Kyria Koralis suivit la direction indiquée par le doigt de Themis.

— Tu as raison, j'ai bien l'impression que quelqu'un a perdu son manteau.

Elles se penchèrent par-dessus la balustrade.

— Tu devrais descendre le récupérer, au cas où. Que ce manteau soit celui de ton amie ou non, il ne peut pas rester à l'abandon. Il y a tellement de gens qui manquent de…

— J'y vais, l'interrompit Themis.

Elle dévala les marches deux par deux. Elle traversait la place lorsqu'elle vit que deux hommes ramassaient le manteau. Pourquoi s'y mettaient-ils à deux ?

Elle pressa le pas et arriva à leur hauteur au moment où ils soulevaient ce qui, elle s'en rendait compte à présent, était plus qu'un simple manteau. Elle eut l'impression que la température chutait brusquement de plusieurs degrés supplémentaires.

— C'est une fille, dit l'homme qui portait un corps sans vie.

Cette remarque s'adressait à Themis : elle s'était arrêtée juste à côté de lui et l'observait avec une incrédulité totale. Elle aperçut une partie du visage de Fotini. Son amie était presque méconnaissable avec ses pommettes qui menaçaient de percer sa peau et ses yeux globuleux. On aurait dit une vieille femme de quatre-vingt-dix ans, néanmoins il n'y avait pas de place pour le doute dans l'esprit de Themis : c'était bien elle.

La tête de Fotini roula soudain sur le côté, et Themis plongea ses yeux dans ceux, vitreux, de son amie. Elle dut se détourner.

— Tu n'as jamais vu de cadavre ? lui lança l'autre homme, au moment où elle fondait en sanglots.

Il fit un pas pour fermer les paupières de Fotini.

— C'est la dixième aujourd'hui. Quelle tragédie…

Ces hommes étaient payés pour ramasser les cadavres dans les rues, chaque jour. Avec les revendeurs au marché noir, ils appartenaient aux rares catégories de la population dont la situation professionnelle s'était améliorée depuis le début de l'occupation.

Kyria Koralis, qui avait assisté à la scène du balcon, vit que sa petite-fille suivait l'homme qui portait le ballot rouge. Panos était rentré entre-temps, et elle l'appela.

— Mon chéri, pourrais-tu descendre chercher ta sœur ? lui demanda-t-elle d'un ton pressant. Je crois qu'elle a retrouvé son amie…

— Fotini ?

— J'ai bien l'impression qu'elle est morte, chuchota Kyria Koralis.

— *Theé kai Kyrie,* oh, Seigneur, marmonna Panos, la gorge nouée.

Il savait aussi bien que quiconque que cet hiver était le plus froid depuis des années. La famine faisait des milliers de victimes, chaque semaine, rien qu'à Athènes. Jusqu'à présent cependant, leur famille avait été épargnée. Il courut vers sa sœur, qui suivait toujours le corps de son amie, agitée de sanglots incontrôlables.

— Themis, dit-il en la prenant par les épaules et en calant son pas sur le sien. Tu ne peux pas l'accompagner.

Les cadavres, a fortiori s'ils n'avaient pas été identifiés par leurs familles, étaient enterrés en dehors de la ville. Incapable de parler, Themis agrippa la main de Panos. Il sentit qu'elle tremblait.

Lorsqu'ils eurent escorté Fotini jusqu'au bout de la place, Themis s'écroula. Son frère dut la soutenir. Les deux hommes hissèrent le corps dans une charrette où étaient déjà entassés plusieurs cadavres. Pour la première fois, Themis remarqua que les pieds de son amie, nus, étaient bleus. Quelqu'un avait dû lui voler ses chaussures. Elle n'avait même pas eu droit à une mort digne.

Les deux hommes se mirent à tirer la charrette lentement, sur la surface irrégulière de la chaussée. Quelques minutes plus tard, ils atteignaient la rue principale. Panos les regarda disparaître. Themis avait enfoui sa tête contre le torse de son frère.

Ils restèrent là malgré le crépuscule glacial, puisant du réconfort dans la chaleur de l'autre.

Panos raccompagna sa sœur à l'appartement sans la brusquer. Kyria Koralis fit bouillir de l'eau et lui prépara une infusion avec ce qu'il lui restait d'herbes. Puis elle la borda, tout habillée, dans son lit.

Themis tremblait si fort qu'elle ne pouvait pas tenir sa tasse. Sa grand-mère s'en chargea et lui administra, de ses mains fermes, de petites gorgées. Pour l'heure, il n'y avait rien à dire. Aucun mot ne pouvait consoler Themis. Rien ne justifiait la mort de Fotini Karanidis, et toute tentative de rationalisation de cet événement aurait été vaine.

Themis serait hantée à tout jamais par la vision du corps sans vie de son amie et de son manteau chiffonné.

7

Themis en était convaincue, Fotini était en route pour leur appartement quand elle avait perdu connaissance, peut-être pour leur demander de la nourriture. Elle serait venue pour la toute première fois chez les Koralis.

Deux jours plus tard, lorsqu'elle eut puisé en elle le courage et la force nécessaires, Themis retourna chez Fotini. Il existait une possibilité que Kyria Karanidis soit sans nouvelles de sa fille.

Panos l'accompagnait et il se chargea de frapper à la porte. Au bout de quelques instants, celle-ci s'entrouvrit à peine.

— Qui est-ce ? demanda un homme.

Ces temps-ci, on risquait de découvrir un soldat allemand ou italien de l'autre côté de la porte. Ne voyant pas son interlocuteur, Panos s'adressa à lui d'une voix légèrement hésitante.

— Nous sommes à la recherche de Kyria Karanidis…

L'homme leur ouvrit un peu plus. Themis et son frère comprirent à son expression qu'il était rassuré d'être face à deux jeunes Grecs.

— Kyria Kara… ? C'est la femme qui vivait ici… ?

— Oui, lui répondit Themis. Avec sa fille.

— L'avez-vous vue ? demanda Panos.

La confusion se peignit sur les traits de l'homme.

— Je n'ai vu personne. Écoutez… Venez, entrez.

Themis s'agrippa au bras de son frère pour pénétrer dans la pièce. Les livres de Fotini trônaient toujours sur l'étagère. Son cartable était au pied du lit, lui aussi. Les assiettes familières et la petite poêle en métal étaient à leur place. Themis fondit en larmes.

— Toutes ses affaires sont là, murmura-t-elle entre deux sanglots. Exactement comme avant.

— L'amie de ma sœur est morte il y a quelques jours, expliqua Panos. Elle vivait ici.

Ils s'assirent tous les trois autour de la table. Themis occupait sa chaise habituelle. L'inconnu semblait nerveux.

— Je devrais peut-être vous expliquer la raison de ma présence sous ce toit. Je suis un soldat, enfin, je devrais plutôt employer le passé. Quand notre régiment a été démantelé, je suis rentré chez moi et j'ai découvert que mon appartement avait été réquisitionné par des officiers allemands. Qu'est-ce que je pouvais faire ? J'ai erré dans les rues. On était nombreux dans ce cas. On n'avait rien.

— Je sais, lui dit Panos. On croise des soldats blessés partout, et certains sont même contraints de vivre dans la rue.

— J'ai fini par chercher un endroit où dormir. Les gens disaient qu'il y avait des logements vides dans ce quartier.

Il s'interrompit un instant.

— Ce n'est qu'à mon arrivée, il y a deux jours, que j'ai compris pourquoi ils étaient vides. Mais j'avais besoin de m'abriter, il fait froid, un froid de loup…

Themis l'écoutait en pleurant silencieusement. Panos était le seul en état d'alimenter la conversation.

— Vous n'avez pas à vous justifier.

— Je m'appelle Manolis, et on peut se tutoyer, dit l'homme, se forçant à sourire.

— Je suis Panos, et c'est ma sœur, Themis. Son amie s'appelait Fotini. Tu as dû le comprendre, elle habitait ici…

— Oui, et je suis navré pour ton amie, Themis. Nous vivons une époque terrible, terrible.

— Nous ignorons si la mère de Fotini reviendra un jour. Nous ignorons ce qu'elle est devenue. Mais si elle revient, pourras-tu lui dire que Themis Koralis est venue la voir ?

— Naturellement… Je ne sais pas si je resterai très longtemps ici. Je veux reprendre les armes. Comment va-t-on réussir à se débarrasser de ces salauds, sinon ?

Il y eut un silence. Panos fouilla dans les poches de son manteau pour en sortir du tabac. Themis savait que son frère fumait, elle avait déjà identifié l'odeur si caractéristique sur ses vêtements. Elle se demanda en revanche où il se procurait le tabac. Il roula une cigarette et l'offrit à Manolis. Celui-ci l'accepta avec autant de révérence que s'il s'agissait d'un sac d'or. Puis Panos en roula une seconde pour lui et se pencha si près de l'homme que ses paroles furent presque inaudibles pour sa sœur.

— Il y a moyen d'agir en coulisses, lui glissa-t-il. Si tu vois où je veux en venir.

Themis comprit soudain que son frère faisait confiance à cet inconnu. Reconnaître qu'il était mouillé dans des actes d'espionnage et de résistance mettait Panos en danger. Son instinct lui soufflait néanmoins que Manolis partageait ses convictions. Cet homme s'était battu en Albanie au péril de sa vie et pour toute récompense, à son retour, il trouvait la pénurie et son logement occupé, ce qui le forçait à emménager chez une inconnue. La colère et le désespoir étaient gravés sur ses traits.

Themis suivait leur conversation chuchotée, les regardant tour à tour. Elle était impatiente de partir à présent. Passer du temps sous ce toit, sans son amie, la peinait. Alors qu'ils échafaudaient des plans, elle quitta la table pour aller examiner le cartable de Fotini, près du lit.

Kyria Karanidis pouvait encore revenir ; Themis ne se sentait pas autorisée à l'emporter en souvenir de son amie, même si elle le désirait plus que tout. Elle caressa le cuir lisse. Peut-être le cartable contenait-il un objet qui ne manquerait pas à la mère de Fotini ? La jeune fille défit la boucle.

À l'intérieur, elle découvrit un cahier d'exercices abîmé. De son écriture soignée, Fotini avait tracé son nom sur la couverture, ainsi que sa classe et le nom de leur lycée. En voyant ces mots, Themis sentit son cœur se serrer. Ouvrant le cahier, elle lut des vers que Fotini avait dû recopier pour défier sa mère. Ils étaient tirés du poème interdit de Ritsos, *Epitafios*.

Tout le savoir de Fotini, tous ses espoirs et ses sentiments s'étaient volatilisés. Subsistaient-ils ailleurs, sous une autre forme ? Du haut de ses seize ans,

Themis fut, pour la première fois, frappée par la futilité de la vie.

Elle glissa le cahier dans la poche intérieure de son manteau, tout près de son cœur. Elle n'avait pas lu la suite, mais les jours suivants elle tournerait les pages et boirait chacun des mots de son amie.

Quand elle releva la tête, elle constata que les deux hommes étaient debout et se serraient la main, convenant d'un rendez-vous ultérieur. Elle n'avait pas entendu ce que Manolis avait confié à Panos, en toute discrétion, s'abritant derrière sa main.

— Le corps de la mère a été retrouvé dans la rue la semaine dernière. Les voisins me l'ont dit.

Panos était bien conscient que ce n'était pas le moment d'annoncer une telle nouvelle à Themis. Il y avait des limites à la tristesse que sa sœur pouvait endurer. Elle n'avait pas non plus besoin de savoir que les enterrements dignes de ce nom étaient rares ces temps-ci et que la mère de Fotini avait sans doute rejoint des dizaines d'autres cadavres dans une fosse commune. Panos espérait qu'au moins les corps de la mère et de la fille aient été réunis.

Rien qu'à Athènes, ces derniers mois, près de cinquante mille citoyens avaient perdu la vie à cause de la malnutrition. Les températures glaciales et les pénuries formaient une alliance fatale. Des enfants avaient passé les toutes dernières heures de leur existence à faire les poubelles ou allongés dans la rue, assaillis par les poux, trop faibles pour bouger. Ce spectacle était devenu si habituel que les gens se contentaient de les enjamber pour poursuivre leur route. Chaque passant poursuivait son propre objectif : trouver de la nourriture, se rendre à la soupe populaire ou chez une couturière chargée de transformer un ancien manteau. Personne n'avait le temps de s'attarder. La survie était devenue l'unique souci de chacun.

Themis refusa de quitter son lit pendant plusieurs jours, et sa grand-mère devait l'amadouer pour qu'elle accepte de manger.

— Allez, ma chérie, juste une petite cuillerée. Pour moi.

Margarita ne supportait pas d'entendre leur grand-mère parler à Themis comme à un bébé. Sa petite sœur lui inspirait toujours autant de jalousie et elle ne comprenait pas pourquoi celle-ci était aussi bouleversée pour son « amie réfugiée ».

— Laisse-la, disait-elle à sa grand-mère. Elle fait ça pour attirer l'attention. Quand elle aura faim, elle mangera.

Même en laissant de côté leurs sensibilités politiques divergentes, Margarita jugeait Themis horripilante à tous points de vue. Un jour, en voyant sa cadette roulée en boule sur leur lit, elle repensa à l'attitude de leur mère, toutes ces années auparavant. Elle en conçut de la honte et de la colère.

Si Themis n'avait que peu d'appétit, les garçons, eux, dévoraient. Kyria Koralis avait vendu les bijoux un par un pour acheter de la nourriture, et le coffret ne contenait désormais plus qu'une seule parure.

Un jour, à la fin du printemps, elle fit rouler les boucles d'oreilles en rubis dans sa paume puis, sans une once de culpabilité ou de regret, traversa la place pour aller les vendre. À chaque bijou cédé, la dot de sa belle-fille diminuait, et les chances de survie des enfants augmentaient. En recevant une nouvelle enveloppe gonflée de billets, elle se dit que son fils aurait approuvé son choix.

Pendant tous ces mois, Margarita n'avait pas eu d'occasion d'ouvrir le placard secret de sa grand-mère. C'était encore plus difficile ces dernières semaines, parce que Themis ne quittait presque jamais l'appartement. Ce jour-là, pourtant, Margarita profita de l'absence de sa grand-mère et du fait que sa sœur dormait dans leur chambre.

Elle comprit aussitôt que quelque chose avait changé. Le coffret qui débordait auparavant de richesses était étonnamment léger. Vide. Margarita, presque submergée par la nausée, fureta frénétiquement dans les affaires de sa mère. Les bijoux s'étaient-ils mystérieusement échappés pour se glisser dans les replis de la soie et de la laine ? Dans un état de panique grandissante, elle secoua les blouses, les jupes et les étoles, les lança en l'air pour libérer les objets qui auraient pu s'y cacher.

Au moment où elle sortait le dernier vêtement, elle entendit le bruit d'une clé dans la serrure de la porte d'entrée. C'était Kyria Koralis, les bras chargés de provisions. Juste après avoir vendu les boucles d'oreilles, elle s'était rendue dans un endroit où, elle le savait, elle pourrait acheter de la viande et des pommes de terre. Le prix de telles denrées pouvait monter en quelques heures, et elle voulait dépenser ses drachmes avant que celles-ci ne subissent une nouvelle dévaluation.

Sa petite-fille surgit dans le couloir avec le coffret en bois grand ouvert. Un désarroi profond se lisait sur ses traits, et les accusations étaient prêtes à franchir ses lèvres.

Kyria Koralis avait préparé une explication.

— Ils sont tous au coffre, à la banque, *paidi mou*. Quand les Allemands partiront, j'irai les récupérer. On n'est jamais trop prudent, tu sais.

— Ils n'étaient pas en sécurité ici ?

— Avec tous ces Allemands dans la rue ? Et ces Italiens, qui sont encore pires ?

— Mais…

Kyria Koralis la noyait sous les faux arguments.

— Tu sais bien qu'ils n'hésitent pas à s'installer chez les gens. Tu imagines qu'ils y réfléchiraient à deux fois avant de prendre nos biens ?

— Je le sais, *yaya*, enfin ils ne nous ont pas embêtés jusqu'à…

— Et les rues ! Elles sont devenues si dangereuses, *agapi mou* ! La menace ne vient peut-être que d'une minorité de gens prêts à tout, mais nous ne devons pas prendre de risque.

Elle avait beau mentir au sujet des bijoux, il était vrai que les soldats allemands et italiens n'étaient pas les seuls à se rendre coupables de vol. Certains Grecs commettaient également des crimes violents. On ne comptait plus les histoires de montres arrachées aux poignets des passants, et de pendentifs aux cous des passantes. La faim poussait les gens au désespoir. Quelle solution avait un homme quand il voyait sa femme dans l'incapacité d'allaiter leur bébé ? Si la mère et l'enfant étaient affamés, comment pouvait-il rester les bras croisés ? Les riches demeuraient riches et pouvaient être le moyen de se fournir un repas.

Kyria Koralis réussit à apaiser les craintes de sa petite-fille, qui continuerait à rêver que ces bijoux seraient un jour à elle. Margarita se jura que, dès le départ des troupes de l'Axe, elle connaîtrait une nouvelle vie, luxueuse. Diamants, soie, bas et goûters chez Zonars... Elle était déterminée à obtenir tout cela.

Elle avait, depuis peu, trouvé un travail de vendeuse dans une boutique très chic du quartier de Kolonaki. Ses ambitions étaient plus élevées que jamais. Même en ces temps tourmentés, certaines femmes avaient les moyens de s'offrir de beaux vêtements. Sans oublier les officiers allemands qui voulaient envoyer un petit souvenir à leurs épouses au pays.

En attendant, elle avait déjà appris qu'échanger un baiser par-ci par-là avec un étranger pouvait lui valoir une paire de bas nylon ou un rouge à lèvres. Elle avait perfectionné son sourire devant le miroir, en s'inspirant de vieux magazines : il devait encourager celui à qui elle le destinait à l'aborder. Avec les bijoux de sa mère, quand ils seraient à elle, elle démultiplierait ses chances de réaliser ses rêves.

Mois après mois, néanmoins, rien ne permettait d'imaginer que l'occupation se terminerait un jour. La plupart des membres de la famille Koralis vivaient mal l'attitude du gouvernement, à Athènes et en exil : aucun des deux ne faisait quoi que ce soit pour les rapprocher de la libération. Ainsi que Kyria Koralis l'avait redouté, Panos avait rejoint, avec beaucoup d'autres, les rangs du Front national de libération, l'EAM, une organisation de résistance créée pour passer à l'action contre l'occupant. Le cadet de ses petits-fils était dans un état de colère permanent : le pays souffrait à tous points de vue et ce groupuscule avait le pouvoir de faire bouger les choses.

— D'abord ils occupent notre pays, puis ils nous volent toute notre nourriture, fulmina-t-il devant son frère, un soir à table.

Panos indiqua le maigre dîner posé devant eux. Thanasis venait d'être accepté à l'école de police, et on lui servait parfois un repas là-bas, si bien qu'il n'avait pas faim ce soir-là. Les filles continuèrent à manger en silence, ne prêtant qu'une oreille distraite à la dispute entre les deux frères – c'était devenu un bruit de fond habituel. Panos n'en avait pas terminé.

— Et pour couronner le tout, les Allemands forcent le gouvernement grec à leur donner de l'argent. Tu peux m'expliquer en quoi, pour toi, ces gens sont nos amis ?

Quels que soient les arguments de son frère, Thanasis restait inébranlable dans ses convictions. Les « prêts » grotesques exigés par les Allemands pour couvrir les frais liés à l'occupation de la Grèce ne le faisaient pas changer d'avis. Il continuait à soutenir le gouvernement collaborateur sans remettre en question ses actions et était convaincu qu'un jour Panos lui aussi finirait par admettre l'influence allemande sur leur pays.

— Tu te faciliterais la vie, et tu faciliterais celle de ton entourage, si tu acceptais les choses telles qu'elles sont.

— Mais même Tsolakoglou réclame qu'ils revoient les montants à la baisse ! protesta Panos.

Il était vrai que les limites de la patience du Premier ministre avaient été atteintes et il exigeait une plus grande compréhension des Allemands.

Themis évita de prendre part au débat. Tout ce que décrivait Panos relevait, évidemment, de l'injustice. Fotini n'avait été qu'une victime de la famine parmi des milliers à Athènes, cet hiver-là. La Grèce approchait du point de rupture.

8

À la mort de Fotini, Themis avait perdu tout intérêt pour les études. Elle s'y replongerait peut-être lorsque la vie reprendrait son cours normal, mais plus personne n'aurait pu définir la normalité ou dire quand elle reviendrait. L'absence de l'élève la plus brillante de la classe laissait depuis longtemps un vide au premier rang. À présent, il y avait plus d'une dizaine de places inoccupées. Le jour où Themis découvrit que l'apprentissage de l'allemand et de l'italien était dorénavant obligatoire, elle cessa de se rendre au *gymnasio* sans le moindre regret.

Elle décida, à la place, d'apporter quotidiennement son aide à l'une des soupes populaires de la ville. Une longue file d'attente s'étirait dans la rue bien avant l'heure d'ouverture de l'établissement. Les gens patientaient vaillamment sous la pluie glaciale pendant une heure au moins tandis que Themis, avec les autres femmes volontaires, coupaient des légumes et faisaient bouillir des chaudrons d'eau. À dix heures du matin, une soupe peu épaisse était prête.

Chaque jour, Themis cherchait le visage de la mère de Fotini dans la queue. Elle avait toutes les chances de la croiser ici, si elle avait des difficultés, non ? Elle scrutait la foule. Beaucoup de ceux qui la composaient n'avaient plus l'air humains : des adultes avec des corps d'enfants mais des expressions de vieillards, des hommes aux yeux qui semblaient vouloir leur sortir du crâne, des femmes aux mentons et aux bras poilus – l'apparition de cette toison étant une réaction naturelle du corps au froid et à la faim. La plupart étaient pieds nus. De temps en temps, il y en avait un si faible qu'il avait du mal à tenir son bol de soupe.

Jour après jour, Themis rentrait avec la même question aux lèvres.

— Tu penses que ça va durer encore longtemps ?

Elle espérait être rassurée par son frère. Le gouvernement collaborationniste ne donnait aux citoyens ordinaires que peu de garanties de son intention d'améliorer la situation. Il était contraint de satisfaire les exigences de l'occupant, et le quotidien était presque devenu invivable pour tous les Grecs, sauf pour ceux qui profitaient du marché noir.

— Dès que tu en as l'occasion, lui dit Panos, écris sur les murs. Fais bien attention surtout, personne ne doit te voir. Le moindre mot contribuera à démoraliser ces salauds.

Cette action paraissait un peu vaine à Themis. Elle se laissa pourtant convaincre par Panos, qui se montrait plus optimiste qu'auparavant : il lui promit qu'ils se débarrasseraient bientôt des Allemands.

— Le gouvernement ne fait peut-être rien, dit-il un jour à sa sœur, mais d'autres s'en chargent à sa place.

— Comment ça ? le pressa-t-elle, gagnée par l'espoir. Tu veux dire que quelque chose se prépare ?

La rumeur d'un retrait allemand courait depuis peu, toutefois il ne s'agissait de rien d'autre que de cela, une rumeur. Et elle n'eut qu'un seul bénéfice : ceux qui avaient fait des réserves remirent une partie de leurs biens sur le marché, provoquant une chute temporaire des prix.

— Ça a déjà commencé, Themis.

Panos parlait tout bas, alors qu'ils étaient seuls dans l'appartement.

— Quoi ? murmura-t-elle avec enthousiasme.

— Des gens agissent chaque heure, chaque jour, lui expliqua-t-il.

— Mais comment ? insista-t-elle. Dis-moi ! Dis-moi !

En dépit de son souhait de préserver l'innocence de sa sœur, il avait besoin de son soutien. Elle devrait sans doute lui servir de couverture très prochainement.

— J'apporte mon aide à quelqu'un, débita-t-il à toute allure. Une femme du quartier. Elle héberge parfois des soldats anglais. Ça paraît difficile à croire quand on la voit, et pourtant c'est la femme la plus courageuse que j'aie jamais rencontrée.

— Qu'est-ce que tu dois faire, exactement ?

— Tu sais que je travaille dans un *kafenion* ? Il est en face de chez elle, alors je peux garder un œil ouvert, faire diversion si besoin pour faciliter la sortie discrète de quelqu'un. C'est tout près d'ici, dans une rue proche de l'avenue Patission. Je rends d'autres petits services, comme trouver des vêtements de rechange.

— C'est dangereux ?

— Oui. Tu ne dois surtout pas en parler à *yaya*. Ou aux autres. Thanasis pourrait m'arrêter pour mes activités.

— Bien sûr que je ne dirai rien. Je te le jure.

Panos savait que sa sœur n'avait qu'une parole.

— Je peux faire quelque chose, moi aussi ? s'empressa-t-elle de demander. Je veux vous aider, dis-moi comment !

— Dans l'immédiat, je ne sais pas, lui répondit Panos, mais j'en parlerai à Lela…

— Lela ?

— C'est son nom. Lela. Lela Karagianni. Je lui expliquerai que tu es « avec » nous. Et si on a besoin de quelque chose…

— Je ferai ce que vous me direz, lui promit Themis.

— Tu ne dois en parler à personne. Sous aucun prétexte. C'est une question de vie ou de mort, Themis. Tu le sais ?

Panos comprenait que dans le jeu de dupes auquel se livrait la résistance, une adolescente aussi naïve que Themis serait une aide précieuse, d'autant qu'elle faisait beaucoup moins que son âge. Les soldats allemands et italiens suspectaient toujours les jeunes hommes, alors que la plupart du temps les vraies coupables, jeunes filles innocentes ou vieilles dames insoupçonnables, agissaient sous leur nez.

Themis était heureuse que Panos lui ait fait ces confidences, et elle se réjouissait encore plus à la perspective de pouvoir prendre part elle-même à la résistance. Elle était prête à tout pour ne plus accepter le statu quo les bras croisés. Elle espérait être invitée à participer rapidement et contribuer à changer vraiment les choses.

Les températures remontaient et on voyait moins de cadavres dans les rues, toutefois, avec l'inflation et la pénurie de nombreuses denrées, la plupart des Grecs n'avaient pas accès à une alimentation suffisante. Le gouvernement semblait dans l'incapacité d'améliorer leur situation, et à la fin de l'année 1942, seul Thanasis accueillit avec optimisme la démission du Premier ministre, Geórgios Tsolakoglou. Il fut remplacé par Konstantínos Logothetópoulos, qui avait étudié la médecine en Allemagne et avait épousé la nièce d'un maréchal allemand.

— Je suis sûr qu'il fera un meilleur travail, observa d'un ton joyeux Thanasis à son retour du commissariat.

Son poste au sein de la police satisfaisait merveilleusement son désir d'ordre et de discipline, sans oublier son bonheur de porter un uniforme. Ses proches ne l'avaient jamais vu aussi heureux.

Un sourire jusqu'aux oreilles, il était impatient de provoquer Panos avec cette nouvelle.

— C'est un germanophile, déclara-t-il avec triomphalisme, il réussira à obtenir de meilleures conditions pour les Grecs. C'est une bonne chose, non ?

À chacun de ses commentaires, Thanasis poignardait un peu plus les convictions de son frère.

— Il sera leur marionnette, comme les autres ! s'exclama Panos.

Le nouveau Premier ministre avait félicité l'ambassadeur allemand pour les succès que rencontrait son pays ; tout le monde était au courant.

— Je commence à me demander si nous sommes vraiment frères, reprit Panos. On dirait que tu as du sang nazi…

— Panos ! l'interrompit Kyria Koralis. Arrête. Tu nous offenses tous en tenant des propos pareils. Pense à ta mère et à ton père !

Elle se tenait devant la cuisinière et surveillait sa marmite, qui ne contenait pas grand-chose d'autre que de l'eau et des lentilles. Maintenant que tous les bijoux avaient été vendus, Kyria Koralis devait à nouveau composer, elle aussi, avec la réalité de l'austérité en cuisine. Elle récupérait la moindre miette de pain et la conservait dans un bocal, remplaçait la viande par de l'aubergine râpée et faisait bouillir des raisins secs pour obtenir du sirop.

Tous les enfants Koralis dévisagèrent leur grand-mère. Cela faisait plusieurs mois que leurs parents n'avaient pas été évoqués. Eleftheria n'était presque plus qu'un fantôme dans l'esprit de Themis. Elle la voyait parfois en rêve, silhouette impalpable en robe blanche vaporeuse, nimbée de brume.

Une lettre était arrivée, il y a peu. Bien que destinée à leur père, c'était leur grand-mère qui l'avait ouverte. Ce courrier avait mis trois mois pour traverser la Grèce occupée, et il s'agissait du bref rapport annuel sur l'état de santé d'Eleftheria. L'image que Themis se faisait de sa mère n'était pas si éloignée de la réalité. Celle-ci ne portait désormais plus autre chose qu'une blouse d'hôpital dans les tons pastel et était souvent enfermée dans une pièce blanche – même s'il s'agissait d'une cellule capitonnée et pas de l'espace éthéré que sa fille voyait en songe. Kyria Koralis avait caché la lettre pour qu'aucun des enfants ne puisse connaître la condition de leur mère.

Cherchant à étouffer le feu de la discorde qui couvait entre ses frères, Themis suggéra soudain qu'ils pourraient ramener leur mère à Athènes. Son idée ne suscita que peu d'enthousiasme chez ses frères et sa sœur. Sa grand-mère lui opposa un refus catégorique.

— Après toutes ces années, elle est mieux là où elle est, affirma Kyria Koralis avec énergie, en veillant à ne pas trahir ce qu'elle savait au sujet de sa belle-fille. Impossible de se rendre là-bas de toute façon. Et les nazis n'ont aucune compassion pour ceux qui ne sont pas…

— Qui ne sont pas quoi ? demanda Themis en toute innocence.

— Normaux, dit Margarita en terminant la phrase de sa grand-mère.

— Comment ça ?

— Tu sais bien qu'elle n'est pas normale, railla Margarita. Ne fais pas semblant. Et c'est peut-être héréditaire, d'ailleurs.

Elle se pencha vers sa petite sœur telle une vraie furie, les traits déformés par une grimace sinistre.

— Arrête ! s'emporta Panos. Tiens-toi mieux que ça !

— Pardon ? De quel droit me donnes-tu des ordres ?

Elle se jeta sur son frère en poussant un cri de harpie.

— Tu n'as pas de cœur, Margarita, vraiment pas de cœur.

Sans prendre le temps de manger la soupe que sa grand-mère venait de déposer devant lui, Panos quitta la table en emportant un morceau de pain. Margarita se tut, brièvement honteuse.

Plus personne n'osa parler. Les enfants pensaient à leur père, et à leur mère.

Kyria Koralis guettait le moment opportun pour annoncer à ses petits-enfants que leur père avait cessé d'envoyer de l'argent. Maintenant qu'elle avait vendu les derniers bijoux, elle devait bien justifier la frugalité de plus en plus sensible dans leurs assiettes.

— Il ne peut plus nous aider. Il en est désolé, mais sa situation est un peu compliquée pour l'instant.

Elle leur fournit des explications si vagues et dérisoires qu'ils ne purent rien rétorquer.

À présent, les Koralis tiraient principalement leurs revenus du salaire de policier de Thanasis, complété par les pourboires que Panos touchait au *kafenion* et les maigres émoluments de Margarita dans sa boutique de modiste – dont la clientèle, au fil du temps, se composait de plus en plus d'officiers allemands venus acheter des cadeaux pour leurs maîtresses.

À la fin du repas, Thanasis et Margarita quittèrent la table. Themis s'y attarda, songeant à ses parents absents, qui ne lui avaient jamais paru plus distants et négligents qu'en cet instant.

— Est-ce qu'on est vraiment défini par ses parents ? s'interrogea-t-elle tout haut. Et comment se fait-il qu'on soit aussi différents, tous les quatre, alors que nous avons la même mère et le même père ?

— C'est un mystère pour moi aussi. Je n'ai eu qu'un fils, mais je dois dire que vous quatre…

Kyria Koralis secoua la tête avant de reprendre :

— Tout ça me laisse perplexe. Je vois les similitudes entre Panos et toi, je dirais même que vous vous ressemblez comme deux gouttes d'eau… En revanche, avec Thanasis et Margarita…

— Difficile de voir ce qu'on a en commun.

— Je ne sais que te dire, *agapi mou*, je ne sais vraiment pas, conclut Kyria Koralis, songeant que Themis lui donnait bien peu d'inquiétude en comparaison de Margarita.

Les allées et venues de celle-ci étaient toujours une source de préoccupation pour sa grand-mère, d'autant plus qu'elle avait noté la présence de parfum et de bas fins dans la chambre de sa petite-fille. Kyria Koralis savait qu'elle devait être élégante pour son travail, néanmoins il était inhabituel pour une jeune fille de dix-huit ans d'avoir accès à autant de luxe.

La nouvelle année s'accompagnait généralement d'un élan d'optimisme, malheureusement 1943 n'était porteur d'aucune promesse de changement. La famille Koralis souffrait plus que jamais de la faim, à présent qu'ils étaient privés d'œufs, de viande et d'huile. Si tous étaient plus minces qu'avant la guerre, Kyria Koralis se mit brusquement à perdre du poids de façon spectaculaire. Les trois étages à gravir pour atteindre l'appartement étaient presque au-delà de ses forces, et quand la fièvre se déclara, elle ne fut plus en état de quitter son lit. Thanasis réagit sans tarder et fit venir un médecin spécialiste. Ils redoutaient tous le diagnostic qu'il posa : tuberculose. Il y avait une épidémie en ville et les hôpitaux étaient débordés. Thanasis eut recours à tous les passe-droits que lui offrait son poste au sein de la police, et on trouva rapidement un lit pour Kyria Koralis à l'hôpital Sotiria.

Lors des premières semaines d'hospitalisation de leur grand-mère, Thanasis établit un planning pour qu'elle ait tous les jours un de ses petits-enfants à son chevet. Cependant, le manque d'hygiène et l'entassement des patients démultipliaient les risques d'infection pour les visiteurs. Ils finirent donc par écouter les prières de Kyria Koralis et par garder leurs distances avec l'hôpital.

En son absence, il n'y avait plus personne pour arbitrer ou modérer les conflits, pour veiller à ce que l'équité règne à table. Themis entreprit de cuisiner, mais ses tentatives pour confectionner un repas avec quelques bouts d'abats ou un légume-racine échouèrent misérablement.

Maintenant que Kyria Koralis n'était plus là pour ouvrir l'œil, pour poser des questions incessantes et pour les embêter, ses quatre petits-enfants avaient toute latitude pour aller et venir à leur guise. Elle aurait été peinée de savoir que Panos passait la plupart de ses nuits dehors et elle se serait encore plus inquiétée si elle avait su qu'il attirait Themis sur ce qui était, à ses yeux, « la mauvaise voie ».

Le succès de l'ELAS – l'Armée populaire de libération nationale grecque –, le bras armé de l'EAM, avait, l'année précédente, encouragé de nombreux volontaires à venir grossir ses rangs. Elle avait uni ses forces à celles de l'EDES – la Ligue nationale démocratique grecque –, ainsi qu'avec les Anglais, pour saboter les transports allemands et italiens. Ensemble, ils accomplirent l'exploit spectaculaire de détruire un viaduc ferroviaire près de Gorgopotamos, dans le Nord, afin de ralentir les progrès des forces de l'Axe. Ce triomphe fit le plus grand bien au moral des Athéniens et beaucoup d'entre eux reprirent confiance, touchant de plus en plus du doigt cette réalité : les Allemands n'étaient pas invincibles.

Des milliers de citoyens, dont Themis, se sentirent même portés par un élan d'audace lorsque Kostis Palamás, un poète qu'elles avaient admiré, Fotini et elle, mourut à la fin du mois de février. Ils virent dans ses funérailles une occasion non seulement de le pleurer mais aussi de démontrer que leur amour pour leur patrie était intact.

Quand elle vit Panos prendre son manteau à la patère et partir, Themis ne put s'empêcher de lui emboîter le pas. Elle se sentit coupable d'abandonner son poste à la soupe populaire, toutefois le désir de dire adieu à Palamás fut plus fort. Le Premier cimetière, où le poète serait enterré, se trouvait à plusieurs kilomètres, et ils s'y rendirent bras dessus dessous, tête baissée pour éviter de croiser les regards des soldats, des policiers et même des civils. Ils ne faisaient plus confiance à personne désormais.

En route, pour éviter la place Syntagma, ils firent un détour par le quartier de Plaka. Il y avait bien longtemps qu'ils n'avaient pas senti ses pavés anciens sous leurs pieds, et Themis fut heureuse d'apercevoir le Parthénon au-dessus d'elle, qui se découpait dans toute sa splendeur sur le ciel bleu glacial. Elle ne s'en était pas approchée à ce point depuis des mois.

Des milliers de personnes allaient dans la même direction, ils dépassèrent le temple de Zeus et gravirent la côte jusqu'à leur destination. Un flot constant et paisible de citoyens silencieux, tous pauvrement vêtus.

Quelques soldats montaient la garde aux grilles du cimetière, surveillant avec nervosité l'affluence.

À leur arrivée, Themis et Panos ne virent que les gens devant eux. Ils s'enfoncèrent dans la masse dense et furent bientôt absorbés par la foule.

Themis était trop petite pour distinguer ce qui se passait plus loin, mais des bribes de la cérémonie lui parvinrent. C'était l'occasion pour elle aussi de faire ses adieux à Fotini. Ces dernières semaines elle avait, à de nombreuses occasions, relu le cahier d'exercices de son amie. Aujourd'hui, tout bas, elle murmura les vers de l'un des nombreux poèmes de Palamás que celle-ci avait recopiés. Ils n'avaient jamais pris autant de sens qu'à cet instant.

Ô jeune vie fauchée par le souffle de la mort,
Alors que tu rêvais dans l'aube rose…

Tout enterrement réveillait systématiquement le souvenir des autres disparus. Themis n'oublierait pas Fotini, ni la terrible injustice de sa mort prématurée.

Puis, au milieu de l'immense multitude, quelqu'un se mit à fredonner un air familier. Une deuxième voix se joignit à la première et ajouta les paroles. Quelques instants plus tard, ils étaient quatre, huit, seize, et ainsi de suite, jusqu'à ce que le son se répande telle une vague, enfle dans une démonstration de patriotisme que ne purent faire taire les soldats chargés de suivre les obsèques.

Tout le monde, du premier au dernier rang, chantait à pleins poumons. C'était l'hymne national de la Grèce et ses paroles n'auraient pu envoyer un message plus fort aux Allemands et aux Italiens présents, s'ils les avaient comprises. Elles évoquaient les malheurs des Grecs sous le règne des Ottomans, et leur lutte pour la liberté. À cet instant, tous les chanteurs aspiraient à la même libération.

L'univers est ton domaine
Toi qui vins du sang hellène
À jamais reste vaillante
Liberté, liberté, salut !

Un silence suivit la dernière note du chant. La foule semblait sidérée par sa propre rébellion, sous le regard vigilant des Allemands. Ce déferlement subit de tristesse n'était pas seulement suscité par le grand poète ; les Grecs avaient aussi pleuré leur pays meurtri et les innombrables pertes que chacun d'eux avait connues. Ils avaient refoulé leurs émotions depuis si longtemps et, l'espace de quelques instants, ils avaient retrouvé la sensation de la liberté. Beaucoup de ceux qui avaient assisté à ces funérailles commencèrent à rêver de libération. Comme bien d'autres Grecs, Themis avait le sentiment que ce chant collectif, cet acte de défi rendait soudain tout possible. À compter de cet instant, sa témérité se mit à croître.

Peu après l'enterrement de Palamas, l'état de santé de Kyria Koralis s'améliora.

— Je ne suis pas encore prête à quitter ce monde. Contrairement à Monsieur Palamas, dit-elle à Themis, qui avait repris ses visites en dépit des protestations théâtrales de Margarita, laquelle craignait que sa sœur contracte la tuberculose et la lui transmette.

— Tu as bien meilleure mine cette semaine, *yaya*, lui dit Themis en observant les joues de sa grand-mère, qui avaient retrouvé des couleurs.

— J'espère qu'ils me laisseront bientôt sortir.

Themis interrogea les infirmières, et celles-ci lui confirmèrent que sa grand-mère pourrait rentrer chez elle d'ici quelques semaines.

À la même période, le gouvernement annonça la mobilisation obligatoire des civils. La famine et le désespoir avaient déjà poussé des milliers de Grecs à s'enrôler dans des camps de travail allemands, et à présent, les hommes entre seize et quarante-cinq ans s'entendaient dire qu'ils devaient se battre pour l'Allemagne. La menace de cette conscription fut accueillie avec d'autant plus d'effroi que l'on avait, au pays, un écho exécrable des conditions de vie dans les camps de travail. Panos s'efforça de contenir sa rage et dit à Themis qu'il ferait tout son possible pour éviter de partir.

Quelques jours plus tard, Themis retourna voir sa grand-mère. Elle fut bloquée par une immense manifestation en centre-ville. Panos l'avait mise en garde : les Athéniens risquaient de s'insurger contre cet enrôlement forcé. Elle chercha à contourner le rassemblement, puis finit par renoncer à se rendre à l'hôpital.

Ce soir-là, Thanasis fut contrarié d'apprendre que Themis n'avait pas pu voir leur grand-mère. Il était contre, bien sûr, ce genre de protestations civiles.

— Tu trouves vraiment surprenant que les gens s'opposent à l'idée d'être envoyés en Allemagne ? lui demanda Panos.

Son frère ne lui répondit pas, toutefois même son silence était pensé pour provoquer.

— Tu irais dans un camp de travail en Allemagne, toi ? Ça te rendrait heureux ?

— J'ai déjà un bon métier, rétorqua Thanasis avec suffisance. Mais pourquoi pas, sinon ? C'est du travail, au moins.

— À force de l'écouter, tu finis par croire à toute cette propagande. C'est ça, ton problème.

— Tu parles de propagande ? Toi qui gobes toutes ces bêtises communistes ?

Panos ne réagit pas immédiatement à l'attaque de son frère. Il était fier de ses convictions et ne renierait jamais ses penchants politiques. Quel mal y avait-il à soutenir les pauvres et les opprimés ?

Du point de vue de Thanasis, en revanche, Panos suivait la voie pernicieuse du soviétisme.

— Pourquoi refuses-tu de voir les bénéfices du nouvel ordre des choses ? s'emporta-t-il soudain sous le coup de la frustration.

Themis se recroquevilla sur sa chaise. Elle était plus qu'impatiente de voir sa grand-mère rentrer, car celle-ci serait en mesure de contenir, au moins en partie, les disputes entre les deux frères.

— Tu veux vraiment savoir pourquoi ? rétorqua Panos. Parce que j'aimerais que tout le monde ait des droits dans ce pays, et pas seulement les riches. Pas seulement les politiciens et les sympathisants nazis. Les pauvres ont le droit de manger, eux aussi, et la gauche, de jouir de sa liberté d'expression. Si tu veux vivre éternellement sous l'occupation allemande, c'est ton choix. Contrairement à toi, je ne me soumettrai jamais aux nazis.

Thanasis leva le bras pour frapper son frère, qui s'y était préparé. Il esquiva habilement le poing qui allait s'écraser sur son visage et se réfugia derrière sa chaise, qu'il brandit devant lui comme un bouclier. Panos était mince et agile. S'il n'avait aucune chance d'avoir le dessus dans un corps-à-corps avec son frère, il sortait toujours victorieux quand il s'agissait d'éviter les coups.

Le 5 mars, il y eut un rassemblement antigouvernemental encore plus important, avec des banderoles exigeant l'interdiction de la mobilisation et attaquant le Premier ministre. Sept mille personnes se réunirent dans le centre d'Athènes, parmi lesquelles des anciens combattants blessés lors de la campagne d'Albanie, des fonctionnaires et des étudiants. Les magasins baissèrent leurs rideaux et les entreprises restèrent fermées. On n'était pas loin de la grève générale.

La police finit par ouvrir le feu sur la foule : il y eut sept morts et des dizaines de blessés. Thanasis était en service ailleurs dans la ville ce jour-là, mais certains de ses collègues se trouvaient parmi les auteurs des coups mortels.

Les frères ne s'adressèrent pas la parole pendant plusieurs jours. Cette manifestation avait été une victoire et une défaite pour eux deux : le Premier ministre accusa les communistes de chercher les ennuis et de provoquer des violences, cependant il annonça également qu'il renonçait finalement à la mobilisation obligatoire. Les Grecs ne seraient pas envoyés de force en Allemagne.

Lorsque Kyria Koralis reçut enfin l'autorisation de quitter l'hôpital, elle fut, après des mois d'absence, accueillie à l'appartement par un silence accablant. Lentement, la vieille femme se rendit de pièce en pièce. Quelques vêtements traînaient dans les chambres, et elle jeta un coup d'œil aux photos de son fils ainsi qu'aux nombreux portraits des enfants sur la commode. Ces images étaient quelque part la seule preuve de leur existence qui lui restait. Tout semblait avoir changé.

C'est la faute de cette maudite guerre, songea-t-elle, en essayant sans succès d'allumer la cuisinière, *elle nous a tout pris*.

Thanasis faisait souvent des heures supplémentaires, et Panos passait une grande partie de sa journée au *kafenion*. Margarita restait aussi tard que possible à la boutique, et Themis était désormais en charge de la soupe populaire. Il était rare qu'ils se retrouvent tous les quatre autour de la grande table en acajou à présent. On aurait pu croire qu'elle n'avait jamais été témoin de toutes ces conversations déchaînées.

Le conflit qui tenait la Grèce entre ses griffes avait transformé l'existence des Koralis, c'était certain, mais le temps avait lui aussi fait des ravages.

Quelques jours plus tard, le Premier ministre Logothetópoulos quitta ses fonctions.

— Je ne peux pas dire que j'en sois désolé, observa Panos. Il n'a pas fait grand-chose pour aider les Grecs, si ?

— Je suis sûre qu'il a fait de son mieux, répondit Kyria Koralis, cherchant à devancer la réaction de Thanasis puisque les garçons étaient exceptionnellement présents tous les deux.

— Mais il était très proche des Allemands, *yaya*. Tout le monde le dit, intervint Themis.

— Dans ce cas, espérons que son remplaçant prendra les intérêts de sa *patrida* un peu plus à cœur, rétorqua la vieille femme. Et nous donnera à tous le pain dont nous avons besoin.

Elle avait plus que jamais le souci de nourrir sa famille.

— Rállis, le nouveau chef du gouvernement, réussira peut-être à nous procurer de la nourriture, observa Panos. Même s'il était ami avec Metaxás, ce qui nous permet d'imaginer où ira sa loyauté…

Thanasis garda exceptionnellement ses réflexions pour lui. Il savait que Ioánnis Rállis avait un objectif très précis en tête : maîtriser les communistes. À l'été 1943, l'ELAS comptait trente mille membres actifs, et les Allemands n'avaient plus les effectifs nécessaires pour affronter seuls cette résistance. À l'horreur de nombre de Grecs, les Allemands armèrent des bataillons de sécurité créés par Rállis. Des Grecs allaient pouvoir tirer sur d'autres Grecs.

Quelques semaines plus tard, alors que la lutte contre la résistance s'était intensifiée, Panos rejoignit l'ELAS. Il avait prévenu Themis qu'il risquait de quitter Athènes avec Manolis, l'homme qu'ils avaient rencontré ensemble chez Fotini. Les deux compagnons s'étaient mis d'accord : Panos ne devait pas révéler l'endroit où il se rendait pour éviter de les mettre en danger, sa sœur et lui. Margarita était tout à fait capable de torturer sa sœur pour lui soutirer des informations. Elle s'entraînait depuis des années à lui tirer les cheveux.

Panos et Themis étaient confiants : le reste de la famille Koralis ne remarquerait sans doute pas immédiatement que son lit était vide. Il avait des horaires irréguliers, et Thanasis travaillait souvent de nuit.

Ainsi, deux jours s'écoulèrent avant que quiconque n'évoque son absence. Si personne ne savait où il s'était rendu précisément, tous connaissaient la raison de son départ.

9

Avoir un frère combattant aux côtés des communistes pouvait se révéler très dommageable pour Thanasis. Il s'empressa d'obtenir la garantie que le reste de sa famille était de son côté. La grande table autour de laquelle ils se réunissaient toujours comportait plus d'entailles que jamais, laissées par les assiettes et les couverts reposés avec brutalité. Thanasis continuait à en faire son « théâtre ».

Il rentrait souvent du travail porteur des dernières nouvelles. Bien sûr, il suivait aveuglément la ligne du gouvernement. Ainsi se contentait-il de mentionner avec une répugnance croissante les grands succès des communistes. L'ELAS prenait le contrôle de régions entières dans le nord de la Grèce et, un soir, il fit part à sa famille d'une information qui le perturbait tout particulièrement.

— Ils ont instauré leurs propres tribunaux, s'emporta-t-il. Et ils ont même mis en place des impôts ! Tous ceux qui ne soutiennent pas leurs vues politiques deviennent automatiquement des ennemis.

— Ce n'est pas une bonne chose en effet, convint Kyria Koralis d'un ton un peu hésitant.

— Et ils cherchent à convaincre les femmes de les rejoindre. Vous étiez au courant ?

Ce dernier élément contrariait Thanasis plus que tout le reste. La curiosité de Themis, qui ne l'écoutait jusqu'à présent que d'une oreille, fut soudain piquée.

— Elles abandonnent leurs familles pour tirer au pistolet ! ajouta-t-il d'un ton écœuré. Des femmes en pantalon ! Et armées !

Margarita, qui avait adoré parader dans sa tenue de l'EON (laquelle était toujours suspendue dans son armoire), cousait, dans un coin de la pièce, des boutons sur la chemise de son frère. Elle conservait une passion pour les beaux vêtements, même si dorénavant ses désirs la portaient davantage vers la *haute couture** que vers les uniformes.

— En pantalon ! répéta-t-elle. Quelle drôle d'idée !

Themis se perdit dans ses pensées, tentant de s'imaginer ainsi vêtue. Ça devait être très confortable. Si on lui en proposait un, elle n'hésiterait pas à l'essayer.

Elle avait depuis longtemps appris qu'il valait mieux conserver le silence pendant les diatribes de Thanasis, et cette leçon était plus que jamais valable. Elle faisait semblant de lire le livre ouvert devant elle, sur la table. C'était son subterfuge habituel, et il lui servait d'autant plus ces temps-ci qu'elle avait des choses à cacher.

Elle l'avait promis à Panos avant son départ, elle apportait son aide à la femme dont le courage avait inspiré son frère : Lela Karagianni. À la même heure, chaque matin, elle parcourait la rue du quartier où Lela Karagianni menait une vie en apparence normale avec son mari et leurs sept enfants. De temps en temps, Themis réceptionnait discrètement un message l'informant d'un lieu et d'une heure de rendez-vous. Sa mission y était brossée dans les grandes lignes, il s'agissait en général d'une rencontre avec un inconnu : Themis devait engager une brève conversation anodine puis poursuivre sa route. Elle servait essentiellement de leurre, et on lui faisait jouer des rôles si subtils dans ces manœuvres qu'elle les comprenait à peine elle-même. Themis ne voyait jamais Lela Karagianni. Il lui suffisait de savoir qu'elle contribuait peut-être, à son échelle, à sauver des vies, à faciliter une évasion ou à fournir une couverture à un acte de résistance plus important. Si elle pouvait faire une entaille, même minuscule, dans l'emprise que l'Axe exerçait sur la Grèce, alors le jeu en valait la chandelle. La moindre manifestation d'opposition concourait à distraire les troupes allemandes.

Tandis qu'elle continuait à feuilleter distraitement les pages de son livre, Thanasis poursuivit :

— Le chef de l'ELAS est un monstre !

— Est-ce qu'il ne s'est pas associé aux Anglais pour détruire ce pont ferroviaire ? lui opposa Kyria Koralis.

— Ça remonte à plus d'un an, répondit sèchement Thanasis. Et c'est la dernière fois qu'il a coopéré avec qui que ce soit. Maintenant Velouchiótis fait ce qu'il veut, comme il le veut. Et la plupart des Grecs le détestent.

— Pourquoi cela ? s'enquit Margarita.

Thanasis était toujours d'une patience d'ange avec sa sœur lorsqu'elle mettait du temps à comprendre.

Elle était l'une des rares citoyennes pour qui l'occupation avait eu des conséquences positives. Elle n'avait pas particulièrement envie de voir cette guerre se terminer.

— Parce qu'il s'en prend à d'autres groupes de résistance ! Il paraîtrait même qu'il est violent avec ses propres partisans. Ce type est une brute !

— S'il te plaît, Thanasis, intervint Kyria Koralis.

Il en avait assez dit à son goût. Elle espérait de tout cœur que ses petites-filles ne connaîtraient jamais la violence devenue, à en croire la rumeur, monnaie courante dans les zones passées sous le contrôle des communistes, en dehors d'Athènes.

En secret, Themis méprisait l'indifférence que sa sœur manifestait pour la tourmente dans laquelle était plongé leur pays. Elle voyait, chaque jour, Margarita partir au travail et en revenir, plongée dans ses pensées et ses rêves, en robe immaculée, un sourire inamovible aux lèvres. Elle assistait de moins en moins souvent aux repas du soir, et elle était d'ailleurs absente ce soir de septembre 1943, quand ils apprirent, à la radio, que les Italiens avaient rendu les armes devant les Alliés et allaient se retirer de Grèce.

— C'est une bonne nouvelle, non ? demanda Themis à sa grand-mère.

Thanasis n'était pas non plus présent et elles mangeaient seules.

— Espérons-le, *agapi mou*. Je veux juste que cette guerre se termine…

Avant leur retrait du sol grec, les soldats de Mussolini vendirent des fusils, des grenades et même des motos à l'ELAS. La prise de conscience que le départ des Italiens accroîtrait la pression sur les Allemands renforça considérablement le moral des Grecs. Ainsi que les activités de la résistance. L'ELAS avait, soudain, de nouveaux stocks de munitions. Néanmoins des conflits éclatèrent au sein de la résistance, entre l'extrême gauche et la droite. Thanasis, et il n'était pas le seul, commença à s'inquiéter que les communistes tentent de s'emparer du pouvoir en Grèce si le pays venait à se libérer du joug nazi.

— Dans quel camp préférerais-tu te retrouver si les Allemands partaient ? demanda-t-il à sa grand-mère. Celui de Staline, le communiste ? Ou celui de Churchill, qui croit à la démocratie ? Parce que c'est à ce choix-là qu'on sera confrontés.

— Je ne veux qu'une chose, que Panos rentre en un seul morceau, lui répondit Kyria Koralis pour esquiver la question.

— Il ne sera jamais en sécurité tant qu'il combattra au côté des communistes. Ce sont des sauvages. Tu sais bien ce qu'on raconte à leur propos, *yaya*, non ?

— Ils peuvent bien faire ce qu'ils veulent aux Allemands, en ce qui me concerne, répondit-elle. Nous devons nous débarrasser d'eux !

— Mais il n'y a pas qu'aux Allemands qu'ils font du mal ! Tu sais ce qui se passe chaque fois qu'ils tuent un nazi ?

Sa grand-mère secoua la tête.

— Les Allemands se vengent et des *dizaines* de Grecs meurent à leur tour. Je n'exagère pas en parlant de dizaines de victimes.

— Je suis sûre que Panos en est tout aussi désolé, lui rétorqua Kyria Koralis.

— Peut-être. Il n'empêche que ces extrémistes causent plus de mal que de bien. Et j'aimerais que mon frère s'en rende compte.

Thanasis ne manquait pas une occasion de critiquer Panos, même en son absence. Il menait une campagne perpétuelle pour s'assurer qu'il avait la préférence de sa grand-mère.

Jamais il ne verrait les choses comme toi, songeait Themis en son for intérieur. *Vous êtes en désaccord depuis toujours.*

Les récits des représailles allemandes sur le continent et les îles étaient légion. Un soir de décembre, Themis et Kyria Koralis lurent ensemble, dans le journal que Thanasis avait laissé sur la table, le récit tragique d'un témoin de l'une de ces exactions. Elles eurent la même réaction d'effroi ; la vieille femme épongea ses larmes avec son tablier le temps de digérer ce qu'elle venait d'apprendre.

Le mois précédent, afin d'épuiser les résistants installés dans une région montagneuse du Péloponnèse, les soldats allemands avaient lancé une opération militaire sur la ville de Kalávryta. Ils avaient pour mission d'éliminer les guérilleros grecs et de récupérer les quelque quatre-vingts soldats allemands qui avaient été enlevés. Lorsque les cadavres d'une partie des otages furent retrouvés, le général Karl von Le Suire signa un ordre les autorisant à riposter. Des véhicules et des troupes se rendirent à Kalávryta et, en route, réduisirent plusieurs villages en cendres.

À leur arrivée à Kalávryta, les nazis enfermèrent les femmes et les enfants dans l'école et mirent feu au reste du village. Près de cinq cents hommes et garçons de plus de douze ans furent alors contraints de gravir la colline qui surplombait le bourg. Ils durent ensuite se placer en ligne et les soldats allemands les mitraillèrent méthodiquement. Le survivant qui relatait les faits avec de nombreux détails était un vieux berger. Il se trouvait dans un pâturage avec son troupeau quand les soldats avaient surgi. De retour au tout début du massacre, il précisait que l'extermination des villageois avait pris plus de deux heures. Quand les femmes et les enfants réussirent à sortir de l'école, tous les autres bâtiments étaient en feu. Les heures et les jours suivants, étourdis par le choc, la faim et le froid, les épouses et mères, les sœurs et grands-mères entreprirent d'enterrer les hommes du village.

Toujours selon le même témoin, les aiguilles de l'horloge, sur la tour de l'église, s'étaient arrêtées à 14 h 34. C'était, précisait-il, l'heure à laquelle le premier homme était tombé. Après avoir assassiné les hommes et les adolescents, les Allemands avaient égorgé des milliers de bêtes et mis le feu aux récoltes, laissant les survivants sans toit ni nourriture.

Le temps de finir la lecture de l'article, Themis était en larmes. Elle imagina la douleur de ces femmes au moment d'enterrer leurs proches. Et se dit qu'elles avaient sans doute dû envier les morts.

Pour une fois, toute la famille Koralis était du même avis. La folie meurtrière qui avait frappé Kalávryta et les villages environnants était un acte de vengeance d'une brutalité injustifiable. Elle avait coûté la vie de plus de mille citoyens. Tous espéraient que Panos se trouvait très loin de ces horreurs. Thanasis ne put néanmoins s'empêcher de soupçonner son frère d'avoir joué un rôle dans cette tragédie. Les nazis avaient tué sans pitié, et pourtant il insistait pour rejeter la faute sur les communistes.

— L'ELAS aurait dû respecter la volonté des villageois de Kalávryta et garder ses distances.

— Enfin, Thanasis ! s'emporta Themis. Rien ne justifie d'assassiner tous ces innocents, rien !

— Je te le dis, Themis, l'ELAS aurait dû savoir que la mort de soldats allemands entraînerait des représailles !

— Mais pourquoi tiens-tu absolument à exonérer les nazis ? Pourquoi accuses-tu les Grecs ?

Themis ne pouvait plus contrôler ses émotions. La barbarie de ce massacre l'avait bouleversée, et son frère semblait presque l'excuser. Kyria Koralis voulut jouer les conciliatrices :

— Allons, allons ! C'est terrible ce qui s'est passé. Et ce n'est pas en vous criant dessus que vous arrangerez les choses.

— Je veux juste que Themis comprenne que les pauvres habitants de Kalávryta ont payé pour l'ELAS et ses actions vaines. Il faut qu'elle se fourre dans le crâne que les gauchistes ne font que ça : mettre tout le monde en danger. Panos le premier ! Il nous met tous en danger !

— Ça suffit, Thanasis, lui dit Kyria Koralis. Ça suffit.

— Je ne peux plus l'écouter de toute façon.

C'était la première fois que Themis s'opposait si ouvertement à son grand frère. Bouillonnant de rage, elle quitta l'appartement avec fracas, laissant Thanasis continuer à démontrer à leur grand-mère pourquoi la rébellion communiste était dangereuse et pourquoi c'était une excellente chose d'armer des dizaines de milliers de miliciens grecs pour les contrer.

— Je sais qu'ils donnent l'impression de se ranger du côté des Allemands, mais c'est toujours mieux que de voir notre mère patrie tomber aux mains de ces abrutis d'extrémistes, non ? Penses-y, *yaya*, je t'en prie. De quelle Grèce voulons-nous vraiment ?

Kyria Koralis ne répondit rien. Elle n'aspirait qu'à retrouver son existence d'avant l'occupation : une table avec de la nourriture en quantité suffisante, des lumières qui ne risquaient pas brusquement de s'éteindre et de nouvelles semelles en cuir pour ses chaussures. Elle restait faible après son séjour à l'hôpital, et ces altercations la vidaient de son énergie.

Durant les mois qui suivirent, les tensions s'accentuèrent entre Thanasis et Themis, dans l'appartement de Patissia. Un seul membre de la famille Koralis semblait connaître le bonheur : Margarita restait radieuse en toutes circonstances.

— Ça fait plaisir de voir quelqu'un avec un sourire aux lèvres, lui dit sa grand-mère un jour qu'elles étaient seules.

Margarita la serra dans ses bras.

— Je suis heureuse, *yaya*, lui glissa-t-elle au creux de l'oreille. Je suis amoureuse.

— Amoureuse ? s'écria Kyria Koralis, aux anges.

— Chut ! Personne ne doit le savoir.

— Pourquoi donc ? Pourquoi veux-tu en faire un secret ? L'amour est une chose merveilleuse.

— Parce que..., répondit-elle en réduisant sa voix à un murmure, je suis amoureuse d'un officier allemand.

Kyria Koralis ne sut comment réagir. Elle n'eut de toute façon pas le temps de dire quoi que ce soit : Margarita avait retroussé sa manche pour lui montrer quelque chose.

— Regarde !

Son poignet était orné d'une montre en diamants d'une telle beauté, d'une telle délicatesse que sa grand-mère retint un cri de surprise.

— Mais où... où l'as-tu eue ?

— Il me l'a offerte, lui souffla-t-elle d'un air de conspiratrice. Elle est magnifique, n'est-ce pas ?

Il ne s'agissait visiblement pas d'une montre neuve, et Kyria Koralis repensa à tous les bijoux qu'elle avait été contrainte de vendre. Celui-ci avait dû appartenir à quelqu'un qui avait peut-être souffert autant qu'eux. À moins qu'il n'ait appartenu à l'une des familles juives disparues – la rumeur affirmait qu'elles avaient été obligées de laisser tous leurs biens derrière elles.

— Il m'a offert beaucoup d'autres choses, tu sais !

La vieille femme était toujours à court de mots. Elle ne posa aucune autre question à Margarita et lui promit de garder son secret. Elle ne savait que trop ce que Themis en penserait.

La benjamine des Koralis, de son côté, nourrissait de plus en plus de soupçons. Elle demanda même à sa grand-mère comment, d'après elle, Margarita se débrouillait pour porter des bas en soie alors que tout le monde devait se contenter de bas filés ou si reprisés qu'ils devenaient épais. Et pourquoi était-elle toujours coiffée à la dernière mode, avec des cheveux impeccablement laqués ?

Kyria Koralis se contenta de répondre d'un haussement d'épaules, tant elle voulait éviter la tempête qui surviendrait inévitablement si elle disait la vérité.

Themis finit par poser directement la question à sa sœur.

— Où trouves-tu toutes ces affaires ? l'interrogea-t-elle, sachant très bien qu'il n'y avait que peu de réponses possibles.

Le marché noir ? Un soldat allemand ? Margarita justifia son apparence soignée de ce ton venimeux dont elle avait le secret :

— Tout le monde n'a pas envie d'être aussi mal fagoté que toi, lança-t-elle, provocatrice. Certaines d'entre nous se donnent du mal. Pourquoi ça ne ferait pas partie de l'effort de guerre ?

Il était vrai que Margarita devait être bien habillée pour son travail de vendeuse. Au cours des derniers dix-huit mois, elle avait adapté tous les anciens vêtements de sa mère rangés dans la chambre de sa grand-mère, et acheté des robes de seconde main. Elle passait des heures devant le miroir, munie d'une boîte à épingles, et ajustait avec grand soin les habits sur sa silhouette. Elle avait pris le coup de main et portait des robes, à fleurs colorées ou unies, en crêpe de Chine, en soie ou en velours, qui épousaient parfaitement ses courbes.

Le recyclage était devenu monnaie courante désormais. On ne jetait rien : des épluchures de pommes de terre aux chaussettes trouées, tout avait son usage. Margarita avait trouvé sa voie professionnelle, et le résultat était, il fallait le dire, à la hauteur. Dans ses tenues élégantes, elle pouvait se permettre d'imiter les stars de cinéma, ce qui était facilité par ses formes généreuses – qu'elle avait conservées, fait rare à Athènes pour l'époque – et la moue boudeuse qu'elle avait fini par maîtriser.

Themis aperçut sa sœur dans la rue, un après-midi. Elle était avec son amie Marina, et toutes deux discutaient avec deux officiers en uniforme nazi. Ils riaient de bon cœur, leur connivence à tous les quatre ne faisait aucun doute. L'un des soldats toucha le bras de Margarita, avant que Marina et elle ne prennent congé et s'éloignent, bras dessus bras dessous. Themis remarqua que les soldats se retournaient pour leur jeter un dernier coup d'œil. Elle nota aussi que la démarche ondoyante et aguicheuse des deux amies était pensée pour retenir l'attention masculine.

Contrairement à Margarita, Themis disparaissait aisément dans le décor grisâtre d'Athènes. Les femmes de huit à quatre-vingts ans portaient la même robe simple, généralement boutonnée de haut en bas. Avec ses vêtements démodés et élimés, Themis se fondait dans la masse. Margarita et elle avaient une conception très différente de la notion d'« effort de guerre ».

Grâce à son apparence quelconque, Themis pouvait continuer à jouer un rôle dans l'opposition discrète à l'occupant. Elle se rendait parfois au *kafenion* où Panos avait travaillé et laissait traîner une oreille dans l'espoir de récolter des renseignements intéressants qu'elle pourrait ensuite retransmettre. Elle savait que les Allemands étaient de plus en plus pressurés par la multiplication des raids des forces spéciales britanniques et grecques sur les îles, d'autant qu'ils ne pouvaient plus compter sur l'appui des Italiens. Par ailleurs, l'avancée de l'armée russe était une source d'inquiétude croissante pour eux. Chaque jour, Themis se sentait un peu plus optimiste et fière de participer à cette campagne de reconquête.

De grandes zones montagneuses étaient passées dans le giron de la résistance communiste, et les Allemands s'appuyaient de plus en plus sur les bataillons de sécurité grecs pour les combattre.

Ce fut un coup dur pour Themis, et tous les partisans de la gauche, lorsque les Anglais, déterminés à empêcher la Grèce de tomber sous l'influence russe, apportèrent leur soutien à la résistance conservatrice. Themis s'inquiéta pour Panos et tous ses compagnons de combat. Ils étaient désormais opposés à des ennemis allemands, britanniques et grecs.

Les Allemands continuèrent à se venger avec barbarie, alors même qu'ils perdaient leur emprise sur le pays. Le 1er mai 1944, tandis qu'en temps de paix on aurait célébré dans la joie les températures estivales, deux cents prisonniers communistes furent exécutés à Kaisariani, pour punir la mort d'un seul général de division allemand. Themis et Thanasis échangèrent à peine un mot au sujet de cet événement, qui s'était pourtant produit dans une banlieue voisine.

Quand les troupes alliées arrivèrent en France au mois de juin, les Allemands rencontraient déjà des difficultés à contrôler la Grèce. Le développement de la résistance minait le moral des troupes. Si Themis y voyait un motif d'espoir, chaque jour apportait un nouveau désastre. Les ripostes étaient de plus en plus brutales.

Un autre massacre suscita l'indignation, dans le pays et dans l'appartement de Patissia. Cette fois, il avait eu lieu dans le village de Distomo, à cent cinquante kilomètres à l'ouest d'Athènes. Même Margarita s'en émut.

Les premières informations étaient approximatives, car il n'y avait que peu de témoins. Une poignée de survivants rapportèrent néanmoins que des soldats allemands étaient passés de maison en maison, transperçant d'un coup de baïonnette tous ceux qu'ils croisaient : bébés (parfois encore dans le ventre de leurs mères), hommes, femmes, enfants et même les chiens et le bétail. Le pope fut pendu et d'autres corps furent découverts accrochés aux arbres. Certains villageois, qui tentaient de fuir, furent massacrés dans la rue principale. En un après-midi, la population du village fut quasiment exterminée et la plupart des bâtiments rasés.

— Ils parlent de centaines de morts, murmura Themis.

— Je suis sûre qu'il s'agit d'une exagération, répondit Kyria Koralis.

Comme toujours, Thanasis voulut voir dans cet événement une preuve supplémentaire des conséquences tragiques de la résistance pour les Grecs ordinaires. Aux yeux de Themis, c'était surtout une illustration du fait que les Allemands saisissaient le moindre prétexte pour tuer.

— Des extrémistes avaient tiré sur les nazis, c'est ça qui a tout déclenché ! Ça ne cessera jamais ! pesta-t-il. Et ce sont les innocents qui le payent cher.

— Oui ! s'exclama Margarita d'une voix dégoulinante de sentimentalisme. J'ai lu que des nouveau-nés étaient morts. Pourquoi la résistance ne se tient-elle pas tranquille, enfin ?

— Mais ce n'est pas l'ELAS qui les a tués ! s'emporta Themis. Ce sont les *Allemands* !

Elle avait de plus en plus de mal à contenir la colère que lui inspiraient son frère et sa sœur. Ils refusaient de voir que la résistance se battait pour libérer leur pays. Chaque jour, à la soupe populaire, Themis servait des sans-abri affamés ou terrorisés, et elle savait, elle, que c'étaient les Allemands qui les avaient réduits à cette existence, pas l'ELAS. La période de grande famine était terminée, cependant il restait énormément d'indigents avec pour seules possessions ce qu'ils avaient sur le dos.

Sans oublier que nombre de Juifs cachés dans la ville avaient besoin d'aide. Des dizaines de milliers d'entre eux avaient déjà été envoyés en Pologne, mais certains n'avaient pas répondu aux convocations de l'occupant, suspectant que leurs jours étaient en danger. Themis faisait souvent un détour par plusieurs cachettes avant de rentrer à l'appartement.

Elle déposait des paquets de nourriture dans un couloir. Ceux qui vivaient dans la crainte des Allemands et de leurs espions étaient souvent sauvés grâce au réseau de Lela Karagianni, déployé dans tout Athènes. Si Themis ne croisait jamais ces victimes invisibles de la terreur nazie, elle savait qu'elle les aidait à survivre.

Themis suivait sa routine quotidienne avec assiduité, accompagnée en permanence par le souvenir de Fotini. Si elle contribuait à sauver ne serait-ce qu'une personne, l'enfant, le frère ou l'ami de quelqu'un, alors prendre des risques valait la peine. Un jour de juillet, tandis qu'elle descendait la même rue du quartier, le message qu'on lui glissa dans la main n'avait pas la teneur habituelle. Il ne s'agissait pas d'une adresse où livrer de la nourriture. Il contenait une seule instruction : *Continue à marcher. Ne te retourne pas.*

Ses mains se mirent à trembler et ses jambes la portèrent difficilement au bout de la rue. Elle savait qu'elle devait impérativement se conduire comme si de rien n'était et faire un détour pour rentrer chez elle.

Le lendemain, Thanasis annonça, avec ce qui ressemblait à de l'allégresse, qu'une femme du quartier avait été arrêtée par les Allemands.

— Pour espionnage. Et pour avoir caché des opposants, dit-il.

Themis comprit instantanément qu'il s'agissait de Lela Karagianni. Quelqu'un avait dû la trahir. Peut-être Thanasis lui-même avait-il transmis des informations à son sujet. Themis s'efforça de chasser cette idée de son esprit, pourtant sa méfiance grandissait de jour en jour et elle se retranchait peu à peu de sa famille.

Thanasis était en train de les informer de cette arrestation, quand la porte de l'appartement s'ouvrit. Themis s'attendait à voir Margarita, faisant une entrée remarquée avec ses talons hauts et son large sourire écarlate. Or ce fut Panos qui s'avança vers eux dans la pénombre.

Plus d'une année s'était écoulée depuis son départ, et la joie de Themis fut aussi manifeste que le mécontentement de Thanasis.

— Tu as survécu alors ? lui lança-t-il sans ambages.

— Je n'arrive pas à y croire, tu es revenu ! s'exclama simplement Themis en étreignant son frère de toutes ses forces.

Panos ne dit rien. Themis n'avait pas tout de suite vu dans quel mauvais état il se trouvait. La vérité lui apparut lorsqu'elle le serra dans ses bras. C'était presque désagréable de l'étreindre, ses os étaient si pointus qu'ils semblaient menacer de transpercer sa peau.

Elle remarqua que son visage et ses mains étaient couverts de plaies. Thanasis eut un mouvement de recul.

— Nous devons les nettoyer, dit Themis en conduisant Panos vers une chaise.

Elle mit aussitôt de l'eau à bouillir et y ajouta du gros sel.

— Certaines lésions ont l'air infectées.

Panos se laissa soigner en silence. Il retira sa chemise, dévoilant de grandes et profondes lacérations dans son dos. Il était presque muet, étouffant des grognements de douleur pendant que sa sœur tamponnait ses plaies.

— Tu as reçu des coups de fouet ? lui demanda Thanasis.

Panos se contenta de lever les yeux vers son grand frère. Les mots étaient superflus. Thanasis quitta la pièce. Une foule de questions brûlaient les lèvres de Themis, mais elle se retint, consciente que le moment était mal choisi.

— Dieu merci tu es revenu, lui souffla-t-elle. Dieu merci…

Pendant qu'elle soignait son frère, leur grand-mère rentra de ses courses.

— *Panagia mou !* s'exclama-t-elle. Panos ! Où étais-tu ?

Elle s'adressait à lui sur le même ton que s'il était en retard pour un repas. Remarquant soudain ce que faisait Themis et découvrant la gravité des plaies, elle grimaça.

— *Agapi mou, agapi mou…*, dit-elle en larmes. Mon pauvre garçon…

Au fil des heures, ils en apprirent davantage. Panos avait été arrêté dans les montagnes par un membre d'un bataillon de sécurité et remis aux Allemands. Il avait passé les derniers mois derrière les barreaux à Haïdari, pas très loin d'Athènes.

— Ils nous frappaient tous les jours, murmura-t-il. Toutes les deux ou trois heures la porte de notre cellule s'ouvrait et l'un de nous était emmené. Nous ne savions jamais quand viendrait notre tour.

La souffrance humectait les yeux de Panos tandis qu'il relatait les épreuves qu'il avait traversées ces dernières semaines. Il connaissait une partie de ceux qui avaient été exécutés à Kaisariani et aujourd'hui encore la culpabilité l'étreignait parfois à la pensée qu'il ne figurait pas parmi les victimes.

Themis aida son frère à se coucher, mais des traces de sang apparurent bientôt sur les draps propres et frais. Les pansements ne suffisaient pas. Les jours suivants, elle lui tint compagnie et il lui parla de son expérience dans la résistance, des sabotages auxquels il avait pris part, de son arrestation et des conditions de détention inhumaines en prison. Puis Themis lui parla, elle, de ses petits actes de rébellion contre l'occupant et ils pleurèrent ensemble la courageuse Lela Karagianni.

Margarita gardait ses distances, se disant indisposée par l'apparence de son frère. Thanasis non plus ne s'approchait pas de lui et préférait dormir sur le canapé plutôt que de partager sa chambre.

Alors que Panos reprenait progressivement des forces, les nazis perdaient peu à peu les leurs. Suite à sa défaite sur le front de l'Est et à son invasion par la Russie, l'Allemagne fut contrainte de capituler. En octobre 1944, les troupes nazies se retirèrent d'Athènes, mais, lors de leur retraite vers le nord, se livrèrent à une nouvelle campagne d'anéantissement, détruisant les routes, les ponts et les voies ferrées sur leur passage.

La fin de l'occupation provoqua des divisions hors normes au sein de la famille Koralis. Themis, qui appelait ce moment de ses vœux depuis longtemps, fut infiniment soulagée. Par une journée chaude et ensoleillée de la mi-octobre, elle se joignit à la foule qui descendait la grande rue Akadimias en direction de Syntagma, agitant des drapeaux au son des hourras.

Ce ne fut qu'en traversant la ville en ruines pour regagner l'appartement qu'elle prit conscience de ce fait : elle ne pourrait pas immédiatement arpenter les rues sans la moindre crainte, il lui faudrait du temps. Lela Karagianni avait été exécutée en septembre, quelques jours à peine avant la nouvelle du retrait allemand. Elle avait été trahie, peut-être même par un voisin. Si les troupes allemandes étaient parties, d'autres ennemis demeuraient.

Themis était presque rentrée lorsqu'elle passa devant l'église d'Agios Andreas. Elle remarqua un petit bouquet de fleurs blanches sur son seuil. Poussée par la curiosité, elle se baissa et lut le message qui l'accompagnait. *Ellada. Grèce, repose en paix.*

Themis prit le temps de réfléchir à ces mots. Leur auteur avait raison. Si la paix était rétablie, la Grèce que Themis avait connue en revanche était morte. La paix et la mort. La mort et la paix. Elles ne s'annulaient pas mutuellement.

Elle se redressa et observa le vieux bâtiment qui avait été témoin des occupations turques et allemandes. Themis savait que sa grand-mère venait ici parfois, mais la noirceur des dernières années avait contribué à éloigner la jeune fille de la foi, plutôt qu'à l'en rapprocher. Elle n'était pas entrée dans l'église depuis une éternité.

Elle poussa la porte et fut surprise de découvrir l'espace exigu illuminé par les flammes d'un millier de cierges. Une seule femme, voilée de noir, était assise, immobile, sur le premier banc, tout devant. Themis remarqua ses jambes nues et décharnées, les veines saillantes étaient visibles malgré la pénombre.

L'intérieur de l'église n'était pas plus grand que le salon des Koralis, le moindre centimètre carré des murs accueillait des icônes. Dans la lumière vacillante, Themis étudia leurs visages. Une professeure d'éducation religieuse avait tenté, un jour, d'expliquer la notion de *charmolypi* en classe, et sa leçon avait été accueillie par trente regards déconcertés. Aujourd'hui, enfin, Themis saisissait ce terme dans toute sa subtilité. *Joie-tristesse.* Il était présent, de façon plus qu'éloquente, dans les traits de tous les saints qui l'entouraient. Elle examina plus précisément l'expression de leurs yeux et se rendit compte qu'elle l'avait déjà vue à de nombreuses reprises. Après tout ce temps, elle comprenait la leçon de l'enseignante malheureuse sur l'iconographie : ce sentiment se discernait dans la profondeur insondable de leur regard, la fermeté de leurs bouches, la détermination de leurs mâchoires, l'inclinaison légère de leur tête. En termes bibliques, il s'agissait de la joie du salut obtenue à travers la douleur du sacrifice. Paix et mort, espoir et désespoir coexistaient, inextricables.

L'enfance de Themis s'était terminée quand elle avait aperçu un manteau rouge sur la place. Ce jour-là, elle avait aussi renoncé à la foi. Trois ans plus tard, désormais âgée de dix-huit ans, Themis ressentait toujours la brûlure du chagrin. Elle continuait à pleurer la mort vaine de Fotini, cependant le retour de son frère avait fait renaître l'espérance.

Elle prenait conscience que le doux et l'amer cohabitaient constamment.

À son retour à l'appartement, elle s'assit sur le lit de Panos et lui raconta ce qu'elle avait vu.

— Peut-être que c'est ça, devenir adulte, lui dit son frère.

— Réaliser que le bonheur est toujours terni par quelque chose ?

— Je n'ai pas plus que toi la réponse, répondit-il avec gravité. Mais j'en ai bien l'impression, non ?

Ils étaient seuls. Margarita et Thanasis étaient au travail, et Kyria Koralis était sortie chercher du sucre, s'imaginant, dans un optimisme débordant, que le rationnement serait déjà terminé.

— Nous avons remporté une victoire, et pourtant je n'ai pas le cœur à la fêter, reprit Panos. Même si je me sentais assez fort pour descendre dans la rue, je ne le ferais pas.

Themis hocha la tête pour lui signifier qu'elle comprenait.

— J'ai vu les hommes se conduire comme de vrais sauvages ces dernières années. Et certains d'entre eux sont là, en liberté dans les rues.

Le trémolo dans sa voix était particulièrement fort. Themis avait bien remarqué que, depuis son retour, Panos perdait souvent le contrôle de ses émotions. Des larmes roulèrent sur ses joues.

Il restait très faible, mais au moins avaient-ils la chance de pouvoir encore le nourrir dans l'espoir de lui rendre ses forces, songea-t-elle.

La libération inquiétait aussi Thanasis, pour des raisons très différentes, bien sûr.

Il était convaincu qu'une relation à plus long terme avec l'Allemagne nazie aurait pu bénéficier à la Grèce, tout en acceptant que le destin en ait décidé autrement. Il guettait avec impatience le retour du gouvernement exilé, espérant qu'il remettrait les communistes à leur place. Il était exaspéré de voir l'ELAS se vanter de ses succès, s'attribuer la victoire sur les Allemands.

Kyria Koralis était plus partagée, tentée comme toujours d'apporter son soutien à ses quatre petits-enfants sans parvenir à en satisfaire un seul. Le plus important à ses yeux était que les rayons des magasins et les étals du marché seraient à nouveau bientôt remplis de viande, d'huile, de pain et de tous les autres biens de première nécessité dont les Grecs manquaient depuis si longtemps.

Les sentiments de Margarita étaient dépourvus de toute ambiguïté. Même le mot *lypi* – tristesse – ne suffisait pas à les décrire. Cela tenait plus de la douleur. Elle sanglotait et bourrait son oreiller de coups de poing. Rien de ce que sa grand-mère ou quiconque lui disait ne pouvait la réconforter.

— Il est parti… Il est parti, gémissait-elle. *Mein Geliebter*, mon amour, il est parti. *Mein Geliebter…*

— Tu devrais peut-être le rejoindre, *agapi mou.* Tu aurais sans doute une vie bien plus heureuse en Allemagne. Et il a été si généreux avec toi, cet Heinz.

C'était un premier amour, profond, intense et impérissable. Margarita était inconsolable. Voyant qu'elle ne parvenait pas à l'apaiser avec ces paroles, Kyria Koralis eut recours à un autre stratagème.

— Il y en aura un autre, ma chérie, lui dit sa grand-mère au désespoir. Un jour, je te le promets, il y en aura un autre.

En entendant les lamentations de sa grande sœur, Themis comprit mieux ce que faisaient Margarita et Marina avec les deux officiers étrangers. L'allemand avait souvent résonné dans les rues ces deux dernières années, et entendre les sonorités de cette langue sous son propre toit l'écœurait au plus haut point.

— Ça explique son attitude des derniers mois, glissa-t-elle à Panos.

— C'est une petite traîtresse, souffla Panos. Et elle n'est pas la seule dans ce cas.

— À avoir collaboré, tu veux dire ?

Panos confirma d'un signe de tête. Le frère et la sœur le savaient pertinemment : l'occupation était terminée, mais pas la guerre.

Après le départ des derniers soldats nazis, les tensions s'accrurent, et l'antagonisme entre les deux frères se manifesta à nouveau. Panos était obsédé par une idée : il fallait régler le sort de ceux qui avaient servi les Allemands. Il avait personnellement souffert à cause de l'occupant.

— Et que doit-on faire, d'après toi, à ceux qui ont soutenu les nazis ? lança-t-il un jour à Thanasis, par provocation.

— Ça dépendra du nouveau gouvernement. Lequel a apparemment promis des postes à tes amis communistes, tu devrais être content.

Ce sarcasme était une attaque en règle, et Kyria Koralis intervint, prête à jouer les arbitres.

— Peut-être y a-t-il d'autres priorités pour notre peuple que punir les siens. Peut-être devrions-nous apprendre à pardonner.

Panos et Themis échangèrent un regard.

— L'essentiel, c'est de réunifier la Grèce, ajouta leur grand-mère.

— *Yaya* a raison, dit Thanasis, écoute-là, Panos. Nous devons reconstruire notre pays.

Elle avait raison, bien sûr. Des milliers de villages étaient à l'abandon, des dizaines de milliers de citoyens avaient perdu leur toit et tout ce qu'ils possédaient, les récoltes avaient été détruites, des églises abîmées. Un nombre encore inconnu de Grecs avait succombé à la famine et la violence, dans certains cas perpétrée par d'autres Grecs.

Rares étaient ceux qui, en observant leur pays dévasté, n'éprouvaient pas ce sentiment de *charmolypi*. La joie suscitée par la libération était ternie par le spectacle de leur patrie en ruine. Certains, cependant, éprouvaient un sentiment moins nuancé : le désir de justice les dévorait.

Panos savait qui l'avait trahi et qui l'avait fouetté dans la prison d'Haïdari. Il s'agissait d'hommes qui partageaient sa nationalité. Le pardon était loin d'occuper la première place dans son esprit.

10

— Ils sont trop faibles…, marmonna Thanasis, qui lisait le journal, un soir de la semaine suivante.

— Qui ça ? lui demanda Kyria Koralis.

— Les membres du gouvernement. S'ils ne démantèlent pas les groupes d'insurgés, ils vont avoir des ennuis.

— Parce que tu penses vraiment que la résistance communiste va déposer les armes aussi facilement ? s'exclama Panos. Quelle raison auraient-ils de le faire ? Sans aucune garantie en contrepartie ?

— Des garanties de quoi ?

— D'avoir un rôle à jouer, Thanasis ! Dans le nouveau gouvernement. Sans l'ELAS, le drapeau nazi flotterait toujours sur l'Acropole.

— Tu n'as aucune preuve de ce que tu avances, lui rétorqua Thanasis. Les Allemands ne sont pas partis à cause des communistes, c'est grotesque d'affirmer une chose pareille.

— Ils ont largement participé à leur affaiblissement, Thanasis. Tu le sais aussi bien que moi.

Il ne contredit pas son petit frère, sans pour autant lâcher un pouce de terrain.

— Quoi que tu en penses, je ne comprends pas, moi, pourquoi l'armée ne recourt pas à la force pour les désarmer.

— Je suis sûre qu'ils savent ce qu'ils font, intervint Kyria Koralis. Nous devons rester optimistes. Nous avons de quoi manger maintenant, au moins…

— Plus qu'avant en tout cas, confirma Themis en prenant sa grand-mère par les épaules. Et tu as un don pour tirer le meilleur parti de n'importe quoi, *yaya*.

Elle était justement en train de manger un des légumes farcis, *gemista*, de sa grand-mère avec un plaisir non dissimulé. Kyria Koralis était capable de transformer les ingrédients les plus simples, comme du riz et des tomates, en festin digne des dieux.

Contrairement à ses frères et sa sœur, qui avaient repris du poids dès les premières semaines suivant la libération, Margarita avait minci et blêmi. Sa poitrine ne remplissait plus sa robe, et elle resserrait progressivement sa ceinture. Alors que la ville semblait avoir retrouvé son sourire, elle avait, elle, perdu le sien. Même sa boutique adorée avait fermé avec le départ des Allemands. Il n'y avait plus assez de clients.

Kyria Koralis pensait être la seule à connaître la profondeur et la cause du chagrin de Margarita. Themis et Panos étaient tout aussi informés qu'elle, mais ne lui témoignaient aucune compassion.

Un soir, voulant désamorcer une énième dispute entre ses deux frères au sujet du rôle de l'ELAS, Themis emmena Panos sur le balcon et ils s'assirent ensemble dans la lumière déclinante.

— Essaie de l'ignorer, Panos, l'implora-t-elle. Il cherche juste à te provoquer. Tu connais la vérité mieux que personne.

— Tout le monde voit ce qui est en train de se passer répondit-il, au désespoir. Thanasis refuse de l'admettre. Le gouvernement est rentré d'exil avec le Premier ministre, l'armée est en route et des milliers de soldats anglais ont débarqué !

— Parle moins fort, Panos !

— Mais tu sais bien quelle est leur intention, nous écraser ! Nous empêcher d'accéder au pouvoir. Après tout ce que nous avons fait pour chasser les Allemands…

Themis comprenait parfaitement la situation. Elle posa ses mains sur les épaules tremblantes de son frère et lui dit de se calmer.

— Nous ne pouvons rien faire dans l'immédiat.

La lune s'était levée, et Themis remarqua que Panos avait les yeux brillants de larmes. Elle lui tendit son mouchoir.

Margarita sortit, avec son amie Marina, voir les troupes du gouvernement défiler dans les rues de la ville.

— Ils étaient si beaux, confia-t-elle à sa grand-mère plus tard. Et puis il y a quelqu'un, au moins, pour veiller sur notre sécurité, en cas d'attaque communiste.

— *Agapi mou*, ne parle pas comme ça. Ils ne nous attaqueront pas.

— N'en sois pas si sûre, *yaya.* Tu n'es pas au courant ? Ils tuent tous ceux qui ne sont pas dans leur camp. Ils sont cruels, ces communistes. Pires que les Allemands.

— Baisse la voix, Margarita. Il ne faut pas que Panos ou Themis t'entendent dire ces choses.

— Mais c'est la vérité, *yaya*. Et je me réjouis du retour des soldats à Athènes, quoi qu'on en dise.

Panos passait l'essentiel de ses journées à l'appartement. Il ne sortait qu'une fois par jour, ne faisant que quelques pas pour aller acheter le seul journal qui avait sa confiance, *Rizospastis*, « Le Radical ». Il le lisait de la première à la dernière page puis le laissait sur la table de la cuisine, pour provoquer son frère. Ce qui ne manquait jamais de faire sortir Thanasis de ses gonds qui, à peine rentré, mettait un point d'honneur à le jeter théâtralement à la poubelle.

— Ton problème, c'est que tu passes tes journées assis à lire. Tu t'imagines tout savoir alors que tu ne sais rien, lançait-il avec mépris à Panos. Tu devrais aller voir un peu le monde extérieur.

Or Panos s'impatientait, justement. À la fin octobre, alors que les jours raccourcissaient, son énergie, elle, augmenta, et il prit l'habitude de s'aventurer de temps en temps sur la place. Il observait les gens qu'il croisait et s'interrogeait. Même depuis la libération, il ne savait pas vraiment qui étaient ses amis. Il n'y avait pas toujours un uniforme pour les reconnaître.

Themis avait du temps libre maintenant que la soupe populaire avait fermé. Elle accompagnait Panos pour des promenades un peu plus longues. Un matin, alors qu'ils approchaient du centre-ville, ils s'arrêtèrent brusquement. Au détour d'une rue, ils avaient aperçu, droit devant eux, un groupe de soldats. Ils n'étaient pas grecs.

— Des Anglais, murmura Panos.

Leur uniforme kaki était très identifiable.

— Tout le monde parle de leur arrivée, ajouta Themis.

Un convoi de véhicules militaires passa alors, remplis de soldats. Le frère et la sœur firent le calcul.

— Treize, dit Panos. Et cinquante hommes dans chacun.

— Ce qui fait six cent cinquante.

— Bien joué, petite sœur, la taquina Panos.

— Et j'imagine que ce n'est pas fini. On raconte que Churchill compte en envoyer des milliers.

Ils reprirent leur chemin et ne tardèrent pas à arriver à la hauteur du groupe de soldats dans la rue. L'un d'eux sourit à Themis, et elle sentit aussitôt son frère se crisper.

— Vous avez du feu ? leur demanda l'un des militaires en anglais.

Panos ne comprit pas les mots, mais le geste était suffisamment éloquent. Il sortit son briquet adoré de sa poche, et l'ensemble des soldats s'approchèrent de lui pour profiter de la flamme. Le plus âgé proposa à Panos une cigarette de marque américaine, et il l'accepta de bon cœur, en souriant. Il n'avait jamais goûté un tabac aussi doux.

— *Efkharisto*, dit-il au soldat. Merci.

— Ef-harry… sto, lui répondirent un ou deux Anglais, s'essayant pour la première fois au grec. Ef-harry… stow ! Eh-harry-stow !

Pressé de partir, Panos prit sa sœur par le bras et l'entraîna à l'écart de la bande hilare. Au retour, ils firent un long détour afin de ne pas les croiser à nouveau.

— Ils avaient l'air plutôt amicaux, lui dit Themis.

— Ne te laisse pas leurrer. Ils sont ici parce que Churchill déteste les communistes c'est tout. Ils sont venus aider le gouvernement grec à se débarrasser de nous.

— Comment le sais-tu ?

— C'est évident, Themis. Churchill ne porte pas les fascistes dans son cœur, mais à en croire certains, il déteste encore plus les communistes.

Avec une telle présence militaire, la normalité n'était en aucun cas de retour en ville. Et pourtant, Themis commença à remarquer des affiches « Poste à pourvoir » dans les vitrines des boutiques. Elle avait besoin de s'occuper, et prit donc le temps de les consulter lors de ses promenades.

Un jour qu'elle était avec Panos, elle vit une annonce dans la vitrine d'une pharmacie du centre-ville. Elle entra pour demander des précisions. Ses connaissances en sciences et en mathématiques étaient solides, et le propriétaire, Kyrios Dimitriadis, vit aussitôt qu'elle était prête à travailler dur. Elle prit ses fonctions la première semaine de novembre.

Dès qu'elle posait le pied dans la pharmacie, chaque matin, Themis pénétrait dans un autre monde. La symétrie impeccable des rangées de flacons en verre, les boîtes bien ordonnées, le motif du carrelage noir et blanc, tout l'apaisait. C'était un endroit impeccable, où l'on servait les clients avec soin.

L'une de ses tâches consistait à retirer les traces de doigts sur les vitres des grands meubles en bois et à cirer les cadres en acajou sombre. Elle avait aussi la responsabilité des immenses pots en porcelaine : elle devait les descendre et les remplir.

— Ils sont presque aussi grands que toi, observa en souriant le fils du pharmacien, qui semblait toujours surgir quand elle devait grimper sur la vieille échelle en bois afin d'atteindre les étagères du haut.

Il la tenait parfois par les chevilles pour la « stabiliser », disait-il. Ce qui mettait Themis très mal à l'aise. Les intentions du jeune homme devinrent encore plus évidentes le jour où il la piégea dans la réserve obscure. Il lui barra le passage, exigeant un baiser. Cet incident révolta Themis, pas seulement parce qu'il avait pressé son corps transpirant contre le sien, mais parce qu'il abusait de son pouvoir. Il savait pertinemment qu'elle avait besoin de ce travail.

Les médicaments les plus courants furent à nouveau disponibles les semaines suivantes, et Themis apprit à préparer des remèdes pour les maladies les plus bénignes. Elle apprit également à repousser, avec une expertise grandissante, les marques d'attention du fils de Dimitriadis. Il finit par renoncer à ses tentatives de séduction maladroites et se mit à l'ignorer parfaitement.

En échange du travail appliqué de Themis, le chaleureux pharmacien l'aida à préparer des pommades pour apaiser les cicatrices de Panos, ainsi qu'une potion pour la toux persistante de sa grand-mère.

La jeune femme regrettait presque de voir arriver l'heure, chaque soir, de laisser sa blouse blanche au crochet de la porte du laboratoire. Dans la pharmacie, chaque chose avait sa place, contrairement à l'appartement où il ne régnait que peu d'harmonie.

Thanasis travaillait dur lui aussi : les journées au commissariat étaient longues, il se voyait confier des missions ardues, et les policiers étaient constamment sur leurs gardes. Vers la fin du mois de novembre, il y eut un rassemblement pour fêter l'anniversaire de la création du parti communiste et il fut chargé de surveiller les milliers de participants. Il dut écouter les discours et en fut atterré. Si le gouvernement décidait de dissoudre l'ELAS, insistaient les orateurs, alors il devait aussi démobiliser les unités militaires qui lui étaient directement rattachées.

À son retour, Thanasis était dans une colère noire.

— On ne peut pas continuer à laisser ces maudits communistes imposer leurs exigences. Ils convoitent le pouvoir, le Premier ministre doit les remettre à leur place ! s'emporta-t-il en frappant du poing sur la table.

— Thanasis ! protesta Kyria Koralis, tressaillant devant la violence de son coup d'éclat.

La vieille femme était déprimée. Les troupes ennemies n'étaient parties que depuis quelques semaines et déjà un autre conflit couvait.

— Les choses ne sont peut-être pas aussi simples, observa Themis. Tout le monde ne soutient pas ce projet.

Margarita soupira.

— Pourquoi refuses-tu toujours d'accepter les choses comme elles sont, Themis ?

— Parce que, Margarita, certains d'entre nous n'aiment pas l'injustice, lui répondit-elle sans animosité. Nous sommes prêts à nous battre.

Sa grande sœur fit la moue avant de lui lancer :

— Je ne t'ai pas beaucoup vue protester.

— Tu étais trop occupée à faire ami-ami avec les nazis pour remarquer quoi que ce soit.

Margarita se jeta sur sa sœur et la gifla brutalement.

— Espèce de garce ! Retire ça immédiatement.

Themis était encore sous le coup de l'attaque, la main sur la joue. Thanasis agrippa Margarita par les bras pour la retenir.

— Lâche-moi ! Lâche-moi, enfin ! Comment ose-t-elle ?

Ce n'était pas l'accusation qu'elle récusait, mais le fait que Themis traite son histoire d'amour à la légère.

— Calme-toi, Margarita. Je t'en prie.

— C'est une petite garce. Elle ne comprend pas. Elle ne trouvera jamais l'amour. Personne ne voudra l'épouser.

La haine que déversait Margarita les surprit tous, même Kyria Koralis. Thanasis l'emmena dans sa chambre, et ils discutèrent un bon moment derrière la porte close, à voix basse. Themis resta dans la cuisine, un linge froid pressé contre sa joue enflée.

Peu après, le Premier ministre, Geórgios Papandréou, posa un ultimatum : les forces armées de la résistance communiste devaient se démobiliser.

À l'extérieur d'Athènes, vingt mille d'entre eux restèrent sur leurs gardes et refusèrent de déposer les armes. Les six ministres du gouvernement qui soutenaient l'ELAS donnèrent leur démission en signe de protestation et appelèrent à une manifestation.

Thanasis dut faire des heures supplémentaires pour se préparer à cet événement. Le 3 décembre, il ne rentra pas à l'heure prévue. Son dîner l'attendait sur la table. Les autres avaient commencé à manger. Margarita remuait sa soupe d'un air distrait sans jamais porter sa cuillère à sa bouche.

— Il ne va pas tarder, les rassura-t-elle. Il savait que tu préparais du *kleftiko*, grand-mère, je suis certaine qu'il ne manquerait son plat préféré pour rien au monde.

Panos restait silencieux. Il s'en voulait de ne pas être en état de se rendre en centre-ville ; le temps s'était refroidi et il avait régulièrement des accès de fièvre. Il avait toujours besoin du soutien d'une canne pour marcher. Il aurait dû assister à la manifestation, d'autant plus que Thanasis, il le soupçonnait, s'y trouvait, lui. Un exemplaire de *Rizospastis* était posé sur la table, et il avait l'impression que son titre, qui exhortait les partisans de la gauche à manifester, lui adressait un reproche.

Si, par conscience politique, Themis avait été tentée de sortir exprimer sa solidarité avec les manifestants, elle avait préféré passer la journée à l'appartement, avec Panos. Elle savait qu'il souffrait de devoir rester à l'écart, et avait prétexté vouloir profiter de son dimanche au calme.

— J'ai travaillé dur cette semaine, je dois me reposer.

Peu après le début du dîner, ils entendirent un grand vacarme dans la rue. Themis bondit.

Panos se leva, lui aussi.

Elle courut ouvrir les portes-fenêtres pour accéder au balcon. Un groupe de personnes parlaient avec animation sur la place. Un bruit familier retentit soudain.

— Des coups de feu…, dit Panos, tout bas. Ils sont loin, mais je suis sûr que ce sont bien des détonations.

— Nous ne savons pas qui tire sur qui, observa Kyria Koralis. Surtout, pas de conclusions hâtives.

Ils virent soudain un voisin accourir sur la place. Remarquant les Koralis sur leur balcon, il cria :

— Il y a eu un mort, à Syntagma. Ils ont tiré sur les manifestants ! La police leur a tiré dessus. C'est la panique, là-bas !

Tout le monde savait que ce voisin était un sympathisant de gauche, et pourtant, il semblait impatient de rentrer se mettre à l'abri.

Les quatre Koralis échangèrent des regards, où s'exprimaient peur, effroi et confusion. Themis se hâta d'allumer la radio, mais la musique habituelle n'était interrompue par aucun bulletin d'informations.

— Je vous interdis à tous de descendre, vous m'entendez ? Vous restez ici.

La sévérité inhabituelle de Kyria Koralis ne laissait aucune place à la contestation. La meilleure ligne de conduite pour le moment était d'attendre le retour de Thanasis. Lui serait en mesure de les informer.

Vers vingt-deux heures ce soir-là, aussi pâle qu'un fantôme et presque aussi mutique, il franchit la porte de l'appartement. Il tira une chaise et s'assit à la table de la cuisine.

Les autres se pressèrent tout autour pendant que Kyria Koralis déposait une assiette de *kleftiko* devant lui. Il la repoussa. Il abandonna un instant sa tête dans ses mains avant de relever son visage.

— Tu es au courant de ce qui s'est passé ? demanda-t-il à sa grand-mère.

— Nous avons eu quelques échos de la manifestation, mais toi, tu y étais, alors dis-nous.

Thanasis hésita : il s'apprêtait à revivre les événements qu'il voulait oublier. Les paroles se bousculèrent sur ses lèvres, si vite qu'elles étaient parfois incompréhensibles.

— Nous avions fermé les accès à Syntagma. Je vous parle du tout début. Et certains ont forcé les barrages… Ils étaient de plus en plus nombreux… Des dizaines de milliers. Des enfants, des femmes… pas seulement des hommes. Et nous devions les repousser. Ils se dirigeaient vers le commissariat !

— Mais que faisaient-ils ?

— Ils criaient ! Ils agitaient des banderoles…, dit-il en baissant les yeux vers ses mains, posées sur la table. Ils nous criaient dessus comme si nous étions l'ennemi. Puis ils se sont mis à nous attaquer, ils nous ont frappés avec leurs banderoles et leurs poings. Ils étaient déchaînés, de plus en plus nombreux. C'était terrifiant. Nous avons tiré quelques balles à blanc pour les disperser.

— Vous aviez peur des femmes ? lui demanda Themis, incrédule. Et des enfants ?

Thanasis poursuivit, faisant mine de ne pas l'avoir entendue :

— Ils avaient franchi les barrières et commençaient à envahir la place…

— Mais comment les morts se sont-elles produites ? insista Themis. Parce qu'il paraît qu'il y a eu des victimes…

— Quelqu'un, je ne sais pas qui, a tiré à balles réelles.

— *Theé mou !* s'écria Kyria Koralis en se signant plusieurs fois sur le cœur.

— Les manifestants se sont mis à tomber. Ils étaient dix ? Vingt ? Personne ne saurait le dire.

— Enfin, ça ne peut pas être l'œuvre d'un seul tireur, observa Panos. Vous deviez être plusieurs à utiliser des balles réelles.

— Pas moi, Panos. Peut-être plusieurs policiers, mais pas moi. Pas moi !

Thanasis était sur la défensive. Il ne voulait pas qu'on le tienne responsable de ces morts. Pour la première fois, son regard quitta ses mains pour se river sur le visage de son frère.

— Je n'ai tué personne.

Plusieurs secondes s'écoulèrent avant que quiconque ne reprenne la parole.

— Et ça s'est terminé comme ça alors ? finit par demander Themis.

— Non. Une gigantesque foule s'est déversée sur la place. Ils étaient de plus en plus nombreux, ils ont encerclé le commissariat. Nous nous sommes enfermés à l'intérieur. C'était la panique. J'ai tout suivi depuis une fenêtre à l'étage… L'un des agents est resté coincé dehors, il a été battu à mort. Nous ne pouvions rien faire. Les manifestants voulaient entrer, ils hurlaient et lançaient des objets sur les vitres.

Thanasis s'était effondré, en pleurs, dans les bras de sa grand-mère, son corps entier tremblant sous le coup de l'émotion. Il était redevenu un petit garçon qu'elle consolait en lui caressant les cheveux, le berçant et lui murmurant des paroles de réconfort.

Panos se détourna, révolté par le rôle manifeste que son frère avait joué dans ces événements tragiques. Thanasis avait toujours été partisan de l'usage de la violence contre les citoyens honnêtes, et pour la première fois de sa vie il avait été confronté à la réalité de la situation. Panos le considéra avec mépris.

Quel lâche ! Il sanglotait comme s'il était une des victimes innocentes ! N'était-il pas resté les bras croisés, laissant cette tragédie se produire ?

Ils écoutèrent la radio et entendirent Papandréou rejeter purement et simplement la faute sur l'ELAS, l'accusant de mener le pays à la guerre civile, de le « poignarder en plein cœur ». Panos se retira sans un mot dans sa chambre.

Les autres enfants Koralis tentèrent de comprendre ce qui se passait. Même les rapports officiels se contredisaient. Personne ne semblait savoir comment les faits s'étaient déroulés, qui avait tiré, qui était coupable, combien il y avait de morts. Certains parlaient de vingt-quatre. D'autres de six seulement.

C'était la même chose pour les blessés. On ne pouvait rien affirmer.

Thanasis, Margarita, Themis et Kyria Koralis finirent par aller se coucher. Il n'y avait rien à ajouter pour le moment.

L'ampleur de la tragédie imposait aux policiers de rester en alerte. Thanasis devait se présenter au commissariat de bonne heure le lendemain matin. Il avait les paupières lourdes, et pourtant, chaque fois qu'il s'autorisait à les fermer, il voyait une foule fondre sur lui. Bien que la nuit fût froide, il trempa ses draps d'une sueur glaciale. Il ne dormit pas plus d'une heure ou deux.

Levé avant l'aube, il boutonna son épaisse veste grise de ses doigts tremblants. Il avait toujours été très fier de son uniforme, et néanmoins aujourd'hui, celui-ci le transformait en cible, il en avait conscience. Avec une grande appréhension, il prit le chemin du centre-ville dans l'obscurité.

À cinq heures du matin les rues étaient silencieuses, exception faite du bruit de ses propres talons ferrés. Lorsqu'il entendit une longue plainte inquiétante, il pressa le pas. Il ne voulait pas avoir à affronter les larmes d'un inconnu. Une silhouette noire détala soudain devant lui et il comprit son erreur : ce n'était qu'une chatte en chaleur.

À mi-chemin, une camionnette de livraison ralentit brusquement. Le chauffeur baissa sa vitre et, sentant le regard de l'homme sur lui, Thanasis tourna la tête dans sa direction : il lut de la haine sur ses traits.

— Assassin ! hurla le chauffeur en crachant dans la direction de Thanasis avant de s'éloigner.

L'humeur au commissariat avait beau être maussade, il fut soulagé d'être arrivé à destination. Il fut immédiatement envoyé à un poste de garde, de l'autre côté de Syntagma. Il n'y avait que quinze minutes de marche, mais il dut forcer ses jambes, affaiblies par l'angoisse, à le porter. Il ne s'était jamais senti aussi vulnérable. Il s'appliqua néanmoins à garder la tête haute et le regard imperturbable. Un policier ne devait pas trahir sa peur, sous aucun prétexte.

En milieu de matinée, malgré les protestations de leur grand-mère, Panos et Themis se préparèrent à sortir. Kyria Koralis tenta de dissuader Panos :

— Tu n'es pas en assez bonne forme, Panos.

— Je tiens à rendre hommage aux morts.

— C'est important, *yaya*…, tenta de lui expliquer Themis.

— Vous ne les connaissiez pas, insista la vieille femme, vous ne savez même pas comment ils s'appellent.

Panos et Themis se comprenaient : un camarade de l'ELAS, vif ou mort, était leur ami. Bras dessus bras dessous, ils descendirent l'avenue Patission vers la place Omonia. Ils avançaient lentement, Panos s'appuyant lourdement sur sa canne. Le temps d'atteindre le centre-ville, ils se retrouvèrent au bout d'une longue procession. Ils ne voyaient pas grand-chose, mais des échos de ce qui se passait devant se diffusaient dans la foule. Apparemment, le cortège comptait bien vingt-quatre cercueils.

— La police raconte aux gens qu'ils sont remplis de pierres, dit une femme, mais c'est faux.

— Chacun d'entre eux contient un corps, ajouta un autre. Le corps d'un innocent.

Des drapeaux et des banderoles flottaient au-dessus des têtes. L'humidité ambiante les alourdissait, ce qui ne les empêchait pas de claquer au vent. Nombre d'entre eux étaient tachés de rouge : le sang des victimes de la veille.

— Il y a beaucoup de femmes ici, souligna Themis.

Plusieurs d'entre elles invectivaient justement un policier qui montait la garde au coin d'une rue. Il restait impassible : il ne riposterait pas aujourd'hui. Il y avait une atmosphère d'hystérie, des veuves enivrées de chagrin hurlaient et gémissaient.

Sur la plus grande des banderoles, on pouvait lire : *Lorsque la tyrannie menace le peuple, il doit choisir entre les chaînes et les armes.*

Les policiers et les gendarmes qui gardaient un œil sur la procession étaient naturellement armés. Tout comme les troupes du gouvernement, qui se préparaient à des affrontements. La fin du défilé ne marqua donc pas l'atténuation de la tension ambiante.

Themis et Panos rentrèrent d'un pas lent à l'appartement, redoutant ce qui risquait d'arriver.

— Les choses n'en resteront pas là, dit Panos. J'en suis certain. Cette manifestation ne marquera en aucun cas un point final.

Kyria Koralis se rongeait les sangs.

— Quand Thanasis rentrera-t-il ? leur demanda-t-elle. Il nous dira ce qui se passe, non ?

Il ne les rejoignit pas à l'heure habituelle, mais ils eurent quelques informations à la radio. Les troupes de l'ELAS étaient entrées dans la capitale et avaient entrepris d'attaquer des commissariats et des bâtiments publics.

Les heurts s'étaient rapidement multipliés et des milliers de soldats anglais avaient joint leurs forces à celles du gouvernement pour combattre les communistes.

— Tu vois, dit Panos à Themis. C'est exactement ce qu'ils attendaient, une chance de nous éliminer. Foutus Anglais !

Kyria Koralis lui jeta un regard désapprobateur.

— S'il te plaît, *agapi mou*…

— Chut, Panos, on essaie d'écouter, ajouta Margarita.

Themis suivit Panos sur le balcon. Il semblait hors de lui, serrait si fort la balustrade que les jointures de sa main étaient toutes blanches. De l'autre, il tenait sa cigarette. Sa frustration était palpable : il aurait aimé prendre part à l'action.

— Je sais ce que tu penses, le réconforta-t-elle.

— C'est la valse des étrangers dans ce pays. Le général qui mène l'attaque n'est plus allemand mais anglais. Je te le dis, Themis, cet homme, Churchill, il ne se soucie que d'une chose.

Elle hocha la tête. L'opinion du Premier ministre anglais sur les communistes n'était un secret pour personne.

Les affrontements dans les rues étaient violents et, cette fois, personne ne tirait à blanc.

La radio leur apprit que des soldats anglais avaient tiré, avec leurs chars, sur l'ELAS, qui s'était emparée de plusieurs commissariats de la ville et semblait avoir le dessus. Les combats s'intensifièrent, des hommes, des femmes et des enfants trouvèrent la mort sous les tirs croisés des deux camps. Même pendant l'occupation, les Athéniens n'avaient pas vu une telle effusion de sang dans les rues. Le cours de la vie normale fut entièrement suspendu. Magasins, restaurants et hôtels fermèrent leurs portes, les citoyens furent privés d'électricité et d'eau. Les tireurs embusqués décourageaient quiconque de mettre le pied dehors.

Au bout de trois jours, Kyria Koralis fut folle d'inquiétude. Thanasis n'était toujours pas rentré à Patissia depuis le début des affrontements.

— Mon cher garçon, murmurait-elle en pleurant sur une photographie de son petit-fils préféré, un portrait réalisé le jour où il avait reçu son diplôme de l'école de police. Mon petit chéri…

Les estimations du nombre de morts variaient, mais l'on savait déjà que les policiers comptaient plus de cinq cents morts dans leurs rangs.

— Je vais aller à l'hôpital le plus proche de son commissariat, *yaya*, la réconforta Margarita au matin du quatrième jour. Il y est peut-être. Nous le trouverons, ne t'en fais pas.

— C'est trop dangereux, *agapi mou.*

— Themis m'accompagnera, n'est-ce pas ?

La benjamine des Koralis pensait que c'était une folie de s'aventurer dans les rues, et un seul mot résonna dans sa tête : non. Elle ne le prononça pas à voix haute, pourtant. Thanasis avait beau être un membre de cette police qu'elle haïssait, il restait son frère.

Les deux jeunes femmes se rendirent à l'hôpital Evangelismos en zigzaguant dans les petites rues. Elles n'échangèrent pas un mot, découvrant les dégâts à l'approche du centre-ville. Elles eurent un vrai choc en apercevant les vitrines brisées des boutiques et des cafés, les façades détruites par les tirs de mortier, les murs éclaboussés d'impacts de balles.

Margarita voulait y voir l'œuvre de l'ELAS, quand Themis, elle, était certaine que la responsabilité de ce désastre revenait aux forces du gouvernement et aux Anglais. Le silence entre elles était hostile.

À mi-parcours, elles passèrent devant la pharmacie de Themis. Toutes les boutiques avaient été fermées depuis le début des combats, pourtant ce ne fut qu'une fois sur place, à une centaine de mètres de son lieu de travail, que la jeune femme s'en rendit compte : la pharmacie ne rouvrirait pas ses portes avant très longtemps. Elle ne put d'ailleurs identifier l'endroit que grâce au fragment d'un bocal en porcelaine, qui s'était retrouvé dans le caniveau. À côté gisait une étiquette avec le nom de l'établissement de Dimitriadis, pour lequel elle avait été si fière de travailler.

Themis s'avança sur le seuil de la pharmacie, des éclats de verre crissèrent sous ses semelles fines. Les carreaux à motifs noirs et blancs du carrelage avaient été préservés, mais la moindre des fioles exposées sur les étagères avait volé en éclats – on aurait pu croire qu'un tireur s'en était servi de cibles pour s'entraîner.

— *Panagia mou !* Ma belle boutique…

— Ce n'était pas la tienne, Themis. Ça n'a jamais été la tienne.

Margarita était restée sur le trottoir ; les dégâts l'indifféraient.

— Viens, tu ne vas pas rester là à pleurnicher.

Themis ne bougeait pas.

— Il faut qu'on avance, insista Margarita.

À cet instant, des coups de feu les firent toutes deux bondir. Themis attira sa sœur à l'intérieur de la pharmacie.

— Baisse-toi, lui ordonna-t-elle.

Pour une fois, Margarita obtempéra sans protester. Elles s'accroupirent dans la pénombre, sur le tapis de verre brisé. Elles se cramponnèrent l'une à l'autre : la peur les avait rapprochées.

Les détonations continuèrent à résonner un long moment dans la rue, par intermittence. Tout à coup, elles entendirent des voix juste devant l'entrée du magasin.

— Ils parlaient anglais, dit Themis une fois que les hommes se furent éloignés. C'étaient des soldats anglais.

De temps en temps, les tirs s'intensifiaient à nouveau et elles se faisaient encore plus petites, les mains plaquées sur les oreilles. Enfin, la nuit finit par tomber. L'obscurité ne permettait plus de viser assez précisément et alors, seulement, le silence revint.

Margarita regarda l'heure à sa montre. Elle avait dit à Themis qu'il s'agissait d'un cadeau d'un client régulier, mais sa sœur soupçonnait qu'elle lui avait été offerte par son amant allemand.

— Il est vingt et une heures, murmura-t-elle. Il faut qu'on rentre. Il est trop tard pour aller à l'hôpital.

Themis approuva d'un signe de tête. Elle n'aspirait qu'à retrouver la sécurité de leur appartement. Main dans la main, tête baissée, elles remontèrent toute l'avenue Patission en courant, jusqu'à s'engager sur la place familière.

— Nous n'avons pas réussi à atteindre l'hôpital, expliqua Margarita, hors d'haleine, à leur grand-mère, qui guettait leur retour et les nouvelles qu'elles rapportaient. C'était trop dangereux.

Toutes deux étaient épuisées. Pourtant, cette nuit-là, leur sommeil fut ponctué de cauchemars.

Le lendemain matin, Giannis, un ami de Thanasis – ils s'étaient rencontrés à l'école de police avant de devenir collègues –, rendit visite aux Korialis. Son appréhension sautait aux yeux : il avait une annonce à leur faire.

— Je ne peux pas vous dire comment les choses se sont déroulées exactement, commença-t-il avec nervosité. Nous étions de garde hier et nous avons essuyé des tirs.

— *Theé mou, theé mou*, répétait Kyria Koralis en se signant sans fin.

— Nous avons dû nous abriter dans un bâtiment voisin, qui a été bombardé. Il a pris feu et nous nous sommes retrouvés prisonniers. J'ai réussi à sortir, mais…

— Quoi ? le pressa Margarita.

— Thanasis ne m'a pas suivi. Il n'est pas sorti…

Giannis ne put aller au bout de sa phrase. Kyria Koralis se laissa tomber dans un fauteuil. Themis et Margarita s'étreignirent.

— Mais il va bien. J'ai découvert qu'il était au Grande-Bretagne. Ils ont transformé l'hôtel en hôpital de campagne.

Kyria Koralis fondit en larmes.

— Il est gravement blessé ? Ne pourrait-on pas le ramener ici ? demanda Margarita.

Giannis hésita un instant.

— Je crois qu'il est plus en sécurité là-bas. Et les médecins militaires sont les meilleurs. Je vous apporterai des nouvelles dès que j'en aurai.

Themis se demanda s'il leur disait tout ce qu'il savait, et ses soupçons s'accentuèrent lorsqu'il changea soudainement de sujet de conversation. Il leur expliqua que l'ELAS arrêtait les citoyens qu'elle soupçonnait de collaboration et les emmenait dans des endroits pour les interroger. N'importe qui pouvait devenir suspect du moment qu'il inspirait la défiance.

— Il suffit de dire une broutille sans importance contre eux, et c'est terminé.

Il fit le geste de braquer une arme sur sa tempe. Puis il prit congé, car il était attendu : on lui avait confié un nouveau tour de garde. Il promit de revenir s'il avait du nouveau.

Il laissa la famille Koralis dans un état de soulagement mêlé de peur. Au moins savaient-ils que Thanasis était en vie.

Les jours suivants, les nouvelles continuèrent à alimenter les inquiétudes : les combats se poursuivaient. Ils furent tous accablés d'apprendre la découverte d'un charnier dans l'une des banlieues. Beaucoup y virent la preuve que l'ELAS terrorisait la ville. Panos se murait dans le silence. Il avait soudain honte du comportement de ses camarades.

Les gens commençaient à perdre leur humanité. Le schisme entre la gauche et la droite s'était approfondi, la polarisation s'était accentuée, et la ville en payait les conséquences. Jour après jour, on entendait de nouveaux récits révoltants de violences et d'exécutions. Chacun ne se préoccupait plus, au quotidien, que de survivre. L'eau était souvent coupée et le pain redevenait une denrée rare.

— C'était mieux quand les Allemands étaient là, gémissait Margarita. On ne peut même plus sortir aujourd'hui.

Themis n'était pas en mesure de la contredire. Les rues avaient toujours été relativement sûres pendant l'occupation. Désormais, s'y aventurer relevait de la témérité.

Les Koralis apprirent peu à peu à apprivoiser les dangers extérieurs, mais n'auraient jamais imaginé un seul instant que la terreur s'introduirait sous leur toit.

Un après-midi, Kyria Koralis somnolait, cherchant à repousser dans un coin de son esprit son inquiétude pour Thanasis. Panos et Themis étaient assis à côté de la radio pour tenter de capter un bulletin d'informations. Margarita, elle, feuilletait un magazine allemand aux pages bien cornées déjà. Soudain, la porte de l'appartement s'ouvrit à la volée : il avait suffi d'un coup de botte.

L'entrée de quatre soldats anglais fut si inattendue que les Koralis se pétrifièrent. Aucun d'entre eux ne comprenait vraiment ce qu'on leur criait, mais, d'instinct, ils levèrent les mains, même la vieille dame. Les militaires leur firent signe de se rassembler dans un coin de la pièce. Les Koralis devaient se baisser et se tenir à distance des fenêtres.

Ils n'eurent pas le temps d'analyser la situation, déjà deux soldats retiraient la nappe sur la table en acajou, puis traînaient le lourd meuble jusqu'aux portes-fenêtres menant au balcon. Ils la firent basculer sur le côté et s'accroupirent derrière elle. À tour de rôle, ils se penchaient sur le côté pour tirer. Les vitres volèrent en éclats et des milliers de bris jonchèrent le sol du salon. Un soldat rampa sur le balcon et fit feu.

Kyria Koralis, Margarita et Panos s'étaient d'abord abrités derrière deux fauteuils. Ils réussirent à gagner l'une des chambres sans dommage. Themis, elle, resta où elle se trouvait.

Aux tirs anglais répondirent des salves de mitraillette. La lutte entre les soldats et les combattants sur la place se prolongea plus d'une demi-heure, sans un seul instant de répit. Themis remarqua les dizaines de douilles sur le tapis et se demanda ce qui arriverait une fois que les munitions seraient épuisées. À l'idée que les assaillants sur la place risquaient de monter chez eux pour traquer les soldats anglais, elle en avait la nausée. Ils étaient pris au piège.

L'un des soldats reçut brusquement une balle en pleine tête. Themis faillit vomir en voyant la cervelle de l'homme gicler sur le sol. Sa mort avait dû être quasi instantanée. La présence d'un cadavre dans le salon la remua tant qu'elle dut se détourner.

Le silence finit par revenir. Le soldat qui était sorti sur le balcon rentra en rampant pour se protéger derrière la table, même si plusieurs balles avaient réussi à transpercer le plateau. L'atmosphère était électrique. Les soldats parlaient tout bas. Deux d'entre eux partagèrent une cigarette. Leur camarade étant déjà mort, ils n'avaient aucune raison de précipiter leur départ. Quand ils furent suffisamment rassurés sur le fait que la voie était libre, ils partirent, traînant le corps derrière eux. Themis sentit qu'elle suspendait presque sa respiration lorsqu'ils passèrent devant sa cachette. Pour la seconde fois, elle eut envie de vomir. L'odeur de leur transpiration et du sang lui soulevait le cœur.

Quand les Koralis furent suffisamment remis de leur choc, ils passèrent leur soirée à balayer les bris de verre et à ramasser les minuscules éclats de bois des meubles, à frotter les taches sur le tapis et à récupérer les douilles. La table reprit sa place dans la cuisine, et Kyria Koralis la cira pendant des heures, tentant de retirer les traces d'impact. Ils s'occuperaient de boucher les fenêtres au matin.

Le lendemain, ils entendirent une énorme explosion. Ils se précipitèrent tous les quatre sur le balcon. Des flammes jaillissaient d'un appartement de l'autre côté de la place. On l'avait fait sauter.

— Peut-être que les communistes ont cru qu'on habitait là-bas, dit Margarita. On raconte qu'ils s'en prennent à tous ceux qui ont pu abriter leurs ennemis. Nous avons reçu des soldats anglais.

— Je n'avais pas imaginé qu'on se retrouverait en première ligne, gémit Kyria Koralis. J'espère que notre cher Thanasis est en sécurité.

Pendant les trois jours suivants, Athènes resta un champ de bataille. Les fusillades éclataient sans prévenir, sans parler des tirs d'obus réguliers. Les Athéniens avaient les nerfs à vif, d'autant qu'on racontait que certaines rues étaient minées. Sortir s'approvisionner devenait encore plus périlleux. Panos ne se déplaçait pas encore assez rapidement, les deux filles durent s'en charger.

— Au moins, ça aura eu le mérite de tisser un lien entre elles, observa un jour Kyria Koralis, qui cherchait quelque chose de positif à dire à Panos. Ça fait plaisir de les voir faire autre chose que se disputer.

Son petit-fils ne lui répondit pas.

— Tu penses qu'elles seront autorisées à ramener Thanasis à la maison ? poursuivit-elle sur le même ton léger.

Ils n'avaient toujours aucune idée précise de son état, même si Giannis était revenu leur dire que Thanasis était entre de bonnes mains, ce qui les avait tous alertés. Tous, sauf Kyria Koralis.

— Je pense qu'il a encore besoin de soins médicalisés, *yaya*, lui répondit Panos.

La situation empira avec l'arrivée des troupes de l'ELAS à Athènes. Les nombreux combattants poursuivirent les combats contre l'armée anglaise. Le Premier ministre Papandréou fit des propositions de conciliation : il promettait un compromis une fois que les communistes auraient accepté de déposer les armes. Cependant, la méfiance était trop grande dans les deux camps.

Panos, Kyria Koralis et les deux filles restèrent pris au piège de nombreux jours dans l'appartement.

Dans la faible lumière de décembre, et avec les planches qui bouchaient toujours les portes-fenêtres, il y régnait une atmosphère plus maussade que jamais. Ils passaient l'essentiel de leur temps blottis autour de la radio, qui les informait des événements dramatiques se déroulant à proximité.

Papandréou démissionna et fut remplacé par un homme à l'anticommunisme plus tranché : le général Plastíras. Le roi, parti en exil pendant l'occupation, accepta de retarder encore son retour jusqu'à l'organisation d'un référendum sur la monarchie. Le pays était bien assez tiraillé, et le sentiment de division assez profond, pour ne pas y ajouter la présence de la famille royale, que beaucoup de citoyens grecs ne portaient pas dans leur cœur.

Puis vinrent les rumeurs de retrait des troupes de l'ELAS, rumeurs qui se révélèrent fondées, tout comme celles qui affirmaient qu'ils emmenaient des otages avec eux. Ils conduisirent, de force, des milliers de prisonniers dans les montagnes. Leur comportement choqua tout le monde, de gauche à droite.

— C'est de la barbarie ! s'écria Margarita. Ils traînent des gens hors de chez eux et les contraignent à marcher pieds nus. Ils doivent aussi dormir dehors dans ce froid…

— Comment peuvent-ils faire une chose pareille, Panos ? s'exclama Themis. Comment quiconque peut faire une chose pareille ?

— Je n'en sais rien. Ils n'ont aucune excuse. Je ne comprends pas ce qui leur prend.

— Le désespoir ? hasarda Margarita. Ils savent qu'ils perdent.

Ni Panos ni Themis n'était en mesure de lui répondre, ne pouvant cautionner pareille brutalité. En semant une telle terreur, les communistes se mettaient nombre de leurs partisans à dos.

En février, un traité fut signé à Varkiza : les communistes devaient libérer leurs otages et remettre leurs armes. Des élections parlementaires furent également promises pour l'année à venir. La famille Koralis, semblait-il, allait enfin pouvoir retrouver, au moins en partie, son ancienne vie.

— Nous n'avons plus qu'à récupérer Thanasis, et nous reprendrons le cours normal de nos existences, dit Kyria Koralis en se forçant à sourire.

Aucun de ses petits-enfants ne voulait entamer son optimisme, toutefois ils savaient qu'il y avait encore beaucoup de chemin à faire avant qu'une forme de normalité puisse être rétablie. Ils s'attendaient à ce que Thanasis soit prochainement autorisé à sortir de l'hôpital, mais ils ignoraient dans quel état. Comme ils ignoraient quand il reprendrait ses fonctions au sein de la police – Giannis leur avait dit qu'il aurait droit à une pension d'invalidité.

Ni Kyria Koralis ni ses trois autres petits-enfants n'avaient de sources de revenus, et Panos trouvait la perspective de vivre aux crochets de son frère irritante au plus haut point. Il n'en parla néanmoins à personne, puisqu'ils n'avaient aucune autre solution pour se chauffer et se nourrir.

Si les enfants Koralis n'avaient pas souvent quitté l'immeuble ces deux derniers mois, Kyria Koralis, elle, n'avait pas mis le pied dehors une seule fois. Elle n'avait pas vu de ses propres yeux les terribles destructions dans la ville. Les balles, les obus et les mines avaient laissé des cicatrices ineffaçables. Ses petites-filles ne lui avaient pas encore annoncé que leurs deux lieux de travail avaient été réduits en poussière.

Thanasis fut reconduit chez lui un matin de début mars. Une fourgonnette de la police le déposa sur la place au pied de l'immeuble et il entreprit douloureusement l'ascension, marche après marche, des trois étages.

On lui avait remis un nouvel uniforme pour son retour chez lui, et pourtant, il ne semblait pas prêt à reprendre du service. La moitié de son visage disparaissait derrière un bandage, et il avait le bras droit en écharpe. Il ne pourrait plus jamais tenir une arme à feu : il avait perdu deux doigts.

Kyria Koralis pleura en le découvrant. Il avait demandé à Giannis de cacher l'étendue de ses blessures à sa famille.

— Oh, mon pauvre garçon ! Que t'ont-ils fait ?

Elle le prit dans ses bras avec autant de précaution que s'il était en porcelaine, puis le conduisit avec douceur sur le balcon. Elle le fit asseoir sur une chaise, posa une couverture sur ses jambes avant de rentrer lui préparer du café. Pour la première fois de l'année, un rayon de soleil atteignait le balcon. Ce long et terrible hiver était peut-être enfin terminé. Sur la place, les arbres commençaient à montrer des signes de vie.

Thanasis était heureux d'être rentré chez lui. Après un premier séjour à l'hôtel Grande-Bretagne, dont il ne conservait aucun souvenir, il avait été transféré à l'hôpital Evangelismos, où il avait connu des heures terribles. Pour les communistes, les policiers, même blessés, restaient des ennemis, et il n'avait cessé de craindre une attaque alors qu'il était cloué au lit.

Les frères furent obligés de cohabiter puisqu'ils passaient l'essentiel de leurs journées enfermés dans le petit appartement, sans beaucoup d'autres occupations que lire leurs journaux de référence, aux vues politiques biaisées, d'un côté comme de l'autre. Ils retrouvèrent bientôt assez d'énergie pour se disputer. Ils soupçonnaient tous deux le camp adverse de ne pas respecter les termes du traité de Varkiza, ce qui mettait inévitablement le feu aux poudres. Ce jour-là, Thanasis déclencha les hostilités :

— L'ELAS était censée remettre ses armes !

— Ils l'ont fait, affirma Panos avec fermeté.

— Pas leurs armes automatiques, riposta Thanasis en frappant son journal avec sa main valide. Je lis ici qu'ils ont gardé toutes celles qui pouvaient encore leur servir.

— Thanasis, tu veux vraiment te battre ? lui lança Panos avec lassitude. Parce que nous ne sommes ni l'un ni l'autre en état…

Themis les écoutait sans prendre part à l'échange. Elle les regarda tous deux et éprouva une grande tristesse. Elle ne reconnaissait plus les jeunes combattants ; ils avaient été abîmés, aussi irrémédiablement que leur ville.

Thanasis ne répondit pas à son frère.

— Le gouvernement a lui aussi violé certains termes du traité, de toute façon, reprit Panos. Ils ont arrêté des centaines de combattants de l'ELAS pour les jeter dans des camps de prisonniers.

La riposte de Thanasis ne se fit pas attendre.

— Qui te dit qu'ils n'avaient pas commis des actes criminels ?

— La démobilisation n'était pas censée conduire à l'emprisonnement.

Il savait bien que de nombreux soldats de l'ELAS, toujours armés, s'étaient retirés dans le nord de la Grèce ou avaient traversé les frontières. En réponse à la prise d'otage, le gouvernement, de droite, avait lancé des représailles brutales. Entre l'instabilité politique et la nouvelle menace inflationniste, on n'avait guère l'impression que le conflit était terminé.

Dans l'appartement des Koralis, Thanasis vivait mal sa quasi-incapacité à marcher. Ainsi qu'il le confia à Margarita, c'était à peu près l'idée qu'il se faisait de l'enfer : être forcé d'écouter un communiste à longueur de journée.

Poussé par un désir aussi puissant de fuir son frère, Panos prit l'habitude de sortir retrouver la poignée d'amis qui étaient restés à Athènes, parmi lesquels se trouvait Manolis, le soldat dont il avait fait la connaissance, avec Themis, chez Fotini. Bien des membres de leur groupe avaient pris la fuite ou été capturés. Ils venaient d'apprendre que Zachariádis, le secrétaire général du parti communiste, avait annoncé son intention de former une nouvelle armée.

— Le combat ne sera pas terminé tant que nos camarades ne seront pas libres, clama Manolis, un jour.

— Et si Zachariádis tient ses promesses, alors nous devrions tous le rejoindre, dit Panos.

Dans le *kafenion* enfumé, caché dans une petite rue, l'enthousiasme grandissait.

— À moins que nous ne voulions laisser ce pays aux mains de ceux qui ont collaboré avec les nazis, nous devons agir !

— Qui est prêt à reprendre les armes ?

Un murmure d'assentiment parcourut leur petit groupe.

Le *kafetzis* qui montait la garde pour eux laissa soudain tomber une cuillère à café sur le carrelage, dans leur direction. C'était le signal : il avait repéré, à l'autre bout de la rue, un membre des bataillons de sécurité, qui traversait justement.

Panos et ses amis s'échappèrent par la porte de derrière.

11

La ville se démenait pour retrouver un semblant de normalité. La pharmacie qui employait Themis s'établit dans un autre bâtiment, et la jeune fille reprit rapidement le chemin du travail pour remettre de l'ordre dans l'inventaire, peser, mesurer et noter dans un carnet tous les enseignements de Kyrios Dimitriadis.

Dans l'appartement des Koralis, l'ancienne routine n'était plus réglée comme un métronome. Thanasis ne pouvait plus sortir, et il était plongé dans un état de déprime sévère. Il conserverait son infirmité à vie et refusait de prendre de la morphine, seule substance capable de soulager ses douleurs constantes. Cette vulnérabilité inédite représentait une lutte quotidienne pour lui. Laborieusement, il apprenait à écrire de la main gauche, mais peinait à accomplir des tâches aussi élémentaires que se laver et s'habiller. Kyria Koralis était toujours là pour l'aider.

La vieille dame acceptait que ses trois autres petits-enfants puissent aller et venir à leur guise, en fonction de leurs emplois du temps. Elle veillait à ce qu'il y ait toujours une marmite sur le feu, pour leurs repas. Leur régime se composait à nouveau essentiellement de légumineuses ou de riz.

Aux environs de vingt-deux heures un soir d'octobre, ils s'étonnèrent soudain que Margarita ne soit pas encore rentrée. Elle avait trouvé un poste chez une couturière et faisait souvent des heures supplémentaires, mais elle avait habituellement fini à cette heure.

— Elle ne m'a rien dit de spécial ce matin, observa Thanasis, qui était le plus proche de sa sœur.

Minuit arriva et leur inquiétude grandit.

Themis n'avait pas revu Margarita depuis le matin. Celle-ci dormait encore lorsqu'elle était partie pour la pharmacie. Elle se rendit dans la chambre avec sa grand-mère. Si la plus belle robe de Margarita n'était pas dans l'armoire, elles pourraient imaginer qu'elle était sortie, peut-être pour assister à un concert. Il arrivait qu'une collègue ou un client l'invite.

Tous ses vêtements étaient à leur place, à l'exception d'un seul : Themis remarqua en effet que le manteau d'hiver de sa sœur ne se trouvait plus au crochet derrière la porte. Il faisait encore doux à Athènes, il était trop tôt pour porter de la laine. Themis ne dit rien à Kyria Koralis, qui se rongeait déjà les sangs. Elle examina le côté du lit que sa sœur occupait et qu'elle avait fait à la va-vite – la courtepointe avait des plis, les draps n'étaient pas bien bordés. Elle remarqua alors un morceau de papier, glissé sous l'oreiller et qui dépassait.

Il s'agissait d'un message, rédigé à la hâte au dos d'une addition. Margarita devait compter sur le fait qu'il finirait par être découvert.

Chère famille,

Il y a maintenant un an que Heinz est parti, et je ne suis pas capable de vivre un jour de plus sans lui. J'ai décidé d'essayer de me rendre en Allemagne. Je vous donnerai des nouvelles une fois arrivée.

Margarita

— *Theé mou*, murmura Kyria Koralis. Je craignais qu'elle commette cette folie un jour.

Les deux garçons les rejoignirent dans la chambre pour voir si elles avaient trouvé quelque chose. Themis leur tendit le mot de Margarita.

Pendant que Panos et Thanasis consolaient leur grand-mère, Themis ouvrit le premier tiroir de la table de chevet de sa sœur. Il était vide. Elle avait déjà vu Margarita y glisser son salaire, et elle comprenait enfin dans quel but celle-ci faisait des économies. Themis remarqua également que le guide de conversation allemand qui avait toujours été posé sur le petit meuble avait disparu.

— Mais comment va-t-elle arriver jusque là-bas ? Avec qui va-t-elle voyager ? Et s'il lui arrive quelque chose ?

— Je suis sûr que tout ira bien, *yaya*, la réconforta Thanasis. Margarita est tout à fait capable de se débrouiller.

Il était difficile d'imaginer un tel voyage, surtout vu l'état catastrophique des routes et des voies ferrées, pourtant des milliers de réfugiés traversaient l'Europe et, grâce à son entêtement et son charme, Margarita survivrait, Themis était confiante.

Elle espérait surtout que sa grande sœur trouverait ce qu'elle cherchait.

Ils passèrent les mois suivants à attendre et espérer.

En janvier 1946, on annonça la tenue des premières élections depuis dix ans. La même semaine, à son retour de la pharmacie, Themis trouva une lettre dans le hall de l'immeuble. Sur des jambes chancelantes, elle monta les marches deux par deux et entra en trombe dans l'appartement.

— Ça vient de Margarita ! cria-t-elle en agitant l'enveloppe abîmée. Ça vient d'Allemagne !

Elle la tendit à sa grand-mère, qui l'ouvrit délicatement avec le couteau dont elle se servait pour couper ses légumes. Le message était aussi bref que celui qui avait annoncé son départ.

Chers tous,

J'ai enfin retrouvé la trace de Heinz. Berlin est encore plus détruite qu'Athènes. La guerre abîme tout. Vous me manquez, j'espère que vous allez bien. Prenez soin de vous.

Je vous embrasse,

Margarita

Le ton était on ne peut plus évasif et pourtant, malgré la brièveté de la lettre, Themis lut un message étonnant entre les lignes. « Vous me manquez », « je vous embrasse »... Se pouvait-il que Margarita soit capable d'affection sincère ?

Le souvenir de toutes leurs années difficiles se dissipait tandis que Themis imaginait Margarita à Berlin. Les journaux avaient diffusé des photographies des rues délabrées de la ville allemande, et Themis savait que Margarita n'exagérait pas. Elle songea soudain que sa sœur devait éprouver un amour très profond pour s'être rendue dans un pays étranger si dévasté. Elle n'avait jamais connu la passion pour sa part et la jalousie lui serra brièvement le cœur.

Thanasis lui avait pris la lettre des mains pour la lire.

— Il y a une adresse ? demanda Kyria Koralis. Est-ce qu'on sait où elle vit ?

— Non, rien. Peut-être sur l'enveloppe ?

Panos la récupéra sur la table et l'approcha d'une lampe. L'adresse avait été effacée en cours de route, sans doute à cause de la neige ou de la pluie.

— Juste le cachet de la poste berlinoise. C'est tout.

— On va devoir attendre une nouvelle lettre, observa Thanasis. Peut-être qu'elle nous en apprendra davantage.

L'expression de Kyria Koralis trahissait son désespoir.

— Ma pauvre petite Margarita. Elle ne précise même pas s'ils vont se marier…

— L'important, c'est qu'elle soit saine et sauve, *yaya*, lui répondit Panos.

Le soulagement mêlé de déception qu'avait apporté la lettre de Margarita fut rapidement éclipsé par les élections qui se préparaient. Themis se réjouissait qu'elles aient lieu, même si les femmes n'avaient pas le droit de vote.

— Ce pays va enfin connaître l'impartialité ! Ce sera peut-être un nouveau départ !

— Espérons-le, *agapi mou*, lui répondit Kyria Koralis. Je suis sûre que tout le monde aura à cœur de se montrer raisonnable dans l'isoloir.

— Qu'est-ce que tu veux dire, *yaya* ? rétorqua Panos.

— J'espère que chacun votera pour le bien de son pays, c'est tout.

Thanasis intervint dans leur échange avec agressivité :

— Et non pour des idées égoïstes. Ou pour ouvrir les portes de la Grèce à Staline.

— Thanasis…, soupira Themis, qui voulait apaiser les tensions.

Il poursuivit néanmoins sur sa lancée.

— Ne t'y trompe pas, Panos, si les communistes ont les mains libres, ce pays ne sera plus qu'un satellite soviétique. Et ce n'est pas ce qu'on peut lui souhaiter de mieux.

Panos se leva, ne réussissant pas à contenir sa rage. Il se pencha vers son frère.

— Parce que tu crois sincèrement qu'il s'agit de vraies élections démocratiques ? Alors que des milliers de partisans sont encore en prison ? Que des centaines de milliers de combattants sont persécutés ? Des combattants qui ont résisté contre l'occupation allemande ?

Thanasis ignora ses questions.

— La gauche s'abstiendra, poursuivit Panos. Aucun d'entre nous ne votera.

— C'est ton choix, sale abruti de communiste ! hurla Thanasis alors que Panos lui tournait le dos.

Depuis son retour de l'hôpital, Thanasis avait de terribles sautes d'humeur. Un jour, en revenant de la pharmacie, Themis l'avait trouvé en train de verser, en silence, des larmes sur le balcon. Mais il perdait son sang-froid bien plus souvent qu'il ne pleurait. La présence de sa grand-mère ne l'invitait pas à montrer plus de retenue.

Themis ne disait pas un mot. Elle avait beau être choquée par l'éclat de rage de Thanasis, elle partageait son avis : il lui semblait illogique de refuser une occasion de choisir ses gouvernants. En cela elle rejoignait l'opinion de sa grand-mère.

— C'est de la folie, marmonna la vieille femme en secouant la tête. Ils ont une occasion d'exprimer leur opinion, pourquoi n'en profitent-ils pas ? Je ne comprends pas leur logique…

Lorsque les élections eurent lieu, fin mars 1946, l'abstentionnisme massif ouvrit inévitablement la voie à un gouvernement de droite, et la monarchie rentra d'exil. D'anciens résistants de l'ELAS s'étaient déjà réfugiés dans les montagnes pour échapper à la répression. À la suite de la publication des résultats, la vie politique fut encore plus polarisée. Le nouveau gouvernement ne tarda pas à accuser les communistes de se procurer des armes en Bulgarie et en Yougoslavie, deux pays frontaliers.

Thanasis n'était toujours pas en état de reprendre le travail – il n'était pas assez mobile –, toutefois ces élections eurent un effet bénéfique sur son humeur. Comme pour célébrer l'occasion, il décida de retirer le bandage qui lui avait caché la moitié du visage pendant plus d'un an et demi.

À son retour ce jour-là, Themis réussit de justesse à retenir un cri de surprise. La moitié gauche du visage de son frère était défigurée par une cicatrice hideuse, irrégulière, qui s'étendait de l'œil au menton.

Panos ne dit rien. Il accordait rarement un regard à son frère de toute façon.

Les jours suivants, Thanasis voulut continuer à se raser pour conserver un semblant de dignité, pourtant il ne pouvait pas affronter son reflet dans le miroir et une barbe inégale fit son apparition – pas un seul poil ne poussait à proximité de la cicatrice –, ne servant qu'à souligner le fait qu'il était défiguré. Seule sa grand-mère osait encore lui dire :

— Tu restes un très beau garçon. Et ça s'estompera, tu verras.

Tous deux savaient qu'elle mentait.

À la fin de l'année, les groupes de résistance épars dirigés par le parti communiste se réunirent pour former une milice, l'Armée démocratique de Grèce, l'ADG. Panos et la plupart de ses amis décidèrent de s'y enrôler sur-le-champ. Manolis, lui, hésitait.

— Je crois que j'ai eu ma dose de combats.

Ses doutes lui valurent d'être chahuté par le reste de la bande et, une heure plus tard, il changeait d'avis, ayant été convaincu par les arguments de ses amis. Ils trinquèrent.

— À l'armée communiste de Grèce ! s'exclamèrent-ils en chœur. À l'ADG !

Themis fut consternée en apprenant que Panos allait repartir.

— J'ai repris suffisamment de forces maintenant, expliqua-t-il à sa sœur. Je ne peux plus rester assis ici, à écouter la radio et lire des journaux. Je ne veux plus me contenter d'entendre parler de la lutte armée, je veux y participer.

— Je sais que tu ne tiens pas en place... mais es-tu suffisamment fort ?

— Je le découvrirai bien assez vite, répondit-il en prenant la main de Themis.

— Tu vas dire au revoir à *yaya* ?

— Non. Je préfère que Thanasis ne soit pas au courant, et...

— Je t'aiderai, comme l'autre fois. Ça t'avait laissé une longueur d'avance.

Les quarante-huit heures suivantes, Themis chercha à se changer les idées pour ne pas penser à la tristesse que lui inspirait le départ imminent de Panos, s'absorbant dans des tâches plus pragmatiques : elle reprisa ses chaussettes trouées et lui acheta du pain, qu'elle enveloppa dans un linge et fourra dans sa poche.

Il partit de très bonne heure, faisant si peu de bruit que Thanasis, qui dormait dans la même chambre, ne se rendit compte de rien.

Seule Themis, qui n'avait pas fermé l'œil de la nuit, entendit le discret *clic* de la serrure. Elle résista à la tentation de bondir de son lit pour courir embrasser son frère. Elle ne devait surtout pas alerter le reste de la famille. Thanasis n'aurait pas hésité une seule seconde à arrêter Panos et à le remettre à ses anciens collègues. Ces dernières années, de nombreux partisans de la gauche avaient été trahis par des membres de leur propre famille. Amis et ennemis étaient séparés par une frontière bien nette. Et pour le policier en Thanasis, Panos était l'ennemi.

Des larmes coulèrent sur les joues de Themis et sur son oreiller. Son frère lui manquait déjà alors qu'il n'avait pas encore traversé la place pour monter dans la camionnette qui l'emmènerait dans les montagnes.

Le temps que Kyria Koralis et Thanasis se rendent compte de son départ, il était déjà loin. Themis feignit d'être surprise mais ne réussit pas à tromper son grand frère.

— Je ne suis pas étonné, affirma-t-il avec suffisance. Tu sais, il ne va pas avoir la vie facile dans le Nord. L'armée gouvernementale est prête à riposter.

Plusieurs semaines passèrent sans qu'ils reçoivent de nouvelles de Panos. Et ce qu'ils apprirent aux informations sur les événements aux frontières ne contribua pas à rassurer Themis.

— Il doit avoir tellement faim, s'inquiéta Kyria Koralis lorsqu'elle entendit à la radio que de petites unités attaquaient des villages dans le seul but de se nourrir. Il était déjà maigre avant de partir...

— Il y a des innocents dans ces villages. Et les communistes les tuent ! s'emporta Thanasis. Le gouvernement a dû instaurer la loi martiale dans cette partie du pays pour empêcher les communistes d'agir selon leur bon plaisir.

Themis avait beau soutenir de tout son cœur la cause de Panos, elle ne parvenait pas à justifier le comportement de l'ADG. Plusieurs témoins avaient fait le récit de viols et d'enlèvements. Elle ne pouvait qu'espérer que son frère n'était pas mêlé à de telles atrocités.

L'émission qu'ils écoutaient ce soir-là laissa également entendre que des pays étrangers apportaient leur secours aux communistes.

— S'ils commencent à recevoir de l'aide par la frontière nord, le gouvernement va devoir les anéantir, affirma Thanasis. Ça fait d'eux des traîtres. Mon frère est un maudit traître !

— S'il te plaît, Thanasis, implora sa grand-mère.

Quand il sortait de ses gonds, sa cicatrice rougissait. La couture dentelée luisait autant que s'il s'agissait d'une plaie récente et que le sang affluait à la surface. Le chirurgien qui l'avait recousu avait fait preuve d'une grande rapidité et de beaucoup de maladresse.

Kyria Koralis était contrariée de le voir dans cet état. Elle aurait tant aimé qu'il redevienne celui qu'il était autrefois : son petit-fils préféré, le plus beau, celui qui ressemblait à son père. Thanasis avait changé depuis l'accident, et pas seulement physiquement. Sa personnalité aussi s'était transformée.

Themis avait bien remarqué que Kyria Koralis consacrait de plus en plus d'attention à son petit-fils. Elle lui coupait sa nourriture, boutonnait ses vêtements. Mais elle ne se contentait pas de l'aider sur le plan pratique. Elle le consolait, l'apaisait et devait acquiescer quand il exprimait son point de vue. Themis savait que c'était l'amour qui poussait sa grand-mère à agir de la sorte, ce qui ne l'écœurait pas moins.

Plus on apprenait les progrès des communistes au nord du pays, plus les coups de sang de Thanasis se multipliaient. La guerre civile s'était intensifiée, et tout semblait s'effondrer autour de lui. Sa propre ville restait dans un grand état de délabrement, le gouvernement menaçait de se désagréger et les gens détournaient le regard quand ils le croisaient dans la rue.

Thanasis ne quittait que rarement l'appartement, alors que Themis s'en échappait le plus souvent possible afin d'éviter la colère bouillonnante de son frère. Leur appartement, où les pannes d'électricité étaient fréquentes et où leur souffle, à tous trois, formait de petites volutes glaciales, était d'une tristesse insoutenable pendant les journées ternes de janvier.

Au printemps 1947, Thanasis connut un petit regain d'optimisme : les perspectives du gouvernement grec, très sombres, s'éclaircirent grâce à l'aide des États-Unis. Thanasis savait bien que l'aide économique américaine n'était pas uniquement destinée à l'alimentation des Grecs et à la reconstruction du pays. Elle servirait aussi à financer des actions militaires contre les communistes, ce dont il se réjouissait ouvertement.

Themis avait appris à demeurer de marbre. Depuis le départ de Panos, elle n'avait plus personne à qui confier ses peurs. Il était impossible de deviner, en observant leurs visages, ce que pensaient les gens dans la rue ou à quel camp ils appartenaient. On ne pouvait même pas se fier aux réactions provoquées par une rumeur ou une nouvelle pour déterminer l'allégeance politique d'Untel. Seule la nouvelle jeune femme qui avait été engagée à la pharmacie pour remplacer le fils de Kyrios Dimitriadis semblait partager les idées de Themis. Le fils s'était engagé dans l'armée pour combattre les communistes et, dès son premier jour, Eleni l'avait critiqué tout bas.

Le mois où l'on annonça l'arrivée de l'aide américaine, Themis perçut un changement dans l'air. Un soir, elle s'arrêta devant un kiosque à journaux pour regarder les titres du *Rizospastis*. Des centaines de communistes avaient été arrêtés à Athènes, et les semaines suivantes, les exécutions débutèrent.

Thanasis se faisait toujours un malin plaisir de relayer les succès du gouvernement dans la lutte anticommuniste. Il ne croyait que ce qu'il voulait et lisait la presse qui remontait le moral de la droite du pays.

Themis, de son côté, apprit que certains soldats dans l'armée gouvernementale étaient mal entraînés. Il y avait aussi des problèmes de discipline et les soldes étaient insuffisantes, si bien que beaucoup d'entre eux désertaient. La rumeur courait aussi que l'armée communiste voyait ses rangs grossir en conséquence, et la presse de gauche imaginait déjà un état communiste indépendant en Grèce.

Les deux camps se disputaient plusieurs villes du nord et *Rizospastis* reproduisit fin juillet une carte montrant les vastes zones du pays contrôlées par les communistes. Themis rêvait d'un Panos victorieux, en première ligne de tous les combats. Et elle rêvait aussi de fuir Athènes pour le rejoindre.

La guerre civile se jouait à distance, et pourtant les privations touchèrent aussi bien Athènes que les autres villes et villages du pays. La pénurie alimentaire atteignit le même niveau que pendant l'occupation, et des centaines de milliers de citoyens fuirent leurs villages par peur de la violence communiste. Tout le monde souffrait du manque de nourriture, à gauche comme à droite, et l'arrivée de ces réfugiés nationaux dans les rues d'Athènes affecta l'ensemble des habitants de la ville.

— On ne connaîtrait pas toute cette misère si les communistes n'essayaient pas de prendre le pouvoir ! s'emportait Thanasis.

Themis le supportait en silence. Parfois, un événement faisait naître un sourire sur son visage difforme, et elle se rendait alors compte qu'elle le préférait plaintif plutôt que triomphal. L'arrestation de milliers de communistes supplémentaires en juillet 1947 fut une source de grande satisfaction pour lui, et il exulta littéralement lorsqu'il découvrit qu'une partie de la rédaction du *Rizospastis* avait été arrêtée.

— Bientôt, ce petit journal communiste si cher au cœur de Panos ne pourra plus imprimer ses mensonges.

Il était devenu rare d'entendre le prénom de Panos dans la bouche de Thanasis, et Themis frémit. Le ton de sa voix lui rappela la haine qui avait toujours animé les deux frères.

— Ça montre bien qui est du bon côté de la loi, poursuivit-il, catégorique. Et qui ne l'est pas.

Aucune des déclarations de Thanasis n'appelait de réponse, et pourtant il arrivait que Themis réagisse malgré elle.

— Quand on invente ses propres lois, n'importe qui peut se retrouver du mauvais côté, rétorqua-t-elle, le regrettant aussitôt.

Même sous son propre toit, elle avait peur des conséquences auxquelles elle s'exposait en critiquant les autorités. Dans la rue, certaines personnes partageaient peut-être ses vues. Chez elle, elle avait la certitude d'être isolée.

Sur le chemin de la pharmacie, qui restait ouverte même si les réserves diminuaient, elle jetait toujours un coup d'œil aux titres des journaux. Elle avait appris que les propriétaires de certains kiosques arrondissaient leurs fins de mois en dénonçant leurs clients à la police, et elle prenait donc soin de parcourir aussi bien les quotidiens de droite que ceux de gauche, sans jamais en acheter aucun.

Elle essayait de s'en tenir aux faits. Si le gouvernement rencontrait des succès dans le domaine des arrestations et des exécutions, les communistes continuaient à reprendre des villes et des villages. De plus, le soutien des pays voisins – la Bulgarie, la Yougoslavie et l'Albanie – les aidait à garder le dessus.

Thanasis était certain que tout changerait avec l'arrivée de l'aide américaine, et il avait raison. Dès que celle-ci se mit à affluer, l'emprise communiste commença à faiblir dans de nombreuses régions du pays, et l'armée du gouvernement, qui avait plus d'armes et d'hommes, accumula les succès.

En décembre 1947, le parti communiste proclama son propre gouvernement démocratique provisoire et attaqua Konitsa, une ville du nord-ouest, pour en faire sa capitale, sa propre Athènes. Les deux côtés déplorèrent de nombreuses pertes, mais, avec l'aide de l'armée grecque, les citoyens de Konitsa réussirent à défendre leur ville.

À Patissia, les trois membres de la famille Koralis suivirent ces événements de très près. Thanasis apprenait toujours avec un immense plaisir l'incarcération ou la mort d'un gauchiste. Il fut enchanté de la victoire du gouvernement et de la nouvelle loi interdisant officiellement l'existence du parti communiste.

— Ces bandits vont enfin récolter ce qu'ils méritent.

Dans sa bouche, les combattants communistes n'étaient jamais gratifiés du terme « soldat ». Et pas une seule fois il ne s'inquiéta que son frère puisse être en danger.

La gauche subissait une pression de plus en plus forte, et Themis commença à se dire qu'elle avait peut-être un rôle actif à jouer dans le conflit. Cette idée pesait chaque jour un peu plus lourd sur sa conscience : elle ne pouvait pas rester simple spectatrice.

Rien ne la retenait vraiment à Athènes. La vie à l'appartement était pénible, avec Kyria Koralis qui passait son temps à tenter de calmer Thanasis. Themis en avait conclu que sa grand-mère devait partager ses opinions politiques, et elle ne supportait plus de les entendre tous les deux. Pour ne rien arranger, elle s'apprêtait à perdre son emploi. Quelques jours plus tôt, le pharmacien lui avait annoncé, avec ses plus plates excuses, qu'il ne pourrait pas la payer à la fin du mois. Il était à court de médicaments et de clients.

L'impulsion finale vint d'une image dans le journal que lisait Thanasis. Le visage de l'épouse du nouveau roi, Frederika, s'affichait, rayonnant, en première page. Elle avait été photographiée à Konitsa, où elle s'était rendue pour soutenir le moral des troupes du gouvernement. Themis avait toujours partagé l'aversion de Panos pour la monarchie, mais avec la reine Frederika, cela confinait à la haine. C'était une Allemande, petite-fille du Kaiser, et ses frères avaient été des membres reconnus des SS. Beaucoup lui avaient attribué des sympathies nazies, et à présent, elle apportait ouvertement son soutien aux soldats qui voulaient détruire les communistes à tout prix.

Themis était encore parfois guidée par le souvenir de Fotini. Qu'aurait fait son amie ? Elle se serait battue pour la justice et la démocratie, non ?

La photographie de Frederika à Konitsa rappela à Themis que les communistes avaient besoin d'aide. Elle les rejoindrait dès que possible.

12

Themis n'avait dit à personne qu'elle allait perdre son emploi. Ainsi, un matin à la fin du mois de janvier 1948, elle partit de bonne heure, comme toujours. Elle avait rédigé un message à la hâte et l'avait glissé sous un livre près de son lit – elle savait que sa grand-mère n'entrerait dans sa chambre que plus tard. Elle prit le chemin habituel mais, à quelques centaines de mètres de la pharmacie, elle s'arrêta pour saluer une jeune femme, un contact d'Eleni, son ancienne collègue. Bras dessus bras dessous, elles s'engagèrent dans une rue perpendiculaire, et cheminèrent d'un pas insouciant. Eirini – Themis ne connaissait même pas son nom de famille – avait accès à un large réseau de contacts. En milieu de matinée, une camionnette emmenait Themis hors d'Athènes.

On lui résuma en quelques mots leur « alibi » pour les prochains jours : elle voyageait en effet avec trois autres filles et un garçon. Ils étaient les enfants du fermier qui conduisait et ils retournaient à la campagne après avoir livré le produit de leur petite propriété. Les quatre jeunes gens se présentèrent rapidement.

Leur appartenance à la même fratrie était à peu près crédible. Katerina, l'aînée, était une rousse spectaculaire. Ensuite, il y avait Despina, aux longs cheveux bruns, Themis, puis Maria, la plus jeune, tout juste âgée de dix-huit ans. Elle était encore plus petite que Themis et très frêle, avec une chevelure ondulée châtain clair et des yeux très bleus. Le seul garçon, Thomas, était leur grand frère.

Sur la route du nord, ils furent arrêtés à plusieurs postes de contrôle, et même si leur histoire était plausible, Thomas, le « fils », dut descendre à deux reprises de la camionnette pour répondre à des questions. Tous les policiers et gendarmes du pays étaient bien décidés à procéder à des arrestations, et une seule erreur pouvait tous les faire plonger.

Lors de l'un de ces arrêts, Themis se surprit à scruter les traits d'un jeune policier. Il lui rappelait Thanasis avant ses blessures : beau et fier, il arborait une moustache parfaitement taillée et des cheveux impeccables grâce à sa visite hebdomadaire chez le coiffeur. Une vague de tristesse la balaya alors qu'elle pensait à la jambe abîmée de son frère, à sa main mutilée et à son visage enlaidi par l'amertume et les cicatrices.

La camionnette cabossée, qui avait reçu l'autorisation de passer, redémarra en toussant.

— Ne les dévisage pas comme ça, grogna Thomas. Ils n'ont pas besoin de grand-chose pour arrêter quelqu'un. Et toi, avec ta jolie petite gueule, tu pourrais bien être la première à nous quitter.

— Désolée, murmura-t-elle.

Ils roulèrent pendant de nombreux kilomètres avant de faire une brève pause.

— Tu as souvent pris cette route ? demanda-t-elle au « fermier ».

— Si souvent que j'ai perdu le compte. C'est un miracle que les soldats ne se soient pas encore rendu compte que je change de famille à chaque fois !

Themis lui sourit.

— J'ai toujours un fils et quatre filles, ajouta-t-il en riant. Les militaires ont pitié de moi. Qui voudrait de quatre filles ?

— Sans doute pas un agriculteur, en effet…

— Vous allez toutes vous transformer en hommes bientôt, reprit-il plus sérieusement. Vous n'aurez pas le choix.

— Comment ça ? s'étonna Maria innocemment.

Ce fut Thomas qui l'éclaira :

— Pour commencer, vous allez porter des pantalons.

— Un pantalon, répéta Despina. J'en ai toujours rêvé.

Themis, exaltée, ne perdait pas une miette de cet échange.

— Et on vous apprendra à manier des armes à feu.

Maria fut horrifiée.

— Des armes à feu ?

— Pour quelle raison as-tu entrepris ce voyage ? lui demanda Thomas d'un ton dégoulinant de mépris. Pour jouer à la poupée ?

— Je peux assurer les premiers secours, répondit-elle.

Les deux autres filles, Despina et Katerina, riaient. Contrairement à Maria, elles savaient ce qui les attendait.

— On a besoin de quelques infirmières, c'est vrai, lui dit Thomas d'un ton radouci. Enfin, ce sont surtout les combattants qui nous manquent.

Maria semblait déçue.

— La vie n'est pas facile là-bas. Tu dois en avoir conscience.

Ils remontèrent à l'arrière de la camionnette. Lorsque le fermier eut redémarré, la conversation reprit.

— Tu as déjà été dans le Nord ? demanda Themis.

— Mon frère y était avec l'armée du gouvernement, lui apprit Thomas. Il a changé de camp, mais a dû revenir à Athènes parce qu'il avait été blessé. Il m'a raconté que c'est très dur, quel que soit le camp qu'on choisit. Le sang coule. C'est violent.

Les quatre filles conservèrent le silence un moment. Maria se détourna pour cacher son visage, pourtant Themis remarqua qu'il était mouillé de larmes.

Thomas leur raconta des histoires sur les succès et les échecs des groupes communistes ; les filles l'écoutaient tantôt avec enthousiasme, tantôt avec effroi. Il s'agissait, même pour lui, de récits rapportés, mais il y avait de longues heures à occuper pendant ce voyage. Il les fit rire et pleurer, leur apprit même quelques chansons de leurs camarades.

Les cinq jeunes gens profitèrent du voyage pour apprendre à se connaître. Tous avaient des familles divisées entre la gauche et la droite.

— Je ne veux pas que la Grèce soit gouvernée par des collabos, dit Katerina. C'est pour ça que je suis ici aujourd'hui.

— J'étais enseignante, et j'ai perdu mon travail parce que mon père a été arrêté, expliqua Despina. Toute ma famille a été stigmatisée. Plus personne n'est autorisé à simplement adhérer aux convictions communistes, sous ce gouvernement.

Leur « père » jouait son rôle à la perfection aux postes de contrôle. Thomas prit le volant pour la nuit, afin de limiter les arrêts. Ils dormirent à tour de rôle. Au bout de quelques jours, ils atteignirent le territoire aux mains des communistes.

— Tu sais quelque chose sur l'endroit où nous nous rendons ? demanda Themis au fermier, un soir.

— Je n'y ai jamais été, lui répondit-il prudemment. Vous ne ferez pas la fin du voyage avec moi.

À la frontière avec la Yougoslavie, il arrêta la camionnette. Un autre véhicule plus gros les attendait. Six ou sept jeunes hommes étaient déjà assis à l'arrière lorsque Thomas et les filles montèrent.

Ils furent brinquebalés pendant de nombreuses heures sur des routes défoncées, s'arrêtant une fois pour réparer un pneu crevé. On leur avait remis à chacun une gourde d'eau et un morceau de pain.

— On est encore loin ?

Themis avait adressé sa question à Thomas, assis à côté d'elle.

— J'ai entendu le chauffeur dire qu'on devrait arriver avant la tombée de la nuit.

L'un des autres hommes prit part à la conversation.

— J'ai eu des échos positifs de Bulkes. Nous y recevrons un bon entraînement. Et il paraît qu'il y a plein de nourriture.

Ce n'était pas la première fois que Themis entendait ce nom. Elle ressentit une pointe d'excitation. À en croire la droite, Bulkes était un camp d'endoctrinement, peuplé d'enfants grecs kidnappés par les communistes. À en croire la gauche, c'était un lieu où régnaient l'espoir et l'égalité, où des partisans s'entraînaient à se battre pour un monde meilleur.

Aux environs de dix-huit heures, ils franchirent un portail. Themis ouvrait de grands yeux ronds. Il y avait des rangées de tentes et tout le monde était en uniforme, hommes, mais aussi enfants et femmes. Et la plupart souriaient.

Themis et les autres filles descendirent en premier, alors que les hommes poursuivaient leur route. Après avoir été enregistrées, elles reçurent chacune un uniforme, puis on les accompagna à l'une des tentes. Il y avait des rangées de lits de camp à ras du sol, séparés par à peine quelques centimètres. Elles se changèrent en hâte, et glissèrent leurs robes sous leurs lits.

Themis observa la vue surprenante qu'offraient ses jambes dans l'épais tissu couleur tabac. Elle n'avait jamais connu une telle fébrilité. Un pantalon. Elle se sentait à la fois plus nue et plus vêtue qu'auparavant.

Près de la porte d'entrée, la jeune femme chargée de les accompagner leur remit à chacune un calot en feutre. Il y avait aussi une pile de bottines dépareillées, de toutes les tailles, aux lacets emmêlés, certaines avec la semelle décollée, d'autres percées sur le dessus. Themis commença à fureter.

— Vous allez beaucoup marcher, leur dit la femme d'un ton brusque, alors assurez-vous qu'elles sont à la bonne taille. Et dépêchez-vous. Il faut que je vous montre le camp.

En s'entraidant, elles finirent par trouver chacune une paire. Le cuir des bottines que Themis avait choisies était dur – au moins il serait résistant, songea-t-elle. Celles de Maria étaient plus souples, mais ses lacets étaient élimés.

— Tu crois que les infirmières ont droit à d'autres vêtements ? demanda-t-elle à Themis en dissimulant sa bouche derrière sa main.

— On verra bien. Pour le moment, nous devons faire ce qu'on nous dit.

Elles suivirent leur guide, qui ne s'était pas présentée et débitait d'un ton monotone différentes informations. Une partie de Bulkes ressemblait à un camp de réfugiés : ceux qui avaient fui l'armée du gouvernement étaient autorisés à y vivre en toute sécurité.

— Par bien des aspects, c'est une ville ordinaire, souligna la jeune femme.

Pourtant, il y avait des installations plus modernes que dans certains endroits en Grèce. Themis fut impressionnée.

— Il y a un hôpital là-bas. Et nous avons aussi un orphelinat.

Elle souleva la porte d'une immense tente sous laquelle des enfants assis en rangs d'oignons lisaient en silence.

— Ils ont l'air très sages, souligna Despina, qui se souvenait de la classe où elle enseignait à Athènes.

La guide ne réagit pas à l'observation de l'ancienne institutrice.

— Certains livres sont imprimés ici, poursuivit-elle. Et il y a un magazine mensuel pour les enfants.

Les quatre jeunes recrues étaient éblouies. Maria retint un cri d'excitation en découvrant le théâtre.

— Il y a des concerts ? Des pièces ?

— Parfois.

Elles se réfugièrent sur l'un des bas-côtés de la route en terre pour laisser passer un petit camion. Il était chargé de pommes de terre.

— Nous essayons de produire notre propre nourriture. Tout autour de Bulkes, de nombreux hectares de terre sont cultivés. Nous avons du bétail, aussi.

La jeune femme remit alors un petit paquet à Katerina.

— Partage, lui dit-elle.

Il y avait des années qu'aucune d'entre elles n'avait savouré l'amertume sucrée du chocolat. La tablette disparut en quelques secondes.

À ce qu'en voyait Themis, les gens vivaient en toute sécurité ici, les enfants étaient nourris et éduqués. Elle savait que la Grèce offrait les mêmes choses à une époque, mais c'était un souvenir lointain.

La nuit était tombée et elles suivirent leur guide sur la route obscure jusqu'à un grand bâtiment en bois. C'était l'heure de manger. Chacun des trois mille habitants de Bulkes se voyait attribuer un numéro qui dictait l'heure des repas, et bien d'autres activités au cours de la journée.

Le ragoût était délicieux.

— De la viande…, s'émerveilla Maria. C'est de la viande !

Elles raclèrent bruyamment le fond de leur gamelle en fer-blanc pour ne pas en perdre un morceau, avant de les saucer avec du pain chaud. Themis chercha Thomas du regard, mais ne croisa qu'une marée de visages inconnus.

— Tout le monde se ressemble en uniforme, non ? fit remarquer Despina.

Ce soir-là, leur ressemblance s'accentua encore. Un capitaine les attendait en effet à l'entrée de leur tente avec une grande paire de ciseaux.

— Vous êtes libres de les utiliser, aboya-t-il. Ils sont bien affûtés.

Despina les lui prit des mains et se coupa aussitôt les cheveux. Une heure plus tard, il y avait une grande pile de cheveux, bruns, châtains et dorés.

Katerina refusa les ciseaux et les tendit à Themis, qui s'en étonna.

— C'est au-delà de mes forces, lui répondit-elle. Je ne peux pas faire ça. Je préférerais me couper le bras.

Themis n'avait jamais vu une chevelure aussi sublime que celle de Katerina et comprenait parfaitement ses réticences.

— Tu fais bien de les garder ! lui dit Despina. Ils sont de la couleur de notre cause !

Themis hésita. Elle était très attachée à sa tresse auburn qui, aussi loin que remontaient ses souvenirs, faisait partie intégrante d'elle. Et pourtant, sans se laisser le temps de changer d'avis, elle l'empoigna de sa main gauche, la sectionna et la jeta sur le tas.

— Tu pourrais dégager un peu le tour de mes oreilles ? demanda-t-elle à Katerina en essayant de retenir ses larmes.

Sa compagne s'exécuta en silence, puis recula.

— Ça te va bien, Themis, conclut-elle avec un sourire. Même si on dirait un peu un garçon.

Themis n'était pas la seule à avoir mis sa féminité de côté. Toutes celles qui s'étaient coupé les cheveux étaient plus masculines, ressemblaient davantage à des soldats.

— Mon calot tient bien mieux, observa Themis en le vissant sur son crâne. Il ne risque plus de tomber.

Il n'y avait aucun miroir sous la tente, elle ne put donc pas se regarder. La vanité n'était pas encouragée ici, et elle remarqua, en se couchant, que sa robe avait disparu de sous son lit.

À cinq heures trente le lendemain matin, elles furent réveillées par une sirène. Themis bondit de son lit. Il faisait encore noir.

Deux cents femmes s'habillèrent machinalement. Il avait fait si froid la nuit précédente que Themis avait gardé son uniforme. Janvier était le mois le plus rigoureux en Yougoslavie. Même pendant l'hiver où Fotini avait trouvé la mort les températures n'avaient pas été aussi sévères.

Elles sortirent l'une derrière l'autre. Themis, Despina, Katerina et Maria suivirent les autres nouvelles recrues. Ils étaient une cinquantaine environ, avec légèrement plus d'hommes que de femmes. Ils formèrent aussitôt deux lignes, puis marchèrent en cadence pendant cinq kilomètres, jusqu'à ce que la « ville » disparaisse de leur champ de vision.

Si, la veille, Themis se réjouissait d'avoir choisi des bottines robustes, le temps qu'ils atteignent le terrain d'entraînement, le cuir impitoyable lui avait laissé des ampoules aux deux talons. Les recrues reçurent pour instruction de faire la queue devant une tente. Themis éprouva un mélange de terreur et d'exaltation en apercevant les fusils bien alignés à l'intérieur.

Une fois qu'elle eut reçu le sien, elle suivit l'exemple des autres et l'appuya sur son épaule. Elle fut surprise par son poids et pensa qu'elle serait incapable d'avoir assez de force pour le tenir et viser. Le métal gris foncé était glacial, et le mécanisme paraissait complexe. Themis se sentit soudain dépassée par la situation.

Dans la tente suivante, elle se vit remettre une ceinture de munitions. Il y avait cinquante balles en tout et elle la fixa fièrement autour de sa taille. Qu'aurait pensé Margarita de cet accoutrement ? Themis imaginait très bien son effroi et son dédain.

Toute la journée, ils apprirent à nettoyer leurs armes, à les charger et à viser. Themis n'était pas une tireuse née. Quand elle appuyait sur la détente, la crosse du fusil rebondissait contre son épaule osseuse et lui laissait un hématome.

Elle fit beaucoup d'efforts de concentration et ne remarqua pas qu'un des soldats chargés de leur entraînement passait plus de temps avec elle qu'avec les autres.

— Comme ça, lui dit-il en lui montrant avec son propre fusil avant de l'aider à placer le sien contre son épaule. Tu n'y arriveras jamais si tu ne le tiens pas correctement dès le début.

Il était sévère mais patient, et Themis se rendit compte qu'elle avait envie de lui faire plaisir.

Toute cette journée et les suivantes, il fut constamment dans les parages. Il y avait des centaines d'autres soldats, néanmoins il était le seul qu'elle était capable de reconnaître dans la foule – à croire que les autres visages étaient flous à l'exception du sien. Ce qui frappait surtout, chez lui, c'était son abondance de boucles brunes (il avait les cheveux plus longs que Themis). Ses yeux étaient noirs et son visage taillé au couteau. Quand il se penchait vers elle pour lui montrer quelque chose, elle sentait son odeur légèrement sucrée. Ils n'échangèrent ni leurs prénoms ni leurs noms de famille. Ils n'en avaient pas besoin. Et cela était interdit.

Elle n'en parla pas à ses amies. Maria avait ses propres ennuis. Elle arrivait à peine à soulever son fusil et ses journées étaient ponctuées de crises de larmes qu'elle devait cacher aux soldats chargés de leur formation.

Lorsque les quatre jeunes femmes se couchèrent, ce soir-là, les sanglots discrets de Maria couvrirent les légers ronflements autour d'elle. Themis ne put trouver le sommeil. Cette fille plus jeune, qui ne s'était pas préparée à des conditions aussi extrêmes, réveillait son instinct protecteur.

— Je suis sûre que ça va s'arranger, lui soufflat-elle. Tout est souvent difficile au début.

— Mais je voulais être infirmière, moi, gémit Maria.

— Je crois qu'il faut d'abord apprendre à utiliser un fusil. Ensuite tu pourras te renseigner. Je suis certaine qu'ils ont besoin d'infirmières aussi.

— Je pourrais m'occuper des enfants, sinon, ajouta-t-elle.

Themis finit par s'endormir, bercée par les reniflements de Maria. La journée avait été épuisante, et elles devraient bientôt se relever pour en entamer une nouvelle. Le sommeil de Themis fut peuplé de rêves. Elle imagina Margarita, en tenue élégante, qui était rentrée de Berlin et se trouvait dans l'appartement de Patissia. Thanasis, Kyria Koralis et sa sœur étaient tous assis autour de la table, au centre de laquelle se trouvait un revolver. Ils attendaient quelqu'un. Margarita était radieuse, ses cheveux brillants. Elle avait retrouvé sa gloire d'autrefois, dans une robe jaune moutarde au décolleté généreux. Autour de son cou scintillait un ras-de-cou en perles et diamants. Elle avait la main posée sur le pistolet. C'était elle, Themis, qu'ils attendaient.

Contrairement à la nuit précédente, où elle avait frissonné de froid, elle se réveilla trempée de sueur. Son rêve était si concret, il aurait très bien pu se réaliser en un sens.

Elle chercha une position confortable. Comment une famille avait-elle pu se diviser à ce point ? Se fragmenter, se déchirer. Où était leur mère à cette heure ? Et leur père ? Il les avait, sans le moindre doute, oubliés, tous. Et Panos ? Themis ignorait l'endroit où il se trouvait, mais elle espérait qu'il était quelque part dans le nord de la Grèce, près d'elle. Margarita, elle, était devenue une étrangère depuis son départ pour Berlin.

Alors qu'elle essayait de se rendormir, elle entendit la voix d'une fille.

— Tu as fait un cauchemar ?

Themis sursauta.

— Oui. Je suis désolée si je t'ai réveillée.

C'était la fille qui occupait le lit à droite de celui de Themis. Jusqu'à présent, elle avait évité de la regarder dans les yeux. Elle avait un visage pâle dénué de toute expression. Elles étaient dans le même groupe d'entraînement, et Themis était intriguée par son air misérable. La plupart des femmes ici étaient ravies d'acquérir de nouvelles compétences réservées habituellement aux hommes. Certains des garçons, qui pour beaucoup n'avaient pas plus de seize ans, avaient autant de mal qu'elles à maîtriser les armes. Tous prenaient très au sérieux cette formation, ce qui ne les empêchait pas de sourire de temps à autre, pour la plupart.

Ce soir, étonnamment, cette fille semblait avoir envie de discuter.

— J'essaie de ne pas dormir, dit-elle. Parce que sinon je fais des cauchemars moi aussi.

Themis devina qu'elle avait pleuré : elle avait une voix nasillarde.

— Tu devrais essayer de penser à quelque chose d'agréable, lui conseilla-t-elle.

— Mais je ne connais rien d'agréable.

— Si, forcément, insista Themis d'un ton léger.

— Non, je t'assure. Il ne restait plus rien.

Elle marmonnait à présent, ses propos étaient de plus en plus incohérents, et Themis dut se pencher vers elle pour l'entendre.

— Ils sont venus dans notre village de montagne. Ils ont pendu mon père. Je les ai vus. Ils l'ont pendu devant moi.

Quelques secondes s'écoulèrent avant qu'elle ne reprenne :

— J'ai essayé de trouver ma mère. J'étais avec les autres enfants de notre village, on nous avait dit d'attendre sur la place. Puis ils ont mis le feu à toutes les maisons, et ils nous ont forcés à partir. J'ai cru que c'était pour nous protéger des flammes. Mais on a continué à marcher très longtemps. Pendant des jours. Je n'avais pas mon manteau quand ils sont arrivés et ils n'ont pas voulu que je retourne le chercher. Puis je me suis mise à saigner. Je ne savais pas ce que c'était…

Elle sanglotait. Themis comprenait enfin pourquoi la jeune femme semblait si tourmentée. Ne sachant que lui dire, elle posa sa main sur sa tête pour tenter de la consoler, et lui caressa les cheveux.

Elles veillèrent jusqu'au point du jour, passèrent le temps en échangeant leurs prénoms et les récits de leurs vies d'autrefois. Pendant qu'elles s'habillaient, Frosso posa une question à Themis. Il n'y avait plus de larmes dans ses yeux désormais.

— Tu comprends, maintenant, Themis ? On m'a forcée à venir ici. Et ils voudraient que je me batte aux côtés de ceux qui ont assassiné ma famille !

Sa voix se fit de plus en plus forte et, une fois de plus, elle se retrouva au bord des larmes. À présent que Themis connaissait l'histoire de Frosso, elle ne s'étonnait plus de la mine sombre de cette fille squelettique. Cela expliquait aussi les mines sinistres de bien d'autres recrues dans le camp. Themis était ici parce qu'elle voulait défendre une cause. Beaucoup n'avaient rien choisi.

— Je suis une prisonnière, lui susurra Frosso à l'oreille. Et un jour, c'est sur ces gens que je tirerai.

Seule Themis l'avait entendue, pourtant elle eut l'impression que l'atmosphère était devenue encore plus glaciale.

Une sirène s'était déclenchée et la plupart des femmes étaient déjà sorties affronter l'air frais. Frosso riva son regard droit devant elle. Son visage était redevenu de marbre, mais Themis savait dorénavant ce qu'il cachait : la tristesse – au souvenir de tout ce qu'elle avait perdu – et la rage contre les responsables.

Avant de sortir de la tente, elles récupérèrent leurs armes suspendues à une rangée de crochets.

Ce jour-là, elles se formaient sur d'autres équipements. Themis se surprit à surveiller Frosso. Elle remarqua combien celle-ci s'appliquait. Rien ne trahissait les pensées qui se cachaient derrière son impassibilité. Toutefois, Themis ne doutait pas un instant que la jeune fille finirait par se venger.

Elles passèrent plusieurs jours à flanc de colline, puis se livrèrent à des manœuvres en forêt. Les femmes recevaient le même traitement que les hommes, il n'était pas question de faire de différence sur la base de la force physique. La seconde semaine, ils furent divisés en petits groupes et on leur apprit à utiliser un canon de campagne. Le soldat aux cheveux bouclés était de retour, en charge du petit groupe auquel appartenait Themis. Elle se reprocha de ne faire des efforts que pour l'impressionner, gênée d'être motivée par des raisons aussi douteuses. En apparence, elle n'avait pas droit à un statut particulier, néanmoins elle remarqua, à une ou deux reprises, qu'il la fixait.

Les semaines suivantes, sans le décider, elle le chercha à nouveau du regard. Certains jours elle ne le voyait pas du tout. Parfois, elle l'apercevait au loin, en train de faire la queue pour manger ou prenant la tête d'une colonne de nouvelles recrues qui partaient à l'entraînement. Elle s'intima de cesser de penser à cet inconnu. Et pourtant, elle ne parvenait pas à lui fermer la porte de ses rêves.

Lors de la dernière semaine d'entraînement, les recrues apprirent à poser une mine. Les mains de Themis tremblaient de peur. Elle risquait surtout de se tuer, elle, avant de réussir à tuer quiconque. Quand son courage défaillait, elle pensait à Fotini, son amie si brave qui ne s'était jamais plainte malgré toutes les épreuves qu'elle avait traversées. Cela aidait Themis à surmonter sa nervosité.

Enfin, Themis et son groupe furent intitiés à la tactique de guérilla des communistes contre l'armée du gouvernement. Cette stratégie leur permettait de mener des attaques contre des villages en gardant une longueur d'avance sur des militaires dont la principale faiblesse était l'absence de mobilité.

Bientôt, les jeunes recrues eurent intégré les principes fondamentaux de ce type de combat. Ils n'auraient plus très longtemps à patienter : sous peu, ils n'iraient plus en manœuvre mais utiliseraient leurs nouvelles compétences directement contre l'ennemi.

Pour leur dernière soirée au camp, les centaines de combattants qui s'étaient formés ensemble furent réunis dans le théâtre du camp. Un général de passage s'adressa à eux, les exhortant à se battre avec courage et optimisme. Ils allaient défendre la plus noble des causes, la liberté, la justice et l'égalité. Ils devaient y mettre toute leur âme ! Leur pays comptait sur eux ! L'ombre du fascisme serait bientôt chassée à tout jamais ! Son discours suscita l'enthousiasme de l'assemblée, et Themis, qui avait été chargée de jouer les porte-étendard, agita son drapeau avec fougue, entièrement gagnée par l'euphorie contagieuse.

Quand elle croisa le regard du soldat qui l'avait formée, il lui sourit. Elle s'efforça de prétendre qu'elle ne l'avait pas vu et se détourna. Son attention fut alors retenue ailleurs. À l'autre extrémité de l'océan de têtes, elle vit que quelqu'un était monté sur une chaise. Il ne fallut qu'une seconde à Themis pour reconnaître la silhouette décharnée de Frosso.

Avant que quiconque ait le temps de réagir, celle-ci hurla en direction du général :

— Salaud ! Assassin !

Puis elle leva un pistolet étincelant pour faire feu.

Il y eut aussitôt un grand mouvement de foule. Ceux qui étaient le plus proches d'elles la plaquèrent à terre. Plusieurs détonations retentirent sans que l'on sache qui avait tiré.

Le discours fut brièvement interrompu, et Themis tenta de voir ce qu'il était advenu de Frosso. Elle n'était pas la seule et sa petite taille était un handicap. Au bout de dix minutes, ils reçurent tous pour instruction de se rasseoir : le discours allait reprendre. On avait sorti un corps de la tente.

Le général s'éclaircit la gorge et reprit la parole. Il annonça d'abord qu'ils avaient été trahis par une de leurs camarades qui avait payé le prix fort pour son geste. Themis se souvint de sa première conversation avec Frosso et frémit. Elle était sous le choc de ce qui venait de se produire. La violence avait engendré la violence. Et la jeune femme chétive avait perdu la vie. C'était la conclusion inévitable à sa tentative de vengeance. La cérémonie reprit son cours sans prolonger inutilement l'interruption. Themis dut mettre de côté ses émotions.

Par groupes de dix, ils se présentèrent ensuite devant le général afin de prêter le serment de l'armée communiste. Une grande partie des paroles reflétaient les convictions qu'elle nourrissait depuis son enfance. De tout son être, corps et âme, elle souhaitait débarrasser la Grèce du fascisme, défendre la démocratie et l'honneur. Elle prononça les mots avec conviction.

Je promets :

De me battre l'arme au poing, de verser mon sang et même de mourir pour débarrasser mon pays du dernier occupant étranger ;

De bannir le fascisme, de garantir l'indépendance et l'intégrité de ma patrie ;

De défendre la démocratie, l'honneur et le progrès de mon peuple ;

D'être un combattant courageux et discipliné, d'obéir aux ordres, de respecter le règlement et de garder les secrets de l'armée démocratique de Grèce ;

De montrer l'exemple, d'encourager l'unité et la réconciliation, ainsi que d'éviter toute action qui me déshonorerait ;

J'ai pour objectif d'instaurer une Grèce libre et parfaitement démocratique, pour le progrès et la prospérité de mon peuple. Pour atteindre cet objectif, j'offre mon arme et ma vie.

Themis débordait de fierté en lisant ces mots. Au moment d'atteindre la dernière clause, elle hésita. Celle-ci lui parut chargée de venin.

Si je venais à violer mon serment, que la main vengeresse de la nation, que la haine et le mépris du peuple s'abattent sur moi sans pitié.

La formule était pleine de cruauté et de malveillance, et Themis se surprit à parler moins fort. Elle se souvint que Fotini et elle se contentaient d'articuler en silence les promesses auxquelles elles ne croyaient pas, et elle fit la même chose ce jour-là.

Une fois qu'elle eut terminé sa déclaration publique et qu'elle eut retrouvé une place assise, elle se demanda comment ceux qui avaient été recrutés de force, comme Frosso, pouvaient jurer une loyauté éternelle. Certains devaient sans doute le faire pour rester en vie.

Themis était assise à côté de Despina et Katerina. Elle se demanda si ses deux amies partageaient sa défiance vis-à-vis de l'hostilité contenue dans ces mots. Si Panos avait été là, elle aurait pu l'interroger pour savoir s'il croyait à chacun des termes du serment. Peut-être que dans les semaines ou les mois à venir le destin ferait qu'ils se croiseraient à nouveau. Elle se surprit ensuite à se poser des questions sur les opinions du soldat assis quelques rangées derrière, et dont le regard était une fois de plus rivé sur elle, elle le sentait.

On les invita à sortir et Themis se rendit directement, avec ses amies, à la tente du mess.

Maria n'était pas avec elles. Après deux jours de forte fièvre, elle avait été placée sous surveillance médicale.

— De toute façon, elle a toujours voulu aller à l'hôpital, dit Despina avec une pointe de sarcasme.

L'institutrice n'avait jamais compati avec les plaintes permanentes et larmoyantes de Maria.

— Elle n'aurait pas dû venir ici. Ce genre de fille est un frein à la cause, intervint l'un des garçons du groupe. Imaginez-la dans les montagnes. Elle ne tiendrait pas un jour.

Plusieurs autres hommes murmurèrent leur assentiment.

— Je ne vois pas l'intérêt de faire venir des femmes, marmonna un autre.

Un capitaine, qui avait entendu les deux soldats exprimer ces opinions, les punit. Le règlement était limpide : la discrimination, qu'elle se manifeste en actes ou en paroles, était interdite.

Il y avait une autre règle inviolable : les hommes et les femmes n'étaient pas autorisés à se fréquenter. Cela aurait nui au moral général, sans parler du risque de mettre en péril la vie des autres soldats et de créer des tensions au sein des groupes. Tout contrevenant à cette règle serait puni ou renvoyé. Les leaders communistes pouvaient se montrer aussi violents avec leurs propres combattants qu'avec leurs ennemis.

Dans l'armée communiste, les femmes étaient traitées comme des hommes, même si elles devaient faire leurs preuves. Depuis qu'elle avait quitté Athènes, il y avait de cela plusieurs mois, Themis avait le sentiment d'être devenue quelqu'un d'autre. Physiquement, elle s'était fortifiée. Sous son pantalon, les muscles de ses mollets étaient galbés, et le poids du fusil ne la dérangeait plus. Seules ses ampoules aux pieds l'avaient fait souffrir, mais grâce à Eleni, qui avait tenu à ce qu'elle emporte un pot de baume à la cire d'abeilles, ses plaies étaient déjà guéries et sa peau s'épaississait. Elle se sentait puissante, déterminée, enthousiaste, prête.

Leur peloton d'une cinquantaine de membres avait été subdivisé à plusieurs reprises. Aucune concession ne pouvait être faite aux amitiés qui s'étaient nouées. Le territoire qu'ils avaient pour mission de prendre était très étendu et ils furent envoyés par petits groupes dans différentes zones. Despina partit pour le Péloponnèse, où elle rejoindrait une unité bien installée. Maria, elle, s'était vu promettre un poste dans l'orphelinat du camp, puisqu'elle s'était révélée incapable d'utiliser un fusil.

Themis fut heureuse d'apprendre que Katerina et elle resteraient ensemble. Elle éprouva en revanche un grand trouble lorsqu'elle surprit une conversation entre l'un des officiers et le soldat qui hantait ses jours et ses nuits. Elle apprit ainsi son nom : Makris. Il avait été nommé commandant en second de leur unité.

13

Sous le soleil printanier déjà chaud, ils étaient trente à être secoués par les cahots de la route, à l'arrière d'un camion ouvert : dix femmes et vingt hommes aux uniformes identiques. Themis n'imaginait plus porter autre chose qu'un pantalon. Les grandes poches plaquées, à l'avant et sur les côtés, pouvaient contenir presque tout ce qu'elle possédait, et elle adorait la sensation de liberté de mouvement qu'il lui procurait.

Pendant ce trajet en direction du sud, vers la Grèce, elle était assise à côté d'un homme au visage presque entièrement mangé par une abondante barbe brune. Avec ses longs cheveux hirsutes, il ressemblait à une bête sauvage, pourquoi pas à l'un des ours dont on disait qu'ils vivaient dans la chaîne de montagnes où ils se rendaient. Il était très à l'aise, faisait la conversation et riait de bon cœur, se penchait vers elle quand elle n'entendait pas ce qu'il disait à cause du bruit du moteur.

À un moment du voyage, il roula une cigarette et la lui offrit. Elle déclina sa proposition, mais il insista pour qu'elle en prenne une bouffée.

— Je ne crois pas que ce soit pour moi, bredouilla-t-elle en toussant.

— Tu t'y feras vite, répondit-il en désignant d'un geste du bras toutes les autres femmes qui fumaient avec bonheur.

Lorsque l'un des hommes se pencha vers lui pour lui poser une question, Themis comprit qu'elle était assise à côté du capitaine de leur unité.

— Je n'avais pas compris que…

— Tu n'as aucune raison de t'excuser. Nous sommes communistes, rappelle-toi.

— Mais…

Voyant qu'elle rougissait, il tenta de la rassurer.

— Chez nous, la hiérarchie ne s'accompagne d'aucun cérémonial, dit-il d'un ton ferme.

Entre le ronronnement continu du moteur qui peinait sur la route défoncée, les cris et les chants occasionnels des autres soldats, il n'était pas facile de suivre une discussion. Themis répondit à quelques questions sur elle. Elle fut tentée d'interroger à son tour le capitaine Solomonidis. Elle ne trouva que le courage de lui demander s'il connaissait leur destination.

— Oui, bien sûr que je la connais. Et tu la découvriras le moment venu.

Difficile de savoir si cette réponse évasive devait être imputée à un manque de confiance ou à un respect aveugle du règlement.

Tout en conversant, ils admiraient tous les deux le paysage montagneux et accidenté vers lequel ils roulaient. Themis avait conscience que le soldat aux cheveux bouclés, Makris, était assis en face et les observait, le capitaine et elle. Elle avait aussi conscience des coups d'œil hostiles que lui lançait une des femmes.

Le voyage passa rapidement. Le camion faisait des pauses de temps à autre pour leur permettre de se dégourdir les jambes. Ils préparaient du café sur un réchaud portable. Cela ressemblait presque plus à une sortie scolaire ou une excursion à la campagne, et Themis se remémorait ces joies passées.

Dans un village, une femme sortit de sa maisonnette en pierre avec une couronne de fleurs fraîches. Elle s'approcha de Themis pour la passer autour de son cou, et l'odeur délicieuse des fleurs sauvages et colorées embauma l'atmosphère tout autour d'elle.

Themis s'avisa soudain que l'on devait être le 1er mai, pourtant ce n'était pas le printemps qu'ils fêtaient.

— C'est le jour des droits des travailleurs ! s'écria le capitaine. Dansons !

Ils se prirent tous par le bras pour former un cercle. Pour la première fois depuis des années, alors qu'ils célébraient la sève remontant de la terre, Themis oublia la tristesse qui l'accablait. La peur qu'il arrive quelque chose à Panos ou à Margarita et le chagrin qu'elle éprouvait pour Thanasis l'estropié, tout disparut durant quelques secondes. Elle n'avait pas ressenti une telle insouciance depuis son enfance.

Puis l'homme qu'elle ne parvenait pas à chasser de son esprit vint à sa rencontre et la prit par le bras. Bientôt ils marcheraient au pas ensemble, en cadence, bien disciplinés, mais dans l'immédiat leurs pieds suivaient un rythme plus doux, dicté par les mouvements de la danse traditionnelle, que tous connaissaient. Cet intermède leur permit d'oublier, un moment, l'imminence des combats. *Voilà l'harmonie que je voudrais rendre à notre pays*, songea Themis.

La friandise si savoureuse que leur servit la gentille villageoise qui avait offert les fleurs à Themis renforça encore la bonne humeur collective. Les doigts dégoulinants de miel, ils la dévorèrent jusqu'à la dernière miette. Jamais *glyko* n'avait été plus délicieux. Le capitaine avait une bouteille de *tsipouro*, qu'il fit tourner au crépuscule. Chaque soldat en avala une gorgée avant de se hisser à nouveau sur le plateau du camion, réchauffé par la danse et l'alcool. Le jour déclinait et les températures chutaient lorsque le véhicule commença son ascension dans la montagne.

Themis sentit à nouveau le regard noir d'une femme sur elle. Elle gardait les yeux baissés pour éviter de croiser les siens, ce qui ne l'empêchait pas de savoir que Makris, lui, l'observait toujours.

Pour se changer les idées, elle parla à Katerina, assise près d'elle. Une heure plus tard environ, Themis abandonnait sa tête sur l'épaule de son amie et sombrait dans un sommeil profond, peuplé de rêves.

Réveillée en sursaut par le crissement du frein à main et le silence subit du moteur, elle se redressa et se frotta les yeux.

Quelqu'un ouvrit le hayon de l'extérieur, et les soldats sautèrent à terre les uns après les autres. Le dernier passager leur jeta leurs paquetages.

Le paysage était inhabituel, mais le soleil ne tarda pas à se lever et Themis put lire le panneau. Ils étaient à l'entrée d'un village et elle fut rassurée de découvrir l'alphabet familier qui lui rappela qu'ils étaient de retour en Grèce, la mère patrie qu'ils étaient venus libérer.

Le capitaine leur détailla leur mission des prochains jours. Il s'agissait avant tout de s'approvisionner pour les semaines suivantes. Les villageois étaient la seule source à leur disposition, et tous ne faisaient pas preuve de la même générosité. Il fallait « encourager » ceux qui n'étaient pas prêts à donner de leur plein gré.

Themis savait qu'il s'agissait d'un euphémisme pour désigner l'emploi de la force. Toutefois, elle devait suivre les ordres. Ils étaient tous unis par le serment qu'elle avait prêté, elle aussi. Elle ne pouvait pas s'en détourner.

Cette nuit-là, allongée sous les étoiles, elle se souvint combien sa famille s'échauffait autour de la table. Il n'y avait jamais un repas sans disputes, et tout en se remémorant combien cela excédait sa grand-mère, Themis prit soudain conscience que cette liberté de pensée était précieuse. Chacun avait droit à sa propre opinion.

Sous son fin tapis de sol, elle sentait les arêtes aiguës des pierres. Elle passa la nuit la plus inconfortable de toute son existence. Le capitaine leur avait répété à de nombreuses reprises que leurs conditions de vie allaient devenir plus difficiles.

— C'est une promenade de santé à côté de ce qui vous attend, avait-il dit. À un moment donné, nous devrons être prêts à nous battre. Quand l'heure sera arrivée, vous le saurez.

Ils marchèrent pendant les deux nuits suivantes avant de camper à nouveau. Le lendemain, Themis reçut des instructions pour sa première véritable mission : il s'agissait, en résumé, de faire un raid, de récupérer des provisions et de recruter de nouveaux soldats pour l'armée. Trois soldats furent envoyés en éclaireurs dans un village voisin dans la soirée : ils estimèrent le nombre d'habitants et la quantité de ressources, évaluèrent les chances d'y trouver des armes à feu à réquisitionner. Ils firent leur rapport, les hommes du village semblaient absents. À ce qu'ils en avaient vu, les garçons les plus âgés avaient une douzaine d'années.

L'unité se leva avant l'aube pour encercler le village. Aucun de ses habitants, femmes comme enfants, ne comprit ce qui se passait lorsqu'ils entendirent les premiers coups de feu. Ils eurent un réveil difficile ce jour-là.

La stratégie était la suivante : visiter un maximum de maisons dans un délai très court pour instiller une forte terreur, puis demander aux habitants restants, avec l'aide d'un mégaphone, de se rendre volontairement (les habitants surpris chez eux servaient d'otages). En général, les villageois ne prenaient pas le risque de compromettre les vies des autres, et cette technique avait déjà fait ses preuves, surtout dans les villages désertés par les hommes.

Themis avait été assignée à la surveillance du groupe d'une cinquantaine de personnes, agglutinées près de la fontaine sur la place principale du village.

L'effroi se lisait sur leurs visages. Les soldats les encerclaient. Il y avait beaucoup plus de civils que de militaires, mais c'était une question de pouvoir.

Le capitaine entraîna l'une des plus jeunes femmes à l'écart, par le bras, et l'interrogea. Themis fut choquée par son comportement : il n'aurait pas été plus brutal si cette villageoise les avait trahis personnellement, son pays et lui. Quand les hommes étaient-ils partis ? Et où étaient-ils allés ?

La fille marmonna une réponse. Son village soutenait les communistes, clama-t-elle. La vérité se lisait malheureusement sur ses traits.

— Ta bouche dit une chose et tes yeux le contraire ! Sale menteuse !

Le capitaine, que Themis avait comparé mentalement à un ours bienveillant, administra une gifle violente à la fille puis aboya un ordre à son second.

— Conduis les plus vieilles dans les bois. On laisse les enfants ici. On emmène ceux qui sont en bonne santé. Qu'ils se débrouillent pour apporter tout ce qu'il y a à manger. Je veux qu'on lève le camp avant midi.

Les tâches furent réparties entre les soldats. Themis fut chargée d'escorter cinq des villageoises les plus jeunes de maison en maison pour les forcer à vider les placards. L'une d'elle tenait son bébé contre son sein. Aucune ne parlait. Tout le temps de l'opération, Themis garda son fusil à la main. Elle devrait tirer si l'une des femmes cherchait à prendre la fuite. Quoi qu'il arrive.

Légumineuses, pain, pommes de terre, fruits : un par un, les aliments furent déposés sur les trois couvertures qui avaient été étalées sur la place du village. À la fin de l'opération, elles disparaissaient sous des piles de provisions. Les soldats emportèrent aussi les plus grosses marmites qu'ils trouvèrent. À quoi bon se procurer de la nourriture s'ils n'avaient rien pour la faire cuire ?

Un petit groupe de communistes fut chargé de chercher des armes. Ils trouvèrent des fusils dans plusieurs maisons. Certains enterrés dans le sol en terre battue, d'autres cachés dans un berceau ou un lit d'enfant. Ils ne mirent la main que sur une faible quantité de munitions, ce qui expliqua pourquoi le village n'avait pas été en mesure de se défendre lors de l'attaque.

Personne n'osait parler. Le silence n'était troublé que par les vagissements désespérés d'un bébé qui commençaient à irriter Themis.

— Pourquoi vous n'iriez pas vous asseoir avec les enfants et…

— Merci, lui dit la mère, reconnaissante.

Elle rejoignit les enfants qui s'étaient assis en cercle sous un platane, serrés les uns contre les autres. Katerina les surveillait. En dépit de leur naturel turbulent, ils gardaient les yeux baissés.

Themis avait presque terminé sa mission. À chaque maison visitée, elle avait tracé une croix sur la porte. Le village en comptait quarante, et toutes comportaient désormais une marque. Elle ramena les femmes sur la place du village.

Le reste de l'unité était de retour. Sur la dizaine de femmes âgées, seule trois les accompagnaient. Les couvertures avec la nourriture furent repliées pour former des ballots, qu'ils accrochèrent aux deux mules qu'ils avaient trouvées.

— Laissez les vieilles ici. Et celle avec le bébé. Elles nous ralentiraient, ordonna Makris.

— Et les enfants ? s'enquit Katerina. Qu'est-ce qu'on fait d'eux ?

Makris la regarda avec dédain, et pas seulement parce qu'elle avait pris la parole sans y être autorisée. Tout le monde semblait déjà savoir ce qui attendait les enfants.

— Quatre d'entre vous les accompagneront au nord.

Un murmure parcourut l'unité. Ils venaient du nord. Makris choisit rapidement les quatre communistes qui entreprendraient ce voyage.

— Où vont-ils les emmener ?

Themis avait posé la question tout bas à Katerina. Son amie secoua la tête. Elles supposèrent que les enfants seraient conduits en Bulgarie, où ils apprendraient à devenir de bons communistes.

— Les plus grands nous suivront, reprit Makris. Ils apprendront à se battre.

Le capitaine examina le groupe d'enfants une dernière fois. Il y avait un garçon d'environ treize ans, costaud, avec des épaules solides. Il devait, selon les estimations de Themis, être plus lourd que la plupart des femmes.

— Toi ! aboya Solomonidis. Debout ! Tu nous suis !

Les jeunes femmes, toutes mères, étaient tenues en joue à vingt mètres de là. Bien des enfants pleuraient à présent qu'ils comprenaient ce qui était en train de se passer. Ils ne pourraient pas dire adieu à leurs mères.

— Plus vite on lèvera le camp d'ici, mieux ça vaudra, marmonna Katerina. Je ne supporte plus leurs cris.

Aux gémissements ponctuels d'un ou deux enfants avaient succédé les pleurs de tous. La détresse gagna les mères. L'une d'elles tenta de s'échapper. Elle était juste à côté de Themis, qui se retrouva à presser son arme contre sa poitrine. La femme était hystérique, elle hurlait. Rien ne pourrait s'interposer entre son enfant et elle.

— Dimitris !

La rage lui donna la force de repousser Themis, qui s'étala dans la poussière. La femme en profita pour courir vers son enfant. Le capitaine ne perdit pas une seconde pour viser. Il lui tira une balle, une seule, dans le dos.

Le bruit de la détonation réduisit tout le monde au silence. La vision de cette mère s'effondrant devant son fils frappa les esprits. Pendant un temps, personne n'osa bouger.

Le corps inerte leur rappela à tous, otages comme soldats, qu'ils devaient suivre les ordres. Themis avait conscience d'avoir déçu les attentes de son capitaine en laissant l'otage s'échapper. Elle se mit aussitôt à craindre les répercussions de son erreur. Et presque immédiatement, elle se sentit coupable de penser à elle au lieu d'éprouver de la tristesse pour cette femme innocente qui avait perdu la vie. Elle comprit alors que sa mentalité était en train de changer.

Ils étaient en guerre, et elle était devenue une combattante.

Il ne fallut pas plus de quelques instants pour que les communistes se remettent en mouvement, animés d'un regain d'énergie. Ils devaient partir de toute urgence. Les villageoises se mirent en ligne, et les soldats commencèrent à les séparer en groupes. Certaines fondirent à nouveau en larmes.

Officiellement, les femmes âgées devaient rester sous la surveillance de quelques soldats pendant une heure. Puis ceux-ci quitteraient rapidement le village pour rejoindre le reste de la troupe.

Themis fit partie des premiers combattants à évacuer les lieux. Elle entendit le capitaine donner des instructions aux deux soldats chargés de surveiller les femmes. Il leur dit d'enterrer les *yeroi*, les « vieilles », dans la forêt, avant leur départ.

Themis savait que les peuples étaient souvent punis pour les péchés de leurs pères, mais ces mères allaient payer pour les péchés de leurs fils. Le simple fait d'avoir un lien de famille avec un membre de l'armée du gouvernement vous rendait suspect. À l'idée que certaines de ces villageoises seraient assassinées par ses camarades, Themis en eut la nausée, toutefois elle avait prêté serment et se devait d'obéir sans rien dire.

Les yeux rivés sur le sol, elle fit le vide dans son esprit pour ne garder en tête que l'instruction qu'elle avait reçue : conduire les femmes les plus jeunes hors du village. Comme elles, il lui suffisait de placer un pied devant l'autre. Peut-être que la cadence hypnotique finirait par anesthésier ses émotions et pensées.

Bien qu'on ne lui eût encore rien dit, elle savait qu'elle avait commis une erreur stupide et qu'elle serait surveillée de près dorénavant.

L'opération avait duré moins de quatre heures. Il était treize heures. L'objectif, pour le reste de la journée, était de parcourir une trentaine de kilomètres en direction du sud. Sur un terrain plat, cela n'aurait pas posé de difficulté particulière, mais ils se trouvaient dans les montagnes, et les villageoises étaient, pour beaucoup, mal chaussées. Ils cheminèrent durant six heures, ne faisant que deux pauses de cinq minutes, une première pour boire – l'eau qu'ils s'étaient procurée dans un village aux sympathies communistes en route –, une seconde pour manger du pain et des fruits. Les soldats et leurs otages eurent droit aux mêmes quantités. Les prisonniers deviendraient bientôt des soldats, il fallait les nourrir correctement.

Les jambes de Themis se mouvaient machinalement, elle avait le ventre creux et du mal à se concentrer. Si l'une des femmes placées sous sa surveillance avait l'envie, ou la force, de s'enfuir, elle y parviendrait. Themis n'avait même plus assez d'énergie pour dégainer son arme.

Durant les dernières heures du jour, ils traversèrent une forêt dense. Le soleil perçait difficilement à travers le feuillage des arbres, qui s'élevaient très haut au-dessus de leurs têtes, et il était compliqué de distinguer le sentier. Ce fut le capitaine, en tête de l'expédition, qui prit la décision de s'arrêter. Ils venaient d'atteindre une clairière – où ils pourraient tous dormir –, et il y avait un cours d'eau à proximité.

Themis fut relevée de ses fonctions de surveillance, mais elle n'était pas au bout de ses peines pour autant. Elle dut aller ramasser du bois avec Katerina et deux hommes. Vingt minutes plus tard, un grand feu crépitait et ceux qui avaient été chargés du repas se tenaient prêts à cuisiner les provisions récupérées plus tôt dans la journée. Le ragoût de haricots ne résista pas longtemps à l'appétit des trente soldats. Chacun d'eux avait sa gamelle et sa tasse en fer-blanc. Une fois qu'ils eurent mangé, les gamelles furent nettoyées dans le cours d'eau, puis les nouvelles « recrues » reçurent à leur tour leurs rations. On n'entendait pas un bruit à l'exception du *ding-ding* frénétique des cuillères contre le fer-blanc.

Themis ne put s'empêcher d'observer les femmes et de s'interroger. En dépit de la tragédie qu'elles venaient de vivre, la faim restait un besoin irrépressible. Elles mangeaient pour rester en vie. Déjà les événements de la matinée semblaient remonter à plusieurs jours.

Dès que le repas fut terminé et que le feu se fut éteint, ils enterrèrent les cendres avec soin pour ne laisser aucune trace. Avant de se voir attribuer un emplacement pour la nuit, ils durent écouter leur capitaine. Il s'adressa d'abord aux femmes endeuillées.

— Vous avez rejoint les rangs des héritiers légitimes de l'avenir de la Grèce. Cette armée nous conduit vers un nouveau pays, libéré de la tyrannie, libéré du joug des nazis. Vos hommes vous ont abandonnées, ils sont partis se battre avec les soldats du gouvernement, pour les forces diaboliques du fascisme. Pensez-y ! Ils vous ont abandonnées.

Nous vous offrons une chance de combattre. De vous battre comme des hommes. D'être traitées en égales.

Le clair de lune qui baignait la clairière éclairait les visages pâles et les regards vides des villageoises. Une ou deux pleuraient. Themis ne put s'empêcher de penser à Frosso et aux violences dont elle avait été témoin. Ces femmes seraient-elles conduites à chercher vengeance comme elle ?

Solomonidis s'adressa ensuite au reste de l'unité.

— Chaque jour nous rapproche de notre objectif. Établir une nouvelle Grèce. Une Grèce libre. Aujourd'hui, notre armée s'est agrandie. De jour en jour, nous nous multiplions et bientôt la Grèce tout entière sera à nous.

Son second prit alors la parole.

— Nous devons nous reposer cette nuit. Une longue marche nous attend demain. Mais comme toujours, nous avons besoin de gens pour monter la garde.

Makris appela des noms, et pendant qu'il le faisait, Themis sentit ses paupières se fermer. Son corps tout entier réclamait le sommeil.

— Koralis !

C'était sa punition pour ce qui s'était passé dans la matinée : elle devrait monter la garde cette nuit, avec dix autres. Cinq pour surveiller les nouvelles recrues, et cinq envoyés à des avant-postes pour protéger le campement. Les unités de guérilleros étaient vulnérables. Les communistes avaient beau être passés maîtres dans l'art des attaques éclair, rien ne pouvait leur garantir que les troupes du gouvernement ne chercheraient pas à mettre la même technique en œuvre.

Themis se vit attribuer le poste le plus éloigné du campement. À trois cents pas au sud. Telle était l'instruction. Et elle la respecta scrupuleusement.

Elle se retrouva si loin des autres qu'elle eut l'impression de se noyer dans l'obscurité. Elle avait rarement fait l'expérience d'un silence aussi parfait, et il pesait lourd sur elle, comme la solitude. Elle n'entendait que sa respiration.

Elle s'assit par terre, contre un arbre, en tournant le dos au campement. Il lui semblait parfois entendre un bruissement de feuilles, sans doute causé par un lapin ou une souris, et des battements d'ailes au-dessus de la cime des arbres. Themis avait si rarement quitté Athènes qu'elle n'était pas habituée aux bruits de la forêt. Ses oreilles étaient sensibles au moindre son.

Elle ne saurait que quatre heures s'étaient écoulées que lorsqu'un de ses camarades viendrait la relever. En attendant, elle essaya d'estimer le passage du temps en observant la lune.

Dans un premier temps, elle fredonna, des comptines de son enfance, des chansons qu'elle entonnait avec Fotini, un air de Vamvakaris qu'elle adorait. Lorsqu'elle fut à court de musique, elle commença à réfléchir. Elle se remémorait des souvenirs au hasard. La distance géographique et le temps lui permettaient de considérer les événements de sa vie sous un nouveau jour. Elle repensa à l'effondrement de sa maison d'enfance, à la chute qui avait laissé une cicatrice à Panos, et elle songea qu'il avait toujours été celui qui recevait des coups de pantoufle paternelle. Elle était justement en train de se remémorer le son d'une claque sur la joue de son frère quand une branche craqua soudain. Elle se releva d'un bond, le cœur tambourinant. Son tour de garde ne pouvait pas être déjà terminé, il devait y avoir quelqu'un dans les parages.

Themis avait vu juste : une silhouette aux contours sombres avançait vers elle à travers les arbres. Elle la reconnut aussitôt, car elle n'était toujours pas habituée à l'émotion que celle-ci suscitait en elle. Elle avait éprouvé de la colère à bien des reprises, mais ce sentiment s'était toujours dissipé. Il en allait de même du chagrin et du deuil. Ce désir ardent, cependant, était différent. Il persistait, lancinant.

Makris aurait pu être en train de se dégourdir les jambes, ou de traquer du gibier, avec son fusil nonchalamment posé en travers de son épaule. Il possédait une assurance que Themis n'avait pas remarquée auparavant. Il n'avait pas l'air beaucoup plus vieux qu'elle, et cependant, il manifestait une aisance enviable, comme si leur situation était on ne peut plus normale. Ils se trouvaient dans une forêt en montagne, loin de chez eux, ils étaient armés, sur leurs gardes et affamés, et pourtant il semblait satisfait.

Themis était nerveuse, elle craignait de dire ce qu'il ne fallait pas ou de lui donner la mauvaise impression. Elle attendit qu'il rompe le silence. Si sa voix était familière, il avait une intonation différente. Plus douce que de coutume. Pour la première fois,

Themis perçut la bonne éducation que ses inflexions trahissaient.

— Je suis venu vérifier que tu t'étais postée au bon endroit. La plupart des soldats ne savent pas marcher en ligne droite.

— Oh moi, j'ai l'habitude, répondit-elle, encouragée à tenter une pointe d'humour. Pour aller à l'Acropole, de chez moi, il faut descendre l'avenue Patission, tout droit.

— Moi, j'ai passé mon temps à grimper. Je suis né au pied du Lycabette, dans le quartier de Kolonaki.

Il lut la surprise sur les traits de Themis à l'évocation du quartier le plus cossu d'Athènes.

— Je sais. Tu penses qu'il est peuplé de conservateurs et de royalistes… C'est sans doute vrai pour la génération de mes parents. Mais pour la mienne, c'était presque une mode de soutenir les communistes. Alors me voici. Et je crois plus que jamais à la cause.

Themis était séduite par son idéalisme. Chacun de ses mots l'envoûtait, et elle pensa à Panos, animé par la même flamme. Tout ce qui s'était passé plus tôt dans la journée servait un objectif plus important, le bien ultime. Elle devait se le rappeler.

À son grand étonnement, Makris posa une main sur ses épaules.

— Écoute, lui dit-il. Il faut que tu saches quelque chose. Quand on attaque ces villages, leurs habitants n'ont plus rien à perdre. Il y en aura toujours un qui cherchera à s'enfuir ou à nous attaquer. Ce sont nos ennemis tant que nous ne leur avons pas fait entendre raison. Et même après, ils restent suspects à nos yeux.

Sa voix caressante changea brusquement, passant de la douceur à la cruauté. Themis en fut stupéfaite. Il se mit à la critiquer durement, implacablement.

— Si tu n'es pas plus prudente pendant une attaque, tu mettras toute l'unité en danger. Sers-toi de ta cervelle, Koralis. Ne fais rien sans réfléchir, lui asséna-t-il. Ton erreur, aujourd'hui, aurait pu coûter des vies. Tu dois garder le contrôle dans ce genre de situation.

À la fin du petit laïus de Makris, Themis avait les yeux brûlants de larmes. Aussi vite qu'elle s'était envolée, la douceur revint dans la voix de l'officier.

Ils se trouvaient face à face, et Makris la prit cette fois par les coudes. C'était un geste de réconfort, à la fois tendre et encourageant. Themis était tellement soulagée de sentir à nouveau la bienveillance de ce jeune homme si bien éduqué que ses genoux tremblants faillirent se dérober sous elle.

— Tu apprendras, lui dit-il. Tu apprendras plus vite que les autres. Je te le garantis.

— Je promets de faire de mon mieux.

Themis n'avait sans doute jamais voulu satisfaire quiconque autant que lui.

— Demain, tu auras une nouvelle occasion de montrer ce dont tu es capable, reprit-il sans la lâcher. Tu me prouveras que tu es douée.

— Compte sur moi.

Il la tint par les coudes un peu plus longtemps que nécessaire. Il était suffisamment près pour qu'elle sente le tabac dans son haleine. Il regarda alors sa montre.

— Je vais te tenir un peu compagnie. Le temps passe lentement quand on est seul.

Ne sachant quelle réaction il attendait d'elle, elle ne dit rien. Ils s'assirent en s'adossant à l'arbre, et Makris alluma une cigarette. Des ronds de fumée montèrent vers le ciel.

— Parle-moi de toi, lui dit-il. Tu n'as aucune raison d'être intimidée.

— Je suis née à Athènes. J'ai vingt-deux ans…

Elle était gênée. Elle n'avait rien de plus à lui dire.

— Depuis combien de temps as-tu rejoint l'armée ?

La question lui semblait suffisamment anodine pour qu'elle se sente autorisée à la poser.

— Je suis devenu communiste il y a plus de dix ans maintenant, lui répondit-il. Mon oncle a été arrêté sous la dictature de Metaxás et envoyé en exil sur une île.

— Pourquoi ça ?

— Il ne partageait simplement pas les vues du régime et l'a écrit dans son journal.

— Combien de temps est-il resté prisonnier ?

— Il est mort au bout de deux ans.

Themis se demanda si un nuage venait d'apparaître devant la Lune, parce que l'obscurité lui parut soudain plus profonde.

— Il avait imprimé la vérité. Et ça lui a coûté la vie.

— Mon frère Panos parlait sans arrêt de mourir pour la vérité, lui aussi, dit Themis, qui se sentait moins nerveuse à présent. Mais mon autre frère avait une conception différente de la vérité, et ils se disputaient sans arrêt.

— La liberté d'imprimer la vérité l'emporte sur le reste. Et la vérité, c'est que les communistes devraient être autorisés à jouer un rôle dans notre pays.

Themis fut momentanément perdue. Makris croyait sans aucun doute que certaines libertés étaient sacrosaintes, et pourtant la jeune femme pensa aussitôt aux villageoises qu'ils avaient emmenées de force. Ce ne fut qu'une pensée fugace néanmoins, et Themis retomba à nouveau rapidement sous le charme des paroles de Makris.

Bien trop tôt à son goût, il se releva. Elle l'imita.

— On se revoit à l'aube.

Themis le regarda s'éloigner dans la forêt. Elle savait qu'il était affublé du surnom de *liondari*, le lion, et en le voyant avancer à pas feutrés, sans faire de bruit, elle comprit pourquoi. Il était aussi discret qu'un gros chat et son auréole de boucles évoquait une crinière. Themis se demanda si elle avait déjà été plus heureuse qu'à cet instant. Le camp qu'elle avait rejoint allait remporter la guerre, car son armée était au faîte de sa puissance, et elle était amoureuse.

Tous les jours elle voyait Makris, et souvent ils marchaient côte à côte. Elle se disait que c'était peut-être un effet du hasard, même si elle remarquait qu'il l'effleurait sans arrêt, électrisant la moindre cellule de son être.

Quelques semaines plus tard, alors qu'elle était chargée de monter la garde, Makris vint à nouveau lui tenir compagnie. Cette fois, il n'y avait pas de clair de lune, et il la surprit en surgissant de l'obscurité.

Ils s'assirent et discutèrent stratégie en vue de l'attaque d'un village voisin le lendemain. Puis Makris prit la main de Themis et se mit à jouer avec ses doigts, les entremêlant avec les siens. Sa peau était rêche mais son toucher délicat, et elle ne chercha pas à se libérer. Elle n'avait attiré qu'une seule fois dans sa vie l'attention d'un homme, celle du fils du pharmacien. La situation présente était très différente. Elle désirait chacun des regards que Makris posait sur elle.

La règle qui interdisait toute relation entre les hommes et les femmes au sein de l'armée communiste était respectée à la lettre. Depuis qu'elle était tombée amoureuse de Makris, Themis s'était souvent interrogée : les émotions constituaient-elles, à elles seules, une infraction au règlement ? Son innocence ne l'aidait pas à trouver une réponse, et elle ne pouvait se confier à personne.

Lorsque Makris lui caressa la main, elle s'abandonna entièrement à la sensation, et les questions s'évanouirent. Sa réaction physique, spontanée, ne sembla pas se cantonner à une seule partie de son corps. Comme si un courant partait de la paume de sa main, où Makris était justement en train de dessiner de petits cercles avec son pouce, pour se diffuser dans tout son corps, y compris jusqu'à la pointe de ses cheveux.

Malgré l'obscurité, Makris dut percevoir sa réaction, et quand elle ferma les yeux, la sensation ne fit que s'intensifier. La température corporelle de Themis grimpa quand il déplaça ses doigts vers son cou, puis descendit vers les boutons de sa chemise, qu'il défit doucement. Deux voix s'affrontaient dans la tête de Themis, toutes deux aussi fortes.

L'une d'elles lui disait de repousser les mains de cet inconnu. Et l'autre, de céder à la tentation. La puissance muette du désir finit par l'emporter.

La chemise de Themis était à présent déboutonnée jusqu'à la taille, et les lèvres de Makris voyagèrent de son cou à sa bouche, puis à sa poitrine. Elle savoura le goût de tabac qui demeurait sur sa langue alors que ses mains se dirigeaient d'elles-mêmes vers la tête de Makris pour plonger dans les boucles qui avaient retenu son attention au tout début et qu'elle admirait depuis si longtemps. Il la débarrassa avec délicatesse de ses vêtements, et l'uniforme de Themis servit à les protéger tous deux de l'humidité du sol de la forêt. Elle avait vu quelques films romantiques, mais sa connaissance de la sexualité était nulle. Elle n'avait donc pas imaginé que l'amour physique serait douloureux.

Une chouette ulula. Peut-être couvrit-elle le son du cri de Themis. Elle n'en était pas certaine. Makris la serra contre lui quelques secondes avant de rouler sur le dos et de se lever.

— Je dois retourner au camp. On ne va pas tarder à venir te relever.

Themis se rhabilla en hâte, saisie subitement par le froid et par un sentiment de vulnérabilité, en dépit de la douceur de la soirée.

Les semaines et mois suivants, une forme de routine s'installa. Makris envoyait Themis monter la garde le plus loin possible du campement, puis il la rejoignait au milieu de la nuit. Dans l'intimité, il prit l'habitude de la surnommer « petit renard », à cause des reflets auburn de ses cheveux. Elle était ensorcelée. Il l'autorisait à utiliser son prénom, Tasos, quand ils étaient seuls, ce qui les rapprochait encore l'un de l'autre. Le jour, ils ne s'adressaient pas la parole, mais elle savait qu'il la regardait, et elle le regardait aussi. Les sentiments que cet homme lui inspirait prenaient toute la place, masquant la douleur dans ses jambes fourbues et la faim dans son ventre.

Le mois où Themis perdit sa virginité, elle vécut un autre événement déterminant. Son unité était arrivée près d'un petit hameau. La mission de reconnaissance leur avait appris que la demi-douzaine de maisons avait été évacuée par la population. Themis fut envoyée sur place avec deux soldats, pour récupérer ce qui pouvait leur être utile. Elle marchait à une cinquantaine de mètres derrière les autres, son fusil posé nonchalamment sur l'épaule. Alors qu'ils descendaient tranquillement la rue principale, un homme mince surgit soudain de l'embrasure d'une porte, en hurlant. Il se trouvait entre Themis et ses deux camarades. Il les tua tous deux à bout portant, d'un geste sûr. Une balle pour chacun. Themis ignorait s'il l'avait vue ou pas, mais elle ne pouvait pas prendre de risque.

Elle eut l'impression que les instants suivants se déroulaient au ralenti ; dans la réalité, il lui fallut moins de deux secondes pour viser et tirer. Ses mois d'entraînement l'avaient préparée à cette situation. Soit elle tuait, soit elle était tuée. Elle n'avait pas le temps de se poser de question, et elle vida un chargeur entier sur le corps pour ne pas lui laisser de chances. Le bruit des balles ricochant sur les murs autour d'elle était assourdissant. Elle fixa la forme immobile devant elle. Elle avait pris une vie. Elle était une meurtrière, une voleuse. Elle n'aurait pas eu davantage la nausée si elle avait étranglé cet homme à mains nues. Elle imagina que, derrière les fenêtres noires des maisons vides, plusieurs paires d'yeux avaient assisté à la scène.

La curiosité la poussa à s'approcher. Ce ne fut qu'à cet instant qu'elle prit conscience du jeune âge de sa victime. Il avait à peine un léger duvet au-dessus de la lèvre.

— *Theé mou*, murmura-t-elle tout bas, sentant soudain que ses joues étaient mouillées de larmes.

Il ne s'était encore jamais rasé.

Elle le contourna pour se diriger vers les corps sans vie de ses compagnons. En approchant, elle sentit ses remords s'alléger. Elle n'était pas assez forte pour déplacer les cadavres, elle courut donc au camp et revint bientôt avec plusieurs camarades pour creuser des tombes. Themis ne fut pas capable de regarder la dépouille du garçon, qui fut également ensevelie dans une olivaie voisine.

Cette épreuve la plongea dans un état d'hébétement et de repentir pendant plusieurs jours. Puis, avec le temps, à chaque mort, elle fut un peu moins affectée. Ses compétences techniques s'améliorèrent, ainsi que sa capacité à mettre ses émotions à distance. Malgré des débuts hésitants, elle avait acquis une adresse remarquable avec son fusil, et se rangea bientôt dans la catégorie prisée de ceux qui ne gâchaient jamais de balle. Chaque fois qu'elle tuait, elle se demandait aussitôt si Makris serait fier d'elle. Ses rares paroles d'encouragement suffisaient amplement au bonheur de Themis.

Leur groupe rencontrait de nombreux succès, mais essuyait aussi quelques revers, et Themis devint aussi experte dans l'art de soigner les blessures et même d'embaumer les corps que dans celui de tuer. Leur unité brillait surtout par sa vivacité, ce qui leur permit à plusieurs reprises d'éviter d'être faits prisonniers. Ils survécurent à un hiver rigoureux et à un printemps pluvieux qui les contraignit à vivre plusieurs jours de suite dans des uniformes humides. La plupart des femmes qu'ils avaient capturées étaient toujours avec eux, même si certaines avaient péri en chemin, incapables de survivre dans des conditions aussi extrêmes.

L'été 1949 fut marqué par une chaleur intense, qui leur laissa des brûlures sur le visage et des crevasses sur les lèvres.

La situation de l'armée communiste avait évolué au cours de l'année écoulée. En 1948, elle était au sommet de sa gloire, mais, à présent, la frontière avec la Yougoslavie était fermée, et l'armée du gouvernement préparait une grande offensive dans le Nord-Est. Le groupe de Themis se cachait justement à proximité de cette zone. Au fil du temps, les communistes adoptaient des techniques de combat de plus en plus conventionnelles.

La liaison de Themis et de Makris s'était poursuivie au gré des saisons.

Parfois, la jeune femme s'autorisait à imaginer leur avenir quand la guerre se terminerait, si elle se terminait. Retourneraient-ils à Athènes ensemble ? Où vivraient-ils ? Themis envisagea même les présentations avec sa grand-mère : elle était certaine que celle-ci serait séduite par ce bel homme bien éduqué.

— Je crois que le capitaine a des soupçons, lui glissa Makris lors d'une nuit étouffante. On doit être prudents, petit renard.

Themis était heureuse quand il utilisait son *nom de guerre**, et elle hocha la tête. Tout le monde savait que Solomonidis entretenait une relation avec la même camarade depuis des années maintenant, cependant ce n'était en rien la garantie qu'il ferait preuve d'indulgence envers les autres.

— On va devoir faire plus attention dorénavant, ajouta-t-il en déposant un baiser sur son front avant de la quitter.

Pour la première fois depuis le début de leur histoire, leur rendez-vous ne s'était pas terminé par un baiser passionné. Themis en éprouva un grand sentiment de vide, qui la rongea toute la nuit.

Elle eut l'impression que sa garde était interminable. Enfin, elle finit par entendre un bruit de pas, doublé d'un fredonnement joyeux. Elle reconnut aussitôt celui qui chantonnait : Philipakis, un soldat qui souriait constamment aux femmes et leur racontait des blagues.

— Tiens, c'est pour toi, lui dit-il en lui tendant un morceau de pain qu'il avait gardé pour elle. J'ai besoin de manger un peu moins. Regarde-moi !

Elle se força à sourire. Le tour de taille de Philipakis ne cessait d'augmenter malgré les distances importantes qu'ils franchissaient quotidiennement.

Les soldats partageaient rarement leur nourriture, et elle grignota le pain avec reconnaissance sur le chemin du camp.

Arrivée dans la clairière, elle se rendit compte qu'elle frissonnait. Elle installa sa couverture à côté de celle de Katerina. Elle s'allongea près de son amie, en quête de chaleur. Elle dormit d'un sommeil profond pendant les trois heures qui les séparaient de l'aube et fut réveillée par la voix de son amie, qui lui soufflait à l'oreille, tout bas mais avec insistance.

— Viens, Themis, on part.

Elle lui offrit une gorgée de café puis l'aida à se relever. Themis roula sa couverture, puis emboîta le pas aux soldats en file indienne, cherchant Makris autour d'elle.

La marche fut désordonnée ce jour-là. Certaines des nouvelles prisonnières refusaient de se montrer coopératives, ce qui ralentissait la cadence. La plupart d'entre elles se trouvaient à l'avant de la colonne, et plusieurs recevaient des coups de crosse de fusil parce qu'elles refusaient d'avancer.

Ils devaient parcourir de nombreux kilomètres ; le lendemain, ils tenteraient de prendre un autre village.

Toute la journée, Themis chercha son amant, ne voyant qu'un océan de visages sales et inconnus autour d'elle. Leur unité s'était jointe à plusieurs autres, et la plupart des soldats étaient pour elle des étrangers.

Plusieurs jours s'écoulèrent sans qu'elle n'aperçoive l'homme qu'elle aimait. La peur, la hantise de l'avoir perdu la poussèrent à l'imprudence. Themis devait savoir ce qui lui était arrivé. Lors d'une brève pause, elle alla trouver le capitaine. Elle avait préparé une histoire.

— Makris m'a passé un peu de tabac, prélevé sur sa ration, dit-elle du ton le plus détaché possible. Je suis enfin en mesure de le lui rendre, sais-tu où je peux le trouver ?

— Makris ?

Le capitaine la dévisagea, légèrement intrigué.

— Quelques-unes de nos unités ont subi de lourdes pertes à l'ouest. Il a été promu au rang de capitaine dans l'une d'elles.

Étourdie par le choc de la nouvelle, Themis se détourna pour que Solomonidis ne puisse pas voir sa réaction.

— *Efkharisto*, marmonna-t-elle. Merci.

Elle rejoignit Katerina, qui la prit par le bras, enfreignant le règlement. Themis ne put retenir les larmes qui coulaient sur son visage. Elle avançait d'un pas mal assuré, sans rien voir, comptant sur son amie pour la guider. Tous les membres de l'unité gravissaient la côte les yeux baissés, si bien que personne ne remarqua combien elle était misérable.

Au bout d'une ou deux heures de marche, Katerina lui parla.

— Je ne sais pas ce qui t'a fait pleurer, lui dit-elle en employant les mots qui avaient toujours consolé ses petits frères et ses petites sœurs, mais je sais que ça ira mieux demain.

Le temps n'apporta aucun soulagement à Themis, néanmoins, et les jours suivants ne firent qu'augmenter son affliction. Elle s'inventait toutes sortes d'histoires pour se réconforter. Peut-être que Tasos avait voulu leur éviter à tous deux des adieux pénibles, ou peut-être qu'il n'avait pas été prévenu assez tôt de sa nouvelle affectation.

Themis repensa soudain au désespoir de Margarita le jour où l'amour de sa vie était parti et compatit, bien tard, avec sa sœur. Aujourd'hui seulement elle comprenait ce qu'on éprouvait face à une telle perte. Elle découvrit que son cœur brisé la rendait physiquement malade. Pour autant, elle ne pouvait pas se soustraire à ses responsabilités. Elle fut incapable de manger pendant plusieurs jours, mais Katerina la força à boire. Avec la chaleur, la déshydratation représentait un vrai danger : deux femmes souffrantes avaient déjà été abandonnées en route. Themis ne voulait pas qu'on la laisse mourir au bord de la route, et elle se força à avaler de petites quantités de nourriture.

La guerre continuait et il était crucial d'entretenir la flamme du combat. On les avait tous préparés à l'idée d'un nouvel assaut des forces du gouvernement, ravitaillées par les Américains.

— C'est pour la cause, Themis, lui rappela Katerina. Tu dois te souvenir des promesses que nous avons faites.

Themis acquiesça. Elle était toujours animée par son amour pour la patrie, toutefois c'était l'espoir de revoir Tasos un jour qui lui donna la force de vivre.

14

La touffeur d'août les rendait tous léthargiques. Même quand ils marchaient le jour, Themis avait l'impression de dormir. La plupart des soirs, l'épuisement l'emportait dès qu'elle posait la tête sur la couverture.

Dix jours s'étaient écoulés depuis le départ de Makris et l'attaque d'un petit village était programmée. Comme à leur habitude, ils passèrent la nuit à plusieurs kilomètres de l'endroit où l'assaut aurait lieu, le lendemain.

— Il n'y a qu'une poignée de vieillards là-bas. Apparemment, les jeunes générations sont déjà parties, leur apprit le capitaine Solomonidis en souriant.

Il avait conçu sa stratégie offensive à partir de ces informations.

— Nous pouvons espérer un bon dîner ce soir, tonna-t-il de sa voix de stentor. Les vieux ont moins d'appétit, ce qui fait plus de provisions pour nous en général !

De nombreux villages avaient été laissés à l'abandon par leurs habitants, que l'avancée des communistes terrifiait. Ils partaient se réfugier dans les bourgs et les villes, plus sûrs en comparaison, fuyant l'enrôlement de force, l'enlèvement de leurs enfants et la réputation de barbarie des communistes.

Alors que le groupe de soixante soldats marchait sur le village, animé d'une confiance sans bornes à la perspective d'un assaut aisé, ils furent accueillis par un tir de barrage qui faucha aussitôt des dizaines de camarades.

Ils avaient, à leur habitude, abordé le village par plusieurs points d'entrée, et le feu des mitraillettes était plus fourni d'un côté que d'autres. Themis se trouvait dans l'arrière-garde et eu un quart de seconde supplémentaire pour comprendre ce qui se passait. Alors que ses compagnons étaient touchés tout autour d'elle, elle se jeta à terre. Durant quelques minutes, les balles sifflèrent au-dessus de sa tête, puis un soldat s'écroula lourdement sur ses jambes. À son poids, elle sut aussitôt qu'il était mort. Elle ferma les paupières de toutes ses forces.

L'embuscade était une réussite totale. Pendant plusieurs jours, l'unité de Themis avait été suivie, à son insu, par des éclaireurs du camp ennemi. Et de leur côté, les communistes avaient effectué une reconnaissance trop superficielle du village : ceux qui s'étaient chargés de la mission n'avaient vu que ce qu'ils s'attendaient à voir.

Au bout de trente secondes de fusillade, le silence revint, troublé ponctuellement par une détonation. Aucun membre du groupe de Themis n'avait eu une chance de se servir de son arme. Les communistes n'avaient pas tiré une seule fois.

Themis restait immobile, bien consciente qu'au moindre mouvement elle risquait de recevoir une balle. Elle sentait que le tissu de son pantalon s'imbibait d'un liquide. Sans doute du sang. Il y eut des cris, puis le tonnerre d'une cavalcade résonna autour d'elle : des soldats se déployaient dans le village.

Non seulement les militaires s'étaient cachés dans les maisons, mais des renforts étaient aussi présents dans les environs.

Pendant quelques instants, Themis se retrouva nez à nez avec les bottes bien cirées d'un homme. Celles-ci étaient à quelques centimètres de son visage, et elle put apercevoir son reflet difforme dans le cuir lustré.

— En priorité, cherchez tous les documents possibles et apportez-les-moi. Laissez les morts où ils sont et réunissez les blessés sur la place.

Elle l'écouta aboyer ses ordres, puis entendit, ici ou là, un cri de douleur, alors que les soldats commençaient à séparer les vivants des morts. Bientôt ce fut à son tour de recevoir des coups de fusil dans les côtes. Le cadavre encore chaud qui lui écrasait les jambes fut écarté. Elle ouvrit les yeux et vit qu'un soldat la tenait en joue.

— Lève-toi.

Elle eut du mal à obtempérer. Touchant son visage, elle sentit qu'elle s'était écorchée lors de sa chute. À l'exception de cette égratignure, elle n'avait rien.

Peu de camarades avaient survécu. Où que Themis posât les yeux, il y avait des corps. Ses jambes tremblaient tellement qu'elle eut beaucoup de peine à franchir les deux cents mètres qui la séparaient du centre du village.

Ceux qui avaient reçu un coup dans le ventre étaient tombés à la renverse et, malgré elle, Themis regarda leurs visages et vit leurs expressions figées par la panique. La vision de son capitaine, mort, fut un véritable choc : comment un tel géant avait-il pu être abattu par un petit morceau de métal ? Ses bras étaient grands ouverts et ses épais cheveux bruns poissaient de sang. Un soldat ennemi était penché au-dessus de lui pour lui faire les poches. D'un air triomphal, il lança à l'homme qui escortait Themis :

— On a touché le gros lot !

Les vieilles femmes du village étaient tapies dans l'embrasure des portes. Elles avaient été prévenues du carnage à venir, et plusieurs avaient accepté de servir de leurre à l'approche des communistes.

Themis refusa de les regarder en passant. Elle les jugeait responsables de la mort de ses camarades et amis. Des collaboratrices, toutes.

Ce fut alors qu'elle vit Katerina. Sa chevelure de feu si singulière, qu'elle avait toujours refusé de couper, s'était échappée de son calot et se déversait sur son visage. Elle avait dû recevoir un coup dans le dos et tenter d'amortir sa chute. Ses bras étaient étendus et ses poignets fracturés formaient des angles étranges.

Themis ne put cacher son effroi en découvrant son amie inerte. Un sanglot lui échappa alors qu'elle se baissait pour toucher son visage froid.

— Relève-toi ! lui cria le soldat. Les mains en l'air !

La belle Katerina est morte, la pauvre, songea Themis. Et elle, elle ne pouvait rien faire à part tenter de sauver sa vie. Elle se releva rapidement et sentit le goût salé des larmes qui coulaient sur son visage.

On lui ordonna de rejoindre le groupe de survivants indemnes, et tous se blottirent sous un immense platane qui fournissait de l'ombre à l'ensemble de la place. Un par un, on leur attacha les mains dans le dos.

À une vingtaine de mètres d'eux se trouvaient une dizaine de communistes grièvement blessés. Deux soldats de l'armée les passaient en revue, s'arrêtant devant chacun d'entre eux pour prendre des notes sur un dossier.

Soudain, Themis et les autres survivants en état de marcher furent alignés le long d'un bâtiment, dos à la place. Le soldat qui avait serré les cordes qui leur brûlaient les poignets leur banda les yeux. L'une des femmes se mit à gémir.

— Taisez-vous ! hurla-t-il. Silence !

L'homme à côté de Themis priait tout bas. Elle baissa la tête. La terreur céda le pas à une tristesse accablante. Son existence allait-elle se terminer ainsi ? Dans le noir et la défaite ? Sous la bande de coton sale qui lui couvrait les yeux, elle sentait ses larmes. À l'idée que sa vie allait se finir, la tristesse envahit Themis : elle avait l'impression que celle-ci venait tout juste de commencer.

Puis les premiers coups retentirent. Elle compta. Un… deux… trois… quatre… Ils étaient aussi réguliers que le tic-tac d'une horloge mais moins retentissants que ce à quoi elle s'attendait. Son tour approchait.

Cinq… six… sept… huit… neuf…

Elle continuait à entendre les prières marmonnées de son voisin. Personne encore n'était tombé à proximité. Elle aurait entendu le bruit des corps. Et pourtant les détonations continuaient.

Dix… onze… douze…

Puis plus rien. Des éclats de voix rompirent soudain le silence. C'étaient des soldats, à faible distance. La sueur dégoulinait sur le visage de Themis et dans son cou. Elle était gorgée de peur, de soulagement et de désespoir, de la chaleur du soleil implacable d'août.

Cinq ou dix minutes s'écoulèrent avant qu'elle ne sente des doigts tâtonner sur son crâne pour lui retirer son bandeau. Avec les autres survivants, ils furent libres de regarder autour d'eux. Themis cligna des yeux, éblouie par la lumière, puis elle se retourna lentement. Les blessés n'étaient plus là, ils avaient disparu. Il ne restait que des taches de sang dans la poussière. Elle comprit alors que les soldats ne voulaient pas qu'ils soient témoins de ces meurtres commis de sang-froid.

Des villageois terrorisés furent réunis sur la place. Ils avaient eux aussi vécu un calvaire.

Avec la dizaine d'autres rescapés, Themis fut poussée brutalement à l'arrière d'un camion. Un soldat qui ne semblait chargé d'aucune mission précise vint cracher au visage de Themis. Elle sentit sa salive dégouliner le long de sa joue.

Ayant les mains entravées, elle ne pouvait rien faire. C'était la pire des humiliations possibles. Tandis qu'on les faisait accroupir à l'arrière du camion, privés de leur identité et de leur dignité, elle dut ravaler de nouvelles larmes. Elle baissa les yeux pour se concentrer sur l'ourlet de son pantalon. Il fallait garder le contrôle.

— Koralis…

Quelqu'un avait murmuré son nom. La femme qui avait été, tout le monde le savait, la maîtresse du capitaine, se penchait vers elle.

— Sers-toi de ma manche, lui souffla-t-elle.

Themis n'oublierait jamais cet acte de bonté : sa compagne lui offrait son bras pour essuyer la salive qui séchait sur sa joue. Lorsqu'elle releva le visage, elle vit que celle-ci pleurait en silence. Son expression habituellement impassible débordait de tristesse.

La pauvre, songea Themis. Elle, au moins, elle pouvait espérer que Tasos était encore en vie.

Themis perdit toute notion de temps, alors qu'elle était secouée sur des routes pleines d'ornières. Des nuits et des jours s'écoulèrent, elle ne compta ni les uns ni les autres. Plus rien n'avait d'importance. Les cahots du camion, la chaleur et l'absence de nourriture lui donnaient une nausée si intense qu'elle ne pouvait ni parler ni dormir. L'un des prisonniers fut si malade que le véhicule dut s'arrêter. Avant qu'ils aient le temps de comprendre ce qui se passait, le chauffeur avait redémarré.

— Avec une toux pareille, il ne lui reste pas longtemps à souffrir, cria-t-il par-dessus son épaule.

Et ceux qui le souhaitent sont libres de descendre avec lui.

Les autres détenus étaient trop faibles pour protester et ils regardèrent, impuissants, le visage pâle disparaître peu à peu au loin. Themis se demanda si le malheureux n'avait pas incidemment retrouvé la liberté.

Les heures de passivité, le sentiment de défaite les privait de toute envie, même de parler. Soudain Themis se rendit compte que le chauffeur avait ralenti. Elle entendit d'autres moteurs. En dépit de sa léthargie presque catatonique, elle se tint plus droite et jeta un coup d'œil à travers la paroi ajourée du camion.

Des voitures circulaient en tous sens. Ils étaient dans une ville et longeaient des bâtisses familières. Tous les autres étaient aussi réveillés et observaient les alentours, s'écriant lorsqu'ils reconnaissaient les célèbres monuments. Le Parthénon. Le temple de Zeus. La place Syntagma.

Athènes. Themis était si près de chez elle ! Elle aurait voulu sauter du camion, remonter l'avenue Patission en courant et se jeter dans les bras si réconfortants de sa grand-mère. Elle imagina la nourriture qui l'attendait sur la table. Il y avait des mois qu'elle n'avait pas mangé un bon repas, et tout son corps réclamait une alimentation saine. À Patissia, elle pourrait se cacher, laisser ses cheveux repousser. Panos la protégerait, s'il rentrait, et sa grand-mère l'aiderait à vivre dans la clandestinité. Thanasis n'oserait quand même pas trahir sa plus jeune sœur, si ?

Le chauffeur ne semblait pas avoir l'intention de s'arrêter néanmoins, et la déception de Themis s'amplifia quand elle ressentit l'accélération du moteur.

Peu après, pourtant, ils ralentirent. Ils n'étaient plus très loin du centre de la ville et les passagers du camion échangèrent des regards. L'un d'eux comprit où ils se trouvaient. Il était déjà venu dans cet endroit synonyme de terreur.

— C'est Averoff, marmonna-t-il.

Ils avaient été conduits à la célèbre prison, où l'on torturait les hommes et les femmes pour leur apprendre à se soumettre et les encourager à se « repentir ».

On leur dit de descendre et leur groupe fut divisé selon un processus de tri apparemment aléatoire.

— Pas vous, lança celui qui supervisait le transfert des prisonniers. Seulement toi, toi, toi et toi.

Quatre prisonniers furent conduits aux portes sombres et menaçantes. L'un d'eux salua ses camarades d'un signe de tête. Personne ne comprenait à quelle logique répondait la répartition.

— Remontez ! ordonna le soldat en poussant les autres détenus dans le dos.

C'était purement gratuit. Le camion redémarra. Lorsqu'ils atteignirent les faubourgs d'une petite ville au sud-ouest d'Athènes, ils comprirent qu'ils allaient être enfermés dans une prison de taille plus modeste

— Vous n'allez pas tarder à acclamer notre reine, dit le chauffeur en baissant le hayon.

Cette simple phrase suffit à renouveler les convictions farouches de Themis. Frederika continuait à lui inspirer une haine viscérale.

Les semaines suivantes, Themis fut déplacée de prison en prison. Humiliée et malade, elle était anesthésiée par un sentiment de défaite. Pâle, sous-alimentée, elle se sentait invisible, comme à l'époque où, petite, elle cherchait à éviter de susciter la jalousie de Margarita. Elle avait développé à l'époque un talent pour disparaître et l'utilisait à présent à son avantage.

Le temps s'écoulait dans une brume que venaient seulement ponctuer des mauvais traitements, raclées et coups de pied. Themis voyageait sans arrêt et perdit le compte du nombre de fois où elle monta à bord d'un camion avant de redescendre pour être conduite dans la cellule d'une nouvelle prison, tout aussi inconfortable que la précédente, toujours dans une petite ville. Les geôles étaient si pleines qu'il n'y avait plus de place, on entassait les prisonniers jusqu'à vingt dans des cachots prévus pour huit.

La conversation se concentrait sur les autres prisons visitées par les femmes. Themis découvrit ainsi qu'elle pouvait se réjouir de ne pas avoir été à Averoff, où les hurlements des détenus torturés empêchaient tout le monde de dormir et où les gardes se battaient entre eux pour inventer les sévices les plus sadiques. Certaines femmes avaient séjourné un temps sur l'île de Chios. À en croire leurs descriptions, même si elles vivaient entassées, dans la crasse, elles avaient de quoi occuper leurs journées. Elles faisaient leurs propres courses et préparaient leurs repas, géraient leur campement. Elles étaient plus libres en comparaison. D'autres avaient été à Trikeri.

L'île regorgeait de scorpions et de rats, pourtant, à ce que Themis en comprit, elles pouvaient entendre la mer et les oiseaux chanter, apercevoir les nuages et même parfois sentir la pluie sur leur peau. Tout endroit dépourvu de cette puanteur permanente et de ce sentiment de claustrophobie suffoquant lui aurait paru paradisiaque.

Elle songeait à la douceur de l'air qu'elle avait respiré pendant ses mois de combats dans les montagnes, aux chants des oiseaux nocturnes et au souffle de la brise fraîche sur son visage. Elle se remémorait les nuits claires où, au lieu de dormir, elle regardait les étoiles briller, ébahie par l'immensité de la Voie lactée. Elle regrettait les vastes espaces à l'air libre, ainsi que les étreintes de Tasos.

Les prisons offraient toutes les mêmes conditions de vie misérables, pourtant Themis se réjouissait chaque fois qu'elle faisait partie des prisonnières transférées à l'occasion de nouvelles arrivées. Au moins pouvait-elle espérer une amélioration.

Parfois, pendant le déplacement, l'un des plus jeunes tentait de s'enfuir. Cela impliquait de sauter du camion en mouvement. Le chauffeur pilait immanquablement dans un crissement de pneus et le fugitif retrouvait sa place parmi ses compagnons, après s'être, le plus souvent, cassé une jambe ou un bras lors de sa chute. Les évasions réussissaient rarement, mais quand c'était le cas, à l'arrivée à la prison, les gardiens se contentaient de hausser les épaules. On pouvait toujours trafiquer les chiffres, non ? Quelle importance s'il manquait une personne ? Les captifs se comptaient par dizaines de milliers, ils étaient aussi difficiles à quantifier que les rats, et aussi indésirables. Un détenu introuvable ne faisait aucune différence pour les gardiens.

Themis avait perdu toute notion de temps, et ignorait même l'endroit où elle se trouvait, quand, un jour, de nouvelles prisonnières arrivèrent dans sa cellule. Toutes celles qui, comme Themis, étaient enfermées depuis un moment, rêvaient de nouvelles du monde extérieur. Or ce jour-ci, celles qu'on leur apportait étaient mauvaises.

Les communistes avaient survécu à leurs nombreuses défaites pendant plus d'un an mais, tandis que Themis étouffait dans la cellule exiguë d'une prison ou d'une autre, les dernières batailles de la guerre civile avaient eu lieu sur les monts Grammos et Vitsi. Les communistes avaient subi de lourdes pertes et la plupart des survivants avaient trouvé refuge en Albanie.

Un silence ahuri s'abattit sur la douzaine de femmes qui apprenaient la nouvelle.

— C'est terminé, lâcha l'une d'elles avec amertume.

Les autres femmes murmurèrent leur assentiment.

— Non, enfin, protesta Themis, au désespoir. Ça ne peut pas être terminé…

Pendant un temps, les détenues avec lesquelles Themis partageait son cachot infesté de rats furent tiraillées entre défaitisme et détermination à reprendre le combat. Quelques semaines plus tard, à la mi-octobre, les gardiens leur apportèrent la nouvelle que leur leader, Zachariádis, avait annoncé un cessez-le-feu. Le conflit était officiellement terminé.

À compter de ce moment, chaque bulletin d'information fut l'occasion de leur infliger de nouveaux sévices, de les narguer avec les chiffres officiels des morts, de se réjouir de leur humiliation.

Certaines codétenues de Themis portèrent ouvertement le deuil de leur patrie. Pour sa part, elle refusait d'accepter que le combat était terminé. Son corps épuisé et malade lui semblait vaincu, cependant son esprit restait libre. Le nombre de détenus augmenta considérablement et, avec son incorrigible optimisme, Themis voulut croire que cela augmentait ses chances de revoir son amant et son frère.

Si la guerre était terminée, leur captivité, elle, se prolongea. À la fin de l'année, Themis repartit sur les routes, les mains attachées. Comme toujours, la destination importait peu. La jeune femme abandonna sa tête sur l'épaule de sa voisine et dormit pendant plusieurs heures.

Elle fut réveillée par une odeur inhabituelle. Les effluves de diesel qu'ils respiraient tous avaient été remplacés par l'odeur de la mer.

Le camion s'était arrêté et ils durent tous descendre. Themis aperçut un groupe de soldats défaits au bord de l'eau. Leurs uniformes avaient beau être noirs de crasse, elle reconnut les couleurs de l'armée communiste. Avec son groupe, elle fut conduite vers eux.

Heureuse de se dégourdir les jambes, elle avançait d'une démarche vacillante. Les soldats avaient les mains attachées eux aussi, et ils étaient squelettiques, souffrant de malnutrition. Themis n'avait pas croisé son reflet dans un miroir depuis de nombreux mois, mais elle imagina qu'elle devait leur ressembler.

Un bateau approchait du débarcadère le plus proche. Il s'agissait d'un simple canot de pêche, mais plus de trente passagers faisaient la queue pour embarquer. Themis fut la dernière du premier groupe à monter dessus – le timonier l'avait agrippée sans ménagement. Les cuisses des passagers se touchaient à bord de ce bateau fait pour contenir six personnes. L'eau entrait à l'intérieur de la coque.

Themis aperçut une étendue de terre désolée au loin, sans pouvoir déterminer la distance à laquelle celle-ci se trouvait. Le canot affronta les vagues pendant une demi-heure. Aucun des enfants Koralis n'avait appris à nager et, de toute façon, aucun des passagers n'aurait eu de chance d'atteindre le rivage, même si le bateau avait coulé à proximité d'une côte.

Alors qu'ils étaient ballottés d'avant en arrière, de gauche à droite, et qu'ils s'enfonçaient de plus en plus dans l'eau, Themis fut gagnée par la nausée. Plusieurs autres vomissaient déjà par-dessus bord.

L'homme à côté d'elle remarqua qu'elle verdissait.

— Regarde l'horizon, lui glissa-t-il. Ne le quitte pas des yeux. On est presque arrivés.

— Où ça ?

Le canot s'approchait d'une jetée. Plusieurs hommes en uniforme l'amarrèrent.

Soudain, Themis aperçut la lame d'un couteau qui scintillait au soleil et son engourdissement se transforma en peur. Le timonier prit le couteau et, tout en secouant l'embarcation au point de la faire quasiment chavirer, il tendit le bras vers le plus proche des passagers pour trancher la corde qui lui entravait les mains. Un par un, les prisonniers trempés furent détachés, puis débarqués.

Themis se tourna pour étudier le paysage qui s'offrait à eux. Sur les collines, on avait écrit au moyen d'immenses pierres blanches :

ZITO O VASILIAS

VIVE LE ROI

Les idées de Themis s'éclaircissaient tout à coup. Elle avait vu des photographies de cet endroit. Tout le monde en avait entendu parler. Cette île était célèbre parce qu'elle accueillait le plus brutal des camps de détention. Makronissos.

15

L'arrivée sur cette île désertique était une nouvelle épreuve et Themis se dit qu'elle survivrait. « Vive le roi. » Même le ton du message lui parut relativement inoffensif en comparaison des attaques violentes qu'elle avait subies ces derniers mois : bandit, traînée, salope.

Les hommes et les femmes furent séparés, les soldats hurlèrent des instructions. Les hommes furent les premiers à franchir une immense arche. Themis lut les mots écrits au-dessus de leurs têtes :

I MAKRONISOS SAS KALOSORIZEI

MAKRONISSOS VOUS SOUHAITE LA BIENVENUE

Elle avait entendu beaucoup d'histoires au sujet de ce lieu. Mais il ne s'agissait que de ouï-dire et elle se demandait à présent s'il n'y avait pas beaucoup d'exagération. Après plus d'une année à vivre à la dure dans l'armée communiste, et les horreurs de la prison, Themis appréciait presque la vue des rangées bien ordonnées de tentes permettant d'accueillir des dizaines de milliers d'âmes. Elles s'étendaient à flanc de colline dans toutes les directions, à perte de vue. Themis était dans un tel état d'épuisement qu'elle ne pensait qu'à une chose : elle aurait peut-être une couche plus confortable que la terre dure.

Bien des années auparavant, à l'une des rares occasions où leur père les avait emmenés, ses frères, sa sœur et elle, à l'extérieur d'Athènes, ils s'étaient rendus au cap Sounion. Themis se souvint qu'elle avait observé les îles désolées et incolores au large. « Inhabitables et inhabitées », avait dit son père d'un ton dédaigneux qu'elle pouvait presque entendre dans sa tête.

Aujourd'hui, il ne faisait aucun doute que cette île était habitée. Themis ne tarda pas à apprendre qu'une nouvelle loi avait été votée, permettant au camp d'accepter des femmes aussi bien que des hommes pour les « corriger ».

L'endroit grouillait surtout de jeunes soldats, très élégants dans leurs uniformes clairs, bien rasés, les cheveux coupés court. Cela ressemblait à un campement militaire bien organisé, et non à l'île déserte que Themis s'était toujours imaginée. L'endroit débordait de bruit : musique, annonces, cris, prières des popes…

Themis chercha dans la foule deux visages qu'elle rêvait de revoir. La population était si nombreuse ici qu'elle avait peut-être une chance d'y trouver Tasos, ou Panos. Et s'ils n'étaient pas encore là, elle pouvait espérer qu'ils arriveraient. En se tournant vers la mer, elle vit qu'un autre canot fendait les flots agités et elle se sentit un peu moins démoralisée.

Elle reçut un petit coup dans les côtes qui la tira de sa rêverie.

— Viens, l'entraîna sa voisine, c'est à nous.

Leur groupe allait faire son entrée officielle au camp. Alors que les femmes passaient sous l'arche, elles furent accueillies par le vacarme d'une fanfare militaire. Themis, qui avait encore l'estomac retourné par les vagues déchaînées et était éblouie par le soleil rasant, eut bien du mal à comprendre ce qui se passait.

De l'autre côté de l'arche, tout parut changer. Elle trébucha sur le sol caillouteux et le vent lui rabattit de la poussière dans les yeux, le nez et la bouche. Des annonces étaient diffusées par un haut-parleur, mais elles étaient incompréhensibles, brouillées par le fracas des cuivres et des tambours.

Paupières plissées, visage baissé, Themis suivit les pieds de la femme devant elle. Lorsqu'elle releva brièvement la tête elle vit une prisonnière fouettée sans ménagement par une autre. Un groupe de militaires les observaient en riant. On aurait dit qu'elles ne faisaient cela que pour les divertir.

— Tu n'es rien, rien du tout, tu m'entends ?

La victime, recroquevillée pour éviter les coups, ne hurlait ni ne pleurait. Son mutisme la faisait paraître encore plus vulnérable.

— *Eisai ethnomiasma !* Tu n'es qu'un microbe ! Un microbe qui détruira notre nation.

Themis se détourna, éprouvant de la honte pour cette inconnue. Elle ne voulait pas ajouter ses propres regards à ceux des personnes qui étaient les auteurs de ces invectives et de ces humiliations.

— *Symmoritissa !* s'époumonaient certains. Bandit !

— Bulgare ! ajoutèrent d'autres.

Un des hommes, qui était en train de perdre son pantalon, interpella l'assaillante d'un ton badin.

— Toi aussi, tu es une voleuse ! Rends-moi ma ceinture !

Les coups cessèrent aussitôt de pleuvoir et elle rendit la ceinture à son propriétaire.

Beaucoup se tenaient les côtes, tant ils trouvaient la scène hilarante. Themis se détourna à nouveau et se remit à avancer d'un pas traînant. Dix ou quinze minutes s'écoulèrent avant qu'elle ne relève la tête. Elle nota alors les regards vides des hommes qu'ils croisaient. Leurs masques impassibles étaient glaçants.

Lorsque le groupe de vingt femmes auquel appartenait Themis finit par s'arrêter, on les fit aligner devant un homme qui les attendait pour leur parler. Le soleil se couchait dans son dos, et elles ne devinaient qu'une silhouette.

— Soyez les bienvenues, dit-il, marquant ensuite une pause théâtrale. Vous vous êtes toutes, hélas !, éloignées du chemin naturel de la gent féminine.

Sa voix, grave, était d'une douceur désarmante.

— Mais vous avez de la chance. Ici, sur cette île, nous pouvons vous aider à vous ramener dans le droit chemin. Il vous faudra reconnaître vos erreurs et vous repentir. N'envisagez pas cet endroit comme une prison mais comme un lieu où vous pourrez vous amender.

Il n'y eut pas un seul murmure de protestation. Sa gentillesse contrastait considérablement avec les sévices cruels qu'on leur avait promis ces dernières semaines, ces derniers mois. Themis l'écouta parler avec attention.

Il poursuivit son discours, passant à l'exhortation.

— Un seul chemin peut vous ramener chez vous et vous permettre de retrouver votre famille. C'est très simple.

Elles apprirent alors un nouveau mot, qu'elles entendraient dorénavant si souvent qu'il deviendrait un souffle, un bruit de fond.

— Vous allez toutes signer une *dilosi.* Une fois que vous l'aurez fait, vous rentrerez chez vous et vous retrouverez votre place dans la société. Vos familles vous attendront les bras grands ouverts.

Dilosi metanoias. Une déclaration de repentir. *Dilosi, dilosi, dilosi*... Le mot résonnerait sans fin à leurs oreilles.

Themis trouvait cela ridicule. Elle ne se repentirait jamais de s'être battue pour ses droits, contre un régime composé, en partie, d'anciens collaborateurs. Pointant le doigt vers le cap Sounion, l'orateur atteignit l'apogée de son discours.

— Imaginez votre retour sur le continent, la conscience tranquille. Vous serez redevenues des femmes. De vraies Grecques, bien vivantes.

Il s'interrompit un instant, semblant presque attendre des applaudissements, puis tourna les talons en direction de la mer.

Sa prétendue sollicitude fut bientôt remplacée par la cruauté manifeste de leurs geôlières.

Les prisonnières furent conduites à une tente qui pouvait contenir cinquante personnes et on leur remit de fines robes de coton. Themis se rendit compte qu'elle avait du mal à la boutonner tant ses doigts étaient raidis par le froid. Elle ne demanda de l'aide à personne. Cette fois, elle se préserverait au mieux de la douleur de la perte. Il n'y aurait pas de Katerina.

Leurs uniformes de l'armée communistes, usés, devaient être déposés à l'entrée de la tente, en tas. Plus tard ce jour-là, Themis regarderait le pantalon dont elle avait été si fière brûler avec les autres et être réduit en cendres.

Au début, certaines des geôlières chargées de surveiller leur tente se montrèrent plutôt amicales ; Themis ne tarda pas à comprendre qu'il s'agissait d'anciennes prisonnières qui avaient déjà signé leur *dilosi*. Elles avaient pour mission de convaincre les nouvelles arrivantes de les imiter.

La plupart des femmes dans la tente de Themis étaient têtues, aucune n'accepterait facilement de tourner le dos à ses convictions. Beaucoup avaient été transférées récemment de Trikeri à Makronissos, et elles se considéraient comme les plus récalcitrantes. Leur différence se lisait d'ailleurs sur leurs visages, avec leurs rides profondes, creusées par le soleil et le vent.

Themis avait déjà subi des violences, que ce soit sous le fouet d'un policier ou sous la botte d'un soldat, mais elle devait à présent s'acquitter, avec ses compagnes d'infortune, de travaux éreintants et inutiles. Jour après jour, elles étaient en effet forcées de transporter des rochers d'un endroit à un autre.

Lorsque le soleil commençait à décliner dans le ciel, le travail physique se terminait pour laisser la place à l'endoctrinement : elles étaient, entre autres choses, obligées de clamer des chants patriotiques et de défiler. Elles devaient quotidiennement s'asseoir des heures d'affilée dans l'immense amphithéâtre en béton. Sans rien pour les protéger du vent farouche qui battait en permanence ce caillou désertique, des averses de grêle et des grosses pluies imprévisibles, les prisonniers écoutaient les voix monocordes de leurs cerbères. Themis détestait par-dessus tout les harangues qu'on leur imposait, mais elle avait depuis longtemps appris à se couper du monde extérieur, à donner l'illusion de se concentrer alors qu'en réalité elle n'écoutait pas un mot. Ces heures assise lui permettaient de se reposer un peu. Elle se levait, sans broncher, quand il fallait chanter, dissociant ses pensées de ses actes, ainsi qu'elle avait appris à le faire avec Fotini.

Les femmes sous la tente entretenaient mutuellement leur détermination.

— Jamais, jamais, jamais, disaient-elles tout bas, mais assez fort pour être entendues des autres.

Et la nuit, les murmures bruissaient sous la tente : *jamais, jamais, jamais*. Elles ne tourneraient jamais le dos à leurs camarades. Elles ne tourneraient jamais le dos à leurs idéaux communistes. Elles ne signeraient jamais la *dilosi*.

En quelques jours, Themis avait compris l'agencement du camp de Makronissos. Il était divisé en différentes zones, une première pour ceux qui ne s'étaient pas encore repentis, une deuxième pour ceux qui étaient sur la voie de la « réhabilitation » et une troisième pour ceux qui avaient signé la *dilosi*.

Alpha, Bêta, Gamma, telles étaient leurs dénominations. A, B, C. Un, deux, trois. On leur martelait aussi que c'était tout simplement les étapes à franchir pour se purifier et renaître.

Themis se trouvait dans un tel état de lassitude qu'elle se laissait porter par le cours de la journée. Les milliers de prisonniers suivaient un emploi du temps chronométré, qui incluait une visite quotidienne à la cathédrale en béton, froide et laide, érigée à toute vitesse au centre de l'île.

— Ils s'attendent à ce qu'on prie ? marmonna l'une des femmes du groupe de Themis. Eh bien, je vais prier pour la mort de nos gardiens, moi. Et pour rien d'autre.

L'un des gardiens l'entendit, et Themis ne la revit plus jamais.

Le bruit incessant constituait une forme de torture plus subtile. Non seulement les haut-parleurs diffusaient des annonces en continu, mais les gardiens leur aboyaient des ordres alors qu'ils se trouvaient à quelques centimètres et le camp résonnait des cris des prisonniers soumis à la torture. Sans compter que, certains jours, de la musique hurlait sans interruption : chants nationalistes, fanfares militaires et bribes de symphonies tournaient en boucle.

L'une des femmes qui dormait près de Themis fut emmenée dehors une nuit pour être enterrée jusqu'au cou dans le sable. Le matin suivant, elles durent toutes passer devant elle. Ce supplice était censé les terrifier.

La femme perdit la raison. Elle semblait avoir été moins affectée par les humiliations et les sévices physiques que par le tintamarre incessant de la musique. Elle se leva, une nuit, et se mit à hurler, les mains plaquées sur les oreilles :

— Arrêtez ! Arrêtez ! *Arrêtez !*

Ses cris attirèrent des gardes, qui la sortirent de la tente. Ils avaient un prétexte rêvé pour punir à nouveau la prisonnière.

Pour la première fois de sa vie, Themis mesurait combien la musique avait besoin de silence pour exister. En l'absence d'interruptions, la succession de notes n'était que du bruit.

Quelques jours plus tard, sans raison apparente, la musique cessa. Ce silence subit éprouva presque autant leurs nerfs : rien ne garantissait que cette torture ne recommencerait pas, à n'importe quel moment.

De temps à autre, les prisonniers recevaient un exemplaire du magazine de l'île, célébrant la signature des repentirs, rapportant les dernières actualités de l'armée grecque et montrant des photographies de la reine Frederika, qui faisait la tournée des villages pour enfants qu'elle avait ouverts. Elle rayonnait sur la page, avec son teint radieux de femme bien nourrie. Themis sentit sa température corporelle monter malgré le froid. La reine semblait pleine de bonnes intentions, et pourtant Themis ne pouvait pas lui pardonner d'avoir soutenu aussi éhontément la droite.

Parfois, lorsque leurs tortionnaires voulaient s'accorder un peu de temps, les détenues étaient encouragées à coudre et à broder.

— Des « travaux féminins », voilà ce qu'ils nous forcent à faire pendant qu'ils se la coulent douce, marmonna d'un ton sarcastique l'une des plus anciennes compagnes de détention de Themis.

Si manier l'aiguille était la passion de Margarita, Themis n'avait jamais apprécié cette activité et tout ce qu'elle représentait à ses yeux. À contrecœur, elle choisit un carré de tissu décoloré dans la pile, passa un fil de coton dans le chas de son aiguille et s'assit sur le sol pierreux devant la tente. Elle avait opté pour du rouge.

Personne ne criait, personne ne brutalisait quiconque, il n'y avait que le bruit du vent dans les branches des rares arbres tordus.

Cinquante femmes étaient assises en silence. Celle près de Themis avait posé son ouvrage sur ses genoux. Elle avait créé, tout le long de la bordure, de jolis motifs symétriques, comme une rangée de zigzags.

— Regarde, murmura-t-elle en tournant le bout de tissu pour permettre à Themis de le voir sous un autre angle.

Celle-ci fut impressionnée : elle comprenait maintenant qu'il s'agissait d'un acronyme répété en boucle. ELASELASELASELAS.

— Et au milieu, j'ajouterai le nom de notre mère patrie. ELLAS. Mais je ferai une faute d'orthographe…

La fille, qui était bien plus jeune que Themis, lui adressa un sourire complice. Broder les initiales de l'armée communiste, l'ELAS, pour laquelle les trois frères de celle-ci avaient donné leur vie, était l'un des nombreux petits actes de rébellion que Themis voyait se multiplier autour d'elle. Une autre prisonnière, prétendant s'inspirer de motifs traditionnels de l'île, avait cousu des oiseaux en vol et des bateaux toutes voiles dehors.

— Ils symbolisent notre liberté, expliqua-t-elle.

Ces actes de contestation n'avaient que peu de portée, toutefois ils leur remontaient le moral.

Themis fixa un bon moment le carré blanc sur ses genoux. Elle était censée choisir un ornement qui célébrerait la *patrida*. Elle l'aimait aussi âprement que les soldats qui la retenaient ici et comptait bien le prouver.

Après avoir fait un nœud au bout de son fil, elle perça le tissu par en dessous et vit, à sa grande satisfaction, apparaître la pointe de l'aiguille pile au centre, exactement comme elle en avait l'intention. Elle commença à broder le contour d'un cœur. Elle pourrait dire qu'il représentait son amour pour la Grèce et pour les siens, alors qu'en réalité elle dédierait chaque point à Tasos. Elle avait été si heureuse avec lui dans les montagnes… Elle se demandait si c'était ce à quoi Platon pensait quand il parlait de la « moitié » de chacun. Elle avait en tout cas l'impression d'avoir été coupée en deux. Son rêve de retrouvailles avec l'homme qu'elle chérissait était une source d'espoir au moins et, chaque fois que la pointe de l'aiguille transperçait le tissu et que Themis tirait le fil rouge, elle avait l'impression qu'elle l'attirait un peu plus près d'elle.

Pour la première fois, elle comprit le plaisir de la broderie. En se concentrant sur son ouvrage, elle oubliait sa situation, et ses petites mains, qui l'avaient parfois désavantagée dans le maniement des armes, étaient au contraire un atout pour broder.

Les jours commençaient à s'allonger et les températures étaient moins rudes. Themis s'épuisait progressivement en accomplissant des travaux de force et était souvent battue pour sa paresse. La couture était la seule activité pour laquelle elle avait de l'énergie. L'une des femmes se plaignit de ne plus avoir ses règles : dans leur tente, il n'y avait plus que deux des cinquante détenues à ne pas avoir été affectées par cette disparition. Si certaines étaient soulagées de se voir épargnées par cette malédiction mensuelle, d'autres redoutaient de ne jamais les voir revenir. Themis se souvint que son amie Fotini avait cessé de saigner à l'époque de la famine. Et la malnutrition avait depuis longtemps eu le même effet sur Themis.

Ce jour-là, elle sentit le soleil taper sans relâche dans sa nuque, et la nuit elle se coucha dans un état de délire, accompagné de nausée et d'une sensation de gêne. Elle ne trouva pas le sommeil. Soudain, elle entendit des hurlements. Ils étaient poussés par un homme. Un glapissement déchirant de bête. Les tortures avaient redoublé d'intensité. La police grecque n'était pas satisfaite du nombre de *dilosisi* signées à Makronissos et avait exigé une amélioration des résultats.

Un soir, sans prévenir, trois gardes entrèrent dans la tente de Themis et sortirent une prisonnière. Ils ne l'emmenèrent pas loin. Ils voulaient que ses codétenues entendent tout pour pouvoir imaginer les supplices qu'ils infligeaient à leur victime.

Les cris furent si traumatisants que, lorsque la prisonnière fut brutalement poussée à l'intérieur de la tente, une heure plus tard, Themis était presque trop nerveuse pour la regarder.

La femme s'écroula en gémissant et resta immobile un instant, nue, recroquevillée sur le sol. Trois de ses camarades s'empressèrent d'aller la chercher, et l'une se mit à déchirer un drap, se préparant à soigner ses blessures.

— *Theé kai kyrie !* Regardez ses pieds ! s'exclama l'une d'elles. Ils les ont brisés.

La femme passa toute la journée allongée sur son fin matelas. Elle était là pour rappeler aux autres le destin qui les attendait peut-être, elles aussi. La nuit suivante, il y eut une autre victime. Et ainsi de suite. Les viols étaient fréquents, mais d'autres revenaient sans ongles ou avec des brûlures de cigarettes sur la poitrine. Certaines enfin étaient frappées avec des chaussettes remplies de pierres. Chaque nouvelle victime était une preuve de ce qui arrivait lorsqu'on refusait de signer la *dilosi*.

Personne ne pouvait prédire l'heure précise à laquelle la porte de la tente s'ouvrirait à nouveau pour que les gardes choisissent la prochaine martyre au hasard. Themis se rappela qu'elle faisait semblant de dormir pour tenter de se rendre invisible quand elle partageait la chambre de Margarita. La nuit où elle entendit les lourdes bottes militaires s'arrêter près de son lit, elle pressa les paupières de toutes ses forces en priant pour que son tour ne soit pas venu.

Résister aux violences, de quelque nature qu'elles fussent, était vain. Elle glissa ses pieds dans ses chaussures et suivit calmement les deux soldats, essayant de se concentrer sur sa respiration, s'enjoignant à être courageuse. Elle avait souvent réfléchi à la réaction la plus adaptée. Le moment venu, elle s'efforcerait de penser aux souvenirs les plus doux de son existence, à Tasos, à sa bouche, au cœur qu'elle n'avait pas encore fini de broder.

À quelques mètres de la tente, l'un des soldats posa les mains sur les épaules de Themis. Il lui parla doucement, son visage si proche du sien que leurs lèvres auraient presque pu se toucher. Elle se sentit agressée par cette intimité forcée alors que rien ne lui était encore arrivé.

— Tu peux t'en sortir.

Il n'était pas beaucoup plus vieux qu'elle, mais il avait les dents gâtées, noires, et son haleine était pestilentielle. Elle dut retenir un haut-le-cœur.

— Si tu veux, tu peux t'en sortir.

Themis ne pipa mot. Et, de toute évidence, son silence irrita le soldat.

— Dis-moi que tu ne veux pas mourir. Dis-moi que tu signeras, murmura-t-il tout bas.

Ses lèvres étaient si proches du visage de Themis qu'elle put sentir son souffle chaud sur les siennes.

— Engage-toi à signer ! hurla le second soldat en se penchant vers elle pour l'intimider. Signe ! Et notre mission sera terminée !

Themis envisagea cette possibilité, rien qu'un instant. Ce renoncement impliquerait un retour honteux à Athènes. Elle devrait affronter Thanasis et peut-être même Margarita, qui savait ? Ce serait un déni de toutes ses convictions, une trahison de tous ceux aux côtés desquels elle avait combattu. Il y aurait une lecture de sa déclaration de repentir, *dilosi metanoias*, dans l'église où elle avait compris la notion de *charmolypi* pour la première fois. L'humiliation publique des doigts pointés sur elle et des regards méprisants, les voisins qui jubileraient, ceux dont elle savait qu'ils avaient collaboré avec les nazis. Non, c'était une forme de suicide, l'abnégation de son « moi » profond. Comment pourrait-elle regarder Tasos ou Panos en face quand elle les reverrait ?

Cette perspective lui inspirait une peur bien plus grande que les deux soldats qui cherchaient à l'intimider. Themis devait rester forte. L'odeur de nicotine dans l'haleine du soldat se répandit dans sa propre bouche et de la bile lui monta à la gorge. Elle fut soudain saisie d'un spasme et vomit. Les deux hommes se détournèrent, dégoûtés. Elle s'accroupit et vida le contenu de son estomac dans la poussière.

— Relève-la, cette traînée, ordonna l'un des deux soldats à son compagnon.

Une fois debout, Themis reçut plusieurs coups de fouet dans le dos. Avant de la pousser à l'intérieur de la tente, le soldat qui l'avait punie lui tordit les bras dans le dos au point qu'elle crut que ses épaules allaient se déboîter.

Non sans culpabilité, elle les regarda sortir une autre prisonnière de son lit, puis écouta avec terreur les cris qui lui parvinrent. Ils étaient en train de la violer, et Themis savait que cela aurait pu être elle.

La « remplaçante » de Themis finit par revenir. Elle était inconsciente, et ils la traînèrent sur le sol pour la jeter sans ménagement sur son lit. Plusieurs de ses camarades s'occupèrent d'elle dès qu'elle reprit ses esprits, hurlant de douleur à cause des brûlures de cigarettes qui lui couvraient le visage et le cou. Les femmes tamponnèrent délicatement les plaies sans parvenir à la soulager. Au matin, il fallut se rendre à l'évidence : elle serait défigurée à tout jamais par ses cicatrices.

La détermination des soldats se heurtait à celle des détenues, qui surpassait la leur, et la frustration les rendait encore plus cruels.

Pendant plusieurs semaines, aucune prisonnière de la tente de Themis n'avait signé. Ce fait leur valut une certaine renommée. Les soldats adoptèrent une nouvelle tactique. Ils ne réservaient plus les punitions à la nuit et elles recevaient souvent des raclées en plein jour. Themis avait la peau noircie par le soleil, et plus sombre aux endroits de ses nombreux hématomes. Pour tenter de briser la solidarité des prisonnières, les gardiens en envoyèrent certaines à l'isolement. Themis fit partie des victimes. Elle dut passer trois jours et trois nuits enfermée dans une cave humide et obscure. On lui jetait du pain une fois par jour, mais n'ayant aucun moyen de suivre l'écoulement du temps, elle le mangeait souvent trop vite, ce qui la laissait ensuite sans rien. Ce fut pendant ces heures qu'elle connut la misère et le désespoir les plus profonds.

Un jour, alors qu'elle avait l'impression de s'être couchée depuis quelques minutes seulement, elle fut réveillée par des hurlements.

— Debout, sales traînées butées ! Dehors ! Immédiatement !

Le soleil n'était pas encore levé et les étoiles restaient visibles dans le ciel. Bien que l'on fût en mars, les températures étaient fraîches au petit matin, et leurs vêtements légers ne les protégeaient pas des éléments.

C'était inédit. Elles étaient habituées à être réveillées en sursaut et malmenées à toute heure du jour ou de la nuit, mais là on les conduisait, à une cadence soutenue, vers une partie de l'île qu'elles ne connaissaient pas, loin du campement, dans un lieu où personne ne pourrait ni entendre ni voir ce qui leur arriverait.

Au bout de quarante minutes de marche, elles atteignirent un maquis. Le soleil était apparu et Themis leva les yeux vers le ciel bleu. Rien ne s'était encore produit.

Elles s'étaient blotties les unes contre les autres. Le soldat responsable de l'opération leur ordonna de s'écarter.

— Comme ça, leur dit-il en leur montrant ce qu'il attendait d'elles. Bras écartés !

Voyant que les prisonnières ne réagissaient pas, il hurla :

— Faites l'avion !

Elles furent donc toutes obligées d'adopter la même position ridicule. On les torturait sur une croix invisible, pour leurs croyances.

Au bout d'un moment, Themis entra dans un état d'engourdissement et la douleur disparut momentanément. D'autres femmes étaient tombées, ayant perdu connaissance à cause de la chaleur particulièrement forte pour la saison et de l'épuisement. Lorsqu'elles reprirent leurs esprits, elles durent recommencer. Quelques-unes sanglotaient, mais sans pleurs. La déshydratation les privait de larmes. Plus rien n'humectait leurs yeux ou leur gorge.

Elles restèrent ainsi, sous le soleil qui montait toujours plus haut dans le ciel. Quand la plupart des prisonnières furent à terre, les agressions verbales reprirent. Le soldat hurlait pour se faire entendre malgré le bourdonnement du millier de mouches qui survolaient la carcasse pourrissante d'une bête à quelques pas de là.

— Vous reviendrez tous les jours, pendant une semaine, un mois, une année, leur dit-il avec un sourire cruel. Ça nous est bien égal. Nous sommes même ravis de contribuer à renforcer l'armée de l'air.

Il s'interrompit le temps d'apprécier les gloussements des autres soldats. Satisfait de son trait d'humour, il décida de continuer sur cette voie.

— Les Américains nous ont donné un petit coup de pouce, mais on a toujours besoin de renforts.

Tous les soldats se gaussaient maintenant.

Les femmes avaient été ridiculisées, cependant c'était leurs corps qui avaient le plus souffert. Plusieurs d'entre elles étaient encore étendues dans la poussière, et celles à qui il restait un peu de force les aidèrent à se relever. Quand elles y furent autorisées, elles regagnèrent lentement le camp sur des jambes vacillantes. Il n'y avait pas de sources d'eau douce sur Makronissos. L'une des femmes, ayant aperçu un abreuvoir pour les chèvres, courut dans sa direction et tomba à genoux pour plonger son visage dans l'eau tiède et fétide. Themis l'imita et but goulûment, savourant l'eau comme si c'était le plus délicieux des vins. Les autres attendirent patiemment leur tour, et les soldats n'intervinrent pas. Ils se tenaient à distance, fumaient et discutaient – leur mission était terminée.

En dépit de toutes les exactions subies, aucune prisonnière du groupe n'avait signé de *dilosi*, et les gardiens prenaient la résistance de ces femmes pour un échec personnel. Il aurait suffi que l'une d'elles renonce pour que les geôliers y voient un triomphe. Leur nouvelle stratégie était simple. Ce soir-là et pendant les jours qui suivirent, les détenues ne furent pas nourries.

Toutes étaient désormais malades sous la tente. Beaucoup souffraient de dysenterie, quatre quittèrent l'île car on les soupçonnait d'avoir contracté la tuberculose et plusieurs enfin avaient des plaies infectées. Les soldats avaient beau être sadiques, ils ne voulaient pas prendre de risques pour leur propre santé et laissèrent, pendant un temps, les femmes livrées à elles-mêmes : elles mourraient ou elles guériraient.

Themis fut plongée dans un état de délire durant plusieurs jours après ces heures d'humiliation extrême au soleil. Ce qui ne l'empêcha pas d'être conduite de force, à coups de fusil entre les omoplates, pour participer au défilé quotidien.

— Tu peux marcher, tu n'as pas d'excuse, lui dit le soldat en la frappant avec le canon de son arme.

Elle faillit s'évanouir sur le chemin de l'amphithéâtre, mais fut soutenue par deux femmes attentionnées. Themis n'atteignit sa destination que grâce à elles. Une fois qu'elles l'eurent assise délicatement sur l'un des bancs en pierre, elles s'éloignèrent. Leur gentillesse pouvait très bien être punie.

Un vent violent soulevait la poussière ce soir-là, et Themis garda la tête baissée pour protéger ses yeux. Elle ne réussit pourtant pas à empêcher quelques grains de sable de se glisser entre ses cils.

Elle reconnut le bruit de bottes militaires sur les dalles de pierre. Entrouvrant les paupières, elle aperçut les contours flous des hommes qui défilaient. Il s'agissait d'hommes qui avaient signé leur *dilosi* la veille. Leurs gardiens s'enorgueillissaient de leur victoire : dix d'un coup.

Dieu sait ce qu'on leur a fait subir, songea Themis. Ils étaient célébrés avec une ferveur quasi religieuse. Un pope les accompagnait. Il psalmodiait une prière.

— Ça ressemble à un baptême, chuchota l'une des femmes.

— Un second baptême, ajouta une autre. Pour fêter leur renaissance. Leur purification.

Themis ferma les yeux. Savoir que ces bons combattants communistes avaient renoncé la troublait. Mais le pire restait bien la jubilation de ceux qui les y avaient contraints. Ces anciens combattants, qui avaient signé leurs *dilosi* peu avant, allaient présider la cérémonie célébrant ces dernières « conversions ». Leur leader se préparait à prendre la parole.

— Tu imagines ce qui les attend chez eux, lui glissa sa voisine.

— Un bon repas, répondit la femme assise de l'autre côté de Themis, et une douche bien chaude. Un lit moelleux, des vêtements propres et…

— Ce n'est pas ce que je voulais dire, rétorqua fermement la première. C'est le mépris qui les attend. La réprobation.

Il était certain que les repentis subiraient des humiliations de toutes parts une fois que leurs déclarations seraient rendues publiques. Ce qui n'empêcha pas Themis de sentir soudain la jalousie lui serrer le cœur : ils seraient bientôt chez eux, loin de cet enfer. Elle se perdit un instant dans ses pensées.

Puis elle entendit une voix. Trois petits mots lui suffirent à reconnaître les intonations raffinées.

— Vous êtes sauvés.

Le timbre de l'orateur lui était si familier, ainsi que la façon dont il accentuait certains mots.

— Vous avez changé de voie, poursuivit-il. Vous vous êtes rachetés et vous pourrez redevenir des citoyens grecs à part entière.

Tasos ? Était-ce vraiment lui ? Themis savait que la chaleur pouvait provoquer des hallucinations, et comme il parlait devant le soleil couchant, elle ne distinguait que les contours de sa silhouette. Elle espéra de tout cœur qu'elle se trompait.

Le soleil déclinait de plus en plus vite à l'horizon. Lorsqu'il eut disparu, Themis y vit plus clair. L'incrédulité la fit cligner des yeux. C'était bien Tasos, avec son sourire goguenard. Elle ne l'avait pas revu depuis de nombreux mois et, alors que, sous le regard de Themis, des femmes s'étaient métamorphosées en un court laps de temps, lui semblait en tout point identique à celui qu'il était autrefois, jusqu'à la moindre de ses boucles.

Le cœur de Themis battait à tout rompre, elle était d'autant plus secouée qu'elle comprenait soudain qu'il avait dû jouer un rôle crucial dans l'obtention des nouvelles *dilosisi*.

Submergée par un mélange confus de passion et de raison, elle l'appela.

— Tasos ! Tasos !

Personne, y compris lui, ne répondit. Sur l'île de Makronissos, tout le monde le connaissait sous le nom de Makris. Les jeunes « convertis » et les gardiens se tournèrent vers elle. Il était on ne peut plus dangereux d'attirer l'attention de cette façon.

Les deux femmes qui encadraient Themis l'exhortèrent au silence.

Tout le monde la regardait, à l'exception de l'homme qu'elle aimait. Il reprit son discours, ne se rendant visiblement compte de rien.

— Et maintenant, avant de quitter cet endroit, il est de votre devoir d'ouvrir les yeux de vos concitoyens grecs, comme d'autres l'ont fait pour vous. Votre mission, dorénavant, sera de sauver les autres à votre tour.

Un murmure de mécontentement parcourut les convertis. Ces hommes s'attendaient à une libération immédiate, ils avaient été trompés.

Makris s'exprimait avec une ardeur quasi religieuse, mais son public était distrait par Themis, qui l'avait appelé à nouveau. Dès qu'il eut terminé, les gardiens escortèrent les nouveaux convertis vers la sortie de l'amphithéâtre, afin de laisser place à la suite du programme. À cet instant seulement, Themis se trouva directement dans le champ de vision de Makris. Il lui adressa un regard.

Elle le croisa et n'y lut qu'indifférence. Le visage de Tasos n'avait pas changé, pourtant rien dans son expression ne suggérait que Themis était autre chose qu'une inconnue pour lui.

Ces yeux insondables qu'elle avait tant aimés lui inspiraient à présent de la peur. Ils étaient aussi noirs que l'enfer, aussi froids et vides que la cave où elle avait été placée en isolement. Elle ne put rien faire d'autre que regarder avec une tristesse désenchantée l'homme qu'elle aimait se détourner. Il s'était défait d'une part de lui-même et, tout en fixant son dos qui s'éloignait, elle sentit qu'il en était de même pour elle.

Elle avait attiré l'attention sur elle. Quelques gardiens la montraient du doigt en riant. Les femmes qui l'entouraient semblaient gênées, mais aussi furieuses. Cet emportement aurait sans aucun doute des conséquences, et peut-être même collectives.

16

De retour sous la tente, Themis ne voyait rien ni personne. Allongée sur son matelas, elle fermait les yeux sur le monde. Elle ne pleura même pas. Ses idéaux politiques étaient une chose, mais elle mesurait brusquement que c'était l'espoir de ses retrouvailles avec Tasos qui lui avait surtout donné la force de tenir. Cet espoir venait de s'envoler.

Les autres prisonnières étaient dehors pour récupérer leur ration de pain du soir ; une nausée puissante avait coupé l'appétit de Themis. La tristesse et le soleil la rendaient malade.

Soudain, elle fut tirée de ses pensées par un tumulte. À Makronissos, les militaires étaient à l'affût du moindre prétexte pour administrer des punitions individuelles ou collectives. L'indiscipline de Themis leur avait fourni une occasion rêvée, et ils s'étaient jetés dessus avec un enthousiasme vindicatif.

Les détenues rentraient sous la tente dans un brouhaha, certaines hurlaient et protestaient. Themis ouvrit les yeux et se rendit compte qu'elles s'étaient amassées autour de son lit. Malgré sa faiblesse, elle essaya de s'asseoir.

— Toi ! lui dit l'une des femmes les plus coriaces de leur groupe en pointant sur elle son index. Tout ça, c'est à cause de toi ! Toi !

— Oui, c'est ta faute. Entièrement ta faute.

— Il n'y a rien à manger. Pas une seule miette.

— Et c'est à cause de toi.

Toute camaraderie, tout esprit d'entraide s'étaient brusquement envolés. Elles se seraient fait un plaisir de la punir physiquement si elles l'avaient pu, mais dans l'immédiat, elles se contenteraient d'utiliser leurs langues venimeuses.

Dès qu'elles avaient entendu Themis appeler vainement Tasos, elles en avaient conclu que les deux jeunes communistes avaient été amants. Or tout le monde savait que cela allait à l'encontre des règles du parti, que c'était un péché, une trahison des convictions de l'armée.

Plusieurs détenues, excitées par la faim, commencèrent à la railler.

— Alors il t'a oubliée, hein ?

— Tu devrais avoir honte ! Honte ! Espèce de petite traînée !

Les attaques se poursuivirent jusqu'à ce qu'elles finissent par se lasser et aillent s'allonger sur leurs propres lits. La faim en empêcha beaucoup de trouver le sommeil. La nuit fut terrible pour toutes.

Peu à peu, Themis se rendit compte que la plupart des femmes ne lui adressaient plus la parole et que même les plus compatissantes étaient devenues des ennemies.

Le souvenir du regard impassible de Tasos la hantait, elle se répétait qu'il avait dû être brutalisé pour changer à ce point. Alors que des larmes mouillaient sa couverture, elle se rappela les nuits où ils avaient fait l'amour. C'était ces images-là qu'elle devait s'efforcer de conserver.

Les jours suivants, les prisonniers se virent confier une mission, qualifiée de « projet de construction exceptionnel ». Les autorités de Makronissos avaient en effet décidé de leur faire ériger une version réduite du Parthénon. C'était le symbole par excellence de leur *patrida* et, en le bâtissant, pierre après pierre, les détenus les plus entêtés comprendraient enfin où devait se situer leur loyauté. Le transport des lourds blocs de roche, d'une extrémité de l'île à l'autre, leur rappellerait leur devoir.

En cette fin mars, les températures étaient élevées à la mi-journée, et la sueur dégoulinait dans le dos de Themis tandis qu'elle montait et descendait chargée de son fardeau. Elle avait trouvé dans la boîte à couture un morceau de tissu à mettre sur sa tête – elle n'était pas la seule –, mais on lui ordonna de le retirer.

Le jour où elle posa sa première pierre sur cette parodie de Parthénon, elle se plia soudain en deux. Incapable de marcher, elle agrippa son ventre lacéré par la douleur.

L'une des rares femmes qui lui adressait encore la parole fut autorisée à la raccompagner dans la tente. Plusieurs détenues s'y trouvaient déjà, ayant obtenu une dérogation pour la journée – qu'elles aient reçu une correction sévère et invalidante ou qu'elles souffrent d'une fièvre dont l'origine n'avait pas encore été identifiée.

Comme toutes les autres, Themis avait les os des épaules, des hanches et des genoux qui saillaient. Il n'y avait pas de miroirs, mais ses codétenues étaient son « reflet », et elle savait qu'elle avait la même silhouette décharnée. Parfois, elle passait les mains sur ses articulations, et elle avait l'impression que celles-ci devenaient de plus en plus pointues.

Ce soir-là, étendue sur le dos, elle se tint le ventre. Peut-être que le fait d'exercer une pression dessus pourrait la soulager. Alors qu'elle appuyait sur l'épicentre de sa douleur, elle remarqua que son abdomen était plus enflé que d'habitude. Elle se souvint avoir appris, pendant la famine de 1941, que le ventre pouvait gonfler à cause de la faim.

Puis elle remarqua autre chose. Une sensation inhabituelle entre deux crampes d'estomac. Elle garda sa main au même endroit et la sensation se répéta, un mouvement à l'intérieur de son corps. C'était pourtant impossible. Et malgré tout, cela recommença. Dans un mélange d'étourdissement et de plaisir, Themis comprit que c'était une autre vie qui grandissait en elle.

Charmolypi, songea-t-elle, pliée en deux par la douleur et saisie, simultanément, par une joie intense qu'elle n'avait pas connue depuis bien longtemps.

Au bout d'une heure environ, les contractions se calmèrent, et sa frénésie s'intensifia. Allongée sur son lit, n'osant pas bouger de peur que les douleurs reviennent, elle compta sur ses doigts en les pressant contre sa cuisse. Combien de mois s'étaient écoulés depuis que Tasos et elle avaient fait l'amour ? Sept ? Huit ? Elle avait perdu le fil des jours et des semaines depuis longtemps. Elle n'avait eu aucun moyen de les mesurer, aucun point de repère.

Elle ne pouvait parler à personne de sa découverte. Elle devait garder ce secret si précieux. Quelques jours auparavant, elle avait été témoin d'une scène terrible : une femme s'était vu arracher son nouveau-né parce qu'elle avait refusé de signer sa *dilosi*. Le bébé était arrivé sur l'île avec sa mère, et la détresse de la femme continuait à obséder Themis. Elle se rappela, avec une culpabilité terrible, qu'elle avait, à une époque, séparé des mères de leurs enfants. Ces actes pesaient plus lourd que jamais sur sa conscience. Et la mère désespérée avait refusé de signer, même quand on lui avait laissé une dernière chance de garder sa fille. Elle avait placé son engagement au-dessus de son instinct maternel.

Themis n'avait encore jamais songé à la maternité. Il lui semblait impensable qu'une autre vie se développe à l'intérieur de son ventre après toutes les épreuves qu'elle avait subies ces derniers mois. Un second être humain les avait partagées, endurées avec elle.

Pendant quelques jours, elle eut l'impression que son corps et son esprit étaient dissociés. Elle avait des vertiges. Les douleurs avaient disparu. La conversation qu'elle entretenait avec son bébé ne s'interrompait jamais. Sa voix et la sienne étaient les seules à résonner dans son crâne. Elles noyaient les cris stridents des soldats, étouffaient les gémissements et les pleurs de ses codétenues. Une nuit où elle fut tirée de son lit pour être déshabillée et battue, elle tourna le dos à ses agresseurs, recevant les coups sur ses épaules et ses vertèbres afin de protéger son ventre.

Elle était constamment à l'affût de Makris. Chaque jour, lorsqu'ils cheminaient vers la place où ils ramassaient des pierres pour le « Parthénon », elle cherchait son visage parmi les gardiens. Elle voulait, plus qu'avant encore, attirer son attention, crier. Avant, elle souhaitait simplement le prévenir qu'elle était là. Maintenant, elle devait aussi lui apprendre quelque chose : « Je porte notre bébé. » Elle restait persuadée que, indépendamment de tout ce qu'ils avaient vécu, la nouvelle le réjouirait. Elle ne parvenait pas à effacer de sa mémoire le souvenir de son regard glacial et indifférent, et pourtant elle brûlait de lui annoncer sa future paternité.

Un soir qu'elle descendait à la mer avec un groupe de prisonnières pour laver ses vêtements, elle aperçut des hommes sur le rivage et ne put détourner le regard. Leurs corps étaient si détruits, si pitoyables, qu'elle ne parvint pas à retenir ses larmes. Si Panos avait été parmi eux, elle n'aurait pas été capable de le reconnaître. Peut-être que Makris lui-même avait une part de responsabilité dans leur état.

Les jours passèrent. Themis sentait la peau de son ventre se tendre, même si personne à part elle ne pouvait s'en rendre compte. D'autres femmes avaient des panses bien rondes, ce qui accentuait la maigreur de leurs bras et de leurs jambes, ainsi que des poitrines restées généreuses, souvenir de leurs maternités. Themis remarquait pour la première fois que les corps féminins conservaient les traces des grossesses et des accouchements, même si le reste s'étiolait avec l'inanition.

Elle fut, à une ou deux reprises, traversée par une sensation de peur et de doute, qui ne s'installa pas néanmoins. Elle devait rester forte. Pour deux maintenant.

Presque par instinct, plusieurs femmes remarquèrent que Themis ne semblait plus souffrir autant qu'elles et nourrirent des soupçons.

— Elle va *signer*, entendit-elle dire l'une des détenues. J'en suis certaine.

Themis avait elle aussi observé qu'un état de résignation apaisée précédait souvent la renonciation à ses convictions. On le lisait dans les yeux de la prisonnière qui avait pris cette décision. Et tout le monde pouvait voir que le comportement de Themis avait changé, même si ses compagnes en tiraient les mauvaises conclusions.

Ignorée par la majeure partie de ses codétenues, Themis se surprenait souvent à poser une main sur son ventre. Sa grossesse n'était toujours pas visible de l'extérieur. Sa poitrine autrefois menue avait gonflé, mais elle portait une tunique suffisamment informe pour le cacher.

Le soleil se couchait de plus en plus tard, et elles avaient davantage de temps pour les travaux d'aiguilles avant le déclin du jour. Themis continuait à travailler sur son cœur, même si elle pensait à autre chose pendant qu'elle brodait, envahie par l'amour pour son futur enfant, qui lui tenait compagnie nuit et jour, lui donnant de petits coups de l'intérieur comme pour lui rappeler son existence. Le cœur était presque terminé. Les points denses, en satin rouge, lui donnaient un côté capitonné et moelleux qui flattait l'œil. Pour maintenir l'illusion qu'il s'agissait d'un symbole religieux, elle se mit à broder les mots : *mitera theou*, mère de Dieu. Elle comptait s'arrêter avant la fin et omettre la syllabe « ou » – elle serait la seule à comprendre le message secret. Dans le coin opposé du carré de tissu, elle avait entamé un second cœur, plus petit. Quand l'heure de la couture fut terminée, elle rangea son ouvrage dans sa poche.

Un matin, elles furent réveillées de très bonne heure. Themis avait l'impression de n'avoir dormi qu'une heure environ, le réveil fut difficile. Cinq soldats entrèrent sous la tente et parcoururent les rangées de détenues en leur donnant des coups de bâton. Quelques minutes plus tard, elles étaient toutes dehors, leur couverture roulée sous le bras, ainsi qu'on le leur avait ordonné.

Les yeux bouffis, elles frissonnaient dans le noir, déboussolées. Vingt minutes après, elles reçurent l'instruction de descendre à la mer.

Le clair de lune se reflétait sur la surface de l'eau, éclairant les lettres désormais familières sur la pente des collines, écrites avec des pierres blanches. Puis elles virent deux petites barques amarrées à la jetée, et Themis sentit l'espoir renaître. Elles allaient dire adieu à Makronissos. Il ne pouvait s'agir d'une libération mais peut-être allaient-elles être transférées dans un endroit moins infernal.

Vingt-cinq prisonnières et quatre gardiens s'entassèrent dans les deux embarcations. Certaines femmes commencèrent à poser des questions, qui restèrent sans réponse. Peut-être que les soldats eux-mêmes ne savaient pas quoi leur dire.

Le bras de mer entre l'île et le continent était anormalement étale ce jour-là, et en dépit de leurs moteurs peu puissants, les barques les conduisirent à Lavrio en une demi-heure.

Plusieurs soldats les attendaient et elles furent aussitôt poussées à l'arrière d'une bétaillère. La place était si exiguë que certaines durent rester debout.

Themis était résignée. Quel que fût le sort qui l'attendait, sa seule préoccupation était de protéger son bébé. Elle glissa sa couverture entre la paroi du camion et sa hanche, songeant au fœtus qui disposait d'un espace de plus en plus restreint. Elle espérait qu'il n'avait pas conscience de tout ce qui se passait à quelques centimètres de lui seulement, même si elle aimait penser qu'il reconnaissait la voix de sa mère.

Sur la route, alors que le soleil montait haut dans le ciel, une détenue entonna un chant traditionnel mélancolique. Elles avaient toutes appris cette chanson dans leur enfance et joignirent leurs voix à celle de la première chanteuse, Themis plus fort que les autres, souhaitant se faire entendre par son bébé. Les soldats à l'avant ne protestèrent pas contre cette chorale improvisée.

Au bout de plusieurs heures de voyage, la femme assise à côté de Themis jeta un coup d'œil entre les lattes de la bétaillère. Elle poussa soudain un cri :

— C'est ma ville ! On est chez moi !

Les femmes les plus proches se dévissèrent le cou pour voir, elles aussi.

— Nous sommes à Volos ! On vient de passer au bout de ma rue !

Cette vision de sa ville natale, dans ces circonstances particulières, était moins une consolation qu'un chagrin supplémentaire, et elle fondit en larmes, éplorée. Être si près de chez soi et si loin à la fois était une double peine.

Elles poursuivirent la route en direction de l'est, tournant le dos au soleil qui déclinait lentement. La plupart des passagères s'étaient assoupies. Les chants s'étaient tus, leur laissant tout le loisir de réfléchir à ce voyage en apparence interminable. Themis tourna ses pensées vers les Koralis : pour chaque membre de sa famille, elle avait une question. Sa grand-mère. Était-elle encore suffisamment vaillante pour s'occuper de l'appartement ? Thanasis. Avait-il retrouvé une partie de ses forces ? Margarita. Était-elle encore en Allemagne, autre pays brisé où des milliers de citoyens erraient à la recherche de proches perdus et de nourriture ? Panos. Avait-il été fait prisonnier comme elle ou avait-il réussi à s'échapper en franchissant la frontière ? Sa mère. Comment les patients psychiatriques avaient-ils été traités pendant l'occupation ? Le régime nazi n'avait pas la réputation d'avoir beaucoup de sympathie pour ceux qui n'étaient pas forts, en excellente santé.

Son père. Était-il le seul à avoir échappé au chaos qui avait touché le reste de la famille Koralis ? L'Amérique jouait un rôle crucial en Europe sans avoir été directement touchée par les différents conflits. À présent qu'elle s'apprêtait à devenir mère, Themis s'interrogeait, pour la première fois, sur la décision qu'il avait prise en abandonnant ses enfants. Elle ferma les yeux et se rappela un bateau en papier que son père lui avait fabriqué un jour qu'ils étaient au bord de la mer. C'était peut-être le jour où il les avait emmenés à Sounion. L'embarcation avait flotté un petit moment, aussi stable que s'il était en bois, avant, soudain, de disparaître. Themis avait aussitôt compris qu'il avait coulé, attiré vers le fond par le poids du papier gorgé d'eau. Ce qu'elle n'avait pas compris, en revanche, c'était pourquoi son père avait tenté de la convaincre que le bateau était parti au large et faisait route vers sa destination. Le mensonge était flagrant.

La bétaillère s'arrêta quelques instants pour que le conducteur puisse laisser le volant à un autre, et les femmes eurent le temps de se soulager où elles le pouvaient. On leur remit alors une unique gourde à partager entre elles. La première avala une longue gorgée.

— Grosse vache ! lui dit sa voisine en lui arrachant l'eau des mains.

Elle bouscula la première qui recracha quelques gouttes dans la poussière et celles qui attendaient leur tour poussèrent des cris enragés. Elles étaient prêtes à se battre pour un peu d'eau. Le temps que la gourde parvienne à Themis, il ne restait plus qu'une gorgée, qui la laissa encore plus assoiffée qu'avant.

Le camion les bringuebala encore un bon moment. Puis, au grand soulagement des femmes qui souffraient de crampes, il tomba en panne, leur offrant un répit bienvenu de plusieurs heures. Le lendemain matin, à l'aube, les freins crissèrent soudain et Themis fut projetée contre sa voisine.

Lorsque le hayon fut abaissé, la beauté exceptionnelle du mont Pélion surgit devant les prisonnières. Elles étaient entourées d'oliviers. Plus loin, des pins couvraient les plis et courbes des collines et montagnes qui s'étiraient à perte de vue. Un paysage créé par les dieux et que l'homme n'avait pas dévasté. Themis resta figée sur place un instant, ouvrant de grands yeux. Elle avait baigné dans un décor si incolore ces derniers mois qu'elle apprécia d'autant plus les aplats émeraude et azur qui s'offraient au regard.

Une voix acerbe la tira de sa brève rêverie.

— Mettez-vous en rang ! beugla l'un des gardes. Et descendez au bateau.

Les femmes formèrent une colonne irrégulière, leurs jambes leur répondant mal après des heures d'inactivité, et elles rejoignirent, chancelantes, l'embarcation ballottée par les flots.

Elles furent obligées de marcher dans la mer pour l'atteindre et leurs vêtements se gorgèrent d'eau salée le temps qu'elles se hissent à bord.

Pour la première fois, Themis se sentit embarrassée par son ventre proéminent et sa tunique mouillée qui l'alourdissait. Deux de ses compagnes durent l'aider ; une fois assise dans la barque, grelottante, elle remarqua que celles-ci la fixaient. Le tissu trempé était plaqué sur son ventre. Elles se détournèrent à l'approche de l'île.

— C'est Trikeri, marmonna la voisine de Themis. J'étais là, avant.

Quelques autres poussèrent des gémissements de mécontentement. Themis ne comprenait pas leur déception. Elles n'étaient surveillées que par un soldat, et un autre seulement les attendait sur le rivage. Il était évident que ceux-ci ne craignaient pas une tentative d'évasion.

— Au moins, ici, il y a des arbres, observa Themis en embrassant du regard l'île dont elles approchaient à toute allure. Et je ne peux imaginer pire endroit que Makronissos.

17

Les femmes qui avaient déjà séjourné à Trikeri se plaignirent amèrement d'y retourner. Elles avaient l'impression de reculer d'un pas et non de se rapprocher de la liberté. Themis était d'une tout autre humeur. Sa première impression des lieux fut l'image des arbres en fleurs et le doux bruit des vagues qui venaient lécher le rivage. Peut-être que les battements du cœur du bébé finiraient par se caler sur leur rythme.

Réunies par petits groupes, les prisonnières attendaient que quelqu'un leur dise ce qu'elles devaient faire. Themis écoutait le bruissement des feuilles dans la brise. À Makronissos, ce son aurait été noyé par les cris et les insultes des soldats.

Themis prit appui sur le bras d'une de ses codétenues pour gravir une pente ardue. Elle avait l'impression, brusquement, que son ventre était bien plus rond qu'au début du voyage.

En chemin, elle repéra un monastère. Bien qu'ayant perdu tout espoir en l'idée d'une protection spirituelle, elle ne put s'empêcher de se demander si ses murs ne pourraient pas lui servir de refuge. Elle se prit à espérer qu'elle serait choisie pour s'y établir.

Sa compagne, qui connaissait Trikeri, la mit en garde contre cet endroit.

— Il y fait toujours sombre et humide. Par pitié, évite d'être envoyée là-bas. Tu seras bien mieux au grand air.

Themis était prête à la croire sur parole, et pourtant, quand on les conduisit dans un enclos fermé par des barbelés et qu'on leur ordonna de construire leurs propres tentes, elle se demanda comment la situation pouvait être pire dans le monastère. Les jours suivants, les nouvelles internées se fabriquèrent des logements de fortune avec des pierres et de la toile, mais il était facile d'imaginer qu'au moindre coup de vent tout s'effondrerait. La nuit, Themis croyait entendre des enfants pleurer au loin.

La gentillesse semblait plus courante à Trikeri qu'à Makronissos, cependant. L'île n'accueillait que des prisonnières et bientôt elles se donnaient entre elles du *adelfi* – « sœur » –, et faisaient comme si elles étaient engagées dans un combat collectif pour le maintien de leurs idéaux plutôt que dans une lutte personnelle.

L'état de Themis n'était plus un secret pour personne, et ses codétenues ne la laissaient pas soulever la moindre pierre et se partageaient ses tâches. Certaines lui cédèrent ainsi une partie de leur nourriture et, même si les infâmes ragoûts de haricots et le pain sec lui donnaient souvent des haut-le-cœur, leur générosité la touchait plus que les mots n'auraient pu l'exprimer. Bien sûr, leur sollicitude se doublait de curiosité. Qui était le père ? Était-elle mariée ? Quel prénom donnerait-elle à l'enfant ? Que ressentait-on lorsqu'on attendait un enfant ? Elle ne répondit à aucune des questions.

La plupart de ces femmes étaient de parfaites inconnues pour Themis, et pourtant elles étaient prêtes à faire des sacrifices pour un bébé innocent, qui n'avait pas encore vu le jour. Devenant de moins en moins mobile dans les derniers jours de sa grossesse, Themis se rendit compte qu'elle pouvait leur offrir quelque chose en retour. Les Grecques qui venaient de la campagne étaient souvent les plus robustes, et les moins éduquées. Themis se découvrit un don naturel pour l'enseignement et, se servant de poèmes et de chants qu'elles connaissaient déjà par cœur, elle leur apprit patiemment à lire et à écrire.

Elle fut profondément émue par les plis de concentration et la satisfaction qui se peignaient sur leurs visages ridés tandis qu'elles traçaient les lettres pour la toute première fois – MI, ALPHA, RO, IOTA, ALPHA… « Maria ! », s'écria l'une d'elles. Ces femmes seraient là pour Themis le moment venu, partageant un savoir qui ne s'écrivait pas.

Au bout d'une semaine à peu près, une fois leurs vêtements propres, un photographe officiel leur rendit visite. Il prendrait des portraits de groupe, et elles devraient toutes sourire à l'objectif. Peu importait le nombre de prises nécessaires, il fallait que chaque cliché présente une rangée de visages heureux. Ils serviraient à prouver au monde extérieur que ces femmes étaient en bonne santé et internées dans leur intérêt.

Quand Themis se vit remettre un tirage à envoyer chez elle avec une lettre, elle ne reconnut pas son visage. C'était la première fois qu'elle se voyait depuis près de deux ans, et la personne qui apparaissait sous ses yeux était une inconnue. Ses cheveux lui arrivaient tout juste aux oreilles, même si elle n'avait plus depuis longtemps une coupe d'homme, et son visage lui parut plus rond que dans son souvenir, marqué par des rides qui la vieillissaient de dix ans par rapport à ses vingt-quatre ans. Elle était placée sur la troisième et dernière rangée, si bien qu'il était impossible de voir la forme de son corps. Peut-être était-ce mieux ainsi, d'ailleurs, car cela cachait sa grossesse.

On lui remit du papier et un stylo.

Chère yaya, écrivit-elle. *Je suis sur l'île de Trikeri maintenant. Elle possède un couvent agréable et plein d'arbres qui offrent de l'ombre. Les soldats espèrent que je serai libérée prochainement, mais je préfère ne pas m'avancer.*

On lui rapporta la lettre le lendemain, la dernière phrase ayant été grossièrement rayée.

— Recommence, lui ordonna le garde. Je te surveille.

Si la version finale de son courrier n'était en rien mensongère, elle ne comportait pas la moindre mention de ses sentiments. La lettre partit en bateau cette nuit-là et arriverait à Patissia peu après. Themis imagina Kyria Koralis en train d'ouvrir l'enveloppe avec un coupe-papier, puis de mouiller la feuille de ses larmes. Elle imagina Thanasis scrutant la photographie, puis dire à leur grand-mère qu'il espérait que la jeune femme signerait sa *dilosi*.

Par une journée interminable où l'épuisement la forçait à rester allongée, Themis observa l'une des prisonnières qui dessinait. Elle ne connaissait que son prénom, Aliki.

— Ces horribles photographies sont trompeuses, lâcha Themis, mais tes dessins, eux, montrent la vérité !

— Et pourtant ces clichés sont ce que le monde voit de nous, lui répondit Aliki, qui immortalisait l'une des détenues les plus âgées.

Elle se servait d'un morceau de charbon récupéré dans les cendres d'un feu et d'une feuille de papier qu'elle avait subtilisée lorsqu'on les avait forcées à rédiger ces lettres.

— Tu as pris des cours ? lui demanda Themis.

— Pas vraiment. J'ai toujours aimé ça. Je n'ai jamais été très douée pour les mathématiques ou les sciences en général. Mais j'ai toujours su faire des portraits plutôt ressemblants. Ce qui ne plaisait pas beaucoup aux professeurs quand ils les découvraient. C'est fou d'ailleurs comme les gens se sentent menacés lorsqu'ils se voient à travers le regard de quelqu'un d'autre.

Aliki dessinait les rides de souffrance que des années de persécution avaient laissées sur son modèle. Les événements de ces dernières années n'avaient toutefois pas réussi à détruire sa beauté, et le portrait révélait la force de caractère de cette femme, ses immenses yeux en amandes aussi brillants que ceux d'un aigle. Aliki avait réussi à saisir l'éclat de détermination et de fierté qui les animait.

Themis regardait l'image surgir peu à peu sur la page.

— Kyria Alatzas ! s'écria-t-elle soudain, tu vas adorer ce qu'Aliki est en train de faire. Elle te rend si… réelle !

La vieille femme était aux anges, et leur adressa un immense sourire édenté, qui la vieillissait de cinquante ans.

Une fois qu'elle eut terminé, Aliki lui tendit le portrait.

— Tu peux le garder si tu veux. Ou on peut le ranger dans sa cachette habituelle. Les gardiens le détruiront s'ils mettent la main dessus.

La vieille femme le rendit à Aliki. Elle préférait le savoir en lieu sûr. Themis admirait la dessinatrice, qui prenait des risques pour donner du plaisir à ses codétenues. Elles discutèrent pendant un moment, racontèrent ce qui les avait conduites à Trikeri.

Le tempérament habituel d'Aliki, si calme et doux, changea lorsqu'elle décrivit les différentes étapes de son périple.

— Je suis originaire de Distomo.

Themis n'avait pas besoin d'en entendre plus. Aucun Grec n'avait pu oublier les horribles crimes que les nazis y avaient perpétrés.

— J'ai tout perdu. Mes parents, mes frères et sœurs, mes oncles et tantes. Et ma maison. J'ai réussi à me cacher, mais je me suis parfois demandé s'il n'aurait pas mieux valu qu'ils me trouvent, moi aussi.

Themis resta silencieuse. Elle sentit son bébé bouger dans son ventre.

— Après, j'ai réussi à rejoindre Athènes. Je suis allée chez ma tante qui y vivait. Je n'ai rien fait pendant un moment. Je restais chez elle. Quand il est passé devant un tribunal, le responsable du massacre, Lautenbach, un vrai monstre, a maintenu sa version : il cherchait simplement à protéger ses hommes. J'ai vu son visage, Themis, depuis ma cachette, et je l'ai entendu donner des ordres. À coups de baïonnettes, ils ont tué ma famille, l'enfant de mon amie que je venais de baptiser, mes voisins… Je les ai même vus décapiter un prêtre.

— Ça a dû être si terrible…, murmura Themis.

— Tu n'as pas besoin d'entendre les détails. Ils se sont même pris en photographie dans le village, pendant que les maisons brûlaient encore. Il y a des preuves de ce qu'ils ont fait. Des clichés qui les montrent en train de sourire…

Themis secoua la tête. Elle mesurait combien Aliki avait souffert.

— Les dépositions des témoins n'ont pas été prises en compte, tous les responsables ont été innocentés. La justice n'a pas été rendue pour ces meurtres, Themis. Ils ont fait plus de deux cents victimes.

Il n'y avait ni colère ni amertume dans son ton, ce qui surprit Themis dans un premier temps. Elle commença à comprendre pourquoi en entendant la suite :

— Rien n'apaisera jamais ma rage. Personne n'a payé pour ces morts. Et on continue à croiser dans les rues de Grèce d'anciens collaborateurs qui ne sont pas inquiétés. Mais j'ai trouvé une solution, Themis.

En réponse au regard interrogateur de celle-ci, Aliki poursuivit :

— J'ai rejoint le combat. Je me suis engagée dans l'armée communiste pour pouvoir me venger. Et c'est exactement ce que j'ai fait. Je n'avais pas d'autre moyen d'obtenir justice pour ceux que j'aime. J'ai pris, pour chaque membre de ma famille, une vie dans le camp royaliste.

Les communistes avaient la réputation d'être brutaux, Themis en avait fait l'expérience. Et pourtant Aliki ne lui paraissait pas capable de cruauté.

— Œil pour œil, chuchota-t-elle, absorbée par les lignes qu'elle traçait sur une nouvelle feuille de papier.

Themis compta en silence. Aliki avait dû tuer au moins une dizaine de personnes. Themis savait qu'elle avait autant de sang sur ses propres mains, mais elle n'avait pas, elle, tenu le compte de ses crimes.

Quelques minutes s'écoulèrent avant que Themis ne rompe le silence.

— Qui dessines-tu ?

— Toi, lui répondit Aliki avec un sourire. Tu es si… féconde, si entière, si belle.

Les mots d'Aliki firent rougir Themis. Elle ne s'était jamais souciée de la beauté. C'était Margarita qui était belle dans la famille. Elle, elle était intelligente.

Aliki dessina rapidement à la lumière déclinante. Le morceau de charbon produisait un doux frottement, et Themis sourit en voyant que le regard d'Aliki allait et venait constamment entre le papier et son visage. Elle avait la tête légèrement penchée d'un côté, et le front plissé par la concentration. En dix minutes, elle eut terminé son esquisse et la tendit à bout de bras pour la comparer avec son modèle. Themis vit qu'elle était satisfaite.

— Tu te souviendras toujours de ce moment, déclara Aliki. Il sera unique.

Themis lui prit le portrait des mains en se demandant ce qu'elle avait cherché à lui dire. Elle faillit pousser un cri de surprise en découvrant l'expression qu'Aliki avait réussi à immortaliser. Une expression de profond contentement et de paix. C'était exactement ce qu'elle avait ressenti ces dernières minutes.

Il ne lui fallut pas longtemps pour comprendre qu'Aliki avait fait référence à l'état de bonheur éphémère de Themis, qu'elle avait réussi à capturer.

Le calme que Themis ressentait se dissipa plus tard cette nuit-là. Vers deux heures du matin, sans aucun signe avant-coureur, elle perdit les eaux. Ses vêtements et sa paillasse furent trempés. Rien ne l'avait préparée aux douleurs de l'accouchement qui suivirent aussitôt. Aucune de ses compagnes ne l'avait prévenue que ces souffrances lui donneraient envie de mourir.

Pas un des sévices qu'elle avait subis ces derniers mois ne soutenait la comparaison. Elle avait pourtant reçu des coups sur la plante des pieds, son dos avait été déchiqueté par la morsure du fouet et des soldats avaient éteint leurs cigarettes sur sa poitrine. Cette épreuve-là était différente. Continue. Elle hurla pendant des heures. Toute la nuit, deux femmes lui tinrent les mains, pendant qu'une troisième lui épongeait le front. D'autres s'assirent près de sa couche pour la rassurer. Elle entendit de temps en temps la voix d'Aliki, avant de ne plus percevoir que ses propres grognements retentissants et primitifs.

Les gardes conservèrent leurs distances. Ils avaient déjà vu, et entendu, une femme dans les affres de l'accouchement, et ils préféraient épargner leurs oreilles. Pour eux ce fut donc une nuit de repos. Ils descendirent boire du *tsipouro* sur le rivage, puis, plus tard, firent une descente dans une tente à l'autre bout de l'île.

Au point du jour, la douleur s'intensifia et une des femmes dit à Themis de pousser. Alors que son corps se pliait en deux, elle hurla une dernière fois. Sous la tente, le silence était total. Comment une telle souffrance pouvait-elle engendrer la vie ?

Soudain, au souffle du silence succédèrent celui de la vie et le vagissement d'un nouveau-né.

Themis resta allongée. Deux femmes s'occupèrent avec dextérité des suites de l'accouchement. L'une d'elles nettoya le bébé et, quelques instants plus tard, la jeune maman tenait son enfant dans les bras.

Les douleurs revinrent ponctuellement, mais Themis était anesthésiée par le déferlement d'amour qu'elle éprouvait pour ce minuscule être humain.

Aliki s'était approchée et lui montra comment lui donner le sein, tout en lui caressant la tête et en lui murmurant des paroles d'encouragement. Elle lui apporta ensuite une infusion d'origan, qu'elle avait cueilli dans la journée.

— On dirait presque une scène biblique, dit-elle en découvrant les femmes qui faisaient la queue pour voir le bébé. Même si une étable aurait été plus propre.

L'arrivée d'un enfant était rare sur Trikeri. Celles qui avaient conservé leur foi religieuse s'approchaient en se signant, marmonnant des prières pour demander à Dieu de bénir ce bébé. D'autres voulaient juste voir une chose aussi minuscule et parfaite, venue au monde contre toute probabilité. Une femme avait trouvé un petit éclat de verre bleu poli sur la plage dans la journée et l'avait conservé. C'était ce qui se rapprochait le plus du *matochandro*, le fameux œil qui protégeait les nouveau-nés du mal. Elle le glissa dans la main de Themis.

La jeune mère s'inquiétait déjà de l'arrivée de son enfant dans ce monde cruel. Jusqu'à présent, il n'avait rien vu, rien entendu, rien senti, plongé dans une mer chaude et obscure. À compter de cet instant, il allait devoir tout affronter. Themis observa ses petites mains parfaites, ses longs doigts, ses minuscules pieds et s'émerveilla de ses ongles parfaitement formés. Avec beaucoup de prudence, elle lui toucha la tête, sentant un pouls sous le doux duvet qui recouvrait son crâne. Elle fut emplie de terreur face à une telle vulnérabilité. Si elle avait été prête à mourir pour une cause – la conscience du risque qu'elle prenait l'accompagnait depuis des années à présent –, ce n'était rien en comparaison de ce qu'elle ressentait aujourd'hui. Pour protéger ce bébé, elle aurait offert sa vie un millier de fois.

Elle le nourrit, le plaça sur sa poitrine, puis dormit une heure. Plus tard dans la matinée, des femmes avec des enfants en bas âge lui rendirent visite. L'un d'eux toucha timidement le bébé du bout de l'index, il ne savait pas l'exprimer mais il sentait que l'arrivée d'une autre petite créature sur terre était une bonne nouvelle. Aucun de ces petits n'avait de souvenirs de la vie avant l'exil, sur cette île où les sourires étaient rares et la faim constante. Themis fut touchée par l'intérêt qu'ils manifestaient, par la façon dont leur visage sembla s'éclairer quand ils découvrirent le bébé.

Ils étaient innocents, ils n'avaient commis aucun « crime » et ils ignoraient ce dont leurs mères les privaient. En signant son repentir, une femme ne retrouvait pas seulement la liberté pour elle, mais pour son enfant aussi. Themis le savait, les ramifications d'un tel acte étaient multiples.

Elle reçut une visite moins agréable, celle d'un garde venu prendre note de la naissance.

L'une des choses dont leurs geôliers les accusaient était d'être des créatures contre-nature. Des aberrations qui sacrifiaient leur progéniture à la foi dans laquelle elles se fourvoyaient, les transformant en prisonniers politiques. Cela faisait d'elles des victimes toutes désignées pour les traitements les plus sévères. Et les enfants eux-mêmes n'étaient pas toujours épargnés. Ils recevaient des coups en cas de mauvaise conduite.

— Vous ne méritez aucune bonté.

Voilà ce qu'un cadre en visite dit aux mères sur l'île, peu après l'accouchement de Themis.

— Puisque vous voulez être traitées comme les égales des hommes, vous serez punies comme eux.

Pour leur inspirer à toutes la plus grande des terreurs, les gardes choisissaient parfois une prisonnière et la pendaient. Un matin, une mère fut conduite à la potence. Le soir même, sept femmes avaient signé leur *dilosi*. Elles quittèrent l'île le lendemain, à bord d'une petite barque : sept femmes et huit enfants – le huitième appartenait à la pendue et serait conduit dans l'un des villages de la reine Frederika.

Aliki resta au chevet de Themis, prenant le bébé dès que la jeune femme en avait besoin. La plupart du temps, elle l'attachait sur sa poitrine pour pouvoir plus facilement ramasser du petit bois, cueillir des *horta* et rapporter des provisions du rivage, autant de tâches dont elle devait s'acquitter. Les deux amies s'asseyaient parfois dans l'olivaie, s'y cachant le plus longtemps possible pour se reposer.

Au cours des deux premières semaines de son existence, le bébé avait été exposé à une quantité de poussière et de bactéries qui auraient pu mettre en danger la santé d'un homme adulte. Il avait un poids normal à la naissance, avec un petit ventre aussi rond qu'un ballon et une bonne couche de graisse sur les cuisses. Tout ceci avait disparu. Et Themis avait beau le porter régulièrement à son sein, il ne prenait pas de poids.

— Tu crois qu'il est malade ? demanda-t-elle à Aliki en larmes. J'ai l'impression qu'il ne grandit pas.

Il était évident que le petit perdait plusieurs grammes par jour. Il pleurait d'ailleurs presque constamment. Aliki savait qu'il fallait trouver une solution.

— C'est peut-être ton lait, dit-elle alors que les cris vigoureux du bébé noyaient presque ses paroles. Les femmes ont parfois du mal à en produire en quantités suffisantes. Le mauvais régime alimentaire, l'air salé, la déshydratation, tout ça mis bout à bout…

Après quelques minutes à téter, l'enfant s'endormit. Il était éreinté par ses propres cris, par la frustration qu'il n'était pas en mesure d'exprimer, par la faim qu'il ne parvenait pas à satisfaire.

Il avait épuisé ses réserves d'énergie pour le moment.

Aliki fut soudain tentée d'avouer à Themis un secret qu'elle n'avait pas eu l'intention de partager jusqu'à présent. Les pleurs du bébé avaient provoqué une réaction viscérale en elle.

— Themis… Je crois que je pourrais t'aider à nourrir ton bébé.

— Mais… comment ?

— Je l'ai déjà fait pour plusieurs femmes. Pour tout te dire, j'ai eu un bébé, moi aussi…

— Aliki…, souffla Themis. Qu'est-il arrivé ?

Elle lut l'affliction sur les traits de son amie et dut attendre que celle-ci eût retrouvé son calme avant d'obtenir une réponse.

— Il est né ici. Je dirais que j'ai beaucoup moins souffert que toi pour mettre mon bébé au monde, ajouta-t-elle en essayant de sourire.

— Je suis vraiment désolée, lui dit Themis, qui en avait déduit que l'enfant était mort.

Comprenant soudain quelles conclusions son amie avait tirées, Aliki la détrompa :

— Non, non ! Ce n'est pas ce que tu crois. Il était en bonne santé, robuste. Il y avait des dizaines de bébés et de jeunes enfants ici, à l'époque, mais les gardes se servaient d'eux sans merci, c'était bien pire qu'aujourd'hui. Ils nous menaçaient quotidiennement de les emmener si nous ne signions pas.

Elle s'interrompit un instant. Le bébé venait de se réveiller. Elles savaient toutes deux qu'il réclamerait bientôt à manger et que Themis ne serait pas en mesure de le nourrir.

— Un jour, ils ont arraché deux petites filles à leur mère. Tu n'imagines pas à quel point c'était terrible. La pauvre femme s'est débrouillée pour se donner la mort.

Themis berçait son bébé.

— Après cet épisode, ils nous ont toutes menacées. Et beaucoup ont commencé à signer. Je voulais tenir bon, j'étais persuadée que nous allions gagner. Zachariádis n'avait pas encore annoncé le cessez-le-feu. Tu as vu combien ils sont cruels et déterminés, Themis. Ils ont menacé de nous prendre nos enfants pour les envoyer dans l'un des villages de la reine. Une des prisonnières nous a parlé de Frederika. Elle nous a dit qu'elle avait bon cœur et que les enfants seraient en sécurité là-bas, qu'ils recevraient une bonne éducation. Beaucoup l'ont crue, parce qu'elles en avaient envie. Cela leur permettait de suivre leurs principes tout en mettant leurs enfants en sécurité.

— Mais cette femme, Aliki ! Qui voudrait lui laisser son enfant ? C'est une fasciste !

— Je sais bien, Themis. Elle garantit l'intégrité physique des enfants, pas de leur esprit. Et je n'étais pas la seule de cet avis. Il y avait une autre mère, Anna, qui m'a confiée qu'elle comptait signer sa *dilosi* pour obtenir sa libération et celle de sa petite fille, et qu'ensuite elle tenterait de s'enfuir pour l'Albanie. Elle m'a proposé d'emmener mon bébé. Nous voulions toutes deux que nos enfants deviennent communistes, et nous sommes parvenues à la conclusion que c'était la meilleure des solutions. Une fois que nous serons toutes libres, je le retrouverai.

Themis remarqua que les yeux d'Aliki se remplissaient de larmes et l'enlaça. Quelques instants plus tard, son amie reprit :

— Alors voilà, quatre femmes, parmi lesquelles Anna, ont signé, et comme les gardes l'avaient promis, elles ont été autorisées à partir le lendemain matin. Quatre femmes et cinq enfants. Bien sûr, elles n'ont aucun moyen de communiquer avec nous, alors j'ignore ce qu'est devenu mon enfant. J'espère simplement qu'il a pu quitter la Grèce sain et sauf. Cela fait presque huit mois, mais j'ai l'impression d'être séparée de lui depuis des années déjà. Je ne sais même pas si je pourrais le reconnaître aujourd'hui. Les bébés changent si vite…

Themis regarda avec impuissance le visage de cette femme forte et sûre d'elle se chiffonner comme une feuille. C'était au tour d'Aliki de pleurer. Suivit un lourd silence qui fut bientôt interrompu par les cris du bébé. Themis tenta de le mettre au sein mais il tourna la tête sur le côté et continua à crier. Elle le tendit alors à Aliki, qui souleva sa blouse pour lui permettre de téter. L'effet fut immédiat. Le bébé s'apaisa aussitôt, appréciant le lait qui affluait de la poitrine de la femme. Les deux amies échangèrent un sourire.

— Merci, murmura Themis. Je sentais son désespoir, tu sais…

— Je suis sûre que tu seras bientôt capable de le nourrir à nouveau. En attendant, laisse-moi t'aider. Les autres enfants ont rapidement retrouvé le sein de leur mère.

Aliki ferma les yeux. Themis imaginait aisément quelles pouvaient être ses pensées.

— Peut-être qu'une autre est en train de nourrir mon fils à cette heure… qui sait ?

Les jours se succédèrent et les femmes devinrent inséparables. Themis portait contre elle son bébé qui grandissait maintenant rapidement, et Aliki restait à ses côtés, toujours prête à l'allaiter quand celui-ci avait faim.

Un soir, elle montra à Themis un dessin de son propre fils. Elle avait profité qu'il dormait pour l'exécuter.

— Il est si beau ! s'exclama Themis. Ses boucles brunes sont superbes.

L'enfant avait une masse de cheveux incroyable, de longs cils, des joues rondes et des fossettes.

— Il avait huit mois à l'époque. Je l'ai dessiné peu avant son départ.

Themis se rendait bien compte que les mots coûtaient à son amie.

— Chaque mère pense que ses enfants sont les plus beaux du monde, ajouta Aliki. À mes yeux, c'était un petit dieu.

Themis lui rendit le dessin. Aliki replia la feuille pour la glisser sous son matelas.

La vie suivait son cours cruel sur l'île de Trikeri. La nourriture était infecte, les punitions constantes et les gardes continuaient à distribuer des coups discrètement. L'île contenait encore des milliers de prisonnières, et des centaines d'enfants. Ils n'étaient pas pris en compte dans la distribution des rations de nourriture, si bien que tout le monde était sous-alimenté. Les petits garçons, en particulier, gémissaient souvent, tant ils souffraient de la faim. Themis avait conscience que son bébé était privilégié.

— Il s'en sort bien pour le moment. Mais ça changera quand il aura l'âge d'ingérer des aliments solides.

— Vous serez peut-être loin d'ici, tous les deux, lui répondit Aliki avec tristesse.

Elle avait accompli le sacrifice ultime en laissant partir son fils, pour autant elle n'en voulait pas à celles qui choisissaient de signer. Même si elle n'osait s'en ouvrir à personne, elle éprouvait parfois des regrets infinis.

— Je ne signerai jamais, lui répondit Themis avec détermination. Et je ne les laisserai jamais me prendre mon enfant.

Préférant changer de sujet de conversation, Aliki souleva une question :

— Jusqu'à présent, on l'a appelé *to mikro*, le petit, mais il aura besoin d'un prénom bientôt, non ? Il grandit si vite !

— Tu as raison. Je suppose qu'il devrait porter celui de son grand-père… Malheureusement, je ne le connais pas, enfin du côté paternel.

Aliki parut légèrement surprise. Themis ne se sentait pas encore prête à partager les détails de son histoire.

— Et de ton côté ?

— Mon père s'appelle Pavlos. Je ne peux pas lui donner ce prénom à cause du roi. Comment s'appelait… s'appelle ton fils ?

— Nikos. C'était le nom de mon père. Je ne connaissais pas non plus celui de son grand-père paternel.

— Ah, lâcha Themis sans surprise. Qui est le père de Nikos ?

— Un homme de mon unité. Nous avons combattu côte à côte. Pas longtemps, mais suffisamment.

— Il a été tué ?

— Je ne sais pas. Peut-être. Peut-être pas. Il a quitté notre unité sans prévenir.

Après un silence gêné, Aliki reprit la parole, le regard perdu au loin.

— Je ne crois pas que je serai capable d'aimer à nouveau.

— Le père du petit est parti sans me dire au revoir, lui aussi. Et je l'ai revu à Makronissos. Il avait renié le communisme. Il torturait ses anciens camarades.

— *Theé mou*, souffla Aliki. Tu en es sûre ?

— Sûre et certaine.

— Au moins sais-tu qu'il est en vie !

— Es-tu sûre que ce soit une bonne chose ? lui demanda Themis en essayant de dissimuler son amertume.

— Je continue à rêver de mes retrouvailles avec Tasos.

— Tasos ?

— Oui. Je serais si heureuse de pouvoir lui présenter Nikos… Malheureusement mon cœur me dit qu'il est mort. Il a dû être l'un des derniers à tomber sur le mont Grammos.

Tout en berçant son bébé profondément endormi, Themis se plongea dans ses pensées. Tasos n'était pas un prénom si rare. Elle en avait connu plusieurs à l'école et avait même un cousin éloigné qui portait ce prénom. Elle essaya de chasser l'idée que les deux enfants avaient peut-être le même père. Pourtant Aliki ajouta alors une chose qui dissipa définitivement tous les doutes de Themis avec la violence d'un coup de hache.

— Il a dû mourir l'épée au poing, dit Aliki d'une voix pleine d'amour et d'admiration. Certains le surnommaient *liondari*, le lion, pas seulement à cause de son courage. Il avait une crinière de félin, sauf qu'elle était noire.

Themis eut l'impression de se vider de son sang d'un coup. L'espace d'un instant, sa langue ne lui obéit plus. Le bébé remuait et elle s'occupa de lui, le berça en fredonnant, espérant qu'Aliki ne remarquait pas combien elle tremblait.

À présent qu'elle avait la certitude que leurs fils avaient le même père, Themis se demanda si cela expliquait pourquoi Aliki s'était liée aussi facilement avec son fils. Lui rappelait-il Nikos ? Le crâne du petit de Themis n'était encore recouvert que d'un léger duvet noir, mais des boucles commençaient à faire leur apparition dans sa nuque, telles de petites pousses. Peut-être qu'avec le temps la ressemblance deviendrait plus évidente.

Il fallut moins d'une seconde à Themis pour prendre sa décision. Elle ne dirait rien. Pourquoi détruire l'image héroïque qu'Aliki se faisait de son amant et la remplacer par de la peine ? Dès qu'elle eut repris ses esprits, elle lui lança :

— Que penses-tu d'Angelos ?

— C'est un prénom parfait, répondit immédiatement Aliki. Cet enfant est un ange. Ça lui va comme un gant.

— Alors il s'appelle Angelos.

À compter de cet instant, le bébé porta le nom que sa mère avait tiré pour lui des cieux et non de son arbre généalogique. Themis n'éprouva pas le besoin d'aller trouver le pope de l'île. Elle avait déjà cousu le petit *mati* à l'intérieur du pantalon, Angelos était protégé du mauvais œil.

Une école informelle avait vu le jour sur l'île et, grâce à l'aide d'Aliki pour nourrir son fils, Themis pouvait enseigner la lecture et l'écriture aux enfants par petits groupes. Pour l'alphabet, elle traça des lettres dans le sable avec des bâtons. Et elle leur apprit à compter avec des cailloux. Elle consacrait aussi une part importante de son temps à leur raconter des histoires. Constatant que les enfants étaient moins turbulents quand ils étaient occupés, les gardes ne s'opposèrent pas à ces activités.

Les températures s'envolèrent à la fin du mois de juillet et durant tout le mois d'août. Des mouches envahirent le camp, attaquant par nuages entiers la nourriture et les latrines. Certaines femmes contractèrent la dysenterie, le paludisme et même le typhus. Et presque toutes souffraient de toux et de lésions cutanées. Il y avait, parmi les détenues, plusieurs médecins qualifiés et infirmières, mais en l'absence de médicaments, ils devaient se contenter de poser un diagnostic et de donner quelques conseils.

Sur cette île, rien n'était jamais propre. La peau, les vêtements, les lits, les ustensiles de cuisine étaient constamment sales. C'était un vrai miracle que les bactéries n'aient pas eu raison d'eux tous. La nuit, les femmes montaient la garde à tour de rôle pour guetter les scorpions et les serpents. Et même si les récits de rats venant grignoter les orteils des prisonnières dans leur sommeil étaient sujets à caution, ils troublaient les nuits de quelques-unes, qui restaient à l'affût.

Durant ces mois d'été caniculaires, la chaleur provoqua la léthargie des gardes autant que des prisonnières ; elles pouvaient se livrer à leurs propres activités durant plusieurs heures par jour. Les soldats continuaient à les harceler pour leur faire signer leurs déclarations de reniement, mais leur agressivité perdait parfois de son mordant au soleil. De temps en temps, une détenue cédait, ce qui offrait quelques jours de répit aux autres.

Les villageoises les plus âgées, si elles ne savaient pas lire, possédaient des compétences qui leur avaient été transmises par les générations précédentes. Elles ramassèrent des herbes sèches qu'elles trièrent par teintes, puis les tressèrent avec habileté pour créer des chapeaux de toutes les tailles, à bord plus ou moins large. Elles purent ainsi se protéger du soleil de midi brûlant. Et ces chapeaux étaient de vrais chefs-d'œuvre. Avec les brins plus courts, elles fabriquèrent des éventails pour que les femmes puissent se rafraîchir les nuits où il n'y avait pas le moindre souffle d'air.

Un groupe de femmes plus jeunes découvrit un olivier qui était tombé. Elles prélevèrent de petits morceaux de bois qu'elles entreprirent de tailler : elles fabriquèrent des cuillères et des plats pour leur usage quotidien, ainsi que de petites figurines sculptées, qu'elles parfaisaient avec amour avant de les cacher soigneusement.

D'autres préparèrent des teintures à partir des fleurs qui poussaient sur le flanc des collines. En y plongeant la pointe d'herbes sauvages, elles décorèrent les galets plats et gris que l'on trouvait en abondance sur les plages de Trikeri. Elles reproduisirent en miniature des paysages idylliques évocateurs de l'antique Arcadie, dessinèrent des oiseaux en vol et firent même parfois des petites caricatures humoristiques. Comme la couture à Makronissos, chaque œuvre artistique était un acte de subversion. Cependant, à mesure que les semaines se succédaient et que la libération semblait toujours s'éloigner un peu plus, les femmes avaient aussi besoin de s'occuper pour ne pas sombrer dans le désespoir. Aliki, quand elle ne nourrissait pas Angelos, avait toujours son morceau de charbon à la main. Elle travaillait vite, esquissant à une rapidité extraordinaire des portraits d'une ressemblance frappante. Dès qu'elle avait terminé son dessin, elle le fourrait à l'intérieur de sa robe.

Pendant qu'elles s'adonnaient à ces tâches, elles chantaient souvent tout bas : essentiellement des chants révolutionnaires, ainsi que quelques vers composés par l'une des captives, qu'elles aimaient à répéter en boucle.

> *Sur cette île impitoyable, la lutte est permanente.*
> *Le soleil tape fort, mais nos âmes résistent.*
> *Ils nous brisent les mains, nous privent de nos yeux,*
> *Ils nous volent nos vies, pourtant nos pensées ne [seront jamais à eux.*

Themis avait repris ses travaux d'aiguille. Elle avait terminé les cœurs et attaqua un nouvel ouvrage. Se servant de vieilles loques, qui avaient parfois appartenu à d'anciens condamnés, elle fabriquait des poupées pour amuser les enfants.

— Avant, je détestais coudre, dit-elle à Aliki en plaisantant.

— J'ai du mal à le croire, lui répondit son amie en souriant. On dirait une couturière professionnelle.

Ensemble, elles construisirent un petit théâtre en bois autour duquel les enfants prirent l'habitude de se réunir. Leur innocence et le plaisir qui se peignait sur leurs visages égayaient Trikeri.

Les activités intellectuelles les fortifiaient également. Les plus éduquées d'entre elles dispensaient, en toute discrétion, des leçons sur des sujets tels que les philosophes grecs ou les principes du marxisme. Elles avaient toutes besoin qu'on leur rafraîchisse la mémoire sur les raisons précises qui les avaient conduites sur cette île et sur les convictions qui justifiaient leurs souffrances. Parfois, elles les oubliaient.

Ces heures de tranquillité pouvaient être brusquement interrompues par l'annonce d'un procès ou d'une exécution. Ces menaces terrifiantes planaient constamment au-dessus des prisonnières, leur interdisant toute sérénité, et leurs nuits restaient peuplées de cauchemars.

Quand Themis regardait Aliki allaiter Angelos, elle prenait conscience qu'il n'aurait pas survécu sans elle. Et Themis dut se reposer un peu plus encore sur son amie quand elle fut paralysée par des crampes d'estomac. Soupçonnée d'avoir attrapé le typhus, elle fut placée en isolement. La fièvre ne la quitta pas durant plusieurs jours, et elle fut parfois victime d'hallucinations, se croyant de retour dans la cave de Makronissos, vivant dans un état crépusculaire entre la vie et la mort, ses sens n'étant stimulés ni par les sons ni par la lumière.

Une fois remise sur pied, elle retrouva un Angelos aux joues bien roses, souriant et avec une dent qui avait percé. Lorsqu'elle le prit dans ses bras pour la première fois depuis des jours, elle fut si surprise par son poids qu'elle s'exclama. Aliki lui sourit. Les deux femmes partageaient un amour commun pour cet enfant.

Même s'il n'avait pas été baptisé, les femmes et les autres enfants tinrent à célébrer sa fête en novembre, la Saint-Angelos. Il ne reçut aucun cadeau, mais il y eut des chants et des jeux. Ces festivités leur permirent de dissiper brièvement le sentiment par ailleurs écrasant de vanité qui recouvrait tout comme une couche de poussière.

Par un froid matin de décembre, alors que la vie semblait avoir trouvé son rythme, malgré les conditions pénibles, tout bascula. Themis fut la première à sortir de la tente avec Angelos. Le sol était blanc. Elle pensa d'abord que les premières neiges étaient tombées. Elle ne mit pas longtemps à comprendre son erreur. Des dizaines de feuilles de papier étaient éparpillées sur le sol. En y regardant de plus près, elle se rendit compte qu'il s'agissait des dessins d'Aliki. Elle voulut se retourner pour aller prévenir son amie, mais celle-ci était juste derrière elle. Et Themis vit alors que deux gardes étaient postés de part et d'autre de l'entrée de la tente.

Aliki avait réussi, pendant de nombreux mois, à mettre toutes ses esquisses à l'abri entre deux rochers, et sa cachette avait été découverte. La quarantaine de femmes qu'elle avait portraiturées, parmi lesquelles Themis, étaient facilement reconnaissables.

Forçant les détenues à se rassembler en les poussant avec la crosse de son fusil, l'un des gardes leur adressa l'avertissement suivant : si l'auteur de ces dessins ne se dénonçait pas, tous les modèles seraient exécutés.

Le souffle des détenues formait de petits nuages blancs dans l'air glacial, et Themis serra si fort Angelos qu'il se mit à pleurer. Elle frissonnait de peur bien plus que de froid.

Sans un instant d'hésitation, Aliki se fit connaître. Elle savait de quoi on l'accusait : elle avait révélé la réalité des tourments endurés par ces femmes à Trikeri, ses dessins étaient une critique frontale de la violation de leurs droits. Or aux yeux des autorités, mettre en avant ces mauvais traitements était un crime.

— C'est vous les criminels, lui dit le garde. Pas l'État. Et suggérer le contraire est passible de mort.

Aliki se vit accorder un dernier jour et une dernière nuit. Ni Themis ni elle ne fermèrent l'œil, ne serait-ce qu'une minute, consacrant ces ultimes heures tragiques à discuter tout bas.

Themis promit à son amie de faire tout ce qui était en son pouvoir pour retrouver Nikos, puis de l'élever comme son propre fils, de l'aimer comme Aliki avait aimé Angelos.

Retenant sa peur et son chagrin, elle remit à Themis une feuille de papier pliée en quatre. Le dessin de Nikos était le seul à avoir échappé aux gardes.

— Il y a une de ses mèches à l'intérieur, aussi. J'espère qu'il a conservé ses boucles.

À cinq heures, ce matin-là, un garde se présenta à l'entrée de la tente. Aliki se leva. Themis quitta elle aussi sa paillasse crasseuse, un Angelos endormi dans les bras.

Aliki déposa un baiser sur la tête du bébé, respirant l'odeur merveilleuse de sa peau pour la toute dernière fois. Les deux femmes se serrèrent ensuite brièvement les mains, puis Aliki se tourna vers la gardienne et sortit lentement de la tente.

Quelques instants plus tard, alors qu'elle portait son regard vers les arbres, Themis entendit le son mat et distant d'une détonation, une seule. À bout portant, le garde n'avait pas eu besoin d'utiliser plus de balles.

Themis ferma les yeux mais les larmes se frayèrent un chemin à travers ses cils et coulèrent sur ses joues, puis sur celles d'Angelos. Lorsqu'elle eut cessé de pleurer, une nouvelle question se présenta à son esprit. Pour Aliki et leurs deux fils, devait-elle envisager de signer la *dilosi* ?

18

Les jours suivants, Themis ne parvint pas à calmer Angelos, qui souffrait de l'absence de la femme dont il connaissait si bien l'odeur. Les bras qui s'étaient si souvent tendus dans sa direction lui manquaient tant qu'il était inconsolable.

Themis ne pouvait rien faire d'autre que pleurer avec lui. Elle se cachait dans l'olivaie pour fuir ses codétenues et les gardes.

Elle passa de nombreuses nuits blanches à tourner et retourner la fameuse question dans sa tête. Elle savait que signer la déclaration de repentir était la pire des défaites, mais pouvait-elle priver son fils d'une existence digne de ce nom, à laquelle il avait droit ? D'un vrai lit ? D'une chance de connaître sa famille ? De goûter la cuisine de son arrière-grand-mère ?

L'hiver s'était installé, avec ses nuits plus longues, et plusieurs centimètres de pluie la plupart des jours. Le climat rigoureux s'accompagnait de maladies différentes de celles qui les avaient atteintes pendant l'été.

On menaçait désormais quotidiennement Themis de lui prendre Angelos. Ce matin-là, elle ratissait une parcelle de terrain pierreuse – on avait annoncé aux prisonnières qu'elles pourraient la cultiver au printemps. Elle portait son fils en appui sur sa hanche. Il faisait à nouveau ses dents et gémissait. Themis tenta de l'allaiter, mais cela ne suffit pas à l'apaiser. Le son de ses pleurs commençait à irriter l'un des gardes à proximité.

— Y a plein d'autres femmes qui peuvent s'occuper de lui. Des *vraies* femmes, lâcha-t-il avec mépris avant de cracher. Attends un peu, on va le remettre entre de meilleures mains.

Savoir qu'elle n'était pas la seule à avoir été trahie par Makris, qu'il y avait une autre femme, tourmentait de plus en plus Themis depuis le départ d'Aliki. L'homme qu'elle avait vénéré comme un héros, un guerrier opposé aux forces royalistes, s'était révélé un traître.

L'idéalisme de Themis ne vacillait pas seulement à cause de la duplicité de Makris. Quand les gardes leur racontaient les milliers de crimes commis par les communistes, elle avait bien conscience de ne pas pouvoir balayer de la main tous les faits, tous les chiffres. Certaines des atrocités commises étaient irréfutables. Le conflit auquel Themis avait pris part avait été cruel et ignominieux dans les deux camps.

Quelques mois après l'exécution d'Aliki, Angelos tomba malade. Ce fut à ce moment-là que Themis remit en cause son jugement. Les communistes pouvaient-ils s'assurer sa loyauté au prix de la vie d'un enfant innocent ? De nombreuses femmes toussaient et plusieurs avaient contracté la tuberculose. Lorsque, une nuit, Angelos eut de la fièvre et qu'il se réveilla avec les yeux et le nez qui coulaient, Themis sut qu'elle ne pouvait plus repousser davantage la décision. Celle-ci la mettait au supplice, mais la température d'Angelos ne cessait de monter et elle comprit que le temps de l'incertitude était terminé.

L'heure était venue. Elle allait signer. Ce faisant, elle ne sauverait pas uniquement la vie d'Angelos, elle pourrait aussi s'acquitter de la promesse qu'elle avait faite à Aliki et partir à la recherche de Nikos.

Deux feuilles de papier fin, à lignes, lui furent remises.

— Écris ! ordonna le gardien en lui donnant un stylo.

Angelos jouait dans la poussière à côté d'elle tandis qu'elle était assise en tailleur. Le gardien se dressait derrière elle pour regarder par-dessus son épaule.

— Et dépêche-toi un peu, grogna-t-il en lui assénant un coup dans le dos avec la crosse de son fusil. J'ai pas toute la journée, et toi non plus.

Themis avait été soumise à des sévices cruels, elle avait supporté beaucoup de souffrances, mangé du pain qui grouillait de vers, sa peau avait été brûlée par le feu et le soleil. Et tout cela serait terminé si elle remplissait ces pages d'aveux, de regrets et de repentir, si elle prêtait allégeance au gouvernement.

Elle posa le papier sur son genou et commença, parfaitement consciente de la forme que la déclaration devait revêtir, de sa tonalité. Avec un certain détachement, elle regarda sa main qui tenait le stylo se déplacer avec aisance de gauche à droite.

Elle retrouvait une sensation familière, en exprimant des convictions qu'elle ne partageait pas au fond d'elle. Elle avait déjà utilisé ce subterfuge à l'époque de l'EON. Sachant que ce n'était qu'un moyen pour parvenir à ses fins et, dans ce cas précis, la clé de sa liberté, elle n'eut aucun mal à feindre la contrition et la soumission, à présenter des excuses.

Le ton devait être obséquieux envers les autorités et servile à l'excès. Themis se surprit soudain à se demander qui pourrait bien être dupe d'un tel document. Cela lui parut ridicule, au regard de ce qu'elle savait de ses croyances intimes et de son engagement.

Elle sentait le regard du soldat dans son dos, et elle imaginait aussi celui, encourageant, de Fotini et d'Aliki, la pressant de saisir cette chance pour elle et deux autres petits êtres.

En dix minutes, elle eut couvert les quatre pages de papier avec des paroles d'autoflagellation, mais aussi de promesse et d'assurance, impressionnée par l'humilité et la fausse sincérité qu'elle avait su convoquer.

Elle se relut pour traquer les fautes d'orthographe et jeta un dernier coup d'œil aux lignes, consciente que, tôt ou tard, elles pourraient être lues en public, dans le quartier de Patissia. D'une main tremblante, elle ajouta sa signature, qui allait la sauver et la rendait en même temps haïssable à ses propres yeux.

Le garde écrasa un mégot sous sa semelle, lui arracha les feuilles des mains et parcourut la déclaration.

— Maintenant, toi et ton mioche, vous pouvez vous préparer à partir, dit-il d'un ton cinglant avant de s'éloigner.

Themis se releva et prit Angelos dans ses bras.

Il tira d'un geste joueur sur l'oreille de sa mère et elle lui sourit, lui baisa les joues. Il méritait ce sacrifice, et elle se sentit plus légère, elle eut l'impression que son corps tout entier flottait. Tous ses regrets s'envolèrent.

Trois autres femmes avaient signé une *dilosi* ce jour-là. Pour la première fois depuis son arrivée à Trikeri, plusieurs gardes adressèrent un sourire à Themis. Elle ne leur rendit pas. Une heure plus tard, un bateau venait les chercher pour les conduire sur le continent.

Elle se dépêcha de regagner sa tente. Certaines des prisonnières qui l'avaient considérée comme leur amie lui tournèrent le dos. Elles lui reprochaient de trahir la cause. L'une d'elles cracha à ses pieds. Une autre, cependant, lui adressa un regard compatissant.

— Prends soin du petit, lui dit-elle. Puisse-t-il toujours connaître autant d'amour.

L'une des plus jeunes glissa à l'oreille de Themis :

— Ne nous oublie pas. Dieu est de notre côté.

Themis retint ses larmes. Ce pardon, même s'il ne lui était accordé que par deux de ses compagnes, lui était précieux. Signer une *dilosi* était une trahison et un abandon de ses camarades d'exil. Elle ne pouvait pas se voiler la face.

Elle rassembla ses maigres possessions. Elle sortit sa broderie, rangée sous sa paillasse. L'ouvrage représentait l'amour passé et l'amour présent. Il y avait aussi le petit dessin de Nikos qui contenait une unique boucle de ses cheveux noirs. Themis l'avait cousu dans l'ourlet de sa couverture pour le mettre à l'abri et défit rapidement les points pour le sortir et le fourrer dans sa poche.

Elle reprit Angelos dans ses bras et se dépêcha de descendre à la jetée où l'attendait la barque. Elle ignora les regards réprobateurs sur son passage. Les nouvelles allaient vite à Trikeri.

Themis ne pouvait contenir l'excitation qui la gagnait. Elle ignorait ce que la vie lui réservait, mais en montant prudemment sur le bateau, elle eut envie de crier de joie.

C'était une belle journée de printemps, le soleil offrait avec réticence ses premières chaleurs et la brise était douce. Alors que l'embarcation avançait lentement sur les flots, les deux gardes fumaient et discutaient comme s'ils étaient en croisière. Les trois autres femmes jouaient avec Angelos, assis sur les genoux de sa mère, elles lui tapaient dans les mains. Peu après, elles atteignirent le continent.

Près d'un camion militaire vétuste, quelques soldats les attendaient. Ils les félicitèrent gaiement, peut-être avec une pointe d'ironie. L'un d'eux pinça la joue d'Angelos avec ses doigts sales, d'un geste si familier que Themis s'écarta, révulsée. Ce n'était pas parce qu'elle s'était repentie que cet homme avait acquis le moindre droit sur elle.

Le paysage s'était considérablement transformé depuis qu'elle avait emprunté cette route, plusieurs mois auparavant. Entre les lames du camion, elle remarqua tous les changements causés par la guerre civile. Non seulement de nombreuses collines avaient été dépouillées de leurs arbres, mais toutes les villes et tous les villages qu'ils traversaient portaient les cicatrices du conflit. Des bâtiments avaient été détruits, des communes entières avaient été désertées. Beaucoup avaient fui leur village pour chercher la sécurité des grandes villes et, souvent, pour éviter un recrutement forcé dans l'armée communiste.

Elle se détourna et commença à fredonner la berceuse qui avait si souvent aidé Angelos à trouver le sommeil, mais le roulis du véhicule avait déjà opéré, reproduisant les mouvements du berceau que le petit n'avait jamais connu. Pendant de nombreuses heures, il dormit profondément sur la poitrine de Themis. Lorsque les températures chutèrent, elle sentit sa chaleur et le rythme lent de sa respiration. Sa toux ne s'était pas aggravée et ses joues roses étaient un signe de bonne santé, et non de fièvre. Il remuait parfois, ses paupières papillonnant comme s'il rêvait.

Sur cette route obscure, le regard tourné vers le vaste ciel nocturne, elle éprouva la pureté et la profondeur de son amour pour lui.

Elle finit par l'allonger sur la banquette à côté d'elle et s'assoupit, une main sur le dos du petit pour s'assurer qu'il était bien là. Une de ses compagnes de voyage, par ailleurs peu amicale, l'imita. L'enfant s'attirait l'affection des inconnus.

Au bout de plusieurs heures de voyage, le conducteur s'arrêta pour qu'un soldat le relaie au volant. Une femme en profita pour descendre. Ils étaient près de sa ville natale, et elle finirait à pied. Elle fit ses adieux sans aucune émotion. Elles avaient à peine échangé quelques mots de tout le trajet, les tentatives de Themis pour engager la conversation étant restées lettre morte. Cette femme semblait détruite, son regard était vide.

À l'aube, ils atteignirent les faubourgs d'une ville. Comme par instinct, Themis se réveilla. Les montagnes vertes avaient été remplacées depuis longtemps par des immeubles gris, et les arbres par des lampadaires. Ils étaient à Athènes.

Themis chassa aussitôt les brumes du sommeil et fut en alerte. Elle avait la gorge sèche, et c'était moins un effet du manque d'eau que de l'angoisse. Elle était impatiente de revoir sa famille, et pleine d'appréhension en même temps. Qui pouvait prévoir leur réaction ? Face à elle et face à Angelos ? Sa grand-mère avait-elle subi les conséquences de son internement et de ses convictions politiques ? Panos était-il rentré ? Et Margarita ? Comment Thanasis se comporterait-il ? Themis ne s'était que peu attardée sur ces questions, ces derniers mois, et soudain elle devait les affronter.

Le camion s'arrêta à l'angle de la place Syntagma et de Stadiou. Quelques instants plus tard elle était dehors, sur le trottoir. Elle n'avait pas souvenir d'une telle foule dans la rue, sauf pendant les manifestations. Les passants ne lui accordaient pas un seul regard, tous marchaient d'un pas décidé, vers un emploi ou un rendez-vous. Elle eut l'impression que la vie avait suivi son cours normal et que le pays n'avait jamais connu la guerre, ni avec un autre pays, ni en son sein.

Une mère avec son enfant les bouscula comme si Themis et Angelos étaient invisibles. Puis elle les insulta, à en juger par son regard noir, car le bruit de la circulation noya ses paroles. Themis baissa les yeux sur ses vêtements simples, qui avaient sans doute été portés par plusieurs personnes avant elle. Elle se rendit compte qu'elle ressemblait à l'épouse d'un fermier, et pas des plus propres. Angelos était crasseux lui aussi.

Elle leva les yeux vers l'hôtel Grande-Bretagne. Il brillait toujours de mille feux. Une femme en manteau de fourrure sortait d'une voiture avec chauffeur et fut accueillie par le portier. Les riches étaient restés riches, songea Themis. Le monde n'avait vraiment pas changé.

Elle remonta lentement Stadiou vers le nord. Angelos commençait à peser lourd et les chaussures de Themis étaient si usées qu'elle aurait aussi bien pu être pieds nus. Le froid qui montait des pavés se diffusait jusque dans ses os.

Elle passa bientôt devant le café que sa sœur adorait. Zonars. Il avait ouvert ses portes juste avant l'invasion allemande et attiré le « meilleur » de la société athénienne. Cela semblait toujours le cas. Sans honte, elle observa la clientèle à travers la vitrine. Sentant peut-être son regard, une des femmes qui partageait un café avec des amies leva la tête. Themis la vit reposer sa tasse. Un instant plus tard, elle était à côté d'elle, si près que Themis fut presque étourdie par son parfum. Elle n'avait pas respiré une senteur si puissante depuis des années. Celle-ci réveilla aussitôt le souvenir de Margarita.

— Ma chère, lui dit la femme en lui fourrant plusieurs billets dans les mains, tenez, je vous en prie.

Themis remarqua que la femme n'avait pas pris le temps d'enfiler son manteau avant de sortir la rejoindre. Celle-ci resta quelques minutes sur le trottoir, avec sa robe en soie émeraude, ses rangées de perles au cou et ses diamants aux oreilles, puis tourna soudain les talons et rentra précipitamment dans le café.

Pendant ce temps, deux des amies de la femme s'étaient approchées de la vitrine et agitaient les mains dans la direction de Themis. Elle n'eut aucun mal à lire les mots sur leurs lèvres :

— Ouste ! Ouste ! criaient-elles comme si Themis était un pigeon picorant les jeunes semences d'un fermier.

Se sentant rougir de honte et d'humiliation, elle fourra l'argent dans sa poche et s'éloigna rapidement. Angelos rebondissait contre sa hanche et elle se rendit soudain compte que l'argent qu'elle venait de recevoir par charité était tout ce qui les séparait de la misère. L'angoisse s'empara d'elle. Et si en arrivant à Patissia elle ne trouvait pas sa famille ? Ce n'était pas totalement impossible et, dans ce cas, ils connaîtraient rapidement la faim, Angelos et elle. Elle pressa le pas, les yeux baissés pour éviter de croiser les regards curieux, méprisants ou compatissants, qu'elle avait déjà bien assez sentis sur elle depuis les premières heures de sa prétendue liberté.

Les rues étaient presque pareilles à son souvenir, même si certaines façades gardaient des traces de bombardements et de balles. La plupart des boutiques étaient encore fermées, et elle remarqua que sa pharmacie avait été transformée en fromagerie.

Quarante-cinq minutes plus tard environ, Themis atteignit la rue Kerou. Son cœur battait à tout rompre, d'épuisement et de nervosité. Les arbres de la place n'avaient pas changé, et la petite porte de l'immeuble était la même, à peine plus rouillée et grinçante.

Angelos gazouillait. Elle lui caressa la tête, passa les doigts dans les boucles qui avaient foisonné ces derniers mois. Elle le rassura : tout irait bien. Que connaissait-il à la vie ? Depuis sa naissance il avait été aimé et protégé. Les semaines de privation avaient été oubliées, comme les jours où Themis n'avait pas assez de lait pour le nourrir. Même le souvenir d'Aliki s'était peut-être déjà effacé de sa mémoire.

La porte de l'immeuble était entrouverte, et elle entra. Elle gravit les marches. Des odeurs familières de cuisine l'enveloppèrent : Kyria Danalis au premier, qui avait toujours la main lourde avec l'ail, Kyria Papadimitriou au deuxième, qui semblait à chaque fois se débrouiller pour faire brûler quelque chose. Un dernier étage. Les jambes de Themis tremblaient. La fébrilité, l'impatience, la peur aussi l'affaiblissaient. Impossible de savoir quelle émotion surpassait les autres. Comme dans les gâteaux de sa grand-mère, une dizaine d'ingrédients étaient si étroitement mélangés qu'elle ne pouvait plus les dissocier. Les gâteaux parfaits, savoureux de sa grand-mère… Oui, voilà à quoi elle pensait lorsque des arômes particuliers lui parvinrent. Vanille. Cannelle. Pomme ? Elle avait atteint le troisième étage.

Angelos agitait les bras. Peut-être que l'odeur lui faisait envie, à lui aussi, même si la seule sucrerie qu'il eût jamais goûtée était une goutte de miel au bout du doigt de sa mère.

Themis frappa, timidement d'abord. Puis un peu plus fort, voyant que ses coups restaient sans effets. Un instant plus tard, la porte s'ouvrit de quelques centimètres.

Kyria Koralis jeta un coup d'œil par l'entrebâillement et découvrit une clocharde sur le seuil de son appartement. Elle était habituée à croiser des gitanes avec leurs bébés dans la rue, mais il était rare que ces mendiants osent s'aventurer à l'intérieur des immeubles pour faire la manche. Elle avait bon cœur, néanmoins, et de la nourriture en quantité plus que suffisante, puisqu'elle continuait à cuisiner comme si la maisonnée était au complet.

— Je vais vous chercher quelque chose, dit-elle assez fort pour que la femme puisse l'entendre.

Puis elle referma la porte et revint quelques instants plus tard avec un morceau de pain dans un papier kraft.

— *Yaya*, lui dit aussitôt la clocharde. C'est moi, c'est Themis.

Kyria Koralis étudia la femme dans la pénombre.

— Themis…

Elle ouvrit la porte en grand et une petite partie de la lumière qui entrait dans l'appartement par les fenêtres ouvertes se diffusa sur le palier.

— *Panagia mou*. Non, vous ne pouvez pas être Themis.

Elle recula d'un pas pour tenter d'étudier cette femme en haillons et échevelée. Elle s'intéressa à peine à l'enfant dans ses bras.

— Vous n'êtes pas Themis, affirma-t-elle d'un ton définitif.

La jeune femme entendit alors des pas qui montaient lentement l'escalier dans son dos.

— On t'embête, *yaya* ? demanda une voix masculine.

— Cette femme prétend qu'elle est Themis, répondit Kyria Koralis.

— Themis est morte, asséna Thanasis d'un ton cinglant.

Il l'avait dit à plusieurs personnes dans divers contextes et, n'ayant pas eu de nouvelles de sa sœur depuis plus d'un an, il s'en était convaincu. Themis se retourna pour faire face à son frère. Comme leur grand-mère, il ne la reconnut pas immédiatement.

— Que faites-vous ici, à notre porte ?

— C'est aussi la mienne, répondit-elle courageusement. J'ai vécu ici.

Son frère portait un uniforme de la police, et elle remarqua qu'il s'appuyait de tout son poids sur une canne. Un rai de lumière éclairait son visage et plus particulièrement sa joue couturée. Themis avait oublié combien il avait été défiguré.

— Alors qui est… ? demanda-t-il en montrant Angelos.

— Mon fils.

Thanasis la contourna pour aller se poster près de Kyria Koralis. Tous deux étudièrent Themis.

— Tu ferais mieux d'entrer, finit-il par lâcher. C'est bien ta petite-fille, *yaya*, confirma-t-il à l'intention de sa grand-mère comme s'ils étaient au commissariat en pleine séance d'identification.

Kyria Koralis secoua la tête, incrédule.

— *Panagia mou...* Themis ? *Matia mou...* C'est vraiment toi ?

Des larmes coulaient sur son visage ridé et elle se signait sans relâche. Themis finit par entrer. Angelos était étonnamment calme, elle le serrait contre elle.

Une fois qu'elle eut séché ses larmes et qu'elle eut cessé de s'exclamer, Kyria Koralis se mit s'agiter. Themis devait avoir faim ? Soif ? Et le bébé ? Une couverture ? Du lait tiède avec du miel ?

Themis s'assit à la table familière et regarda autour d'elle. Rien n'avait changé.

— Tu nous dois peut-être des explications, non ? aboya Thanasis.

On aurait dit un agent de police conduisant un interrogatoire. Angelos était très intrigué par la scène qui se déroulait autour de lui et se tourna vers son arrière-grand-mère. Son charme opéra aussitôt.

— *Agapi mou ! Moro mou !* Mon petit chéri !

Angelos sourit et tapa dans ses mains.

— Je te présente ma *yaya*, Angelos, lui dit sa mère.

Poussée par cet instinct auquel aucune femme ne peut résister, Kyria Koralis lui tendit les bras. Angelos se tourna vers la vieille femme, et Themis confia de bon cœur son fils à sa grand-mère, soulagée d'être libérée de ce poids un moment.

À cet instant, le petit et son arrière-grand-mère nouèrent aussitôt un lien. Il s'assit volontiers sur ses genoux, puis elle le plaça sur sa hanche pour pouvoir découper le gâteau aux pommes qui sortait du four et en proposer des parts à ses petits-enfants. Kyria Koralis venait d'avoir quatre-vingts ans, mais elle restait robuste, et elle fit la démonstration que la force nécessaire pour porter un petit ne diminuait pas avec l'âge.

Themis se servit un verre d'eau. Elle savait qu'elle devait livrer un récit plausible des deux années écoulées, toutefois elle voulait d'abord prendre des nouvelles de Panos et Margarita.

— La bonne nouvelle, c'est que Margarita est bien installée à Berlin, reprit Thanasis. Elle y est heureuse. Tu peux lire ses lettres, si tu veux. Elle nous écrit de temps en temps. Elle n'a pas épousé son officier, mais elle a trouvé sa place autrement. Il y avait beaucoup de travail là-bas, dès le début. Ce sont en majorité des femmes qui se sont chargées de déblayer les décombres dans les rues de Berlin, tu le savais ? Les Alliés avaient causé des dégâts considérables, et il fallait faire place nette avant de pouvoir reconstruire. Margarita a contribué à dégager les pierres, les briques, les morceaux de plâtre, un par un…

Themis avait du mal à imaginer sa sœur se livrer à une activité aussi physique, mais elle se réjouit d'apprendre que celle-ci avait commencé une nouvelle vie. Themis n'était pas attristée de la savoir installée dans un autre pays. C'était surtout à son frère chéri qu'elle pensait, de toute façon. Thanasis lui avait donné bien assez de renseignements sur Margarita dans l'immédiat.

— Et Panos ? l'interrompit-elle.

Il hésita un instant, échangea un regard avec leur grand-mère.

— Il est mort.

Themis avait redouté ces mots. Elle serra le verre dans sa main, baissa la tête et se concentra sur le motif de la nappe. Elle dut se battre pour contenir son angoisse.

Thanasis reprit sans la moindre émotion :

— Il a été tué à la toute fin du conflit. Sur le mont Grammos. Nous avons reçu la visite d'un certain Manolis, il y a environ un an. Il avait combattu à ses côtés. Tout ce que nous savons, c'est que c'était lors de l'assaut final. Ils auraient dû déposer les armes. Reconnaître leur défaite. Mais ils ont voulu aller jusqu'au bout. Les communistes ont été incapables de s'avouer vaincus.

Themis avait perdu l'usage de la parole. Même si elle s'était préparée à cette nouvelle, son chagrin n'en était pas moins grand. Thanasis profitait de l'annonce de la mort de Panos pour affirmer, une fois de plus, ses convictions politiques. De toute évidence, il n'avait pas changé.

Kyria Koralis avait emmené Angelos sur le balcon et lui montrait ses plantes, en les appelant par leurs noms. Elle lui indiqua ensuite plusieurs objets sur la place, tentant de lui apprendre quelques mots :

— Bicyclette... enfants... *kafenion*... camion.

Elle ne voulait pas écouter son petit-fils raconter ce qui était arrivé à Panos. Aujourd'hui encore, elle ne supportait pas de repenser à l'animosité qui avait existé entre les deux frères. Tenir ce petit garçon dans ses bras lui procurait une joie immense, et rien ne devait ternir ce moment. L'apparition de ce petit être relevait du miracle après toutes les morts et les destructions.

Pour Thanasis, cet enfant n'avait rien de merveilleux. Il ne faisait qu'ajouter à la honte qui accompagnait le retour de Themis. Non seulement sa sœur s'était battue pour le mauvais camp, mais elle revenait avec un bâtard. Comme si la réputation de leur famille n'avait pas déjà été suffisamment entachée.

Kyria Koralis rentra avec Angelos, qui jouait joyeusement avec la croix en or qu'elle portait autour du cou. Elle se rassit, près de sa petite-fille, et lui rendit son fils. Thanasis avait quitté la pièce en boitant. Il n'avait aucune envie de voir les larmes de sa sœur.

— Je suis désolée pour cette terrible nouvelle, *agapi mou*, lui dit sa grand-mère. Je suis certaine qu'il est mort courageusement, en défendant les valeurs auxquelles vous croyiez tous les deux.

Kyria Koralis était sincère, même si elle s'inquiétait déjà de voir le feu de la guerre civile se raviver dans l'appartement de la rue Kerou.

Elle avait d'autres nouvelles à annoncer à Themis. Comme Thanasis, elle commença par la bonne.

— Ton père est toujours en Amérique. Il s'est remarié et a eu un enfant. Tu as une demi-sœur ! Elle a quelques mois.

— Ah… Et notre mère ?

— Malheureusement, elle a quitté ce monde il y a deux ans. Il n'aurait pas pu se remarier autrement.

Themis ne voyait pas comment réagir. Elle avait tant d'informations à digérer, alors qu'elle n'avait pas encore complètement pris conscience de la mort de son frère. Eleftheria Koralis appartenait à une autre vie. Themis n'avait pas revu sa mère depuis vingt ans, et la découverte de sa mort ne provoqua presque aucune émotion en elle.

— Je vois…

Themis était engourdie par toutes ces nouvelles.

— Tu as l'air fatiguée, ma chérie.

Ce mot était loin d'exprimer l'état d'épuisement de Themis. Kyria Koralis s'empressa de faire le lit où Themis avait dormi enfant puis tint Angelos pendant que sa petite-fille se déshabillait.

Themis n'avait pas senti l'odeur du savon depuis deux années, elle passa lentement une éponge sur le moindre centimètre carré de son corps, avant de se sécher et d'enfiler une chemise de nuit, empruntée à sa grand-mère – ses propres vêtements avaient été donnés. Quand la lettre de Themis était arrivée, celle écrite à Trikeri, avec la photographie, Thanasis l'avait cachée, jugeant qu'il était préférable de ne pas donner à sa grand-mère l'espoir de revoir un jour sa petite-fille.

Angelos découvrait l'eau chaude pour la toute première fois de sa vie, et il les éclaboussa avec bonheur lorsqu'elles le baignèrent dans le lavabo. Il pleura quand elles le sortirent de son bain, mais se remit bien vite à gazouiller.

Peu après, la mère et l'enfant se couchaient dans des draps frais et sous une courtepointe moelleuse. Respirant l'odeur de la lavande, Angelos s'endormit presque instantanément, et Themis l'imita rapidement. Cela faisait des années qu'elle n'avait pas passé une nuit sur un vrai matelas, entre quatre murs. Ne risquant pas d'être tirée de son lit, ne risquant pas d'entendre des cris, des coups de feu ou des sirènes, elle plongea dans un sommeil paisible, sans rêves, Angelos niché au creux de son bras.

Son voyage depuis Trikeri l'avait vidée de toute énergie, pourtant, le lendemain matin, elle n'avait qu'une idée en tête : entreprendre un nouveau voyage.

L'odeur du café de sa grand-mère l'avait réveillée, et il lui avait fallu une seconde pour se rappeler où elle se trouvait. Angelos commençait seulement à remuer.

Comme il porte bien son prénom, songea-t-elle en le sortant du lit et en l'embrassant sur le front.

Kyria Koralis avait déjà fait cuire des fruits pour nourrir le petit affamé à la cuillère. La passion que son arrière-petit-fils lui inspirait était débordante.

— *Moro mou*, mon tout-petit, s'exclama-t-elle en levant les bras en l'air dès qu'elle le vit apparaître. Je t'ai préparé quelque chose de délicieux !

À l'entendre, on aurait pu croire qu'elle le connaissait depuis le jour de sa naissance. Quant à Angelos il acceptait volontiers l'attention que lui portait son arrière-grand-mère et quitta avec joie les bras de sa mère pour que la vieille femme le nourrisse. La vie au camp de Trikeri l'avait rendu très sociable. Rares étaient les moments où il n'était pas entouré d'autres femmes affectueuses et d'enfants bruyants, qui le portaient, jouaient avec lui ou lui chantaient des chansons. Sans oublier la présence constante d'Aliki bien sûr.

Thanasis fit une brève apparition avant son départ pour le commissariat. À chaque pas, il frappait sèchement le carrelage avec sa canne. Il vivait avec ses blessures depuis près de sept ans maintenant. Il ne travaillait plus qu'à mi-temps, mais pour toucher sa solde complète, il devait se présenter tous les jours au travail.

Sur la table de la cuisine l'attendait le café que Kyria Koralis venait de lui préparer : double et très sucré. Comme toujours, il le porta à ses lèvres sans un mot puis reposa brutalement la tasse dans la soucoupe.

À la lumière du petit matin, Themis eut un meilleur aperçu de son visage asymétrique. Les imperfections de sa peau ne s'étaient pas atténuées avec le temps. À gauche, la cicatrice paraissait encore récente ; tout autour des points irréguliers, la peau était restée boursouflée. Quant au côté droit, toujours parfait, il ne servait qu'à rappeler la beauté qu'il avait perdue et à souligner la laideur des dégâts causés par sa blessure.

Angelos leva la tête, se détournant de la cuillère avec laquelle sa grand-mère le nourrissait. Apercevant son oncle, il se mit à hurler.

— Je suis désolée, vraiment désolée, dit Themis, honteuse et gênée. Ce doit être ton uniforme, il a vu tellement de soldats… Et ils criaient, le plus souvent.

C'était une explication à peu près plausible. Les boutons bien brillants de la veste, que Thanasis avait encore tant de mal à fermer, le calot, le pantalon bleu marine raide rappelaient les gardes de Trikeri. Depuis sa naissance, Angelos n'avait presque pas vu d'homme vêtu autrement. Or aucun n'avait jamais eu un mot gentil pour lui.

Rien ne réussit à calmer ses larmes. Sans un mot, Thanasis quitta la cuisine, puis l'appartement. Dès qu'il fut parti, Angelos se tut.

— Oh, *yaya*, je suis sincèrement navrée.

— Il arrive que des adultes aient du mal à cacher leur réaction en le voyant, tu sais. Que pouvons-nous y faire ? Le petit Angelos est trop petit pour comprendre.

— C'est affreux, je pensais…

— Quoi ? Que ses cicatrices auraient disparu ? Malheureusement, non. Et il doit supporter le regard des gens au quotidien.

— Il a des raisons d'être en colère.

— Thanasis l'a toujours été, ma chérie, tu le sais. Il a réussi à la contenir pendant un temps, mais je crains que…

— Que quoi ? Que je la ravive ?

Kyria Koralis hocha la tête.

— Après votre départ, à Panos et à toi, il était beaucoup plus calme.

Avec l'âge, Themis comprenait combien leur grand-mère avait dû souffrir des chamailleries incessantes de ses quatre petits-enfants.

— Profite de son absence pour me parler un peu de ce petit, dit-elle. Qui est son père ?

Themis prit une profonde inspiration. Le récit qu'elle s'apprêtait à faire de l'histoire d'Angelos deviendrait, à compter de ce jour, la version officielle, la seule. Elle aurait pu raconter qu'elle avait eu le cœur brisé, qu'elle avait reçu un choc en découvrant la vérité sur Makris et que l'ironie du sort avait placé sur sa route Aliki, mais avant même d'ouvrir la bouche elle décida qu'elle allait modifier ces deux années de sa vie, omettre beaucoup de détails et en inventer quelques-uns.

Themis commença par l'excitation de son entraînement au camp de Bulkes, parla des amies qu'elle s'y était faites et de ce qu'elle avait appris. Elle décrivit en détail l'endroit où elle avait acquis de nouvelles compétences, la détermination que lui inspirait l'avenir dont ils rêvaient pour leur pays, où tous les citoyens seraient égaux et où tous auraient de quoi vivre. Avec conviction, Themis dit à sa grand-mère qu'elle n'avait eu aucun regret de prendre part à cette lutte, elle lui parla des combats et des déplacements dans le nord du pays, sans préciser le nombre de fois où elle avait épaulé son fusil.

Elle évita d'entrer dans les détails concernant l'embuscade, sa captivité, son séjour dans les prisons crasseuses du continent puis dans les bagnes de Makronissos et de Trikeri.

— Et le bébé ? Où est-il né ?

— À Trikeri. Il est né là-bas. Son père était un soldat de notre unité.

Elle savait que sa grand-mère avait dû se demander si l'enfant était le fruit d'un viol d'un garde. De nombreux bébés avaient vu le jour dans de telles circonstances et Themis tenait à rassurer sa grand-mère : Angelos était un enfant de l'amour.

— Son père a été tué.

Les mots avaient une résonance étrange, Themis eut l'impression que quelqu'un d'autre les avait prononcés. Puis elle entendit sa grand-mère les répéter.

— Son père a été tué ?

— Oui, dit Themis qui butait légèrement sur les mots. En défendant notre cause.

Angelos remplissait le silence gêné de ses gazouillis joyeux.

— Eh bien, cet enfant est une bénédiction en tout cas, reprit la vieille dame d'un ton chaleureux en lui touchant la tête.

Avec ses boucles brunes en bataille et son sourire angélique, il aurait pu attendrir le plus dur des cœurs. L'appartement de Patissia n'avait pas connu la vie et la joie depuis si longtemps… et depuis la veille, elles étaient de retour.

— C'est un don pour nous, Themis.

— Moi aussi, je le vois comme ça, *yaya*.

— Alors il est ressorti du bon de toutes ces années d'épreuves. Il faut qu'on reprenne le cours de nos existences maintenant, *agapi mou*. Quels que soient les torts des uns et des autres, ce petit est totalement innocent, lui.

Themis raconta alors à sa grand-mère les dévastations qu'elle avait vues sur la route, en venant de Trikeri. Kyria Koralis en avait entendu parler à la radio, mais Themis, elle, avait vu cette réalité de ses propres yeux.

— Le pays entier est en ruines, dit-elle tristement.

— On peut le reconstruire, lui répondit sa grand-mère. Il a déjà traversé des périodes difficiles, tu sais.

Themis craignait qu'il faille des dizaines d'années pour y parvenir, pourtant elle n'en dit rien. Kyria Koralis rendit Angelos à sa mère et se mit à couper des légumes pour leur déjeuner. Ces préparatifs lui prenaient toute la matinée désormais, et elle continua à discuter tout en s'activant. Themis, elle, s'assit sur le tapis pour jouer avec son fils.

La vieille dame avait été plongée dans une grande solitude ces dernières années, elle avait beaucoup de nouvelles à partager. La vie avait, par certains aspects, suivi son cours normal dans le quartier, avec des mariages et des décès, la naissance d'enfants et de petits-enfants, des accidents malheureux et heureux. Des magasins avaient ouvert et fermé, d'autres avaient même prospéré. Kyria Koralis partagea avec sa petite-fille l'évolution de Patissia dans le moindre détail, et la matinée s'écoula rapidement. Depuis son accès de tuberculose, près de dix ans plus tôt, elle jouissait d'une santé robuste et avait enterré presque toutes ses amies. Elle était ravie d'avoir à nouveau quelqu'un avec qui discuter.

— Nous allons te trouver un coiffeur, finit-elle par dire à Themis. On dirait que tu t'es coupé les cheveux toute seule !

— C'est le cas, reconnut la jeune femme en riant. C'est aussi affreux que ça ?

Kyria Koralis sourit avant d'ajouter :

— Et le petit ? Tu crois qu'on devrait l'emmener aussi ? Ou attendre son baptême ?

— Attendons son baptême, dit Themis, qui ne se rendit compte qu'après qu'elle avait accepté de faire baptiser son enfant alors qu'elle n'en avait pas l'intention.

Ne voulant pas contrarier sa grand-mère, elle détournait la conversation de tous les sujets graves. Elle aborderait avec elle la question de Nikos d'ici quelques jours.

Le repas mitonnait sur la cuisinière, et Kyria Koralis leur prépara du café avant de s'asseoir un moment.

— Et Margarita ? Quelles nouvelles donne-t-elle dans ses lettres ?

— Je crois qu'elle a un peu le mal du pays. Elle vit en Allemagne depuis plus de cinq ans maintenant. Tu te rends compte à quelle vitesse le temps file ?

— Où vit-elle ?

— Dans la banlieue de Berlin, je crois. Elle s'est mariée, mais pas avec l'homme qu'elle avait rencontré à Athènes. À son arrivée, elle a découvert qu'il avait déjà une femme.

— Est-elle heureuse ?

— Ça, je ne sais pas, lui répondit sa grand-mère. Les premières années là-bas, elle s'est chargée de nettoyer la ville, de ramasser des pierres. Beaucoup de femmes ont fait comme elle.

— Thanasis m'en a parlé. Notre Margarita a vraiment fait ça ? lui demanda Themis, toujours aussi incrédule.

— C'était la seule façon de survivre.

— Elle n'a pas eu envie de rentrer ?

— Elle est trop fière pour ça. Et ensuite, elle a rencontré Friedrich. Il a l'air gentil. Il est employé de banque.

— Ils ont des enfants ?

— Malheureusement, non. Et ça la rend très triste. Dans sa dernière lettre, elle m'a demandé si je pouvais lui adresser un remède. D'après ce qu'elle décrit de son alimentation, je ne suis pas très surprise qu'elle ne soit pas encore tombée enceinte. Mais elle ne veut pas rentrer au pays. Elle a peur.

— Je la comprends, lâcha Themis sans ménagement. Elle a épousé un Allemand, *yaya*.

— C'est ta sœur, enfin.

Il y eut un silence de quelques instants.

— Elle ne doit pas baisser les bras, dit Themis pour apaiser la tension. Je suis sûre que ça finira par lui arriver.

— Et puis il y a Thanasis. Je doute qu'il devienne père un jour. Les filles ne le regardent pas. Ça ne te surprendra pas.

En effet… Themis entendit alors une clé dans la serrure. Son frère entra et elle se crispa.

— Je t'ai préparé ton repas préféré, lui dit Kyria Koralis d'un ton joyeux. Des *gemista* !

Thanasis ne répondit rien. Il s'assit à table dans son uniforme et attendit que sa grand-mère le serve. Non sans une certaine appréhension, Themis alla chercher Angelos et l'amena à table en espérant qu'il ne pleurerait pas. Elle lui donna une cuillère pour l'occuper et il se mit aussitôt à taper la table avec.

— Alors, lança Thanasis en parlant fort pour couvrir le bruit, tu comptes vivre ici ?

— Oui.

— Tu n'as pas d'autre endroit où aller, je suppose ?

Themis en fut sonnée. Elle voyait très bien où son frère voulait en venir, mais elle tenait à ce qu'il aille au bout de sa pensée.

— La famille du père, ajouta-t-il. Je suppose que c'était un communiste.

— Le père d'Angelos est mort. Je ne peux pas aller dans sa famille.

Thanasis, que Kyria Koralis avait servi en premier, commença à manger. Themis remarqua qu'il se concentrait en mâchant et se demanda ce qu'il allait bien pouvoir ajouter. Elle sentait qu'il échafaudait une stratégie ; elle se prépara au coup suivant.

Kyria Koralis tenta de détourner la conversation. Elle se souvenait du climat délétère d'avant, toutefois elle avait oublié combien l'atmosphère pouvait devenir soudain pesante, combien la tension lui coupait l'appétit.

— Tu veux que j'en écrase un peu pour Angelos ? demanda-t-elle nerveusement.

— Ne t'en fais pas pour lui, *yaya*, je lui donnerai à manger après.

— Alors rien ne te retient de rejoindre notre père et d'aller t'installer en Amérique ? reprit Thanasis. Je suis sûr qu'il serait heureux de te voir.

Themis était atterrée.

— Mais la Grèce est mon pays ! s'exclama-t-elle.

— Sauf que tu t'es battue pour le mauvais camp, Themis. Peut-être que la Grèce n'est plus vraiment ta *patrida* aujourd'hui.

Thanasis ne pouvait pas résister au plaisir de lui rappeler que les communistes avaient perdu. Son ton était sardonique.

— Thanasis, je ne crois pas que ta sœur ait envie de repartir pour un long voyage dans l'immédiat. Surtout avec le bébé, intervint Kyria Koralis.

— Je pense à nous tous, *yaya*. Pas seulement à Themis et à cet… enfant.

— Il s'appelle Angelos ! s'exclama la jeune mère, blessée par le geste dédaigneux de son frère en direction du bébé.

— Je connais son prénom, Themis. En revanche, je ne sais pas quel est son nom de famille.

Elle ne pouvait pas tolérer davantage le mépris de Thanasis. Elle avait toujours su contenir ses émotions et balayer les insultes (elle s'était bien entraînée au contact de Margarita), mais aujourd'hui, elle découvrait un nouvel aspect d'elle-même : elle perdait tout sang-froid dès que son enfant était attaqué.

— Comment oses-tu, Thanasis ? Comment oses-tu ?

Themis se leva et prit Angelos dans ses bras. En entendant sa mère hausser le ton, il s'était mis à pleurer.

— C'est un bâtard, je me trompe ? s'entêta Thanasis, sans se laisser démonter par la colère de sa sœur.

— Thanasis, s'il te plaît, intervint mollement Kyria Koralis.

Themis avait enduré beaucoup de souffrances et de peines sans jamais s'apitoyer sur son sort ni se plaindre. Néanmoins, elle gardait en elle le souvenir bouillant de toutes les exactions, et avec cette dernière phrase, son frère avait jeté de l'huile sur le feu. Elle avait en effet l'impression que son corps entier brûlait. Le couteau posé près de la miche de pain, la casserole en cuivre de sa grand-mère, sa propre chaise même… tous ces objets constituaient des armes potentielles.

Au lieu de s'en servir, elle serra un Angelos mécontent contre elle et, vêtue de la vieille robe informe de sa grand-mère, quitta l'appartement avec fracas. Elle entendit Kyria Koralis protester faiblement.

— Themis ! Ne pars pas, Themis… S'il te plaît !

C'était une journée d'avril humide, et Themis sentit le crachin sur son visage dès son arrivée sur la place. Elle resserra les pans du châle autour d'Angelos pour le protéger et s'assit sur un banc. Chaque partie de son corps tremblait de colère.

L'une des habitantes du quartier lui lança un regard interrogateur, semblant visiblement la reconnaître. C'était une amie de Kyria Koralis et le motif de la robe lui était familier. Voilà pourquoi Themis avait retenu son attention. Pour cela et rien d'autre. On croisait sans arrêt des gens comme Themis dans les rues d'Athènes.

La jeune femme leva les yeux vers l'arbre qui l'abritait et vit qu'il était couvert de bourgeons. Elle eut presque l'impression que certaines feuilles se dépliaient sous ses yeux. La pluie s'était arrêtée et on découvrait des fragments de bleu entre les nuages.

Elle regarda l'amie de sa grand-mère s'éloigner sur la place. La femme portait un panier rempli de courses et s'arrêta brièvement pour saluer un couple. Rien ne paraissait avoir changé ici, songea Themis. Son propre univers avait été chamboulé au point qu'elle avait perdu tous ses repères, mais sur cette place, le temps semblait s'être figé. Les arbres étaient toujours aussi immenses, les magasins n'avaient pas changé de propriétaires, les bancs étaient restés les mêmes depuis l'époque où elle grimpait dessus, enfant, le soleil les avait simplement décolorés.

En quittant la place, elle passa devant la boulangerie que sa famille avait toujours fréquentée. Se souvenant qu'elle avait glissé dans la poche de cette robe l'argent de la cliente généreuse de Zonars, Themis entra pour acheter une petite miche à grignoter. Kyria Sotiriou fut légèrement surprise de la voir dans son magasin, et elle réussit à lui glisser tout bas, au moment de lui rendre sa monnaie :

— Je suis vraiment navrée pour Panos.

Themis se contenta d'un hochement de tête. Il était trop tôt pour engager la conversation ou pour répondre aux questions, elle voulait laisser à sa grand-mère le soin de semer quelques graines avant de raconter son histoire.

Passant devant le kiosque à journaux, elle s'arrêta le temps de lire les gros titres. La plupart annonçaient que Nikos Belogiánnis, l'un des chefs de l'armée communiste, serait jugé dans les mois prochains. *Aujourd'hui encore, la persécution continue*, songea Themis.

Les autres noms qui s'affichaient en première page lui étaient parfaitement inconnus. Alors qu'elle descendait l'avenue Patission, elle se rendit compte qu'il n'y avait pas seulement les hommes politiques qui étaient des étrangers pour elle. La mode aussi avait changé. Elle s'arrêta devant la boutique d'une modiste. Contrairement à Margarita, Themis n'avait jamais accordé beaucoup d'importance à son apparence, toutefois elle avait conscience de détonner, dans les rues d'Athènes, avec la robe d'hiver de sa grand-mère et ses cheveux taillés au couteau. Les jours prochains, elle dépenserait quelques drachmes chez un coiffeur.

Angelos commençait à peser et son dos à l'élancer. Maintenant qu'elle se sentait plus calme, elle ferait peut-être mieux de rentrer... Thanasis et sa grand-mère étaient peut-être en train de faire la sieste.

À l'approche de l'immeuble, elle vit que Kyria Koralis venait dans sa direction. Elle affichait un sourire mais non sans effort.

— *Paidi mou*, dit-elle essoufflée, ma chérie. Je suis vraiment désolée. Que puis-je te dire ? Tu as vu dans quel état il se met. Sa colère monte si vite. Et c'est bien pire aujourd'hui qu'il y a quelques années.

— Je me suis laissée emporter moi aussi, *yaya*. Je suis désolée, il fallait que je prenne mes distances...

— Il est en train de dormir. J'ai pensé qu'on pourrait aller quelque part, ensemble. Tu n'as même pas goûté au plat.

— Je n'ai pas très faim.

— Mais le petit doit manger.

— Il est tellement patient... Surtout qu'il ne peut pas comprendre ce qui se passe.

— C'est un adorable bébé, approuva Kyria Koralis en lui pinçant doucement la joue. Il y a une petite taverne en bas de cette ruelle. Ils pourront nous servir vite. Et j'insiste pour que tu te mettes quelque chose dans le ventre. Pense que c'est ton fils qui en souffrira sinon.

Pour une femme de quatre-vingts ans, Kyria Koralis avait une démarche ferme et assurée. Elle n'avait pas besoin de canne, et Themis s'émerveilla de la vitesse à laquelle elle avançait. La petite taverne était pleine de clients qui déjeunaient, principalement des hommes seuls. Plusieurs s'étonnèrent de voir deux femmes entrer, mais la plupart se replongèrent presque immédiatement dans leur assiette de ragoût de mouton, le plat du jour. Ils ne remarquèrent pas Angelos, qui s'était assoupi dans les bras de sa mère.

Le serveur leur apporta du pain, et Themis frémit lorsqu'il effleura, involontairement, son bras avec le sien.

Quelques minutes plus tard, il revenait avec deux assiettes de ragoût et, quand il nota la présence du petit, il partit chercher un petit bol et une cuillère à café. Cela faisait des mois qu'un homme ne s'était pas montré serviable avec elle.

— *Efkharisto poly*, lui dit-elle avec un enthousiasme excessif. Merci. C'est très gentil de votre part.

Le serveur lui rendit son sourire.

— *Hara mou*, lui répondit-il. C'est un plaisir.

Tous trois se mirent à manger. Angelos goûtait à la viande pour la première fois. Même si elles lui donnaient de toutes petites cuillerées, il manifesta son envie d'en avoir plus. Il ne semblait pas pouvoir se lasser de la sauce bien grasse et des pommes de terre salées.

— Regarde-le, *yaya* !

— Je n'ai jamais vu un enfant plus heureux.

— Je veux qu'il se souvienne de cet instant comme le début de sa vie ! s'écria Themis.

— Un bon ragoût bien savoureux et des pommes de terre ? demanda la vieille dame en riant.

— Oui ! Et le sourire de ma grand-mère.

Quand elles eurent terminé et saucé leurs assiettes, elles s'attardèrent un peu dans la taverne. Themis n'était pas pressée de rentrer à l'appartement.

Kyria Koralis lut dans ses pensées.

— Thanasis s'habituera vite à ta présence, la rassura-t-elle. Et il finira par te laisser tranquille.

— Mais il ne changera jamais d'opinion politique, si ?

— Personne ne change jamais d'opinion, *agapi mou*.

— Il faudra qu'on apprenne à se supporter, alors. Ce serait déjà bien.

— N'oublie pas ton bébé !

— Lui, je connais déjà ses opinions politiques !

— N'en sois pas aussi sûre. Ton père et toi, vous êtes une illustration parfaite du contraire. Les opinions ne sont pas forcément héréditaires. Pense à vous quatre.

Themis sentit des larmes lui piquer les yeux. Elle avait eu tant de choses à encaisser ces derniers jours, et la confirmation de la mort de Panos la submergea de plus belle. Remarquant sa réaction, Kyria Koralis lui toucha le bras.

— Moi, j'aimerais tellement qu'on puisse se passer de politique.

Themis chercha à sourire. Elle avait du mal à imaginer un monde sans politique, même si Kyria Koralis avait toujours plus ou moins réussi à ne pas s'en mêler.

— La politique a détruit ce pays, dit la vieille femme.

Et elle avait raison. La Grèce avait été déchirée par des politiciens des deux bords.

— Peut-être que les Grecs sont ingouvernables, observa Themis.

Elles avaient toutes deux apprécié le restaurant chaleureux, aux vitres embuées, se régalant des effluves qui s'échappaient de la cuisine chaque fois que les plats de nourriture étaient sortis du four. Cette allusion au conflit changea l'atmosphère. Le serveur avait débarrassé les assiettes, le patron fermerait son établissement pendant une heure environ avant l'arrivée des clients de la fin de journée.

— Maintenant, il faut qu'on aille acheter quelques affaires à Angelos. Et une robe ou deux pour toi, lança Kyria Koralis d'un ton joyeux. J'ai encore assez, grâce à ce que Thanasis m'a donné ce mois-ci. L'État est plutôt généreux, tu sais, et je trouve que c'est une bonne façon de dépenser cet argent.

Themis accepta sans difficulté.

— Tu aurais assez pour des chaussures aussi ? demanda-t-elle à sa grand-mère.

— Bien sûr.

Themis pressentait qu'elle aurait besoin d'une paire solide pour les mois à venir. Elle marcherait sans doute beaucoup… Le moment venu, elle en expliquerait la raison à sa grand-mère.

Elles passèrent l'heure suivante à faire les magasins. Angelos charmait les vendeuses en crapahutant sur le sol et en jouant avec les boîtes à chaussures ou le papier de soie. Themis cherchait constamment à fuir son reflet dans les miroirs. Peut-être qu'une coupe de cheveux arrangerait un peu les choses.

À la fin de l'après-midi, elle avait déjà moins l'impression de détonner dans les rues d'Athènes. Elle n'attirait pas de regards admirateurs – elle se souvenait que les gens se retournaient constamment sur le passage de Margarita –, mais elle n'était pas non plus un objet de pitié ou de curiosité. Elle se sentait quelconque, invisible, et cela lui convenait parfaitement. Angelos, lui, était au centre de l'attention, où qu'ils se rendent. Les inconnus ne pouvaient pas résister à la tentation de toucher ses boucles brunes et brillantes.

— *Thavma !* s'exclamaient-ils. Quel petit miracle !

Themis souriait chaque fois. Et acquiesçait en silence. C'était en effet un petit garçon miraculeux : sa pureté inspirait de la joie aux autres.

En arrivant sur la place, elles tombèrent sur deux voisines de Kyria Koralis. Ces femmes se connaissaient depuis de très nombreuses années.

— Oh, mais qui voilà ? s'écria l'une d'elles.

L'autre glissait déjà ses doigts dans les cheveux d'Angelos.

— Regardez-le ! *Moro mou ! Koukli mou !* Mon bébé ! Un vrai poupon !

— Vous vous souvenez de Themis, ma petite-fille ? leur dit Kyria Koralis. Angelos est son fils.

D'un mouvement parfaitement synchronisé, les deux femmes inclinèrent la tête d'un côté pour étudier plus attentivement la jeune femme, qu'elles n'avaient pas reconnue.

— Mais bien sûr ! Themis !

— Malheureusement, poursuivit Kyria Koralis, le père de ce petit a été tué. Ils se sont donc installés chez moi !

Themis esquissa un petit hochement de tête pour confirmer les dires de sa grand-mère. Les voisines exprimèrent de vagues sentiments de sympathie, puis reprirent leur route. Kyria Koralis savait que moins elle donnait de détails, moins elle s'exposait aux questions.

— Elles peuvent bien en tirer les conclusions qu'elles veulent, affirma-t-elle avec détermination. Je refuse de parler politique avec quiconque. Que le père d'Angelos ait été communiste ou royaliste, quelle importance pour elles ?

— Oh, *yaya*, j'espère que je ne t'ai pas fait honte, dit Themis en larmes. Je ne me le pardonnerais pas.

— Pas du tout, ma chérie. La seule personne qui doit nous inquiéter dans l'immédiat, c'est Thanasis.

Elles trouvèrent l'appartement silencieux à l'exception du tic-tac de l'horloge. La canne de Thanasis, qu'il laissait toujours près de la porte d'entrée, n'était pas là. Kyria Koralis prit néanmoins la précaution de s'approcher à pas de loup de la porte de sa chambre, contre laquelle elle plaqua son oreille. Elle voulait être certaine qu'il n'était pas en train de dormir.

— Nous sommes bien seuls, confirma-t-elle alors qu'Angelos se mettait à gazouiller.

Il leur serait impossible de contenir les nouveaux sons qu'il découvrait chaque jour.

— Tu ne dois pas t'en faire, Themis, poursuivit-elle. Ton frère s'habituera à la nouvelle situation.

Themis prit une profonde inspiration pour surmonter son appréhension :

— *Yaya*, j'ai quelque chose à te dire.

— Que se passe-t-il, *agapi mou* ?

Kyria Koralis avait pâli.

— Ce n'est rien de grave, *yaya*, s'empressa de la rassurer Themis. Je crois juste que je vais devoir repartir quelque temps.

— Mais tu viens seulement de rentrer ! *Paidi mou*, tu ne peux pas repartir !

— Je n'ai pas le choix, *yaya*.

La vieille dame se laissa tomber dans son fauteuil. Elle avait connu de si grands moments de bonheur durant ces dernières vingt-quatre heures qu'elle ne put retenir ses larmes.

— Pourquoi ? demanda-t-elle tout bas. Dis-moi pourquoi…

Themis lui parla d'Aliki, qui était devenue son amie à Trikeri et qui avait sauvé Angelos.

— Il n'aurait pas survécu sans son aide.

— Mais je ne comprends pas le rapport avec ton départ ?

Themis évoqua alors le fils d'Aliki, puis l'exécution de cette dernière.

— *Theé mou*…, chuchota la vieille dame. Pourquoi ont-ils fait une chose pareille ?

— Parce qu'elle avait réalisé des portraits de nous. Des dessins qui montraient la vérité. Ils l'ont punie à cause de ça.

— Et…

— Et je lui ai promis de retrouver son fils et de l'élever comme le mien…

Themis ne dit rien sur le père des deux garçons. Kyria Koralis en déduirait sans doute que le fils d'Aliki n'avait pas de père, comme Angelos. Si la grand-mère de Themis avait pâli quelques minutes plus tôt, à présent elle était blême.

— Mais…

— Angelos aura un grand frère, affirma Themis d'un ton sans appel.

Elle savait que la tâche semblait immense et s'était déjà posé cent questions. Où le retrouverait-elle ? Par où commencerait-elle ses recherches ? Elle ne disposait que du nom de la femme à qui Aliki avait confié son enfant : Anna Kouzelis. Rien qu'à Athènes, il devait y avoir une centaine de femmes avec ce nom.

— Si je réussis à la trouver…

Toujours aussi pragmatique, Kyria Koralis se mit à énumérer tous les obstacles un par un.

— *Agapi mou*, tu es sûre que c'est une bonne idée ? Elle a pu se marier, ou partir s'installer dans un autre pays. Et l'enfant n'est peut-être plus avec elle.

— J'ai fait une promesse, *yaya*. Je me dois d'essayer.

Kyria Koralis se leva pour préparer du café. Elle semblait songeuse lorsqu'elle remua l'eau dans le *briki*. Themis remarqua que ses mains tremblaient.

— Laisse-moi t'aider, *yaya*.

Themis versa le café bouillant dans deux petites tasses, qu'elle apporta à table. Sa grand-mère était perdue dans ses pensées. Elle posa les yeux sur la veste de Thanasis, suspendue derrière la porte, et se rappela qu'elle devait recoudre une de ses épaulettes. Cela lui donna une autre idée.

— Tu sais qui pourrait t'aider ?

— Qui ? demanda Themis, déjà impatiente.

— Ton frère.

La jeune femme ne cacha pas sa perplexité.

— Pourquoi m'aiderait-il ?

— Parce que tu es sa sœur.

Tout le monde était au courant que la police détenait des dossiers avec les noms et les activités de tous les opposants connus ou suspectés. Themis savait que le sien contenait des détails sur ses « crimes ». Il y avait toutes les chances pour qu'Anna Kouzelis y soit aussi étant donné que la signature d'une *dilosi* n'entraînait pas la disparition du fichier. Les années d'emprisonnement et d'exil seraient toujours consignées dans ces fichiers personnels.

Themis coucha Angelos puis s'allongea à côté de lui sur le lit. Ils étaient encore épuisés de leur voyage éprouvant et ils ne se réveillèrent qu'au petit matin.

Dans la soirée, Kyria Koralis aborda la question des fiches de la police avec Thanasis. Elle était la seule à pouvoir discuter calmement avec lui de tous les sujets, surtout sensibles. Elle opta pour la simplicité :

— Themis voudrait retrouver une de ses anciennes amies. Une des femmes qu'elle a rencontrées à Trike…

— Ne prononce pas ce nom ! l'interrompit-il. Par pitié, ne mentionne plus jamais cet endroit en ma présence.

— Excuse-moi, *agapi mou*…

— Et ne le prononce pas non plus devant d'autres personnes, d'ailleurs ! Je n'ai pas envie de payer le fait d'avoir une… une… une sœur rouge.

— Chut, ils dorment juste à côté.

Thanasis poursuivit sans se laisser démonter :

— Ça va nous poursuivre jusqu'à la fin des temps ! On ne se débarrasse jamais d'une étiquette pareille, c'est comme de la merde sur une semelle !

— Calme-toi, mon chéri. Tu n'as pas à t'inquiéter, je te promets que je ne dirai rien. À personne.

Voyant que Thanasis tremblait, elle lui servit un peu de *tsipouro* pour l'apaiser. Il le vida d'une traite et reposa bruyamment son verre sur la table. C'était sa façon d'en demander un second. Kyria Koralis le resservit.

— Alors comme ça, elle veut savoir ce qu'est devenue son amie ?

Il but plus lentement cette fois.

— Imagine qu'elle retrouve cette amie, *yaya* ? Ne vaut-il pas mieux séparer ces femmes ?

— Je crois qu'elle veut juste savoir ce qu'elle est devenue… C'est de la simple curiosité.

— Dans ce cas, ça me paraît sans danger en effet, concéda Thanasis d'un ton bougon.

Il se disait aussi que cela lui fournirait une occasion de chercher le dossier de sa sœur. Et s'il avait le moyen de l'amender afin de minimiser les chances qu'on établisse un rapport entre une communiste et lui, il n'hésiterait pas.

— Je vais voir ce que je peux faire, finit-il par dire. Mais je ne promets rien.

Kyria Koralis sourit. Thanasis se montrait si rarement obligeant, même pour rendre de petits services.

Le lendemain, Themis écrivit le nom de la femme sur un bout de papier, qu'elle remit à sa grand-mère. Celle-ci attendit le bon moment pour le transmettre à Thanasis. Themis remarqua qu'il le glissait dans sa poche avant de partir au travail. Si elle avait cru au pouvoir des prières, elle serait descendue à l'église. À la place, elle alluma une petite bougie qu'elle plaça sur le rebord de la fenêtre.

19

Pendant plusieurs semaines, Thanasis n'aborda pas le sujet d'Anna Kouzelis, même si Themis interrogeait sa grand-mère presque quotidiennement.

— Des nouvelles ?

Kyria Koralis savait qu'elle ne réussirait qu'à provoquer la colère de son petit-fils en le questionnant.

— Nous devons attendre qu'il revienne vers nous avec des informations, dit-elle à Themis. Nous ne devons surtout pas l'énerver.

La jeune femme avait bien du mal à contenir son impatience. Chaque jour qui passait, elle imaginait que le fils d'Aliki grandissait et s'éloignait un peu plus, devenant plus difficile à trouver. Les hypothèses se bousculaient dans son esprit. Aliki tenait à ce que son enfant soit élevé dans la foi communiste, Anna avait donc dû s'arranger pour le conduire dans l'un des camps pour enfants communistes en dehors de la Grèce. Themis savait que beaucoup avaient fui non seulement pour l'Albanie, mais aussi pour la Yougoslavie, la Roumanie, la Tchécoslovaquie, la Pologne, la Hongrie et la Bulgarie.

— Il pourrait très bien avoir atterri à Tachkent, dit-elle à sa grand-mère.

— *Agapi mou*, tant que Thanasis n'aura pas de nouvelles à nous donner, essaie de ne pas trop te tracasser. Et s'il est là-bas, alors tu devras l'accepter. Sais-tu seulement où sont ces endroits ? À quelle distance Tach… ou je ne sais quoi se trouve ?

— Non. Je ne pourrais même pas te les montrer sur une carte. Mais on raconte que certains enfants vivent dans des conditions terribles, dans des hôtels à l'abandon ou dans les rues, comme des gitans…

— C'est certainement ce que te dirait ton frère, en tout cas. Tu ne dois surtout pas tout croire. Tu sais, ils ont même instauré un jour de deuil national pour les enfants quand tu étais… pendant ton absence.

Kyria Koralis prenait toujours un biais détourné pour évoquer la période de détention de Themis.

— Comment ça, de deuil ?

— La reine Frederika a fait un discours expliquant qu'il était de notre devoir de sauver les vingt-huit mille enfants…

À la mention du nom de la reine, Themis eut sa réaction habituelle. Le visage souriant de cette femme apparaissait encore souvent en une du journal que Thanasis laissait traîner sur la table de la cuisine, un quotidien où s'étalaient avec triomphalisme ses opinions de droite.

— Mais ils ne sont pas morts ! s'exclama Themis. Et je suis sûre que certains d'entre eux sont parfaitement bien traités.

— Je n'en doute pas, *agapi mou*. C'est tellement difficile de savoir qui croire, non ? Tiens, regarde, c'est dans le journal du jour.

Elle le tendit à Themis. Il s'agissait d'une lettre, prétendument écrite par un enfant placé dans une institution pour mineurs en Albanie.

— Lis, *agapi mou*.

— « Chère tante, les mois passent et la vie s'améliore de jour en jour. C'est le paradis, ici. »

Themis regarda Angelos, qui jouait par terre.

— Ça n'a pas l'air très sincère, si ? observa-t-elle.

Kyria Koralis semblait partager son avis.

— J'ai tellement de chance d'avoir mon fils avec moi, *yaya*, reprit-elle. Je ne sais pas quel avenir l'attend, mais au moins, nous sommes ensemble.

Pour chaque article sur les camps communistes affirmant que les enfants y étaient mal nourris et qu'ils ne recevaient aucune instruction, il y en avait un autre, ou presque, sur les *paidopoleis*, les villages pour orphelins de la reine. Dans le journal de Thanasis, ces articles étaient toujours illustrés par des photos d'enfants souriants, des garçons qui arboraient la même coupe de cheveux bien nette et des filles avec des tresses parfaites, réunis devant des bâtiments en béton blanc. Themis scrutait toujours les visages des garçons immortalisés en cours de gymnastique, en train de labourer un champ ou d'apprendre la vannerie. Nikos pouvait-il être l'un d'eux ? Un jour, Themis tomba sur la photo d'un petit garçon sur une balançoire et se convainquit qu'il s'agissait du fils d'Aliki.

Tous les midis, quand elle entendait la clé dans la serrure, elle espérait qu'elle allait enfin avoir des nouvelles. Six mois passèrent et sa déception s'accrut.

Il n'y avait eu qu'une seule évolution positive : Thanasis s'adressait à son neveu avec bien plus de chaleur.

— *Yassou*, *Angele mou*, lançait-il d'un ton presque joyeux à son retour du travail. Bonjour, Angelos. Comment va le petit bonhomme, aujourd'hui ?

Il lui arrivait même de jouer avec lui, en cachant son visage derrière l'un des napperons brodés posés sur la table. Angelos gloussait de bon cœur, faisant presque apparaître un sourire sur le visage asymétrique de son oncle. Le petit n'avait plus peur de lui et, pour des raisons qui semblaient insondables à Themis et à Kyria Koralis, Thanasis et Angelos nouaient des liens.

Themis et son frère s'adressaient à peine la parole. Il nourrissait une immense colère pour sa sœur, surtout depuis qu'il avait dû verser un pot-de-vin conséquent au pope du quartier pour qu'il ne lise pas la *dilosi* de Themis. Cet automne-là, le procès de Nikos Belogiánnis suscitait des réactions à l'international. Aux yeux de Thanasis, le chef communiste était un traître, accusé d'avoir envoyé des informations à Moscou. À ceux de Themis, c'était un véritable patriote, qui avait révélé au monde que de nombreux collaborateurs avaient été récompensés et non punis. Le sujet était explosif et ils devaient éviter d'en discuter ensemble.

L'année touchait presque à sa fin, les arbres de la place étaient dépouillés et les jours raccourcissaient. Ils déjeunaient tous les quatre. C'était un mardi. Themis n'oublierait jamais que sa grand-mère avait préparé du riz aux épinards. Thanasis était, à son habitude, voûté sur son assiette et enfournait la nourriture avec avidité. Il avait presque terminé, quand il redressa soudain la tête.

— Au fait, lâcha-t-il, la bouche encore pleine, ton amie, là, elle a été arrêtée et envoyée en prison.

Themis en fit tomber sa fourchette.

— Tu l'as retrouvée ! Où est-elle ?

Elle réussit à se retenir de poser des questions sur le garçon. Avant qu'elle ait pu ajouter quoi que ce soit, Thanasis lui asséna sans ménagement :

— Anna Kouzelis est morte, et son enfant aussi.

Kyria Koralis vit sa petite-fille se décomposer et tendit aussitôt la main vers elle pour la consoler. Thanasis poursuivit :

— Mais son dossier mentionne un autre enfant.

— Oh ! souffla Themis en se penchant vers lui. Tu as des précisions ? Dis-moi, Thanasis, y a-t-il des informations sur cet enfant ?

Themis s'était levée, incapable de contrôler ses émotions.

— S'il te plaît, Thanasis, dis-moi ! S'il te plaît !

— Pourquoi est-ce aussi important pour toi ? lui demanda-t-il, la provoquant délibérément.

— Parce que… parce que ça l'est ! s'écria-t-elle de frustration.

— Je t'en prie, Thanasis, intervint Kyria Koralis, arrête de tourmenter ta sœur !

— Le dossier n'indique rien de très précis. Je peux juste te dire que les enfants de ces prisonnières sont généralement emmenés dans un *paidopoli*. La reine Frederika…

— Oui, Thanasis, je suis au courant de l'existence de ces villages pour orphelins, coupa sèchement Themis, poussée par l'impatience.

— Vu les circonstances, c'est très certainement ce qui est arrivé à cet enfant, poursuivit-il sans se formaliser de l'interruption de sa sœur. La prisonnière est morte, où aurait-il pu aller sinon ?

Non sans une pointe de culpabilité, Themis éprouva du soulagement. Les rumeurs persistantes sur les enfants emmenés hors de Grèce l'avaient emplie d'appréhension. Au fond d'elle-même, elle savait que se lancer dans une quête à l'étranger l'aurait placée face à des obstacles insurmontables.

— Si le morveux de ton amie est dans un village de la reine, il n'aura aucun mal à se souvenir qu'il est grec, au moins.

Themis se força à rester calme.

— Et il connaîtra les véritables héros de son pays. On ne lui lavera pas le cerveau !

Un article récent affirmait en effet que les petits Grecs élevés au sein du bloc communiste apprenaient une version déformée de l'histoire : le vrai héros de la Grèce n'était pas Kapodístrias, qui avait mené la révolution contre les Turcs, mais Zachariádis, le tristement célèbre leader de l'armée communiste.

Thanasis n'était pas encore arrivé au bout de sa tirade.

— On ne fera pas ça à notre petit bonhomme, nous, dit-il en pinçant la joue d'Angelos. Toi, on t'apprendra l'histoire, hein, *moro mou* ?

Il fit mine de n'avoir d'yeux que pour Angelos. Il ne comptait pas expliquer à sa sœur que s'il avait mis autant de temps à lui apporter des nouvelles d'Anna Kouzelis, c'était parce qu'il avait aussi tenté de mettre la main sur son dossier à elle. Et que cette recherche-là n'avait pas abouti. Il continua donc à jouer avec son neveu. Et sa sœur ne réagit pas à la provocation.

Quand Angelos serait en âge de comprendre tout ce qu'on lui disait, Themis devrait le protéger des vues politiques de Thanasis, mais pour le moment, le petit gazouillait et souriait, ne saisissant pas la signification des paroles de son oncle.

Themis était tiraillée. Si c'était un soulagement d'avoir enfin les informations qui pourraient la mener à Nikos, elle ne parvenait pas à envisager toutes les implications de cette nouvelle. Pour se donner une contenance, elle se leva et fit la vaisselle. Elle réfléchirait mieux en tournant le dos à Thanasis.

Aliki était morte. Anna était morte. En voulant le meilleur pour leur pays, ces femmes avaient perdu la vie. Themis fut presque suffoquée par la chance qui était la sienne. Elle était vivante, en bonne santé, et son fils adoré était à ses côtés.

Tout en rangeant soigneusement les assiettes sur l'égouttoir, elle pensa à ce que Thanasis avait dit. Il était plus que probable que le fils d'Aliki soit dans l'un des villages de la reine. Pour la première fois, elle se réjouit de leur existence. Au moins avait-elle l'espoir de le retrouver un jour. À une époque, dix-huit mille enfants avaient été répartis dans une cinquantaine de *paidopoleis*, disséminés dans toute la Grèce, de Kavala à la Crète. Ces dernières années, seuls quelques milliers d'orphelins restaient encore dans une douzaine de villages, la plupart ayant retrouvé leur famille. La situation était très différente pour ceux qui avaient quitté la Grèce. On avait perdu la trace de dizaines de milliers d'enfants, introuvables.

Thanasis alla s'allonger pour sa sieste. Themis et sa grand-mère en profitèrent pour discuter de la suite des événements. Elles ne pouvaient toujours pas parler à Thanasis de leur projet.

— C'est toujours pareil avec lui, observa Kyria Koralis. Il vaut mieux le mettre devant le fait accompli.

— Tu parles de lui comme d'un enfant, protesta Themis. Pourquoi le protèges-tu autant ?

— Tu connais la réponse, *agapi mou*. Je sais qu'il paraît dur. Mais sous sa carapace…

Themis s'était en effet rendu compte que son frère était moins sévère qu'il n'y paraissait, et que son fils savait l'attendrir. Elle passa la nuit à se retourner dans son lit. Le lendemain, dès que Thanasis fut parti pour le commissariat, elle commença la rédaction de la lettre qu'elle enverrait à chaque *paidopoli*. Il y avait longtemps qu'elle n'avait pas tenu un stylo, et elle avait besoin de s'entraîner à écrire avant d'entreprendre la tâche pénible de recopier le courrier une douzaine de fois. Elle apprécia de sentir la plume glisser sur le papier et s'efforça de rendre son écriture la plus lisible possible. Aujourd'hui encore Themis repensait à celle si belle et si nette de son amie Fotini.

Une fois satisfaite de son brouillon, elle s'attela à la tâche. Elle adressa les lettres au directeur de chaque village, s'enquérant de la présence d'un enfant portant le nom de Kouzelis. Elle décida de signer ses lettres du même patronyme. Il lui semblait que c'était le seul moyen d'être prise au sérieux. Elle avait préparé une explication pour le cas où l'on questionnerait son identité.

Je crois savoir qu'un membre de ma famille, Anna Kouzelis, est morte et que son fils a été confié à vos bons soins. J'aimerais qu'il puisse retrouver sa grand-mère et d'autres membres de sa famille proche, comme moi, sa tante, etc.,

Veuillez agréer…

Il s'agissait d'un mensonge éhonté, mais elle était prête à tout pour pouvoir ramener Nikos dans l'appartement de Patissia. Après deux jours d'écriture, elle libella avec soin chaque enveloppe, puis se rendit à la poste.

— Je vous en prie, murmura-t-elle, les lèvres pressées contre le paquet de lettres. Je vous en prie, amenez-moi de bonnes nouvelles.

De nombreuses semaines s'écoulèrent sans que Themis reçoive la moindre réponse. L'attente la mettait encore plus au supplice qu'à l'époque où elle espérait que Thanasis obtiendrait des renseignements sur Anna. Par chance, Angelos était une source inépuisable de distraction : il apprenait à marcher, découvrait de nouveaux mots et testait de nouvelles saveurs avec enthousiasme.

Jour après jour, Themis guettait le facteur du balcon, suivant sa tournée tout autour de la place. Quand il arrivait à leur immeuble, elle descendait au rez-de-chaussée en dévalant les marches deux par deux pour voir s'il avait une lettre pour elle. Souvent, elle trouvait plusieurs courriers éparpillés par terre. Ils étaient toujours destinés aux autres appartements et, ravalant sa déception, elle les glissait dans les boîtes correspondantes avant de rentrer.

Sa grand-mère s'efforçait de lui remonter le moral.

— Je suis sûre que tu auras bientôt des nouvelles.

Celles-ci finirent en effet par arriver. Themis reçut la première lettre près d'un mois plus tard.

Nous sommes au regret de vous informer qu'aucun de nos pensionnaires ne porte ce nom…

Ce fut un jour bien sombre pour elle, qui s'obscurcit encore lorsqu'elle apprit que Belogiánnis venait d'être exécuté. Au cours des mois suivants, d'autres courriers de la même teneur lui parvinrent. À chacun, Themis perdait un peu plus espoir…

Quand les feuilles des arbres commencèrent à prendre des teintes automnales, Themis se rendit compte qu'une année s'était écoulée depuis qu'elle avait appris la mort d'Anna. En douze mois, Angelos était passé du stade de nourrisson à celui de jeune enfant qui marchait, et elle essaya d'imaginer à quoi pouvait ressembler Nikos, comment se déroulerait leur première rencontre. Il aurait déjà l'âge d'exprimer ses opinions et ses désirs.

Mais elle brûlait les étapes. Elle devait d'abord le trouver et elle n'avait toujours pas reçu de réponse positive d'aucun des villages.

Par un agréable après-midi à la fin de l'automne, elle emmena Angelos en promenade. Le dernier courrier d'un *paidopoli*, négatif, lui était parvenu dans la matinée, et seuls trois établissements n'avaient pas encore fait écho à sa demande. Themis avait besoin de se changer les idées, et elle emmena Angelos à Fokionos Negri : il adorait courir sur cette place. Il avait deux ans et demi maintenant et trouvait toujours des camarades de jeu. Il y avait aussi la statue d'un chien qu'il adorait caresser.

Themis le surveillait attentivement, depuis un banc. Elle sentit soudain sur elle le regard d'un client assis à la terrasse d'un bar dont elle n'était séparée que par quelques arbres. Il était seul et buvait un café. Elle remarqua qu'il abandonnait régulièrement la lecture de son journal pour la dévisager de façon presque éhontée. Elle commença à se sentir mal à l'aise.

— Angelos ! Angelos, viens, mon chéri. Il est l'heure de rentrer.

Le petit garçon s'amusait beaucoup et força sa mère à lui courir après, poussant des cris de joie chaque fois qu'il réussissait à lui échapper.

Themis était nerveuse. Elle avait l'impression que les yeux de l'homme lui brûlaient le dos, qu'il l'examinait avec une insistance aussi tranchante que la lame d'un couteau. On racontait que d'anciens exilés étaient à nouveau arrêtés par la police. Si la signature de sa *dilosi* lui avait permis d'être libérée de Trikeri, Themis n'aurait jamais l'esprit tranquille : elle serait toujours marquée par les stigmates de son passé de gauchiste.

La rumeur prétendait que tous ceux qui avaient renié le communisme étaient encore surveillés. Themis n'avait pas voulu le croire jusqu'à présent. Elle était en passe de changer d'avis.

De la sueur lui coulait dans le dos et son cœur manquait d'exploser dans sa poitrine. Elle empoigna fermement Angelos par le bras et l'entraîna loin de ses nouveaux camarades de jeu.

— Ça suffit, Angelos, on y va. Tout de suite, ajouta-t-elle d'un ton sans appel.

C'était la première fois qu'il entendait sa mère lui parler sur ce ton, et il fut si surpris qu'il fondit en larmes.

— *Ochi ! Ochi !* Non ! gémit-il, blessé par le changement d'attitude soudain de sa mère et par la fermeté de sa poigne sur son bras potelé.

Ses pleurs ne firent que renforcer la nervosité de Themis. Ceux-ci attirèrent l'attention du client du café, qui avait posé son journal et les fixait ostensiblement. Éprouvant un mélange de gêne et de peur, elle prit Angelos dans ses bras et se dirigea vers l'avenue Patission, aussi vite que le lui permettait le petit qui se débattait.

— S'il te plaît, Angelos. S'il te plaît ! implora-t-elle son fils, qui hurlait à présent.

Il ne s'arrêta que lorsqu'ils furent dans l'escalier de l'immeuble. Kyria Koralis, qui les avait aperçus du balcon, leur ouvrit la porte.

— *Agapi mou*, qu'est-il arrivé enfin ?

Themis posa Angelos et il se tint à l'ourlet de la jupe de son arrière-grand-mère, levant des yeux intrigués vers les deux femmes : Kyria Koralis avait pris Themis dans ses bras pour consoler sa petite-fille en larmes.

— Que s'est-il passé ? Raconte-moi, *matia mou*. Tu es en sécurité maintenant. Tu es à la maison, bien en sécurité, lui dit-elle avec tendresse.

Le petit garçon s'était éloigné pour chercher un jouet dans son coffre. Au bout de quelques minutes, Themis parvint à reprendre le contrôle de ses émotions.

— Je suis désolée, *yaya*, je suis désolée. Viens là, mon chéri. Je te demande pardon, mon petit.

Angelos s'approcha d'elle prudemment. Puis il laissa sa mère l'étreindre. Elle ébouriffa ses boucles et il se blottit contre elle, heureux de voir qu'ils étaient réconciliés.

Plus tard, une fois Angelos couché, Themis expliqua à sa grand-mère pourquoi elle avait brusqué son fils, elle toujours si douce.

— J'ai paniqué, *yaya*. Si ça se trouve, cet homme me surveille depuis des mois. Et ces gens peuvent procéder à des arrestations sans la moindre raison.

— Mais tu n'as rien fait, ma chérie, lui répondit la vieille femme avec étonnement.

Thanasis, déjà rentré, s'était retiré dans sa chambre. Elles parlaient suffisamment fort pour qu'il les entende.

— Tu étais dans le camp des perdants, Themis, lui rappela-t-il en les rejoignant dans le salon. Et tu fais bien de te demander qui te surveille.

— Thanasis ! Tu es vraiment cruel de dire une chose pareille à ta sœur.

— C'est la vérité, *yaya*. Et ma sœur doit en être consciente.

À l'entendre, on aurait presque pu croire qu'il rendait service à Themis en lui affirmant une telle chose. En réalité, elle s'inquiétait moins pour elle-même que pour Angelos : elle redoutait plus que tout qu'on lui prenne son fils. Quand Thanasis fut sorti, elle se confia à sa grand-mère.

— S'ils me le prennent, *yaya*, je ne sais pas ce que je ferai.

— Ils ne te le prendront pas, *glykia mou*. Ils ne peuvent pas.

Themis n'était pas rassurée, et elle ne quitta pas l'appartement pendant plusieurs jours, gardant Angelos près d'elle. Elle ne s'aventurait pas plus loin que le rez-de-chaussée de l'immeuble pour voir ce que le facteur avait apporté. Abattue par la déception et l'anxiété, elle était plus sensible que jamais au passage inexorable du temps.

Kyria Koralis tenta de la convaincre de sortir.

— Ce n'est pas bon pour toi. Et ce n'est pas bon pour Angelos.

— Je me sens plus en sécurité ici. Pour le moment.

Themis était têtue et elle passa tout l'hiver entre les quatre murs de l'appartement. Kyria Koralis emmenait chaque jour Angelos faire une promenade.

Puis un matin, soudain, le printemps s'annonça. Pour la première fois, la place fut éclairée par les rayons du soleil, et les arbres qui paraissaient morts se parèrent d'un voile vert. Kyria Koralis convainquit sa petite-fille de sortir faire quelques pas avec Angelos.

Ils mirent tous trois leurs manteaux et descendirent. Themis ne cessait de jeter des coups d'œil par-dessus son épaule.

— Arrête de t'inquiéter autant, dit Kyria Koralis. Je crois qu'on a tous mérité de s'offrir un petit plaisir, qu'en penses-tu, Angelos ?

À contrecœur, Themis accepta d'aller dans un café à Fokionos Negri. Elle était passée devant plusieurs fois et avait remarqué les pâtisseries. Pendant dix ans, il avait été quasiment impossible de se procurer ne serait-ce qu'un gramme de sucre, et le spectacle de ces gâteaux en vitrine continuait de capter l'attention des passants. L'apparition subite et précoce du soleil avait attiré tout le monde dans les rues, et celles-ci étaient très animées. Angelos tenait bien fort les mains de sa mère et de sa grand-mère. Ils entrèrent dans le café.

Pendant qu'ils dégustaient leurs boissons, Themis regarda dehors, par la vitrine. Angelos mangeait une glace pour la première fois de sa vie.

Soudain, Themis faillit lâcher sa tasse.

— Il est là ! murmura-t-elle à sa grand-mère.

Kyria Koralis tourna la tête pour voir de qui parlait sa petite-fille.

— Ne le dévisage pas, *yaya* !

— Tu veux parler de l'homme en veste grise ? Avec la chemise bleue ?

Le café était bondé, pourtant Kyria Koralis avait rapidement repéré l'homme qui inquiétait sa petite-fille. La clientèle était, pour l'essentiel, féminine.

— Oui, mais s'il te plaît, je ne veux pas qu'il se rende compte qu'on parle de lui. Qu'est-ce que je vais faire ?

— Rien, *agapi mou.* Il n'a pas l'air de s'intéresser à toi, ni à personne d'autre d'ailleurs. Il est trop absorbé par son journal.

Themis, qui avait une vue plus dégagée, savait que sa grand-mère se trompait : l'homme la fixait comme l'autre fois.

— *Theé kai Kyrie*, il vient dans notre direction. *Yaya*, je crois qu'on devrait partir. Immédiatement.

Themis était troublée. Elle se débattit avec Angelos pour lui faire enfiler son manteau.

— Écoute un peu ce qu'on te dit, enfin !

Le petit se mit à protester bruyamment. On lui avait retiré le bol de glace au chocolat que son arrière-grand-mère lui avait donné à manger cuillerée par cuillerée tandis qu'il s'efforçait d'ouvrir bien grand la bouche. Il commença à faire une scène. L'effet du sucre ajouté à la frustration – pourquoi la glace avait-elle subitement disparu ? – était plus qu'il n'en pouvait supporter. Il se débattait tellement qu'il était incontrôlable. Une de ses mains heurta le bord du bol, et celui-ci se brisa par terre, répandant une traînée brune sur le carrelage.

— Angelos ! *Se parakalo !* je t'en prie.

La crise de nerfs du petit avait retenu l'attention générale. Tous les regards étaient braqués sur eux, toutes les conversations s'étaient interrompues.

— Themis ? demanda une voix masculine. Themis Koralis ?

Pétrifiée par la peur, la jeune femme avait la bouche trop sèche pour répondre. Elle lâcha Angelos qui cessa de pleurer. Tous deux levèrent la tête vers l'homme.

— Vous êtes bien Themis Koralis ? À moins que je ne fasse… e-e-e-erreur ?

Il se décomposa soudain, semblant au comble de la honte.

— P-p-pardon, je n'aurais pas dû vous déranger. Je suis navré. J'ai dû faire erreur. Je vous ai prise pour quel-quel-quelqu'un que j'ai connu. Je me suis trompé, p-p-pardon.

Il tourna les talons.

Sa maladresse le rendait touchant, et Themis comprit soudain que c'était elle qui avait commis une erreur. Car elle l'avait enfin reconnu au son de sa voix : ils étaient ensemble à l'école primaire et s'étaient parfois croisés au cours de l'adolescence. Il avait les mêmes yeux brun foncé que dans ses souvenirs, vieux d'une dizaine d'années, mais à cette exception près, il était méconnaissable.

— Giorgos ! s'exclama-t-elle sans hésitation. C'est toi, Giorgos ! Giorgos Stavridis !

Il fit aussitôt volte-face et lui sourit.

— Je suis sincèrement navrée. Tu as dû nous trouver si grossières…

Ils surmontèrent rapidement leur gêne.

— Je peux ? demanda-t-il en montrant une chaise.

— Oui ! Bien sûr ! Assieds-toi avec nous.

Ils engagèrent la conversation.

— Je suis dé-dé-désolé de ne pas t'avoir saluée avant, mais tu étais toujours pressée.

— Je suis désolée, moi aussi, Giorgos. Je ne t'avais pas reconnu. Ça fait si longtemps…

— Oui. Je ne vois pas co-co-comment tu aurais pu me reconnaître !

Themis éclata de rire.

— Ça vaut pour moi aussi !

Elle toucha ses cheveux, toujours un peu embarrassée par leur longueur. Les coupes plus courtes étaient à la mode, pourtant Themis était nostalgique de son interminable tresse. La dernière fois qu'elle avait vu Giorgos, celle-ci devait lui arriver aux reins.

Ils avaient recommandé des cafés : plus personne n'était pressé de partir, maintenant.

— Je trouve que tu n'as pas changé, moi, dit-il.

— Peut-être… Je crois surtout que tu es gentil.

— Et Angelos ? Quel âge a-t-il, le petit bonhomme ?

Il connaissait le prénom du fils de Themis, comme tous les clients du café. Themis l'avait appelé en criant quelques minutes auparavant. Angelos était assis sur les genoux de son arrière-grand-mère et s'était calmé. Il observait le serveur qui nettoyait le sol autour de leur table. Giorgos sourit au petit, qui avait eu droit à une autre boule de glace. Le calme était revenu.

Le ton de la discussion était amical mais superficiel. Themis et Giorgos savaient tous deux qu'ils étaient séparés par de nombreuses frontières invisibles, difficiles à situer. Themis se souvenait que le père de Giorgos était instituteur, ce qui n'était pas un indice suffisant de ses opinions politiques. Et quand bien même, cela n'aurait pas renseigné Themis sur les convictions de Giorgos.

Elle jeta un coup d'œil au journal qu'il lisait pour savoir si celui-ci pouvait l'informer, mais Giorgos l'avait rangé dans sa poche et si bien replié qu'elle ne put rien voir.

Ils s'en tinrent donc à des sujets anodins, se remémorant leur scolarité et leurs connaissances communes. Ils échangèrent des nouvelles d'anciens camarades : « Petros Glentakis, il est parti en Amérique », ou « Vasso Koveos est devenu professeur et il a deux enfants ».

Themis se souvenait que Giorgos était le garçon le plus appliqué de la classe. La plupart étaient rebelles, bruyants, alors que lui était un élève assidu et discret. Fotini et elle avaient parfois fait un bout de chemin avec lui après l'école. Elles savaient qu'il passait encore plus d'heures qu'elles à étudier. Giorgos évoqua alors justement Fotini. Il y avait si longtemps que Themis n'avait pas parlé à quelqu'un qui se souvenait de sa meilleure amie. De là, naturellement, ils en vinrent à évoquer l'occupation.

— Une époque te-te-terrible, dit Giorgos. Terrible.

Aucun Grec ne pouvait prétendre le contraire.

— Ça a changé la vie de tout le monde, n'est-ce pas ? dit Themis pour l'encourager à poursuivre.

— Ça en a même dé-dé-détruit certaines, répondit Giorgos.

Elle ne savait toujours pas comment interpréter ses paroles.

Elle l'observa, avec ses ongles soignés, ses cheveux bien coupés et sa moustache huilée. Ses vêtements étaient élégants, sa veste parfaitement repassée et ses chaussures bien cirées. Fonctionnaire, avocat, médecin ? Il était si propre sur lui, son attitude suggérait quelqu'un de prévisible, sans une once de violence en lui. Themis pensa aux hommes qui avaient traversé son existence : son père, Thanasis, Makris, les hommes de Makronissos et de Trikeri. Tous lui avaient inspiré de la peur.

Ayant épuisé le sujet de leur scolarité depuis longtemps révolue, Themis hésita à l'interroger sur les années qui avaient suivi. Il lui sembla tout naturel, en revanche, de le questionner sur le présent. Découvrir ce qu'il faisait la renseignerait peut-être : était-il dans le même camp qu'elle ou s'était-il débrouillé pour ne pas prendre parti ?

Elle finit par trouver le courage de poser la question. Il répondit immédiatement, sans détour :

— Je travaille pour les impôts.

— Ah.

Elle ne fut pas surprise qu'il soit un employé de l'État et voulut y voir la confirmation qu'il n'avait sans doute aucune sympathie pour la gauche.

— C'est un bon poste, stable, approuva Kyria Koralis.

— C'est mon pè-pè-père qui me l'a trouvé.

Il lança un regard confus à Themis, semblant presque s'excuser. Angelos avait terminé sa glace et était à nouveau sous l'influence du sucre : son arrière-grand-mère avait du mal à le faire tenir en place. Giorgos engagea donc la conservation avec

Kyria Koralis, qui se rappelait des parents du jeune homme, pendant que Themis prenait Angelos sur ses genoux.

— Il faut que nous rentrions, dit-elle quelques instants plus tard. Le petit a besoin de dormir.

Les trois adultes se levèrent en même temps. Giorgos s'occupa de l'addition.

— Pas la glace, protesta Themis.

— J'insiste, lui répondit-il avec un sourire.

Une fois sur le trottoir, il y eut un moment d'hésitation. Angelos tirait sa mère par la main tandis qu'elle tendait l'autre à Giorgos.

— Ce fut un plaisir. P-p-peut-être pourrions-nous nous revoir ?

— Oui, dit-elle en souriant. Nous devons vraiment y aller. Merci pour le café… et la glace.

Giorgos partit dans la direction opposée. Au bout de quelques secondes, Themis ne put résister à la tentation de jeter un regard par-dessus son épaule. À sa grande déception, Giorgos avait déjà disparu.

Kyria Koralis observa aussitôt :

— Il a l'air sympathique.

— Oui, *yaya*. Autant qu'à l'école primaire.

— Tu le reverras peut-être ?

— Peut-être…

Pendant quelques jours, Themis se surprit à chercher le visage de Giorgos parmi les passants dès qu'elle quittait l'appartement. À plus d'une reprise, elle emmena Angelos en promenade près de ce qu'elle avait cru être son café habituel. Elle ne le croisa pas.

— Non, disait-elle fermement à son fils. Pas de glace, aujourd'hui.

Themis pensait à Giorgos, un jour de la semaine suivante, quand elle découvrit des lettres dispersées dans le hall de l'immeuble. Elle en était venue à espérer qu'il glisserait un petit mot sous leur porte. Plusieurs années s'étaient écoulées depuis la fin de l'école primaire et l'époque où ils faisaient un bout de chemin ensemble, mais il avait pu conserver un vague souvenir de son adresse, non ?

Elle ramassa les enveloppes, et l'une d'elles retint son attention. Il s'agissait d'un courrier administratif, avec le cachet de la poste de Thessalonique et le nom *Kyria Kouzelis* dactylographié.

Il y avait bien longtemps qu'elle avait utilisé ce pseudonyme, et elle n'avait pas reçu de réponse d'un *paidopoli* depuis des mois. Seuls deux villages ne s'étaient pas manifestés, et Themis avait commencé à se faire à l'idée que Nikos se trouvait sans doute ailleurs et qu'elle allait devoir entreprendre de nouvelles recherches. Themis ramassa une seconde lettre, en provenance d'Allemagne et adressée à sa grand-mère, puis elle monta.

Angelos jouait avec Kyria Koralis. De petites briques en bois étaient sorties, et ils réalisaient des constructions ensemble. Thanasis n'était pas encore rentré du travail, et l'atmosphère était donc paisible. Dès l'arrivée de son oncle, Angelos réclamerait des activités plus turbulentes.

— Nous avons toutes les deux du courrier, annonça Themis en posant les lettres sur la table de la cuisine.

Kyria Koralis l'avait rejointe et s'empressa d'ouvrir celle de Margarita. Themis laissa la sienne sur la table pour aller jouer avec Angelos. Il avait commencé à protester en voyant qu'on l'abandonnait. De toute façon, Themis n'était pas pressée : elle s'attendait à une nouvelle déception.

— Pauvre petite, murmura Kyria Koralis, pauvre chérie. Toujours pas de bébé en vue. Malgré tout ce que je lui ai envoyé. Que peut-elle faire ? Et son mari s'impatiente. Oh là là…

— Ça doit être difficile pour elle.

Themis s'efforçait d'exprimer de la compassion même si elle avait du mal à se sentir très touchée par le sort de sa sœur.

— Je devrais peut-être lui suggérer de rentrer à Athènes ?

Themis lança un regard à sa grand-mère mais ne dit rien. De son point de vue, rien ne pourrait compliquer davantage leur quotidien que l'arrivée d'une Margarita aigrie, dont tous les rêves et espoirs avaient été déçus. Thanasis et Themis avaient réussi à trouver un équilibre inattendu, et la présence de Margarita, elle en était sûre, ne réussirait qu'à troubler cette harmonie fragile.

Pendant que Kyria Koralis préparait le déjeuner, Themis ouvrit sa lettre distraitement. Elle s'attendait à retrouver les formules habituelles : *Nous vous remercions pour votre courrier. Nous sommes au regret de vous apprendre que…*

Elle pensait toujours à Margarita quand ses yeux commencèrent à parcourir les premières lignes.

— *Yaya !* s'écria-t-elle soudain. Je l'ai retrouvé ! Tu m'entends, je l'ai retrouvé !

Elle se leva et agita la feuille d'un geste triomphal.

— Il est à Thessalonique ! Je l'ai retrouvé, j'ai retrouvé Nikos !

Themis était folle de joie. Elle prit Angelos dans ses bras pour le faire danser, enfouit son visage dans ses boucles.

— Ton frère va nous rejoindre, lui dit-elle, ton grand frère...

Elle embrassa Angelos sur les deux joues avant de le reposer. S'agenouillant pour se placer à sa hauteur, elle prit les deux mains de son fils dans les siennes.

— Dis *Nikos*, mon chéri, lui souffla-t-elle, peinant à contenir son enthousiasme. Dis *Nikos* !

Le petit garçon, qui était à l'âge où il répétait tous les mots qu'il entendait et qui lui plaisaient, obtempéra sans protester.

— Niko, dit-il consciencieusement. Niko.

— Bravo, *agapi mou.* Bravo !

Thanasis était rentré sans un bruit.

— Qu'est-ce qui se passe ? demanda-t-il.

Themis se releva aussitôt, lissa sa jupe et se passa une main dans les cheveux : elle devait être débraillée. La joie la rendit audacieuse.

— Tu te souviens du dossier d'Anna Kouzelis ? Eh bien, j'ai retrouvé son fils. Elle m'avait chargée de m'en occuper s'il lui arrivait quelque chose.

Ce petit arrangement avec la vérité ne changea rien à la réaction de Thanasis.

— T'occuper de lui ? répéta-t-il, atterré. Qu'est-ce que tu veux dire par là, exactement ?

— Rien de moins que ce qu'on entend par là en général. L'élever comme mon propre enfant.

Thanasis faillit s'étrangler. L'indignation l'empêchait de parler, mais son expression était éloquente. Sa cicatrice avait rougi et ses yeux étaient exorbités par la rage.

— Essaie de te calmer, mon chéri, dit Kyria Koralis. Et écoute ta sœur, elle va t'expliquer.

Kyria Koralis éteignit le feu sous la casserole d'eau bouillante pour jouer avec Angelos. Themis tremblait. Thanasis la dévisagea.

— Très bien, j'attends, s'impatienta-t-il.

La jeune femme s'était préparée depuis longtemps à ce moment, répétant ce qu'elle dirait à son frère, et prévoyant sa réaction.

— Ce garçon, ce petit garçon… Il a passé ces dernières années dans l'un des villages de la reine. Il aura appris la discipline et sera bien élevé. On leur enseigne les bonnes manières et le patriotisme, ils savent se tenir dans une église. Apparemment, ce sont des enfants modèles, qui ont reçu l'éducation souhaitée par la reine.

Ces paroles donnèrent autant de mal à Themis qu'un vieux morceau de viande tendineux, mais c'étaient celles que son frère souhaitait entendre.

— D'accord, et pourquoi l'accueillerions-nous ici, Themis ?

— Parce que j'en ai fait la promesse, Thanasis. Tu ne penses pas qu'il vaut mieux offrir une vie normale à un enfant ? plaida-t-elle. Et donner à Angelos un frère ?

— Ce sera un garçon gentil et serviable, Thanasis, intervint Kyria Koralis d'une voix faible. Ces *paidopoleis* apprennent aux enfants à être obéissants, ils sont gentils, propres…

— Je leur ai dit que j'étais sa tante, ajouta Themis. Mais je serai une mère pour lui. Angelos et lui seront des frères.

Thanasis ne chercha pas à cacher le dégoût que lui inspirait cette nouvelle : son front était luisant de transpiration tant il bouillonnait. Il égrena toutes les objections qui lui venaient à l'esprit.

— Il n'y a pas assez de place.

— Ça ne me dérange pas de partager ma chambre avec les deux garçons, répondit aussitôt Themis. Et puis nous déménagerons peut-être un jour.

Elle nourrissait l'espoir de trouver quelqu'un qui l'aimerait suffisamment pour adopter ses enfants. Elle qui avait été une combattante, qui avait surmonté de terribles épreuves, était bien consciente, même si cela lui inspirait un soupçon de honte, que sa vie sociale serait plus simple une fois mariée.

— Tu imagines vraiment que ça arrivera ? Qui accepterait d'adopter non pas un mais deux bâtards ?

— Thanasis ! s'écria leur grand-mère. S'il te plaît !

En dépit de l'affection qu'il portait à Angelos, le jeune homme pouvait encore se montrer cruel. Themis conserva son calme.

— Qui sait ? Je te promets, en attendant, que je ferai tout mon possible pour que cet enfant s'adapte et trouve sa place dans notre famille.

Le plan de Themis dépendait entièrement du bon vouloir de son frère. S'il décidait de s'y opposer, il avait les moyens de réussir.

— J'ai besoin de temps pour y réfléchir, dit-il fermement.

La conversation était terminée. Themis quitta la pièce avec Angelos. Kyria Koralis retourna aux fourneaux pour préparer le déjeuner. Le sujet de Nikos ne fut pas abordé du reste de la journée. Ce qui n'empêcha pas Themis de réfléchir à la suite.

Elle décida de ne pas attendre la réponse de Thanasis. Quelle importance de toute façon ? Elle savait ce qu'elle devait faire, il ne subsistait pas le moindre doute dans son esprit. Après avoir pris tant de risques dans sa vie – se cacher, se battre, survivre, supporter la faim, la torture et la douleur –, Themis ne se laisserait pas impressionner par son frère.

Le *paidopoli* d'Agios Dimitrios était près de Thessalonique. D'ici quelques jours, elle quitterait Athènes en train.

20

Themis mit deux corsages propres, des sous-vêtements et un cardigan en laine dans un petit sac de voyage tapisserie appartenant à sa grand-mère.

— C'est très au nord, l'avait mise en garde Kyria Koralis, les nuits risquent d'être fraîches.

Themis n'aimait pas lui rappeler qu'elle avait dormi à la belle étoile dans les montagnes du nord de la Grèce.

Kyria Koralis glissa des fruits secs et du pain dans une poche du sac sur le côté, lui donna de l'argent et agita son mouchoir. Angelos dormait encore, et Themis ne l'avait pas réveillé, préférant éviter des adieux larmoyants. Elle savait que sa grand-mère s'occuperait très bien de lui. Thanasis était déjà parti au travail.

Themis n'avait jamais pris le train ; le bruit et l'agitation de la gare l'éprouvèrent. Au terme d'une attente interminable, elle atteignit enfin le guichet et acheta un aller simple pour Thessalonique. Le train passerait par Lamia et Larissa et arriverait à destination au lever du jour le lendemain.

— Vous ne comptez pas revenir ? lui demanda le guichetier d'un ton autoritaire.

Il aurait été trop compliqué d'expliquer qu'elle ne rentrerait pas seule et que, de toute façon, elle ne savait pas exactement à quelle date aurait lieu son retour.

Le temps de trouver le bon quai, le train était sur le point de partir. Dans la pagaille des voyageurs et des porteurs hurlant des ordres, Themis évita de justesse de percuter deux hommes chargés d'une malle. Le train démarra alors que les portes n'avaient pas fini de se fermer. Themis connut un instant de panique à l'idée qu'elle partait peut-être dans la mauvaise direction, mais plusieurs passagers la rassurèrent aussitôt.

Elle trouva une place près de la vitre et regarda le paysage, son sac bien serré contre elle. Elle n'avait aucun bien de valeur à l'exception du courrier en provenance d'Agios Dimitrios et d'un livre, le récent *La Liberté ou la Mort*, de Nikos Kazantzáki. Il y avait si longtemps qu'elle n'avait pas eu autant d'heures seule, et elle entama la lecture avec enthousiasme. La chaleur de la fin de matinée pénétrait par la vitre et Themis s'endormit rapidement, ne se réveillant que dans l'après-midi pour découvrir un paysage plus plat. Ils traversaient des terres cultivées près de Lamia. Athènes était déjà loin derrière elle.

Elle laissa ses doigts courir sur le dos du livre et suivi du bout de l'index le contour du prénom de l'auteur. Nikos. Angelos lui manquait déjà, mais Themis était en route pour trouver le fils d'Aliki. Un picotement lui parcourut le dos de haut en bas.

Toute la journée, le train roula à travers la Grèce. Les vitres étaient sales et il était difficile de voir dehors, pourtant elle aperçut des villages entiers de maisons brûlées. Pendant une heure environ, elle peina à trouver âme qui vive dans le paysage. Seules les petites villes où le train s'arrêtait semblaient plus ou moins peuplées.

Le pays tout entier était apparemment dans un état d'adandon extrême. Themis s'était habituée au délabrement d'Athènes. C'était devenu la normalité depuis l'occupation et la guerre civile, mais ce voyage lui dévoilait des pans de son pays qu'elle n'avait encore jamais vus. Elle eut l'impression que la majorité de la Grèce était dans un état de ruine aussi grave, pour ne pas dire pire, et elle éprouva la morsure de la culpabilité en prenant conscience du rôle qu'elle avait joué dans ces destructions.

Une jeune femme monta à bord à Lamia et s'assit à côté de Themis. Elle devait avoir le même âge qu'elle et allait emménager chez sa sœur, à Thessalonique.

— Maria m'a trouvé un poste de couturière, expliqua-t-elle fièrement. Dans une maison de couture. *Haute couture** plus exactement.

— C'est formidable, dit Themis.

— En tout cas, c'est un nouveau départ. Et nous avons toutes besoin d'un nouveau départ, non ?

Themis ne répondit rien, même si elle partageait cet avis. Elle avait assez de nourriture pour en proposer à sa compagne de voyage, qui accepta avec reconnaissance. Toute la journée, Themis enchaîna les sommes profonds, se replongeant parfois dans son roman et écoutant de temps à autre, d'une oreille distraite, le bavardage de la jeune femme.

La nuit venue, elles se mirent toutes deux d'accord pour dormir à tour de rôle et surveiller leurs affaires. Themis put donc jouir de quelques heures d'un sommeil relativement confortable.

— On ne peut faire confiance à personne de nos jours, souffla l'apprentie couturière.

À l'aube, le lendemain matin, le train arriva à Thessalonique dans un grand fracas métallique. Les deux voyageuses se souhaitèrent bonne continuation puis partirent chacune de leur côté.

Themis n'oublierait jamais la première impression que lui fit la ville. De la brume montait au-dessus de la mer et, s'éloignant de la gare sans bien savoir quelle direction prendre, Themis se retrouva sur une immense esplanade qui épousait la courbe du rivage jusqu'à une tour fortifiée dans un sens, et des chantiers navals dans l'autre. Certains quartiers lui semblèrent grandioses, d'autres plus industriels, et plusieurs rues lui rappelèrent Patissia.

Kyria Koralis avait généreusement rempli le porte-monnaie de Themis et la jeune femme, malgré sa tenue terne, prit place sans remords dans une pâtisserie. Elle commanda un café et une *bougatsa.* La crème pâtissière jaillit de la pâte croustillante et légère dès qu'elle y planta ses dents. La serveuse éclata de rire et lui apporta une seconde serviette en papier. Themis eut l'impression que les gens étaient plus amicaux ici, moins nerveux qu'à Athènes.

Pendant une demi-heure au moins, elle observa les allées et venues des passants. Il était près de huit heures du matin, la journée venait de débuter et les gens se rendaient là où ils étaient attendus avec détermination, plein d'espoirs quant à leurs objectifs quotidiens. Themis s'intéressa particulièrement à deux ou trois jeunes femmes qui marchaient d'un pas pressé et se demanda quel pouvait être leur métier. Vendeuses ? Employées de bureau ? Si les événements de ces cinq dernières années n'avaient pas eu lieu, elle travaillerait peut-être toujours dans la pharmacie et aurait même sans doute décroché un diplôme de pharmacienne.

Elle remua son café en laissant ses pensées vagabonder. Elle voulait retarder un peu son départ. Elle finit par être prête à payer. Comme les femmes qui étaient passées devant elle, une mission bien précise l'attendait aujourd'hui. Elle compta ses pièces puis demanda à la serveuse si elle savait comment se rendre à la commune d'Oraiokastro, où se trouvait le *paidopoli*.

La jeune serveuse appela sa collègue.

— Zoe, c'est là où tu vis, non ? À Oraiokastro ? Quel est le meilleur moyen de s'y rendre ?

La seconde serveuse dessina une carte sur une serviette en papier pour indiquer l'emplacement de la gare routière, le numéro du bus que Themis devait prendre, le prix et la durée du trajet. Themis fut touchée par tant de gentillesse.

— Qu'est-ce qui vous conduit là-bas ? lui demanda la jeune femme.

— Je vais au *paidopoli*, répondit Themis innocemment. Mon neveu s'y trouve.

Zoe parut surprise que l'on puisse vouloir se rendre dans un endroit pareil. Quelques instants plus tard, Themis remontait la rue Aristotelous, déconcertée par la réaction de la serveuse mais impatiente d'entamer l'étape suivante de son voyage.

Themis avait apprécié son bref passage par Thessalonique et quitta la ville à regret. Elle s'assit au fond du bus. En jetant un coup d'œil par-dessus son épaule, elle aperçut la mer scintillante.

Oraiokastro était plus proche de Thessalonique que Themis ne l'avait imaginé. C'était le terminus de la ligne de bus. Elle en descendit en milieu de matinée et la première personne qu'elle arrêta lui indiqua la direction du *paidopoli*. Cinq minutes plus tard, elle était arrivée.

Un immense portail en fer forgé se dressait devant elle et, à travers les barreaux, elle pouvait voir le gigantesque bâtiment qui s'élevait au loin. Un énorme drapeau grec flottait au-dessus de son entrée.

Themis n'avait pas voulu anticiper ce moment et se sentit soudain intimidée par ce qui l'attendait. Elle avait passé tant de temps derrière des barreaux à rêver de liberté… Aujourd'hui, elle se tenait de l'autre côté, et elle espérait qu'on la laisserait entrer. Dans la cour devant le bâtiment, des dizaines de petits garçons s'amusaient. Certains jouaient au ballon, d'autres discutaient. Un ou deux se tenaient timidement à l'écart du groupe.

Les enfants portaient tous la même tenue bleue, composée d'un short et d'une chemise, qui lui rappela l'uniforme si détesté de l'EON.

Themis observa les visages des garçons. À quoi Nikos pouvait-il bien ressembler ? Elle n'avait qu'un dessin au trait de lui encore tout jeune, qui remontait à quatre ans maintenant. Il devait avoir beaucoup changé, et il y avait au moins cinquante pensionnaires dans la cour, aux visages qui paraissaient similaires à cette distance : des cheveux noirs, tous coupés de la même façon, un teint hâlé, des yeux sombres. Soudain, un sifflet retentit et ils se mirent aussitôt en rang pour entrer comme des soldats dans le bâtiment. Le silence revint.

Il fallut un moment à Themis avant qu'elle ne pense à pousser le portail. À sa grande surprise, il s'ouvrit sans aucune difficulté. Quelques secondes plus tard, elle était devant l'entrée et pressait la sonnette bien brillante. Elle prit une profonde inspiration.

— Courage, s'enjoignit-elle. Sois forte, pense à Aliki.

— *Kalimera*. Bonjour, je peux vous aider ?

Une jeune femme, à peu près du même âge que Themis, lui avait ouvert presque immédiatement. Elle n'était ni amicale ni hostile. Themis avait préparé des explications. Les mots sortirent tout seul.

— Je suis venue prendre des renseignements sur un enfant. Nikos Kouzelis. Je suis sa tante.

— Ah oui, répondit la femme, comme si elle l'attendait. Suivez-moi.

Quelques instants plus tard, Themis était installée dans le bureau du directeur. Un immense portrait de la reine Frederika ornait le mur ; son regard croisa le sien. Themis n'avait pas changé d'avis au sujet de l'Allemande, même si celle-ci s'était élevée avec succès à la dignité de mère et sauveuse des enfants grecs. Le directeur entra et Themis se leva pour le saluer. Dès qu'ils furent assis, il prit la parole.

— Ma secrétaire m'a dit que vous souhaitiez nous reprendre Nikos Kouzelis.

— Oui… je vous ai écrit.

— J'ai votre lettre ici, répondit-il sèchement en baissant les yeux vers le courrier. Avant de le laisser partir, je dois vous informer de plusieurs petites choses.

Il parlait comme un gardien de prison.

— Tout d'abord…

Themis sentit son cœur battre à tout rompre. Dès qu'il lui demanderait de prouver son identité, son plan risquait de s'effondrer, même si elle avait préparé un mensonge : ses papiers avaient été détruits à cause d'un incendie lors des événements de décembre 1944.

— Il faut que je vous dise que c'est un garçon très rebelle. En dépit de nos efforts, il a bien du mal à… se conformer aux règles, dirons-nous.

— Oh…, dit Themis en s'efforçant d'adopter un ton désapprobateur. J'en suis désolée.

— Il n'arrive pas à épouser l'idéologie de cette institution, poursuivit le directeur de son ton rigide. Nous comptons donc sur vous pour continuer son éducation dans cet esprit.

— Naturellement, s'empressa de répondre Themis avec enthousiasme. Mon frère sera ravi de le discipliner.

Cette allusion à Thanasis donnait à la conversation un caractère plus authentique.

— Le moins qu'il puisse faire, c'est apprendre les paroles de l'hymne national. Et il doit continuer à réciter ses prières.

N'importe qui d'autre aurait pensé qu'il parlait d'un adolescent et pas d'un enfant de cinq ans. Themis continua pourtant à hocher la tête.

— Eh bien voilà, je crois que nous avons fait le tour, conclut-il. Il me faut juste votre signature ici.

Themis accepta aussitôt le document qu'il lui tendait. Il s'agissait d'une liste des différents points qu'il venait d'aborder avec elle. En signant, Themis s'engageait à prendre en charge l'éducation de Nikos dans le respect des principes de l'institution. En bref, elle devait s'assurer qu'il deviendrait un bon citoyen.

Oui, songea Themis en prenant le stylo. *Je serai heureuse de faire de lui un bon Grec qui aimera sa patrie et ses compatriotes.* Elle n'avait rien à objecter à ces principes, même si elle n'en avait pas la même définition que l'homme sévère assis en face d'elle.

Le directeur vérifia d'un bref coup d'œil que la signature était identique à celle sur la lettre qu'il avait reçue. L'encre n'était pas encore sèche qu'il se levait déjà pour raccompagner Themis à la porte. Il eut la politesse de lui ouvrir et de la remercier de sa visite.

— Ma secrétaire va s'occuper de la suite des opérations, annonça-t-il.

Themis eut l'impression qu'il était soulagé de voir la population du *paidopoli* se réduire, même d'un seul pensionnaire. La démarche avait été d'une simplicité étonnante.

Themis n'eut pas le temps de le remercier à son tour : il refermait déjà la porte derrière elle. La jeune femme l'attendait dans le couloir. Themis allait enfin rencontrer le fils d'Aliki.

Elle eut du mal à suivre la secrétaire dans la succession de longs couloirs. Elles longèrent un immense réfectoire où les enfants mangeaient, plusieurs salles de classe et une blanchisserie avant d'atteindre le dortoir. Themis découvrit des rangées de lits superposés très serrés. Une couverture grise soigneusement pliée était posée au pied de chaque matelas. Il n'y avait ni rideaux ni volets aux fenêtres. Cet endroit n'était pas plus chaleureux ou confortable que le camp de Bulkes. On n'y trouvait pas le moindre indice qu'il s'agissait d'un lieu destiné à des enfants. Themis songea à la courtepointe colorée du petit lit d'Angelos, aux jouets posés dessus.

Elle n'avait pas remarqué, en entrant, la petite silhouette tapie sous un lit.

— Nikos ! s'écria la secrétaire d'un ton qui mêlait douceur et menace. Tu as de la visite.

Le petit garçon se recroquevilla davantage, cachant son visage dans le pli de son coude.

— Allez, Nikos ! insista la secrétaire avec plus de dureté. Ça suffit maintenant. Viens ici tout de suite !

Elle se baissa pour sortir l'enfant de sa cachette, tirant sur chacune de ses petites jambes maigrelettes et lui donnant une violente tape sur la cuisse lorsqu'il résista.

— Tu nous quittes ! s'exclama-t-elle avec un accent triomphal.

À ces mots, il cessa aussitôt de résister. Visiblement, cette nouvelle réjouissait autant le pensionnaire que le personnel du *paidopoli*. Il se laissa traîner par la secrétaire et Themis plongea son regard dans deux océans d'un brun foncé. Elle retint un cri de surprise. L'immensité des yeux de Nikos était accentuée par ses cheveux coupés très courts. Il avait exactement les mêmes que ceux de son père, et Themis eut une réaction viscérale. Il lui rappelait Makris bien sûr mais, plus important, ses traits étaient très proches de ceux d'Angelos.

Si, pour Nikos, Themis était une parfaite inconnue, elle avait l'impression, elle, de le connaître depuis toujours. Elle dut résister à la tentation de le prendre dans ses bras et posa un genou au sol pour se placer à sa hauteur. Il la dévisagea avec une effronterie à laquelle elle ne s'était pas attendue. Son expression était un mélange de défi, d'insolence et de curiosité.

— Nous allons partir vivre ensemble dans une autre ville, lui dit-elle en se retenant de lui raconter qu'elle était sa tante. Je vais t'emmener dans un endroit agréable, où tu feras la connaissance de ton arrière-grand-mère et de ton oncle.

Elle ne voulait pas accumuler les mensonges, mais il fallait bien aménager un peu la vérité.

Nikos ne dit rien.

— Prends tes affaires, lui ordonna la secrétaire.

— Je n'en ai pas, répondit-il d'un air maussade.

— Tes vêtements alors, riposta la jeune femme avant d'adresser un sourire amical à Themis, sans doute de peur de faire mauvaise impression.

Nikos plongea le bras sous le lit et en sortit un petit coffre en métal qu'il ouvrit. Il y avait un pull-over en laine à l'intérieur. Il le noua autour de sa taille. Il était évident que c'était un geste qu'on lui avait appris. Themis trouva que cela lui donnait un air adulte.

Elle lui demanda s'il voulait dire au revoir à quelqu'un, mais il secoua la tête. Il n'avait apparemment pas d'amis, et de toute évidence, aucune affection pour les adultes qui s'étaient occupés de lui.

Themis fut soulagée de le voir quitter si facilement l'endroit où il avait vécu pendant plusieurs années. Il lui prit la main sans hésitation ni émotion, et parcourut les couloirs de marbre jusqu'à l'entrée du bâtiment, puis jusqu'au portail. Le directeur agita joyeusement la main à la fenêtre de son bureau. Ensuite, il ferma les rideaux pour protéger ses meubles du soleil.

Themis avait consulté les horaires du bus qui retournait à Thessalonique. Ils avaient une heure ou deux devant eux, elle emmena donc Nikos au restaurant. Il restait silencieux. Elle ne s'était pas attendue à une autre attitude. La seule chose qui lui importait dans l'immédiat, c'était qu'il lui tienne la main, confiant et assuré qu'elle l'emmenait vers une vie meilleure. Elle était touchée qu'il la suive d'aussi bon cœur et sentit ses angoisses s'apaiser.

Ils s'attablèrent dans un petit restaurant où il dévora des légumes farcis, penché au-dessus de son assiette comme s'il craignait que quelqu'un la lui arrache. Themis lui parla et lui expliqua, pour la première fois, qu'il allait bientôt faire la connaissance de son petit frère.

Nikos ne réagit à aucun des propos que Themis lui tint, et elle eut du mal à savoir s'il l'écoutait. De temps à autre, il levait ses grands yeux bruns vers elle, mais ne semblait pas saisir beaucoup d'informations. Il termina rapidement son déjeuner et ils prirent le bus pour Thessalonique.

Une fois arrivés là-bas, il leur resta une heure avant le départ pour Athènes. Themis repéra un grand magasin près de la gare. Elle voulut débarrasser Nikos de son uniforme trop grand et lui offrir des vêtements à lui. Il sortit de son mutisme une fois qu'ils furent dans les rayons.

— Il est pas vraiment à moi, dit-il en tirant sur son pull-over. Toutes les semaines, ils déposent un habit propre sur nos lits. Parfois c'est trop serré, parfois trop large.

Themis avait en effet remarqué qu'il passait son temps à remonter son short, qui aurait mieux convenu à un garçon plus grand.

— Eh bien, on va te trouver quelque chose à ta taille, dans ce cas. Tu as une couleur préférée ?

Le petit garçon haussa les épaules. Le choix n'était pas immense, mais ils trouvèrent un pantalon dont il pourrait retrousser les jambes pour le moment et quelques chemises de différentes couleurs qui lui allaient. Juste avant de quitter le magasin, Themis jeta discrètement les vieux vêtements.

Lorsqu'ils arrivèrent à la gare, Nikos parut effrayé pour la première fois de la journée.

— C'est un monstre, dit-il en s'accrochant de toutes ses forces à Themis.

La locomotive crachait d'immenses nuages de vapeur. Themis réussit à persuader Nikos, non sans mal, qu'il serait en sécurité avec elle, et il se laissa soulever de terre pour être déposé au sommet du marchepied. Ils s'installèrent rapidement et, quelques instants plus tard, ils se mettaient en route. La soirée débutait et Nikos s'endormit presque immédiatement.

Themis en profita pour observer son visage. Avec ses longs cils qui lui caressaient les joues, il lui rappelait énormément Angelos. C'était la coiffure qui les différenciait. Les cheveux de Nikos étaient coupés ras, comme tous les garçons du *paidopoli*. Themis ne put s'empêcher de les caresser, et il ne bougea pas. Il resta blotti contre elle pendant plusieurs heures, tel un chat comblé par la présence de sa main sur son dos. Le petit Nikos.

Quand il fit jour, il passa l'essentiel du voyage à regarder par la vitre. Il semblait fasciné par tout ce qu'il découvrait : les chevaux, les vaches et même les chèvres étaient des créatures qu'il n'avait vues que dans les livres jusqu'à présent.

Lorsque le moment parut opportun à Themis, elle lui expliqua une nouvelle fois qu'il allait avoir un petit frère. Il posa sur elle un regard presque vide. Peut-être qu'il ne comprendrait ce que cela signifiait qu'une fois à Patissia… Elle décida de ne pas insister et fureta dans son sac. Avant de partir, elle avait retrouvé des contes de fées qui dataient de son enfance. Elle les lut et les relut au gré des demandes de Nikos. Il s'enthousiasma pour ces histoires, en réclamant toujours une nouvelle, jamais rassasié. Themis finit par en inventer d'autres, tant il avait faim de récits de dieux, de déesses et de mystérieuses créatures des ténèbres. Quand il se rendormit, Themis avait l'impression de commencer à connaître ce beau petit garçon étrange.

Le train entra dans la gare de Larissa à une heure très tardive. Nikos se réveilla en sursaut et fut aussi déboussolé que s'il avait été tiré d'un cauchemar. Il fondit en larmes, il était inconsolable.

— Je suis où ? Je suis où ? hurlait-il en frappant Themis. Je ne te connais pas ! Ramène-moi à la maison ! Tout de suite ! Ramène-moi !

À l'entendre hurler, on aurait pu croire qu'il était victime d'un enlèvement et les autres passagers dévisagèrent Themis, pour certains d'un air suspicieux.

— Nikos, calme-toi, *agapi mou*, lui dit-elle avec douceur en repoussant ses bras déchaînés. Je suis Themis, tu te souviens ?

Les larmes du petit se calmèrent un peu.

— Et nous rentrons chez nous, je vais te présenter ton petit frère. Nous sommes presque arrivés, nous sommes à la gare d'Athènes.

Il renifla bruyamment et essuya ses larmes sur la manche de sa nouvelle chemise, reprenant enfin son souffle maintenant que ses sanglots s'apaisaient.

— Tu te rappelles ? Nous avons quitté le *paidopoli* ensemble et je vais te montrer ta nouvelle maison…

Themis retint sa respiration. Un couple en particulier lui lançait des regards insistants. Il faut dire que le spectre des enlèvements d'enfants était présent dans l'esprit de beaucoup, surtout après la double controverse publique – les enfants qui avaient été emmenés dans des pays communistes et ceux qui étaient placés, contre leur gré, dans des *paidopoleis*. Themis savait très bien qu'ils y pensaient.

Nikos paraissait maintenant se souvenir de la situation, et il laissa Themis poser un bras protecteur autour de ses épaules. Le moment était venu de descendre du train. Themis lança son sac sur le quai, puis elle descendit avant de tendre les bras vers Nikos pour l'aider à sauter.

— Bravo, *agapi mou*, lui dit-elle avec un sourire. Nous ne sommes plus très loin maintenant.

Le dernier bus de nuit était déjà parti et il n'y avait qu'un seul taxi devant la gare, qu'elle héla. C'était une première pour elle, et pour Nikos bien sûr.

Après avoir collé son nez contre la vitre, il se tourna vers Themis, amusé par la buée qui était apparue dessus. *Enfin*, songea-t-elle, *il sourit*.

La course lui coûta les dernières drachmes que Kyria Koralis avait mises dans son porte-monnaie. Au point du jour, Themis glissa la clé dans la serrure de l'appartement. Nikos et elle étaient « à la maison ».

Elle remarqua qu'il observait les lieux avec méfiance et se rendit compte que l'endroit devait lui paraître petit et sombre après les immenses salles à haut plafond du *paidopoli*.

Ne voulant réveiller personne, Themis fit asseoir Nikos sur l'un des fauteuils et mit du lait à chauffer. Elle l'emmitoufla dans un plaid pendant qu'il buvait. Bientôt, il ferait plusieurs nouvelles rencontres, et toutes étaient pour Themis une source d'inquiétude.

Angelos dormait avec sa grand-mère, et pour éviter de les déranger, Themis se coucha sur le canapé avec Nikos.

Vers six heures, une porte claqua et Nikos se redressa aussitôt. Thanasis entra dans le salon en boitant. Sans canne, il avait une démarche encore plus bancale, et dans la pénombre, entre son corps tordu et son visage difforme, il inspira de la terreur au petit garçon. Les hurlements de Nikos réveillèrent Themis.

— Je suis navrée, Thanasis, dit-elle d'une voix ensommeillée. Je ne m'attendais pas à ce que tu te lèves si tôt.

— Qu'est-ce que ça change ?

Il s'approcha de la cuisinière et commença à se préparer maladroitement un café, feignant de se désintéresser de l'enfant inconnu qui sanglotait sur les genoux de sa sœur. Après avoir versé le liquide écumant dans une tasse, il se tourna vers elle et lui dit.

— Alors tu l'as retrouvé ?

Sa question n'appelait pas de réponse, mais Themis tenait à lui présenter le petit dans les règles.

— Oui, dit-elle. Viens, Nikos, allons dire bonjour à ton oncle Thanasis.

Les quelques années passées dans le *paidopoli* avaient appris à Nikos à reconnaître les modulations dans la voix des adultes. Il savait qu'il était dans son intérêt de faire ce qu'on lui disait quand il identifiait certaines intonations. Il mit donc de côté ses réticences pour affronter l'homme qui l'avait terrifié peu de temps auparavant.

Thanasis dévisagea Nikos avec un mépris manifeste. C'était un fétu, pâle et presque chauve.

— Alors c'est toi le nouveau ? lâcha-t-il avec dédain. On va voir comment Angelos t'accueille, hein ?

Themis se raccrocha à l'espoir que Nikos ne pouvait sans doute pas comprendre les insinuations de Thanasis. Il parlait au petit garçon comme à un chien errant, un corniaud, un *bastardaki*. Themis parvint à contenir sa rage et serra de toutes ses forces la main de Nikos.

— Je te présenterai Angelos dès qu'il sera réveillé, lui dit-elle d'un ton guilleret. Ça ne devrait plus tarder.

Elle jeta un regard plein de mépris à son frère, qui remuait lentement son café dans sa tasse.

— Je suis sûre qu'ils s'entendront très bien, lui lança-t-elle, avant d'ajouter tout bas : mieux que d'autres frères et sœurs, en tout cas.

Kyria Koralis les rejoignit alors, et la tension retomba aussitôt.

— Voilà donc le petit Nikos ! s'exclama-t-elle avec enthousiasme en s'approchant pour l'examiner de plus près. Je suis tellement heureuse qu'on t'ait retrouvé !

Nikos sourit, percevant la sincérité de sa gentillesse. Les deux femmes formèrent un mur protecteur autour de lui, comme s'il avait besoin d'un rempart.

Thanasis partit peu après pour le commissariat, et Kyria Koralis alla réveiller Angelos. Prenant Nikos par la main gauche et Angelos par la droite, Themis les plaça l'un en face de l'autre.

— Angelos, je te présente ton frère, Nikos. Nikos, je te présente ton frère, Angelos.

Nikos connaissait la notion de fratrie. Plusieurs garçons du *paidopoli* avaient des frères ou des sœurs, et il leur avait parfois envié ce lien particulier.

Angelos, de son côté, ne comprenait pas très bien ce que sa mère essayait de lui dire, mais il sentit que l'arrivée d'un autre garçon sous leur toit allait changer sa vie.

Les deux frères s'observèrent en silence, et avec suspicion. Angelos essaya de se cacher derrière sa mère. Pendant plusieurs jours, son bavardage incessant s'arrêta. Il ne voulut plus manger. Au désespoir, Themis demanda à sa grand-mère :

— Qu'est-ce que je vais faire ?

Le changement se produisit grâce à un jeu inventé par Nikos. Dès que Thanasis quittait l'appartement, les femmes donnaient à l'aîné des garçons la possibilité de jouer en toute liberté, se souvenant qu'il était habitué aux vastes espaces du *paidopoli*. Un jour, il fabriqua une cachette secrète avec un plaid et un drap. Les deux garçons disparurent sous la tente de fortune avec les petites voitures d'Angelos. Leurs barvardages et rires étouffés se prolongèrent tard dans l'après-midi. Kyria Koralis déposa un petit pique-nique à l'entrée de ce que Nikos appelait leur « grotte ». Les deux femmes se réjouirent de voir leur jeu continuer le lendemain, puis le surlendemain, au point que la tente devint presque partie intégrante du salon.

À compter de ce moment-là, les garçons nouèrent une amitié solide.

Même Thanasis finit par admettre, à contrecœur, que Nikos avait trouvé sa place au sein de la famille.

— Il s'occupe de distraire le petit, non ?

Un soir de bonne heure, Themis essuyait la vaisselle. Elle vit soudain, avec incrédulité, Thanasis installer les garçons sur les bras de son fauteuil, chacun d'un côté. Tous deux gloussaient d'excitation. Il avait suffi de quelques semaines loin du *paidopoli* pour que les cheveux de Nikos repoussent et que les premières boucles en tire-bouchon apparaissent. Les garçons n'avaient jamais autant ressemblé à des frères qu'en cet instant.

Thanasis commença à leur lire une histoire. Emplie d'un sentiment qui s'apparentait à de la joie, Themis se retira dans sa chambre pour les observer à travers l'entrebâillement de la porte.

21

1954

L'année suivante, Nikos entra à l'école ; sa mère, son arrière-grand-mère et son frère l'accompagnaient le matin puis revenaient le chercher. Il était inscrit dans l'établissement où tous les enfants Koralis avaient suivi leur scolarité, lequel s'était encore délabré avec le temps.

Sur le chemin du retour, chaque matin, Themis passait par Fokionos Negri pour pouvoir se rendre au *laiki agora*, le marché fermier, où des paysans venus de la campagne vendaient leurs produits. Un jour, elle aperçut quelqu'un qui lui était familier : Giorgos Stavridis. Avec l'arrivée de Nikos, elle l'avait relégué dans un recoin de sa mémoire, pourtant, en le revoyant, elle se rappela instantanément la douceur de leurs retrouvailles, plus d'un an auparavant.

Giorgos était assis à la terrasse du café où ils avaient discuté ce fameux jour. Pleine d'une audace inédite, Themis alla à sa rencontre. Angelos trottinait derrière elle.

— Themis ! s'exclama Giorgos aussi surpris qu'heureux. Et le petit Angelos ! Co-co-comme il a grandi !

— Tu nous autorises à nous asseoir un moment ?

— Bien sûr, bien s-s-sûr ! Qu'est-ce que je vous offre ? Je sais ce qui ferait plaisir au petit bonhomme !

— Mais il…

Themis s'apprêtait à dire qu'il était trop tôt pour une glace, mais Giorgos avait déjà passé commande. Il avait également demandé un café pour Themis.

— Alors co-co-comment vas-tu ? s'enquit-il en se penchant vers elle. Donne-moi de t-t-tes nouvelles, Themis.

Elle se sentit légèrement gênée par l'insistance de son regard. Le ton avec lequel il avait posé cette question n'était pas celui de quelqu'un qui souhaite seulement passer le temps et faire la conversation.

— Je… nous… nous allons tous bien, merci. Et toi, comment vas-tu ? Ça fait si longtemps.

Giorgos ne chercha pas à dissimuler son plaisir de la voir.

— J'espérais te-te-te revoir. Depuis la d-d-dernière fois. J'espérais te re-re-revoir.

Themis rougit et éprouva le besoin de se justifier.

— Nous ne sommes pas beaucoup sortis. Et là, d'ailleurs, nous sommes juste passés au marché en rentrant de l'école.

— Mais ton petit g-g-gars est trop petit pour aller en classe, non ?

Themis ne pensait pas parler de Nikos aussi tôt, cependant elle n'avait plus le choix. De toute façon, elle ne voyait pas très bien pourquoi elle cacherait des choses à Giorgos. Il semblait sincèrement intéressé par les réponses aux questions qu'il posait.

Themis envoya Angelos caresser le chien en pierre. De leur table, elle put le surveiller, même lorsqu'il se mit à courir avec un autre garçon de son âge. Themis raconta à Giorgos les derniers événements de sa vie, mais s'en tint à la version des faits qu'elle donnerait à Nikos et Angelos plus tard : Nikos lui avait été arraché un peu avant la naissance de son petit frère. Themis vit que Giorgos n'en concevait pas une mauvaise opinion d'elle.

Dès que le serveur apporta la glace, elle appela Angelos et lui dit de manger le plus vite possible. Elle venait de se rendre compte qu'elle était en retard. Elle devait encore faire le marché, rentrer à l'appartement, s'acquitter de quelques tâches domestiques puis retourner chercher Nikos à l'école. Le temps avait filé.

— Themis, lui dit Giorgos d'un ton légèrement pressant, il faut v-v-vraiment qu'on se revoie.

L'enfant timide était devenu un adulte réservé, et Themis mesurait l'effort qu'il lui en avait coûté d'exprimer une telle demande. Elle avait, elle aussi, envie de le revoir, et cette fois elle lui donna son adresse.

— Au revoir, Giorgos, dit-elle en enfilant son manteau à la hâte. Encore merci pour le café. Et pour la glace, bien sûr.

Ils se serrèrent la main de façon très formelle, puis, comme tout le monde en avait pris l'habitude, Giorgos tapota Angelos sur la tête. En effet, personne ne pouvait résister à la tentation de toucher sa profusion de boucles rebondies.

Une semaine s'écoula avant qu'un message manuscrit, adressé à Themis, ne fasse son apparition dans la boîte aux lettres des Koralis. Giorgos lui proposait d'aller au cinéma, voir un film avec la nouvelle actrice à la mode, Aliki Vougiouklάki. Il y avait une séance en début de soirée, ce qui leur laisserait le temps de prendre un café après.

Pendant des mois, Themis n'avait presque rien fait d'autre que jouer avec les garçons et s'occuper de l'appartement, elle s'empressa donc d'accepter.

Le jour dit, elle se prépara avec beaucoup de fébrilité, s'avouant à elle-même qu'elle n'était pas seulement impatiente d'échapper au quotidien. Elle se brossa les cheveux avec soin, et Kyria Koralis lui apporta un vieux poudrier et un fard à joues qui avaient appartenus à Margarita. Themis en mit un soupçon sur ses joues avant de sortir rejoindre Giorgos.

Le film fut à la hauteur de leurs attentes à tous les deux. L'intrigue légère et la fraîcheur de l'actrice délicieusement pétillante, qui était déjà la coqueluche des Athéniens, divertit Themis et l'empêcha de penser à autre chose qu'au présent. Lorsqu'ils se quittèrent, ce soir-là, ils étaient tous les deux d'accord pour dire qu'ils se reverraient volontiers.

Quelques mois passèrent, ils se donnèrent plusieurs rendez-vous, le plus souvent au cinéma ou au théâtre. Ils aimaient passer du temps ensemble mais ne laissaient jamais la conversation s'aventurer beaucoup plus profondément qu'en surface. Un jour, Giorgos proposa qu'ils aillent dîner dans un restaurant du centre d'Athènes. C'était le mois d'avril, et il prit pour prétexte qu'il s'agissait du jour de sa fête.

Themis accepta sans hésitation, pourtant, dès son retour à l'appartement, elle se mit à paniquer.

— *Yaya*, je n'ai rien à me mettre !

Themis comprit alors qu'elle tenait à marquer l'occasion. Les rayons commençaient à se garnir de robes d'été et, le lendemain, munie des quelques drachmes que lui avait données sa grand-mère, Themis se rendit dans une boutique du quartier et s'acheta une robe saphir. Cette couleur s'associait à merveille à ses reflets auburn, et la vendeuse lui garantit que le vêtement était fait pour elle. Elle ne fut pas la seule à le penser.

Lorsque Giorgos vit arriver Themis quelques jours plus tard, il faillit pousser un cri. Toutes les fois où ils s'étaient vus, et toutes celles où il l'avait aperçue de loin sans qu'elle s'en rende compte, elle était toujours affublée d'habits usés et démodés, qu'elle avait sans doute hérités de sa grand-mère.

La robe bleue la métamorphosait. Mais il ne fut pas seulement fasciné par sa tenue. Il y eut aussi le sourire qu'elle lui décocha en venant à sa rencontre.

Une fois qu'ils se furent dit bonsoir et qu'ils eurent choisi ce qu'ils allaient commander, Themis accepta le verre de vin que Giorgos lui proposa. Elle espérait que cela l'aiderait à calmer ses nerfs. Pour la première fois, ils allaient avoir plusieurs heures devant eux pour discuter en tête à tête, et Themis avait décidé de faire confiance à cet homme, de lui en dire plus sur les dernières années de sa vie.

Elle ne lui cacha donc pas qu'elle avait combattu au sein de l'armée communiste et évoqua en toute franchise ses années d'emprisonnement. Elle se surprit même à lui expliquer ses convictions, fière de ce qu'elle avait accompli pour sa cause. Si cet homme la désapprouvait, leur amitié était, de toute façon, sans avenir.

Elle fut touchée de voir qu'il écoutait avec beaucoup d'intérêt tout ce qu'elle lui racontait et qu'il ne fit aucun commentaire lorsqu'il apprit qu'elle élevait seule ses deux fils.

Le serveur allait et venait et, chaque fois qu'il approchait de leur table, Themis veillait à baisser la voix. Les « gens comme elle » étaient encore stigmatisés, ainsi que Thanasis aimait à le lui rappeler. Ses actes étaient consignés dans un dossier quelque part, comme ceux d'Anna Kouzelis.

— Il y a d-d-des choses dans mon passé qui r-r-risquent de te déplaire, Themis, dit Giorgos juste après que leur serveur eut débarrassé leur table.

Themis se doutait que la famille de Giorgos n'avait pas soutenu la gauche (comment seraient-ils tous devenus fonctionnaires autrement ?), et elle se pencha vers lui. Son tour était venu d'écouter.

— J'ai été en-en-enrôlé dans l'armée du gouvernement, dit-il d'un ton hésitant. Et je me suis battu sur le mont Grammos.

Themis avait bien du mal à imaginer un être aussi doux et gentil que Giorgos prendre part à cette ultime bataille si féroce. Des milliers de communistes y avaient trouvé la mort, et parmi eux son propre frère, Panos.

Il y eut un silence gêné.

— On a tous un passé, finit par dire Themis à défaut d'une meilleure réponse. Et on ne peut pas le changer.

La main de Themis était posée sur la table et Giorgos posa la sienne dessus.

— Tu as raison. On ne peut pas changer ce qui est déjà écrit, mais on peut essayer d'aller de l'a-a-avant.

— C'est plus facile pour certains que pour d'autres, dit-elle en évitant son regard. J'ai l'impression d'avoir tellement perdu…

— Oui ! s'exclama-t-il avec enthousiasme. Et regarde ce que tu as ga-ga-gagné !

Elle comprit immédiatement à quoi il pensait : elle ne pouvait imaginer une vie sans ses deux petits garçons. Et si les événements des dernières années n'avaient pas eu lieu, ils ne seraient pas assis dans ce restaurant, tous les deux, au milieu du brouhaha des conversations joyeuses, du cliquetis de la vaisselle et du tintement des verres. Rien ne serait pareil.

Giorgos, qui n'avait peut-être jamais été aussi téméraire qu'à cet instant précis, saisit la main de Themis et la serra si fort qu'elle faillit grimacer.

Animé par une détermination qui fit disparaître momentanément son bégaiement, il s'adressa à elle avec une sincérité infinie.

— Themis, je dois te dire quelque chose. Ça ne peut pas attendre. Je ne peux pas attendre.

Il hésita une fraction de seconde avant de poursuivre dans une précipitation encore plus grande, ses paroles s'enchaînant avec une aisance que Themis aurait cru impossible de sa part.

— Je veux que tu deviennes ma femme. Acceptes-tu d'être ma femme ? Acceptes-tu de-de-de m'épouser ?

Themis en resta abasourdie. La demande en mariage était si inattendue qu'elle ne put pas parler pendant quelques instants. Elle avait déjà pris conscience qu'elle appréciait énormément Giorgos, mais elle n'avait pas osé espérer que le sentiment pourrait être réciproque. Pour quelle raison un homme issu d'une telle famille pouvait-il souhaiter s'unir si publiquement à quelqu'un comme elle ? Themis avait toujours considéré que le mariage était une perspective irréaliste pour elle – pour ne pas dire impossible quand il s'agissait de l'envisager avec un homme aussi gentil. Dès qu'elle eut repris ses esprits, elle dit la première chose qui lui passa par la tête.

— Mais tu n'as même pas encore rencontré Nikos !

Dès que les mots eurent franchi ses lèvres, elle se dit que ce n'était qu'un obstacle infime, et se reprit :

— On pourrait se donner rendez-vous demain, après l'école ! Ou à un autre moment qui t'arrange.

Giorgos sourit. Sans s'en rendre compte, Themis venait d'accepter sa demande en mariage.

Au moment de sortir du restaurant, elle prit le bras de Giorgos. C'était agréable de pouvoir s'appuyer sur quelqu'un, même légèrement, et elle sentit, sous ses doigts, qu'il portait un costume en laine de belle qualité.

Quelques jours plus tard, quand Giorgos eut réussi à se libérer plusieurs heures de son travail, Themis passa par Fokionos Negri avec Nikos sur le chemin de l'appartement. Elle avait demandé à Kyria Koralis, sans lui dire pourquoi, si elle pouvait lui confier Angelos. La vieille dame soupçonnait quelque chose mais n'avait rien dit.

Themis et Nikos s'arrêtèrent au café qu'ils appelaient déjà le leur. Giorgos les attendait. Nikos était d'humeur boudeuse. Il n'aimait pas qu'on change ses habitudes et aurait voulu rentrer directement déjeuner à l'appartement. Il refusa dire bonjour à Giorgos. Themis, gênée par le comportement revêche du garçon, lui présenta ses excuses.

— N-n-ne t'en fais pas, lui dit Giorgos avant de se tourner vers le petit. N-N-Nikos, tu-tu-tu préfères les chiffres ou les lettres ?

— Les chiffres, répondit-il toujours aussi maussade.

— C'est bien. M-m-moi aussi.

Une fois qu'ils eurent commandé à boire, Giorgos sortit un paquet de cartes de sa poche et en posa quelques-unes sur la table. Il réussit à piquer l'intérêt de Nikos.

— Ch-ch-choisis une carte, lui dit Giorgos en lui présentant une dizaine de cartes retournées, en éventail.

Nikos en prit une et la regarda avant de la rendre à Giorgos, selon ses instructions.

— Tu te souviens bien de ta c-c-carte, hein ?

Nikos hocha la tête. La carte fut alors replacée avec les autres dans le paquet, puis Giorgos les étala sur la table, à l'endroit cette fois.

— Tu-tu-tu la vois ?

Nikos secoua la tête et leva les yeux vers Themis.

— Je me demande bien où elle a pu passer, lui dit-elle, jouant elle aussi le jeu.

Nikos haussa les épaules.

— Regarde dans ma p-p-poche.

Nikos se pencha vers Giorgos et aperçut le valet de carreau dans la poche poitrine de sa chemise. Giorgos la sortit.

— C'est ma carte ! s'écria le petit garçon, dérouté.

Giorgos fit plusieurs autres tours de magie, qui impressionnèrent autant Themis que l'enfant. Elle fut infiniment touchée par l'attitude de Giorgos – il avait dû apporter ce paquet de cartes spécialement pour Nikos. Et pour lui faire la cour à elle, bien sûr.

Nikos était captivé. Cet homme en costume élégant, qu'il rencontrait pour la première fois, était un magicien, et il faisait des tours de passe-passe de plus en plus extraordinaires, rien que pour lui. Au bout d'une demi-heure, le petit garçon bondissait de joie, poussant un cri chaque fois que la magie opérait à nouveau.

— Encore ! encore ! s'exclama-t-il lorsque Giorgos s'interrompit pour boire son café.

— Je p-p-peux en faire un dernier. Mais nous devons d'abord demander l'autorisation à ta mère.

— Un tout dernier alors, dit Themis en souriant. Après, nous devons rentrer.

— Pourquoi ? protesta Nikos.

— Parce que Angelos doit nous attendre, *agapi mou*.

Giorgos fit une dernière fois la preuve de son talent de prestidigitateur, et Nikos eut l'autorisation de garder la reine de cœur. C'était la carte-clé de ce petit spectacle.

— Veille b-b-bien sur elle, lui dit Giorgos. Tu me la r-r-rendras la prochaine fois que nous nous verrons.

Tout en parlant, il souriait à Themis.

À leur retour à l'appartement, Nikos raconta avec agitation sa fin de matinée et montra à Kyria Koralis la carte. Puis, comme ils le faisaient souvent, ils s'assirent tous les quatre autour du poste de radio et écoutèrent une histoire de « tante Lena ». La célèbre animatrice les racontait toujours d'une voix où magie et innocence se mêlaient, berçant les enfants qui s'endormaient, l'un dans les bras de son arrière-grand-mère, l'autre blotti contre la poitrine de Themis. C'était l'heure la plus paisible de la journée.

Ce soir-là, lorsque les garçons furent couchés, Themis annonça à Kyria Koralis qu'elle allait se marier.

— *Matia mou*, c'est une merveilleuse nouvelle. Avec ce charmant Giorgos ? Je suis si heureuse pour toi, s'exclama-t-elle, les yeux brillants de larmes.

— Merci, *yaya*, lui dit Themis. Il sera un très bon père pour les garçons. Il a été si gentil avec Nikos aujourd'hui…

— Je l'avais bien compris, lui glissa la vieille dame avec un sourire. Il n'a parlé que de Kyrios Stavridis aujourd'hui.

Après un petit silence, Kyria Koralis ajouta :

— Peut-être qu'un jour vous aurez un enfant à vous ?

— Peut-être. Aujourd'hui, avoir trouvé un homme prêt à aimer ceux que j'ai déjà me paraît miraculeux.

Elles n'avaient pas entendu Thanasis entrer. En général, il revenait avant que les garçons n'aillent au lit, mais il avait été retenu au commissariat par de la paperasse en retard.

— Ta sœur se marie ! s'écria Kyria Koralis, emportée par son élan sans que Themis puisse la retenir. Avec un homme très bien, je tiens à le préciser !

Thanasis, privé depuis si longtemps d'une telle forme d'amour, et même de son ombre, dut féliciter sa sœur. Puis il ne put s'empêcher d'exprimer sa peur la plus intime :

— Les garçons..., commença-t-il avec une tristesse non dissimulée. Je vais les perdre ?

Themis fut envahie d'une mélancolie infinie en pensant à son frère qui n'aurait sans doute jamais d'enfants à lui.

— Bien sûr que non tu ne vas pas les perdre, le rassura-t-elle. Je n'ai même pas envie de partir d'ici...

— Ils me manqueront si tu pars, insista-t-il, presque implorant.

Themis fut surprise d'entendre une telle déclaration dans la bouche de son frère. Cela lui ressemblait si peu d'exprimer d'autres émotions que la colère, même si celle-ci était moins manifeste dernièrement. Cette nuit-là, allongée dans son lit à envisager l'avenir, Themis songea soudain qu'Angelos et Nikos étaient les seuls à accepter leur oncle comme ils le faisaient. Ils n'avaient réagi que la toute première fois à sa claudication et à ses cicatrices. Aujourd'hui, il était simplement oncle Thanasis. Les opinions politiques de son frère exaspéraient plus que jamais Themis, mais l'affection qu'il témoignait à ses enfants avait beaucoup contribué à leur réconciliation.

Themis était catégorique sur ce point : les garçons et elle devaient rester vivre sur la place. Elle ne voulait pas abandonner sa grand-mère et Thanasis. On trouva facilement une solution. À l'étage du dessous, il y avait un appartement à côté de celui de Kyria Papadimitriou, vide depuis des années. Le propriétaire avait cinq enfants adultes, et aucun n'en avait voulu. Les garçons pourraient avoir chacun leur chambre.

Giorgos se laissa aisément convaincre que ce serait l'endroit idéal pour fonder leur foyer. Il n'avait de toute façon qu'un désir : satisfaire la femme qu'il aimait. Ils remirent légèrement les lieux à neuf pour se les approprier et, en un rien de temps, l'appartement du deuxième étage devint un double presque indissociable de celui du troisième, avec le même mobilier sombre et solide, les mêmes napperons en dentelle et tapis traditionnels. Kyria Koralis insista pour qu'ils descendent l'immense table en acajou puisque Thanasis et elle n'en auraient pas besoin d'une aussi grande, maintenant qu'ils n'étaient plus que deux. Tout fut préparé pour que Giorgos et Themis puissent emménager dès qu'ils seraient mariés.

Il n'y avait aucune raison de retarder la cérémonie, sinon que Themis devait faire la connaissance des principaux membres de la famille de son futur époux : d'abord son père, veuf, puis ses sœurs. Themis savait qu'elles ne voyaient pas d'un bon œil qu'il épouse une femme qui avait déjà des enfants, mais Giorgos esquiva leurs questions sur le père des garçons – il le fit d'autant plus facilement qu'il ne savait presque rien sur le sujet.

— Themis est veuve, leur dit-il. Et une fois que nous serons mariés, ils deviendront mes enfants aussi.

Un mois après la demande de Giorgos, la date du mariage fut fixée. Pendant toute la période des préparatifs, Themis se sentit très chanceuse d'avoir rencontré un homme pareil et de pouvoir offrir à ses fils un père qui les élèverait avec elle – et pas n'importe quel père, un père gentil et aimant. Nikos et Angelos l'adoraient, et Themis savait qu'il serait parfait avec eux. Et bien sûr, elle aimait Giorgos, appréciant l'affection et la sécurité qu'il leur offrait à tous.

Par une belle matinée ensoleillée d'octobre, ils partirent pour l'église du quartier. Themis portait une robe en soie bleu canard avec des manches trois-quarts et une couronne de roses blanches. Giorgos était en costume sombre. Les garçons, qui avaient maintenant tous deux une tignasse de boucles brunes, arboraient des costumes gris perle et des chemises blanches. Nikos refusa de mettre sa veste, sauf au moment des photographies.

Kyria Koralis dit à tout le monde que c'était le jour le plus heureux de sa vie ; elle avait revêtu une robe turquoise pour le célébrer. Elle repensa aux noces de son fils unique, qui était venu la trouver le matin même et avait sangloté dans ses bras. Il savait qu'il commettait une erreur. Il n'aimait pas Eleftheria. Il était trop tard pour annuler le mariage et Kyria Koralis lui avait garanti qu'avec le temps il aurait des sentiments pour elle, ajoutant qu'il ne pouvait pas tourner le dos à l'aisance financière qu'elle lui apporterait. Aujourd'hui, quand elle regardait sa petite fille, rayonnante de bonheur, et l'élégant jeune marié à ses côtés, elle savait qu'ils formaient un couple très différent.

Thanasis jouait le rôle de *koumbaros*, de témoin, et Themis avait été très émue par ce geste. Il assuma ses fonctions avec beaucoup de sérieux et de fierté. Le père de Giorgos, Andreas, fut un peu crispé au début de la cérémonie, mais il prit plaisir à la conversation de Thanasis et finit par se détendre, comme son oncle Spiros. Les deux sœurs de Giorgos étaient aussi présentes, accompagnées de leur famille (on avait bien dit aux enfants de ne pas dévisager Thanasis, sous aucun prétexte), ainsi que quelques collègues des impôts. Ils convièrent aussi Kyria Papadimitriou, qui vint avec sa sœur. L'invitation envoyée à Margarita resta sans réponse, et Themis en déduisit que le courrier ne lui était jamais parvenu. Une fois qu'ils se furent acquittés des formalités, ils se rendirent à pied dans une taverne de Fokionos Negri. L'un des beaux-frères de Giorgos, originaire de Crète, jouait de la *lyra*, et il y eut des chants jusqu'à minuit. D'autres clients de la taverne se joignirent à eux pour danser.

Immédiatement après le mariage, ils emménagèrent tous les quatre dans leur nouvel appartement. Leur balcon se trouvait juste en dessous de celui de

Kyria Koralis, si bien qu'ils savaient quand elle s'occupait de ses plantes – l'eau gouttait sur les leurs. Ils l'appelaient pour la taquiner, puis la conversation s'engageait. Les garçons étaient libres de monter dans leur ancien appartement et de jouer avec oncle Thanasis, ainsi passaient-ils beaucoup de temps à courir dans les escaliers.

Giorgos entreprit les démarches pour adopter officiellement les garçons. Grâce à l'aide des anciens collègues de son père dans l'administration, il put accélérer la procédure. Il ne posa pas d'autres questions à Themis au sujet de leur père, trouvant un certain avantage à rester dans l'ignorance.

Une fois la partie administrative réglée, ils se retrouvèrent face à une page blanche : rien ne les empêchait de réécrire l'histoire. Themis aurait désapprouvé cette idée dans d'autres circonstances, mais puisque ses fils étaient directement concernés, elle se jeta sur cette opportunité incroyable et leur réinventa un passé.

Un de leurs premiers soirs ensemble sous leur nouveau toit, alors que les garçons dormaient, Themis et Giorgos dînaient autour de la vieille table. La discussion se porta sur un sujet qu'ils avaient toujours évité jusqu'à présent.

Giorgos reconnut qu'il avait détesté combattre aux côtés des hommes qui se vantaient d'avoir collaboré avec les Allemands.

— Une nuit, on se re-re-reposait après une longue marche, et ce vieux vétéran m'a montré quelque chose qui m'a donné envie de vomir. À l'intérieur de la veste de son uniforme, il avait é-é-é-pinglé l'insigne nazi. Il m'a raconté qu'il l'avait échangé avec un officier allemand contre un peu de *tsipouro* à la fin de l'occupation. Il en était f-f-fier, Themis, mais je peux te le garantir, la v-v-vision de cette croix gammée d'aussi près, et sur un homme aux côtés duquel je me battais, m'a fait l'effet d'un choc. Seulement qu'est-ce que je p-p-pouvais faire ?

— Nous avons tous commis, dans le passé, des choses qui nous font honte, le rassura-t-elle en posant une main sur la sienne. J'essaie de ne pas penser au premier homme que j'ai tué, il était si jeune… de ne pas me demander si j'aurais pu l'éviter…

Giorgos perçut le trémolo dans la voix de son épouse. Ce ne serait pas la dernière fois qu'ils échangeraient, tout bas, de telles confidences.

22

Le soir de leur premier anniversaire de mariage, Giorgos posa un petit paquet sur la table et le poussa vers Themis. Il la regarda défaire le ruban en satin rouge, écarter les pans du papier et ouvrir avec beaucoup de précaution la boîte à bijou. Il s'agissait d'une montre, sa toute première. Giorgos lui montra comment la remonter puis la lui mit au poignet.

Il lui raconta que le jour où il l'avait aperçue à Fokionos Negri, après toutes ces années, il avait eu l'impression que le temps s'était suspendu.

— J'ai été certain, dès cet instant, que c'était mon destin de t'épouser et de veiller sur toi.

Elle l'embrassa.

— Merci. Elle est absolument magnifique.

Cet homme était son *platanos*, son platane, et elle se sentit chanceuse de jouir de sa protection et de son ombre. Quand parfois elle posait les yeux sur la photographie de leur mariage, en bonne place sur le buffet, elle avait l'impression qu'un miracle s'était produit.

Elle avait, elle aussi, quelque chose à lui annoncer. Elle attendait leur premier enfant.

— C'est le plus cadeau que tu puisses me faire, lui dit Giorgos en la prenant dans ses bras.

Anna vit le jour l'été 1957, alors que l'école allait fermer ses portes pour les vacances. Angelos venait de terminer sa première année d'école primaire, c'était un élève brillant et passionné. Nikos, de son côté, avait un tempérament rebelle et refusait de faire ses devoirs.

Les garçons se ressemblaient de plus en plus en grandissant, et on les prenait souvent pour des jumeaux. À l'exception de leurs similitudes physiques, leurs différences s'accentuaient de jour en jour.

Les enseignants savaient que Nikos était capable de faire tout ce qu'on lui demandait mais s'y refusait délibérément. Il préférait dessiner. Alors que les autres enfants écrivaient, résolvaient des problèmes scientifiques ou mathématiques, il couvrait les pages de ses cahiers de gribouillages. Il était d'aussi mauvaise composition avec ses camarades et cherchait la bagarre. Quand Angelos voyait des élèves se battre dans la cour, il pouvait être certain que son frère était au centre de la mêlée.

Avec le temps, l'insubordination de Nikos, loin de s'apaiser, se renforça. Lorsqu'il eut douze ans, Themis fut régulièrement convoquée par son professeur.

Kyria Koralis descendait souvent lui donner un coup de main avec les enfants. Elle était présente le jour où Themis rentra de l'un de ces entretiens.

— C'est un rebelle dans l'âme, je ne crois pas qu'on pourra le changer, observa-t-elle.

— Tu dis ça avec fierté, souligna Kyria Koralis, mais les enfants doivent apprendre à s'intégrer…

— Je crois que tu mets le doigt sur le problème, *yaya*, répondit-elle. Il ne veut pas s'intégrer. On lui a imposé une trop grande discipline quand il était tout petit, et c'est à ça qu'il réagit aujourd'hui.

— Tu veux dire que c'est la faute du *paidopoli* ?

— Il a été forcé de porter un uniforme dès son plus jeune âge.

— Et ce serait pour cette raison qu'il réagit aussi mal aux ordres qu'on lui donne, aujourd'hui ?

— Il déteste qu'on cherche à le régenter.

Thanasis était là, lui aussi, il jouait aux petits soldats avec les garçons dans leur chambre. Ayant surpris la conversation entre sa sœur et sa grand-mère, il les rejoignit en boitant et s'assit avec elles.

— Tu dois persévérer, Themis, lui murmura-t-il. Sinon, il finira comme Panos ou son père, même si je ne sais rien de lui.

— Thanasis ! Ne dis pas ça ! Par pitié ! Je t'interdis de dire ça !

Themis était terrifiée à l'idée que Nikos puisse entendre son oncle. Kyria Koralis, calme, à son habitude, réprimanda son petit-fils :

— Thanasis, Giorgos est son père maintenant, alors ne parle plus de ces choses, s'il te plaît.

« Ces choses ». C'était l'expression que la vieille dame employait toujours pour désigner cette longue période du passé : le déclin de sa belle-fille, le départ de son fils, l'occupation, la guerre civile, la mort de Panos, l'internement de Themis. Tous ces événements entraient dans la même catégorie,

« ces choses » qu'elle n'aimait pas qu'on évoque devant elle.

— Ne t'inquiète pas, *yaya*, lui dit Thanasis en lui tapotant le bras. C'est notre secret, et ce n'est dans l'intérêt de personne que quiconque le découvre. Je me suis juste permis cette réflexion parce que ce petit a peut-être un mauvais tempérament qui lui viendrait de son père.

— Thanasis !

Themis élevait rarement la voix, mais son frère était encore capable de la provoquer.

— *Agapi mou*, s'inquiéta Kyria Koralis, tu vas réveiller les enfants !

Anna, âgée de trois ans maintenant, et le petit dernier, Andreas, dormaient dans la chambre à côté.

Themis était consciente qu'avec l'affaiblissement et la déchéance progressive de son corps, Thanasis éprouvait parfois le besoin d'asseoir son pouvoir avec des mots. C'était la seule faculté qu'il possédait encore pleinement, ce qui ne l'empêchait pas d'en faire un usage cruel. Elle savait qu'il disait vrai, que ce n'était dans « l'intérêt de personne » que son passé soit connu. Les stigmates portés par Themis auraient aussi affecté la réputation de Thanasis.

Elle ne put s'empêcher de se demander si Thanasis avait raison quand il parlait de l'indocilité de Nikos. Elle en conclut néanmoins que cela devait lui venir de sa mère. Par bien des aspects, son père était le plus conformiste des deux. C'était l'intrépidité d'Aliki qui l'avait condamnée à l'exécution qu'elle avait affrontée sans peur, son entêtement qui l'avait empêchée de signer sa *dilosi*.

— Peut-être que tu as raison, lui dit Kyria Koralis avec fermeté, et que c'est son séjour au *paidopoli* qui a eu cet effet. Discipliner de tout jeunes enfants, les faire dormir à cinquante par chambre, sans l'amour d'une mère…

— De toute façon, on ne saura jamais vraiment à quoi son attitude est due.

— Oui, cette question restera sans doute sans réponse. Il est peut-être simplement jaloux de son nouveau petit frère ?

— Je n'en sais rien… La seule chose qui m'importe, aujourd'hui, c'est qu'il puisse aller au bout de sa scolarité.

Themis et Giorgos continuèrent à encourager Nikos. Il était très sage à la maison, jouait de bon cœur avec Angelos et se mettait même à plat ventre pour divertir sa petite sœur, faisant semblant d'être un lion assoupi qui se mettait soudain à rugir, la poussant à courir se réfugier dans un coin en hurlant. Il restait fasciné par les tours de cartes de Giorgos et se mit à apprendre les plus simples. Cette passion commune pour la magie créa un lien entre le père et le fils. Plusieurs heures par jour, Nikos s'entraînait à maîtriser les gestes agiles, invisibles aux yeux du commun des mortels.

Un jour, Giorgos gravit péniblement les deux étages, chargé d'un tourne-disque. Themis émit des réserves sur ce nouveau « meuble » très encombrant, ainsi qu'elle le décrivait, mais elle changea d'avis le lendemain lorsque son mari revint avec plus d'une dizaine de 33 tours. Parmi les disques de chansons plus légères se trouvait *Epitafios*, mis en musique par Mikis Theodorákis. C'était Nana Mouskouri qui chantait, et Themis était impatiente de l'écouter.

— Ce n'est pas le compositeur qui a été envoyé en exil ? demanda Nikos, qui ne savait rien d'autre de lui.

Themis ne répondit pas. Elle savait que Nikos ignorait ce que ce terme recouvrait. Il en aimait simplement les sonorités.

Themis pensait souvent à Makronissos. Elle n'y avait pas vu Theodorákis, mais elle se demanda si Tasos Makris avait un jour croisé sa route. Peut-être avait-il été son tortionnaire. Chaque fois qu'elle pensait au père des garçons, son humeur s'assombrissait. Les souvenirs de leurs tendres nuits à la belle étoile s'étaient depuis longtemps envolés. Themis ne gardait plus en mémoire que son regard vide, qui l'avait balayée sans la voir, lors de leur dernière rencontre.

L'apprentissage des tours de cartes exigeait un entraînement répétitif et presque obsessionnel qui permettait à Nikos de canaliser son énergie débordante et semblait l'apaiser. Dès qu'il était prêt à en exécuter un en public pour la première fois, il montait au premier prendre Thanasis comme cobaye. Son oncle se montrait toujours sincèrement impressionné par le talent du garçon.

Le lien entre eux deux tenait du mystère pour tout le monde. Themis savait que le réel pouvait défier la logique et la compréhension humaine, mais cette amitié entre le fils d'un communiste et un homme qui avait dédié sa vie à la persécution de la gauche en était une preuve supplémentaire. C'était toujours Nikos qui coupait la nourriture de son oncle, qui ramassait sa canne quand il la laissait tomber ou qui descendait lui acheter son journal quand il l'avait oublié.

Il était indéniable qu'ils partageaient une chose en particulier : la colère. Peut-être se reconnaissaient-ils l'un dans l'autre.

À mesure que Nikos avançait dans l'adolescence, son esprit de contradiction se développa. Alors qu'il n'avait encore que quinze ans, ils se firent, le directeur du lycée et lui, des adieux polis. Ils étaient heureux de se séparer, l'un et l'autre, surtout lorsque le directeur découvrit que le jeune homme avait laissé, en guise de cadeau de départ, une série d'immenses caricatures des professeurs qu'il avait le plus détestés sur les murs des toilettes pour hommes.

On fêta son seizième anniversaire, qui eut lieu quelques jours plus tard, autour d'un dîner en famille. Kyria Koralis et Thanasis descendirent tous deux pour les rejoindre autour de la vieille table marquée par les ans.

Lorsqu'elle finit par s'asseoir pour manger elle aussi, Themis parcourut les siens du regard. Ils formaient un ensemble plutôt homogène en apparence. Personne n'aurait pu deviner combien la surface cachait une réalité bien plus complexe, et il y avait suffisamment de similitudes physiques entre eux pour écarter l'idée que tous les enfants n'avaient pas le même père ou la même mère. Nikos, qui avait encore embelli à l'adolescence, présidait en bout de table. Oncle Thanasis était à côté de lui, comme toujours. Angelos ressemblait à Nikos, bien qu'étant plus épais ; il se trouvait entre Anna, d'une beauté saisissante avec ses cheveux blonds et ses lèvres pleines, et Andreas, dont les yeux noirs étaient les plus grands de tous. Kyria Koralis, âgée à présent de quatre-vingt-treize ans, tenait le benjamin de la famille sur ses genoux. Spiros était né quelques semaines plus tôt. La vieille dame avait préparé le gâteau préféré de Nikos, aux pommes, mais Themis s'était chargée du reste.

En dépit de leurs centres d'intérêt divergents, et de leurs résultats scolaires opposés, Nikos et Angelos s'entendaient bien et se taquinèrent tout au long du dîner. Themis s'émerveilla que la soirée soit marquée par l'animation et l'harmonie, une association qui aurait été impossible autour de cette table à l'époque de ses seize ans.

Nikos ne semblait pas avoir beaucoup d'ambition personnelle, et Themis et Giorgos s'inquiétèrent de ce qu'il allait devenir à présent qu'il avait arrêté ses études. Il passait l'essentiel de son temps dans sa chambre, à dessiner. Il dit à ses parents qu'il voulait devenir artiste.

— Ce n'est pas un vrai métier, marmonna Giorgos.

— Laissons-lui un peu de temps au moins, lui répondit Themis.

Peu après, comme pour souligner le contraste entre eux deux, Angelos annonça son souhait d'entrer à l'université. Il était très appliqué dans ses études, et Themis se rappela qu'elle était pareille, repensant à l'époque où Fotini et elle consacraient tous leurs après-midi à faire leurs devoirs avec assiduité, après les cours. Tout le monde disait qu'Angelos avait hérité du cerveau de son père, ce qui amusait Themis et l'agaçait à la fois.

Giorgos avait reçu une promotion et dirigeait un département du centre des impôts, sa virtuosité discrète avec les chiffres l'emportant amplement sur sa gaucherie en société. Les enfants étaient bien nourris et habillés, la famille ne manquait de rien.

Depuis sa libération, quinze ans auparavant, Themis s'était efforcée de se désintéresser de la vie parlementaire. Elle veillait à ne jamais se rendre en centre-ville en cas de manifestation, ne lisait le journal que de temps à autre et fuyait les informations à la radio. En revanche, elle mettait un point d'honneur à voir tous les films d'Aliki Vougioukláki dès leur sortie, confiant les plus petits à sa grand-mère pour se rendre au cinéma du quartier. Elle se passionnait pour la personnalité exubérante et indépendante de la jeune actrice, et puis, bien sûr, il y avait son prénom, qui lui rappelait avec bonheur son ancienne amie.

Giorgos adoptait la même neutralité que son épouse. Il n'avait jamais eu de convictions politiques très fortes, même jeune – il n'était parti au « front » qu'à cause de la mobilisation générale –, et depuis la mort de son père, il n'était plus obligé de formuler du bout des lèvres des opinions anticommunistes pour lui faire plaisir.

Si un sujet politique s'invitait aux repas, Themis orientait adroitement le cours de la conversation sur un terrain plus neutre. Elle le faisait avec une telle ingéniosité que personne ne s'en rendait compte. Les souvenirs de l'agressivité qui se déchaînait si souvent autour de la table toutes ces années auparavant lui revenaient facilement en mémoire. C'était aussi dangereux que se trouver sur la route d'un cheval lancé au galop, et elle devait éviter les coups de sabots à tout prix. Elle ne pouvait pas courir le risque de voir se répéter les disputes incessantes qui avaient marqué la génération précédente : un poing qui s'abattait sur la table, un verre fêlé parce qu'il avait été reposé trop brutalement, des éclats de voix. Et ces gestes avaient évolué vers une véritable brutalité entre les deux frères, vers une violence qui avait détruit non seulement la famille Koralis mais aussi le pays tout entier.

Indépendamment des peurs et des désirs de Themis, la politique restait un sujet de débat permanent dans le pays, et les Grecs avaient connu cinq élections en moins de dix ans. Elle avait été folle de joie lorsque les femmes avaient acquis le droit de vote en 1956, toutefois, la fréquence des élections depuis était un signe d'instabilité. Se rendre aux urnes était devenu une routine source d'inquiétude plus que de plaisir, et aujourd'hui encore, Themis avait l'impression que le système n'était pas garant d'impartialité – et il ne lui apportait pas les résultats qu'elle espérait.

Les enfants Stavridis, de Nikos au petit Spiros, ne soupçonnaient pas un seul instant que leur mère avait un autre centre d'intérêt que leur bien-être. Celui-ci se manifestait essentiellement à travers son désir de les nourrir et de veiller à ce qu'ils soient présentables pour aller à l'école. Tous avaient été, un jour ou l'autre, l'objet de taquineries de leurs camarades à cause de leurs chaussures si bien cirées. Aucun d'eux ne se demandait si elle avait caressé d'autres ambitions ou rempli d'autres fonctions dans son existence. Dorénavant, elle s'occupait également de Kyria Koralis, qui avait atteint un âge respectable, et cuisinait pour Thanasis. Les *gemista* et le *spanakorizo* sortaient maintenant de sa cuisine.

Aux yeux des cinq enfants Stavridis, Themis et Giorgos étaient des parents aimants. Parmi leurs amis à tous, beaucoup avaient un père qui les frappait souvent avec une sangle, ou une mère critique qui les houspillait en permanence. En secret, la fratrie Stavridis se réjouissait que cela ne soit pas le cas dans leur famille. Les trois plus jeunes n'avaient pas, évidemment, les boucles caractéristiques de leurs aînés. Ils s'imaginaient que Giorgos, qui commençait à se dégarnir, avait eu la même chevelure bouclée enfant. La petite Anna était le portrait craché de Margarita, et c'était avec un sentiment de *charmolypi* que Themis notait la ressemblance de plus en plus grande entre Andreas et Panos. Spiros, enfin, était la copie conforme de Giorgos.

On était au printemps 1967, et de nouvelles élections parlementaires devaient avoir lieu en mai. Comme toujours, Themis espérait pouvoir maintenir la politique à distance de la table familiale, même si elle se réjouissait tout bas qu'un parti de la gauche plus radicale ait des chances d'accéder au pouvoir. Lorsque la conversation s'engagea sur ce nouveau parti, Nikos et Angelos commencèrent à se chamailler. Nikos, désormais âgé de dix-huit ans, penchait davantage en faveur de la gauche qu'Angelos. Lorsqu'il mentionna les nazis, décrétant qu'il détestait tous les Allemands et que leur pays avait une énorme dette envers la Grèce, Themis songea soudain qu'il était temps de leur rappeler que leur tante y vivait depuis près de vingt ans maintenant. Elle tenait à ce qu'ils comprennent qu'ils ne pouvaient pas avoir de tels préjugés sur l'ensemble des habitants d'un pays.

— Margarita ? Mais qui est-ce ? demanda Andreas, intrigué par ce prénom qu'il n'avait jamais entendu.

Themis se mit en quête d'une vieille photographie des quatre enfants Koralis. Même Angelos et Nikos n'avaient qu'une vague image de l'enfance de leur mère, et quand elle leur apprit que Panos était « mort pendant la guerre », ils en conclurent qu'elle voulait parler de l'occupation et ne posèrent pas de questions. Ce fut surtout leur oncle Thanasis qui suscita leur étonnement. Ils n'en revenaient pas que le si beau jeune homme sur le portrait soit l'homme qu'ils connaissaient aujourd'hui. Ils furent choqués par l'histoire que leur raconta leur mère, ayant toujours pensé qu'il avait été défiguré lors d'un accident. Ils avaient entendu parler des événements de décembre 1944, mais n'avaient pas conscience de l'impact direct que ceux-ci avaient eu sur leur famille. Themis leur montra aussi une photographie du mariage de ses parents, et en profita pour leur apprendre que sa mère était morte bien des années auparavant et que son père était parti s'installer en Amérique. Depuis, ils avaient perdu le contact.

Après le dîner, Themis et Giorgos sortirent s'asseoir sur le balcon. C'était une chaude soirée d'avril, juste avant la semaine sainte. Tous les arbres se couvraient de feuilles. Les deux époux percevaient la douceur ambiante. Le linge mettait moins de temps à sécher, et Themis n'avait pas eu besoin de son manteau d'hiver ce jour-là. Leurs deux aînés étaient sortis et les trois petits étaient à l'étage, avec leur oncle. Il avait un téléviseur et, du moment qu'ils avaient terminé leurs devoirs, Themis ne voyait aucune objection à ce qu'ils regardent un film avec lui.

Profitant du calme, Themis et Giorgos entendaient parfois un éclat de musique ou de rire provenant du dessus. Ils avaient tous deux le sentiment d'avoir surmonté, dans leurs existences, beaucoup de difficultés et échangèrent un regard de contentement.

Le lendemain matin, leurs vies avaient basculé.

Giorgos écoutait toujours la radio sur un transistor en se rasant. Il comprit aussitôt que quelque chose n'allait pas. La musique avait été remplacée par des bulletins d'information qui tournaient en boucle. La veille, peu après minuit, alors que la ville était presque entièrement endormie, plusieurs colonels de l'armée avaient organisé un putsch.

Ils furent tous sonnés. Il n'y avait eu aucun signe annonciateur d'un tel coup de théâtre. Sans la moindre effusion de sang, le pouvoir avait été renversé par l'armée, et le pays, privé de ses moyens de communication, se retrouvait coupé du reste du monde.

Ils passèrent tous les sept l'essentiel de la journée assis autour du poste de radio, guettant les interruptions de la musique militaire diffusée en continu. Le coup d'État avait été orchestré avec une efficacité implacable, et ils découvrirent son déroulement. Les colonels avaient encerclé le palais royal et le Parlement avec des chars, puis un nouveau Premier ministre avait prêté serment. Les routes étaient bloquées, cela ne servait à rien de sortir. Les écoles et les universités resteraient fermées jusqu'à nouvel ordre, et l'on ne pouvait pas retirer d'argent des banques.

— Des élections étaient prévues le mois prochain, protesta Nikos, qui, même s'il était trop jeune pour voter, savait quel parti il voulait voir au pouvoir. C'est pour ça qu'ils ont fait ça, poursuivit-il, furieux. Ils avaient peur que la gauche prenne le pouvoir.

— Et le roi ? demanda Andreas. Il ne peut pas nous sauver ?

— Il serait à Tatoï, *matia mou*, lui répondit Giorgos. Je suis sûr qu'il va arranger la situation.

Le roi Konstantínos et sa famille, notamment sa mère, la reine Frederika, étaient, à en croire les informations, dans leur palais d'été en dehors d'Athènes. La monarchie continuait à jouer un rôle essentiellement symbolique, mais beaucoup voulaient se débarrasser de cette institution anachronique.

Themis haussa les sourcils et lança un regard désapprobateur à son mari.

— Il a sans doute tout manigancé avec eux, oui, marmonna-t-elle.

— Themis ! s'emporta-t-il. T-t-tu n'en sais rien.

Ils avaient des positions très divergentes sur la question de la monarchie. Themis détestait toujours autant l'« Allemande » et soupçonnait sa famille de vouloir encourager une dictature militaire. À l'évidence, le roi apportait son soutien aux colonels. Ou du moins, il n'exprimait pas de désaccord.

— Peu importe ce que tu penses, rétorqua Themis. La reine Frederika...

— Themis ! Ça n'avance à r-r-rien !

Au bout de quelques jours, Themis trouva le courage de sortir pour voir dans quel état étaient les magasins. Elle se rendit à la boulangerie qu'elle fréquentait depuis des dizaines d'années et fut ébahie de voir le message suivant sur la porte : *Fermé jusqu'à nouvel ordre*.

Themis se souvenait que Kyria Sotiriou lui avait présenté ses condoléances pour Panos, le lendemain de son retour de Trikeri, et lui avait adressé un regard plein de tristesse et de sympathie en déposant les quelques drachmes de monnaie dans la coupelle en verre. Themis avait compris, déjà à l'époque, que la femme du boulanger ne se serait pas adressée à elle avec une compassion aussi profonde si elle n'avait pas été de gauche.

Une remarque faite en passant, quelques années plus tôt, lui avait ôté ses derniers doutes : le boulanger et sa femme avaient tous deux voté pour le parti de centre gauche, comme Themis d'ailleurs. Celle-ci avait également eu vent d'une rumeur affirmant que le frère de la boulangère était mort à Makronissos.

C'était bien suffisant pour en faire des citoyens suspects, et Themis en déduisit qu'ils étaient sans doute détenus par le nouveau régime.

Les jours suivants, le gouvernement décida d'édicter de nouvelles règles, interdisant aux garçons de porter les cheveux longs, et aux filles, des jupes courtes. Andreas fut furieux d'être traîné chez le coiffeur, et sa rage ne fit qu'augmenter lorsqu'il apprit que tous les enfants étaient dorénavant obligés de se rendre à l'église le dimanche.

Les Stavridis furent touchés plus directement : certains des enseignants des enfants avaient été arrêtés, au su et au vu de tous. En effet, la raison de leur arrestation fut ouvertement affichée : ils étaient des « perturbateurs » et il fallait les empêcher de « contaminer les jeunes esprits », voilà ce qu'indiquait le placard sur la porte de l'école.

Vers quatre heures du matin, quelques jours après que les enfants Stavridis eurent repris le chemin de l'école, ils entendirent des coups. Ils étaient frappés à la porte de l'étage du dessous, mais étaient si forts qu'ils les réveillèrent tous.

Contre l'avis de Themis, Giorgos entrouvrit leur porte de quelques millimètres. Il entendit la voix de leur voisin, un avocat, et les intonations plus aiguës de son épouse. S'ils ne purent comprendre ce qu'elle disait, son ton était suppliant.

— Ils arrêtent l-l-l'avocat ! dit Giorgos en refermant discrètement.

Themis traversa rapidement le salon et sortit sur le balcon pour voir ce qui se passait. Un fourgon de la police était garé sur la place, et elle constata que leur voisin n'était pas le seul à y être conduit. Un couple d'un certain âge, qui habitait de l'autre côté, fut aussi poussé à l'intérieur du fourgon, avec deux autres habitants d'un immeuble que Themis ne connaissait pas. À l'abri des citronniers, ils pouvaient assister à la scène en toute sécurité. Le cœur de Themis battait à tout rompre. Son dossier était quelque part dans la nature, et elle savait qu'elle pourrait facilement être arrêtée, elle aussi. À compter de ce jour, au moindre bruit de pas dans l'escalier, au moindre coup à la porte, une appréhension infinie allait l'envahir.

Le roi ne tarda pas à approuver publiquement le putsch, déclarant que les institutions démocratiques étaient gangrenées et que les intérêts du peuple en avaient souffert. Pour lui, ce nouveau gouvernement aspirait à un retour à la démocratie.

Themis fut horrifiée. On racontait qu'il y avait eu tant d'arrestations que les prisonniers étaient détenus dans plusieurs stades de football. Il n'y avait pas d'endroit assez grand pour accueillir tout le monde. Certains avaient déjà été renvoyés en exil sur les îles.

— Qu'est-ce que je t'avais dit ! Ce sont des traîtres ! La monarchie n'est pas du côté du peuple. Ils ont pris le parti de l'armée, de la dictature. Tout ça parce qu'ils ont peur de la vraie démocratie, de la possibilité d'un gouvernement de gauche. Et tu sais pourquoi ?

— S'il te p-p-plaît, Themis, l'implora Giorgos, qui détestait voir son épouse dans un tel état.

Ne pouvant se contenir, elle sortit se calmer. Dans le hall de l'immeuble, elle tomba sur Thanasis, mais poursuivit sa route sans lui adresser la parole.

— Themis ! l'appela-t-il, alors que la porte se refermait derrière elle.

Elle connaissait déjà l'avis de son frère sur la question et n'était pas d'humeur à l'écouter. Elle avait besoin de sentir le souffle du vent sur son visage.

Les bancs de la place étaient tous occupés. Quelques garçons jouaient au ballon, et une femme promenait son chien. Tout avait l'air si paisible, bien loin du drame qui se jouait.

Dans l'intérêt de sa famille, Themis devait conserver son sang-froid. Elle marcha jusqu'à une boulangerie où elle n'était encore jamais entrée et acheta une miche pour le dîner. C'était l'avant-veille du Vendredi saint, et elle acheta aussi une *tsoureki*, une brioche de Pâques. Elle en préleva un morceau en sortant de la boulangerie. Le sucre lui remonta brièvement le moral.

Sur le chemin du retour, elle passa devant l'église d'Agios Andreas. Celle-ci était pleine de monde et la voix musicale du pope s'échappait dans la rue. Même Themis, qui n'avait pas mis les pieds dans une église depuis plusieurs années, eut envie de s'arrêter et de profiter de ce moment de paix.

Ce qu'elle entendit juste après était très différent de la douce psalmodie. En effet, en poussant la porte de son appartement, elle fut accueillie par une voix d'homme stridente. Celle-ci s'échappait de la radio et décrivait le pays comme un « malade » sanglé sur une table d'opération. « Si le patient n'est pas suffisamment bien attaché, comment le gouvernement pourrait-il être certain de réussir à le soigner ? »

Elle vit que Giorgos et Angelos étaient assis près du poste. Themis resta debout. Chaque phrase la scandalisa plus que la précédente. « L'objectif de notre gouvernement est de réformer la société de notre pays… Le communisme entre en contradiction avec notre civilisation helléno-chrétienne et les individus que nous estimons dangereux seront jugés devant des commissions… Nous avons déjà procédé à cinq mille arrestations. »

— Est-ce qu'on peut éteindre ? demanda-t-elle d'une voix tremblante. Je ne veux pas entendre ça.

— C'est le colonel Papadópoulos, qui a pris la tête du putsch, lui souffla Giorgos.

Themis avait l'impression que de l'eau glaciale coulait dans ses veines. La persécution de la gauche recommençait. Des hommes politiques étaient emprisonnés, et même l'ancien Premier ministre, Geórgios Papandréou, était détenu dans un hôpital militaire.

Giorgos essaya de rassurer Themis, mais elle ne lui répondit pas. Elle traversa la pièce pour aller poser le pain sur la table de la cuisine et prépara le dîner. Pour la première fois depuis plus de dix ans, elle avait peur.

Une heure plus tard environ, elle monta un plat à l'appartement du dessus pour Thanasis et sa grand-mère. Elle refusa de discuter avec son frère de ce coup d'État militaire. À ses yeux, il était entièrement injustifié.

Pendant les fêtes de Pâques, le roi assista à la messe de minuit avec les chefs militaires. Themis ne se rendit pas à l'église, mais ses trois plus jeunes enfants accompagnèrent Giorgos, Thanasis et leur arrière-grand-mère. Themis ne pouvait néanmoins pas fuir l'expression consacrée que l'on entendait partout à cette période de l'année : « Christ est ressuscité ! » Elle avait prétexté une migraine et attendit le retour de sa famille allongée dans le noir, sur son lit.

Le nouveau régime publiait sans arrêt de nouveaux décrets, tous précédés de la formule « Nous avons pris la décision suivante et ordonnons donc… » Les colonels s'étaient approprié le thème de la résurrection. « Hellas est ressuscitée ! » était le refrain qu'on entendait constamment à la radio.

Themis fut ébranlée au plus profond de son être par la vitesse à laquelle la dictature s'était installée. Elle avait sincèrement cru que les élections programmées pouvaient instaurer la justice sociale pour laquelle elle s'était battue près de vingt ans auparavant. À présent, en l'espace d'une nuit, la liberté d'expression des opinions politiques avait été balayée et l'opposition broyée.

Pendant plusieurs jours, Themis fut incapable de se résoudre à ouvrir un journal. Nikos ne supportait pas davantage la presse d'extrême droite.

— Mais regardez ! s'emportait-il. Regardez !

— Ne te mets pas dans cet état, lui disait son père. Il faut bien qu'on soit au courant de ce qui se passe.

— Enfin tu as vu un peu ? Regarde-moi cette photo souriante de Papadópoulos ! Ce journal marche sur la tête. Il ne formule même pas la moindre critique.

Themis était en train de mettre la table et posa les yeux sur la première page. Elle constata que Nikos avait raison, et voulut néanmoins éviter qu'une dispute éclate entre son père et lui.

Le lendemain, le journal ne parut même pas.

— J'avais raison ! annonça Nikos avec une note de triomphe dans la voix. La rédaction était victime de censure !

La directrice avait décidé de suspendre la publication en signe de protestation.

— C'est une femme courageuse, approuva Themis.

— Au moins, il y en a qui résistent, dit Nikos. Il y a eu trop d'apathie dans ce pays. J'espère qu'il y aura d'autres actions du même genre.

Themis sentit une palpitation d'angoisse dans son ventre.

Les partis politiques ne tardèrent pas à être dissous, la liberté de la presse fut suspendue et plusieurs journalistes étrangers chassés du pays. L'arrestation d'Andreas Papandréou, le fils de l'ancien Premier ministre, provoqua un tollé général, et bientôt la rumeur affirma que les dissidents étaient victimes de tortures effroyables.

— Tu crois qu'il pourrait y avoir une guerre ? demanda Anna à sa mère.

— Non, ma chérie, je suis sûre qu'il n'y en aura pas, lui répondit Themis sans conviction.

En l'absence de *Kathimerini*, ils devaient maintenant compter sur d'autres journaux pour s'informer. Un quotidien leur apprit que le général de brigade Pattakós, l'une des trois figures principales de la junte, s'était rendu sur l'île de Yaros, où plus de six mille prisonniers étaient détenus. Il avait annoncé la libération prochaine de plusieurs d'entre eux.

J'y croirai quand je le verrai, songea Themis. *Et comment quiconque pourrait savoir si c'est la vérité de toute façon ? Ils mentent sans arrêt, ces gens.* Quelques jours plus tard, une liste de plus de deux mille internés, incluant des syndicalistes, des médecins, des journalistes et des artistes, fut publiée.

— Il y a même Ritsos ! s'exclama-t-elle. Un poète inoffensif !

— La droite n'a pas l'air de le trouver aussi inoffensif que ça, lui rappela Nikos. Il est dangereux avec son stylo, et je te rappelle que son œuvre est interdite depuis des dizaines d'années.

— C'est vrai, *agapi mou*. Mais ce n'est pas une raison pour l'enfermer.

La seconde semaine de mai, Andreas Papandréou fut officiellement accusé de s'être rendu coupable de trahison. Il aurait, avec son père, conspiré pour renverser la monarchie.

Seules quelques semaines s'étaient écoulées depuis le putsch, et déjà la vie retrouvait un cours normal, étrangement. Il était bien trop tôt pour se replonger dans la routine quotidienne au goût de Themis, et elle fut troublée par la quasi-inexistence de toute forme de résistance. D'un autre côté, elle se réjouissait de pouvoir continuer à faire des courses et cuisiner pour sa famille. Les enfants, eux, avaient repris le chemin de l'école.

— Qu'est-ce qui m'est arrivé ? se demanda-t-elle un matin en boutonnant sa blouse devant le miroir.

Elle portait une vieille robe pour s'occuper des tâches ménagères. Elle remarqua sa taille épaissie, ses cheveux grisonnants.

— Serais-je devenue complaisante ?

Déçue par sa propre attitude, elle se rendit soudain compte qu'une flamme continuait à brûler en elle.

— Si je me fichais de la politique, dit-elle à Giorgos, je pourrais continuer à arroser les plantes et profiter de la douceur estivale, mais je ne supporte pas ce qui se passe. Rien ne tourne rond !

Giorgos essaya de calmer ses ardeurs. Il lui arrivait de cacher un journal s'il contenait une image qui pouvait, selon lui, provoquer la colère de son épouse, et c'est d'ailleurs ce qu'il avait fait ce jour-là, en y découvrant une photographie de Frederika, prise lors de la consécration du nouveau chef de l'Église de Grèce.

— La famille royale et l'Église apportent toutes deux leur soutien aux colonels, s'écria Nikos, hors de lui. Pourquoi font-ils ça ?

Personne, autour de la table, n'avait de réponse.

Pendant quelques mois, les choses restèrent, en surface, inchangées, mais en décembre, le roi Konstantínos tenta de renverser la dictature des colonels. Il réunit des troupes qui lui étaient loyales dans le nord du pays et affirma que la marine et l'armée de l'air étaient aussi avec lui.

— C'est la guerre civile, déclara Giorgos alors qu'ils écoutaient tous ensemble la radio. Des troupes s'apprêtent à s'affronter.

Themis avait bien du mal à savoir quel camp elle méprisait le plus. Elle n'aurait pris les armes pour aucun des deux et espérait que ses enfants éprouvaient le même sentiment qu'elle.

Cette nouvelle crise passa. Le chef de la junte, le colonel Papadópoulos, agit rapidement pour étouffer cette tentative de révolte. Un jour plus tard, la famille royale fut contrainte de s'envoler pour Rome. Elle était désormais en exil.

Giorgos ne prenait plus la peine de cacher le journal quand il contenait des photographies des membres de la royauté, avec leurs fourrures et leurs bijoux. Themis n'avait pas une once de pitié pour eux. Au contraire même, elle ressentait une certaine satisfaction : ils découvraient enfin ce que c'était que d'être loin de chez soi et privé de toute perspective de retour. Tant de Grecs en avaient fait l'expérience par le passé et continuaient à le faire aujourd'hui.

— Ils ont libéré Andreas Papandréou ! lança Giorgos un jour en rentrant.

Il s'empressait toujours d'annoncer à sa femme la moindre bonne nouvelle. Il agitait son journal d'un geste enthousiaste.

— C'est bien joli, mais il reste plein de gens enfermés… Et tous les autres prisonniers ? Theodorakis ? Ritsos ?

Le compositeur et le poète étaient tous deux vénérés par la gauche et méprisés par les soutiens de la junte.

— Nous n'aurons rien à fêter tant que ces deux-là, et tous ceux de leur acabit, ne seront pas libres, affirma Themis, catégorique.

Giorgos soupira discrètement. Il n'aspirait qu'à rendre sa femme heureuse, c'était son seul but dans la vie. La junte tenait fermement les rênes du pays et la plupart des citoyens, s'ils n'avaient pas été arrêtés ou persécutés, avaient repris le cours normal de leurs existences.

Dans les années qui suivirent, Themis, comme beaucoup, cacha ses opinions politiques. Sous la dictature, elles lui paraissaient aussi inutiles que le linge de maison en dentelle démodé que Kyria Koralis lui avait confectionné pour sa dot : il était d'ailleurs rangé dans un coffre.

En dépit de la poigne de fer des colonels, le pays prospérait et le boom économique profita à une large majorité de Grecs, permettant à la plupart de continuer à voir leurs conditions de vie s'améliorer au quotidien. Les rayons des supermarchés débordaient de marchandises et les jours de famine n'étaient plus qu'un lointain souvenir. La junte exerçait une répression discrète mais efficace, parfois si subtile qu'il était difficile de protester. Il n'y avait qu'à l'étranger qu'une opposition énergique au régime s'exprimait, toutefois Themis était convaincue que ni elle ni personne ne pouvait rien faire au sein même du pays.

Près d'un an et demi après la prise de pouvoir des colonels, Kyria Koralis s'éteignit dans son sommeil. Elle avait quatre-vingt-dix-sept ans. Durant les ultimes jours de sa vie, elle dit à Themis qu'elle avait accompli sa tâche. Ces dernières années, les rôles s'étaient inversés, et sa petite-fille avait à son tour veillé sur elle avec affection. La vieille femme avait eu une longue vie heureuse grâce à ses petits-enfants puis, plus tard, ses arrière-petits-enfants. Elle avait accepté les chagrins et les pertes qui, selon ses propres mots, « faisaient partie du grand tableau complexe de la vie ». Elle mourut sans souffrir. Elle ne s'était jamais plainte de ce qui lui manquait, préférant célébrer ce qu'elle avait en abondance. Peu de gens assistèrent à son enterrement. Ils n'avaient pas réussi à contacter Pavlos, et tous les amis de Kyria Koralis avaient déjà quitté ce monde.

Les plus jeunes enfants Stavridis pleurèrent à chaudes larmes, mais Themis les consola en leur expliquant que leur arrière-grand-mère avait eu la chance de vivre une très longue vie et qu'elle continuerait à les aimer tous de « là-bas », comme elle disait. Les huit membres de la famille allumèrent des cierges en sa mémoire, qui emplirent la petite église d'Agios Andreas d'une lumière dorée.

À la mort de Kyria Koralis, Thanasis se retrouva seul, pourtant la solitude ne lui pesa jamais, puisqu'il recevait la visite quotidienne d'un enfant Stavridis ou l'autre. Leur proximité leur fut bénéfique à tous. Thanasis avait pris sa retraite et touchait une pension complète à cause de son handicap, si bien qu'il était toujours là pour aider sa nièce et ses neveux à faire leurs devoirs.

Le jour de la commémoration du décès de Kyria Koralis, quarante jours après sa mort, il y eut un autre enterrement. L'ancien Premier ministre, Geórgios Papandréou, s'était éteint. Contre l'avis de Giorgos, Themis se rendit avec Nikos en centre-ville. Tous deux patientèrent en file bien ordonnée devant la cathédrale métropolitaine d'Athènes. Enfin, ils purent lui rendre leurs derniers hommages. Puis ils suivirent la procession jusqu'au Premier cimetière. Pour Themis, il s'agissait davantage d'un acte d'opposition à la junte plutôt que d'une démonstration d'admiration pour un homme politique qui avait combattu les communistes. La foule était immense, composée de citoyens aux opinions politiques très diverses. C'était la preuve que le régime n'était populaire ni auprès de la gauche, ni auprès de la droite. En détruisant la démocratie, les militaires s'étaient aliénés des politiciens de tout bord.

Avec les centaines de milliers d'autres Athéniens dans cette marée humaine, Themis scanda : « Liberté ! Liberté ! » C'était un rugissement, un appel à l'aide, un cri lancé au monde extérieur. Et il fut entendu.

Pour la première fois en dix-huit mois, Themis se sentit moins écrasée par la sensation de futilité de son existence. Nikos la tenait par le bras et elle lui serra la main. Elle perçut son pouls avec autant de précision que si c'était le sien.

Il y eut de nombreuses arrestations ce jour-là, mais tous deux étaient déjà rentrés à l'appartement lorsqu'ils l'apprirent.

23

Jusqu'à la fin de sa scolarité, Angelos avait conservé son ambition et obtenu des notes brillantes à tous ses examens de fin d'année. Depuis qu'il avait découvert l'existence d'un grand-père en Amérique, il gardait cette information dans un coin de son esprit. Il décida d'aller faire ses études supérieures là-bas. Peut-être rencontrerait-il ce parent qui avait rompu depuis longtemps les liens avec sa famille. Angelos voulait faire fortune, posséder une maison avec de nombreuses pièces et une voiture. Plusieurs peut-être même. Un jour, il annonça son projet.

— Tu as passé trop de temps avec ton oncle, le taquina Themis, qui ne s'imaginait pas qu'il mettrait son plan à exécution.

Il était vrai que Thanasis avait laissé son neveu regarder des dizaines de films américains. La petite boîte en bois dans le coin du salon lui avait ouvert d'autres horizons et avait transformé ses aspirations. Avant même de passer ses derniers examens, Angelos postulait dans les universités de New York et de Chicago pour y suivre un cursus en commerce. À l'arrivée de la lettre qui proposait une bourse à son fils,

Themis eut du mal à contenir son chagrin. Angelos allait partir pour un pays qui n'imposait aucune restriction sur les libertés individuelles, de nouvelles opportunités s'ouvriraient à lui. Quelle raison aurait-elle de le décourager ? C'était une grande fierté pour la famille Stavridis, Giorgos pourrait s'en vanter au *kafenion*, et Themis se reprocha en secret sa tristesse.

Les mois précédant le départ d'Angelos, alors qu'il était accaparé par l'interminable succession de demandes et formulaires à remplir pour obtenir un visa et un passeport – tâche particulièrement contraignante sous la dictature des colonels –, Themis éprouva plus d'une fois la tentation irrépressible de lui dire la vérité sur son père. Sans en parler à Giorgos, elle s'était rendue au central téléphonique pour chercher le nom « Tasos Makris ». Il y en avait plusieurs, et la vue de ce nom la révulsa. Son crayon resta suspendu un instant à quelques centimètres du bout de papier qu'elle avait trouvé sur un comptoir. Puis, prise d'une détermination soudaine, elle rangea les deux dans son sac à main et le ferma. Elle ne voulait même pas recopier ce nom. Elle savait comment Giorgos réagirait de toute façon. Il se considérait comme le père des garçons et n'accepterait jamais de détruire délibérément l'édifice solide de leur famille.

Le jour du départ d'Angelos arriva. Giorgos venait d'acheter leur première voiture et ils le conduisirent à l'aéroport près de Glyfada, sous le soleil de septembre. Le coffre était plein et deux valises étaient attachées, en équilibre précaire, sur le toit. Themis observait du coin de l'œil Angelos, assis entre ses deux petits frères sur la banquette arrière. Ils jouaient en poussant des cris joyeux et en se chatouillant.

L'impatience d'Angelos était palpable lorsqu'il étreignit brièvement sa mère puis agita le bras pour leur dire au revoir avant de passer le contrôle des passeports. Themis insista pour qu'ils attendent tous dans le parking et regardent son avion décoller, s'élever abruptement dans le ciel d'un bleu limpide.

— Comment sais-tu que c'est celui-ci ? lui demanda Andreas.

— Je le sais, c'est tout…, répondit-elle en se détournant pour leur cacher ses larmes.

Elle ressentait une douleur physique au cœur.

Le moment venu, une lettre d'Angelos leur parvint, décrivant son quotidien et leur peignant un tableau enthousiaste des États-Unis. Alors, seulement, Themis accepta l'idée qu'il avait pris la bonne décision. Un de ses enfants au moins vivait dans un monde libre.

Avec le départ d'Angelos, Nikos parut trouver un regain de motivation. Il n'avait plus à rester dans l'ombre de son frère, l'élève brillant. Après une année de travail sur un chantier de construction, il retourna en cours pour préparer les examens de fin de secondaire. Ses années à dessiner compulsivement lui ouvrirent ensuite les portes d'un apprentissage chez un architecte. Son employeur, qui avait aperçu les esquisses qu'il lui arrivait de croquer au cabinet, l'encouragea à suivre des études dans ce domaine.

— Tu as un joli coup de crayon, Nikos, mais j'imagine que tu aimerais voir ces esquisses se concrétiser, non ?

Nikos feignait l'indifférence, pourtant, grâce à son passage dans le cabinet d'architecture, il avait découvert qu'une activité plus satisfaisante était presque à sa portée. Athènes débordait de projets de construction à cette époque. À chaque coin de rue, on découvrait un nouvel immeuble en chantier. Tous suivaient le même style, conçu pour être rapide d'exécution et économique. La ville se dépouillait, sous les yeux des Athéniens, de son caractère antique. Nikos aspirait à associer beauté et fonctionnalité et ses croquis intégraient souvent des détails de l'architecture classique qui apportaient élégance et grâce à ses projets.

Sur l'immense planche à dessin appuyée contre le mur de sa chambre, Nikos avait recréé une version fantasmée d'Athènes, laissant les bâtiments du XIXe siècle à leur place mais effaçant toutes les constructions postérieures. Sur son schéma d'une grande précision, qui respectait parfaitement l'échelle, il imaginait une ville ressuscitée, avec un équilibre remarquable d'ancien et de moderne. Il l'avait conçue comme un échiquier, avec des places, des avenues bordées d'arbres et des immeubles entourés de jardins.

Nikos colora son plan à l'aquarelle, déclinant les bâtiments dans un dégradé de sable doré. La cité idéale de Nikos était onirique.

— Si tu pouvais mettre ton projet à exécution, cette ville serait le paradis, lui dit sa mère.

Pour tous, il tombait sous le sens qu'il devait faire de ce passe-temps sa profession, ainsi, son employeur et ses parents l'encouragèrent à présenter des dossiers à l'université. Poussé par l'ambition, Nikos passa les examens d'entrée et les réussit haut la main.

Themis se souvenait combien les échecs scolaires de son fils l'avaient chagrinée. Ce jour-là, elle ressentit une joie immense. C'était elle qui l'avait élevé, mais malgré tout, elle entendit une phrase tourner en boucle dans sa tête : « Ta mère aurait été si fière de toi, Nikos… Elle aurait été si fière… »

Themis avait regardé Nikos dessiner jusqu'à l'obsession, nuit et jour, depuis si longtemps. Que ce soit pour brosser un portrait de famille ou créer un immeuble fantasmagorique, Themis savait d'où lui venait ce talent prodigieux.

Le bâtiment de l'École polytechnique était situé au tout début de l'avenue Patission. C'était un jalon important de la ville, et Themis éprouva une immense fierté en voyant Nikos franchir les grilles de cette institution. Il avait vingt et un ans lorsqu'il commença enfin ses études supérieures. Une nouvelle décennie débutait.

Nikos devint un étudiant appliqué, s'investissant entièrement dans chacun de ses devoirs, abordant son travail avec un idéalisme qui impressionna ses professeurs. Le jeune homme avait une grande motivation : sa conviction profonde que les bâtiments devaient être à la fois beaux et fonctionnels, et il jugeait de son devoir de partager sa vision avec ses jeunes frères et sœur.

Andreas faisait ses devoirs un soir, ses livres étaient éparpillés sur la table. L'un d'eux était ouvert sur une gravure du Parthénon, tel qu'il devait être deux mille ans plus tôt.

— Nous avons l'édifice le plus parfait du monde au bout de notre rue, lui dit Nikos. Il devrait servir de référence aux autres constructions de la ville ! La beauté appartient à tout le monde, pas seulement aux riches. Pourquoi les moins fortunés devraient-ils vivre dans des immeubles bas de gamme et laids ?

— Il n'y a aucune raison ! convint Andreas avec enthousiasme.

Nikos croyait en une société égalitaire, et cet idéal motivait chacun de ses coups de crayon.

En écoutant son fils, Themis se rendit compte que ses convictions ne s'étaient pas affaiblies, même si les occasions de passer à l'action s'étaient raréfiées avec le temps. Elle voyait brûler en Nikos le feu qu'Aliki avait porté en elle autrefois.

Quatre années s'étaient écoulées depuis le coup d'État et les rues d'Athènes furent constellées d'affiches en vue de la célébration de l'anniversaire du putsch, le 21 avril 1967. Les slogans qu'on y lisait écœuraient Themis autant que les défilés militaires qui avaient lieu pour l'occasion, en complément d'autres événements impliquant la jeunesse. Ce jour-là, montant à Thanasis des chemises qu'elle avait repassées pour lui, elle en profita pour jeter un coup d'œil à la télévision, comme toujours allumée en fond sonore.

En voyant les jeunes en uniforme, elle repensa à l'époque de l'EON et à Margarita qui aimait pavaner dans sa tenue bleu marine. Cela remontait à plus de trente ans, et pourtant Themis fut frappée par les similitudes entre les deux scènes. Autre époque, autre dictature.

Themis resta à l'appartement ce jour-là et n'alluma pas la radio, même pour écouter de la musique. C'était un jour à garder ses volets clos.

Les moyens d'exprimer son désaccord avec le régime étaient minimes. Les journaux continuaient à subir la censure, et chaque fois que Themis tombait sur le quotidien de la junte, qui faisait la promotion de ses succès économiques et de sa réputation à l'étranger, elle était tentée de l'arracher du présentoir et de le piétiner. Un geste pareil aurait pourtant été trop séditieux pour qu'elle puisse l'envisager. Tous ceux qui sortaient du rang se voyaient apposer l'étiquette communiste, et ceux qui voulaient un emploi correct avaient besoin de montrer patte blanche. Themis et Giorgos étaient tous deux très conscients des éventuelles conséquences de cela pour leurs enfants.

Quelqu'un, quelque part, avait encore son dossier, et les autorités avaient déjà jeté en prison des gens comme elle. Themis haïssait le régime, mais pour le bien de sa famille, elle s'interdisait de l'exprimer. Durant les années de la dictature, lorsque l'un de ses plus jeunes enfants se plaignait d'une nouvelle mesure à l'école (Spiros était particulièrement exaspéré qu'on lui impose de porter les cheveux aussi courts), Themis répondait sans manifester la moindre émotion ou s'absorbait dans une tâche domestique pour cacher sa réaction. Dans ces moments-là, elle ressentait la morsure de la honte. À une époque, elle avait pris les armes contre le fascisme, et aujourd'hui, elle était devenue trop lâche pour exprimer son opposition ou chanter des chants révolutionnaires. Les souvenirs de ses longues marches dans les montagnes, un fusil sur l'épaule, les ongles noirs de crasse et le ventre vide, revenaient envahir son esprit.

Elle savait qu'elle n'était pas la seule à se rendre coupable d'inaction. Avec le temps, bien des citoyens comme elle, qui s'opposaient farouchement à la junte, avaient perdu leur volonté d'afficher leur opposition. Sous le règne des colonels, l'économie avait continué à prospérer et les salaires avaient augmenté. Lorsque la famille se réunit pour fêter la Saint-Andreas, un soir, à la toute fin de novembre, Thanasis souligna l'abondance de plats sur la table. Themis comprit très bien ce qu'il cherchait à suggérer. Pour de nombreux Grecs, la stabilité de la société, une bonne éducation pour leurs enfants, des bus à l'heure et une nourriture en quantité étaient plus qu'il n'en fallait pour être heureux.

Si la flamme de Themis semblait s'éteindre, celle de Nikos, elle, grandissait. Elle le lisait dans ses yeux et dans ses tics nerveux. Il passait de moins en moins de temps à l'appartement, consacrant la plupart de ses soirées à travailler à la bibliothèque et rentrant rarement se coucher dans son lit. Il avait maigri et ne souriait presque plus.

— Ton fils aîné ne monte plus jamais me voir, se plaignit d'ailleurs Thanasis.

— On le voit à peine, nous aussi, lui répondit Themis. C'est un étudiant tellement appliqué, j'ai peur qu'il ne travaille trop.

— C'est une bonne chose qu'il soit aussi déterminé à réussir. Surtout quand on pense aux premières années de sa vie…

— Thanasis, je t'en supplie, ne recommence pas avec ça.

Il n'insista pas. De temps en temps, quand ils étaient tous les deux, Thanasis s'autorisait à mentionner le passé lointain. Il évoquait leur famille, leur mère, leur père, Panos et Margarita. Des dizaines d'années s'étaient écoulées depuis la mort d'Eleftheria, mais Thanasis aimait se replonger dans les mauvais souvenirs, et seule Themis pouvait lui servir de public. Il n'avait gardé aucun ami d'enfance, et il ne s'était lié avec personne à l'âge adulte. Sa sœur et la famille qu'elle avait fondée étaient les seules personnes qu'il côtoyait désormais. Tous étaient si habitués à ses cicatrices qu'ils ne remarquaient plus sa difformité. Les coutures qui lui balafraient le visage n'avaient jamais perdu ni leur couleur ni leur relief et, chaque fois qu'il se risquait dehors, les passants se détournaient ou traversaient pour éviter de le croiser. Thanasis se sentait rougir de colère et de honte.

Par une chaude journée de printemps, il marchait en direction d'un petit groupe de personnes sur l'avenue Patission. Une mère accompagnée de son enfant discutait avec un soldat sur le trottoir. Ils semblaient déjà se connaître, souriaient et riaient, flirtaient ensemble même peut-être. En général, Thanasis évitait de dévisager les personnes du sexe opposé, mais cette femme était d'une beauté saisissante et il se surprit à l'observer. Elle avait de longs cheveux brillants, couleur de châtaignes prêtes à tomber de l'arbre, ses lèvres pleines étaient soulignées par un rouge vif et elle arborait un manteau d'un vert éclatant ceinturé qui soulignait la finesse de sa taille tout en étant assez court pour dévoiler ses genoux. L'enfant, le soldat et elle occupaient toute la largeur du trottoir, et Thanasis ne put pas passer.

Pendant quelques instants, il se perdit dans cette vision d'une Aphrodite moderne, avant d'être brutalement tiré de sa rêverie par le hurlement du petit garçon. Celui-ci enfouit son visage dans la jupe de sa mère et se mit à pleurer si fort que d'autres passants approchèrent pour comprendre ce qui arrivait. Un petit attroupement se forma autour de la mère et de l'enfant. Le jeune caporal s'en prit à Thanasis.

— Toi ! Va-t'en d'ici ! Immédiatement, lui ordonna-t-il. Laisse donc ces gens tranquilles. Et ne t'avise pas de les importuner à nouveau.

Thanasis tourna les talons, les jambes si tremblantes de peur et de rage qu'elles faillirent bien se dérober sous lui. Sa canne lui échappa des mains et tomba avec fracas sur le trottoir.

Il avait conscience du danger dans lequel il se trouvait. S'il se baissait pour la ramasser, il prenait le risque de perdre l'équilibre. D'un autre côté, il savait qu'il ne pourrait pas rentrer chez lui sans l'aide de sa canne. Il hésita. Une seconde plus tard, le soldat se dressait devant lui, si près que Thanasis sentit son souffle sur son visage.

Le jeune homme se contenta de le bousculer très légèrement, et Thanasis s'écroula lourdement. Il resta immobile, se souvenant que plus d'une fois dans sa carrière il avait frappé un homme sans défense et se prépara à recevoir un coup de botte dans les côtes ou l'aine. Rien ne vint. Il entendit alors des bruits de pas étouffés, qui semblaient s'éloigner et non se rapprocher.

Thanasis tenta de se mettre dans une position qui lui permettrait de se relever, mais il se rendit compte qu'il n'avait pas de force dans les bras. Il remarqua alors seulement que son épaule s'était déboîtée. La douleur ne le submergea qu'à ce moment-là. Plusieurs personnes passèrent près de lui, pourtant il n'eut pas la force de leur demander de l'aide. Quelqu'un poussa sa canne du bout du pied, mais Thanasis ne réussit pas à s'en saisir. On devait le prendre pour un ivrogne.

Il ne pouvait pas savoir combien de temps s'était écoulé, car sa montre était du côté de son épaule luxée, écrasée par le poids de son corps. Le soldat était-il toujours posté à proximité, le surveillant d'un regard moqueur ?

Soudain, quelqu'un se pencha vers lui. Il reconnut la voix.

— Oncle Thanasis ! Tout va bien ? Que t'est-il arrivé ? Je vais t'aider à te relever !

Thanasis ne répondit pas, il était hébété et déboussolé.

— Tu t'es blessé à la tête ! s'exclama Nikos en remarquant la flaque rouge qui avait séché sur le sol. Je vais te ramener à la maison.

Ce ne fut que lorsque Nikos tenta de le soulever que Thanasis poussa un hurlement déchirant.

— Mon épaule..., expliqua-t-il faiblement.

Nikos pensa aussitôt au boucher, Hatzopoulos, dans une rue voisine. Il avait entendu son arrière-grand-mère dire qu'elle n'avait jamais acheté sa viande ailleurs. « Cet homme nous a permis de survivre pendant la guerre », disait-elle. Un jour, elle avait raconté qu'il lui avait donné des abats et d'autres morceaux peu nobles pendant l'occupation. Aujourd'hui, ils avaient encore besoin de son aide.

— Je reviens tout de suite, murmura Nikos avec douceur.

Peu après, avec l'aide du fils du boucher, un gars robuste, il transporta son oncle. Seuls deux cents mètres les séparaient de la place, mais il leur fallut dix minutes au moins pour atteindre la porte de l'immeuble, et cinq de plus pour le monter au troisième étage. Thanasis avait beaucoup minci avec l'âge, et chacun d'eux aurait pu le porter seul, néanmoins, ils voulaient lui épargner des souffrances et le portaient comme une statuette en porcelaine.

Themis avait commencé à s'inquiéter en ne voyant pas son frère descendre pour le repas du soir. Il sortait rarement plus de quinze ou vingt minutes, et il avait à présent une heure de retard. Elle sortit sur le balcon pour jeter un coup d'œil sur la place. Peut-être avait-il décidé de profiter de la douceur de la fin du jour sur un banc.

— Est-ce qu'on envoie un enfant le chercher ? demanda-t-elle à Giorgos. Ça ne lui ressemble tellement pas…

— Je v-v-vais aller faire un tour dans le quartier, répondit-il, toujours prompt à rassurer sa femme.

Au moment d'ouvrir la porte pour sortir, il découvrit Nikos et le fils Hatzopoulos. Giorgos ne vit pas immédiatement son beau-frère et retint un cri de surprise quand il l'aperçut. Themis accourut aussitôt.

— Thanasis ! Nikos ! Bonté divine…

Les enfants s'étaient eux aussi approchés et tous posaient des questions en même temps. Thanasis était pâle, mais il restait conscient, et ils s'agenouillèrent tout autour du canapé où il avait été installé. Themis était allée chercher de l'eau chaude et de l'antiseptique pour nettoyer sa plaie à la tête. L'un des enfants fut chargé de descendre prévenir le médecin qui avait emménagé dans l'immeuble voisin. Les cicatrices de Thanasis, sur sa peau d'une lividité cadavérique, tranchaient encore plus vivement que d'habitude.

Le médecin accourut et examina la tête de Thanasis, puis son épaule.

— Je crois qu'il faudrait vous emmener à l'hôpital.

— Je ne veux pas, répondit doucement Thanasis. Vous ne pouvez pas me soigner ici ?

Le médecin n'avait que brièvement discuté avec Thanasis sur la place, il ne pouvait donc pas prétendre le connaître personnellement, mais en tant qu'ancien chirurgien militaire, il comprenait ses réserves. Il s'occupa de remettre l'articulation de l'épaule en place puis lui fit un bandage. Il lui apporterait plus tard des antalgiques puissants. La blessure à la tête était superficielle, une égratignure tout au plus, et l'on pouvait se réjouir que Thanasis n'ait pas de commotion. Le médecin s'engagea à venir régulièrement prendre des nouvelles de l'état de son patient.

Thanasis séjourna quelques jours dans l'appartement bondé pour que Themis puisse garder un œil sur lui. Les enfants s'agitaient sans cesse autour de lui, excités par la présence inhabituelle de leur oncle sous leur toit. Le lendemain de l'accident, Andreas sortit lui cueillir des fleurs sur la place. Ce geste émut si profondément Thanasis qu'il fut surpris par la sensation exceptionnelle de larmes serpentant dans les plis de son visage. Le petit Spiros, du haut de ses huit ans, se chargea de couper la nourriture du blessé. Quant à Nikos, il le divertissait avec des tours de cartes.

Pendant sa période de convalescence, Thanasis décida de ne plus jamais quitter l'immeuble. Lui qui avait, à une époque, été du côté des assaillants, se retrouvait aujourd'hui dans le camp des victimes. Tout ce dont il avait besoin était là : une famille et de la nourriture. Pourquoi sortir dans un monde hostile quand il pouvait en voir ce qu'il voulait sur le petit écran carré de son téléviseur ? Il regardait les bulletins d'informations, mais il passait l'essentiel de son temps à s'immerger dans l'univers plus doux des feuilletons familiaux ou des comédies musicales et films romantiques américains. Ainsi pouvait-il regarder d'autres gens tomber amoureux, lui qui n'avait jamais vécu cette expérience personnellement. Il s'en contenterait. Il prenait l'air sur le balcon, où il passait ses après-midi à lire. Il avait, de toute façon, perdu son appétit pour la presse quotidienne et s'était mis à dévorer des livres. Nikos se chargeait d'alimenter cette nouvelle passion en empruntant un maximum d'ouvrages à la bibliothèque de l'université.

— Je ne crois pas l'avoir vu aussi heureux de toute ma vie, dit un jour Themis à Giorgos.

— Il a l'air bien, en effet.

Sa mésaventure récente semblait oubliée, et Thanasis ne se sentait plus vulnérable. Le cercle familial Stavridis l'acceptait tel qu'il était, l'aimait, le tolérait, le choyait. Ses cicatrices qui l'avaient toujours élancé s'étaient apaisées. Il avait presque l'impression qu'elles commençaient à s'effacer.

24

Tandis que Thanasis se retirait du monde et se préservait de l'air fétide qui flottait dans les rues d'Athènes, Nikos se retrouvait de plus en plus impliqué dans les tensions politiques du pays.

Pendant ses premières années d'université, il s'était concentré sur ses études, bien décidé à briller. Une fois qu'il se fut prouvé à lui-même que, malgré un intérêt tardif pour la question, il ne valait pas moins que les autres étudiants, Nikos devint plus sociable. Avec sa vivacité d'esprit et ses opinions tranchées, il était souvent au cœur des conversations.

Ses nouveaux amis et lui se réunissaient dans des bars clandestins, à l'abri de la surveillance permanente de la police secrète, qui s'immisçait dans leurs vies à tous. Ses tours de cartes lui permirent de faire tomber les barrières subsistant au sein de son nouveau groupe, sa *parea*. Ensemble, ils fumaient, buvaient et écoutaient du rock. Chaque nouvelle conversation aboutissait toujours au même sujet : la junte.

Plusieurs camarades de Nikos appartenaient à un mouvement communiste clandestin, *Rigas Feraios*, qui tirait son nom d'un révolutionnaire du XVIIIe siècle. De nombreux membres avaient déjà été arrêtés. Quand il était avec ses amis, Nikos s'enflammait. La journée, il acquérait le savoir qui l'aiderait à raviver la beauté de sa ville, mais il avait aussi envie de raviver quelque chose de beaucoup plus important : les libertés individuelles des citoyens grecs. Car ceux-ci avaient été entièrement privés de leurs droits fondamentaux.

Au milieu de ces groupes de jeunes hommes tout aussi fougueux que lui, il noua rapidement des amitiés et se rapprocha d'étudiants en droit. Ceux-ci lui ouvrirent encore davantage les yeux. Leur domaine d'étude leur permettait de toucher d'encore plus près les injustices du régime militaire et ils évoquaient avec colère les lois d'urgence qui avaient été promulguées. Les colonels s'étaient attribué des pouvoirs arbitraires, sans aucune restriction. Combien de temps encore les Grecs allaient-ils supporter la situation ? On racontait que la dictature avait le soutien des Américains. Quelles actions pouvaient-ils entreprendre dans ces conditions ?

Ces derniers mois, Nikos s'était laissé pousser la barbe, et ses boucles en pagaille lui arrivaient presque aux épaules. Son côté débraillé lui valait d'être fréquemment contrôlé par la police secrète. Chaque fois, les agents prenaient son nom, et ils l'avaient même emmené au poste, une fois. Il s'agissait de persécution pure et simple, mais Nikos se retint d'en parler à ses parents. Il ne voulait pas les inquiéter.

— La justice, sous la junte, n'est qu'un simulacre, dit-il à sa mère un soir, pendant qu'elle préparait le dîner.

Elle acquiesça d'un mouvement de tête, sans dire un seul mot.

— On se conduit comme des somnambules, *mana*. Tous les Grecs. Ça fait plus de cinq ans maintenant.

Themis continua à s'affairer, feignant de se désintéresser du discours de son fils. Il continua pourtant.

— Mes frères et ma sœur ne garderont pas le souvenir d'un autre mode de vie. Et à ce stade, j'ai moi-même du mal à me rappeler comment les choses étaient avant.

Ce jour-là, Nikos avait une fois de plus été confronté aux autorités, ayant été arrêté dans la rue, sans raison, au retour de l'université. Les deux policiers avaient renversé le contenu de sa besace en cuir sur le trottoir et lui avaient donné plusieurs coups de pied pendant qu'il se baissait pour ramasser ses affaires. Les policiers ne l'avaient pas conduit au poste mais lui avaient crié, alors qu'il ne s'était pas encore redressé :

— Fais-toi couper les cheveux !

Machinalement, Themis alluma la radio. Elle aimait écouter de la musique en cuisinant et espérait que cela pourrait atténuer la colère de Nikos ou, du moins, le distraire un peu.

Ils n'entendirent d'abord qu'un grésillement avant de reconnaître, malgré les parasites, une voix. C'était celle du colonel Papadópoulos, qui distribuait des ordres ou des mises en garde – peu importait à Themis, elle ne voulait pas l'entendre. Elle se mit aussitôt à tourner le bouton pour trouver de la musique… trop tard. Le son des aboiements du militaire avait provoqué une réaction immédiate chez Nikos.

— *Mitera !* Qu'est-ce qui te prend d'écouter ces gens ? Pourquoi ? Pourquoi fais-tu ça ? Ça ne te suffit pas qu'ils détruisent nos vies ? Ils nous ont volé notre liberté de penser, de parler et de respirer !

Themis avait parfaitement sous-estimé la colère qui couvait en Nikos. Et c'était d'ailleurs l'apparente indifférence de sa mère, face à l'injustice qu'il dénonçait, qui le mettait hors de lui. Il se précipita vers elle et arracha la prise de la radio.

— Comment peux-tu rester aussi apathique ? Pourquoi ne vois-tu pas ce qui arrive à ce pays ? Nous sommes dominés par des fascistes et des Américains ! Et on dirait que ça t'est égal ! C'est pareil pour papa ! J'ai honte de cette famille !

Malgré ses tremblements de rage, Nikos restait debout. Themis, elle, était si ébranlée qu'elle dut s'asseoir. Elle percevait physiquement la chaleur du bouillonnement de son fils. Giorgos avait franchi la porte de l'appartement au moment où Nikos prononçait la fin de sa tirade.

Themis avait du mal à retenir ses larmes. Elle savait que Nikos ignorait combien ses accusations étaient injustes. Et elle ne voulait pas que Giorgos soit trop sévère avec lui.

De tout son être elle brûlait d'avouer à son fils qu'elle avait combattu durement, avec ses poings, sa sueur, son sang, son âme. Elle avait été jusqu'à tuer. Elle avait tout risqué pour s'opposer au fascisme.

Giorgos savait combien sa femme souffrait de la situation. Il contourna la table pour aller la consoler.

De son côté, Nikos se faisait tout petit, redoutant légitimement la colère de son père. Il n'ignorait pas que celui-ci se montrait toujours très protecteur de son épouse.

— S'il te plaît, ne dis rien, Giorgos, lui demanda-t-elle tout bas, se référant discrètement à leur décision commune de ne pas accabler les enfants avec le passé de Themis.

Le silence protégeait cette famille. Si Themis en sortait pour se défendre, alors de nombreuses vérités risquaient de se bousculer sur ses lèvres.

Tous trois se dévisagèrent sans un mot. Nikos tendit la main vers sa mère, pour lui toucher le bras.

— Je suis désolé, *mana*. Vraiment désolé. J'ai eu tort.

Ses remords étaient sincères, et ses excuses, bien que brèves, suffisantes. La tension retomba et il quitta l'appartement, laissant Themis et Giorgos seuls. Elle s'autorisa alors à pleurer.

— C-c-comment ose-t-il t-t-te parler ainsi ? s'exclama Giorgos. À sa p-p-propre mère ? Si t-t-tu ne m'avais pas retenu… je-je-je…

Cet homme si doux se laissait rarement dominer par la colère, mais lorsque celle-ci montait, il avait bien du mal à la contenir. Son bégaiement s'aggravait et il avait du mal à parler, tant le manque de respect de Nikos le mettait hors de lui.

— C'est parce qu'il ne peut se fier qu'aux apparences, dit-elle tout bas, défendant leur fils. On donne l'impression de soutenir le régime. On ne prononce jamais une seule critique à son encontre.

Themis entendit la porte de l'appartement et sécha aussitôt ses larmes avec son tablier. Thanasis et les trois petits descendaient pour dîner. Une lettre d'Angelos était arrivée le matin même, et la tradition familiale voulait que l'un des enfants la lise. Ayant terminé son repas en premier, Anna ouvrit l'enveloppe et sortit les pages de papier pelure – qui permettait de limiter le poids et donc le prix du timbre – ainsi qu'une carte postale.

Chers tous,

Tout va bien. J'ai commencé mon stage le mois dernier, et je vis maintenant dans le centre de Chicago. C'est une ville exaltante – vous pourrez le constater sur la photo que je joins. Je travaille dans l'un de ces immenses gratte-ciel, au dix-huitième étage pour être précis, et je vous ai d'ailleurs indiqué ma fenêtre avec une croix !

L'un des garçons arracha la photo des mains d'Anna et elle protesta.

— Andreas, on ne prend pas les choses comme ça, *agapi mou*, lui dit sa mère. Fais passer la photo que tout le monde puisse la voir, s'il te plaît.

J'aime beaucoup mon travail, au service comptable d'une grande entreprise. Ils m'ont promis une promotion quand j'aurai réussi mes prochains examens. Et ils me paient déjà très bien (beaucoup plus que ce que je gagnerais en Grèce, en tout cas). J'ai même acheté une voiture ! Elle est blanche, la banquette arrière peut accueillir au moins quatre personnes, et elle a des roues immenses. Tout le monde ici en a une, et grâce à elle, je peux partir en week-end avec… ma nouvelle petite amie ! Elle s'appelle Corabel et elle est secrétaire dans la même entreprise que moi.

— Corabel ? s'étonna Thanasis. Ça existe, ça ? Je n'ai jamais entendu parler d'une sainte de ce nom…

— Ne fais pas l'idiot, oncle Thanasis, lui dit Anna en gloussant. Elle est américaine, pas grecque. Angelos n'est pas tombé amoureux d'une Grecque orthodoxe !

— Et tu as vu assez de films hollywoodiens pour savoir qu'ils ont de drôles de prénoms là-bas, le taquina Andreas.

— Laissez Anna continuer ! intervint Themis.

— Je recommence du début ?

Sa proposition fut accueillie par une protestation collective, elle reprit donc la lecture où elle l'avait interrompue.

Sa famille est originaire de la côte Ouest, alors elle a un accent très différent, enfin je réussis quand même à la comprendre ! Nous n'avons que très peu de vacances ici, mais en été nous prendrons le temps nécessaire pour aller voir ses parents. Les routes sont incroyables, très droites, très larges et très lisses.

Je vous embrasse,

Angelos

Themis devait bien se rendre à l'évidence : son fils de vingt-trois ans vivait le rêve américain, et on lui offrait des opportunités auxquelles personne en Grèce n'aurait pu prétendre.

— Il a l'air heureux, non ? dit Giorgos, qui se levait pour débarrasser les assiettes.

— Je n'ai pas terminé, protesta Anna. Il y a un post-scriptum !

— Vas-y, alors, on t'écoute, l'encouragea sa mère.

Anna adorait se trouver au centre de l'attention dans cette famille bruyante. Elle lut les dernières lignes avec un accent américain.

— *J'ai retrouvé la trace de notre grand-père*, dit-elle en étirant les syllabes et en essayant d'imaginer comment parlait son grand frère désormais. *Il vit à Salt Lake City. J'ai reçu une réponse très courte à ma lettre. Il disait qu'il viendrait me rendre visite un jour.*

— *Salt* ? Comme le sel ? demanda Spiros en en versant sur la table pour former un petit tas.

— Spiros ! Arrête ça tout de suite !

Themis ne mit pas beaucoup de cœur à reprendre son fils, tant elle avait l'esprit ailleurs. Elle fut brièvement troublée par le souvenir de son père et par son manque d'intérêt évident pour son ancienne famille. Elle chassa rapidement ce nuage. Après plus de trente années d'absence, elle n'éprouvait plus rien pour lui.

La chaise de Nikos était restée vide pendant le dîner, mais à son retour, il lut la lettre qui l'attendait sur la table. Voyant que sa mère était assise sur le balcon, il la rejoignit.

— Tu m'as pardonné, hein ?

— Bien sûr, *agapi mou*. Je veux juste que tu te souviennes que les apparences sont parfois trompeuses.

Il fut déconcerté par sa remarque sans pour autant oser la questionner. De toute façon, il voulait aborder un autre sujet : la lettre de son frère.

— Angelos a l'air d'aller bien.

— Ça me fait plaisir de le savoir si heureux, confirma-t-elle. Et puis, une il a une nouvelle petite amie, c'est…

— Il y a plus de quatre ans qu'il est parti…

— Je sais. J'aimerais beaucoup qu'il nous rende visite. Il avait promis.

— Quatre ans, insista Nikos. Et pas une seule fois il n'a évoqué ce qui se passe là-bas.

— Nous nous intéressons surtout à lui, non ?

— Tu sais bien que ce n'est pas ce que je veux dire, *mana*, persista-t-il, bien conscient qu'il devait parler bas.

Son père s'était assoupi sur le canapé, juste de l'autre côté des portes-fenêtres.

— Je parle des vraies nouvelles. Le Vietnam, par exemple. Les Américains ont assassiné ceux qui ne soutenaient pas leur politique.

Nikos savait que sa mère ne suivait plus l'actualité que de loin, mais elle avait forcément entendu parler du retrait des troupes américaines et du traité de paix.

— Tout est terminé justement, non ?

— Sur le terrain peut-être, mais Angelos n'a pas mentionné la guerre une seule fois, même quand elle avait lieu. Des milliers d'innocents ont trouvé la mort ! Et ça continue. Nixon est impliqué dans une tentative de dissimulation, dit-il en haussant le ton. Ce pays est perverti par la corruption.

— Chut, *matia mou*.

— Je sais que papa dort. Enfin, c'est l'Amérique qui soutient les colonels, *mana* ! Ils s'immiscent dans la vie politique grecque comme ils l'ont fait au Vietnam. Ils se mêlent de tout ce qu'ils veulent, et personne ne les arrête.

Nikos avait dit ce qu'il avait sur le cœur et il s'interrompit.

— Ton frère est heureux, souligna Themis. Et il ne s'est jamais intéressé à la politique, si ?

— Tu as raison. Il est parti faire fortune, et je suis sûr qu'il va réussir.

— Ça me plaît que vous soyez aussi différents l'un de l'autre, dit-elle en lui prenant la main et en la serrant bien fort.

Nikos se leva, l'embrassa sur le front et rentra. Son père venait de se réveiller.

Themis relégua cette conversation dans un recoin de son esprit jusqu'à une nuit, quelques mois plus tard, où Nikos rentra à une heure très tardive. C'était au début de l'année 1973. Elle finissait de ranger et s'apprêtait à aller se coucher. Elle remarqua immédiatement qu'il n'était pas dans son état normal. En dépit de la fraîcheur ambiante, il sentait la transpiration, et elle nota, malgré la pénombre du salon, que ses mains et son visage étaient maculés de terre. Son pantalon était déchiré au genou.

— Nikos ? Que s'est-il passé ?

Elle lut de la panique dans son regard. De la panique et de la peur, mais elle perçut aussi chez lui une forme d'euphorie, et ce mélange détonnant raviva des souvenirs de son propre passé.

Il était hors d'haleine parce qu'il avait couru. Themis lui apporta un verre d'eau et il finit par lui répondre, encore haletant :

— Je donnais un coup de main à des amis.

— Comment ça ?

— À la faculté de droit. Ils protestaient contre l'ingérence de la junte. Je me suis joint à eux.

À son habitude, Themis garda le silence, tout en lui prêtant une oreille attentive.

— Ça fait presque six ans, *mana*. Six années depuis lesquelles les étudiants sont privés de leurs droits. Nous ne pouvons même pas organiser des élections. Celles de l'automne dernier étaient une mascarade.

— Que s'est-il passé à la faculté de droit ? lui demanda-t-elle avec douceur.

— La police est intervenue pour disperser la manifestation. Les policiers étaient déchaînés. Un de nos amis est à l'hôpital. Il va s'en sortir, mais il est couvert d'ecchymoses.

— Et toi ?

— J'ai juste reçu un petit coup de matraque, rien de plus, dit-il, ne voulant pas s'appesantir sur sa blessure.

Nikos vida son verre d'un long trait, puis le rendit à sa mère.

— Les gens en ont assez.

Themis lava soigneusement le verre avant d'aller se coucher. Elle entendit Nikos siffloter sous la douche. Peut-être s'agissait-il d'un chant révolutionnaire.

Le jour suivant, à la radio, on annonça qu'une manifestation à la faculté de droit avait été dispersée sans difficulté.

L'été fut encore plus chaud que d'habitude, et les rues restaient tranquilles jusqu'au coucher du soleil. Les gens attendaient ce moment de la journée pour sortir. Les températures élevées accablaient les citoyens, les vidant de toute énergie pour organiser des rassemblements contre la junte. Nikos passa beaucoup de temps avec son oncle durant cette période. L'appartement du dessus lui servait de refuge, tant le sien était bruyant, il semblait devenu le domaine des trois petits derniers de la fratrie. Andreas et Spiros, âgés de treize et neuf ans, se battaient presque en permanence, ce qui empêchait Nikos de se concentrer. Ils avaient surnommé Nikos et leur oncle les *yeroi*, les vieux, à force de les voir assis sur le balcon, tournés en direction de la place comme des amis au *kafenion*.

Leurs sujets de conversation demeuraient un mystère pour Themis, mais chaque fois qu'elle voyait son fils aider son oncle à descendre pour le dîner, elle était émue par la puissance du lien entre eux. Elle supposait qu'ils ne s'aventuraient jamais sur le terrain politique.

À l'arrivée de l'automne, le rythme changea à nouveau. Nikos retourna à l'université et les adolescents reprirent le chemin de l'école.

Un soir de la mi-novembre, Themis identifia aussitôt un changement dans l'humeur de Nikos, à son retour. Giorgos était sur le balcon, il taillait les deux citronniers que Kyria Koralis avait plantés des années auparavant.

— Qu'y a-t-il, Nikos ? Dis-moi.

Giorgos entendit la question de son épouse.

— Ne dis rien à personne, surtout pas à papa, mais il y a une grève à l'École polytechnique, et je compte y participer. Et ne t'avise pas de me l'interdire, ajouta-t-il avec détermination.

Giorgos rentra dans l'appartement. Les paroles de son fils, qui lui étaient aussi parvenues, l'avaient irrité, et plus particulièrement celles qui le concernaient.

— Ça n-n-ne servira à rien, Nikos. Alors pourquoi s'embê-bê-bêter ? La junte sortira toujours victorieuse. Les colonels ont toute une armée derrière eux.

Déjà en temps normal, la douceur de Giorgos excédait Nikos, et ce soir-là, il avait moins de patience que jamais pour son apathie.

— Je n'ai même pas envie de t'écouter, lança-t-il avec dédain. Comment peut-on être aussi différents, toi et moi ? Comment peux-tu être mon…

Giorgos lui avait tourné le dos. Il savait quels mots allaient franchir les lèvres de Nikos et il n'avait aucune envie de les entendre.

— Je descends au *k-k-kafenion*, dit-il à Themis avant de sortir aussitôt.

Elle avait toujours su que le cœur de son mari ne penchait pas complètement à gauche, mais elle fut soudain excédée par son attitude. Elle se retrouvait seule pour affronter Nikos, maintenant. Et il ne comptait pas passer à autre chose.

— J'en ai marre de cette famille de faibles ! Je sais que tu détestes la junte, *mana.* Et je sais aussi pourquoi tu ne dis jamais rien. C'est de la *lâcheté* ! Et je ne veux pas te ressembler…

Themis sentit sa température monter. Comme un *briki* rempli de café qui aurait atteint son point d'ébullition, elle débordait soudain de colère.

— Arrête !

La fermeté du ton de sa mère prit Nikos de court. Elle si calme d'habitude.

— S'il te plaît, Nikos, arrête.

Un feu intérieur la dévorait, elle sentait qu'il montait jusqu'à la racine de ses cheveux.

— Il faut que tu arrêtes tout de suite.

Elle agrippa le dossier d'une chaise pour se calmer. Devant elle, elle ne voyait pas un enfant, mais un jeune homme de vingt-cinq ans qui l'accusait de lâcheté, elle qui avait tout sacrifié, presque jusqu'au dernier souffle. Elle se laissa emporter par l'émotion. N'était-il pas temps de lui dire la vérité ? Toute la vérité ?

Au mépris de son accord avec Giorgos, elle décida qu'elle devait enfin se défendre. Elle ne put pas se retenir une seconde plus.

— Écoute-moi bien. Je me suis battue avec les communistes dans les montagnes, Nikos. J'ai tué. J'ai été arrêtée et j'ai passé des mois en prison. Des mois en exil.

Il en resta bouche bée.

— Quoi ? Et tu ne me le dis que maintenant ? Mais pourquoi ? Pourquoi tu n'as rien dit avant ?

Nikos tira une chaise et se laissa tomber dessus. Themis s'assit en face de lui.

— Pourquoi ? répéta-t-il. Pourquoi n'as-tu rien dit ?

— Je pensais qu'il valait mieux qu'on prenne tous nos distances avec cette période de ma vie, c'est tout.

Nikos tendit la main sur la table pour toucher celle de sa mère.

— Tes oncles se disputaient sans arrêt, et ensuite, c'est entre Thanasis et moi que le ton montait. Et puis, il y avait Margarita. Elle était… plus à droite. La politique peut être un venin, Nikos. Je ne voulais pas t'empoisonner.

— Je ne comprends toujours pas pourquoi tu n'as rien dit, s'entêta-t-il, la gorge desséchée par le choc.

— Parce que nous n'étions pas toujours d'accord, ton père et moi, et que j'ai préféré ne rien dire.

— Mais…

— C'est dangereux de se retrouver du côté des perdants, Nikos. Ne crois-tu pas qu'il vaut mieux n'être dans aucun camp ?

— Non ! Si on ne choisit pas son camp, c'est toujours le mal qui triomphe.

— Parfois il triomphe, quoi qu'on fasse, dit-elle en repensant à Aliki.

Le souvenir du jour de son exécution était encore vif dans son esprit. Nikos et elle s'étaient calmés à présent. Soudain, elle comprit qu'elle n'avait pas le droit de cacher la vérité au jeune homme assis en face d'elle. Elle était sa mère, mais Aliki aussi. Lui refuser le droit de connaître cette vérité revenait à trahir Aliki. À lui refuser le droit d'exister dans la mémoire de son fils.

— Il y a autre chose que je dois te dire, Nikos. Je pense qu'il est normal que tu l'apprennes.

— Tu étais communiste ! s'exclama-t-il plein d'admiration en lui pressant la main. Et tu t'es battue ! Je n'aurais jamais pu imaginer…

Voir sa mère sous un jour nouveau le rendait joyeux.

— Chut ! souffla-t-elle. Ne parle pas si fort, s'il te plaît.

Elle ne voulait toujours pas que les autres enfants soient au courant, et encore moins les voisins.

— Ta mère était une héroïne de la guerre civile, reprit-elle.

— C'est bien l'impression que j'en ai, dit-il en souriant. Et je suis très fier, même si je ne l'apprends qu'aujourd'hui.

— Tu ne m'as pas comprise, rétorqua-t-elle en le regardant droit dans les yeux. Je ne parle pas de moi.

La confusion se peignit brièvement sur les traits de Nikos. De qui parlait-elle alors ? Themis le vit blêmir, ce fut à son tour de lui prendre les mains. Sa peau était glacée.

— Ta mère était une véritable héroïne, répéta-t-elle doucement. Elle est morte pour ses convictions et ses principes.

Le choc avait pris Nikos à la gorge et étranglait ses mots ; sa voix ne lui obéissait plus. Il ne parvint pas à articuler la moindre syllabe. Themis continua à lui parler avec tendresse pendant quelques minutes et, tout en le faisant, elle tentait de déchiffrer l'expression de Nikos. Il l'écoutait très attentivement.

— Elle s'appelait Aliki. Et elle t'aimait énormément. Elle s'était arrangée pour qu'on s'occupe de toi. Elle a été une véritable amie pour moi quand j'étais totalement démunie, et c'est pour cette raison que je suis devenue ta « mère », que je t'aime comme si tu étais mon propre fils.

Cette révélation s'était abattue sur Nikos avec la violence d'une météorite. Rien n'avait pu le préparer à une telle annonce, et il était totalement démuni. Themis, qui s'en rendait bien compte, commençait à regretter de lui avoir parlé aussi directement. Nikos conservait le vague souvenir d'un autre endroit dans son enfance, mais pas d'une autre mère.

— Aliki, répéta-t-il d'une voix rauque.

— Oui. Je vais te retrouver sa photographie. Un portrait de groupe, où nous figurons toutes les deux. Et j'ai aussi un magnifique dessin qu'elle a fait de toi. Je te le montrerai.

— Pas maintenant…

Il arrivait déjà à peine à digérer ce qu'il venait d'apprendre. Les mots tournaient en boucle dans sa tête : sa mère était « une héroïne communiste ». Elle avait été exécutée.

Il se leva brusquement.

— Je dois y aller, dit-il, en proie à l'agitation. Mes amis m'attendent. Je suis désolé de t'avoir traitée de lâche. Et maintenant, je sais pourquoi je ne peux pas en être un, moi non plus.

Il déposa un bref baiser sur le front de sa mère et, quelques instants plus tard, il était parti. Il n'avait même pas pris la peine d'enfiler sa veste, restée sur le dossier de sa chaise, ni de répondre quand Themis lui avait dit au revoir.

Elle se leva et ouvrit la porte-fenêtre pour sortir sur le balcon. Elle aperçut la silhouette de son fils qui disparaissait au détour d'une rue. Il avait dû traverser la place en courant. Elle comprenait parfaitement qu'il ait été pressé de partir, il avait sans doute envie d'assimiler ce qu'il venait d'apprendre, ou peut-être de le partager avec sa *parea*. Themis l'imagina rejoignant ses amis dans un *kafenion* ou, peut-être plus tard, dans l'un des bars qu'il fréquentait. Elle savait que tous étaient de gauche mais espérait néanmoins que Nikos serait prudent dans le choix de ses confidents. Être le fils d'une communiste exécutée ne l'aiderait pas à trouver du travail sous la dictature des colonels.

Themis savait que ses mots avaient bouleversé Nikos et qu'il aurait besoin de temps pour accepter toute la vérité. Il ne tarderait pas à revenir la voir avec une foule de questions et voudrait sans doute savoir qui était son père.

Une petite part de Themis était soulagée d'avoir pu parler à Nikos de sa vraie mère. Rares avaient été les occasions, ces vingt dernières années, où elle avait été tentée de le faire, et s'il y avait eu un bon moment à choisir, c'était bien celui-là. L'euphorie de Themis retomba peu à peu et elle commença à être rongée par la crainte des possibles répercussions de cette révélation sur le reste de la famille. Elle devrait bien sûr expliquer à Giorgos ce qu'elle avait fait, et elle redoutait cette discussion. Ensuite, ils devraient décider de ce qu'il fallait dire ou non à Angelos. Il avait beau être loin, il était impensable de ne pas lui raconter, au moins en partie, l'histoire de son frère.

Themis rentra dans l'appartement, se rendit dans sa chambre et trouva, au fond de sa table de chevet fermée à clé, la photographie prise à Trikeri. La scrutant attentivement, elle se rendit compte que Nikos ressemblait de plus en plus à Aliki avec le temps. Peut-être aurait-il envie de voir ce cliché à son retour.

Loin d'éprouver le besoin de réfléchir sur les nouvelles que sa mère venait de lui apprendre, Nikos avait décidé de passer immédiatement à l'action. La découverte que sa mère, sa vraie mère, avait eu un comportement héroïque, l'avait inspiré. Il poserait mille questions plus tard, dans l'immédiat, il avait l'impression de sentir le sang révolutionnaire qui coulait dans ses veines. Il était le fils, le descendant d'une martyre, et cela expliquait peut-être pourquoi il se sentait forcé d'agir. Il n'éprouvait pas seulement un désir de manifester, c'était une nécessité.

La grève à Polytechnique, qui avait commencé en début de semaine, avait pris de l'ampleur. Les étudiants avaient des soutiens de plus en plus nombreux, des lycéens, des ouvriers, des enseignants et des médecins venaient grossir leurs rangs, scandant des slogans à l'intérieur du bâtiment et devant.

Themis avait un poids sur la conscience : elle devait informer Giorgos au plus tôt que Nikos était au courant pour Aliki et lui expliquer pourquoi elle avait éprouvé le besoin de dire la vérité à leur fils. Toute la soirée, elle répéta dans sa tête les mots qu'elle prononcerait quand Giorgos rentrerait du *kafenion*, mais le courage lui manqua le moment venu. Les trois petits derniers étaient dans l'appartement, et elle devait attendre qu'ils soient seuls.

Nikos n'était pas encore rentré lorsque Themis et Giorgos se couchèrent. Cela n'avait rien d'inhabituel, et ils pensèrent qu'il était sorti avec ses amis – « p-p-pour écouter cette affreuse musique », supposa son père, qui désapprouvait le heavy metal par principe, n'en ayant jamais entendu une seule note.

Le lendemain matin, Themis constata que le lit de Nikos n'était pas défait. Peut-être avait-il dormi chez un ami.

Quand le soir arriva et que sa place à table resta une fois de plus vide, l'angoisse de Themis monta d'un cran. Elle alluma la radio après le dîner et apprit qu'il y avait une manifestation d'étudiants et d'opposants au régime en centre-ville. On conseillait à la population de garder ses distances.

Elle sentit d'instinct que Nikos y prenait part. Elle éprouva un mélange de peur et d'admiration à l'idée qu'il était au cœur des événements. Giorgos avait entendu dire que des manifestations avaient été réprimées dans la violence et que la police s'en prenait à certains manifestants. Il voulut rassurer Themis.

— Ils ch-ch-cherchent juste à disperser le rassemblement. Nikos court vite. Il s'en sorti-ti-tira.

L'un de leurs voisins, qui était passé dans le centre d'Athènes, leur apprit que les slogans étaient des provocations ouvertes contre le pouvoir.

— Ils crient : « Tortionnaires ! », « À bas la junte ! », « Les Américains dehors ! ». À quoi cela les avance-t-il ?

Themis ne répondit rien.

Nikos, ainsi que sa mère l'avait imaginé, était dans le centre d'Athènes avec ses amis et scandait ces fameux slogans sous le nez des forces de sécurité, qui tentaient de disperser la foule. Celle-ci avait enflé et atteignait des dizaines de milliers de participants.

L'air était irrespirable à cause des gaz lacrymogènes pulvérisés par la police. En réponse, certains allumèrent des feux dans la rue. Même s'il étouffait, Nikos continuait à crier. Il était enflammé, comme les autres.

Les manifestants étaient bien conscients de la présence de dizaines de policiers, mais ils étaient nettement plus nombreux. Et le fait d'être en groupe les protégeait, pensaient-ils. L'adrénaline décuplait leur courage, ils se sentaient presque déjà libérés de la tyrannie de la junte. La dictature allait tomber et la nouvelle société poserait ses fondements sur leur révolte.

La nuit était déjà avancée à présent, et Nikos fut soudain séparé de ses amis devant l'École polytechnique. Dans l'atmosphère troublée par les gaz, il ne se rendit pas compte qu'il s'était rapproché d'un policier qui avait levé son bras en l'air. Soudain, Nikos sentit un choc à l'arrière de son crâne et il poussa un hurlement de douleur. Faisant volte-face, il vit que la matraque était prête à s'abattre à nouveau. Cette fois, il esquiva le coup. Se faufilant dans la foule de manifestants, il se dirigea vers l'entrée de l'école.

Plusieurs détonations retentirent, fendant la chape de bruit ambiant. Quelque part, on tirait sur les manifestants. Impossible de voir d'où les coups de feu provenaient. Tout autour de Nikos, les gens paniqués se dispersaient, couraient dans toutes les directions, ils cherchaient à fuir cette riposte inattendue. C'était le chaos total.

Encore étourdi par le coup de matraque, Nikos remarqua que les grilles de l'école étaient en train de se refermer de l'intérieur. Il se dit qu'il devait se dépêcher d'aller se mettre à l'abri, mais son corps était plus lent que son esprit.

Tout à coup, il ressentit une douleur aiguë, comme s'il avait reçu un violent coup de pied dans les côtes. Il était presque plié en deux, cependant personne n'entendit son cri dans la cacophonie assourdissante de sirènes et de hurlements.

Au moment où Nikos approchait des grilles, l'un de ses amis l'aperçut et l'empoigna par le bras, l'attirant brutalement à l'intérieur, quelques secondes avant que celles-ci ne soient fermées par une chaîne et un cadenas.

Les étudiants étaient enthousiasmés par le tour que prenaient les événements. Un sentiment de triomphe les envahissait déjà, alimenté par la mémoire collective. Le siège de Missolonghi était présent dans tous les esprits, ce moment de l'histoire où les Grecs avaient osé tenir tête aux Turcs cruels, cessant de courber l'échine. Pour Nikos, c'était celui-là, le véritable *ochi* ! le véritable « non ! ». Ce refus d'accepter plus longtemps la situation sans réagir. Voilà ce qu'il se disait lorsqu'il s'effondra sans bruit. *Ochi… ochi…*

La plupart des étudiants qui s'étaient réfugiés dans l'enceinte de Polytechnique se pressèrent contre les grilles barricadées. Personne ne remarqua Nikos, étendu juste à côté. Toute leur attention était accaparée par les événements qui se déroulaient dans la rue. Ils avaient entendu un grondement sourd et caractéristique. À l'horreur générale, un blindé venait de se placer devant le portail et braquait ses canons sur les manifestants.

L'un des amis de Nikos l'aperçut finalement, baignant dans une mare de sang, et il le traîna un peu à l'écart de la mêlée. Affolé, il demanda à un camarade d'aller chercher de l'aide. Il était trop tard. Lorsqu'un jeune médecin arriva auprès de Nikos, la vie l'avait déjà quitté, s'échappant par le trou dans son flanc et la plaie à sa tête. L'étudiant en médecine ferma les yeux de Nikos et récupéra une couverture qu'il étendit sur lui. Dans l'immédiat, ils ne pouvaient rien faire de son corps. Il faudrait qu'il patiente là, à côté d'eux, pendant qu'ils regardaient les blindés prendre position devant l'ensemble des grilles délimitant l'enceinte de l'école.

À Patissia, Themis ne trouvait pas le sommeil. Elle écoutait la radio d'une oreille un peu distraite, lorsqu'on annonça que l'École polytechnique était occupée par ses étudiants. « La situation devrait toutefois être rapidement sous contrôle », conclut sèchement la voix d'un militaire.

Quelques heures plus tard, au tout petit matin du samedi, Themis réussit à capter une autre station. Celle-ci émettait depuis l'université. Les étudiants sentaient déjà souffler le vent de la victoire, et elle éprouva de la fierté à l'idée que Nikos était là-bas.

Giorgos dormait à poings fermés, ignorant tout des événements qui avaient lieu.

Themis finit par s'assoupir sur le canapé, le volume de la radio réglé au minimum. Quand elle se réveilla à cinq heures, elle n'entendit qu'un grésillement continu. Elle s'assit et se frotta les yeux, puis alla se coucher dans sa chambre, où elle dormit une ou deux heures supplémentaires d'un sommeil peuplé de cauchemars confus d'incendies et de bâtiments qui s'effondraient. Même Margarita s'invita dans son subconscient.

Ce fut Spiros qui la réveilla.

— *Mana ! Mana !* Ils ont foncé dans les grilles ! Un char a foncé dans les grilles ! Celles de l'école de Nikos !

— Où as-tu entendu ça ? lui demanda-t-elle en bondissant de son lit.

— Oncle Thanasis vient de descendre. Il a vu l'information à la télévision et il a voulu nous prévenir.

Themis ne s'était pas entièrement déshabillée avant de se coucher, et il ne lui fallut qu'un moment pour enfiler sa jupe et trouver ses chaussures.

— Où est-ce que tu vas ? s'enquit Spiros en la voyant mettre son manteau et récupérer ses clés.

Il n'était que sept heures et elle ne sortait jamais aussi tôt.

— Je vais voir…

Déjà, elle dévalait les escaliers.

25

Themis courait. Elle connaissait le moindre pavé de la route qui menait au Parthénon. Plusieurs axes étaient bloqués ce jour-là, et les rues fourmillaient de soldats, mais ils la laissèrent passer. Pourquoi se seraient-ils inquiétés d'une quinquagénaire qui semblait en retard pour prendre un train ? Ils auraient dû courir pour l'arrêter de toute façon, puisqu'elle avait contourné leur barrage. La peur lui donnait des ailes.

Au-dessus des têtes des soldats et des policiers postés là et qui, pour certains fumaient ou même riaient, elle constata que les grilles de l'École polytechnique avaient bien été renversées. Les débris métalliques jonchaient le sol, mêlés à des drapeaux et d'autres décombres. Tout le périmètre était recouvert de prospectus, que le vent soulevait comme des feuilles d'automne. Ces manifestes paraissaient bien vains à présent.

Personne ne se plaça en travers du chemin de Themis alors qu'elle contournait discrètement un groupe d'hommes en uniforme pour s'approcher. Son cœur battait à tout rompre sous l'effet de l'épuisement et de la peur, et la fraîcheur de novembre ne suffisait pas à empêcher la sueur de couler dans son dos.

À travers les barreaux métalliques tordus, elle remarqua les vestiges de ce qui avait dû servir de défense de fortune contre le blindé ; ceux-ci retinrent son regard un instant. Puis son attention fut attirée par autre chose. Des corps étaient étendus sur le trottoir. Ce n'était pas des blessés. C'était des morts.

Deux d'entre eux avaient une forte carrure, le troisième était plus fluet. Et une de ses bottines dépassait de la couverture. Themis la reconnut aussitôt et fut transpercée de douleur. Elle avait si souvent ciré ce cuir brun…

Themis écarta le jeune soldat qui se trouvait sur son chemin.

— Vous n'êtes pas autorisée à vous trouver ici, aboya-t-il. Quelqu'un doit venir les chercher, ajouta-t-il, se référant aux corps sur le même ton que s'il s'agissait de marchandises dans un entrepôt.

Themis ne l'entendit même pas. Elle ne se souciait pas des ordres dans l'immédiat. Très délicatement, comme pour ne pas réveiller Nikos, elle rabattit la couverture. Elle découvrit le visage de son fils, beau et calme. Sur un côté de son crâne, ses longues boucles épaisses étaient trempées de sang.

Themis tomba à genoux. Le soldat ne tenta pas d'intervenir lorsqu'elle souleva le corps pour le serrer contre elle. Nikos était mince, et elle n'eut aucun mal à le tenir dans ses bras, lui si inerte et immobile. Son chagrin était d'une telle profondeur qu'elle ne put pas pleurer au début. Elle déposa un baiser tendre sur son visage, comme elle l'avait fait tous les soirs, quand il était petit.

Le soldat avait une vingtaine d'années et savait que sa mère aurait eu la même réaction que cette femme. Il se détourna mais continua à écouter la femme qui parlait avec affection à son fils. Elle lui murmura quelques paroles, puis se tut un instant.

— Je veux le ramener chez moi, dit-elle au soldat, le visage maintenant barbouillé de larmes et de sang.

Il ne répondit rien. Themis lui donna son adresse. Il rangea le papier dans la poche de sa veste. Elle allait rentrer et attendre, espérer que cet homme et ses collègues feraient preuve d'une once de bonté.

Elle regagna l'appartement d'un pas très, très lent. Personne ne l'arrêta. Elle franchit deux barrages militaires, et les soldats s'écartèrent sur son passage comme si elle était un fantôme. On aurait dit que le monde était devenu silencieux. Elle n'avait conscience que d'une seule chose, les pavés sous ses chaussures. Un pied devant l'autre. Elle n'était pas pressée d'arriver chez elle. Plus elle mettrait longtemps, plus elle retarderait l'annonce de la terrible nouvelle qu'elle allait devoir partager avec Giorgos, Anna, Andreas, Spiros et Thanasis. Le moment venu, elle les allégerait du fardeau de leur chagrin, et le prendrait sur ses épaules, elle qui se savait coupable. Jamais, même à l'époque où elle était une combattante, n'avait-elle eu à rassembler un tel courage.

Themis n'eut pas à attendre d'avoir atteint l'appartement. Anna traversait la place pour venir à sa rencontre. Elle était sortie chercher sa mère et son frère.

Les nouvelles, et les rumeurs, faisaient déjà le tour de la ville. Tous savaient que l'armée avait tué et blessé, même si le nombre de victimes n'était pas encore confirmé.

Anna remarqua de loin la démarche lente et peinée de sa mère. Son regard baissé lui confirma que quelque chose de terrible s'était produit.

— *Mana !* s'écria-t-elle en pressant le pas. *Mana ?*

L'expression de Themis fut suffisamment éloquente.

— Nikos ?

Themis baissa les yeux. Elle ne pouvait pas affronter le regard de sa fille. Anna retint un cri. Elle soutint sa mère, et toutes deux sanglotèrent sur la place. Des passants les dévisageaient avec curiosité. Il était rare de voir des gens exprimer des sentiments aussi ouvertement dans la rue. En dictature, il était déconseillé d'attirer l'attention.

Giorgos les avait vues du balcon et se dépêcha de les rejoindre. Il leur fit traverser la place, les conduisit dans le hall de l'immeuble, puis aida Themis à monter au deuxième. Pas un mot ne fut échangé.

La porte de l'appartement était ouverte, et les deux garçons attendaient. Deux paires d'yeux marron interrogateurs se levèrent vers Themis.

— Où est Nikos ? demanda Spiros en toute innocence.

Anna secoua lentement la tête.

— Il ne reviendra plus, répondit-elle à son frère, le visage mouillé de larmes.

Les deux frères s'étreignirent et se mirent à sangloter.

Anna reconnut alors le bruit caractéristique de la canne de son oncle heurtée contre la porte. Elle lui ouvrit.

Thanasis avait passé la matinée devant la télévision et n'eut pas besoin qu'on lui dise ce qui était arrivé. Il ne tarda pas à verser des larmes incontrôlables, son visage déjà difforme se transformant en masque macabre sous l'effet de la désolation.

Nikos était celui qui l'avait ramené à la vie. Thanasis se sentait si impuissant de ne pouvoir faire la même chose pour lui maintenant, pour son neveu adoré, avec qui il avait passé tant de temps à discuter, qui lui avait témoigné tant d'amour.

Anna l'aida à s'asseoir sur une chaise, et Thanasis se prit la tête entre les mains.

La pièce était silencieuse, à l'exception des reniflements et des halètements ponctuels.

Plus tard dans la journée, leur deuil fut brusquement troublé par un coup à la porte. Tous sursautèrent. Les coups se suspendirent puis reprirent, plus impatients cette fois.

Ils échangèrent des regards inquiets, conscients qu'il pouvait très bien s'agir de la police, traquant tous ceux qui avaient apporté leur soutien aux manifestants. Non seulement les autorités avaient massacré un nombre encore inconnu d'innocents, mais il était fort possible qu'elles aient décidé de procéder à des arrestations massives.

Les Stavridis n'avaient pas le choix cependant. La police secrète avait la réputation de défoncer les portes qui lui résistaient. Et ils ne voulaient pas d'une chose pareille. Giorgos alla ouvrir.

— Sois prudent, *agapi mou*, murmura Themis en se plaçant derrière lui.

Themis reconnut aussitôt le visage du jeune soldat qui lui avait parlé à Polytechnique. Lui aussi, la reconnut, et c'est d'ailleurs à elle qu'il s'adressa.

— Kyria Stavridis, j'ai transmis votre requête. Votre fils peut rentrer chez vous.

— *Efcharisto*, lui dit-elle si bas qu'elle en fut presque inaudible. Merci.

Après un silence, le soldat tourna les talons.

— Et quand sera-t-il là ? lui demanda-t-elle alors qu'il descendait déjà les marches.

— Il est ici, lui répondit-il.

Giorgos se pencha par-dessus la rambarde et aperçut du mouvement dans le hall de l'immeuble. Puis il entendit le fracas sourd des bottes militaires sur le marbre. D'autres soldats montaient. Quelques instants plus tard, ils atteignirent le palier des Stavridis, portant un brancard de fortune sur lequel se trouvait une forme humaine dissimulée sous une couverture grise.

— Où… ?

Giorgos et Themis les firent entrer dans l'appartement. Les enfants se consolaient mutuellement, tête baissée. Seul Thanasis regarda les militaires déposer le corps de Nikos sur son lit.

Deux des soldats les plus jeunes voulurent récupérer le brancard, mais le troisième répondit que c'était inutile. Il s'adressa à Themis, comme s'il espérait qu'elle verrait une forme de générosité dans son geste.

Lorsque la porte se referma sur eux, Themis fit couler de l'eau. Elle voulait laver Nikos et nettoyer le sang sur son visage. Les enfants montèrent chez leur oncle. Ils redescendraient quand Themis aurait fini de préparer le corps.

Avec l'aide de Giorgos, elle mit à Nikos une chemise propre et le pantalon à pattes d'éléphant qu'il venait d'acheter. Même dans la mort, ses boucles continuaient à briller.

Pendant que Themis le lavait, elle avait observé ses blessures. La balle qui l'avait atteint au flanc avait laissé un trou bien net. Impossible de savoir si c'était elle qui avait causé sa mort ou la plaie à la tête, bien plus étendue. Themis se revit dans les montagnes avec Katerina et les autres, en train de désinfecter des entailles, d'empêcher la vie de fuir. Se remémorer les autres morts qu'elle avait préparés pour leur mise en terre près de trente ans plus tôt lui permit de ne pas penser qu'il s'agissait de son fils. Car elle n'était pas capable d'affronter l'idée que c'était lui, son garçon chéri, le Nikos d'Aliki, qui était là sur son lit, plongé dans un sommeil qui durerait l'éternité. Non, elle n'autorisa pas ses pensées à s'attarder sur cette réalité.

Elle oublia la présence de Giorgos, qui la regarda boutonner la chemise. Elle avait placé un chiffon sur la plaie pour que le sang ne puisse pas transpercer le tissu. Même en pareilles circonstances, Themis conservait son sens pratique.

Giorgos apporta deux chaises dans la chambre et les plaça de chaque côté du lit. Themis s'assit sur l'une d'elles et inclina la tête. Elle réfléchissait, elle ne priait pas. Ni Dieu, ni la Vierge Marie ne se présentèrent à son esprit. Il n'y avait que Nikos et elle, leur dernière conversation qu'elle se repassait en boucle. Elle lui dit que sa mère aurait été fière d'avoir un fils aussi combatif. Elle lui répéta, encore et encore, qu'elle l'avait aimé comme son propre enfant, lui promit qu'elle ne l'oublierait jamais.

Puis elle versa des larmes silencieuses, approchant sa chaise du lit pour pouvoir prendre sa main froide. Elle avait perdu toute notion du temps, une ou deux heures avaient dû s'écouler. Elle ne releva la tête qu'en entendant la porte s'ouvrir. Thanasis entra.

— Je peux m'asseoir ? lui demanda-t-il.

Il enlaça sa sœur avant de s'installer sur la seconde chaise, se signant plusieurs fois.

Ils restèrent tous deux là un moment, puis Themis quitta la chambre. Giorgos venait de redescendre. Il était monté utiliser le téléphone de Thanasis pour prévenir Angelos.

— Il ne pourra pas avoir de vol à temps. Mais il essaiera de venir pour les quarante jours.

Themis hocha la tête. Elle n'avait pas la force de demander comment Angelos avait réagi. Elle avait deviné que la conversation avait été brève. Les enfants étaient là eux aussi, assis en rang d'oignons sur le canapé comme des oiseaux sur un fil. Ils pleuraient toujours. Jusqu'à présent, la mort ne leur avait rendu visite que pour leur prendre leur arrière-grand-mère. Ils avaient tous été très tristes, mais c'était ce qui arrivait aux gens très vieux et voûtés, ceux qui avaient les cheveux gris et la peau aussi fripée que celle d'un fruit oublié dans un compotier.

Seule Anna voulut voir son frère. Elle était poussée par la curiosité : le reconnaîtrait-elle ?

La jeune fille de seize ans entra et, dans un premier temps, garda ses distances avec le lit. Ses parents avaient dû se tromper. Il était impossible de croire que son grand frère n'allait pas bondir en rugissant. Elle repensa au jeu du lion endormi auquel Nikos avait souvent joué avec ses petits frères et sœur : il faisait semblant d'être assoupi, puis poussait soudain un grondement, et ils prenaient la fuite en hurlant. Themis et Giorgos avaient d'ailleurs parfois reçu les plaintes du voisin du dessous, que leurs enfants avaient réveillé pendant sa sieste de l'après-midi.

Elle se rapprocha légèrement et se pencha vers son frère pour vérifier que son torse ne se soulevait plus. En dépit de l'immobilité parfaite de Nikos, Anna quitta la chambre en se disant qu'il était simplement endormi, comme une bête sauvage dans une contrée lointaine.

Giorgos, qui avait des relations cordiales avec le pope, organisa les funérailles pour le lendemain. Les colonels continuaient à nier que la répression avait causé des morts, cependant tout Athènes savait qu'il s'agissait d'un mensonge. L'enterrement de Nikos ne fut pas le seul à avoir lieu ce jour-là.

La famille proche et les voisins, parmi lesquels les familles Hatzopoulos et Sotiriou – qui avaient été libérés mais n'avaient jamais rouvert leur boulangerie –, remplirent presque la minuscule église d'Agios Andreas. Quelques amis de Nikos assistèrent à la cérémonie debout, dans l'ombre tout au fond. La police continuait à traquer les instigateurs de la grève à l'École polytechnique, ainsi que les manifestants, et quelques membres de la *parea* de Nikos avaient eu trop peur pour venir.

À la lueur des cierges, qui éclairaient tous les visages, l'assemblée écouta les popes psalmodier. Leurs voix glissaient sur Themis, incompréhensibles. Elle était perdue dans un océan de chagrin, le cercueil exposé à tous les regards lui rappelant constamment la dure réalité de la mort. Elle remarqua qu'un pope l'aspergeait d'huile sainte, puis une phrase réussit à atteindre sa conscience. « Tout est poussière, tout est cendre, tout est ombre. »

Elle était d'accord avec ces mots-là. Elle avait l'impression que ce serait la devise du reste de sa vie. À cet instant précis, elle ne se sentait pas plus vivante qu'une ombre. Rien ne lui semblait réel.

Lorsque le pope récita « Ce qui est devenu informe, ignoble, dépourvu de toute grâce », elle eut bien du mal à se retenir de lui crier que leur Nikos ne serait jamais ignoble. C'était un héros, dans la mort comme dans la vie, à l'image de sa mère, qui n'avait pas de tombe, elle, aucune dalle de marbre pour protéger ses os, aucun endroit pour accueillir ceux qui voulaient honorer sa mémoire, à l'exception de l'île désolée de Trikeri.

Themis n'adhérait pas davantage aujourd'hui qu'hier aux paroles de l'église. Ils furent tous contraints d'écouter et de regarder la cérémonie pendant ce qui sembla des heures, hypnotisés par le rituel liturgique. Tout ce temps, Themis s'adressa en esprit à Nikos, lui racontant tout ce qu'elle savait sur sa mère, cette grande artiste, cette femme qui avait défié les gardes et leur avait ri au nez lorsqu'ils avaient voulu la forcer à signer sa *dilosi*. Elle lui dit combien toutes les autres prisonnières avaient admiré Aliki l'altruiste, qui avait sauvé Angelos sans la moindre hésitation.

— Elle était comme toi, Nikos, souffla-t-elle tout bas, assez bas pour que Giorgos ne puisse pas l'entendre, belle, forte et courageuse.

Themis songeait pour la première fois qu'Aliki avait été privée du rite de la sépulture. Elle s'imagina donc que le pope célébrait aussi les funérailles de la mère de Nikos. Tous deux méritaient la dignité d'un adieu sacré, quelle qu'ait été leur foi.

« *Kyrie eleison, Kyrie eleison, Kyrie eleison…* »

Tous furent envoûtés par ces mots.

« Seigneur, prends pitié, Seigneur, prends pitié, Seigneur, prends pitié… »

Chacun de ceux réunis dans cette minuscule église fut apaisé par la mélopée répétitive, à croire que ces mots avaient le pouvoir de guérir. Même si l'on ne les écoutait pas vraiment, leurs sonorités étaient aussi apaisantes qu'un baume.

Les enfants étaient pareils à une rangée de statues de marbre. Ils ressentaient dans leur chair la disparition de leur grand frère et avaient été aussi profondément affectés par la transformation évidente de leur mère. Ils ne reconnaissaient plus l'expression de son visage. La vie n'était plus la réalité infaillible à laquelle ils étaient accoutumés.

Les amis de Nikos qui étaient restés au fond de l'église s'échappèrent rapidement à la fin de la cérémonie et s'évaporèrent dans les rues voisines avant que la famille ne sorte. Deux soldats postés à l'angle de la rue suivirent la scène avec intérêt.

Le cercueil fut emporté au Deuxième cimetière de la ville, et ils se réunirent autour de la tombe pour faire leurs derniers adieux à Nikos.

À l'appartement, ils étaient attendus par le traditionnel *kollyva*, préparé par une voisine. Les enfants dévorèrent avec appétit le plat consacré des funérailles : du blé sucré avec des raisins secs et des noix. Depuis deux jours, ils ne mangeaient rien d'autre que du pain, du riz et des oranges. Il n'y avait pas grand-chose d'autre dans la maison.

L'ancienne vie semblait avoir disparu en une nuit.

26

Le chagrin lui pompait tant d'énergie que Themis avait du mal à sortir de son lit. Elle dormait l'essentiel de la journée, ne se levant que pour s'attabler avec les enfants, qui n'arrivaient presque plus à la regarder. Elle avait perdu tellement de poids et si rapidement qu'elle évoquait une corneille, avec son visage émacié aux traits tirés, sa robe noire dans laquelle elle flottait. Anna se chargeait seule des courses et de la cuisine, et elle n'alla pas en cours pendant plusieurs semaines.

Même lorsque, huit jours après la mort de Nikos, Giorgos annonça à son épouse qu'il y avait eu un changement politique, celle-ci ne manifesta pas le moindre intérêt.

Suite à la gestion dramatique du soulèvement étudiant, le général de brigade Ioannídis, un jusqu'au-boutiste, avait destitué le colonel Papadópoulos, tant haï, au prétexte que l'ordre devait être restauré. Il accusa les dirigeants d'être corrompu et les remplaça par ses propres hommes.

— Qu'est-ce que ça change ? demanda Themis avec lassitude.

— Ils disent qu'il prendra des mesures encore plus radicales que ses prédécesseurs contre les opposants, lui apprit Thanasis. Tu n'as pas oublié la réputation de Ioannídis, si ?

Le nouveau chef de la dictature avait été à la tête de la célèbre police militaire, et il avait déjà exercé sa terreur sur la population, notamment la répression brutale pendant et après le soulèvement de Polytechnique.

Si Thanasis avait jusqu'à présent fait montre d'une grande tolérance à l'encontre de la junte, tout avait changé en un instant après le drame de la semaine précédente. À ses yeux, les leaders des dictatures, actuelle et passée, étaient dorénavant des assassins. Ils avaient tué son neveu adoré, ce qu'il ne pourrait jamais pardonner.

Dans les semaines qui suivirent, Themis prit chaque jour le bus pour se rendre au cimetière. Giorgos l'accompagnait parfois, mais le chagrin de Themis exigeait de la solitude et elle n'acceptait aucune compagnie.

Giorgos espérait que la venue d'Angelos pour la cérémonie des quarante jours lui remonterait le moral et qu'elle se réjouirait de la visite de ce fils qu'ils n'avaient pas vu depuis si longtemps.

Tous remarquèrent immédiatement combien il avait changé. Son départ remontait à cinq ans maintenant, et tout en lui était différent. Il avait pris de l'embonpoint – « La faute à la taille des assiettes ! s'exclama-t-il en se tapotant le ventre. Et aux hamburgers ! » Son poids n'inquiéta pas Themis. C'était pour elle un signe d'abondance et de bonne santé.

Ce qui lui déplut profondément en revanche, ce fut sa coupe de cheveux. Il les portait si court qu'il ne demeurait pas le moindre vestige de ses boucles. Sa présence sembla réjouir ses frères et sa sœur.

— C'est bizarre quand tu parles grec, le taquina Anna. Dis quelque chose en anglais ! Je veux t'entendre t'exprimer comme un vrai Américain !

— Hello, jolie poupée ! lui dit Angelos, imitant une star de cinéma.

Tous les enfants Stavridis éclatèrent de rire. Ils avaient l'impression que leur grand frère était parti sur la Lune et en était revenu transformé. Angelos ne passa que deux jours à Athènes, mais pendant son séjour, il parla beaucoup de sa nouvelle vie, prenant à peine le temps de respirer entre deux descriptions de Chicago, de son bureau, de ses collègues, de sa voiture et de l'équipe de basket-ball qu'il soutenait. Corabel, sa petite amie, revenait souvent dans la conversation, et il leur montra une photographie qu'il avait toujours dans son portefeuille. C'était une blonde pulpeuse avec des lèvres généreuses et un immense sourire.

Profitant d'un moment où Angelos ne pouvait pas l'entendre, Anna fit remarquer à tout le monde que la petite amie de son frère ressemblait à un personnage du dessin animé américain qu'elle regardait sur la télévision de son oncle. Les enfants Stavridis voyaient leur mère sourire pour la première fois depuis la mort de Nikos.

Angelos semblait fou d'amour pour sa nouvelle patrie. Tout en Amérique était plus grand, plus beau.

Il ne voyait pas quel mal il y avait à ce que les États-Unis se mêlent de la vie politique grecque.

— C'est un pays bien gouverné, dit-il lors d'un repas. Nixon n'est pas apprécié de tout le monde, mais avec lui au pouvoir, on a la garantie qu'il n'y a pas des communistes terrés dans l'ombre, au moins.

Themis se leva et quitta la pièce sans bruit. Elle n'avait ni la volonté ni l'énergie nécessaire pour le contredire.

— Je suppose qu'il a fait son deuil aux États-Unis, dit-elle à Giorgos au retour de l'aéroport, où ils avaient reconduit Angelos.

Tous avaient remarqué qu'il n'avait exprimé que peu de tristesse et semblait à peine troublé par l'absence de son frère.

Après la cérémonie des quarante jours, Themis avait décidé d'essayer de se distancer de son chagrin, pour le bien de sa famille. Elle devait faire des efforts, ne serait-ce que pour préserver les apparences. Elle était terriblement accablée par la tristesse que lui causait la mort de son fils associée à sa culpabilité toujours présente. Elle ne pourrait jamais se défaire de l'idée qu'en révélant l'identité de sa véritable mère à Nikos, elle l'avait poussé à se jeter dans la mêlée.

L'arrivée d'une nouvelle année ne s'accompagna pas de l'habituel sentiment de renouvellement pour Themis. Il n'y eut qu'un seul événement marquant en janvier : Andreas remporta la compétition de plongée de l'Épiphanie, Theophania, en allant repêcher la croix si convoitée au fond de l'eau. Le concours avait eu lieu dans la piscine du quartier, mais de nombreux garçons plus âgés y avaient aussi pris part et les Stavridis étaient fiers qu'Andreas, du haut de ses quatorze ans, soit le plus jeune des champions consacrés.

Spiros avait fabriqué une couronne en carton pour son frère, qui ne la quitta pas du dîner. Tous s'efforcèrent d'orienter la conversation vers des sujets légers. Themis s'était chargée du repas et avait préparé le gâteau aux pommes que tout le monde adorait, d'après la recette de sa grand-mère. Toute la famille voulait croire que la vie avait repris son cours normal. On évoqua le pope, qui avait été trempé en lançant la croix dans la piscine, le garçon qui avait tenté d'arracher celle-ci à Andreas, sous l'eau, et tous le taquinèrent parce qu'il avait été l'objet de l'attention d'un groupe de filles.

À la fin de la soirée, néanmoins, la discussion s'assombrit. Malgré la gaieté qui régnait, ce matin-là, lors de la compétition traditionnelle, ils avaient remarqué la présence de militaires armés. Ils évoquèrent la répression de plus en plus sévère, instaurée par Ioannídis. Le sacrifice des victimes de la manifestation à Polytechnique n'avait pas seulement été vain, il avait entraîné une situation bien plus critique pour le pays. Le régime continuait à nier les morts du 17 novembre et à traquer tous ceux qu'il soupçonnait d'avoir participé à ces événements.

— Cet homme est un monstre ! s'exclama Anna.

— Mieux vaut éviter d'utiliser ce genre de mots, même derrière la porte close d'un appartement, lui dit aussitôt Thanasis, qui ne connaissait que trop bien les méthodes contestables de la police. On ne sait jamais vraiment qui sont ses voisins, on ne sait pas s'ils partagent les mêmes opinions. S'ils t'entendent et qu'ils sont dans le camp opposé, tu pourrais très bien te retrouver sur une liste. Sois prudente, Anna.

— Mais c'est lui qui a envoyé le blindé ! protesta-t-elle. Celui qui a tué notre…

— Anna, s'il te plaît, intervint son père.

Themis ne put s'empêcher de tressaillir. Elle était consciente qu'il existait un risque qu'Anna et Andreas se politisent suite à la mort de leur frère, et même s'il n'avait encore que dix ans, Spiros pouvait facilement être influencé par son grand frère.

Ils savaient tous que Ioannídis était un dictateur, même s'il préférait œuvrer en coulisses. Il avait placé ses informateurs dans l'armée pour éliminer tous les soldats qui ne lui étaient pas loyaux, et les petits pas en avant de Papadópoulos vers une libéralisation du régime avaient été transformés en autant d'enjambées en arrière. La peur régnait à nouveau.

Peu importait combien elle l'aurait voulu, Themis ne pouvait pas s'opposer à la situation actuelle. Avec un mélange d'amertume et de désespoir, elle acceptait qu'il en allât désormais ainsi en Grèce. Elle n'aspirait qu'à une chose, protéger ses trois beaux enfants qui s'aventuraient chaque jour dans les rues d'Athènes. Elle avait renoncé à se battre et se surprit même à dissuader sa propre progéniture d'exprimer la moindre critique à l'encontre de la junte. Durant le reste de l'hiver et pendant tout l'été, elle continua à couper les cheveux de ses deux fils et à encourager sa fille à porter des jupes longues. Les garçons étaient des élèves enthousiastes, Anna préparait assidûment les examens de la fin du secondaire, et tous trois accompagnaient leur père à l'église.

Puis, alors que Themis s'était persuadée que ce régime tyrannique durerait jusqu'à la fin des temps, l'implacable Ioannidis décida de satisfaire une ambition qui l'animait de longue date en rattachant Chypre à la Grèce. À la mi-juillet, il organisa un coup d'État militaire sur l'île afin de renverser le gouvernement du président élu démocratiquement, l'archevêque Makários, qu'il assimilait à un communiste. Il était allé trop loin. L'ingérence grecque fournit au gouvernement turc un prétexte pour envahir Chypre, officiellement afin de protéger les habitants de l'île. En conséquence, les Chypriotes grecs connurent de lourdes pertes, territoriales et humaines. La junte fut obligée de répliquer, et les Grecs âgés de vingt à quarante-cinq ans furent appelés sous les drapeaux.

En une semaine, le conflit fut achevé, un cessez-le-feu signé, et Chypre coupée en deux. Des dizaines de milliers de soldats turcs restèrent postés dans le nord de l'île. Ce fut une catastrophe totale pour le pays, pourtant Themis, comme bien d'autres, éprouva une certaine satisfaction face à l'échec humiliant subi par Ioannidis.

Par une chaude journée de juillet, alors que toutes les fenêtres des immeubles de la place étaient ouvertes, Thanasis regardait la télévision. À son habitude, il avait monté le volume. Tout le monde faisait la sieste, mais il était bien décidé à ignorer les plaintes de ses voisins. Il devait prévenir sa sœur de ce qui venait d'arriver.

Personne ne s'avisait de frapper chez quiconque à cette heure du jour, et Themis, ensommeillée, se leva pour aller ouvrir. Elle reconnut alors le bruit de la canne de son frère contre la porte. Exceptionnellement, Thanasis souriait. Le fiasco chypriote avait entraîné la fin de la dictature et il tenait à informer sa sœur que Ioannidis allait rendre les clés du pouvoir aux hommes politiques.

— C'est terminé, lui dit-il en souriant.

— Qu'est-ce qui est terminé ? lui demanda Themis sans comprendre.

— Le régime militaire. C'est terminé, enfin terminé.

Il entra chez sa sœur et lui suggéra d'allumer la radio. Il disait la vérité. La junte s'était effondrée, la démocratie allait être rétablie.

Au début, Themis eut presque du mal à y croire et elle s'assit pour écouter la radio sans réagir. Ce revirement était si inattendu qu'elle peinait à l'intégrer.

Giorgos rentra précipitamment dans l'après-midi et Themis lui ouvrit les bras. Ils s'étreignirent en silence. Tous deux étaient convaincus que la mort de Nikos avait pu jouer un rôle dans la fin de la dictature et, pour la première fois, Themis eut le sentiment sincère qu'il n'était peut-être pas mort en vain.

Au cours des semaines suivantes, elle suivit les événements et sentit son espoir se ranimer en voyant l'ancien Premier ministre, Konstantínos Karamanlís, rentrer de son exil volontaire pour nommer un gouvernement provisoire jusqu'aux élections de novembre. La démocratie était de retour, et le parti communiste fut légalisé. La vitesse à laquelle ces changements eurent lieu prit tout le monde par surprise.

Lors des élections, les premières véritables depuis dix ans, Themis vota pour les communistes, mais elle se retrouva parmi une minorité d'électeurs, et Karamanlís, avec son nouveau parti de centre droit, la Nouvelle Démocratie, fut élu Premier ministre.

Peu après, il organisa un référendum sur la monarchie. Themis et Giorgos n'étaient pas du même avis au sujet de la famille royale. Ses parents à lui avaient toujours été très attachés à celle-ci, et Giorgos avait grandi avec un portrait du grand-père du roi Konstantínos au mur. Themis savait qu'il voterait en faveur du maintien de la monarchie et jugea préférable d'éviter tout échange sur la question. Elle s'estimait chanceuse de pouvoir voter, puisque son bulletin annulerait celui de Giorgos. En décembre, lorsque le pays se prononça majoritairement en faveur de la République, elle exulta.

— On va enfin être débarrassés de cette femme, déclara-t-elle.

Après toutes ces années, elle continuait à reprocher à Frederika son ingérence dans la vie politique grecque.

L'abolition de la monarchie représentait un changement important, mais ce n'était pas suffisant pour Themis.

— Ce que j'attends, moi, dit-elle à son mari, c'est que justice soit faite, que quelqu'un paye pour tous ces crimes.

— Tu ne c-c-crois pas qu'il vaudrait mieux oublier le passé ? Et recommencer d-d-de zéro ?

Themis ne dissimula pas son mépris.

— La droite n'a jamais tourné la page, elle. Elle a toujours voulu que ses ennemis boivent la coupe jusqu'à la lie. Son tour est venu.

— C'est un p-p-peu vindicatif, non ?

— Ça l'est, Giorgos. Je veux me venger. Tu ne comprends pas ?

Bien des Grecs avaient préféré l'exil à la dictature des colonels ces sept dernières années et avaient fait campagne contre la junte pendant ce temps. La plupart reprenaient le chemin d'Athènes, avec ceux qui avaient été bannis de force. Ils rentraient des îles, porteurs d'histoires effroyables de mauvais traitements et de torture. Ces témoins vivants des exactions de la junte n'avaient plus aucune peur de parler. Comme Themis, ils avaient un sentiment d'inachevé. Ils attendaient une reconnaissance des crimes commis.

— Enfin, murmura-t-elle, un jour qu'elle était seule à l'appartement et écoutait la radio.

On était en janvier et les chefs de la dictature militaire avaient été arrêtés. Il y aurait plusieurs procès distincts, pour juger les instigateurs du coup d'État, les responsables de la répression du soulèvement étudiant et les tortionnaires du régime.

Themis était impatiente, mais elle dut attendre six mois avant l'ouverture des procédures judiciaires. Ils étaient des dizaines sur le banc des accusés, cependant Themis ne s'intéressait vraiment qu'à l'un d'entre eux.

Elle qui n'avait jamais aimé la télévision auparavant montait tous les jours chez Thanasis et insistait pour regarder les procès retransmis dans leur intégralité. Assis côte à côte sur le canapé, ils étaient hypnotisés par les images en noir et blanc, granuleuses, qui défilaient sur l'écran. C'était électrisant de voir les accusés en gros plan, de pouvoir scruter leurs traits et observer leurs réactions. De temps en temps, Ioannídis regardait directement la caméra, et Themis avait l'impression qu'il plongeait ses yeux froids dans les siens. La dureté évidente de cet homme la glaçait jusqu'à la moelle, et elle devait parfois se détourner. Sur leurs traits, à Papadópoulos et lui, on ne lisait qu'une indifférence totale, et Themis espéra que leur arrogance flagrante réduirait à néant leurs chances d'être acquittés.

Elle suivit le moindre instant du premier procès, qui aboutit à la condamnation de Papadópoulos et Ioannídis. Le deuxième procès l'obséda encore plus. Il portait sur les crimes perpétrés à l'École polytechnique, et Ioannídis était en première ligne.

Au bout de deux mois d'audience, celui qui, pour Themis, était responsable de la mort de son fils, fut jugé coupable. Assise à côté de Thanasis, elle attendit le jugement avec autant de fébrilité que s'ils étaient dans le tribunal. Tous deux nourrissaient une haine farouche contre cet homme, et lorsqu'il fut condamné à la prison à perpétuité, ils s'embrassèrent sans un mot. Ils restèrent longtemps enlacés, se réfléchissant dans l'écran du téléviseur, alors qu'un autre programme avait remplacé le procès.

Themis fut d'abord déçue que le psychopathe à l'origine de l'assassinat de son fils adoré ne soit pas condamné à la peine capitale.

— Peut-être que la mort serait trop douce pour quelqu'un comme lui, finit-elle par dire à son frère.

Thanasis approuva d'un signe de tête. Il avait la gorge si serrée qu'il n'osait pas parler. Themis poursuivit.

— J'espère que tous les matins, jusqu'à la fin de sa vie, il se réveillera dans une cellule en pensant qu'il ne sera plus jamais libre, qu'il ne marchera plus jamais dans les rues, qu'il ne reverra pas le soleil. C'est peut-être pire qu'une exécution.

Elle se rappela ses heures en isolement et, rassérénée par cette pensée, versa des larmes de plaisir et de douleur. Elle continuait à se sentir coupable de la destinée tragique de son fils, mais, au moins, le monstre impitoyable, responsable de la mort de Nikos, avait enfin été puni. Un profond sentiment de soulagement l'envahit. Justice avait été rendue, en partie du moins, pour les innocents et les idéalistes qui avaient trouvé la mort cette nuit de novembre.

27

1976

Ils commémoreraient d'ici quelques mois les trois ans de la mort de Nikos, et Themis espérait recevoir la visite d'Angelos pour l'occasion. Il remettrait les pieds en Grèce pour la première fois depuis la cérémonie des quarante jours, même si ses lettres, qui leur parvenaient avec autant de régularité qu'auparavant, leur permettaient de suivre son ascension : un bureau quelques étages au-dessus du précédent, un salaire plus élevé, une promotion à un poste plus important, un nouvel appartement, une voiture plus tape-à-l'œil. La lettre que Spiros, âgé de douze ans, avait trouvée dans le hall de l'immeuble le matin même leur apprit qu'Angelos avait demandé la main de Corabel et des photographies du couple lors de leurs fiançailles s'échappèrent de l'enveloppe.

— Regarde, *mana* ! s'écria Anna, en ramassant celle qui était à sa portée. Tu as vu comme elle est belle ?

C'était au tour de Spiros de lire la lettre rédigée sur un papier pelure bleu pâle, mais il s'interrompit pour regarder l'une des photographies qui circulaient autour de la table.

— *Theé mou !* Vous avez vu ses seins ! Regarde ça, Andreas !

— Spiros ! Ç-Ç-Ça suffit maintenant ! S-s-stop ! s'emporta Giorgos.

— Ne parle pas de la fiancée de ton frère comme ça, ajouta Themis. C'est très, très malpoli.

Tous les enfants ricanaient et un sourire tordu passa même sur le visage de Thanasis. Themis, qui tenait une photo du couple, y jeta un coup d'œil. Spiros avait raison : le décolleté plongeant de la robe de Corabel soulignait combien elle était généreusement pourvue dans ce domaine. Ce qui aurait été jugé indécent en Grèce était apparemment tout à fait acceptable en Amérique, songea-t-elle. Themis remarqua également que son fils avait encore grossi. On ne pouvait pas dire autre chose des jeunes fiancés : ils étaient en surpoids.

— Continue à lire, Spiros ! l'encouragea-t-elle, quand le chahut autour de la table se fut calmé.

Tous souriaient à présent. Il adopta la voix d'un présentateur radiophonique pour attaquer la description de tout ce qu'ils avaient mangé à leur fête.

Des bretzels…

— Qu'est-ce que c'est ? demanda-t-il.

Personne ne le savait, alors il reprit sa lecture.

Nous avons fait griller au barbecue les plus gros steaks que j'aie jamais vus ! La mère de Corabel prépare le meilleur gâteau au fromage du monde, ça s'appelle un cheesecake.

— Un gâteau au *fromage* ! s'exclama Andreas. Ça a l'air immonde !

Des rires ricochèrent sur les murs de l'appartement. Dans la chaleur de cet instant de complicité, Themis ressentit la joie intense du moment présent. C'était un sentiment qu'elle n'avait plus connu depuis une éternité. Les souffrances récentes l'avaient plongée dans l'ombre, mais peut-être celle-ci allait-elle se dissiper.

Giorgos n'avait jamais renoncé à l'encourager à adopter un état d'esprit plus optimiste, lui rappelant constamment qu'ils avaient quatre enfants en parfaite santé et qu'ils pouvaient s'estimer heureux de ne pas avoir de difficultés financières.

Themis savait apprécier l'aisance dont ils jouissaient tous à présent. Ils sortaient souvent dîner dans les tavernes du quartier ou allaient au cinéma (elle continuait à insister pour voir les films d'Aliki Vougioukláki dès leur sortie), et ils envisageaient même de restaurer une petite maison sur l'île de Tinos, que Giorgos avait héritée d'une tante. Un téléphone, très encombrant, trônait fièrement sur la console achetée spécialement pour lui dans le couloir, et les Stavridis avaient aussi fait l'acquisition d'un téléviseur ainsi que, le mois précédent, d'un nouveau réfrigérateur et d'un aspirateur. Ils pourraient même envoyer Andreas faire ses études supérieures à Londres s'il réussissait ses examens. Il leur avait en effet avoué que c'était son rêve.

— Et en plus, nous avons un P-P-Premier ministre correct, dit Giorgos un jour.

Themis lui sourit.

— Je n'ai pas voté pour lui, mais je reconnais qu'il ne fait pas un mauvais travail.

Elle continuait à porter le deuil de Nikos. Au cours de l'année écoulée, Giorgos lui avait suggéré de remplacer ses vêtements sombres pour d'autres un peu plus gais. Il avait d'ailleurs commis l'erreur de lui acheter un nouveau chemisier, blanc à fleurs bleues.

— Merci, lui avait-elle dit poliment avant de l'embrasser sur la joue.

Elle avait ensuite rangé le chemisier au fond de son placard. Lorsque Giorgos lui avait demandé, une semaine plus tard, pourquoi elle ne l'avait toujours pas porté, elle lui avait répondu sèchement :

— Parce que je ne suis pas prête. Je le saurai quand je serai prête. Et ce n'est pas le cas.

Dans l'immédiat, elle avait encore l'impression de trahir Nikos. Mois après mois, elle arrachait les pages du calendrier, mais ce geste ne symbolisait que le passage du temps, pas l'atténuation de sa douleur. La mort de son fils restait encore très présente à son esprit et elle ne souhaitait pas qu'il en fût autrement.

Moins d'un mois avant la messe commémorative, les jours raccourcirent, même si l'air d'octobre conservait une certaine douceur. Themis était sur son balcon un après-midi quand quelqu'un sonna à l'interphone.

Elle se pencha par-dessus la rambarde pour voir de qui il s'agissait et n'aperçut que des cheveux gris et une veste bleu marine. L'homme leva alors la tête, comme s'il avait senti un regard sur lui, et Themis fut presque certaine qu'il l'avait aperçue.

Depuis la légalisation du parti communiste, elle ne craignait plus les visites à l'improviste ou les démarcheurs, pourtant son cœur se mit à cogner dans sa poitrine sous l'effet de l'angoisse.

Elle alla répondre à l'interphone.

— Qui est-ce, s'il vous plaît ? demanda-t-elle d'un ton très formel, avec un trémolo.

La réponse, presque impatiente, lui parvint dans un grésillement :

— Tasos. Tasos Makris.

Un frisson parcourut Themis. Elle n'avait pas entendu ce nom depuis plus de vingt-cinq ans. Elle n'aurait jamais imaginé l'entendre à nouveau. Elle n'avait pas le choix. Il savait qu'elle était là, elle devait le laisser entrer. Elle pressa le bouton d'un doigt tremblant et, quelques secondes plus tard, elle vit une ombre inquiétante danser sur le mur de la cage d'escalier. Cet homme surgi de son passé montait les marches. Figée par le choc et la peur, Themis l'attendait sur le seuil de l'appartement. Elle pouvait encore s'enfermer à l'intérieur et lui interdire l'entrée. Cependant, son hésitation lui fit manquer l'occasion de le faire car déjà il se dressait devant elle : Tasos Makris, presque inchangé depuis leur dernière rencontre.

— Themis Koralis ?

— C'était mon nom, oui. Aujourd'hui, c'est Stavridis.

Ils restèrent un instant sur le seuil de l'appartement, mal à l'aise.

— Puis-je entrer ?

— Oui… oui, bien sûr.

Tasos suivit Themis à l'intérieur. Les Stavridis recevaient rarement de la visite et la présence d'un étranger sous son toit mit Themis mal à l'aise. Ni Giorgos ni les enfants ne rentreraient avant plusieurs heures.

Elle invita Tasos à s'asseoir sur le fauteuil devant le buffet. C'était celui qu'occupait Thanasis quand il descendait les voir. L'appartement n'était que faiblement éclairé à cause des rideaux, en partie fermés. Themis décida de ne pas y toucher.

— Je vais te préparer un café, lui dit-elle. Avec du sucre ?

— Non, sans. *Sketo*.

Elle s'éloigna vers la cuisine en se demandant s'il pouvait entendre les battements affolés de son cœur. Le silence gêné ne fut troublé que par les bruits de vaisselle pendant qu'elle s'affairait, en tremblant. Elle était si troublée qu'elle versa sans réfléchir du sucre dans la petite casserole qui contenait le café. Elle ne prit pas la peine de remuer. Devait-elle lui proposer des biscuits ? Non. Elle ne voulait pas se montrer trop accueillante. Elle n'attendit pas que l'eau eût bouilli pour verser le liquide sombre et tiède dans deux tasses. Elle profita de tourner le dos à son visiteur pour préparer les questions qu'elle allait lui poser.

Maintenant que le café et les verres d'eau étaient disposés sur un petit plateau, elle retourna lentement dans le salon pour les poser sur la table basse, devant Tasos. Une fois assise, elle s'autorisa à l'observer plus attentivement.

Il était mince et élégant. Elle remarqua le costume bien coupé, les chaussures en cuir bien ciré, les ongles soigneusement coupés et l'éclat d'une montre en or ostentatoire. Il avait conservé ses boucles remarquables, bien que devenues argentées. Sa moustache, quant à elle, n'était pas entièrement grise. Son visage était ridé, mais pas plus que celui de Giorgos, et ses yeux étaient conformes au souvenir que Themis en conservait. Elle se rappela la dernière fois qu'elle avait croisé ce regard. À Makronissos.

— Comment as-tu… ?

Il s'était préparé à cette question et répondit aussitôt.

— J'ai cherché Koralis. Dans l'annuaire.

— Mais j'y figure sous le nom Stavridis.

— Eh bien, il y a un Koralis dans l'immeuble.

C'était Thanasis qui l'avait conduit ici, et Themis se remémora soudain avoir confié à Tasos, bien des années auparavant, que sa famille vivait à Patissia.

— J'ai essayé plusieurs adresses. Mais j'ai fini par trouver.

Il lui sourit. Autrefois, Themis le trouvait irrésistible. Aujourd'hui, elle ne ressentait rien. Cet homme aurait pu être un étranger perdu dans une foule. Elle avait tant de raisons de ne plus lui accorder sa confiance… À Makronissos, il était passé sans le moindre mal du rôle de victime à celui de tortionnaire. Or, le fascisme n'avait pas entièrement disparu de la société grecque, et Themis ne pouvait avoir aucune certitude : peut-être appartenait-il à ce mouvement, même minoritaire.

Tasos lui posa beaucoup de questions, mais tant que Themis ignorait les raisons de sa visite, elle préféra esquiver, ne lui apportant que de vagues réponses, qui n'engageaient à rien. Oui, elle était mariée, et ils avaient eu trois enfants ensemble. Non, elle n'avait pas besoin de travailler, son époux ayant un bon poste. Oui, il était dans la fonction publique. Oui, l'un de ses enfants était parti s'installer en Amérique et réussissait bien. Non, eux ne voyageaient pas vraiment. Toutes ses réponses étaient vraies.

Derrière Tasos, dans la pénombre, se trouvaient plusieurs photographies. Celles du mariage de Themis, des baptêmes des petits derniers, sans oublier celle du jeune et beau Thanasis le jour de la remise des diplômes à l'école de police. Cette collection était complétée par deux grands portraits encadrés et suspendus au mur : l'un d'Angelos avec sa toge de l'université, très fier et presque prétentieux, l'autre de Nikos, qui datait de l'époque où il jouait dans l'équipe de football de son lycée.

Themis avait une vue directe sur eux deux en discutant avec Tasos, et elle avait l'impression qu'ils cherchaient à capter son regard. La ressemblance entre le père et ses deux fils était frappante. Derrière le halo de boucles argentées, Themis voyait les leurs, noires et épaisses, ainsi que leurs yeux sombres rivés sur elle.

Elle lui posa quelques questions anodines. Où vivait-il ? Était-il marié ? Avait-il des enfants ? Que faisait-il ?

La réponse à la dernière question était la seule qui lui importait. Elle ne fut pas surprise d'apprendre qu'il était resté dans l'armée, avait gravi les échelons pour atteindre le rang d'officier et avait pris sa retraite lors de l'effondrement de la dictature. De nombreux gradés avaient ainsi, grâce à leur âge, échappé aux poursuites judiciaires en quittant l'armée à ce moment-là. Il avait littéralement fait *volte-face**, songea-t-elle, trahissant toutes les idées pour lesquelles ils s'étaient battus côte à côte dans les montagnes. Elle se demanda combien de ses camarades avaient péri à cause de lui, combien de personnes il avait brutalisées entre cette époque et aujourd'hui.

Tasos avala une gorgée de son café trop sucré et reposa aussitôt sa tasse, son expression le trahissant : il était imbuvable.

— *Loipon*, enfin…, dit-elle pour rompre le silence.

C'était le signal que Tasos attendait. Themis brûlait d'envie de le voir partir, mais d'un autre côté elle savait qu'il était venu pour une raison précise et était impatiente de découvrir laquelle.

— Je veux que tu saches que je t'ai vue à Makronissos, dit-il en se penchant vers elle.

— Ah, répondit-elle platement.

— J'ai pensé qu'il valait mieux pour toi que personne n'établisse de lien entre nous.

— Je vois.

Son mensonge était flagrant. Les conséquences auraient été bien pires pour lui que pour elle.

— Et je voulais aussi t'expliquer que j'avais signé ma *dilosi* pour pouvoir poursuivre le combat.

Themis ne croyait pas un seul de ses mots. Son autojustification l'écœurait. Et il n'avait pas terminé.

— Au lieu de me laisser partir, ils m'ont gardé au camp et m'ont forcé à surveiller les nouveaux prisonniers. C'était le pire châtiment possible.

— Mais tu es quand même resté dans l'armée après, souligna-t-elle d'un ton qui restait courtois.

— Oui. Je n'avais aucune autre compétence, et c'était un bon poste.

Il n'estimait pas nécessaire de s'expliquer davantage, il parlait de ces années avec légèreté. Themis avait appris au cours de sa vie que la plupart des gens n'aiment pas le silence et le remplissent. Et que, ce faisant, ils vous apprennent parfois ce que vous voulez savoir. Ce fut exactement ce qui se passa avec Tasos.

— J'ai entamé une nouvelle carrière aujourd'hui. J'ai décidé de m'impliquer dans la politique locale. Peut-être qu'à long terme je reverrai mes ambitions à la hausse. Nouvelle Démocratie… Qu'en penses-tu ?

Son choix de se rallier au parti de centre droit ne surprit pas Themis, mais elle n'était pas prête à avoir une conversation aussi anodine avec lui. Elle se fit la réflexion qu'elle comprenait enfin la raison de sa visite, même si elle ne lui en dirait rien. Il voulait s'assurer qu'elle ne risquerait pas de le trahir en parlant à des personnes qui ignoraient tout de son passé de communiste et de tortionnaire à Makronissos. Deux étiquettes qui pourraient lui nuire lors de sa campagne électorale.

Elle haussa les épaules, marmonna qu'elle ne s'intéressait plus beaucoup à la politique. Elle ne tenait pas à le retenir plus longtemps. Tasos souligna alors, en passant, sa tenue noire.

— Tu portes le deuil de l'un de tes parents ? lui demanda-t-il.

— Non. Ils nous ont quittés il y a longtemps.

— Un proche alors ?

— Non. Personne de mon sang.

C'était la vérité. À l'instant où Tasos s'était assis dans le fauteuil, elle avait décidé ce qu'elle lui dirait et ce qu'elle lui cacherait. Nikos, Angelos et Aliki n'apparaîtraient pas dans la conversation.

Cet homme n'inspirait plus aucun sentiment à Themis. Ni passion, ni pitié. Elle voulait simplement qu'il la laisse tranquille. Elle commença à mettre de l'ordre sur le plateau pour lui faire passer le message. Soudain, Andreas et Spiros firent irruption dans l'appartement. Ils étaient pressés, venant simplement déposer leurs cartables et se préparer pour leur entraînement de football.

Tasos et Themis se levèrent. La ressemblance entre cet homme et leurs deux grands frères était frappante, pourtant aucun des garçons ne la nota.

— Les enfants, venez dire bonjour, s'il vous plaît. Je vous présente monsieur Makris.

Ils lui serrèrent brièvement la main avant de courir se changer dans leur chambre. Quelques minutes plus tard, ils étaient repartis.

Themis ne se rassit pas. Elle voulait que Tasos s'en aille. Il ne devait pas se retourner et remarquer les portraits. Surtout, il ne devait pas croiser Giorgos.

— J'ai à faire, lui dit-elle. Merci d'être venu.

— Tout le plaisir était pour moi, petit renard, murmura-t-il, espérant visiblement faire naître un sourire sur ses lèvres.

Elle ne manifesta pas la moindre réaction à cette évocation de leur passé. Tant qu'il n'aurait pas quitté la pièce, il restait un risque qu'il aperçoive les portraits. Elle le conduisit donc dans l'entrée. Il la suivit sans jeter un regard en arrière. N'ajoutant pas un mot, elle ouvrit la porte.

— Au revoir, dit-elle d'un ton sans appel.

Tasos lui tendit la main mais elle ne la serra pas. Il parut étonné par ce rejet, puis tourna les talons.

Themis ferma aussitôt la porte et y colla son oreille pour écouter le bruit de ses pas sur les marches en marbre. Se précipitant sur le balcon, elle se cacha dans l'ombre pour l'observer. C'était plus fort qu'elle. Elle repéra une énorme Mercedes noire au pied de l'immeuble. La berline avait déjà démarré et s'éloignait dans la rue en ronronnant, envoyant un nuage de gaz d'échappement dans le ciel. Sans doute la voiture de Tasos. Themis ne fut pas surprise. Tout le monde disait qu'on pouvait faire fortune dans la politique.

Elle rentra et débarrassa le plateau. Tout en faisant la vaisselle, elle imagina cet homme retournant à Metamorfosi, dans la banlieue d'Athènes, où il vivait, ses mains gantées sur le volant, s'admirant de temps en temps dans le rétroviseur ou jetant des coups d'œil à sa montre pour connaître l'heure. Themis était prête à parier qu'il portait une Rolex. Elle espérait ne jamais le revoir.

Elle était en train d'essuyer la vaisselle quand elle entendit le bruit d'une clé dans la serrure. C'était Giorgos.

Il déposa, du bout des lèvres, un baiser sur la joue de Themis. Tous deux saluèrent Anna, qui avait suivi son père de près.

— Comment s'est passée t-t-ta journée ? demanda-t-il à Themis.

— Très bien. Rien d'exceptionnel à raconter.

— Et la t-t-tienne, Anna ?

— J'ai trop de devoirs, soupira-t-elle.

— Tu vas y arriver, lui dit Themis en souriant. Tu es intelligente.

— Tu peux m'aider, *baba* ? Il faut interpréter des échantillons de sang, il y a plein de nombres.

Anna suivait des études pour devenir infirmière, et son père l'aidait de bon cœur.

— B-B-Bien sûr, *agapi mou*, lui dit-il en s'asseyant à côté d'elle.

Themis enfourna un plat pour le dîner, puis s'approcha du buffet. Elle épousseta les cadres photo un par un. Elle décrocha le cadre avec le portrait d'Angelos et passa un rapide coup de chiffon sur la vitre, avant de faire la même chose avec celui de Nikos. Elle ne le raccrocha pas immédiatement, elle plongea ses yeux dans les siens et l'embrassa sur le front. Comme il aurait eu honte d'avoir un père pareil…

Ce soir-là, troublée par la visite de Tasos Makris et par la perspective de commémorer la mort de Nikos, Themis eut envie d'ouvrir le petit tiroir de sa table de chevet, qu'elle fermait toujours à clé. Elle voulait se souvenir de son visage si doux quand il dormait, bébé, et toucher sa boucle de cheveux. Profitant que le tiroir fût ouvert, elle laissa ses doigts courir sur le cœur brodé, les fils restaient soyeux après toutes ces années. Tasos Makris était passé à côté de tant de choses que Themis avait presque pitié de lui. Après avoir refermé le tiroir, elle rangea la clé sur l'étagère et retourna dans la cuisine pour servir le dîner. Le père et la fille étaient toujours à table, et ils étaient à leur aise avec les nombres.

Une semaine plus tard, on célébra les trois ans de la mort de Nikos. Angelos ne put pas venir.

Le cimetière était entretenu avec soin. Des avenues de défunts s'étiraient à perte de vue, dans toutes les directions. Sur plusieurs brûlaient des lampes à huile, et des femmes nettoyaient des sépultures à quatre pattes. En passant dans la partie du cimetière où se trouvaient les tombes les plus récentes, Themis remarqua, à cause de sa taille, celle d'un enfant. Des fleurs fraîches étaient posées sur le monticule de terre. La dalle en marbre n'avait pas encore été installée. À côté se trouvait celle d'un général d'armée, ornée d'un buste et d'une plaque : « A servi son pays sur le mont Grammos, en 1949 ». Ensuite venait un couple d'époux, qui s'étaient suivis à quelques mois près, à quatre-vingt-dix-huit et quatre-vingt-dix-neuf ans. Comme à chacune de ses visites au cimetière, Themis prit le temps de réfléchir. Qui que l'on soit, lorsqu'on vivait dans cette partie d'Athènes, on avait toutes les chances de s'installer ici pour l'éternité. Peu importaient les actes et les convictions, la cause de la mort, la durée de la vie. Le Deuxième cimetière de Rizoupoli accueillait les ossements de toutes sortes de personnes. Les morts pas plus que les vivants ne choisissaient leurs voisins.

Les ancêtres de Giorgos avaient été assez fortunés pour acheter un caveau, et le nom de Nikos avait été gravé sur la dalle de marbre, à côté de ceux des parents et grands-parents de Giorgos. Les photographies en noir et blanc des générations précédentes s'effaçaient, mais celle de Nikos, en couleur, restait bien nette. C'était le même portrait que celui dans l'appartement ; sa jeunesse et sa beauté touchaient tous ceux qui passaient devant. Le visage de Nikos ne serait jamais autrement que parfait.

La famille et les amis se réunirent autour de la tombe. Les mots du pope flottaient tout autour d'eux, mais c'était la plaque récente qui retenait leur attention. Themis avait depuis longtemps décidé de ne pas orner la sépulture de son fils avec un poème ou la promesse qu'il ne serait pas oublié. C'était inutile. *À notre fils bien-aimé, mort pour ses convictions, le 17 novembre 1973* disait tout ce qu'il y avait à dire. Un papillon, qui voletait autour de l'assemblée, se posa sur les fleurs que Themis avait apportées. Elle ne croyait pas en Dieu mais prêtait attention à ce genre de signe. Elle quitta le cimetière certaine que Nikos reposait en paix.

Ce soir-là, elle retira ses vêtements de deuil et les déposa dans le panier à linge sale. Le lendemain, elle les laverait, puis les rangerait. Il était temps qu'elle mette un terme à son *penthos*. Elle sortit du fond de son armoire le chemisier que Giorgos lui avait offert et le boutonna devant le miroir. Peu importait qu'elle se débarrasse de ses vêtements sombres. Son chagrin resterait toujours vivant en elle.

28

1985

Ces dernières années, la vie politique avait oscillé entre la gauche et la droite, et Themis s'était réjouie de voir arriver au pouvoir le premier gouvernement socialiste, en 1981. Andreas Papandréou, le Premier ministre, entreprit de s'attaquer au ressentiment présent en Grèce depuis près de quarante ans et reconnut officiellement le courage de ceux qui avaient résisté aux nazis sous l'occupation.

Il autorisa aussi le retour des communistes qui avaient fui le pays à la fin de la guerre civile, levant toute menace de persécution.

Le jour où elle apprit la nouvelle, Themis pensa à Panos, à Aliki et à tous ceux aux côtés desquels elle avait combattu. Il n'y avait qu'avec eux qu'elle aurait pu fêter ce moment. Un mélange de joie et de tristesse l'envahit : cette décision arrivait trop tard pour beaucoup.

Ces temps-ci, ses enfants étaient une source de préoccupation bien plus grande que la politique. Il y avait eu tant d'événements marquants dans la famille.

Anna avait depuis longtemps obtenu son diplôme d'infirmière et allait bientôt se marier. Andreas occupait un bon poste dans l'une des plus grosses banques de Grèce, et Spiros, en dernière année à la faculté, espérait suivre les traces de son père au centre des impôts.

À la fin du mois d'octobre, des nouvelles arrivèrent de l'étranger. Les Stavridis reçurent deux lettres le même jour. L'une d'Allemagne, l'autre des États-Unis.

Après la mort de Kyria Koralis, Margarita avait continué à écrire, de loin en loin, à Themis. Celle-ci ne partageait ces nouvelles qu'avec Thanasis, car elles n'intéressaient ni Giorgos ni les enfants, qui n'avaient jamais rencontré Margarita.

Cette fois, elle n'écrivait plus de Berlin-Est. Ces dernières années, ses courriers s'étaient réduits à des évocations à peine voilées du mécontentement de la population dans cette ville divisée où régnait l'austérité. Aujourd'hui, le ton était différent. Margarita s'était remariée, et son nouveau mari était le directeur d'une grande imprimerie nationale. Elle avait emménagé à Leipzig.

Il a des enfants adultes qui nous rendent souvent visite avec leurs propres enfants, et nous sommes bien occupés le week-end.

Nous n'avons invité que peu de monde à notre mariage, je te joins une photographie de Heinrich et moi, avec notre témoin, Wilhelm, et deux de nos petites-filles, qui étaient demoiselles d'honneur. C'était une très belle journée, et nous avons ensuite passé quelques jours au bord d'un lac, près de Dresde. J'ai le sentiment d'un nouveau départ, et je dois avouer que je suis ravie d'avoir quitté Berlin. Je ne peux pas en dire trop, mais c'était vraiment un endroit déprimant.

Leipzig est la ville où le célèbre compositeur Felix Mendelssohn a vu le jour, et il y a de très beaux bâtiments. Le village où nous habitons, juste à côté, possède une jolie place lui aussi, et tous ses habitants s'enorgueillissent du soin qu'ils mettent à entretenir les espaces publics.

Je parle enfin assez bien allemand pour pouvoir travailler à l'accueil de l'imprimerie ! J'y passe quelques après-midi par semaine, ce qui me donnera droit à une pension et à d'autres avantages, car le gouvernement ici est très généreux. Mon mari prendra sa retraite d'ici cinq ans et je m'arrêterai de travailler en même temps que lui pour que nous puissions en profiter ensemble.

Themis s'imaginait toujours sa sœur comme une belle brune de vingt ans. Elle fronça les sourcils en essayant de retrouver Margarita dans la sexagénaire grisonnante. Ses traits restaient reconnaissables, mais son visage s'était aminci et sa taille semblait avoir réduit de moitié. On aurait davantage dit une Européenne de l'Est qu'une Grecque, même si elle restait une belle femme, dans un autre genre.

Margarita ne s'était jamais ouvertement plainte de sa vie à Berlin, pourtant Themis avait toujours su lire entre les lignes : son premier mariage ne l'avait pas rendue heureuse. Dans sa lettre précédente, elle avait mentionné son divorce et le remariage immédiat de son ex-mari avec sa maîtresse, qui avait rapidement donné le jour à un enfant.

Pour la première fois depuis très longtemps, Margarita paraissait comblée.

— Le bonheur, enfin, se contenta de commenter Thanasis.

Themis hocha la tête en signe d'approbation, songeant combien il était ironique que ce soit sa sœur, et non elle, qui ait fini par s'établir dans un état communiste.

La lettre provenant des États-Unis apportait des nouvelles tout aussi surprenantes. La lourde enveloppe ne contenait pas l'habituel papier ultrafin. L'adresse était d'ailleurs presque entièrement cachée par le nombre de timbres nécessaires pour l'envoi. Comme la tradition familiale le voulait pour les courriers d'Angelos, ils attendraient d'être tous réunis autour de la table pour l'ouvrir. C'était désormais Spiros qui était chargé des « missiles » de son grand frère, ainsi qu'il les appelait.

— Je sens du carton ! s'exclama-t-il. Ce n'est pas une lettre !

Il fendit délicatement avec une lame l'adhésif qui avait permis de sceller l'envoi, et sortit un accordéon cartonné très sophistiqué, gris tourterelle, décoré d'un ruban argenté et de rosettes brillantes. Spiros fut si impressionné qu'il tendit l'objet à sa mère.

— Je n'ai pas l'impression qu'il y ait grand-chose à lire, dit-il.

— C'est une invitation, s'écria Themis, aux anges.

Non sans mal, tant son anglais était rudimentaire, elle leur lut l'annonce du futur mariage.

M. et Mme Charles Stanhope
sont heureux de vous annoncer le mariage
de leur fille Virginia Lara Autumn
avec M. Angelos Stavreed

Elle s'interrompit aussitôt.

— Stavreed ?

— Apparemment, il a modifié son nom pour le rendre plus facile à prononcer. Enfin, en Amérique, conclut Spiros.

— Mais ce n'est pas notre nom ! s'indigna Giorgos.

— Virginia ? demanda Anna. C'est qui, Virginia ?

Themis haussa les épaules.

— Tiens, lis la suite, dit-elle en confiant l'invitation à son fils. Je n'y arrive pas avec ces lettres pleines de fioritures.

Spiros prit le relais, paraphrasant le texte :

— Ils vont se marier à l'église All Saints de Bel Air, et après il y aura une réception à l'hôtel Sunorama, à Beverly Hills.

— Mais… il n'était pas fiancé avec Corabel ?

— Il n'a jamais évoqué de Virginia avant, dit Anna. Qu'est devenue Corabel ?

— Et nous sommes invités ?

— Bien sûr, *mana*, la rassura Spiros.

Chacun de leurs noms, ainsi que celui de Thanasis, était écrit, les uns collés aux autres, tout en haut de l'invitation.

— Où est-ce, ça, Beverly Hills ? demanda Themis.

— À Los Angeles, lui répondit savamment son frère. Sur la côte Ouest. C'est très, très loin d'ici.

— Oncle Thanasis connaît Los Angeles comme sa poche, le taquina Spiros. C'est là que vivent toutes les stars de cinéma !

Son oncle lui sourit, n'ayant pas honte de son passe-temps préféré. Il adorait se renseigner sur les stars américaines qu'il voyait à la télévision.

— Et quand a-t-il lieu, ce mariage ? reprit Themis.

— En septembre.

— Septembre ? Alors nous l'avons raté ! s'emporta-t-elle. Il a déjà eu lieu !

— Mais non, *mana*, en septembre prochain !

— Tu veux dire dans un an ?

Themis secoua la tête. Un fils qui avait changé de nom et qui se mariait à l'autre bout du monde dans près de onze mois ? Elle était déroutée.

— Ça nous laisse b-b-beaucoup de temps pour y réfléchir, dit Giorgos avec un sourire en coin.

— Il n'y avait pas une lettre avec ? s'enquit Themis, qui aurait aimé davantage de précisions.

Spiros secoua l'enveloppe, mais rien n'en sortit.

— Il aurait quand même pu nous écrire pour nous raconter ce qu'il manigançait…

Themis était blessée par la façon cavalière dont son fils leur annonçait cette union. Quelques semaines plus tard, ils reçurent une autre lettre d'Angelos.

J'espère que vous serez tous là pour le grand jour ! Ce sera très différent d'un mariage grec, mais je suis sûr que vous passerez un très bon moment. La famille de Virginia étant catholique, j'ai dû me convertir. L'un dans l'autre, nous croyons aux mêmes choses, je ne pense pas que vous vous sentirez trop dépaysés.

Themis ne se formalisa pas un seul instant de l'aspect religieux de la question. Elle était bien plus gênée par le fait que son fils se mariait aussi loin, avec une femme dont ils n'avaient jamais entendu parler avant de recevoir l'invitation, sans parler de l'américanisation de son nom de famille. Aux yeux de Themis, renier ses racines grecques de cette façon était un crime.

Au mois de septembre de l'année suivante, encouragés par leurs enfants qui n'avaient néanmoins aucune intention de les accompagner, Themis et Giorgos montèrent tous deux à bord d'un avion pour la première fois de leur vie. L'acquisition de passeports et de visas avait été une épreuve en soi, et après quasiment deux jours de voyage et plusieurs correspondances, ils atterrirent, épuisés, à Los Angeles.

Ils furent accueillis par un Angelos souriant, qui conduisait une Cadillac rouge étincelante neuve. Il était fou de joie de les voir et impatient de leur montrer sa nouvelle vie.

La première pensée de Themis fut qu'il avait encore plus grossi que ce à quoi elle s'était attendue, mais elle ne manifesta pas sa désapprobation.

— Tu as l'air en forme, *agapi mou*, lui dit-elle.

— Quand ferons-nous la co-co-connaissance de Virginia ? demanda Giorgos.

— Tout à l'heure, répondit gaiement Angelos.

Themis remarqua qu'il parlait dorénavant grec avec un accent américain. Malgré sa curiosité, elle ne trouva pas le courage de lui demander ce qu'était devenue Corabel.

Lorsqu'ils arrivèrent chez lui, un joli pavillon avec une pelouse devant, Virginia les attendait pour les saluer. Les Stavridis comprirent que les futurs mariés vivaient ensemble depuis un moment déjà. Giorgos désapprouvait ces manières, mais Themis ne se sentait pas en position de juger et salua chaleureusement la jeune femme blonde à la coiffure impeccable.

C'était peut-être un effet du décalage horaire, toutefois, ils eurent du mal à s'enthousiasmer pour ce qu'ils découvraient, à l'exception du climat.

Le mariage se tiendrait trois jours plus tard, et ils passèrent quelques heures chaque jour avec leur fils, essentiellement pour rencontrer des parents plus ou moins proches de Virginia et pour manger des plats qu'ils ne parvenaient pas à terminer.

— La nourriture n'a au-c-c-cun goût ! se plaignit Giorgos. Alors p-p-pourquoi nous servent-ils des assiettes qui débordent ?

Ils furent tous deux frappés par le gâchis de nourriture, et comprirent pourquoi tant d'Américains étaient presque obèses.

La veille du mariage, le soir, il y eut un dîner officiel. Themis avait apporté du linge que sa grand-mère lui avait offert. Elle trouvait normal de le transmettre. La nappe et les taies d'oreillers étaient délicatement brodées et bordées de dentelle, mais elle vit, à l'instant où Virginia ouvrit le paquet, qu'elles n'étaient pas à son goût.

— Oh, c'est tellement... pittoresque, dit-elle.

Angelos parut légèrement embarrassé. L'expression sur les traits de sa fiancée était beaucoup plus éloquente que les mots qu'il traduisit à ses parents. Themis comprit que leur cadeau trouverait une place tout au fond du placard dès que Giorgos et elle seraient repartis. Voilà ce que recouvrait le terme « pittoresque ».

La mère de Viriginia, ses sœurs et tantes portaient toutes des couleurs vives pour le mariage, et Themis se sentit bien terne dans sa robe bleu pâle et sa veste, qu'elle avait pourtant fait confectionner spécialement pour l'occasion par une couturière de Kolonaki. Les tissus synthétiques qu'arboraient les Américains lui paraissaient aussi étranges que l'omniprésence des cheveux blonds. La nourriture, le whisky et la musique ne lui étaient pas plus familiers. Sans oublier la langue. Themis et Giorgos firent tous deux l'effort de parler un peu anglais, mais ils ne comprenaient presque rien aux réponses de leurs interlocuteurs à cause de l'accent californien. La famille Stanhope eut beau faire de son mieux pour qu'ils se sentent chez eux, Themis et Giorgos eurent l'impression de détonner dans ce décor, du début à la fin.

Themis ne cessait de se demander ce que Nikos aurait pensé de ces festivités et regretta son absence. La ressemblance entre les deux garçons se serait sans doute beaucoup atténuée (Nikos aurait probablement été deux fois moins épais qu'Angelos, qui portait ses cheveux plus courts que jamais), pourtant leur lien de famille serait resté évident.

Au fil des conversations avec Angelos, Themis prit conscience qu'il avait effacé Nikos de sa propre histoire. Virginia et ses parents ne connaissaient l'existence que de deux frères et une sœur.

Nikos n'avait visiblement pas de place dans l'image qu'Angelos cherchait à entretenir. Lorsque Themis apprit les opinions politiques des Stanhope, elle n'eut aucun mal à comprendre pourquoi. Ils étaient en effet de fervents soutiens de Ronald Reagan – « Oncle Thanasis adorerait, lança malicieusement Angelos, un acteur hollywoodien devenu président républicain ! ».

Themis et Giorgos restèrent encore trois jours après le mariage, et ils virent arriver le départ avec soulagement. Ils furent encore plus heureux de retrouver enfin Patissia. Leurs enfants les noyèrent sous un déluge de questions. L'Amérique était-elle la terre d'abondance qu'ils imaginaient ? Les Américains étaient-ils élégants ? Conduisaient-ils tous d'énormes voitures ? Sur des autoroutes à quatre voies ? La réponse à toutes leurs interrogations fut un simple « oui ». Giorgos et Themis avaient l'impression de revenir d'une autre planète. Même Thanasis était curieux de savoir à quoi ressemblaient les États-Unis dans la « vraie vie », mais il voulait surtout savoir si leur père, Pavlos, était venu au mariage.

— Je ne crois pas qu'Angelos l'ait invité, lui répondit Themis. Il ne l'a pas vu depuis son emménagement là-bas, alors…

Dans sa lettre suivante, Angelos annonça que Virginia attendait leur premier enfant et, les cinq années qui suivirent, chaque lettre s'accompagna de l'annonce d'une nouvelle grossesse ou d'une photographie – nouveau-né, jeune enfant faisant ses premiers pas, jouant avec d'autres camarades, s'amusant sur une balançoire ou se baignant dans la piscine d'un hôtel tape-à-l'œil. Aucune ne mérita d'être encadrée ni placée sur le buffet. Themis était blessée de voir qu'Angelos ne cherchait pas à honorer la mémoire de son frère disparu. Peut-être qu'un jour, si elle rencontrait Nancy, Summer ou Barbara, elle changerait d'avis, mais pour le moment, ces enfants n'étaient à ses yeux que des parents lointains. Lorsqu'ils reçurent, un jour, un courrier leur annonçant l'arrivée d'un nouveau bébé, ils furent surpris par le prénom que ses parents lui avaient choisi. Nikos.

— Pourquoi maintenant ? s'étonna Themis tout bas en balayant le courrier des yeux. J'espère que ce garçon saura être à la hauteur de son modèle.

Elle était légèrement offensée par la façon qu'Angelos avait choisie de raviver le souvenir de son frère.

— Je suis sûr qu-qu-qu'il a ses raisons, dit Giorgos en l'enlaçant. C'est bien qu'il pense à Nikos.

Themis avait une petite théorie sur le sujet. Elle soupçonnait que la naissance d'un fils avait fait resurgir la fibre traditionaliste chez Angelos. Elle ne voyait pas d'autre explication au fait qu'il ait choisi un prénom grec pour son quatrième enfant.

Themis ne resta pas longtemps contrariée. Elle imaginait ce bébé à des milliers de kilomètres, dans son berceau. Peut-être avait-il des cheveux très bouclés.

Anna, Andreas et Spiros se marièrent au cours des années suivantes, et Themis eut bientôt cinq petits-enfants à Athènes. Elle était une grand-mère modèle, et ses trois enfants comptaient sur son aide. Comme ils s'étaient tous établis dans le même quartier, à une dizaine de minutes de marche les uns des autres, il leur était facile de s'organiser. Il y avait à nouveau beaucoup de monde autour de la vieille table en acajou, et les enfants affamés jouaient des coudes pour avoir une petite place. Seul oncle Thanasis avait une chaise « réservée ». Même si les marches de l'escalier lui demandaient un énorme effort, il descendait tous les soirs. Toute la famille l'appréciait malgré sa cicatrice, et les plus jeunes aimaient qu'il ait besoin, comme eux, qu'on lui coupe sa nourriture.

Lorsque, un soir, il ne se présenta pas à l'appartement à l'heure habituelle, Themis envoya l'aîné d'Anna le chercher. Le garçon était blême quand il redescendit. Quelques secondes plus tard, Themis se trouvait dans l'appartement de son frère. Elle comprit aussitôt qu'il avait quitté ce monde. Il avait été emporté par une crise cardiaque fulgurante et n'avait pas souffert. Sur son visage, elle entrevit le si beau jeune homme qu'il avait été et sut qu'il était parti en paix.

L'affection que Themis portait à son grand frère avait cru de façon incommensurable dans les dernières années de sa vie, et elle le pleura sincèrement. L'amour profond qu'il avait porté à Nikos avait balayé tous les souvenirs de conflits et de divergences. Il fut enseveli près de Nikos, et Themis veilla, avant l'enterrement, à glisser le mouchoir brodé de leur mère dans sa poche. Elle l'avait retrouvé dans la main de Thanasis le jour de sa mort. Pour la seconde fois, Themis prit le bus tous les jours afin de se rendre au *nekrotafeio*.

Au bout de quarante jours, elle suspendit ses visites. Elle devait vider l'appartement de Thanasis. Son frère n'avait que peu d'affaires, et elle n'en eut pas pour longtemps. Elle laissa le vieux téléviseur à l'endroit où il était installé et ne conserva que sa canne en souvenir. Celle-ci était devenue le prolongement de son frère. Themis la rangea dans un coin du salon.

Anna et son mari dénoncèrent le bail de leur logement dans une rue voisine pour emménager dans l'ancien appartement de Thanasis avec leurs trois enfants. Ils étaient un peu à l'étroit, mais pas plus qu'à l'époque où Themis y avait grandi avec ses frères et sa sœur. Les enfants dévalaient les marches pour passer du temps avec leurs grands-parents, et Themis préparait assez à manger pour tout le monde. Leurs portes étaient toujours ouvertes, et les voisins, tolérants, se plaignaient rarement du bruit. Anna occupait un poste d'infirmière à plein temps à l'hôpital Evangelismos et comptait sur sa mère pour nourrir sa famille de *gemista* et de *spanakorizo*. Themis espérait, en vain, que si ses petits-enfants se régalaient à sa table grâce aux bons produits frais du *laiki*, ils seraient moins tentés d'entrer dans l'un des innombrables fast-foods qui fleurissaient à Athènes.

Depuis qu'il avait été victime d'une légère attaque qui l'avait privé d'une partie de sa mobilité, Giorgos n'aimait plus quitter l'appartement et voir des gens. Themis passait l'essentiel de son temps à s'occuper de lui, ce qui ne l'empêchait pas de sortir avec ses enfants – et de continuer à présider quand ils s'attablaient pour manger. Elle était la matriarche de la famille, et débordait toujours d'énergie.

À cette époque, ayant constamment au moins un ou deux enfants à surveiller et d'autres à accompagner ou aller chercher à l'école, Themis n'avait pas le temps de lire les journaux, et quand elle allumait la radio, c'était pour écouter de la musique.

Un jour de l'été 1989, Anna passa voir ses parents en rentrant du travail. Giorgos était malade et elle avait acheté des épinards frais au marché, sachant que sa mère n'avait pas pu sortir. Themis lui avait parlé de son intention de préparer une *spanakopita*, une tourte aux épinards. Elles burent une limonade fraîche ensemble, puis Anna partit.

Il faisait chaud et les ingrédients pour la pâte filo collaient aux mains de Themis. Elle finit par poser un torchon sur le bol et laissa reposer la pâte pendant qu'elle s'attaquait aux beaux épinards bien verts qu'Anna avait eu la délicatesse de lui apporter. Elle les sortit de la feuille de papier journal dans laquelle ils étaient emballés, les mit dans l'évier et fit couler de l'eau froide. Elle en profita pour s'asperger le visage afin de se rafraîchir. Une fois qu'elle se fut essuyé les mains, elle prit la page de l'*Eleftherotypia* froissée pour la jeter. Quelque chose retint cependant son attention. Un mot dans le gros titre : *symmoritopolemos*. « La guerre des bandits ». Elle tressaillit. Elle haïssait cette expression. Pourrait-elle un jour laisser les souvenirs de cette période derrière elle ? Quarante ans plus tard, le mot ravivait la douleur des coups de fouet sadiques, *sym-mor-i-ti-ssa*, 1-2-3-4-5. À chaque syllabe, le soldat abattait la lanière en cuir sur son dos dénudé. « *Symmoritissa !* Sale criminelle ! »

Adossée au plan de travail, Themis parcourut l'article. À côté du mot qu'elle détestait tant, *symmoritopolemos*, s'en trouvait un second. *Emfylios*. « Guerre civile. » C'était la toute première fois qu'elle voyait ces années de conflits décrits en ces termes. Dans une volonté de réconciliation nationale, le gouvernement avait proposé une loi pour reconnaître officiellement ces cinq années d'affrontements brutaux, au cours desquelles Panos et les camarades de Themis avaient perdu la vie. On ne parlerait plus de guerre des bandits, mais de conflit entre l'armée gouvernementale et l'armée communiste. Themis vit ses propres larmes tomber sur la page et dissoudre l'encre. Après tout ce temps, enfin, l'état reconnaissait officiellement que Panos, Katerina, elle et tant d'autres avaient été des soldats et non des hors-la-loi. C'était une immense avancée, qu'elle avait crue impossible et qui l'aiderait à guérir ses vieilles blessures. La coalition du centre droit et du parti communiste actuellement au pouvoir avait proposé cette normalisation, et les autres partis ne s'y étaient pas opposés.

Themis regarda Giorgos, qui dormait dans son fauteuil, et regretta de ne pas pouvoir partager sa joie avec lui. Il ne comprendrait jamais vraiment, encore moins maintenant. Elle s'assit à table et lissa les plis sur la feuille de papier journal. Elle voulait lire un autre article, dont elle accueillit les implications avec une incrédulité presque totale.

Sur la même page froissée, un paragraphe mentionnait l'existence de dossiers sur les communistes et les anciens détenus. Ceux-ci étaient encore aux mains des services secrets, mais seraient prochainement détruits. Themis avait toujours su que le sien se trouvait quelque part, à prendre la poussière dans un meuble. Toutes ces années, cette menace était restée suspendue au-dessus de sa tête comme l'épée de Damoclès.

Le journaliste donnait peu de détails sur cette décision. Pendant l'heure suivante, Themis s'occupa en cuisinant et, bientôt, l'odeur enivrante de la tourte aux épinards s'échappa par les portes-fenêtres pour monter et s'engouffrer dans l'appartement du dessus, invitant les enfants affamés d'Anna à descendre. Tout ce temps, Themis n'avait cessé de penser à ce qu'elle venait de lire.

Les jours suivants, pour la première fois depuis de nombreuses années, elle acheta le journal et scruta discrètement les pages à la recherche de précisions. Quand il n'y avait aucune information intéressante, elle se débarrassait aussitôt du journal dans la poubelle. Peu à peu, des articles se firent l'écho de l'apparition d'une opposition à la destruction imminente de ces dossiers. Quand certains voulaient y voir un geste magnanime de pardon, d'autres prétendaient qu'il s'agissait de la destruction gratuite d'archives historiques et d'autres, enfin, affirmaient que cet acte protégerait tous ceux qui avaient joué un rôle de collaborateur ou d'informateur. Les dossiers étaient censés contenir des comptes rendus très précis des allées et venues des suspects, ainsi que des retranscriptions détaillées de leurs conversations épiées et des listes de leurs fréquentations. Apparemment, des millions de citoyens s'étaient fait un plaisir de communiquer des bribes d'informations, même pour une somme modique. Certains ministres du gouvernement plaidaient même pour que leurs propres dossiers soient localisés et conservés. La question obsédait Themis, mais elle n'en parla pas plus à Anna qu'à Andreas et Spiros lorsqu'ils passèrent les voir, Giorgos et elle.

Le 29 août, on fêtait l'anniversaire du dernier jour de la bataille du mont Grammos, et donc de la guerre civile. Plus important, pour Themis, cette date était celle à laquelle son frère était mort. Comme chaque année, elle descendit, seule, allumer un cierge à Agios Andreas.

Il n'y avait personne dans l'église et elle s'attarda quelques instants pour imaginer à quoi avait pu ressembler sa mort dans les montagnes. Panos savait-il que la guerre était perdue ? Avait-il souffert ? Peu importait le nombre d'années écoulées, Themis continuait à se poser les mêmes questions.

Les températures étaient très élevées ce jour-là et, en quittant la pénombre de l'église, elle fut momentanément éblouie par le soleil. Elle ne vit pas la vieille Kyria Sotiriou, qui vivait toujours dans le quartier, venir à sa rencontre. Elle n'entendit d'abord que sa voix.

— Kyria Stavridis, souffla-t-elle pantelante, Kyria Stavridis ! Vous êtes au courant ?

Themis se figea.

— Au courant ?

— Ils l'ont fait…

La vieille dame avait du mal à reprendre son souffle, et Themis comprit qu'elle était en proie à une émotion intense.

— Voulez-vous vous asseoir un instant ? lui proposa Themis en la conduisant vers le banc à côté de la porte de l'église.

— Ils… ils… ils les ont brûlés. Ils ont disparu…

Themis se demanda d'abord si elle parlait d'un feu de forêt. Certains de ces incendies, parfois d'origine criminelle, avaient causé de terribles dégâts ces dernières années. Avec cette chaleur, les arbres s'embrasaient si facilement…

Après deux tentatives infructueuses, Kyria Sotiriou finit par reprendre suffisamment son souffle pour parler.

— Tous les dossiers sont partis en fumée. Des millions de dossiers. Ils n'existent plus.

Bien qu'elles n'en eussent jamais parlé ouvertement ensemble, Themis savait que Kyria Sotiriou avait des raisons personnelles de se réjouir de cette nouvelle. La vieille femme secouait la tête comme si elle ne parvenait pas à croire ce qu'elle venait d'apprendre. Themis partageait son incrédulité.

Au bout de quelques minutes, elle l'aida à se lever et elles marchèrent jusqu'au coin de la rue, où leurs chemins se séparèrent.

Dès qu'elle fut de retour à l'appartement, Themis alluma la radio. Ses mains tremblaient tellement qu'elle eut du mal à tourner le bouton pour troquer son habituelle station musicale contre une chaîne d'informations. Elle savait qu'au prochain bulletin la nouvelle serait annoncée. Il était deux heures moins dix. Elle servit un verre d'eau à Giorgos, puis s'assit à table et attendit.

Le présentateur confirma, naturellement, ce que Kyria Sotiriou lui avait appris. Les noms, les preuves, les dossiers avaient été détruits. Huit millions à Athènes, et neuf millions dans d'autres villes de Grèce. Un reporter s'était rendu sur place, dans une usine d'Elefsina, dans les faubourgs d'Athènes. Il décrivit les chargements entiers de documents déversés dans le fourneau de l'usine. Il y avait eu quelques protestations de la part de citoyens qui souhaitaient récupérer leurs dossiers. Themis, elle, savait qu'elle allait enfin pouvoir oublier. Qu'il s'agissait de l'acte de libération ultime. C'était difficile à croire.

Cette nuit-là, à Athènes, la température descendit à peine sous les maximales de la journée. Themis se sentait presque fiévreuse en allant se coucher.

Elle fit un rêve particulièrement saisissant. Elle assistait à une énorme explosion. Il y avait des flammes de plusieurs centaines de mètres de hauteur et des hommes en bleu de travail alimentaient ce bûcher avec des brassées de dossiers en carton, qu'ils jetaient au feu avec une grande imprudence. Elle sentait la chaleur que dégageaient ces pages couvertes de noms en se recroquevillant puis en se désintégrant en minuscules fragments de cendres, emportés par le vent. Themis tentait d'attraper une poignée de ces résidus, mais ils se dissolvaient aussitôt dans sa main. Puis elle vit une feuille entière s'élever dans les airs. C'était une photographie de Panos. Il était dans son uniforme militaire, souriant, fort, les cheveux blondis par le soleil, la peau brunie par l'exposition prolongée aux éléments. Elle voulut s'en saisir, en vain, et la photographie s'envola, hors de portée. Themis aperçut alors un dessin d'Aliki. La ressemblance était étonnante. Elle était radieuse, comme toujours. Ces deux portraits s'élevaient, dansant et tourbillonnant dans la brise, de plus en plus hors d'atteinte. Le feu finit par s'éteindre, et il ne resta plus que des braises.

Themis se réveilla. Il faisait encore noir dans la chambre. Elle resta allongée un temps avant de se lever sans bruit pour ne pas déranger Giorgos. Ayant désespérément besoin d'air, elle sortit sur le balcon.

Le jour se levait tout juste, et elle observa le ciel qui s'éclairait.

Épilogue

2016

Nikos et Popi gardèrent le silence un long moment. Ils avaient du mal à assimiler ce qu'ils venaient d'entendre. Avant aujourd'hui, ils connaissaient à peine leur famille. Et surtout, leur grand-mère n'était pas celle qu'ils croyaient. Elle était tellement plus.

— Et tout ce temps, on pensait que tu te fichais de la politique, lui dit Popi. Je ne savais même pas que tu votais.

— C'est vrai que j'étais un peu désabusée, reconnut Themis. J'avais l'impression d'avoir déjà fait ma part.

— Ta *part*, répéta Nikos en souriant devant un tel euphémisme.

— Au moins, l'État a fini par reconnaître qu'il s'était agi d'une guerre civile, souligna Popi.

— Ça a été un grand moment, convint Themis. Je regrette juste que Panos n'ait pas pu voir ça. Lui, Aliki et tous ceux qui ont fait d'énormes sacrifices.

Nikos semblait particulièrement absorbé dans ses pensées. Il était submergé par tout ce qu'il avait appris.

— Je ne savais presque rien de mon oncle Nikos. Je suis sous le choc, *yaya*. Tu sais qu'on a un immense portrait de lui à la maison ?

— Non, je l'ignorais..., dit-elle avec un sourire qui trahit sa surprise.

Elle n'était pas retournée aux États-Unis depuis le mariage d'Angelos.

— Maintenant, on peut agrandir une photographie et la transformer en peinture à l'huile. Papa l'a fait pour oncle Nikos. On dirait un vrai tableau de musée. C'est le même portrait que dans ton salon, mais en beaucoup plus grandiose.

Il fit un geste pour lui indiquer les dimensions de l'œuvre : elle mesurait près d'un mètre de hauteur.

Nikos remarqua que sa grand-mère était heureuse de cette découverte.

— Et il occupe une place de choix. C'est le « héros de l'entrée », comme on l'appelle, poursuivit Nikos.

Popi et lui avaient de nombreuses questions au sujet des révélations que Themis venait de leur faire.

— Mais comment as-tu survécu à l'accouchement dans des conditions pareilles ? lui demanda Popi. Maman dit toujours qu'il n'y a pas d'expérience plus douloureuse pour une femme...

Sa grand-mère haussa les épaules.

— Je n'avais pas le choix, *agapi mou*. Un bébé, ça doit sortir, d'une façon ou d'une autre. Et puis, j'avais le soutien d'autres femmes, ça m'a beaucoup aidée.

Une question brûlait les lèvres de Nikos.

— Alors grand-père n'est pas vraiment mon grand-père.

— Non, Nikos. Mais Giorgos a élevé ton père et ton oncle comme ses propres enfants. Ils n'auraient pas pu rêver d'un meilleur père, tu sais.

— Et Tasos Makris ? Tu ne l'as jamais revu ?

— Non…

L'hésitation de Themis suffit à faire naître le doute dans l'esprit de ses petits-enfants.

— Mais tu sais ce qu'il est devenu ? insista Popi, voulant saisir cette occasion.

— Oui, je le sais.

Tasos Makris étant le vrai grand-père de Nikos, elle ne se sentait pas autorisée à leur cacher la vérité plus longtemps, d'autant qu'elle leur avait déjà raconté tout le reste.

— Ta mère l'a rencontré, Popi.

— Ah oui ? Elle n'en a jamais parlé, s'étonna la jeune femme.

— Parce qu'elle ignorait que c'était lui.

*

1999

En ce jour de septembre, Themis débarrassait la table après le déjeuner, et Giorgos s'était déplacé de sa chaise à son fauteuil habituel pour regarder sa nouvelle télévision en couleurs. Il avait réglé le volume très fort, et elle le baisserait dès qu'il se serait endormi. Soudain, Themis entendit le tintement presque musical de verres qui s'entrechoquaient sur l'égouttoir. La porte du buffet s'ouvrit et une photographie encadrée de la famille d'Andreas glissa vers le rebord du meuble. Elle courut pour la rattraper, puis redressa, par réflexe, les portraits de Nikos et Angelos qui étaient légèrement de travers sur le mur. Elle savait que c'était absurde, même en le faisant. Ce ne fut que lorsque les vitres se mirent à vibrer violemment qu'elle eut enfin la réaction adaptée à la situation. Il s'agissait d'un tremblement de terre.

Ayant presque toujours vécu à Athènes depuis plus de soixante-dix ans, elle était habituée aux secousses régulières, provoquées par l'activité sismique sous la ville. Et elle savait pertinemment qu'un minuscule tremblement avait suffi à détruire la maison où elle avait vu le jour.

Tout tremblait autour d'elle. On aurait pu se croire à bord d'un train traversant une gare au ralenti. La suspension au plafond se balançait et l'image vacillait sur l'écran de télévision, même si Giorgos ne semblait pas le remarquer.

Themis se précipita pour l'aider à se lever et eut beaucoup de mal à le mettre debout. Leur immeuble avait été construit bien avant que les ingénieurs ne trouvent le moyen de contrecarrer les mouvements dus à la tectonique des plaques, et Themis suivit les recommandations d'usage en se glissant, avec Giorgos, sous la table. Ce fut une grande épreuve, mais elle savait que c'était le seul endroit où ils seraient parfaitement en sécurité.

Anna avait accouru pour s'assurer que tout allait bien. Ses enfants jouaient sur la place, ce qui la rendait nerveuse, même si elle savait qu'ils étaient plus en sécurité dehors. Du moment qu'ils respectaient la consigne en cas de séisme – qui était de rester dans un lieu dégagé –, ils seraient hors de danger. Elle se réfugia sous la table, enlaça ses deux parents et attendit.

Il pouvait y avoir une réplique plus forte, ou au contraire plus faible, et ils patientèrent quelques minutes supplémentaires avant de convenir que le tremblement de terre semblait pour le moment terminé.

— Je vais descendre rejoindre les enfants, dit Anna à sa mère. Si ça recommence, vous devrez retourner sous la table.

Elles aidèrent toutes deux Giorgos à regagner son fauteuil, puis Themis ralluma la télévision. Le film avait été remplacé par un flash spécial qui montrait des images des dégâts causés par le séisme.

Themis les découvrit avec consternation. On voyait à l'écran des choses très dures : immeubles effondrés et victimes transportées sur des brancards pour recevoir les premiers soins. L'épicentre se trouvait près de Parnitha, au nord d'Athènes, et le journaliste énumérait les endroits les plus durement touchés. Kifissia et Metamorfosi en faisaient partie.

À son retour avec les enfants, Anna passa voir ses parents. Le quartier n'avait visiblement subi aucun dégât, mais les sirènes incessantes des ambulances qui filaient sur l'avenue Patission dans un sens et dans l'autre la convainquirent de se rendre à l'hôpital pour voir si elle pouvait faire quelque chose.

— Les journalistes parlent de milliers de blessés, lui dit Themis.

— J'y vais tout de suite. Tu pourrais faire manger les enfants plus tard ?

— Bien sûr, *agapi mou*, ne t'inquiète pas pour ça.

Themis et Giorgos restèrent devant la télévision, hypnotisés par les images de bâtiments pulvérisés, qui évoquaient des miettes de pâte filo, laissant d'horribles tiges métalliques se dresser dans toutes les directions. Des familles bouleversées regardaient, impuissantes, des pompiers et des soldats tenter de soulever des dalles de béton pour retrouver les disparus.

Les événements se déroulaient en temps réel sous leurs yeux, minute par minute. Cette tragédie n'avait rien d'une fiction, et elle avait lieu près de chez eux.

— C'est terrible, soupira Themis, terrible.

Giorgos suivait ce qui se passait à l'écran sans exprimer la moindre émotion. Il ne semblait pas mesurer la gravité de la situation. Pendant plusieurs heures, ils virent défiler des images de morts et de blessés, puis des hommes politiques et les capitaines de pompiers firent leur apparition devant les caméras. Plusieurs usines importantes s'étaient effondrées. Si le tremblement de terre avait eu lieu de nuit, précisa l'un des hommes politiques, les ouvriers n'auraient pas été touchés, mais il s'était produit à quinze heures et les conséquences étaient dramatiques.

Pendant qu'il prononçait ces mots, deux hommes passèrent devant l'objectif avec un brancard. Le visage du corps était caché sous une couverture, mais un bras dépassait sur le côté et pendait mollement.

— Est-ce qu'on ne ferait pas mieux d'éteindre, maintenant ? suggéra Themis. Je crois que nous en avons assez vu pour aujourd'hui. Tu veux que je mette une autre chaîne ?

Son mari s'était déjà assoupi. Themis éteignit le poste et sortit sur le balcon. Les plantes avaient soif. C'était une chaude journée de septembre, et elle se chargea de les arroser. Elle avait besoin de se changer les idées et d'oublier cette tragédie à laquelle elle ne pouvait rien.

Comme souvent, elle tourna ses pensées vers Nikos. Aurait-il autorisé la construction d'un bâtiment susceptible de s'effondrer lors d'un tremblement de terre ? Elle en doutait. Il rêvait de meilleurs logements pour tous les citoyens.

Anna, de son côté, était arrivée à l'hôpital. Elle avait bien fait de s'y rendre. Des dizaines de personnes attendaient de recevoir des soins ; certains souffraient de blessures légères, mais beaucoup avaient des plaies conséquentes, et toutes les infirmières étaient utiles. Elle se vit aussitôt affectée à l'équipe en charge des blessés les plus graves. Le service était plein.

Elle s'occupa d'abord de plusieurs femmes, nettoya des plaies causées par la chute d'éléments de maçonnerie. Elle travailla main dans la main avec une de ses collègues.

Anna se demanda si c'était à cela que ressemblaient les hôpitaux de campagne, avec un flux constant de blessés, obligeant l'équipe médicale à établir un ordre de priorité entre les différents patients, à travailler avec des moyens trop réduits tout en essayant de conserver son calme et d'ignorer les cris de ceux qui souffraient.

Son quatrième patient était plus tranquille. C'était un homme âgé. Il était si immobile qu'Anna se demanda même s'il était encore en vie. Il avait un bandage sur la tête, mais le sang continuait à le transpercer. Quand elle lui adressa la parole, il ouvrit grand les yeux.

— Je peux vous enlever ça ? s'enquit-elle doucement.

Comme il ne lui répondait pas, elle dénoua le bandage. Tout en nettoyant soigneusement la profonde entaille sur son front, elle remarqua la masse de boucles grises sur l'oreiller. Pendant qu'elle le soignait, elle observait son visage, fascinée par ses yeux et la profondeur de leur couleur malgré son âge avancé. Il avait dû être très beau dans sa jeunesse. Il possédait ce genre de visage étroit et taillé au couteau qui ne perdait jamais son éclat. Ce qui l'étonna surtout, c'était qu'il lui rappelait quelqu'un.

Remarquant soudain qu'il avait des difficultés à respirer, elle lut dans son regard insondable un appel à l'aide.

— Vous voulez un peu d'eau ? lui proposa-t-elle.

Le vieil homme ne pouvait pas parler, et Anna courut chercher un médecin. Tous étaient déjà occupés, la plupart avec des patients entre la vie et la mort.

— J'arrive dans une minute, lui dit l'un d'eux.

— Il faut vous débrouiller toute seule, s'emporta un autre. Nous ne sommes pas assez nombreux.

Anna retourna au chevet de son patient. Elle tenta de le redresser pour qu'il puisse avaler quelques gorgées d'eau. Il leva les yeux vers elle et tenta, une nouvelle fois, de lui dire quelque chose. Elle imbiba une compresse d'eau et la pressa pour faire couler quelques gouttes sur ses lèvres, avant de lui prendre la main. Se penchant vers lui, Anna crut entendre le mot « renard », mais il s'agissait peut-être simplement du dernier souffle de l'homme. En effet, son pouls faiblissait.

Au bout de quelques minutes, sans lui lâcher la main, elle approcha une oreille de son torse pour tenter d'entendre son cœur. La tête de l'homme avait roulé sur le côté. Il n'était plus. Avec une grande délicatesse, elle lui ferma les paupières du bout des doigts.

Anna observa la peau cireuse, privée de couleurs, ainsi que les épais cheveux de l'homme, songeant qu'ils continueraient à pousser pendant quelques jours, étrangement. Elle avait vu beaucoup de cadavres dans sa carrière d'infirmière, pourtant elle se rappela soudain le premier mort qu'elle avait vu. Nikos. Elle se rendit alors compte que l'homme allongé devant elle lui rappelait terriblement son frère. Les années semblaient s'estomper avec la mort. Elle ne put s'empêcher de le dévisager. Elle lui reprit la main, elle ne parvenait pas à la lâcher.

Au bout de quelques minutes, une autre infirmière traversa la salle pour venir la trouver. Elle avait remarqué qu'Anna s'était assise et fixait, sans bouger, le visage de son patient.

— Tout va bien ? lui demanda-t-elle, inquiète. Qu'est-ce qui s'est passé ?

Anna ne pouvait pas parler, tant elle se débattait avec ses émotions. Un médecin finit par arriver.

— Si celui-là est mort, il y en a plein d'autres qui ont encore besoin qu'on s'occupe d'eux, lui dit-il d'un ton brusque. Je me charge de lui.

Anna ne bougeait pas.

— Tout au fond, insista le médecin. La deuxième en partant de la gauche. Elle a besoin de points de suture au bras. Elle va se vider de son sang si vous ne vous secouez pas.

Anna se leva. Lorsqu'elle se retourna, le visage de l'homme qu'elle n'avait pas réussi à sauver avait disparu sous un drap et son lit s'éloignait déjà vers la morgue.

Toute la nuit puis la journée suivante, Anna enchaîna les tours de garde tandis que plusieurs hôpitaux d'Athènes se démenaient pour absorber le flot constant de blessés plus ou moins graves.

Anna prodiguait les soins avec application, mais ne cessait de repenser au vieil homme. Elle ne parvenait pas à le sortir de son esprit.

À la fin de son dernier tour de garde, elle prit le bus pour rentrer et gravit avec lassitude les étages. Elle s'arrêta chez ses parents avant de monter au troisième.

Plus de vingt-quatre heures s'étaient écoulées depuis qu'elle était partie. Son père était, comme toujours, devant la télévision. Anna s'assit un moment avec lui. À l'écran défilaient toujours des images des zones touchées par le tremblement de terre. Les informations étaient inquiétantes : les secours continuaient à rechercher des survivants dans les décombres, le nombre de morts était estimé à plus de cent, et des milliers d'habitations et entreprises devraient être reconstruites. Les accusations fusaient. Pourquoi tant de victimes ? Au milieu de cette tragédie, il y avait néanmoins une bonne nouvelle. Le gouvernement turc avait volé au secours de la Grèce, en envoyant des renforts et des experts. Il était bienvenu que ce pays voisin, souvent hostile par le passé, leur tende la main – ainsi que la Grèce l'avait fait trois semaines plus tôt, après le terrible tremblement de terre d'Izmir. « La diplomatie du désastre », titrait d'ailleurs l'un des journaux.

Themis sortit de la chambre. Elle fut heureuse de voir Anna.

— Tu dois être épuisée, *agapi mou*. Tu as travaillé toute la nuit ?

Anna hocha la tête.

— Je vais te préparer quelque chose.

— Je n'ai vraiment pas faim, maman. Et je dois monter voir les enfants.

Avant de partir, toutefois, elle voulait lui parler de quelque chose.

— Je sais que ça va te paraître bizarre, *mana*, mais je me suis occupée d'un blessé. Un vieil homme. Il avait les cheveux gris…

— Ce qui ne paraît pas très étonnant, observa mère. J'ai entendu qu'il y avait beaucoup de personnes âgées parmi les victimes.

— Ce n'était pas n'importe quel homme, *mana*. Il ressemblait à Nikos comme deux gouttes d'eau.

Themis tenta de cacher sa réaction.

— Qu'est-ce que tu veux dire ?

— Rien d'autre que ça. Quand je l'ai vu, j'ai eu l'impression d'être face à Nikos.

Anna n'avait pas réfléchi un seul instant à la réaction que cette nouvelle pourrait provoquer chez sa mère. Elle se rendait compte trop tard qu'elle avait peut-être manqué de tact. Vingt-cinq années s'étaient écoulées depuis la mort de son frère, mais par moments, la douleur semblait rester aussi vive. Elle savait combien sa mère pensait souvent à lui.

— Comment s'appelait-il ?

— Je ne sais pas. La plupart des patients n'avaient pas de papiers d'identité.

— Et tu ne lui as pas posé la question ?

— Non, *mana*. De toute façon, il n'était pas en état de répondre.

Themis était nerveuse.

— Tu veux dire que tu ne demandes pas leurs noms aux patients ? Tu n'es pas censé l'inscrire sur leur dossier ?

— Dans certaines circonstances, on n'a pas le temps. Cet homme était en train de mourir.

Anna vit sa mère blêmir.

— C'est juste que ça m'a fait bizarre. J'ai eu l'impression de soigner quelqu'un que je connaissais.

Themis s'était assise.

— Ça suffit, lui dit-elle sèchement. Ça suffit.

Anna constata alors qu'elle pleurait.

— Il y a trop de gens qui souffrent, dit soudain Themis. Éteins la télévision, tu veux bien ? Tu dois avoir besoin de souffler un peu, toi aussi.

Themis prit un livre et se mit à le feuilleter distraitement. En réalité, elle observait sa fille. Avant de quitter l'appartement, celle-ci s'arrêta brièvement devant les portraits de ses deux grands frères. Themis se souvint que Tasos lui avait appris qu'il vivait à Metamorfosi. Elle savait avec une certitude absolue qu'il avait trouvé la mort. Anna se retourna vers sa mère et leurs regards se croisèrent. La jeune femme lut la douleur sur les traits de sa mère. Peut-être qu'un jour elle l'interrogerait, mais pas maintenant, le moment était mal choisi.

— J'y vais, *mana*. Je suis désolée si je t'ai contrariée.

— Pas du tout, *agapi mou*. Je te promets que non.

Les jours suivants, le tremblement de terre occupa une place importante dans les journaux. L'un d'eux rapporta qu'un maire avait trouvé la mort dans le nord de l'Attique, plus précisément dans une banlieue grièvement touchée par le séisme. L'article n'était pas illustré par une photographie, mais un membre du parti auquel appartenait le défunt maire Makris, le décrivait comme « un homme dévoué à sa charge publique ».

Puis, une semaine plus tard, en première page, parut un article accablant sur les défauts de construction, auxquels l'étendue de la tragédie humaine pouvait être imputée. Le nombre de morts et de blessés était bien plus élevé qu'il n'aurait dû l'être. Le regard de Themis fut attiré par la liste de ceux que l'on soupçonnait d'avoir accepté des pots-de-vin pour autoriser, les yeux fermés, des projets de construction ne respectant pas les normes. Tout en haut de la liste se trouvait un nom familier. Tasos Makris.

*

2016

Les deux petits-enfants de Themis étaient sous le choc. Nikos voulut dire quelque chose, mais il ne savait quoi. Il comprenait pourquoi sa grand-mère n'avait pas souhaité en parler avant, et il avait la certitude qu'il ne répéterait rien de ces révélations à son père. Cela ne servirait qu'à faire voler en éclats l'identité qu'Angelos Stavreed s'était constuite et l'histoire qu'il s'était fabriquée sur ses origines. À quoi bon ?

Popi jouait avec les miettes de baklava dans son assiette. Nikos avala bruyamment plusieurs gorgées d'eau. Le serveur vint débarrasser leur table et Themis ouvrit son porte-monnaie pour y piocher un billet. Il était temps de partir.

Nikos l'aida à se lever, et ils sortirent tous trois dans la rue. Elle les prit chacun par le bras, appréciant la chaleur que dégageait leur jeunesse. Nikos entrait pour la première fois dans l'église d'Agios Andreas et il fut frappé par la beauté de cette vieille bâtisse discrètement nichée entre un vendeur de souvlakis à emporter et une boutique de produits chinois bon marché.

Themis les conduisit à un banc au fond, et ils s'assirent, observant la poignée de personnes qui entrèrent. Il s'agissait, pour l'essentiel, de vieilles dames vêtues comme Themis, arborant la coupe de cheveux, la tenue et les chaussures de leur génération. Themis avait conscience, bien plus que ses petits-enfants, que sous ces cheveux clairsemés et cette peau parcheminée toutes cachaient des pensées, et des fardeaux, qui leur étaient propres.

Les femmes allumèrent des cierges, embrassèrent les icônes, se signèrent puis s'assirent pour prier. Le pope était déjà parti. Il reviendrait plus tard fermer l'église.

Les trois membres de la famille Stavridis formaient un drôle de trio : la vieille dame en robe de polyester et cardigan trop large, la jeune femme à la coupe de cheveux asymétrique moderne, aux oreilles percées de plusieurs anneaux et clous, et enfin l'Américain en costume, aussi soigné qu'un mormon prosélyte.

Leur apparence n'était que peu révélatrice. La vieille femme dans sa robe à fleurs produite à grande échelle avait un jour porté l'uniforme de l'armée communiste, franchi des ravins, ployant sous le poids des munitions, et tué pour ses convictions. Même le costume bien taillé de Nikos n'était rien d'autre que cela, un costume. On le croisait habituellement en jean et sweat-shirt délavé. Il consacrait l'essentiel de ses journées à enseigner l'économie politique, matière qui, il en était intimement convaincu, pouvait rendre le monde meilleur. Peut-être que Popi était la seule à être ce qu'elle semblait, une jeune femme en colère, en révolte permanente contre l'état de son pays.

Nikos observait tout ce qui se déroulait autour de lui avec beaucoup d'intérêt : les yeux des saints qui le regardaient depuis les murs, les ribambelles de petites breloques en argent – qui servaient à demander une guérison ou remercier le ciel pour une prière exaucée –, et la cloison en bois richement sculptée. Angelos n'avait pas inculqué à ses enfants les traditions de la religion orthodoxe. Il les avait élevés dans la foi catholique, même s'ils n'avaient jamais assisté à une seule messe après leur première communion.

Les deux petits-enfants de Themis étaient plongés dans leurs pensées, cherchant toujours à assimiler tout ce que leur grand-mère avait partagé avec eux.

Ils finirent par se retrouver seuls dans l'église et par se sentir libre de parler dans la pénombre.

— Je ne t'aurais jamais imaginée en guerrière, *yaya*, lui dit Popi en lui pressant le bras. Et pourtant…

— Guerrière, tu exagères, *agapi mou.*

— Mais je t'ai côtoyée toute ma vie sans imaginer un seul instant tout ce que tu avais traversé !

— J'ai toujours eu un don pour garder le silence. C'est quelque chose que j'ai maîtrisé dès mon plus jeune âge. Et plus tard, j'ai découvert le compromis.

— Je suis sûr que mon père ne sait rien, lui non plus, de toutes les épreuves que tu as surmontées, ajouta Nikos.

— Ton père ne sait même pas qui était son vrai père, lui dit Themis avec une pointe de regret.

— Et je ne vois pas l'utilité de le lui apprendre maintenant. Enfin, à mon avis. Tu es d'accord, Popi ?

Sa cousine hocha la tête.

— J'ai toujours eu le sentiment que papa avait l'impression de t'avoir déçue, observa Nikos.

— Mais sa vie est une grande réussite ! s'exclama Themis. Il est à la tête de plusieurs entreprises ! Et il gagne beaucoup d'argent.

— Je crois qu'il se sentait inférieur à son frère. Et je crois aussi que ça a été son moteur.

Themis n'aurait jamais envisagé un seul instant qu'Angelos ait pu voir les choses sous cet angle.

— Oncle Nikos a pris part à une page d'histoire importante, *yaya*. Sa mort a contribué à changer le cours des choses, insista Popi, qui partageait le sentiment de Nikos. Sans les gens comme lui, la Grèce serait peut-être encore une dictature.

— Eh bien, je ne me doutais pas que ton père portait ce regard-là sur le passé, dit Themis. Et j'ignorais surtout que la mort de son frère l'avait autant affecté…

— Je crois qu'il a eu un revirement, à un moment ou à un autre. Pourquoi m'aurait-il prénommé ainsi sinon ?

Dans le clair-obscur de l'église, Themis se sentit autorisée à se confesser, sinon devant Dieu, devant ses petits-enfants.

— Je continue à me sentir coupable. Si je n'avais pas parlé de sa mère à Nikos…

Themis se figurait toujours que la mort de ce garçon adoré était la conséquence de sa révélation impulsive.

Il y avait de nombreux autres fardeaux dont elle continuait à se charger, et certains d'entre eux pesaient très lourd sur ses épaules malgré le passage du temps. Pourquoi n'avait-elle pas remarqué le désespoir de Fotini ? Avait-elle trahi la cause des communistes en signant sa *dilosi* ? Aurait-elle dû parler à Giorgos de la conversation qui avait poussé Nikos à se mettre dans une situation aussi périlleuse ?

En l'absence de Dieu, rien ne pouvait l'alléger de ses regrets. Themis enviait ceux qui croyaient à l'absolution du confesseur.

Elle sortit quelques pièces de sa poche, les glissa dans le tronc en bois et prit une poignée de fins cierges jaunes. Une dizaine au moins brûlait déjà devant les icônes et elle alluma le premier avec la flamme du plus proche.

— Pour ma camarade, Katerina… et pour Aliki.

Puis elle tendit les bougies à Popi et Nikos, qui les allumèrent selon ses instructions.

— Pour mes frères, Panos… et Thanasis. Et pour ma grand-mère bien sûr, ajouta Themis alors que Popi approchait un cierge d'une flamme.

Puis, alors que son petit-fils fichait une bougie dans le sable, elle dit :

— Celle-ci est pour Nikos.

Themis se chargea de la dernière bougie, qu'elle plaça au centre des autres.

— Fotini, se contenta-t-elle de murmurer.

Ils se rassirent et admirèrent les sept flammes dorées qui éclairaient l'obscurité. Une plaisante odeur de suif se diffusait dans l'atmosphère.

— C'est beau, n'est-ce pas ? demanda Themis, sans attendre de réponse.

À la place, Nikos avait une question.

— Pourquoi allumes-tu ces cierges si tu n'es pas croyante ?

Themis s'interrogea un instant sur ce rituel.

Popi se tourna vers elle, à son tour.

— Oui, pourquoi ?

Themis sourit.

— C'est ma façon de garder ces merveilleuses personnes en vie.

— Et ça marche ?

— Je le crois, Nikos. Il y a ces mots auxquels je me suis toujours raccrochée. Ils viennent d'un poème que Fotini avait recopié il y a bien longtemps.

— Quels mots ? l'encouragea Popi, tout bas.

Themis marqua un silence.

— *Ceux qu'on aime, Ne connaîtront pas la mort…*

À propos du titre

Ceux qu'on aime est inspiré d'un vers de l'un des poèmes les plus célèbres en Grèce, *Epitafios*, de Yannis Rítsos (1909-1990). En 1936, lors d'une grève des ouvriers du tabac à Thessalonique, plusieurs hommes furent tués. La photographie d'une mère pleurant sur la dépouille de son fils inspira Ritsos, qui composa ce long poème parlant d'amour, de chagrin et de justice sociale. Quelques mois plus tard, la dictature fut instaurée et des exemplaires du poème brûlés au pied de l'Acropole. Une vingtaine d'années plus tard, le poème connut un regain de popularité : Mikis Theodorákis en mit quelques extraits en musique. Ceux-ci rencontrèrent un grand succès, enregistrés d'abord par Nana Mouskouri en 1960, puis par Grigoris Bithikótsis.

Communiste de toujours, Ritsos apporta son soutien à la résistance contre l'occupant allemand. Dans les derniers temps de la guerre civile, puis dans les années qui suivirent, soit entre 1948 et 1952, il fut envoyé dans plusieurs camps de détention, sur les îles de Lemnos, Makronissos et Ai Stratis. En avril 1967, la junte militaire l'arrêta et le fit emprisonner d'abord sur l'île de Leros, puis sur celle de Giaros. D'octobre 1968 à octobre 1970, il fut astreint à résidence dans sa maison familiale de Karlovassi, à Samos.

Il a remporté de nombreux prix et récompenses, parmi lesquels un prix national de poésie en 1956 et le prix Lénine pour la paix en 1977. Il est mort en 1990 et est enterré dans le cimetière de Monemvasia, la presqu'île rocheuse du sud-est de la Grèce où il avait passé son enfance.

REMERCIEMENTS

Je tiens à remercier :

Mon incroyable maison d'édition, Headline, et plus particulièrement Mari Evans, Patrick Insole, Jo Liddiard, Caitlin Raynor, Flora Rees et Jess Whitlum-Cooper ;

Peter Straus et tous les employés de l'agence littéraire Rogers, Coleridge and White, pour s'être aussi bien occupés de moi ;

John Kittmer, pour beaucoup de choses, mais plus particulièrement pour avoir partagé son savoir sur Yannis Ritsos ;

Emily Hislop, pour son regard affûté et ses remarques avisées ;

Alexandros Kakolyris, pour m'avoir accompagnée sur les lieux les plus forts et les plus importants de ce récit ;

Popi Siganou, pour m'avoir emmenée si souvent à l'aventure à travers l'histoire et la culture grecques ;

Thomas Vogiatzis, pour m'avoir aidée à comprendre le mode de pensée des Grecs ;

Fotini Pipi, pour ses questions, ses traductions, ses vérifications si précieuses ;

Ian Hislop, pour ses commentaires intransigeants ;

Vasso Sotiriou, pour m'avoir tenu la main à Athènes ;

Katerina Balkoura, pour m'avoir enfin conduite à Makronissos ;

Will Hislop, pour son soutien et sa compréhension ;

La London Library, pour m'avoir fourni un cadre d'écriture paisible ;

Mes compagnons d'écriture, Victor Sebestyen, Rebecca Fogg, Diana Souhami et Tim Bouverie pour leur camaraderie ;

Kostis Karpozilos et Vangelis Karamanolakis pour m'avoir renseignée sur la destruction des fameux dossiers et pour m'avoir montré une *dilosi* d'origine ;

Roderick Beaton, Richard Clogg, Stathis Kalyvas et Mark Mazower pour avoir écrit des ouvrages sur la Grèce que je révère. Sans oublier les nombreux autres universitaires et historiens sur lesquels je m'appuie.

Composition réalisée par PCA

Achevé d'imprimer en septembre 2020, en France par
Maury Imprimeur – 45330 Malesherbes
N° d'imprimeur : 247789
Dépôt légal 1re publication : octobre 2020
LIBRAIRIE GÉNÉRALE FRANÇAISE
21, rue du Montparnasse – 75298 Paris Cedex 06

13/3305/3